WOLFGANG UND HEIKE

HOHLBEIN

Elfentanz

UEBERREUTER

Die Deutsche Bibliothek – CIP-Einheitsaufnahme

Hohlbein, Wolfgang:
Elfentanz / Wolfgang und Heike Hohlbein. -
Wien : Ueberreuter, 2002
ISBN 3-8000-2046-7

Umschlaggestaltung von Zembsch' Werkstatt, München,
unter Verwendung einer Illustration von Luis Royo

Druck: Ueberreuter Print
1 3 5 7 6 4 2

Ueberreuter im Internet: www.ueberreuter.de
Wolfgang Hohlbein bei Ueberreuter im Internet: www.hohlbein.com

Für alle, die das Träumen
noch nicht verlernt haben

Inhalt

Der Gorm

Das Tier lag flach und regungslos wie ein dunkelgrün gemusterter Schatten auf dem Felsen, ein blasser, selbst aus der Nähe nicht ganz klar erkennbarer Umriss, der sich seit Stunden nicht von der Stelle gerührt hatte und Farbe und Maserung mit dem Weiterwandern der Sonne wechselte. Das Einzige, was von Zeit zu Zeit überhaupt darauf schließen ließ, dass in dem stachelbewehrten Ball so etwas wie Leben sein mochte, war ein gelegentliches Aufblitzen, wenn sich seine Nickhäute hoben und ein Sonnenstrahl auf den dunklen Pupillen darunter glitzerte.

Timo beobachtete den Krallenbeißer schon eine geraume Weile. Lange vor Sonnenaufgang war er ins Tal heruntergekommen; zwar nicht mit der Absicht, zu jagen, sondern um jener rätselhaften Unruhe zu folgen, die er in letzter Zeit immer häufiger verspürte. Die vergangene Nacht war nicht die erste gewesen, in der er lange vor Anbruch der Dämmerung ohne sichtlichen Anlass erwacht war und das Gefühl gehabt hatte, aufstehen und irgendetwas tun zu müssen. Während der letzten Mondwechsel war das schon ein paar Mal geschehen und jedes Mal war er ziellos im Lager umhergestreunt, bis er mit seinem Lärmen und Hantieren seine Eltern und die Spurhunde geweckt hatte. Sein Vater hatte ihn deswegen nie gescholten, ja nicht einmal ein Wort darüber verloren, aber Timo hatte deutlich gespürt, dass er doch verstimmt gewesen war. Das Leben in den Bergen war hart, besonders jetzt, wo sich der Winter mit eisigem Morgennebel und Raureif zu melden begann und sie

bald weiter hinunter ins Tal ziehen würden. Wenn sein Vater abends von der Jagd heimkam, dann war er manchmal so erschöpft, dass er nicht einmal mit seiner Familie aß, sondern schon am Feuer einschlief. So war Timo die letzten paar Male, als er aus dem Schlaf schreckte, still liegen geblieben und hatte geduldig auf den Sonnenaufgang gewartet.
Aber an diesem Morgen war die Unruhe besonders stark gewesen und er hatte das Lager verlassen, um seine Eltern nicht zu stören. Er verstand nicht, was da in – oder mit ihm – vorging, und das verwirrte und ängstigte ihn mehr, als er sich selbst gegenüber zuzugeben wagte.
Er hatte einmal versucht, mit seinem Vater darüber zu reden, aber er hatte keine Antwort bekommen. Sein Vater war schon immer ein schweigsamer Mann gewesen und in letzter Zeit war er noch wortkarger geworden. Vielleicht lag das daran, dass er allmählich alt wurde. Aber vielleicht war auch die Tatsache, dass er jetzt immer mit leerem Beutel von der Jagd heimkam, der Grund dafür.
Der Krallenbeißer öffnete nacheinander alle vier Augen und spannte sich zum Sprung. Die Bewegung war unendlich langsam, aber Timo bemerkte sie trotzdem. Er besaß bereits die scharfen Augen und wachen Sinne eines Jägers, was ihm noch fehlte, war die ebenso notwendige Geduld. Trotzdem blieb er bewegungslos liegen, während der Krallenbeißer sein Gewicht allmählich auf die Hinterläufe verlagerte. Timos Hand schob sich genauso langsam zu seinem Gürtel und löste die Schleuder. Der dreieckige, geschnitzte Steinbolzen glitt lautlos in die Schlaufe.
Timos Blick wanderte den Fluss hinunter und suchte die Beute, die der Krallenbeißer erspäht haben musste, aber selbst das tat er behutsam und zwang seine Augen, sich langsamer als gewohnt zu bewegen. Krallenbeißer waren starke und gefährliche Räuber, aber es gab etwas, das ihre

Stärke noch übertraf – ihre Feigheit. Selbst eine zu rasche Bewegung der Augen konnte das Tier aufscheuchen und auf Nimmerwiedersehen im Ufergestrüpp verschwinden lassen.
Nach einer Weile entdeckte er das Opfer, dem der Krallenbeißer auflauerte. Es war eine Flusskrappe, ein schwarzes vielgliedriges Tier mit kräftigen Zangen und einem Respekt gebietenden Stachel am Hinterleib. Es hockte einen Steinwurf weiter flussabwärts, streckte von Zeit zu Zeit träge ein dünnes Stielauge durch die Wasseroberfläche und äugte misstrauisch zum Ufer. Der Fluss verengte sich an dieser Stelle besonders stark und bot einen idealen Ort für einen Hinterhalt. Das Tier musste die Gefahr instinktiv spüren.
Timo unterdrückte einen Seufzer. Wenn es auf dieser Welt ein Wesen gab, das sich noch langsamer bewegen und noch mehr Geduld aufbringen konnte als ein Krallenbeißer, dann war es die Flusskrappe. Es war gut möglich, dass die beiden Tiere stundenlang dort unten hocken und sich gegenseitig belauern würden – vielleicht sogar den ganzen Tag.
Einen Moment lang überlegte er ernsthaft, ob er einfach aufstehen und weggehen sollte, entschied sich dann aber doch, wenigstens noch eine Weile zu warten. Im Lager gab es jetzt sowieso nichts für ihn zu tun, und wenn er schon den Krallenbeißer nicht bekommen konnte, so war es doch ganz gut möglich, dass das Tier seinerseits einen Räuber anlockte, der ...
Timo dachte den Gedanken vorsichtshalber nicht zu Ende. Die Kette ließ sich beliebig fortsetzen, auch bis zu dem Punkt, an dem er schließlich das Opfer war, während er irgendeinem Raubtier auflauerte, das den Krallenbeißer beobachtete, während dieser auf die Krappe wartete ...
Sein Blick wandte sich vom Fluss ab, glitt über die dunkle

Silhouette der Berge und verharrte schließlich am dämmrigen Himmel. Die Sonne war als lodernder roter Ball über dem Horizont erschienen, aber ihr Licht reichte noch nicht aus, den Glanz der Sterne vollends zu überstrahlen, und im Westen glitzerte noch immer die Doppelsichel des Mondes. Es würde jetzt nicht mehr lange dauern, bis Sonne und Mond gemeinsam am Himmel sichtbar waren. Und dann würden Tag und Nacht für lange Wochen eins sein. Timo verspürte wieder dieses seltsame, zum Teil aus Vorfreude, aber auch aus Furcht vor dem Unbekannten und Neuen bestehende Gefühl, das ihn immer überkam, wenn er daran dachte.

Denn an dem ersten Tag dieses Zeitraums, der Tagnacht, würde er seine Mannesweihe erhalten. Vielleicht, dachte er, war das der Grund für die Unruhe, die ihn in letzter Zeit quälte. Er würde bald die Schwelle vom Kind zum Mann überschreiten. Noch ein Mondwechsel und er würde den Schritt in ein vollkommen neues Leben tun.

Timo war sich nicht ganz sicher, ob er es überhaupt wollte. Er war mit dem Leben zufrieden, das seine Eltern und er führten. Sicher, es gab immer wieder Zeiten, in denen sie hungerten und froren, und nicht nur einmal waren sie zitternd vor Angst in ihrer Höhle gesessen, während draußen Eiswölfe und Waldläufer umherstreiften und auf eine Gelegenheit warteten, über sie herzufallen. Dann hatte er sich weit, weit fort gewünscht und mit seinem Schicksal gehadert. Aber er konnte sich doch nichts vorstellen, was er wirklich gegen dieses Leben eintauschen hätte wollen. Sie lebten hier in der rauen Felsenwelt der Berge, solange er sich erinnern konnte, und es war trotz aller Entbehrungen ein schönes Leben. Sie hatten keinen bestimmten Platz, an dem sie wohnten, aber es gab ein paar Orte, zu denen sie in regelmäßigen Abständen wieder zurückkehrten, wie das schmale Hochplateau, auf dem jetzt ihr Lager stand und das an drei Seiten von Felsen umgeben war, die eine natürliche Wehrmauer bildeten. Für Timo waren alle diese Plätze zur Heimat geworden. Wenn es kälter wurde, dann zogen sie weiter hinunter ins Tal. Und manchmal, wenn der Winter besonders hart und lang war, brachten sie die schlimmsten Wochen im Schutz von Muuren Shant oder einer anderen Stadt zu. Aber die Freiheit, die ihnen das Leben hier oben in den Bergen bot, überwog diese wenigen Nachteile bei weitem.

Timo mochte die Städte der Menschen mit ihren grauen Mauern und den kleinen, kalten Häusern nicht, in die nur durch schmale Fenster ein wenig Sonnenlicht gelangte. Muuren Shant mit seinem Schmutz und Lärm war ihm besonders zuwider. Eigentlich mochte er auch die Menschen nicht. Sie waren groß und roh und so laut wie ihre Städte.

Am Fluss regte sich etwas und Timos Gedanken kehrten sofort zur Jagd zurück. Seine Rechte spannte sich um den Griff der Schleuder.

Der Krallenbeißer hatte sich ein wenig aufgerichtet und war wieder zur Bewegungslosigkeit erstarrt. Von seiner Beute war nichts mehr zu sehen, der Fluss lag glatt und silbern unter Timo, aber er zweifelte nicht daran, dass die Krappe noch irgendwo unter Wasser war und langsam näher kam. Er beneidete das Tier nicht. Die Strömung war hier viel zu stark, als dass es denselben Weg zurückkriechen konnte, den es gekommen war. Und wenn es sich auf seinen zerbrechlichen Beinen ans Ufer wagte, dann war es verloren. Nicht nur Krallenbeißer und Helder schätzten das weiße Fleisch unter seinem Panzer als seltene Köstlichkeit. Langsam spannte Timo den rechten Arm. Der Steinbolzen rutschte ein winziges Stückchen zurück und die Schleuder war schussbereit. Timo war noch weit davon entfernt, ein so hervorragender Jäger zu werden wie sein Vater. Aber er beherrschte die Steinmagie schon recht gut.

Er würde nicht länger warten. Krallenbeißer reagierten zwar ungeheuer schnell auf Bewegungen und Geräusche in ihrer Umgebung, aber das Tier konzentrierte sich auf die Krappe und war jetzt abgelenkt. Außerdem war Timos Position so gut, wie er sich nur wünschen konnte – er lag bäuchlings ausgestreckt auf einem Felsen genau über dem Krallenbeißer und der einzige Fluchtweg, der dem Tier blieb, war der in den Fluss und somit direkt in seine Schusslinie. Nein – er würde es riskieren und mit reicher Beute heimkehren. Sein Vater würde stolz auf ihn sein und der Krallenbeißer hatte genug Fleisch, dass sie alle für zwei, vielleicht sogar drei Tage davon satt werden konnten. Seine Hand spannte sich fester um den Griff der Schleuder.

Aber er kam nicht dazu, seinen Bolzen zu verschießen. Aus dem Wald auf der anderen Seite des Flusses ertönte ein helles, peitschendes Geräusch, als würde ein starker Ast mit einem harten Ruck entzweigebrochen. Der Krallenbeißer übersprang mit einem gewaltigen Satz den Fluss und verschwand im Unterholz.

Timo ließ enttäuscht die Schleuder sinken. Die Beute war so nahe gewesen! Noch zwei, drei Sekunden ... Er schob den Gedanken mit einem Seufzer beiseite. Der Krallenbeißer war fort und ihn zu verfolgen war genauso sinnvoll wie darauf zu warten, dass er von selbst zurückkommen und ihm freiwillig zum Lager folgen würde.

Timo setzte sich auf, strich sich das Haar aus der Stirn und bewegte vorsichtig die Arme. Seine Muskeln waren verkrampft und schmerzten vom langen, regungslosen Liegen. Jetzt, als die Anspannung von ihm abfiel, spürte er erst richtig, wie heiß es geworden war, gerade hier oben auf den Felsen, wo es keine schattigen Bäume mehr gab. Die Nächte wurden jetzt schon empfindlich kalt, aber tagsüber sandte die Sonne ihre sengende Hitze noch immer unbarmherzig auf das Land herab.

Timo schüttelte den Kopf, die Enttäuschung war noch nicht von ihm gewichen, er ließ sich wieder auf die Knie sinken und sah zum Fluss, hinunter. Die Krappe war jetzt dicht herangekommen. Er konnte den lang gestreckten Schatten ihres Körpers deutlich durch das schnell fließende Wasser erkennen. Er überlegte kurz, ob er vielleicht sie statt des Krallenbeißers als Beute ins Lager bringen sollte. Aber er verwarf diesen Gedanken sofort wieder – der halbe Meter Wasser über dem gepanzerten Leib würde seinem Bolzen genug Kraft nehmen, um ihn nutzlos werden zu lassen. Und er hatte keine Lust, einer kaum verwundeten – aber dafür um so wütenderen – Flusskrappe in die Scheren zu laufen.

Wieder ertönte das splitternde Geräusch aus dem Wald. Timo sah auf, schob die Schleuder wieder unter den Gürtel und spähte neugierig über den Fluss. Drüben reichte der Wald unmittelbar bis ans Ufer heran, eine dichte grüne Wand, deren Wurzeln bis ins Wasser krochen. Ein Fischvogel stob mit zornigem Kreischen aus dem Unterholz und klatschte in den Fluss.

Für einen Moment wurde es ruhig, dann ertönte das Geräusch wieder, begleitet von einem lauten Poltern, dem ein Splittern folgte, als stürze ein Baum.

Timo richtete sich erschrocken auf, kroch auf Händen und Knien ein Stück zurück und presste sich wieder eng gegen den heißen Felsen, um nicht sofort gesehen werden zu können. Er hatte keine Angst, aber er wusste, dass es weiter im Westen gefährliche Raubtiere gab, Waldmänner und Flugkatzen – auch von Trollen, die sich in den tiefen Wäldern herumtreiben sollten, hatte er schon gehört –, und er wusste auch, dass sie manchmal auf der Suche nach Beute selbst bis in diese Gegend vordrangen. Es war besser, vorsichtig zu sein.

Das unheimliche Geräusch kam beständig näher. Irgendet-

was ungemein Großes und Starkes musste dort drüben durch das Unterholz brechen, und wenn es seine Richtung beibehielt, dann würde es ziemlich genau auf der gegenüberliegenden Seite des Flusses aus dem Wald kommen.
Ein ganzer Schwarm grellbunter Honigvögel flatterte jetzt vom jenseitigen Ufer hoch und stob zeternd und schimpfend davon, dann teilte sich das Unterholz und etwas Riesiges und Schwarzes schob sich hervor.
Timo unterdrückte im letzten Moment einen Schreckensschrei. Ein Koloss aus schwarz glänzenden Schuppen, der wie die Ausgeburt eines Fiebertraumes wirkte, brach aus dem Wald. Timo hatte ein solches Tier – wenn es überhaupt ein Tier und kein Dämon war – noch nie zuvor gesehen. Und er wusste, dass er den Anblick nie wieder vergessen würde.
Das Ungeheuer musste an die vier Meter groß sein. Es erinnerte ihn entfernt an eine Kröte, eine schwarze, gepanzerte Kröte mit Drachenzähnen und winzigen, tückischen Augen, deren Blick misstrauisch über die ruhige Wasseroberfläche huschte. Zwischen den handgroßen, schwarzen Schuppen wuchsen zahllose Knötchen und Warzen. Die breiten Krötenfüße waren mit fürchterlichen Krallen versehen, die den Boden wie Messer aufrissen. Ein dumpfer Geruch nach feuchtem Stein und faulendem Wasser wehte zu Timo herüber.
Er hielt unwillkürlich den Atem an, als das Ungeheuer mit einem einzigen, schwerfälligen Schritt den Fluss zur Hälfte überquerte. Ein flacher Schatten spritzte aus dem Wasser auf und versuchte auf wirbelnden Beinen das Ufer zu erreichen. Der Kopf des Giganten ruckte herum. Eine lange, geschuppte Zunge schnappte nach der Krappe, riss sie zurück und beförderte sie zwischen die spitzen Zähne des Ungeheuers.
Das war so schnell geschehen, dass Timos Blick kaum der

Bewegung folgen konnte. Er hatte das Ungeheuer wegen seiner Größe für langsam und schwerfällig gehalten, aber das Schicksal der Flusskrappe bewies ihm, wie falsch dieser Eindruck gewesen war. Timos Herz klopfte ihm bis zum Hals, denn ihm wurde siedend heiß bewusst, dass er sich in Lebensgefahr befand.

Das Monstrum war stehen geblieben. Seine Kiefer mahlten langsam. Für ein Wesen seiner Größe konnte die Flusskrappe nicht mehr als ein Appetithappen gewesen sein, gerade genug, seinen Hunger erst richtig zu wecken. Sein flaches Krötenmaul senkte sich schnaubend ins Wasser und wühlte den schlammigen Flussgrund auf. Minutenlang verharrte es so, regungslos und ohne ein einziges Mal zu atmen, ehe es mit einer langsamen Bewegung den Kopf hob, sich umwandte und dorthin zurückkroch, wo es hergekommen war. Der Wald schloss sich wieder hinter ihm, aber die Lücke, die es ins Unterholz gebrochen hatte, blieb wie eine klaffende Wunde sichtbar und das Krachen und Bersten, das seinen Marsch begleitete, war noch lange Zeit zu hören.

Erst als der Lärm verklungen und wieder Stille eingekehrt war, wagte es Timo, sich vorsichtig aufzurichten. Sein Herz pochte noch immer heftig und er keuchte, als wäre er stundenlang gerannt. Während der letzten Minuten hatte er instinktiv den Atem angehalten. Seine Hände zitterten, als er aufstand und langsam zum Ufer hinunterstieg. Eine beklemmende Stille hatte sich über den Wald gelegt, eine Stille, als hielte er dort drüben so wie Timo angstvoll den Atem an, bis das Ungeheuer weitergezogen war. Der Gigant musste alles Leben im weiten Umkreis vertrieben haben. Selbst das Rascheln des Windes in den Baumwipfeln schien leiser als sonst zu sein.

Timo fuhr sich mit der Hand über Stirn und Augen und sah über den Fluss. Er hatte niemals von einem Wesen wie

diesem gehört, nicht einmal in den Geschichten, die sein Großvater ihm früher erzählt hatte – und einige davon waren wirklich schauerlich gewesen.
Jetzt zitterten auch seine Knie, und ohne dass er es wollte, kam ein halblauter, erschrockener Laut über seine Lippen. Obwohl die eigentliche Gefahr vorüber war, wurde die Angst noch stärker. Mit einem Mal fror er und sein Herz begann wieder heftig zu jagen, dass er jeden Schlag wie einen schmerzhaften Hieb bis in die Fingerspitzen spürte.
Am anderen Ufer knackte ein Zweig. Wahrscheinlich war es nur ein Tier, das sich wieder aus seinem Versteck hervorwagte, aber Timo dachte nicht im Entferntesten daran, das herauszufinden. Er fuhr herum und rannte davon, so schnell er konnte.

Das Lager war verlassen, als er es erreichte. Einer der Spurhunde zerrte aufgeregt an seiner Kette und begrüßte ihn mit freudigem Gekläff, aber diesmal beachtete er das Tier kaum. Mit letzter Kraft wankte er zu seiner Ruhestatt, ließ sich niedersinken und schloss die Augen. Der Anblick des schwarzen Scheusals stand noch immer vor seinen Augen und er konnte keinen klaren Gedanken fassen. In seinem Magen war ein dumpfer Druck, und als er nach einer Weile aufstand um etwas zu trinken, zitterten seine Hände so stark, dass er den Inhalt der Schale beinahe ganz verschüttete. Er war in Schweiß gebadet, trotz des kühlen Windes, der von den Bergen her übers Lager strich.
Er hockte sich mit angezogenen Knien wieder auf sein Lager und lehnte den Kopf gegen den rauen Felsen. Sein Atem beruhigte sich langsam und die Anspannung begann allmählich von ihm zu weichen, aber der lähmende Schreck blieb.
Hatte er das Ungeheuer wirklich gesehen oder war das alles nichts als ein Albtraum gewesen, aus dem er jählings ge-

rissen worden war, dass er nicht mehr zwischen Wirklichkeit und Einbildung unterscheiden konnte? Aber ein Blick auf sein zerrissenes Gewand sagte ihm, dass er nicht geträumt hatte. Seine Füße waren blutig und erst jetzt begann er schmerzhaft die unzähligen Kratzer und Schnitte zu spüren, die er sich zugezogen hatte, als er wie von Sinnen durch Buschwerk und Dornengestrüpp gerannt war. Träume pflegen keine sichtbaren Spuren zu hinterlassen. Nein, sosehr er es auch wollte – es war kein Traum gewesen. Er hatte es mit eigenen Augen gesehen!

Der Hund begann wieder zu bellen und Timo schrak aus seinen Gedanken hoch. Knapp über ihm antwortete ein freudiges Kläffen auf die Begrüßung des Hundes und dann hörte er die Stimme seines Vaters. Er sprang auf, stieß sich den Kopf an der Kante des überhängenden Felsens, der das Lager wie ein natürliches Dach vor Regen und Wind schützte, und eilte seinen Eltern entgegen.

Er sah sofort, weshalb sein Vater heute so früh von der Jagd nach Hause kam. An der Tragstange, deren Enden auf seiner und der Schulter von Timos Mutter ruhten, hing ein erlegtes Bergreh. Aus der Pfeilwunde an seiner Flanke tropfte noch frisches Blut. Das Wild musste ihnen also in unmittelbarer Nähe des Lagers über den Weg gelaufen sein. Wie so oft überkam Timo bei diesem Anblick ein flüchtiges Unbehagen. Es erschien ihm nicht richtig, dass der eine sterben musste, damit der andere leben konnte. Aber er schob den Gedanken rasch beiseite und lief seinen Eltern entgegen. Dicht vor ihnen blieb er stehen und rang nach Atem.

»Vater ...«, keuchte er. »Ich ... ich habe ...«

Sein Vater brachte ihn mit einer befehlenden Geste zum Schweigen. Sein Blick glitt mit Missfallen über Timos zerrissenes Gewand, blieb einen Augenblick lang auf seinen zerschundenen Füßen hängen und wandelte sich plötzlich in Besorgnis.

»Was hast du?«, fragte er. »Du siehst aus, als hättest du ein Gespenst gesehen.«
»Das habe ich auch«, sagte Timo hastig. »Das heißt, ich ...«
Furcht und Aufregung überkamen ihn erneut so heftig, dass er nicht mehr die richtigen Worte fand. »Es war ... ein Ungeheuer«, stieß er hervor. »Ein riesiges Biest mit Krallen und Zähnen und ... und es war schwarz und ...«
Wieder hob sein Vater die Hand und unterbrach ihn. Timo vermochte nicht zu sagen, ob der Ausdruck auf seinem Gesicht Schreck oder Zorn war. Aber seine Stimme klang ruhig und besonnen wie immer. »Ein Ungeheuer, so«, murmelte er. »Das musst du mir genauer erklären. Aber nicht hier. Wir gehen ins Lager und dort erzählst du uns alles.«
»Aber es war ... fürchterlich«, stotterte Timo. »Ich –«
»Im Lager«, unterbrach ihn sein Vater bestimmt. »Du solltest dich erst einmal so weit beruhigen, dass du einen zusammenhängenden Satz sagen kannst. Nimm deiner Mutter die Tragstange ab.«
Timo gehorchte. Wenn sein Vater in diesem Tonfall sprach, dann duldete er keinen Widerspruch mehr. Und wahrscheinlich hatte er Recht – er war so aufgeregt, dass er wirklich kaum zwei zusammenhängende Worte hervorbrachte. Und die Geschichte, die er erlebt hatte, war auch unglaublich genug, wenn er sie in ruhigem Ton erzählte.
Er ging zu seiner Mutter, nahm ihr die Tragstange ab und legte sie mit geübtem Schwung auf die Schulter. Seine Mutter hatte bisher kein Wort gesagt und nur stirnrunzelnd zugehört und sie schwieg auch jetzt. Aber in ihren Augen lag ein Ausdruck von Sorge, als sie sah, in welchem Zustand ihr Sohn war.
Auf dem Rückweg zum Lager bemühte sich Timo so ruhig wie möglich zu erscheinen, obwohl er innerlich fieberte. Er wusste, dass es sinnlos war, sein Erlebnis zu erzählen, bevor ihn sein Vater nicht ausdrücklich dazu aufforderte.

Sie banden das Reh los und schafften es in die niedrige Höhle, in der ihre Vorräte lagerten. Es war die reichste Beute, die sie seit zwei Mondwechseln gemacht hatten. Sie würden zwanzig Tage davon essen können und die Innereien und Sehnen würden ausreichen, auch die Spurhunde satt zu bekommen. Unter anderen Umständen hätte sich Timo über das erlegte Reh gefreut, bedeutete es doch, dass sein Vater wenigstens für eine Weile nicht mehr von Sonnenauf- bis Sonnenuntergang auf die Jagd gehen musste und sich endlich ein wenig Ruhe gönnen konnte. So aber konnte er es kaum erwarten, bis sie das Tier verwahrt und die Höhle wieder verlassen hatten.
Er wollte sofort lossprudeln, aber sein Vater gebot ihm neuerlich zu schweigen. »Was ist mit deinen Füßen?«, fragte er streng. »Sie sind blutig. Habe ich dir nicht gesagt, wie wichtig es für einen Jäger ist, sich vor Verletzungen zu schützen?«
»Ich ... hatte Angst«, gestand Timo kleinlaut. »Ich bin einfach gelaufen, ohne ...«
»Ohne darauf zu achten, wo du hintrittst«, sagte sein Vater stirnrunzelnd. »Und so, wie du aussiehst, bist du durch jede Dornenhecke im Umkreis eines Tagesmarsches gerannt.«
»Aber dieses Ungeheuer ...«
»Du wirst ihm kein zweites Mal davonlaufen können, wenn deine Füße entzündet und geschwollen sind, Timo. Gerade wenn Gefahr droht, musst du vorsichtig sein! Geh zu deiner Mutter und lass sie nach deinen Wunden sehen.«
»Aber es sind doch nur ein paar kleine Kratzer und ...«
Timo verstummte, als er den Blick seines Vaters sah. Er spürte, dass jede weitere Erörterung nur dazu führen würde, dass er noch länger warten musste, ehe er endlich von seiner unheimlichen Begegnung am Fluss erzählen konnte. Er wandte sich um, überquerte den Lagerplatz und hockte sich auf einen stummen Wink seiner Mutter vor ihr

nieder. Sie hatte schon Wasser und frische Tücher vorbereitet, während er in der Vorratshöhle gewesen war, und begann schweigend seine Füße von Schmutz und verschorftem Blut zu reinigen. Timo verzog schmerzhaft das Gesicht, als seine Mutter mit geschickten Fingern Dornen und spitze kleine Steine aus seinen Fußsohlen herausholte. Aber er verbiss sich tapfer jeden Laut. Im Grunde hatte sein Vater vollkommen Recht – wie meistens. So schön das freie Leben in den Bergen auch sein mochte, es war auch eine harte Welt, eine Welt, in der ein geschwollener Fuß zum Problem und eine entzündete Wunde durchaus zum Todesurteil werden konnte.

Als seine Mutter fertig war, standen ihm die Tränen in den Augen. Sie sah auf, blickte ihn einen Moment ernst an und lächelte dann. »Hier, nimm das Tuch«, sagte sie so laut, dass auch sein Vater die Worte hören musste. »Dein Gesicht ist schmutzig.«

Timo dankte ihr mit einem stillen Lächeln, griff nach dem feuchten Lappen und wischte sich die Tränen von den Wangen.

»Kannst du gehen?«

Er nickte, stand ein wenig zu schnell auf und unterdrückte im letzten Moment einen Schmerzenslaut. Die Wunden schienen jetzt, da sie versorgt waren, stärker wehzutun als vorher. Aber er riss sich zusammen, drehte sich um und ging langsam, aber hoch aufgerichtet und mit unbewegtem Gesicht zu seinem Vater zurück.

Sein Vater deutete stumm auf den Platz neben der Feuerstelle, wartete, bis er sich gesetzt hatte, und hockte sich dann mit untergeschlagenen Beinen nieder.

Timo hatte allmählich das Gefühl, vor Ungeduld zu platzen. Aber er beherrschte sich und behielt eisern die Ruhe, bis sich auch seine Mutter ans Feuer gesetzt hatte. Sein Vater entzündete mit einem Brocken Glut seine Rindenpfeife und blies eine dicke, blaue Rauchwolke in die Luft. Es kam selten vor, dass sein Vater rauchte – eigentlich nur zu besonderen Anlässen. Pfeifengras war eine Kostbarkeit, die nur bei den Menschen zu bekommen war, und so musste sein Vorrat manchmal zwei, drei Winter reichen. Grund genug, ihn nur anzugreifen, wenn es einen Anlass zum Feiern gab. Und das erlegte Wild war ein guter Grund.

»Jetzt«, begann sein Vater nach einer Weile, »kannst du erzählen.«

»Es war riesig«, platzte Timo los. »Unten am Fluss und ...«

Sein Vater schüttelte missbilligend den Kopf. »Tz, tz«, machte er. »Wie oft muss ich dir sagen, dass es nichts nützt, mit einem Wort alles sagen zu wollen? Wir haben Zeit – die Jagd war gut und wir können den ganzen Tag reden, wenn du willst. Beginne am Anfang, Timo. Wo warst du und warum warst du dort?«

Timo atmete hörbar ein. Die Aufregung drohte schon wieder mit ihm durchzugehen und er war plötzlich gar nicht sicher, dass sie wirklich so viel Zeit hatten, wie sein Vater glaubte. Das Ungeheuer konnte noch in der Nähe sein, und was er gesehen hatte, ließ ihn nicht daran zweifeln, dass es auch einen Helder als Zwischenmahlzeit nicht verachten würde. Das Bild der gewaltigen schuppigen Bestie stand wieder klar vor seinen Augen und mit einem Mal bekam er wieder Angst.

»Ich war ... unten am Fluss«, begann er stockend. »Dort wo er an den Wald grenzt und sich verengt. Ich konnte nicht schlafen und da bin ich aufgestanden und hinuntergegangen, um euch nicht zu wecken.« Er wartete eigentlich darauf, dass sein Vater ihn wieder unterbrechen und darauf hinweisen würde, wie unklug er gehandelt hatte, das Lager bei Dunkelheit zu verlassen, ohne wenigstens einen Spurhund als Schutz mitzunehmen. Aber Erron Un Gent schwieg und tat nur einen weiteren tiefen Zug aus seiner Pfeife.

»Ich hatte einen Krallenbeißer entdeckt«, fuhr Timo fort, »und schlich mich an. Ich dachte, ich könnte ihn erlegen, aber er lag an einer geschützten Stelle und ich brauchte lange um mich anzupirschen.« Zwischen den Brauen seines Vaters stand eine steile Falte. Krallenbeißer hatten ihren Namen nicht umsonst – sie waren gefährliche Räuber und trotz ihrer sprichwörtlichen Feigheit konnten sie zu reißenden Bestien werden, wenn man sie in die Enge trieb. Sie nur mit einer Schleuder anzugreifen war ein Wagnis. Aber er schwieg und hörte aufmerksam zu. »Und dann kam das Ungeheuer«, stieß Timo schließlich hervor. »Ich habe so ein Tier noch nie zuvor gesehen. Es kam aus dem Wald am anderen Ufer und es war groß wie ein Berg und schwarz und schrecklich und ...« Wieder traf ihn ein tadelnder Blick und er verstummte. Aber es war so verdammt schwer, das richtig auszudrücken, was er sagen wollte. Das Ding war so furchtbar gewesen, dass ihm fast die Worte fehlten, es zu beschreiben. »Ich weiß nicht, was es war«, sagte er nach ein paar Sekunden mit mühsam beherrschter Stimme. »Es war schwarz wie die Nacht und doppelt so groß wie ein Felsenbär. Mindestens. Es ... sah aus wie eine riesige Kröte, aber auch wieder ganz anders. Seine Haut war schuppig und voller Warzen und es hatte furchtbare Zähne. Es hat eine Flusskrappe gefressen, so mühelos, wie man eine Beere verschluckt. Und seine Augen waren entsetzlich. Klein und rot und ... es sah aus, als würden sie brennen.«
Timo brach ab, als er bemerkte, wie sein Bericht auf seine Eltern wirkte. Seine Mutter war blass geworden, ihre Lippen zuckten und ihre Hand hatte sich ängstlich um die seines Vaters geschlossen. Erron Un Gent nahm die Pfeife aus dem Mund und sah ihn ernst an. »Doppelt so groß wie ein Felsenbär und schwarz, hm?«, machte er.
Timo nickte.

Seine Eltern tauschten einen raschen, erschrockenen Blick und sein Vater nahm die Pfeife wieder zwischen die Lippen. Zwei dünne, blaue Rauchwolken kräuselten sich aus seinen Nasenlöchern, sodass er für einen Moment wie ein verhutzelter alter Nebeltroll aussah. »Und Augen, die aussahen, als würden sie brennen ...«

»Richtig«, bestätigte Timo aufgeregt.

Seine Mutter tat einen tiefen Atemzug. »Timo«, sagte sie streng. »Du erlaubst dir keinen Scherz mit uns, nein? Du kannst es ruhig zugeben, wenn es so ist. Wir werden dich nicht dafür bestrafen.« Ihr Gesicht war unbewegt und ihre Stimme klang ruhig, aber es war jene Art von Ruhe, hinter der sich große Aufregung verbirgt. Timo überkam plötzlich ein ungutes Gefühl. Seine Worte hatten seine Eltern mehr erschreckt, als er geglaubt hatte.

»Wo sollte er davon gehört haben?«, fragte sein Vater, ehe Timo selbst antworten konnte. »Wir haben ihm nie davon erzählt und Timo ist kein Kind mehr, das Schauergeschichten zum Besten gibt, um sich interessant zu machen.«

»Aber ich *habe* es gesehen!«, protestierte Timo. »Es war ... ganz nahe! Um ein Haar hätte es mich entdeckt. Ich hatte Glück, dass es die Flusskrappe erwischt hat.«

Das Gesicht seiner Mutter verlor noch mehr an Farbe, aber sie beherrschte sich und schwieg. Nur ihre Lippen pressten sich zusammen, bis sie einen schmalen Strich bildeten. Ihre Finger bewegten sich nervös.

»Wie eine Kröte und Augen, die brennen«, wiederholte sein Vater. Die Worte hatten einen seltsamen Klang, nicht erschrocken, sondern als ob sich eine lang gehegte Ahnung bestätigt hätte. Er nahm wieder einen tiefen Zug aus seiner Pfeife und seufzte. »Die Zeichen haben nicht getrogen«, murmelte er.

»Aber das besagt nichts, Erron«, sagte Timos Mutter hastig. Die Worte kamen zu rasch, um wirklich überzeugen zu

können. Sie klangen wie ein verzweifelter Aufschrei. »Es kann ein Zufall gewesen sein.«
»Zufall?« Timos Vater lächelte traurig und schüttelte den Kopf. »O nein. Die Zeichen stehen deutlich im Himmel, aber wir waren blind. Vielleicht wollten wir sie auch nicht sehen.«
»Zeichen?«, wiederholte Timo verwundert. Er blickte nach oben. Die Sonne war weiter emporgestiegen und halb hinter weißen Schäfchenwolken verborgen, aber sonst war der Himmel leer – türkis und hell und normal wie immer.
Sein Vater lächelte sanft. »Wer Augen hat und die Sprache der Natur versteht, der kann die Zeichen erkennen«, sagte er. »Der Winter kommt zu früh in diesem Jahr und die Tiere ziehen fort.«
Timo nickte. Der Sommer war wirklich früh zu Ende gegangen und Timo konnte sich nicht erinnern, dass sein Vater jemals so oft mit leeren Händen von der Jagd heimgekehrt war wie in diesem Herbst. Das Reh, das er am Morgen geschossen hatte, war die erste wirklich gute Beute seit langem gewesen.
»Der Fluss führt wenig Wasser und selbst die Wölfe ziehen sich ins Hochgebirge zurück. Ich hätte es wissen müssen, aber ich war blind. Vielleicht werde ich auch alt.«
Timo schüttelte verwirrt den Kopf. »Aber was ... was hat das mit dem Ungeheuer zu tun?«, fragte er.
»Das Ungeheuer«, sagte sein Vater betont, »das du gesehen hast, mein Sohn, war ein *Gorm*.«
»Ein ...« Timos Mund blieb vor Schreck und Verblüffung offen stehen. Sein Vater war gewiss kein Mann, der mit dem Entsetzen Scherze trieb, und in einer Situation wie dieser schon gar nicht. Trotzdem fiel es ihm schwer, zu glauben, was er gehört hatte.
Gorme waren nicht wirklich. Sie waren Dinge aus Träumen und Geschichten, mit denen man kleine Kinder er-

schreckte oder sich an langen, einsamen Winterabenden die Zeit vertrieb. Es gab sie nicht, weil es sie nicht geben durfte!

Aber waren das nicht seine eigenen Gedanken gewesen? Ein Ding, so schrecklich, dass er seine Existenz auch dann noch angezweifelt hatte, als er es mit eigenen Augen sah? »Ein ... Gorm«, murmelte er stockend.

»Ein Höhlengorm sogar nach deiner Beschreibung«, bestätigte sein Vater. »Einer von der schlimmsten Sorte. Es ist geschehen oder es wird geschehen, bald. Die ›Dunkle Prophezeiung‹ wird Wahrheit.«

Timo verstand nichts mehr. Er wusste nicht, was die »Dunkle Prophezeiung« war – und wenn er ehrlich war, wollte er es gar nicht wissen. Aber sein Vater sprach mit ruhiger, ernster Stimme weiter, ohne auf eine Äußerung seines Sohnes zu warten: »Wir haben dir nie davon erzählt, Timo, weil wir es wie alle anderen für nichts als eine Legende hielten. Vielleicht auch, weil wir nicht wollten, dass es mehr als eine Legende sein durfte. Aber die Zeichen sind nicht mehr zu übersehen.« Er schloss die Augen, nahm die Pfeife aus dem Mund und senkte das Haupt. Mit einem Mal wirkte er unendlich müde und viel älter, als er wirklich war. »Die Alten sagen, dass eines Tages, wenn wieder einmal die Tagnacht bevorsteht, die Gorme und Trolle aus ihrem unterirdischen Reich hervorbrechen und unsere Welt erobern werden«, fuhr er fort. »Es heißt weiter, dass sich Gorme, Trolle und böse Zauberer mit den Menschen zusammenschließen und der Welt Unheil und Leid bringen werden.«

»Ein Märchen«, sagte Timos Mutter. »Die Alten erzählen viel, wenn sie am Feuer sitzen, und das wenigste davon ist wahr.«

»Aber der Winter *ist* früher gekommen und die Tiere *sind* geflohen«, wandte Timos Vater ein. »Und unser Sohn hat einen Gorm gesehen.«

»Wie kannst du das wissen? Er kann … irgendein ihm unbekanntes Geschöpf gesehen haben. Es heißt, in den Wäldern des Westens leben Ungeheuer, die noch niemand erblickt hat.«

»Es war ein Gorm«, sagte Timo leise.

Seine Mutter sah unwillig auf. »Woher willst du das wissen?«, fragte sie scharf.

Timo schwieg einen Moment. Er wusste einfach, dass sein Vater Recht hatte, aber es war so unendlich schwer, zu erklären, wieso. Das Wissen war einfach in ihm, so plötzlich wie etwas, das er schon immer gewusst und nur wieder vergessen hatte. Er hatte den dumpfen Hauch des Bösen gespürt, der das schwarze Ungeheuer umgeben hatte. Es *war* ein Gorm gewesen.

»Wir werden fortgehen müssen«, sagte sein Vater plötzlich.

»Fortgehen?«, wiederholte Timo entsetzt. »Aber warum denn?«

»Die Berge sind nicht mehr sicher. Der Gorm, den du gesehen hast, war nur der erste von vielen, die kommen werden. Sie hassen die Helder, so wie wir sie hassen, und sie würden uns jagen und töten, wenn wir blieben. Wir müssen die Menschen und die anderen Bewohner des Tales warnen. Noch ist die Tagnacht nicht angebrochen und vielleicht ist noch Zeit, dem Unheil Einhalt zu gebieten.«

»Die Menschen warnen?« Der Gedanke, die vertraute Welt der Berge zu verlassen und zu den Menschen hinunterzugehen, erschreckte ihn. »Aber sagtest du nicht, dass … dass sich die Menschen mit ihnen verbünden würden?«

»Nicht alle Menschen sind schlecht«, belehrte ihn sein Vater. »Sie mögen uns laut und sonderbar erscheinen, aber sie sind Wesen wie wir, auch wenn sie nach Regeln und Gesetzen leben, die uns fremd und unverständlich sind.«

»Aber die Prophezeiung …«

»Sagt, was sein kann, nicht was sein muss«, unterbrach ihn sein Vater. »Wir werden nach Muuren Shant gehen und die Menschen warnen. Es ist noch nicht zu spät. Wenn sie die Gefahr erkennen und sich darauf vorbereiten, werden sie ihr gewachsen sein.«
»Sie werden uns auslachen«, sagte Timos Mutter ernst. »Sie werden uns vielleicht sogar verfolgen und verjagen. Sie sind *Menschen*.«
Timo sah seine Mutter verwundert an. Sie hatte das Wort »Menschen« ausgesprochen, als wäre es eine Beschimpfung; eine Art zu reden, die so gar nicht zu ihrem stillen und zurückhaltenden Wesen passte.
Sein Vater blieb ruhig. Er schüttelte nur wortlos den Kopf, stand auf und ging langsam zu den Hunden hinüber. Timo sah ihm lange nach.
Er wusste, dass sie gehen würden.

Es wurde Abend, bevor sie aufbrachen, und Nacht, ehe sie den Fluss unweit der Stelle überquerten, an der Timo dem Gorm begegnet war. So gering ihre Habe auch war, es hatte doch bis in den späten Nachmittag hinein gedauert, sie zu ordnen und auf die beiden hölzernen Schlitten zu verstauen. Die Spurhunde hatten eine Extramahlzeit bekommen, einen guten Teil des Rehs, das Timos Vater am Morgen erlegt hatte, denn sie mussten die schweren Schlitten ziehen. Der Weg nach Westen würde lang und anstrengend sein und es war nicht sicher, dass sie so bald wieder Gelegenheit haben würden, in Ruhe zu rasten.
Sein Vater bestand darauf, die Stelle zu besichtigen, an der Timo den Gorm gesehen hatte. Ein banges Gefühl beschlich den Jungen, während sie nebeneinander durch das seichte Wasser am Ufer entlangschritten. Die Nacht war kalt, aber klar, und Mond und Sterne spendeten genug Licht, um sehen zu können. Timo hatte bisher niemals

Angst vor der Dunkelheit gehabt. Er war mit ihr aufgewachsen und hatte gelernt, sie als Verbündeten zu betrachten, als etwas, das ihm Schutz und Sicherheit gewährte und an dem nichts Bedrohliches oder gar Gefährliches war. Jetzt, zum ersten Mal in seinem Leben, hatte er Angst vor der Nacht. Und sein Herzklopfen wurde stärker, je mehr sie sich dem bewussten Platz näherten. Sicher war der Gorm längst weitergezogen und trieb anderenorts sein Unwesen, aber es kam ihm vor, als wäre etwas von ihm zurückgeblieben, ein unsichtbarer Schatten, der wie ein böser Hauch über dem Fluss und dem Wald lag und die Luft verpestete.

Sein Vater blieb stehen, als sie die verwüstete Stelle erreichten. Junge Bäume waren geknickt oder entwurzelt, die Pflanzen zertrampelt worden und die gewaltigen Pranken des Untiers hatten die dünne Erdkruste bis auf den felsigen Untergrund aufgerissen. Der Wald war alt, uralt – vielleicht so alt wie die Berge, an die er grenzte –, aber er war trotz seines enormen Ausmaßes und der mächtigen Baumriesen empfindlich und verwundbar. Der Wind würde das begonnene Vernichtungswerk fortsetzen und das lockere Erdreich davontragen. Vielleicht würde an dieser Stelle niemals wieder etwas wachsen.

Der Anblick dieser Zerstörung erfüllte Timo mit Zorn und verstärkte zugleich seine Angst vor diesen stumpfen Geschöpfen aus den lichtlosen feuchten Höhlen Annwns.

Sein Vater kniete nieder und hob etwas auf. Timo trat neugierig näher und beugte sich hinunter. Es war eine Schuppe, ein schwarzes, handtellergroßes Ding aus glänzendem Horn. Wo sie gelegen hatte, waren Blumen und Gras verdorrt und der Boden krümelig und schwarz wie Asche.

»Du hattest Recht, Timo«, murmelte sein Vater. Seine Stimme war so leise, dass sie im Plätschern des Flusses beinahe unterging. »Es war ein Gorm. Dies ist der Beweis.«

Timo kniete schweigend neben ihm nieder und tastete mit den Fingerspitzen über den Boden. Die Schuppe hatte einen ovalen Abdruck in dem verbrannten Erdreich hinterlassen. Verblüfft nahm er eine Hand voll davon auf, sah seinen Vater an und blies den Staub in den Fluss. »Was ist das?«, fragte er ungläubig. »Die Erde ist ... tot!«

Sein Vater nickte. Im schattigen Halbdunkel des Waldes sah sein Gesicht grau aus. »Die Gorme kommen aus einer Welt der Dunkelheit und Kälte und sie bringen ein Stück dieser Welt mit sich.«

Timo begriff nur langsam, was sein Vater meinte. »Du ... du willst damit sagen, dass ... dass es überall so aussehen wird, wenn ...«

Sein Vater nickte, gab sich dann einen Ruck und schüttelte hastig den Kopf. »Noch ist es nicht so weit«, sagte er mit veränderter Stimme. »Es ist erst einer, aber auch Hunderte von ihnen wären nicht genug, diesen riesigen Wald zu verbrennen. Doch wir müssen sie aufhalten. Deshalb gehen wir zu den Menschen, mein Sohn.«

»Aber Mutter hat gesagt, dass ... dass sie uns nicht glauben werden«, entgegnete Timo.

Sein Vater lächelte traurig. »Sie werden uns glauben, Timo, wenn ich dies hier als Beweis mitbringe«, sagte er und zeigte auf die Schuppe. »Du darfst deine Mutter nicht falsch verstehen. Sie fürchtet die Menschen, weil sie sie nicht versteht. Aber sie sind nicht böse.«

»Es heißt, dass einst Krieg zwischen den Menschen und den Heldern geherrscht hat.«

»Ich weiß.« Für einen Moment huschte ein Schatten über die Züge seines Vaters. »Aber das ist lange her. So lange, dass die Menschen und auch die meisten von uns schon vergessen haben, was geschehen ist. Wir waren alle dumm damals, sowohl die Menschen als auch die Helder. Was vergangen ist, soll vergessen bleiben. Die, die heute in

Muuren Shant leben, sind die Enkel derer, die damals gegen uns gekämpft haben. Sie tragen nicht mehr Schuld als du, Timo. Es hat lange gedauert, bis wir begriffen haben, dass die Welt groß genug für Menschen *und* Helder ist.« Er lächelte, verbarg die Gormschuppe unter seinem Mantel und wies mit einer Kopfbewegung dorthin, wo Timos Mutter mit den Hunden und den Schlitten zurückgeblieben war. »Gehen wir. Ich habe gefunden, wonach ich gesucht habe, und es gibt keinen Grund mehr, an diesem Ort zu verweilen.«

»Du hast mir nicht geglaubt, nicht wahr?«, fragte Timo traurig.

»Doch, mein Sohn, Aber ich wollte es nicht wahrhaben. Manchmal sträubt man sich noch gegen die Wahrheit, wenn sie einem ins Gesicht schreit. Und ich brauchte einen Beweis. Nicht für mich, aber für die Menschen. Es wird auch so noch schwer genug sein, sie zu überzeugen.«

»Menschen sind dumm«, behauptete Timo. »Ich glaube, Mutter hat Recht – sie werden uns nicht glauben. Sie werden uns auslachen und davonjagen.«

»Nicht dumm«, berichtigte ihn sein Vater. »Sie sind anders als wir. Ich weiß, dass sie dir groß und tölpelhaft vorkommen, denn ich habe früher genauso gedacht wie du. Aber so, wie wir über sie lachen, so lachen sie über uns, weil sie uns für klein und schwach halten.«

Timos Gesicht verfinsterte sich. »Niemand wird über uns lachen«, sagte er. »Weder über mich noch über dich oder Mutter. Ich werde ...«

»Aber was ist so schlimm daran, zu lachen?«, fragte sein Vater sanft. »Ist es nicht tausendmal besser, über den anderen zu lachen als ihn zu töten?«

Timo wusste nicht, was er antworten sollte. Er fühlte sich plötzlich wieder hilflos, wie so oft, wenn er mit seinem Vater sprach.

Langsam gingen sie zurück. Timo hielt ein paar Schritte Abstand von seinem Vater, der schweigend vorausging. Er schien zu spüren, dass sein Sohn eine Weile allein sein wollte, und respektierte diesen Wunsch, obwohl er ihn vor kaum einer Stunde erst ermahnt hatte, nicht allein in den Wald zu gehen, solange der Gorm noch irgendwo in der Nähe sein konnte.
Timo hatte noch immer Angst, aber es war nicht mehr die unmittelbare Furcht vor dem Ungeheuer, sondern ein quälendes Gefühl der Bedrohung, die weniger ihm als vielmehr seiner ganzen Welt zu gelten schien. Es war zu viel geschehen, zu viel in zu kurzer Zeit. Noch vor Tagesfrist war seine Welt heil und in Ordnung gewesen und jetzt drohte all dies verloren zu gehen.
Er blieb stehen und hob die Hände. Ein paar Stäubchen der verbrannten Erde klebten noch an seinen Fingern. Er betrachtete sie sekundenlang, bückte sich dann und tauchte sie ins eiskalte Wasser des Flusses.
Aber er fühlte, dass er den Schatten des Gorms wohl abwaschen, aber niemals ganz vergessen konnte. So, wie ein Teil des Ungeheuers hier im Wald zurückgeblieben war und ihn veränderte, hatte die Begegnung auch Timo selbst verändert. Seine Welt war nicht mehr, wie sie gewesen war, und vielleicht würde es sehr, sehr lange dauern, bis sie wieder so wurde.
Und vielleicht, dachte er, während er sich aufrichtete und seinem Vater folgte, würde sie nie wieder so werden wie vorher.

Muuren Shant

Die Stadt war so hässlich, wie Timo sie in Erinnerung gehabt, nicht ganz so schmutzig, wie er geglaubt, und noch lauter, als er befürchtet hatte. Zehnmal hatten sich Tag und Nacht abgewechselt, ehe sie die Grenzen des Waldes erreichten und das Weideland von Garth vor ihnen lag. Dann waren sie weitere zwei Tage über gleichförmige, schachbrettartig angelegte Felder und Wiesen gezogen, ehe sie schließlich den Frostfluss erreichten und Muuren Shant vor ihnen lag. Ihre Mauern ragten wie die Felsen eines künstlichen, von Menschenhand geschaffenen Berges hundert und mehr Klafter in die Höhe, hässlich und grau und von sechs gewaltigen, aus rohem Bruchstein errichteten Türmen überragt, die die Eckpunkte der Stadt markierten. Die wenigen Fenster waren schmal und vergittert, sodass nicht einmal ein Vogel hätte hindurchschlüpfen können, und auf den zinnengekrönten Mauern patrouillierten bewaffnete Posten.
Auch das war etwas, was Timo nicht verstand – sooft sie auf Menschen trafen, waren diese bewaffnet, manchmal nur mit einem kleinen Dolch, meist jedoch mit Schild und Schwert, Bogen oder Armbrust. Es schien, als fürchteten sie ununterbrochen, überfallen zu werden. Dabei herrschte seit Generationen Frieden. Die Stadt war erst lange nach dem Krieg zwischen Menschen und Heldern erbaut worden. Und es gab von hier bis zur Grenze des Waldes kein Tier, das auch nur einem Kind hätte gefährlich werden können, geschweige denn einem erwachsenen Mann. Aber vielleicht waren die Menschen auch einfach nur verrückt.

Jetzt lag der wassergefüllte Graben vor ihnen, der die Stadt in einem weit geschwungenen Dreiviertelkreis umgab, rechts und links in den Fluss mündete und Muuren Shant damit in eine künstliche Insel verwandelte. Sie fuhren über die Brücke und näherten sich dem mächtigen Stadttor. Nur ein Seitentor war in einem der bronzenen Flügel geöffnet, gerade groß genug, dass ein Wagen durchfahren konnte. Wie es die Art der Menschen war, wurde das Tor von zwei Soldaten bewacht – großen, grobknochigen Kerlen in schweren Lederrüstungen, über die sie rot-blaue Umhänge geworfen hatten. Die Männer sahen ihnen interessiert entgegen, aber Timo vermochte nicht zu unterscheiden, ob der Ausdruck auf ihren Gesichtern Misstrauen oder bloße Neugier war.
Seltsamerweise wurden sie nicht aufgehalten. So abweisend und verschlossen die Stadt wirkte, stand sie doch jedem Besucher offen und die Wachen beschränkten sich auf ein abfälliges Grinsen und eine Bemerkung, die Timo nicht verstand, die aber bei den Soldaten schallendes Gelächter auslöste.
Timo und seine Eltern fuhren durch eine enge Straße, die zur Stadtmitte führte und von schmalen grauen Häusern eingesäumt war. Timo hatte sich kaum mehr erinnert, wie es in Muuren Shant aussah – es war lange her, dass er hier gewesen war. Aber es kam ihm vor, als wäre die Stadt noch trostloser und enger geworden. Fremdartige, unangenehme Gerüche schlugen ihnen entgegen und der Lärm dröhnte ihnen in den Ohren. Die Straße war voller Menschen, die den Schlitten und ihren Insassen neugierige Blicke zuwarfen, aber hastig beiseite traten, um ihnen Platz zu machen. Niemand sprach sie an und mit Ausnahme einer Horde Kinder, die ihnen johlend ein Stück nachlief, schien sich auch jedermann Mühe zu geben, seine Neugier nicht allzu offen zu zeigen. Es musste wohl so sein, wie sein Vater gesagt

hatte: Die Zeiten, da zwischen Menschen und Heldern Hass und Neid geherrscht hatten, waren vorbei – aber man begegnete sich trotzdem noch mit Misstrauen und hielt Abstand.
Die hölzernen Kufen der Schlitten erzeugten quietschende und scharrende Geräusche auf dem harten Katzenkopfpflaster und die Hunde mussten sich mit viel mehr Kraft ins Geschirr legen als draußen, wo die Schlitten leichter über Gras und Erdreich geglitten waren.
Schließlich erreichten sie den großen Platz in der Mitte der Stadt. Timo hielt vor Erstaunen unwillkürlich den Atem an.
Er hatte nie zuvor so viele Menschen auf einem Fleck gesehen – es mussten Hunderte, vielleicht Tausende sein. Mehr, als Muuren Shant Einwohner hatte. Wenn er ehrlich war, dann hatte er nicht geglaubt, dass es überhaupt so viele Menschen geben könnte.
Es war Markttag. Rund um den Platz waren Dutzende von Buden und Ständen aufgebaut, an denen Händler ihre Waren feilboten, wo getauscht und gefeilscht, anprobiert und gemessen wurde. Die meisten Stände waren mit bunten Tüchern, Fahnen oder Wimpeln geschmückt, sodass sich der Marktplatz als kunterbunter Kreis vom öden Grau der Stadt abhob. Der Lärm war ohrenbetäubend, denn die Händler priesen schreiend ihre Waren an und jeder versuchte seinen Nachbarn zu überbrüllen. Eine Abteilung Soldaten schlenderte vorüber, aber sie wirkten eher gelangweilt als aufmerksam. Wahrscheinlich waren sie nur hier, weil irgendeine der schwer verständlichen und überflüssigen Regeln, mit denen die Menschen ihr Leben einengten und die sie Gesetze nannten, es verlangte, nicht, weil sie wirklich mit Aufruhr oder Gefahr rechneten.
Timos Blick fiel auf ein hölzernes Podest am anderen Ende des Marktplatzes, auf dem bunt gekleidete Gaukler ihre

Kunststücke aufführten und das Volk zum Lachen brachten. Irgendwo, in dem Menschengewühl nicht sichtbar, versuchte eine Kapelle mit sehr viel mehr gutem Willen als Können Musik zu machen – jedenfalls nahm Timo an, dass der Höllenlärm so etwas wie Musik sein sollte.
Sein Vater ließ die Peitsche knallen und die Hunde legten sich widerstrebend ins Zaumzeug, um die Schlitten über das holprige Pflaster zu ziehen. Die Menschenmenge teilte sich vor ihnen, aber Timo hatte das Gefühl, dass es weniger aus Höflichkeit als vielmehr aus Furcht vor den riesigen schwarzen Spurhunden geschah. Aber sie kamen trotzdem kaum vorwärts. Ihr Erscheinen begann nun doch Aufsehen zu erregen und sie hatten den Marktplatz noch nicht einmal zur Hälfte überquert, als sie sich hoffnungslos in einer ständig größer werdenden Traube Neugieriger eingekeilt sahen. Timos Vater knallte abermals mit der Peitsche und ein paar Menschen wichen zurück, wurden aber von den Nachdrängenden sofort wieder nach vorne geschoben. Die Hunde zerrten und zogen am Geschirr, aber sosehr sie sich auch bemühten, sie saßen so fest wie ein Floß, das in ein Nest von Schimmelschilf geraten war. Unzählige Hände betasteten von allen Seiten die merkwürdigen Gefährte und ihre Ladung.
Timo fühlte sich unbehaglich. Seine Mutter, die auf dem ganzen Weg hierher ohnehin nicht viel geredet hatte, war vollends verstummt, seit sie die Stadt betreten hatten, und auch auf den Zügen seines Vaters machte sich ein immer stärkerer Ausdruck von Sorge breit. Die Stimmung der Menge war nicht feindlich, doch glaubte er in vielen Blicken Misstrauen zu lesen. Er kam sich vor, als wäre er plötzlich in einem Wald gaffender Gesichter und greifender Hände gefangen. Auch die Hunde begannen nervös zu werden. Sie waren die Nähe so vieler Menschen genauso wenig gewohnt wie Timo und seine Eltern und sie waren

erschöpft und gereizt von den unzähligen Meilen, die sie die schweren Schlitten hatten ziehen müssen. Einer von ihnen bellte und schnappte nach der Hand eines Mannes. Der Angriff war nicht ernst gemeint und nur eine Warnung – wäre es mehr gewesen, dann hätte er dem Mann den Arm abgebissen, ehe dieser überhaupt merkte, was mit ihm geschah –, aber der Städter sprang mit einem gellenden Schreckensschrei zurück, umklammerte seine Hand und begann lautstark zu zetern. Der Schrei pflanzte sich weiter fort und schon waren die Menschen rundherum nicht mehr neugierig und erheitert, sondern verschreckt und aufgebracht. Fäuste wurden geschüttelt, und obwohl Timo die Worte, die ihnen zugerufen wurden, nicht verstand, war ihm ihre Bedeutung dennoch klar.

Vielleicht wäre es zu Handgreiflichkeiten gekommen, wenn nicht in diesem Moment Soldaten aufgetaucht wären. Die Menge teilte sich auf einen energischen Ruf hin und die Soldaten trieben die zuvorderst Stehenden mit derben Stößen beiseite. Timo atmete innerlich auf. Er hatte nicht gedacht, dass er jemals froh sein würde, Soldaten zu sehen. Einer der Soldaten, der einen prachtvollen, mit einem bunten Federbusch geschmückten Helm und einen rot-blauen Umhang trug, wandte sich an seinen Vater, während die drei anderen hinter seinem Rücken die Menge in Schach hielten. »Was ist hier los?«, fragte er grob. »Wer seid ihr und was wollt ihr hier?«

»Es tut mir Leid«, antwortete Timos Vater. »Wir waren auf der Suche nach einem Gasthaus und …«

»Müsst ihr mit euren komischen Gefährten mitten über den Platz fahren?«, unterbrach ihn der Soldat unwirsch. »Seht ihr denn nicht, dass Markttag ist?«

Einer der Umstehenden deutete aufgeregt auf die Hunde. »Die Biester sind bissig«, sagte er aufgebracht. »Sie haben sie auf uns gehetzt.«

»Aber das stimmt doch gar nicht!«, begehrte Timo auf.
Sein Vater brachte ihn mit einem strengen Blick zum Schweigen. »Die Hunde sind nervös«, erklärte er entschuldigend. »Sie sind so viele Menschen nicht gewöhnt. Aber sie würden niemals jemanden beißen.«
»Dann lasst diese Bestien außerhalb der Stadtmauern, wo sie hingehören«, schnappte der Soldat. Aber seine Worte schienen ihm im gleichen Augenblick schon wieder Leid zu tun, denn er fügte in etwas versöhnlicherem Tonfall hinzu: »Jedenfalls müsst ihr auf sie Acht geben. Für die Menschen hier ist der Anblick ungewöhnlich und sie können nicht wissen, wie sich eure Tiere verhalten. Ihr sucht ein Gasthaus?«
»Ja, ein Zimmer für uns und einen Stall für die Hunde. Und ein Gespräch mit Eurem Statthalter.«
Der Soldat blinzelte überrascht. »Mit dem Statthalter?«, vergewisserte er sich. »Ihr?«
»Warum nicht?«, gab Timos Vater zurück. »Was wir ihm zu sagen haben, ist wichtig.«
Der Soldat überlegte kurz. »Gut. Es geht mich nichts an, was ihr wollt, und es interessiert mich auch nicht. Zuallererst einmal müsst ihr hier weg. Meine Leute werden euch zu einer Herberge begleiten.«
»Und der Statthalter?«
»Eines nach dem anderen«, sagte der Soldat, nun wieder in ungeduldigem Tonfall. »Ihr müsst hier verschwinden, bevor wirklich etwas passiert.« Er drehte sich um und rief seinen Männern einen scharfen Befehl zu. Die Soldaten trieben die Menschen auseinander, die zu beiden Seiten der Fremden ein Spalier zu bilden begannen. Die Hunde liefen los, ohne auf einen Befehl zu warten.
Als sie den Platz verließen, kamen sie dicht an der Tribüne der Gaukler vorbei. Die Männer und Frauen in ihren bunten Kostümen hatten aufgehört ihre Kunststücke vorzu-

führen und starrten neugierig zu ihnen herunter. Ihre Gesichtszüge waren unter der farbigen Schminke kaum zu erkennen, aber Timo sah, dass einer von ihnen nur wenig älter als er selbst sein konnte, obwohl er bereits größer als sein Vater war. Der Junge trug ebenfalls ein Narrenkostüm, saß am Rand der Tribüne und baumelte mit den Beinen. In den Händen hielt er einen rot-grün bemalten Stab mit einem faustgroßen, silbernen Knauf.

Die Soldaten geleiteten Timo und seine Eltern über eine schmale, ungepflasterte Straße vom Marktplatz und der aufgebrachten Menschenmenge fort und tiefer in das Labyrinth aus verwinkelten Gässchen und Wegen hinein. Als Timo nach einer Weile den Kopf zurückwandte, sah er, dass ihnen eine Gruppe Menschen gefolgt war. Er blickte hastig wieder nach vorne und versuchte sie zu vergessen, aber es gelang ihm nicht. Er fand, dass die Menschen ein recht eigenartiges Volk waren und dass sie es liebten, ihre oft rauen Späße – oder was sie für Späße hielten – mit allem zu treiben, das kleiner und schwächer war als sie.

Seine Eltern sprachen kein Wort. Das Gesicht seines Vaters wirkte verschlossen, aber Timo konnte sich gut vorstellen, was hinter seiner Stirn vorging. Auch er hatte sich ihren Einzug in Muuren Shant anders vorgestellt.

Das Gasthaus lag ganz am Ende der Straße, schon fast auf der anderen Seite der Stadt, und die Menschen, die ihnen gefolgt waren, hatten sich bis auf wenige zerstreut, als sie endlich anhielten. Sein Vater sprang vom Bock des Schlittens, ging rasch nach vorne zu den Hunden und flüsterte ihnen ein paar beruhigende Worte ins Ohr. Dann wandte er sich mit einem fragenden Blick an den Soldaten, der ihnen geholfen hatte.

»Ich werde euch begleiten und mit dem Wirt reden«, sagte dieser freundlich. Offenbar war er bemüht, seine grobe Art von vorhin wieder gutzumachen. »Wie ihr gesehen habt, ist

Markttag. Es wird nicht leicht sein, ein Dach über dem Kopf zu bekommen.« Er lächelte, ging zum Eingang des Gasthauses und machte eine einladende Handbewegung. Timo und seine Mutter stiegen ebenfalls ab, aber als der Junge zur Herberge gehen wollte, hielt sein Vater ihn zurück. »Du bleibst bei den Schlitten, Timo«, sagte er. »Jemand muss auf die Hunde und das Gepäck Acht geben.« Timo fügte sich mit einem Nicken. Aber der Soldat kam ihm unfreiwillig zu Hilfe.

»Bei uns wird nicht gestohlen, wenn du das damit ausdrücken willst, Helder«, sagte er scharf. »Ihr könnt die Gefährte beruhigt zurücklassen.«

»Darum geht es nicht. Wir haben nicht viel, das sich zu stehlen lohnt. Aber die Hunde sind nervös und erschöpft und es könnte ein Unglück geben, wenn ihnen jemand zu nahe kommt. Denkt daran, was auf dem Marktplatz geschah.«

»Unsinn«, murmelte der Soldat. »Meine Männer werden aufpassen.« Er schüttelte unwillig den Kopf und betrachtete die Hunde ein paar Sekunden. »Das sind herrliche Tiere«, sagte er dann bewundernd. »Ich habe noch nie so große Hunde gesehen. Habt ihr sie gezähmt?«

»Wir haben sie nicht gezähmt«, entgegnete Timos Vater. »Sie sind unsere Freunde.«

Der Soldat schwieg verblüfft, sah von ihm zu den Tieren und schüttelte schließlich den Kopf. »Es muss wohl so sein«, murmelte er. »Ihr vom Kleinen Volk seid verrückt.« Er seufzte, drehte sich wieder um und betrat das Gasthaus. Die drei Helder folgten ihm.

Der Raum war dunkel und kühl. Es gab Fenster – je zwei rechts und links von der Eingangstür auf der Vorderseite und zwei an der Rückseite des Schankraums –, aber sie waren mit dunklen Gardinen verhangen und das einzige Licht kam von zwei rußenden Kerzen. Die Luft roch nach kaltem Rauch und Wein und auf den Tischen standen noch Becher und schmutzige Teller mit Essensresten. Timo unterdrückte den Widerwillen, der in ihm emporstieg. Offensichtlich fühlten sich die Menschen in Schmutz und Unrat wohl.

Mit ein paar energischen Schritten durchquerte der Soldat den Raum, blieb vor der Theke stehen und schlug mit der flachen Hand darauf. Eine Minute verging, dann wurde ein schmuddeliger Vorhang an einer der Seitenwände zurückgeschlagen und ein verhutzeltes altes Männchen betrat das Zimmer.

»Was wollt ihr?«, fragte er nach einem prüfenden Blick auf die drei Helder. »Die Küche ist noch geschlossen. Es gibt erst nach Sonnenuntergang wieder Essen.«

Der Soldat schüttelte den Kopf. »Wir sind nicht gekommen, um uns an deinem Essen den Magen zu verderben, Koben«, sagte er spöttisch. »Diese drei Helder suchen einen Platz für sich und einen Stall für die Hunde.«

»Es ist nichts mehr frei«, sagte Koben unfreundlich. »Schon seit Tagen nicht mehr. Es ist Markt.«

»Wir brauchen nicht viel, guter Mann«, mischte sich Timos Vater ein. »Ein Platz im Stall würde uns reichen. Wir sind gewohnt, bei unseren Tieren zu schlafen.«

Der Wirt blinzelte misstrauisch. »Tiere, wie? Etwa diese riesigen schwarzen Ungeheuer, mit denen ihr durch die Gegend ziehen sollt? Die Biester kommen mir nicht ins Haus! Und ihr auch nicht!«

»Es sind keine Ungeheuer, sondern Hunde«, sagte der Soldat. »Sie sind draußen, Koben. Aber wir können sie natürlich auch vor der Tür stehen lassen, wenn du sie nicht in deinem Stall haben willst. Ich weiß nur nicht«, fügte er nach einer beabsichtigten Pause hinzu, »ob du dann noch allzu viele Gäste bekommen wirst. Sie sind wirklich sehr groß.«

Koben zuckte zusammen und warf einen wütenden Blick auf die Helder, aber gleich darauf machte er wieder ein mürrisches Gesicht. »Ein Zimmer habe ich nicht mehr«, sagte er, »und in den Stall kommen mir die Biester auch nicht. Aber ihr könnt sie im Schuppen hinter dem Haus unterbringen. Wenn ihr wollt, könnt ihr auch bei ihnen schlafen. Habt ihr überhaupt Geld?«
»Geld?« Timos Vater war für einen Moment überrascht, als wäre dies etwas, an das er noch gar nicht gedacht hatte. »Nein«, sagte er, »Geld haben wir nicht. Wir brauchen keines. Dort, wo wir herkommen, gibt es so etwas nicht.«
»Aber hier«, gab Koben triumphierend zurück. »Hier gibt es so etwas und hier braucht man es auch. Kein Geld – kein Zimmer.«
»Stell dich nicht so an, du alter Geizhals«, klang eine Stimme von der Tür her. Timo wandte sich überrascht um. Zwei Männer hatten die Taverne betreten. Einer von ihnen trug die übliche Kleidung der Menschen, der andere war in ein bunt gemustertes Kostüm gehüllt, wie es die Gaukler draußen auf dem Marktplatz getragen hatten. Auf seinem Kopf saß eine lustige Narrenkappe und die winzigen Glöckchen an seiner Hose klirrten, als er näher kam.
»Es wird deinem Laden gut tun, einmal mehr als verwässerten Wein und trockenes Fleisch anbieten zu können«, fuhr er in spöttischem Tonfall fort. »Es ist Jahre her, dass welche vom Kleinen Volk hier in der Stadt waren. Die Gäste werden in Scharen kommen, um sie zu sehen. Also gib ihnen schon einen Platz zum Schlafen.«
Koben schien einen Moment über seine Worte nachzudenken, schüttelte dann jedoch wieder den Kopf. »Kein Geld, kein Zimmer«, beharrte er. »Ich habe schon genug Ärger mit Euch und Euren Possenreißern. Da brauche ich die da nicht auch noch!«
Der Gaukler seufzte. »Du wirst noch einmal an deinem

Geiz ersticken«, sagte er. »Hier – das sollte für eine Nacht in deinem Stall ausreichen.« Seine Hand glitt unter das Kostüm und förderte eine sechseckige Münze zutage.
Der Wirt wollte nach dem Geldstück greifen, aber Timos Vater trat mit einem raschen Schritt dazwischen. »Ich danke dir für deine Hilfe«, sagte er, »aber wir können bezahlen.« Er griff in seinen Beutel, nahm einen Glitzerstein heraus und legte ihn vor Koben auf die Theke. »Wir haben zwar kein Geld, aber diese Steine sind bei euch so gut wie Geld, sagte man mir.«
In den Augen des Wirtes blitzte es gierig auf. Timo hatte Mühe, ernst zu bleiben. Sie fanden oben in den Bergen oft Steine wie diesen. Als Kind hatte er einen ganzen Beutel voll davon besessen und damit gespielt und auch jetzt kam es vor, dass er einen zur Hand nahm und sich an dem Feuer ergötzte, mit dem sich das Sonnenlicht in ihm brach. Aber sie waren wertlos – Spielzeug, das hübsch anzusehen war, aber zu nichts taugte. Die Menschen gerieten jedes Mal aus dem Häuschen, wenn sie nur einen Splitter davon zu Gesicht bekamen. In der Tat – sie waren verrückt.
Koben streckte die Hand nach dem Stein aus, kam aber nicht dazu, ihn anzufassen. Der Soldat stieß ihn grob zurück, nahm den Stein zwischen Daumen und Zeigefinger und hielt ihn prüfend gegen das Licht.
»Entschuldigt, wenn ich mich einmische, Helder«, sagte er. »Aber das ist zu viel. Für das, was dieser Rubin wert ist, könnt Ihr das Haus dieses Halsabschneiders kaufen und er würde noch ein gutes Geschäft dabei machen.« Er bedachte den Wirt mit einem finsteren Blick und schloss die Faust um den Stein. »Ich werde ihn für Euch eintauschen, wenn Ihr wollt«, sagte er. »Ihr bekommt genug Geld, um ein anständiges Quartier bezahlen zu können. Bis ich zurück bin, wird die Münze des Gauklers ausreichen. Ihr könnt sie ihm dann zurückgeben.«

»Zurück«, murmelte Koben gehässig. »Daran glaubst du doch selbst nicht. Er wird Euch betrügen, Helder. Keinen Groschen seht Ihr.«
Der Soldat schwieg einen Moment, ging dann zu einem der Tische und nahm einen schmutzigen Teller in die Hand. »Mir scheint, dieser Fleischbrocken ist ungenießbar«, sagte er obenhin. »Vielleicht sollte man dieses Gasthaus schließen, bis der Wirt Sauberkeit gelernt hat?«
Koben murrte etwas Unverständliches und verschwand hinter dem Vorhang. Die Münze, die der Gaukler auf die Theke gelegt hatte, ließ er zurück.
Der Soldat sah ihm kopfschüttelnd nach und wandte sich wieder an Timos Vater. »Ich werde zum Palast gehen und den Stein eintauschen«, sagte er. »Mein Name ist übrigens Rukkah. Hauptmann Rukkah von der Stadtwache – nur damit Ihr seht, dass ich es ehrlich mit Euch meine. Zwei meiner Soldaten werden hier bleiben, bis ich wieder da bin. Und lasst Euch von diesem Wirt nicht übers Ohr hauen, er hat gutes Essen, aber das isst er selbst.«
»Ich vertraue Euch«, sagte Timos Vater rasch. »Und was das Geld angeht – bringt uns so viel, dass es für zwei Nächte und zwei Mahlzeiten reicht. Wichtiger wäre es, wenn wir mit dem Statthalter reden könnten.«
Rukkah runzelte die Stirn. Er schien etwas sagen zu wollen, blickte dann kurz auf den Stein in seiner Hand und zuckte die Achseln. »Ich werde sehen, was ich tun kann«, sagte er »Aber ich kann nichts versprechen. Der Statthalter ist ein viel beschäftigter Mann. Manchmal dauert es Wochen, ehe man von ihm empfangen wird. Wenn überhaupt.«
»Aber ich bin sicher«, mischte sich der Gaukler spöttisch ein, »dass es sich ermöglichen ließe, wenn Ihr noch einen zweiten Stein habt, Helder.«
Rukkah sah ihn finster an, schwieg aber. Timos Vater griff

unter sein Gewand, nahm den Beutel hervor und schüttelte drei weitere funkelnde Steine heraus. »Sie gehören Euch, wenn wir noch heute Abend mit ihm reden können«, sagte er ernsthaft. »Sagt ihm, dass wir den weiten Weg von den Bergen hierher gemacht hätten, nur um mit ihm zu reden. Und dass es wichtig ist. Für alle hier in der Stadt!«

Als Rukkah die Steine sah, kam etwas Sonderbares in seinen Blick. Es war nicht Gier – die hatte Timo in den Augen des Wirtes gesehen, nein, es war etwas, was ... Timo fand keine Worte dafür, aber es erschreckte ihn.

Schließlich nickte der Hauptmann, ließ den Stein unter seinem Wams verschwinden und wandte sich an den Gaukler und seinen Begleiter. »Ich lasse zwei meiner Soldaten draußen bei den Hunden zurück«, sagte er. »Und ihr beide gebt Acht, dass niemand diesen Heldern etwas zu Leide tut.«

»Ihnen oder ihrem Beutel?«, fragte der Gaukler spöttisch.

Rukkahs Miene verfinsterte sich. »Du solltest dir überlegen, was du sagst, Bursche«, meinte er leise. »Auch die Narrenfreiheit hat ihre Grenzen.« Dann drehte er sich mit einem Ruck um und stapfte hinaus. Timo hörte ihn draußen mit seinen Männern herumkommandieren.

»Soldaten«, sagte der Gaukler abfällig. »Ihr solltet nicht allzu freigebig mit Euren Edelsteinen sein, Helder. Er hätte Euch auch für zwei zum Statthalter gebracht.«

»Geld spielt für uns keine Rolle«, gab Timos Vater zurück. »Wir brauchen es nicht und unser Anliegen ist wichtig.«

»Ich werdet jeden Beutelschneider und Tagedieb im Umkreis von zehn Tagesmärschen anlocken, wenn Ihr weiter mit den Steinen herumprotzt«, warnte der Gaukler. »Ich weiß, dass sie für Euch wertlos sind, aber in dieser Stadt sind schon Männer für weniger getötet worden.« Er schlenderte zu einem der Tische, setzte sich und machte eine einladende Handbewegung. »Mein Name ist Dergon«, sagte er, nachdem Timo, sein Vater und schließlich auch seine

Mutter zögernd Platz genommen hatten. »Und das hier« – er wies auf seinen Begleiter, der stehen geblieben war und ernst, aber nicht unfreundlich zu ihnen herüberblickte – »ist mein Bruder Grohgen. Wir sind Fremde wie ihr in der Stadt und ich finde, das ist ein ausreichender Grund, zusammenzuhalten.«

»Mein Name ist Erron Un Gent«, sagte Timos Vater. »Meine Gemahlin Veria An Gent und mein Sohn Timo.«

»Timo?«, fragte Dergon. »Nur Timo?«

»Er hat seinen Mannesnamen noch nicht, aber er wird ihn bald erhalten.«

Dergon nickte. »Die Tagnacht. Ist das der Grund für Euer Kommen?« Er wartete die Antwort nicht ab, sondern richtete sich halb auf und brüllte lauthals nach dem Wirt.

Koben erschien so rasch, als hätte er hinter dem Vorhang gestanden und gelauscht, und Dergon bestellte einen Krug Wein und Brot. Timos Vater wollte widersprechen, aber der Gaukler brachte ihn mit einem energischen Kopfschütteln zum Schweigen und scheuchte den Wirt hinaus. »Ihr könnt Euch erkenntlich erweisen, wenn Rukkah mit Eurem Geld kommt«, sagte er bestimmt. »Außerdem – wie ich schon sagte: Wir sind Fremde in dieser Stadt und sollten zusammenhalten. Ich kann es mir schon leisten, einem Freund einen Krug Wein zu spendieren.«

»Gehört ihr zu den Schaustellern, die wir auf dem Markt gesehen haben?«, platzte Timo heraus. Er hatte während der ganzen Fahrt vom Marktplatz bis hierher den Mund gehalten, aber nun hielt er es nicht mehr aus.

Dergon lächelte. »Ja, Junge, das sind wir. Meine Frau, mein Bruder, ich ... wir ziehen durch das Land und bieten den Leuten etwas, worüber sie lachen können. Das Leben in den Städten ist nichts für uns. Wir bleiben nicht gern lange an einem Ort. Ich habe einen Sohn, der ungefähr so alt sein müsste wie du – hast du ihn gesehen?«

Timo nickte. Er erinnerte sich gut an den Jungen mit dem rot-grünen Stab, auch wenn er sein Gesicht nicht gesehen hatte.

»Ihr müsstet euch eigentlich gut vertragen«, fuhr Dergon fort. »Grohgen – sei so gut und hol ihn her. Timo ist sicher froh, wenn jemand da ist, mit dem er reden kann.«

Dergons Worte verstimmten Timo ein wenig. Er sprach in einer Art mit ihm, als wäre er ein kleines Kind, kein Junge, den nur noch eine kurze Zeitspanne von seiner Mannesweihe trennte. Aber sicher meinte Dergon es nur gut und letztlich war er ein Mensch und konnte nichts dafür, dass er verrückt war. So beherrschte sich Timo und dankte mit einem flüchtigen Lächeln.

Der Wirt kam und brachte den Wein und einen kleinen Strohkorb mit dünn geschnittenem weißem Brot und sie schwiegen so lange, bis sie wieder allein waren und auch Grohgen gegangen war. Dergon hob seinen Becher, trank einen Schluck und fuhr sich mit dem Handrücken über den Mund. Auch Timo nippte vorsichtig an seinem Wein. Er schmeckte süß und bitter zugleich und hinterließ ein seltsames, unangenehmes Prickeln in seinem Mund. Er stellte den Becher wieder hin, schob ihn unauffällig ein Stück von sich und griff nach dem Brot.

Dergon ließ ihn die ganze Zeit nicht aus den Augen. »Es ist lange her, dass ich Leute vom Kleinen Volk gesehen habe«, begann der Gaukler nach einer Weile. »Wenn ich es mir recht überlege, dann müssen es viele Jahre her sein. Was gibt es so Wichtiges, das Euch hierher treibt?«

»Es ist ... wir haben eine Nachricht für den Statthalter«, antwortete Timos Vater ausweichend. Dergons Frage hatte ihn in Verlegenheit gebracht und das war etwas völlig Neues für Timo.

»Aber Ihr wollt nicht darüber sprechen, wie?« Dergon nickte. »In Ordnung. Ich verstehe und respektiere Euren

Wunsch.« Er trank wieder und füllte den Becher von neuem. »Aber Ihr solltet trotzdem vorsichtiger sein«, fuhr er nach einem weiteren Schluck fort. »Muuren Shant ist nicht mehr, was es einmal war.«

Timo wurde hellhörig. »Wie meint Ihr das?«, fragte er. Sein Vater sah ihn strafend an, aber Dergon schien ihm seine Vorwitzigkeit nicht übel zu nehmen.

»Ihr wart lange nicht hier«, stellte er fest. »Es hat sich in der Zwischenzeit vieles geändert. Und nicht zum Guten. Man merkt es nicht gleich, vor allem dann nicht, wenn man die Stadt nicht gut kennt. Eine Menge Gesindel treibt sich herum und man muss überlegen, ob man nach Dunkelwerden noch auf die Straße geht. Deswegen meine Warnung.«

»Wir schlafen bei den Hunden«, sagte Timos Vater. »Sie werden uns beschützen.«

Dergon lächelte. »Ja, das glaube ich gern. Wäre es anders, dann hätte ich Euch geraten, die Stadt so rasch wie möglich wieder zu verlassen.« Er schwieg einen Moment, äugte misstrauisch zu dem Vorhang hinüber, hinter dem der Wirt verschwunden war, und fuhr leise fort: »Ihr dürft keinem trauen. Die Stadt ist nicht mehr sicher und man begegnet allen Fremden mit Misstrauen und Neid. Sind Euch die vielen Soldaten nicht aufgefallen?«

»Sicher. Aber –«

»Der Statthalter hat seine Leibwache verdreifacht«, fuhr Dergon hastig fort. »Und jeden Tag ruft er weitere Männer zu den Waffen. Man könnte meinen, er bereite sich auf einen Krieg vor.«

»Krieg?«, wiederholte Timo erschrocken. »Aber gegen wen?«

Dergon hob die Schultern. »Das weiß niemand. Aber Ihr braucht Euch darüber keine Gedanken zu machen. Ihr vom Kleinen Volk seid sicher in euren Bergen, ganz gleich, was hier unten geschieht.«

»Wir sind nicht klein«, sagte Timo spitz. »Ihr seid zu groß.«
Wieder warf ihm sein Vater einen finsteren Blick zu und öffnete den Mund zu einem scharfen Verweis, aber Dergon winkte rasch ab. »Lasst ihn, Erron«, sagte er lächelnd. »Euer Sohn hat völlig Recht – von seinem Standpunkt aus. Und es ist sicher nicht höflich, Scherze über euch zu machen, nur weil ihr kleiner seid als unsereins ...« Er unterbrach sich, als die Tür aufging und sein Bruder zusammen mit einer hoch gewachsenen, schlanken Frau und einem etwa zwölfjährigen Jungen die Wirtsstube betrat. Timo runzelte die Stirn. Grohgen war so rasch zurückgekommen, als hätten die Frau und Dergons Sohn nur wenige Schritte entfernt gewartet.
Dergon deutete auf die freien Stühle an ihrem Tisch und wartete, bis sich die Neuankömmlinge gesetzt hatten. »Legema, meine Frau«, sagte er. »Und der vorwitzige Bengel neben ihr ist Charriu, mein Sohn.« Er lachte, deutete auf Timo und fuhr fort: »Das ist Timo, Charriu. Ein Helder.«
Timo musterte Charriu mit unverhohlener Neugierde. Er erkannte ihn nur an dem farbigen Stab wieder, den er noch immer in der Hand hielt. Sein Narrenkostüm war verschwunden und hatte einem einfachen erdbraunen Gewand Platz gemacht, das um die Hüften herum von einem schmalen Silbergürtel zusammengehalten wurde. Er war sehr schlank für einen Menschen, seine Hände waren schmal und weiß und nicht viel kräftiger als die Timos und auf seinen Zügen lag ein ernster, fast schon erwachsener Ausdruck, der nicht so recht zu einem Jungen seines Alters passte. Im schwachen Dämmerlicht der Taverne wirkte sein Gesicht und auch das seiner Mutter unnatürlich blass. Er erwiderte Timos Blick offen und mit der gleichen Neugierde.
»Guten ... Tag«, sagte Timo, als das Schweigen nach einer

Weile peinlich zu werden begann. »Du bist also Charriu. Ich ... freue mich, dich kennen zu lernen.« Das war eine glatte Lüge. Er hatte nichts gegen Charriu – aber er war ihm im Grunde so egal wie dessen Vater oder irgendeiner, dem sie bisher in Muuren Shant begegnet waren. Am liebsten hätte er einen der Schlitten bestiegen und die Stadt verlassen, so rasch er konnte.
»Warum geht ihr nicht hinaus und bringt die Hunde in den Stall?«, sagte Timos Vater plötzlich. »Charriu wird dir sicher gerne dabei helfen.«
Timo zögerte. Der Gedanke, allein, ohne seinen Vater oder seine Mutter, zu den vielen Menschen hinauszugehen, erfüllte ihn mit Unbehagen. Trotzdem stand er auf, nahm noch eine Scheibe Brot aus dem Korb und verließ ohne ein weiteres Wort das Gasthaus. Sein Vater hatte diesen Vorschlag sicher nicht ohne Grund gemacht. Wahrscheinlich wollte er mit Dergon allein sein, vielleicht aber war es auch nur Höflichkeit der Gauklerfamilie gegenüber. Charriu folgte ihm, hielt jedoch respektvollen Abstand, als Timo um die Schlitten herumging und das Leittier beim Zaumzeug nahm. Der Hund winselte leise. Sein Atem ging rasselnd und mühsam und seine Flanken zitterten, als er sich erhob und sich noch einmal gegen das Geschirr stemmte. Timo hatte die Tiere noch nie so erschöpft gesehen wie jetzt. Ihre Augen waren entzündet und rot und das schwarze Fell hatte seinen seidigen Glanz verloren und wirkte struppig und ungepflegt. Die Tiere waren so stark abgemagert, dass sich die Rippen unter ihrer Haut deutlich abzeichneten. Die Spurhunde der Helder waren bekannt für ihre Kraft und Ausdauer, aber sie waren mehr für eine schnelle, kurze Jagd oder einen Kampf geeignet als für eine lang anhaltende Belastung, wie es der Weg hierher gewesen war.
Er fragte einen Soldaten nach dem Schuppen. Der Mann

deutete stumm auf eine Gasse direkt neben dem Gasthaus, die kaum breit genug schien, die Schlitten durchzulassen. Timo musste den Hunden lange und geduldig zureden, ehe er sie in Bewegung bringen konnte. Die Tiere scheuten und legten die Ohren an. Sie waren die Weite der Berge oder allenfalls noch das Halbdunkel des Waldes gewohnt, die senkrechten grauen Wände aber ängstigten sie.
Die Gasse mündete sehr bald in einen rechteckigen, mit allerlei Unrat und Gerümpel übersäten Hof, der an drei Seiten von Häusern und an der vierten von einem baufälligen Schuppen umgeben war. Timo ließ die Hunde bis zur Hofmitte laufen, ehe er sie anhielt, das Geschirr löste und zu der Hütte ging. Die Tür hing lose in den Angeln und es gab weder ein Schloss noch einen Riegel. Der Raum war angefüllt mit Kisten und Fässern, zerbrochenen Möbeln und Lumpen, aber die Luft war besser als drinnen im Schankhaus, und wenn er das Gerümpel etwas zur Seite rückte, dann würde Platz genug für sie und die Tiere sein.
Charriu war ihm gefolgt, betrat jedoch den Hof nicht und blieb am Ende der Gasse stehen. Als Timo den Schuppen verließ, raffte er sich zu einem halbherzigen Lächeln auf und schob sich dicht an der Wand – aus Angst vor den Spurhunden, da war Timo ganz sicher – auf ihn zu. »Wollt ihr wirklich in diesem Schuppen schlafen?«, fragte er. »Das Loch wäre selbst einer Ratte zu dreckig.«
Timo runzelte die Stirn, nahm sich jedoch vor, freundlich zu bleiben. »Ich werde ein wenig aufräumen«, sagte er. »Dort drinnen haben wir wenigstens unsere Ruhe.«
»Aufräumen?«, wiederholte Charriu ungläubig. »Ihr zahlt diesem Halsabschneider einen Wucherpreis und dafür räumst du ihm auch noch seinen Schuppen auf? Ihr seid wirklich komische Leute, ihr Helder. Mein Vater hatte Recht.«
»Womit?«

»Dass ihr verrückt seid«, antwortete Charriu ungerührt. »Zahlen für ein Rattenloch und machen es obendrein auch noch sauber. Er sollte *euch* Geld geben statt umgekehrt.«
Timo wollte auffahren, beherrschte sich aber dann. Sein Vater würde es nicht gerne sehen, wenn er Streit mit Charriu anfing. »Geld«, sagte er gleichmütig. »Seit wir in diese Stadt gekommen sind, höre ich fast nichts anderes mehr. Was ist daran so wichtig? Wir haben kein Geld und dort, wo wir herkommen, brauchen wir auch keines.«
»Aber hier«, antwortete Charriu, »ist Geld alles. Außerdem habt ihr Geld. Die Edelsteine, die dein Vater mitgebracht hat, sind ein Vermögen wert.«
»Wert?«, wiederholte Timo spöttisch. »Ich sehe nicht ein, was für einen Wert ein paar bunte Steine haben sollen. Sie sehen hübsch aus, nichts weiter. Man kann sie nicht essen, nichts daraus bauen und sie sind zu hart, um Pfeilspitzen oder Bolzen daraus zu schnitzen. In den Bergen liegen sie zuhauf herum. Niemand will sie haben.«
»Erzähl das lieber nicht so laut und so oft«, riet Charriu. »Sonst könnte es sein, dass es plötzlich mit eurer Ruhe vorbei ist. Die Dinger sind hier verdammt viel wert.«
Timo schüttelte den Kopf. »Und du meinst, *wir* wären verrückt?«, fragte er bissig. »Dann erklär mir, was das alles für einen Sinn hat – diese Stadt und die Soldaten und der Markt. Und euer« – diesmal gab er sich absichtlich Mühe, das Wort abfällig auszusprechen – »*Geld.*«
»Was für eine dumme Frage«, antwortete Charriu. »Schließlich müssen die Menschen irgendwo leben und der Markt wird abgehalten, weil es viel einfacher ist, einmal im Jahr die Dinge zu tauschen und zu kaufen, die man braucht, statt sich alles einzeln und mühsam zu besorgen.«
»Und du glaubst, ihr braucht alle diese Sachen wirklich, die ich heute gesehen habe?« Timo wies auf die Schlitten, dann auf sich. »Das ist alles, was wir haben, das und unsere Klei-

der. Ich sehen keinen Grund, so viele überflüssige Dinge besitzen zu müssen. Im Gegenteil, sie stören nur.«

»Vielleicht bei einem Leben, wie ihr es führt. Aber wenn man in einem Haus oder einer Stadt wohnt ...«

»Und wozu soll das gut sein?«, fiel ihm Timo ins Wort. Es war ein Thema, über das er schon lange und vergeblich nachgedacht hatte, und er sah eine Gelegenheit, Charriu die Bemerkung, dass die Helder verrückt wären, heimzuzahlen. »Wozu sind Häuser und Städte und steinerne Mauern gut? Sie sind hässlich und geben einem das Gefühl, eingesperrt zu sein, und man kann sie nicht mitnehmen, wenn man weiterziehen will.«

Zu seiner Überraschung lächelte Charriu, als hätte Timo etwas furchtbar Dummes gesagt. »Ich glaube nicht, dass es Sinn hat, wenn wir weiterreden«, sagte er gutmütig. »Wir Menschen sind nun einmal so. Wir ziehen nicht von einem Ort zum anderen, so wenig, wie ihr Helder länger als ein paar Tage an einer Stelle bleibt. Ihr lauft vor dem Winter und den Unannehmlichkeiten der Natur davon, aber wir müssen sie ertragen. Wir schützen uns davor – zum Beispiel, indem wir Städte bauen.«

»Wir laufen nicht davon«, antwortete Timo beleidigt. »Laufen die Vögel davon, die im Winter nach dem Süden fliegen, oder die Felswölfe, die vor Eis und Schnee in die Täler ziehen?«

»Nein«, antwortete Charriu. »Das tun sie nicht. Sie kommen hierher und werden getötet, wenn sie unsere Herden überfallen. Vielleicht ist das der Grund, aus dem es bald keine Felswölfe mehr geben wird. Nenn es, wie du willst – es ändert bestimmt nichts, wenn wir darüber reden. Und ich sehe auch keinen Grund für deinen Ärger. Die Welt ist groß genug, dass unsere Völker so leben können, wie es ihnen beliebt.«

»Ich ärgere mich nicht«, behauptete Timo.

Charriu grinste. »Tust du doch. Seit ich dich das erste Mal sah, habe ich das Gefühl, dass du jeden Augenblick platzt.«
Timo schloss die Augen, zählte in Gedanken bis drei und trat wortlos an den Schlitten heran, um die Hunde abzuschirren. Charriu gesellte sich nach kurzer Zeit zu ihm, machte jedoch keinerlei Anstalten, ihm zu helfen.
»Du hast Recht«, sagte Timo plötzlich ohne ihn anzusehen. »Ich habe mich geärgert und ich tue es noch. Ich ärgere mich über diese Stadt und ihre hässlichen Häuser und über den Schmutz, den die Menschen in den Fluss werfen.« Er zerrte wütend an einem Bündel, löste die Lederriemen schließlich mit einem Ruck und funkelte Charriu an. »Wir sind auf unserer Fahrt hierher über eine Straße gekommen. Die Erde ist dort zertrampelt und tot, von einem Horizont zum anderen, und alles, was noch darauf wächst, ist Giftmoos und ein paar Hornpilze. Sag mir, wozu das gut ist? Ihr zerstört die Natur und fügt der Erde Wunden zu, die nie wieder heilen werden, nur um ein wenig schneller von einem Ort zum anderen zu gelangen.«
»Man braucht Straßen, wenn man mit Wagen fährt«, sagte Charriu ruhig. »Sonst würde man stecken bleiben.«
»Unsere Schlitten bleiben auch nicht stecken«, grollte Timo. Er riss das Bündel vom Schlitten herunter, schleppte es ächzend zum Schuppen hinüber und stieß die Tür so heftig mit dem Fuß auf, dass Kalk und kleine Steinbrocken von den roh verputzten Wänden rieselten. Charriu griff ohne weitere Bemerkung nach dem nächsten Bündel, warf es sich über die Schulter und folgte ihm. Er setzte seine Last auf dem Boden ab und blickte Timo ernst an. »Weißt du, Helder«, sagte er leise, »ich glaube, du machst mir etwas vor.«
Timo, der eben das Gerümpel zur Rückseite des Schuppens räumen wollte, hielt verblüfft inne. »Wie meinst du das?«
Charriu schwieg einen Moment, sah über die Schulter zur

Tür, als hätte er Angst, belauscht zu werden, und kam einen Schritt näher. »Ich glaube, dass es gar nicht die Stadt oder diese alberne Straße ist, die dir Sorgen bereiten. Warum seid ihr wirklich hierher gekommen? Der Winter ist auch oben in den Bergen noch nicht so hart, dass ihr euer Lager verlassen müsst, und so, wie du über die Stadt sprichst, seid ihr auch nicht hier, um sie euch anzusehen.« Timo suchte einen Moment hilflos nach Worten. Charriu hatte ihn so leicht durchschaut, als stünden seine Gedanken deutlich auf seiner Stirn geschrieben. »Unsinn«, sagte er ausweichend. »Wir ...«

»Bevor du weiterredest«, sagte Charriu ruhig, »denke daran, dass wir Schausteller sind. Wir leben davon, den Leuten Dinge vorzugaukeln, die nicht wahr sind. Und wenn es etwas gibt, das ich sofort spüre, dann eine Lüge. Du solltest niemals versuchen, einem Schausteller etwas vorzumachen.« Er drehte sich plötzlich um und schloss die Tür. »Deinen Vater bedrückt etwas. Und dich auch. Was ist es?«

Timo hielt seinem Blick sekundenlang stand, ehe er verlegen wegsah und begann, Kisten von einer Seite zur anderen zu tragen und dort zu stapeln.

»Also?«

Timo schüttelte den Kopf. »Ich habe versprochen, nichts zu sagen. Und ich halte mich daran.«

Charriu wollte eine weitere Frage stellen, aber Timo drehte ihm nachdrücklich den Rücken zu und fuhr mit seiner Arbeit fort, ohne noch ein weiteres Wort zu verlieren. Schließlich gab Charriu auf und trat ebenfalls schweigend neben ihn, um ihm zu helfen.

Hun Came

Die Dämmerung war bereits hereingebrochen, als Timo und Charriu alles von den Schlitten abgeladen und den Schuppen wenigstens so weit aufgeräumt hatten, dass die Helder und ihre Hunde genug Platz zum Schlafen hatten. Die beiden Posten, die Hauptmann Rukkah zurückgelassen hatte, standen noch immer vor der Tür des Gasthauses und der Schankraum war bis auf Timos Eltern und die Gaukler so leer wie zuvor. Timo glaubte nicht, dass es Zufall war – vermutlich sorgten die beiden Soldaten unauffällig dafür, dass niemand die Taverne betrat. Und vielleicht auch nicht verließ.

Timos Vater und Dergon waren in ein angeregtes Gespräch vertieft, als Timo und Charriu gemeinsam an den Tisch zurückkehrten. Timo war furchtbar müde. Es war ein gutes Stück Arbeit gewesen, Ordnung zu schaffen, und die zwölftägige Reise hatte doch mehr an seinen Kräften gezehrt, als er bisher geglaubt hatte. Er stützte die Ellbogen auf den Tisch, legte das Kinn auf die gefalteten Hände und schloss für ein paar Sekunden die Augen. Dergon sagte irgendetwas, Timo verstand die Worte nicht, sah aber auf und erwiderte das freundliche Lächeln des Gauklers. Der Wein, den Dergon bestellt hatte, war nicht der letzte geblieben; neben dem Tisch standen vier geleerte Krüge und aus einem fünften goss er gerade die Becher wieder voll. »Hier«, sagte er. »Trink. Dein Vater hat sicher nichts dagegen und du siehst aus, als könntest du einen Schluck Wein vertragen.«

Timo war durstig, aber er hätte viel lieber einen Schluck eiskaltes Quellwasser getrunken. Aber das war hier wohl so schwer zu bekommen wie dieser Wein oben in ihren Bergen. Zögernd griff er nach dem Becher, benetzte seine Lippen und trank vorsichtig einen winzigen Schluck. Der Geschmack war so schlecht wie beim ersten Mal, aber die Flüssigkeit löschte wenigstens seinen Durst.

»Nun«, fuhr Dergon redselig fort, »habt ihr euch angefreundet? Lange genug wart ihr ja draußen.«

Timo setzte den Becher hastig ein zweites Mal an und versuchte sich dahinter zu verkriechen. Charriu und er hatten nach ihrer Auseinandersetzung nur mehr gelegentlich ein paar Worte miteinander gewechselt, um den Bruch zwischen ihnen nicht zu deutlich werden zu lassen. Dabei war es nicht so, dass er Charriu nicht mochte. Er fand den Gauklerjungen sogar sympathisch. Aber seine Welt war nicht die Timos und sie hätten genauso gut zwei verschiedene Sprachen sprechen können.

»Na ja«, sagte Dergon, als ihm klar wurde, dass er weder von Timo noch von seinem Sohn eine eindeutige Antwort bekommen würde, »das wird schon noch kommen, wenn ihr euch länger kennt. Ihr bleibt doch noch ein paar Tage in der Stadt, oder?«

Timo warf seinem Vater einen Hilfe suchenden Blick zu. Er wusste nicht, wie viel er Dergon bereits erzählt hatte, und wollte nicht aus Unwissenheit Dinge ausplaudern, die vielleicht besser ungesagt geblieben wären.

»Das ... kommt ganz darauf an, wann wir mit dem Statthalter reden können«, antwortete sein Vater nach kurzem Zögern. Die Pause musste Dergon auffallen, aber er überging sie höflich.

»Wenn ihr darauf wartet, dann werden wir uns noch oft unterhalten können«, sagte er grinsend. »Zu Hun Came vorzudringen gelingt so leicht keinem.«

»Aber warum gehen wir denn nicht einfach zu ihm?«, wunderte sich Timo. »Einen so bekannten Mann zu finden dürfte nicht schwer sein.«

Sein Vater lächelte nachsichtig. »Das Finden ist nicht das Problem, Timo. Der Statthalter ist ein Mann mit einer Menge Verpflichtungen und Aufgaben und es gibt sicher viele, die ein Anliegen an ihn haben.«

»Aber unseres ist wichtig!«

»Das glauben die anderen auch«, warf Dergon ein. »Ich habe schon von Leuten gehört, die ein Jahr gewartet haben, ehe sie vorgelassen wurden.« Er lachte leise, als Timo bei seinen Worten blass wurde, hob den Becher und leerte ihn mit einem Zug. »Aber ich will euch nicht den Mut nehmen. Schließlich seid ihr nicht irgendwer, sondern Helder, und Came wird euch kaum ein Jahr warten lassen. Außerdem sind da noch die Edelsteine. Rukkah ist so gierig wie alle anderen. Er wird die Steine haben wollen.«

»Vielleicht nimmt er sie sich einfach«, sagte Charriu düster.

Dergon schüttelte den Kopf. »Da tust du ihm Unrecht, Charriu. Rukkah ist gierig und hart – ich mag ihn nicht. Aber er ist auf seine Art ehrlich. Und ...«

Er brach mitten im Satz ab, denn auf der Straße wurden plötzlich stampfende Schritte laut, dann flog die Tür mit einem harten Ruck auf und Hauptmann Rukkah betrat das Gasthaus. Hinter ihm kamen zwei seiner Soldaten herein und ein dunkelhaariger, in einen schmucklosen schwarzen Umhang gekleideter Mann. Er blieb neben der Tür stehen und hielt sich im Schatten, sodass Timo sein Gesicht nicht sehen konnte. Aber dafür glaubte er seinen eindringlichen Blick zu spüren. Es war kein angenehmes Gefühl.

Rukkah trat mit raschen Schritten an den Tisch, sah erst Timos Vater, dann Dergon und seine Frau an und wies mit einer herrischen Geste zur Tür. »Hinaus, Gaukler«, befahl er barsch.

Für einen Moment sah es so aus, als würde Dergon sich widersetzen, aber dann stand er wortlos auf und verließ zusammen mit seiner Familie das Gasthaus. Einer der Soldaten warf die Tür hinter ihm zu, legte den Riegel vor und baute sich breitbeinig mit verschränkten Armen davor auf. Wieder hatte Timo das Gefühl, ein Gefangener zu sein.

»Du wolltest den Statthalter sprechen, Helder«, sagte Rukkah mit kalter Stimme. Von der Freundlichkeit, die er am Nachmittag gezeigt hatte, war nichts mehr zu merken. Rukkah schien ein vollkommen anderer Mensch zu sein. »Dein Wunsch wird erfüllt werden. Ich hoffe für dich, dass dein Anliegen wirklich so wichtig ist, wie du behauptet hast.« Er trat zurück, wandte sich um und neigte respektvoll den Kopf, als sich die Gestalt aus dem Schatten neben der Tür löste und näher kam. »Hun Came«, sagte er, »der Statthalter von Muuren Shant.«

Timos Vater wollte sich erheben, aber Hun Came winkte ab.

»Lass es gut sein, Helder«, sagte er. »Wir sind unter uns und nicht bei Hof und ich bin nicht hier, um meine Zeit mit Förmlichkeiten zu verschwenden.« Er lächelte dünn, zog den Stuhl näher heran, auf dem vorher Dergon gesessen hatte, und nahm Platz. Sein Blick glitt prüfend über die Gesichter der drei Helder.

Timo musterte den Statthalter eingehend. Er war sehr groß, selbst für einen Menschen, und von so schlankem Körperbau, dass Timo sich fragte, wie er wohl einen Kampf bestehen würde. Sein Gesicht war schmal und von dunklem, kurz geschnittenem Haar und einem sorgfältig gestutzten Kinnbart umgeben. Seine Augen erinnerten Timo an die einer Schlange. Sein Vater hatte ihn gelehrt, einen anderen nicht nach seinem Äußeren zu beurteilen, aber es war gar nicht so sehr Hun Cames Aussehen, das ihn abstieß. Vielmehr schien der Statthalter von einer unsichtbaren dunklen

Aura umgeben zu sein, von einer tödlichen Kälte, die jeden streifte, der seinem Blick begegnete. Etwas Ähnliches hatte er gespürt, als er den Gorm getroffen hatte, nur viel, viel stärker. Und er sah, dass auch seine Eltern die Kälte fühlten, die Hun Came ausstrahlte.

Ein paar Minuten starrten sie sich gegenseitig an, dann brach Hun Came das Schweigen. »Nun«, sagte er ungeduldig. »Ihr wolltet mich sprechen. Hier bin ich. Sagt mir, aus welchem Grund Angehörige des Kleinen Volkes ihre Berge verlassen und zu uns kommen.«

Timo wurde heiß vor Zorn. Aus Hun Cames Mund hörte sich die Bezeichnung »Kleines Volk« wie eine Beleidigung an.

»Es ist ein ernster Grund, Hun Came«, antwortete sein Vater. Seine Stimme klang ruhig und besonnen wie immer, aber Timo war das ärgerliche Aufblitzen in seinen Augen nicht entgangen. »Wir sind gekommen, um Euch vor einer großen Gefahr zu warnen. Euch und alle, die in dieser Stadt leben.«

»Eine Gefahr, so?«, murmelte Hun Came. Er betonte die Worte auf seltsame Art. »Eine Gefahr, die uns alle bedrohen soll? Was gibt es in euren Bergen, das einer Stadt wie Muuren Shant gefährlich werden könnte, Helder?«

Timo mochte die Art, in der Hun Came das Wort »Helder« aussprach, nicht, und obwohl er wusste, dass es ihm einen scharfen Verweis einbringen würde, platzte er heraus: »Zum Beispiel Gorme, Hun Came.«

Seine Worte hatten eine unerwartete Wirkung. Der Statthalter fuhr zusammen, als hätte er einen Schlag erhalten. Er hatte sich zwar sofort wieder in der Gewalt, aber doch nicht schnell genug, um seinen Schrecken ganz zu verbergen. »Ich kann mich nicht erinnern, dich gefragt zu haben«, schnappte er. »Ich bin hier, um mit deinem Vater zu reden, nicht mit einem Kind.«

»Vergebt meinem Sohn, Herr«, sagte Timos Vater hastig. Die Worte klangen unterwürfig, aber am Tonfall erkannte Timo, dass sein Vater innerlich vor Zorn kochte. Und er war diesmal nicht zornig auf ihn. »Er ist noch ein Kind und weiß nicht, was sich im Umgang mit einem so mächtigen Mann wie Euch geziemt, Hun Came«, fuhr er fort. »Aber was er sagt, ist die Wahrheit. Wir sind gekommen, um Euch zu warnen. Mein Sohn hat einen Gorm in den Wäldern gesehen, und Ihr wisst ...«
Hun Came verzog höhnisch die Lippen. »Ich wüsste, was es bedeuten würde, wenn es die Wahrheit wäre«, sagte er kühl.
»Ihr glaubt mir nicht?«
»Ihr wisst so gut wie ich, dass es keine Gorme gibt, Helder«, antwortete Hun Came. »Unsinn, Ammenmärchen oder – wenn Euch der Ausdruck lieber ist – Legende.« Er lächelte abfällig, griff nach Dergons Weinbecher und wischte mit einem Zipfel seines Umhanges über den Rand, ehe er ihn aus dem Weinkrug füllte. »Ich sollte gleich wieder gehen und euch aus der Stadt werfen lassen«, sagte er ruhig. »Aber es kommt selten vor, dass ich Gelegenheit habe, mit einem Helder zu sprechen. Und wenn ich meine Amtsgeschäfte schon einmal unterbrochen und eigens den Weg vom Palast hierher gemacht habe, dann kann ich mir auch noch Eure Geschichte anhören.«
»Es ist keine Geschichte, Hun Came«, sagte Timos Vater. Es fiel ihm sichtlich schwer, ruhig zu bleiben, und auch Came entging seine Erregung nicht. Sein Blick zeigte, dass es ihn belustigte.
»Ihr sagt, Euer Sohn hätte einen Gorm gesehen?«, fragte er lauernd. »Nicht Ihr selbst oder Euer Weib?«
»Es spielt keine Rolle, wer ihn gesehen hat, Hun Came. Mein Sohn würde mich niemals belügen. Und es gibt Dinge, mit denen treibt man keine Scherze.«
Came seufzte, trank einen Schluck Wein und drehte den

Becher nachdenklich in den Händen. Timo sah, dass er eine Menge schwerer, mit funkelnden Steinen verzierter Ringe an den Fingern trug. »Ich will Euch nicht beleidigen, Helder«, sagte er. »Zwischen unseren Völkern herrscht schon seit sehr langer Zeit Friede und so soll es auch bleiben. Aber kann es nicht sein, dass Euer Sohn nur etwas gesehen hat, das er für einen Gorm hielt? Es soll Ungeheuer in den nördlichen Bergen geben und erst vor ein paar Tagen berichteten Reisende von einem Troll, der sich in den Wäldern jenseits des Flusses herumtreibt.«
»Ein Beweis mehr, Hun Came!«, fuhr Timos Vater fort. »Kennt Ihr denn nicht die ›Dunkle Prophezeiung‹? Seht Euch um! Der Winter kommt zu früh, die Tiere flüchten. Die Tagnacht zieht herauf und Eure eigenen Leute berichten Euch, dass sich die Trolle wieder aus ihren Erdspalten und Höhlen hervorwagen. Und mein Sohn hat einen Gorm gesehen. Wie viele Beweise braucht Ihr noch?«
»Beweise?«, fragte Hun Came ruhig. »Wofür?«
»Dass die ›Dunkle Prophezeiung‹ wahr wird! Ahriman hat die Tore von Annwn aufgestoßen und Trolle und Gorme und Daewas rüsten zum Sturm!«
»Und morgen fällt uns der Himmel auf den Kopf, wie?«, fragte Came kalt. »Nehmt es mir nicht übel, Helder, aber Ihr müsst mir schon mehr Beweise bringen als alte Geschichten und Behauptungen eines Kindes.«
Timo atmete tief ein, aber sein Vater machte eine rasche Bewegung, die ihn verstummen ließ. »Ich dachte mir, dass Ihr so antworten würdet«, sagte er mit einer Ruhe, die Timo unverständlich war. »Deshalb habe ich Euch etwas mitgebracht. Hier.« Er zog einen schmalen, in ein Tuch eingeschlagenen Gegenstand unter seinem Gewand hervor. Came beugte sich über den Tisch, nahm ihn entgegen und drehte ihn einen Moment unschlüssig in den Händen, ehe er das Tuch abstreifte. Darunter kam ein ovales, schwarz

glänzendes Stück Horn zum Vorschein. Die Gormschuppe, die sie gefunden hatten! Timo hatte sie völlig vergessen und er war jetzt froh, dass sein Vater darauf bestanden hatte, sie mitzunehmen.
Hun Came starrte die Schuppe sekundenlang mit ausdruckslosem Gesicht an, hielt sie dicht an die Kerze und reichte sie dann an Rukkah weiter. »Wofür würdet Ihr das halten, Hauptmann?«
Rukkah betrachtete die Schuppe kurz, zuckte mit den Schultern und warf sie achtlos zurück auf den Tisch. »Eine Schuppe«, sagte er. »Eine erstaunlich große Schuppe, würde ich sagen. Es soll im nördlichen Meer Schwimmechsen geben, die solch riesenhafte Panzerplatten tragen.«
»Aber spürt Ihr es denn nicht?«, sagte Timos Vater eindringlich. »Das ist eine Gormschuppe! Fühlt Ihr denn nicht den Atem Annwns, der von ihr ausgeht?«
Hun Came seufzte und nahm die schwarze Schuppe abermals in die Hand. Er fuhr prüfend mit den Fingernägeln darüber, zog schließlich einen schmalen Dolch aus seinem Umhang hervor und kratzte damit über die Oberfläche. Es gab ein quietschendes Geräusch, aber der gehärtete Stahl hinterließ nicht den kleinsten Kratzer.
»Erstaunlich«, murmelte er. »Es scheint härter als Stahl zu sein.« Er sah Timos Vater scharf an. »Könnt Ihr mehr davon besorgen? Es wäre ein hervorragendes Material, um Schilde und Brustpanzer daraus zu fertigen. Vielleicht kommen wir ins Geschäft.«
»So begreift doch, Hun Came!« Errons Stimme klang flehend. »Ihr müsst uns glauben! Die ›Dunkle Prophezeiung‹ wird sich erfüllen und es ist nicht mehr viel Zeit!«
Der Statthalter schüttelte den Kopf. Mit spitzen Fingern legte er die Schuppe auf den Tisch zurück, griff nach dem Becher und trank. »Es tut mir Leid, Helder«, sagte er. »Aber was erwartet Ihr von mir? Soll ich die Stadt in Alarmbereit-

schaft versetzen und alle Männer zu den Waffen rufen – wegen einer Schuppe?« Er setzte den Becher ab, beugte sich vor und sprach weiter in einem Ton, als rede er mit einem eigensinnigen Kind. »Sieh es doch so, kleiner Mann: Selbst wenn ich glauben würde, was du erzählst, wären mir die Hände gebunden. Ihr habt zu lange oben in euren Bergen gelebt. Die Zeiten haben sich geändert und mit ihnen die Menschen. Wir glauben nicht mehr an Gorme oder Daewas oder irgendwelche Prophezeiungen. All dies mag früher einmal seinen Sinn gehabt haben, als wir noch dumme Bauern waren, die bei jedem Gewitter vor Angst zitterten und glaubten, ihre Götter würden ihnen zürnen. Du lebst in der Vergangenheit, kleiner Helder, in einer Zeit, die schon lange nicht mehr ist. Wir brauchen keine Gorme mehr, um unsere Kinder einzuschüchtern, und keine Prophezeiungen, um uns die Zeit an langen Winterabenden zu vertreiben. Es gibt sie nicht, glaube mir. Was dein Sohn gesehen hat, war irgendein Ungeheuer, das sich in eure Wälder verirrt hat und wahrscheinlich längst wieder auf dem Weg zurück ist. Und sollte das nicht der Fall sein, dann werden wir es jagen und töten.«

»Und der Troll?«, fragte Erron.

»Was soll mit ihm sein? Die Trolle sind ein sterbendes Volk und wir lassen sie in Frieden, solange sie uns in Frieden lassen. Werden sie gefährlich, so gilt für sie das gleiche wie für euren angeblichen Gorm. Die Zeit der Geister und Dämonen ist vorbei. Wir brauchen sie nicht mehr.«

Timos Vater senkte den Blick und schwieg einige Zeit. »Ich wünschte, dass Ihr Recht behaltet, Hun Came«, sagte er schließlich leise. »Aber Ihr werdet sehen, dass Ihr Euch täuscht. Und ich kann nur hoffen, dass es dann noch nicht zu spät ist.«

»Keine Sorge, Helder«, antwortete Came. »Selbst wenn es eure Gorme geben sollte, werden wir sie dorthin zurückjagen, wo sie hergekommen sind.« Er lehnte sich zurück und sah mit unbeteiligter Miene zur Decke hinauf.

»Was werdet ihr jetzt tun?«, fragte er nach einer Weile. »Geht ihr zurück in die Berge?«

»Warum fragt Ihr?«

»Nimm an, aus Höflichkeit, Helder. Wenn ihr zurück wollt, dann gebe ich euch zwanzig Mann Leibgarde mit. Zeigt ihnen, wo ihr das Ungeheuer gesehen habt. Wenn es noch da ist, dann werden sie es unschädlich machen.«

Timos Vater schüttelte traurig den Kopf. »Wir können nicht heimkehren, Hun Came«, sagte er. »Wir müssen versuchen, die anderen Städte zu warnen. Vielleicht sind nicht alle Menschen so uneinsichtig wie Ihr.«

Cames Augen verdunkelten sich vor Zorn. »Du nimmst große Mühen auf dich, nur weil dein Sohn einen Schatten gesehen hat, Helder«, sagte er kalt. »Aber schließlich ist das deine Sache. Mit wem habt ihr hier in der Stadt noch darüber gesprochen?«

»Mit niemandem«, gab Timos Vater zurück. »Ich hielt es für besser, zuerst mit Euch zu reden.«

Hun Came nickte. »Das war klug von dir, Heller. Versteh mich nicht falsch – aber ich möchte nicht, dass Unruhe in der Stadt entsteht. Ich muss dich bitten, auch weiterhin Stillschweigen zu bewahren. Natürlich kannst du mit deiner Familie hier bleiben, solange du willst.«

»Stillschweigen?«, mischte sich Timo ein. »Ihr meint, Ihr verbietet uns darüber zu reden?«

Zwischen Cames Augen erschien eine steile Falte und er starrte den Jungen missbilligend an. »Ihr Helder scheint wirklich ein seltsames Völkchen zu sein«, sagte er verärgert. »Die Kinder sagen den Eltern, was sie zu tun haben, und mischen sich ein, wenn Erwachsene reden. Aber wenn du mich schon fragst, Bürschchen, dann will ich dir auch antworten.«

»Mein Name ist Timo«, erwiderte der Junge ruhig. Er konnte spüren, wie Rukkah und die anderen beiden Soldaten angesichts dieser Unverschämtheit erstarrten, aber er war schon zu weit gegangen, um jetzt noch einen Rückzieher machen zu können.
Cames Hand schloss sich fest um den Becher. »Gut, Timo«, sagte er betont. »Wenn du glaubst, dich wie ein Erwachsener benehmen zu müssen, dann werde ich dir auch eine dementsprechende Antwort geben. Du hast Recht – ich verbiete euch, eure Geschichten in der Stadt herumzuerzählen. Es gibt genug Dummköpfe, die darauf hereinfallen würden, und wir haben schon genug Ärger in unserer Stadt, ohne dass jemand herumläuft und den Weltuntergang predigt. War das klar genug?«
»Das war es, Hun Came«, antwortete Erron Un Gent. »Ich sehe ein, dass Ihr uns nicht glauben wollt.«
Der Statthalter verzog das Gesicht. »Es interessiert mich nicht, was du glaubst, Helder«, sagte er unwillig. »Du wirst dich an meinen Befehl halten. Tust du es nicht, wirst du unsere Kerker kennen lernen.«
»Ist das die Gastfreundschaft, für die Muuren Shant einst berühmt war?«
»Auch die größte Gastfreundschaft hat irgendwann einmal ein Ende, Helder«, erwiderte Hun Came. »Bleibt, solange ihr wollt, aber hütet euch davor, Unruhe unter der Bevölkerung zu verbreiten.« Er stand auf, ging zur Tür, blieb aber noch einmal stehen, ehe er den Schankraum verließ. »Und wenn du noch einen guten Rat zum Abschluss haben willst«, sagte er, »dann kehre von hier aus zurück in deine Berge, Helder. Vielleicht sind die Kommandanten der anderen Städte nicht so geduldig wie ich. Es kann sein, dass man dich kurzerhand an den Pranger stellt, wenn du mit deiner Geschichte von den Gormen kommst.« Er stieß die Tür auf und stampfte hinaus. Die beiden Soldaten folgten ihm, nur

Rukkah blieb zurück und trat an den Tisch – nachdem er sich überzeugt hatte, dass Came nicht mehr zurückkommen würde. Seine Hand glitt unter das Wams und kam mit einem prall gefüllten Lederbeutel wieder zum Vorschein. Er schüttete eine Hand voll Silbermünzen heraus und zählte sie auf dem Tisch vor Timos Vater ab. »Das Wechselgeld, das ich dir versprach.«
Timos Vater starrte die Münzen an, aber es schien, als sähe er sie gar nicht. Erst nach ein paar Sekunden nickte er müde, strich das Geld ein und zog seinen eigenen Beutel hervor, um Rukkah die versprochenen Steine auszuhändigen. Der Hauptmann ließ sie hastig verschwinden und wollte gehen, aber Erron hielt ihn zurück. »Auf ein Wort noch, Hauptmann.«
Rukkah blieb stehen und sah ungeduldig zur Tür. »Bitte«, knurrte er. »Aber mach es kurz. Ich kann nicht zu lange fortbleiben.«
»Kennt Ihr die anderen Städte? Werde ich überall auf Unglauben stoßen?« Die Verzweiflung in Errons Stimme war nicht zu überhören.
Rukkah runzelte die Stirn. »Ich verstehe nicht, was du meinst«, sagte er. »Hun Came hat Recht – die Zeiten haben sich geändert. Wir glauben nicht mehr an Zauberei und solchen Kinderkram.« Er schwieg einen Moment und sagte dann etwas sanfter: »Es tut mir Leid, Erron Un Gent. Ich kann mir denken, wie sehr meine Worte euch verwirren müssen, aber ich sage die Wahrheit. Ihr Helder lebt oben in den Bergen und für euch ist die Zeit stehen geblieben. Doch nicht für uns. Vielleicht waren unsere Welten einmal gleich, aber sie sind es schon lange nicht mehr.«
»Aber wir leben doch in derselben Welt!«, begehrte Timo auf.
Rukkah lächelte traurig. »Wir lebten einmal in derselben Welt«, berichtigte er ihn. »Aber das ist lange her. Nun sind

zwei Welten daraus geworden und jede hat sich für sich weiterentwickelt. So wie aus dir einmal ein Helder wie dein Vater wird und aus dem Knaben, der ich gewesen bin, ein Mann geworden ist, so bleibt auch die Welt nicht gleich. Und unsere Welt ist anders geworden als eure, weil wir in ihr leben.«
»Dann formt ihr die Welt nach euren Wünschen statt nach ihren Gesetzen zu leben«, sagte Timo vorwurfsvoll.
Rukkah ging nicht darauf ein, sondern wandte sich an Erron Un Gent. »Das Beste wird sein, wenn ihr in eure Berge zurückkehrt. Geht in eure Welt und lasst uns die unsre.«
»Aber wir werden untergehen! Beide Welten werden untergehen!«
»Nein, Erron Un Gent, das werden sie nicht«, widersprach der Hauptmann. Er lächelte, kam noch einen Schritt näher und ließ sich vor dem Tisch in die Hocke sinken, sodass sich seine Augen und die der Helder auf gleicher Höhe befanden. »Begreif es doch, kleiner Mann«, sagte er freundlich. »Die Zeit der Götter und Prophezeiungen ist vorbei und sie wird niemals wiederkommen.« Er stand wieder auf und schlug mit der flachen Hand gegen den Griff des Schwertes, das in seinem Gürtel steckte. »Dies hier ist die neue Macht, Erron«, sagte er noch immer freundlich, aber sehr bestimmt. »Das Schwert und der Arm, der es führt. Ihr dort draußen, ihr braucht die Geister und Dämonen und die alten Legenden. Und deshalb sind sie für euch Wirklichkeit. Wir brauchen sie nicht und wir wollen sie auch nicht mehr.«
»Das Schwert«, murmelte Timo. Rukkahs Worte hatten ihn traurig gestimmt. »Ist das euer neuer Gott, Rukkah?«
»Sicher nicht. Aber es ist eine Hilfe, uns die alten Götter und Dämonen vom Leibe zu halten und die Welt so zu gestalten, wie wir sie brauchen. Geht zurück in eure Welt und lebt dort, wie ihr es gewohnt seid. Aber lasst uns un-

sere.« Er zögerte. »Unsere Völker haben schon einmal versucht, sich gegenseitig ihre Art zu leben aufzuzwingen. Wir hätten uns fast gegenseitig ausgelöscht. Vergiss das nie, kleiner Helder.«

Noch lange, nachdem Rukkah gegangen war, saßen Timo und seine Eltern schweigend in der Gaststube und hingen ihren Gedanken nach. Der Wirt zeigte sich nicht wieder und auch sonst kam niemand, obwohl die Stadt noch immer voller Leben und der Lärm des Marktes selbst bis hierher zu hören war. Timo war froh, dass sie nicht gestört wurden. Er machte nicht einmal den Versuch, seinen Vater oder seine Mutter anzusprechen, sondern gab sich finsteren Überlegungen hin.

Er wusste, wie sehr Hun Cames Verhalten seinen Vater getroffen hatte. Er hatte damit gerechnet, auf Unglauben, ja vielleicht sogar auf Spott und Hohn zu treffen – aber Hun Came hatte alles von vornherein als Fantasie abgetan. Eigentlich hatte er nicht einmal richtig zugehört. Und schlimmer noch als die Worte des Statthalters mussten ihn die Rukkahs getroffen haben. Jedenfalls war es Timo so ergangen. Der Hauptmann war kein schlechter Mensch, das spürte er. Er war nicht kaltherzig und böse wie Hun Came, sondern eher ein Mann, der sich härter gab, als er wirklich war. Er hatte gelernt, seine wirklichen Gefühle hinter seiner Uniform und der Waffe zu verbergen. Aber gerade das war es, was in Timos Augen alles so schlimm machte. Rukkah glaubte an das, was er sagte, aber er würde niemals wagen, in Gegenwart des Statthalters so zu reden. Was war das für eine Welt, die sich die Menschen da schufen? dachte er. Eine Welt, in der ein Mann nicht mehr sagen konnte, was er glaubte?

Waren alle Menschen so wie er? War das der Grund, warum ihre Städte so öde und grau waren und das Leben aus den

Wäldern floh, sobald der Mensch kam? Sah deshalb die Erde so verbraucht und tot aus, obwohl sie sie bestellten? Oder hatte Rukkah die Wahrheit gesagt – gab es wirklich zwei Welten: die, in der er und seine Eltern lebten, und eine Welt der Menschen, eine Welt ohne Götter und Kobolde und Naturgeister, ohne Feen und Zwerge und die Stimme des Windes – eine Welt, in der all diese Wesen gestorben waren, einfach, weil niemand mehr an sie glaubte? Er versuchte, diese Vorstellung beiseite zu schieben, aber sie hatte sich nun einmal hartnäckig in seinem Kopf festgesetzt und wurde immer stärker.
Es musste lange nach Mitternacht gewesen sein, als sich Timos Vater erhob. Die Kerzen waren tief heruntergebrannt und die Gaststube war dunkel und kalt geworden. »Es ist spät«, sagte Erron, »und wir sind alle erschöpft. Wir sollten schlafen gehen.« Er sprach schleppend, mit müder Stimme, und sein Blick war leer. Timo erschrak. Das war nicht nur die Enttäuschung! Was er sah, das war nicht mehr sein Vater, sondern ein Mann, dessen Welt zerbrochen war.
»Was werden wir jetzt tun?«
»Wir ziehen weiter«, antwortete sein Vater. »Die Hunde brauchen ein paar Tage Ruhe und kräftiges Futter. Sobald sie sich erholt haben, gehen wir fort.«
»Zurück in die Berge oder zu den andern Städten?«
»Es gibt kein Zurück, Timo«, sagte sein Vater traurig. »Und du hast gehört, was Hun Came gesagt hat. Niemand würde uns glauben. Wir würden die kurze Zeit, die wir noch haben, nur vergeuden. Die Menschen wollen die Wahrheit nicht hören.«
»Aber was hast du dann vor?«
»Das Einzige zu tun, was uns noch bleibt, Timo. Wir werden zur Hohen Feste gehen und mit den Elbenfürsten sprechen.«
»Wir hätten gleich zu den Elben gehen sollen«, warf Timos

Mutter ein. »Ich wusste, dass uns die Menschen keinen Glauben schenken würden.«
»Es ist eine Reise von zwanzig Tagen«, erwiderte Erron. »Ich hatte gehofft, hier wenigstens einige zu finden, die uns zuhören. Ein Reiter hätte die Botschaft in drei oder vier Tagen zur Hohen Feste bringen können.«
»Und wenn wir versuchen, jemanden zu finden, der uns hilft?«, fragte Timo. »Wir haben Geld und die Menschen tun alles, wenn man sie nur genug bezahlt. Dergon würde uns glauben«, fügte er überzeugt hinzu.
»Vielleicht«, murmelte sein Vater. »Aber die Gefahr ist zu groß. Hast du Hun Cames Worte schon vergessen?«
»Er würde nichts merken und ...«
»O doch, er würde es, Timo«, unterbrach ihn sein Vater. »Er mag böse und überheblich sein, aber er ist nicht dumm. Er wird jedes Wort erfahren, das wir sagen, und er wird über jeden unserer Schritte unterrichtet sein. Die Gefahr ist zu groß. Wir sind die Einzigen, die die Elbenfürsten in der Hohen Feste warnen können.« Er seufzte laut. »Kommt jetzt«, sagte er. »Morgen ist Zeit genug zum Reden. Lasst uns schlafen gehen.«

Sie verließen das Gasthaus durch den Vordereingang und wandten sich nach rechts, um durch die schmale Gasse zum Hinterhof zu gelangen. Es war auffallend still auf der Straße, nur von ferne war der Lärm des Marktes zu hören. Hinter den meisten Fenstern brannte noch Licht und ein paar Mal glaubte Timo einen huschenden Schatten zu sehen, aber sonst ließ sich kein Mensch blicken. Doch er war viel zu müde, um sich weiter Gedanken darüber zu machen. Er betrat mit seinen Eltern den Schuppen, stieg vorsichtig über die schlafenden Hunde und kuschelte sich eng an die Flanke eines der Tiere. Der Hund öffnete träge ein Auge, hob den Kopf und rieb seine feuchte Nase an

Timos Wange. Timo streichelte ihn zärtlich. Die Nähe des Tieres erfüllte ihn mit einem Gefühl der Sicherheit. Es war nicht so sehr der Schutz, den ihm seine Stärke verlieh, sondern vielmehr das Gefühl, neben einem Freund zu liegen, einem Wesen, das ihm vertraute und genau wusste, dass sein Vertrauen erwidert wurde. Von seinen Eltern abgesehen waren diese vier schwarzen Hunde die einzigen Lebewesen, denen er vorbehaltlos vertrauen konnte. Seine einzigen Freunde.
Er schloss die Augen, legte den Kopf auf das weiche Fell des Tieres und wartete auf den Schlaf. Aber so müde er auch war, die aufregenden Ereignisse dieses Tages ließen ihn nicht einschlafen. Alles, was er bisher gesehen und erlebt hatte, bestärkte ihn nur in seiner Überzeugung, dass es die Menschen gar nicht verdienten, gewarnt zu werden. Es wäre klüger gewesen, oben in den Bergen zu bleiben und dieses überhebliche Volk seinem Schicksal zu überlassen. Die Wälder und die zerklüfteten Schluchten des Gebirges waren groß genug, um sich ein Leben lang darin zu verbergen und die Menschen und Gorme ihren Krieg führen zu lassen.
Aber noch bevor er diesen Gedanken zu Ende dachte, wusste er schon, wie falsch er war. Und er wusste auch, dass Rukkah und Hun Came Unrecht hatten, wenn sie behaupteten, in einer anderen Zeit zu leben. Es gab keine zwei Welten, hatte sie nie gegeben und würde sie nie geben. Vielleicht veränderten die Menschen den Teil, in dem sie lebten, aber sie würden es niemals schaffen, die Welt zu teilen. Es gab nur diese eine Welt, und wenn ein Teil von ihr unterging, dann würde der andere unweigerlich mit ins Verderben gerissen werden. Sie ...
Ein leises Kratzen unterbrach seine Gedanken. Der Hund fuhr mit einem Ruck auf, drehte den Kopf zur Tür und fletschte die Zähne. Ein drohendes Knurren kam aus seiner Brust.

Timo setzte sich auf, sah zur Tür und dann zu seinen Eltern hinüber. Sie schliefen zusammengerollt zwischen den Hunden. Er überlegte einen Moment, ob er sie wecken sollte, ließ es aber dann sein und stand leise auf. Sie hatten einen harten Tag hinter sich und es hatte keinen Sinn, sie aus dem Schlaf zu reißen, nur weil draußen vielleicht eine Ratte oder ein Kater herumstreunte.
Er schlich auf Zehenspitzen zur Tür und presste das Ohr gegen das morsche Holz. Der Hund folgte ihm lautlos. Er hatte aufgehört zu knurren, aber seine Ohren waren steil aufgestellt und das mächtige Gebiss gebleckt.
Das Kratzen wiederholte sich, dann hörte Timo Schritte. Er spürte, wie sich der Hund neben ihm zum Sprung spannte. Charrius Warnung fiel ihm ein. Aber wenn dort draußen wirklich jemand herumschlich, der es auf die Glitzersteine seines Vaters abgesehen hatte, dann würde er höchstens ein paar abgebissene Finger als Beute nach Hause bringen.
»Timo?«
Timo fuhr zusammen, als er die Stimme erkannte. Er gab dem Hund ein Zeichen, sich ruhig zu verhalten, öffnete die Tür einen schmalen Spalt und spähte hinaus.
»Bist du es, Timo?«, fragte Charriu nervös. Er war nur als dunkler Schatten vor den grauen Wänden zu erkennen, aber seine Stimme verriet deutlich, dass er Angst hatte. Lass mich rein«, sagte er hastig. »Schnell!«
Timo runzelte verwundert die Stirn, trat aber beiseite und öffnete die Tür ganz. Charriu huschte lautlos zu ihm herein und erstarrte mitten im Schritt, als er die glühenden Augen des Hundes vor sich in der Dunkelheit leuchten sah. »Ruf dieses Ungeheuer zurück«, keuchte er. »Und weck deine Eltern auf. Ihr müsst weg!«
Der Hund legte die Ohren an den Kopf, wich ein paar Schritte zurück und legte sich hin, ohne Charriu dabei auch nur eine Sekunde aus den Augen zu lassen.

»Was ist denn in dich gefahren?«, fragte Timo verblüfft. »Du kommst mitten in der Nacht hierher und ...«
»Bitte«, unterbrach ihn Charriu eindringlich. »Wir haben keine Zeit für Erklärungen. Ihr müsst sofort weg! Ihr seid in Gefahr!«
»Nicht so laut«, zischte Timo unwillig. »Du wirst mir jetzt erst einmal erzählen, was los ist, und dann überlege ich, ob ich meinen Vater wecke oder nicht.«
Charriu schüttelte den Kopf. »Bist du so dumm oder tust du nur so?«, fragte er. »Ihr seid in Lebensgefahr. Wenn wir weiter hier herumstehen und reden, dann können wir uns auch gleich gegenseitig die Kehlen durchschneiden. Soldaten sind auf dem Weg hierher!«
»Du lügst!«, fuhr Timo ihn an. »Du ...«
»Nein, Timo, ich fürchte, er lügt nicht«, sagte die Stimme seines Vaters hinter ihm. Timo wandte sich erschrocken um. »Ich habe befürchtet, dass so etwas geschieht«, fuhr sein Vater fort. »Aber ich dachte, wir hätten noch ein wenig Zeit.«
»Sie müssen in wenigen Augenblicken hier sein«, sagte Charriu hastig. »Es sind fünfzehn Mann. Hun Came selbst führt sie an.«
»Aber wieso denn?«, fragte Timo verstört. »Ich meine, warum sollte er –«
»Du vergisst anscheinend immer wieder, dass wir Schausteller sind«, unterbrach ihn Charriu. »Ich kann mich schneller über die Dächer bewegen als ihr durch die Straßen. Aber mein Vorsprung ist nicht groß. Und ich muss fort, ehe sie mich entdecken. Wenn Hun Came erfährt, dass ich euch gewarnt habe ...« Er sprach den Satz nicht zu Ende, aber Timo wusste auch so, was er sagen wollte. Der Statthalter würde sich nicht nur an ihm, sondern an seiner ganzen Familie rächen.
»Ich spanne die Schlitten an«, sagte er.

»Dafür ist keine Zeit mehr«, erwiderte Charriu. Er drehte sich um, ging zur Tür und blickte durch einen Riss in den morschen Brettern hinaus. »Ich fürchte, ihr werdet auch die Hunde zurücklassen müssen. Ich zeige euch den Weg über die Dächer. Mit etwas Glück seid ihr aus der Stadt heraus, ehe Came überhaupt begreift, was los ist.«
»Die Hunde zurücklassen?«, keuchte Timo entsetzt. »Lieber lasse ich mich umbringen. Sie sind unserer Freunde, Charriu!«
»Dann werdet ihr euch wohl umbringen lassen müssen, wenn du darauf bestehst«, antwortete der Schaustellerjunge wütend. »Ihr kommt hier niemals raus. Sie haben das ganze Viertel abgeriegelt. Der einzige Weg führt über die Dächer.«
»Ich gehe nicht ohne die Hunde«, beharrte Timo.
Charriu wollte auffahren, aber Timos Vater mischte sich ein. »Genug jetzt«, sagte er entschieden. »Ich danke dir für deine Hilfe, aber wir werden auch so entkommen, Charriu. Geh jetzt – du hast dich unseretwegen schon mehr in Gefahr gebracht, als wir jemals wieder gutmachen können.«
»Aber ihr ...«
»Wir werden reiten«, unterbrach ihn Timo.
»Reiten?« Charriu schluckte. »Auf den Hunden?«
»Warum nicht? Sie sind kräftig genug, um uns für eine kurze Zeit zu tragen, und ich habe oft genug mit ihnen herumgetobt, sodass sie es gewohnt sind.« Er ging zur Tür, öffnete sie und lächelte mit einer Zuversicht, die er ganz und gar nicht empfand. »Geh jetzt. Mein Vater hat Recht – du musst verschwinden, ehe Hun Came merkt, dass du uns gewarnt hast.«
Charriu schüttelte seufzend den Kopf und ging an ihm vorbei in die Nacht hinaus. Timo sah ihm neiderfüllt zu, wie er mühelos die gegenüberliegende Hausmauer hinaufkletterte. Einen Moment lang sah er seinen Umriss noch

schwarz gegen den Nachthimmel aufragen, dann war er verschwunden.
»Rasch jetzt«, sagte sein Vater. »Ich kann sie schon hören.«
Timo lauschte aufmerksam. In der Ferne hörte er das schwere Stampfen eisenbeschlagener Stiefel. Vieler Stiefel. Und sie kamen rasch näher.
Sie verließen den Schuppen, überquerten den Hof und schlichen lautlos und hintereinander zur Straße. Timo blieb stehen, ließ sich auf ein Knie sinken und spähte vorsichtig um die Ecke. Die Straße war menschenleer, aber einige Sekunden später tauchte eine Gruppe dunkler Gestalten auf. Timo zog sich hastig ein Stück zurück, stand auf und löste die Schleuder von seinem Gürtel. »Charriu hat die Wahrheit gesagt«, murmelte er. »Sie kommen.«
Sein Vater antwortete nicht. Auch er hielt Schleuder und Bolzen bereit, aber angesichts der kräftigen, mit Schwertern und Schilden bewaffneten Männer kamen Timo die eigenen Waffen eher lächerlich vor.
»Wir warten, bis sie ganz nahe sind«, bestimmte sein Vater leise. »Wenn wir sie überraschen, dann haben wir vielleicht eine Chance.« Er drehte sich um und stieg auf den Rücken eines Hundes. Das Tier wankte unter seinem Gewicht, gab jedoch keinen Laut von sich. Timo und seine Mutter folgten seinem Beispiel, während der vierte, überzählige Hund ein Stück zurückblieb und kampfeslustig die Zähne fletschte.
»Warum tut Hun Came das?«, wisperte Timo. »Wir haben uns doch an die Abmachung gehalten.«
»Warum?« Sein Vater lachte bitter. »Denk an die Prophezeiung, Timo. Die Menschen werden sich mit Ahriman verbünden, bis sie selbst ihr Schicksal ereilt. Ich dachte, wir hätten noch Zeit, aber ich habe mich getäuscht – sie haben sich bereits mit ihm verbündet. Und Hun Came kann nicht zulassen, dass wir die Hohe Feste erreichen und die Elbenfürsten warnen. Und jetzt schweig.«

Timo hielt den Atem an. Die Schritte wurden lauter und einmal hörte er ein mühsam unterdrücktes Husten. Seine Hand schloss sich um den hölzernen Griff der Schleuder, während der Bolzen tiefer in die Schlaufe hineinrutschte. Er spürte, wie der Stein auf seinen Ruf antwortete, zugleich aber wurde ihm wieder einmal klar, wie erbärmlich wenig er doch noch von der Steinmagie verstand. Vielleicht genug, um ein Tier zu erlegen, an das er sich vorher mühsam herangepirscht hatte, aber auf keinen Fall so viel, um sich in einen Kampf mit einer Gruppe gut ausgebildeter und bewaffneter Soldaten einzulassen.
Ein Schatten erschien am Ende der Gasse und der Hund sprang los, ohne auf einen Befehl zu warten. Timo klammerte sich erschrocken am Nackenfell des Tieres fest, während er mit der anderen Hand die Schleuder hochriss.
Der Soldat stieß einen überraschten Schrei aus und hob schützend den Schild hoch, aber es war zu spät. Der Hund sprang ihn an und allein dieser heftige Anprall reichte aus, den Soldaten meterweit zurücktaumeln und rücklings aufs Pflaster stürzen zu lassen.
Kaum hatte der Hund wieder auf dem Boden aufgesetzt, als Timo den Bolzen fliegen ließ. Das dreieckige Steingeschoss pfiff, zehnmal so schnell wie ein Pfeil, durch die Luft auf einen anderen Soldaten zu, aber Timo änderte seine Flugrichtung im letzten Moment, sodass es nicht das Gesicht des Mannes, sondern nur denn ledernen Wulst des Helmes traf. Trotzdem reichte seine Wucht aus, dass der Mann auf der Stelle bewusstlos zusammenbrach.
Die Hölle schien loszubrechen, als die Helder auf den Hunden aus der Gasse hervorstürmten. Die überrumpelten Soldaten versuchten sich vor den heranstürmenden schwarzen Ungeheuern in Sicherheit zu bringen und gleichzeitig ihre Waffen zu ziehen – und behinderten sich dabei gegenseitig. Der Vater ritt einen von ihnen kurzerhand

über den Haufen, streckte einen zweiten mit einem Schleuderwurf nieder und duckte sich, als ein dritter mit dem Schwert nach ihm hieb. Die Klinge fuhr dicht über seinem Kopf durch die Luft und schlug Funken aus der Hauswand. Ein schwarzer Schatten sprang mit glühenden Augen aus der Dunkelheit, warf sich mit einen wütenden Knurren auf den Angreifer und riss ihn zu Boden. Timo hörte einen gellenden Schrei. Ein Schwert polterte auf die Straße, aber schon stürzte ein weiterer Soldat herbei, riss die Waffe hoch und holte zu einem mächtigen Hieb aus. Timo hob schnell die Schleuder, in der bereits ein neuer Bolzen lag, aber dann erstarrte er, als er den Mann erkannte.

Es war Hun Came. Statt des Umhanges trug er nun eine schwarze, glänzende Lederrüstung und einen schweren Helm, der seinen Kopf um vieles größer erscheinen ließ, als er in Wirklichkeit war. Sein Gesicht glühte vor Hass. Ihre Blicke kreuzten sich und auch Came stand einen Augenblick regungslos da.

Aber er hatte sich rascher wieder in der Gewalt als Timo. Mit einem triumphierenden Schrei schwang er sein Schwert und ließ es mit fürchterlicher Wucht auf den Nacken des Hundes niedersausen. Das Tier gab nicht einmal einen Schmerzenslaut von sich. Wie vom Blitz getroffen fiel es auf die Seite, zuckte noch einmal mit den Vorderläufen und lag dann still. Hun Cames Hieb hatte es auf der Stelle getötet.

Timo fühlte einen stechenden Schmerz, als hätte der Schwertstreich auch ihn getroffen. Er schrie auf, riss den Arm hoch und schleuderte den Bolzen mit aller Kraft, die er aufbringen konnte. Hun Cames Augen weiteten sich vor Schreck, aber er kam nicht einmal dazu, eine abwehrende Bewegung zu machen. Der Bolzen traf seine linke Schulter, durchschlug sie, als bestünde sie nur aus dünnem Papier,

und bohrte sich funkensprühend in die Hauswand. Came schrie auf, ließ seine Waffe fallen und krümmte sich vor Schmerzen.
Timos Hand fuhr zum Gürtel, schnappte einen neuen Bolzen und legte ihn in die Schleuder. Wieder verwandelte sich die Schlaufe in einen wirbelnden Kreis. Hun Came sah auf und der Schmerz auf seinen Zügen verwandelte sich in nacktes Entsetzen.
Aber Timo kam nicht dazu, sein zweites Geschoss abzufeuern. Eine unsichtbare, unwiderstehliche Gewalt schien plötzlich nach seinem Arm zu greifen und ihn herumzubiegen. Er wehrte sich verzweifelt, aber sein Handgelenk kippte so leicht um, wie ein dünner Zweig unter der Gewalt eines Wirbelsturmes nachgibt. Der Bolzen machte sich selbstständig, fuhr mehr als zwei Meter neben Hun Came in den Boden und riss eine meterlange Furche in das Kopfsteinpflaster. »Timo, komm jetzt!«
Timo hörte die Worte seines Vaters, ohne dass sie wirklich in sein Bewusstsein drangen. Der Hund stürmte los, aber das nahm er kaum wahr, ebenso wenig wie den brennenden Schmerz, der in seiner Schulter erwachte. Er war wie betäubt, und er fühlte plötzlich eine große Leere in sich. Er steckte die Schleuder weg, klammerte sich mit beiden Händen am Hals des Hundes fest und ließ sich einfach forttragen. Es war alles so sinnlos gewesen, so sinnlos und gemein! Der Hund wollte den Mann nicht verletzen, sondern hatte ihn nur niedergerungen, und das war absolut kein Grund gewesen, ihn zu töten. Er war sein Freund gewesen und sein Tod schmerzte Timo, als hätte er seinen Bruder verloren. Und langsam füllte sich die Leere in seinem Inneren mit einer kalten Wut, die immer stärker wurde. Er hätte nie geahnt, dass er zu einem solchen Gefühl fähig sein konnte.
Sie jagten durch die Straßen hinunter und es schien nicht

einmal eine Minute vergangen zu sein, als der Marktplatz mit seinen bunten Buden und lodernden Feuern vor ihnen lag.
Mit unverminderter Geschwindigkeit stürmten sie über den Platz. Die Menschen gerieten in Panik und ergriffen entsetzt schreiend die Flucht, als sie die drei riesigen Hunde heranpreschen sahen. Ein paar Männer stürzten und wurden von den Nachdrängenden niedergetrampelt und eine der Buden begann plötzlich zu wanken und stürzte krachend zusammen.
Timo sah sich nicht um, als sie den Platz hinter sich hatten. Schreie und Verwünschungen folgten ihnen, aber das war ihm egal. Er beugte sich tief über den Hals des Hundes und spürte, wie dessen Herz schnell und hart schlug. Sein Atem ging rasselnd und laut, sodass Timo ihn trotz des Lärms hören konnte. Die Hunde gaben ihr Letztes.
Aber es waren nur noch wenige hundert Schritte bis zum Stadttor und sie schafften es. Rechts und links neben der schmalen Toröffnung brannten Feuer in eisernen Becken und die Wachen waren, aufgeschreckt durch den Tumult, hervorgetreten und hatten ihre Waffen gezogen. Aber als sie bemerkten, was geschah, war es bereits zu spät. Wie ein schwarzer Wirbelwind hetzten die Hunde an ihnen vorüber und sprangen durch das Tor und über den Graben.
Dann waren sie draußen und in Sicherheit. Timo hatte das Gefühl, einem Gefängnis entronnen zu sein, und eigentlich hätte er erleichtert aufatmen können.
Stattdessen begann er zu weinen.
Sie jagten weiter in die Dunkelheit hinaus. Die Stadt blieb rasch hinter ihnen zurück und schon nach kurzer Zeit war sie nicht mehr als ein Schatten hinter dem glitzernden Band des Flusses und ihr Lärm war mit dem Raunen der Nacht verschmolzen. Aber Timo war sicher, dass Hun Came seine Absicht, sie zu töten, nicht aufgeben würde. Wahrscheinlich

rief er bereits jetzt seine Soldaten zur Verfolgung zusammen.
Timos Hund begann zu taumeln. Er stolperte, versuchte noch einmal sich hochzureißen, doch da knickten seine Vorderläufe ein, sodass Timo von dem unerwarteten Ruck in hohem Bogen über seinen Kopf hinweggeschleudert wurde. Er überschlug sich ein paar Mal und kam dann durch den Schwung seiner eigenen Bewegung wieder auf die Füße.
Seine Eltern hielten ihre erschöpften Tiere ebenfalls an. »Bist du verletzt?«, fragte sein Vater besorgt.
Timo wusste es selbst nicht genau, aber er schüttelte den Kopf, trat zu seinem Hund und half ihm auf die Beine. »Mir ist nichts passiert«, sagte er hastig. »Reitet weiter.«
Statt einer Antwort sprang sein Vater von seinem Hund und kniete neben ihm nieder. Seine Hände tasteten hastig über das Gesicht seines Sohnes. Timo spürte erst jetzt, dass er aus einer Platzwunde über dem einen Auge blutete.
»Das ist nichts«, sagte er unwillig und versuchte die Hand seines Vaters zur Seite zu schieben. »Wir müssen weiter. Sie werden uns verfolgen.«
»Ich weiß«, antwortete sein Vater ernst, »aber die Hunde schaffen es nicht mehr. Wir müssen uns verbergen.«
Timo sah sich verzweifelt um. Vor ihnen lag flaches, für die Wintersaat frisch gepflügtes Bauernland. Und er wusste, dass sich im Umkreis von zehn Meilen nichts daran ändern würde. Es gab nicht einmal einen Busch, der einem Kaninchen als Deckung dienen konnte.
Sein Vater überlegte kurz. »Wir gehen zum Fluss«, bestimmte er dann.
Timo erschrak. »Zum Fluss?«, wiederholte er ungläubig. »Aber das ist ...«
»Der Ort, an dem sie uns zuletzt vermuten werden«, fiel ihm sein Vater ins Wort. »Sie werden Reiter aussenden und

das ganze Land bis zum Wald absuchen. Dass wir zurück in Richtung Stadt gehen, werden sie kaum annehmen. Das verschafft uns den Vorsprung, den wir brauchen.«

Timo wollte widersprechen, aber dann erkannte er, dass der Gedankengang seines Vaters stimmte. Selbst wenn die Hunde ausgeruht gewesen wären – die Menschen mit ihren Pferden waren viel schneller. Und ein zweites Mal würde ihnen Hun Came nicht die Gelegenheit geben, ihn zu überrumpeln.

»Warum hast du mich zurückgehalten?«, fragte er. »Wenn ich Hun Came unschädlich gemacht hätte, dann würden sie uns bestimmt nicht verfolgen.«

Sein Vater sah ihn traurig an. »Unschädlich gemacht ...«, wiederholte er leise. »Wo hast du dieses Wort her, Timo? Du wolltest ihn mit dem zweiten Wurf töten!«

»Und?«, gab Timo trotzig zurück. »Er hat versucht uns zu ermorden. Und er hat den Hund getötet.«

»Aber er ist ein Mensch«, sagte sein Vater kopfschüttelnd. »Ich konnte nicht zulassen, dass du ihn umbringst. Wir sind hergekommen, um die Menschen vor einer großen Gefahr zu warnen, nicht um sie zu töten.«

»Aber sie wollen doch gar nicht gewarnt werden!«, widersprach Timo erregt. Seine Stimme zitterte und er spürte, wie sich seine Augen schon wieder mit Tränen füllten, mit Tränen der Wut. »Du hast doch selbst gesagt – sie sind mit den Gormen im Bunde! Sie ... sie ...« Die Stimme versagte ihm. Er ballte in hilflosem Zorn die Faust und starrte zur Stadt zurück, die sich als bizarr gezackte Silhouette vom nachtdunklen Himmel abhob. Plötzlich erschien sie ihm wie ein Symbol des Bösen, der Gewalt – die Verkörperung all dessen, was er jemals gefürchtet hatte. Sie waren hierher gekommen, um den Menschen zu helfen, um sie vor einer schrecklichen Gefahr zu warnen, aber sie hatten keinen Dank gefunden, sondern Gewalt und Leid.

»Die Menschen sind nicht böse, Timo«, sagte sein Vater leise. »Hun Came und einige seiner Vertrauten mögen der Verlockung des Bösen erlegen sein, aber die meisten Leute, die in Muuren Shant leben, wissen nicht einmal, was um sie herum vorgeht. Warum, glaubst du, wollte er uns sonst gefangen nehmen? Weil er Angst hatte, dass wir den Menschen in seiner Stadt die Wahrheit sagen, und weil er genau weiß, dass sie uns geglaubt hätten, wenigstens einige. Wenn du ihn getötet hättest, Timo, dann wäre ein anderer an seine Stelle getreten und hätte deine Tat zum Vorwand genommen, uns zu jagen und zu töten.«

»Jedenfalls hätte er es nicht getan«, erwiderte Timo leise. Aber es war nicht Überzeugung, die aus ihm sprach, sondern nur noch Trotz. Er wusste, dass sein Vater Recht hatte. Schlechtes mit Schlechtem zu vergelten war keine Lösung. Aber was, dachte er, wenn er eines Tages keine andere Wahl mehr hatte?

Im Osten zeigte sich der erste graue Schimmer der Dämmerung, als die Helder zurückkehrten. Sie hatten die Stadt in einem weiten Bogen umgangen und stießen etwa eine Meile nördlich von ihr auf den Fluss. Der Uferstreifen war sumpfig und unwegsam, aber es gab ein paar Bäume und niedriges, dorniges Gestrüpp, das ihnen wenigstens notdürftig Deckung gewährte.

Sie waren keinem Menschen begegnet, hatten aber ein paar Mal weit entfernt Hufschlag gehört und hinter den Zinnen von Muuren Shant waren unzählige flackernde Feuer erwacht. Hun Came musste seine gesamte Streitmacht aufgeboten haben, um die drei Flüchtlinge zu suchen. Eigentlich war es ein Wunder, dass sie unbehelligt bis hierher gekommen waren. Aber Timo wusste auch, dass der Statthalter früher oder später die richtigen Schlüsse ziehen und seine Männer auch zum Fluss schicken würde.

Timo ließ sich erschöpft im Schutz eines halb verdorrten

Busches zu Boden sinken. Die Hunde taumelten zum Fluss hinunter, tauchten die Schnauzen in die Flut und soffen geräuschvoll.
Nach einer Weile stand er mühsam auf, ging zum Wasser hinunter und tauchte die Hand hinein. Es war eisig und ein schwacher, unangenehmer Geruch von Fäulnis stieg von ihm auf. Trotzdem schöpfte Timo eine Hand voll, kostete vorsichtig und schüttete das Wasser angeekelt zurück.
»Trink nicht davon«, sagte sein Vater. »Der Fluss ist tot.«
Timo schlurfte mit hängenden Schultern zu seinen Eltern zurück und suchte nach einem einigermaßen trockenen Fleckchen auf dem sumpfigen Boden. Seine Mutter war bereits eingeschlafen, eng an die Schulter seines Vaters gekuschelt. Die heraufziehende Dämmerung überzog ihr Gesicht mit grauen Schatten und ließ sie viel älter erscheinen, als sie war.
»Du solltest auch ein wenig schlafen«, sagte sein Vater. »Ich glaube, wir sind im Augenblick sicher hier. Vor Abend können wir nicht weiter und die Hunde werden uns warnen, wenn sich jemand nähert.«
Timo sah schweigend zum Fluss hinunter. Die Hunde lagen wie tot da, nur manchmal hob einer den Kopf und sah sich müde um und ein paar Mal glaubte er ein leises, klägliches Wimmern zu hören. War das die Erschöpfung oder spürten die Tiere den Verlust eines der Ihren so deutlich wie Timo? Er ließ sich zurücksinken, verschränkte die Arme hinter dem Kopf und schloss die Augen. »Glaubst du, dass sie uns hier entdecken werden?«
»Sicher nicht«, antwortete sein Vater und seine Stimme hörte sich ganz weit entfernt an. »Hun Came ist ein kluger Mann, aber er ist wütend und Wut verschleiert den Blick. Wenn es dunkel wird, ziehen wir weiter. Flussabwärts gibt es wieder Wälder und hügeliges Gelände. Dort finden sie uns nicht.«

Die Müdigkeit breitete sich wie eine warme, weiche Decke über Timo.
»Aber sie wissen doch, wo wir hinwollen«, murmelte Timo, schon halb im Schlaf.
Sein Vater lachte und zum ersten Mal seit Ewigkeiten – so kam es Timo vor – hörte es sich nicht bitter, sondern frei an. »Der Weg zur Hohen Feste ist weit, Timo«, sagte er. »So viele Reiter, um ihn zu überwachen, hat niemand, auch Hun Came nicht. Schlaf jetzt. Wir haben noch einen langen Marsch vor uns.«
Timo wollte noch etwas sagen, aber bevor er den Mund öffnen konnte, war er eingeschlafen. Er sah nicht mehr, wie sich das Gesicht seines Vaters vor Sorge verdunkelte.

Die Elfe

Die Helder zogen weiter, als die Nacht hereinbrach. Timo hatte den ganzen Tag geschlafen, tief und traumlos, aber er fühlte sich trotzdem nicht gestärkt, sondern so müde und zerschlagen wie zuvor.
Sie ritten nicht mehr auf den Hunden. Die Tiere hatten sich sichtlich erholt, aber es würde noch lange dauern, ehe sie wieder im Vollbesitz ihrer Kräfte waren.
Die Stadt blieb hinter ihnen zurück, während sie weiter nach Norden gingen, knapp neben dem sumpfigen Uferstreifen, um jederzeit mit einem raschen Schritt im niedrigen Gesträuch verschwinden zu können. Die Nacht war kühl und der Fluss brachte einen eisigen Hauch von seiner langen Reise aus den Bergen mit sich. Der üble Geruch, den das Wasser verströmte, wurde allmählich stärker. Timo sah ein paar Mal unförmige, hässliche Dinge dahintreiben, dazwischen Schmutz und weiße Schaumblasen. Dieser Anblick gab ihm einen schmerzhaften Stich. Er kannte diesen Fluss und hatte oft in seinen klaren Fluten gebadet, oben in den Bergen, wo er seinen Ursprung hatte. Es waren nicht nur die Menschen von Muuren Shant, die ihn verdorben hatten, sondern auch die Menschen, die in den kleinen Städten, in den Gehöften und Häusern entlang des Ufers lebten. Sie alle warfen ihren Abfall einfach in den Fluss und töteten ihn damit langsam.
Gegen Morgen rasteten sie und so wie am Tag zuvor schliefen sie, bis die Sonne wieder unterging. Zwischen ihnen und der Stadt lagen jetzt an die dreißig Meilen; genug, um

wenigstens vorerst in Sicherheit zu sein. Timo war sicher, dass Hun Came die Suche in der unmittelbaren Umgebung der Stadt aufgegeben hatte. Aber er war ebenso sicher, dass er irgendwo auf sie warten würde, irgendwo auf halbem Weg zwischen der Stadt und der Hohen Feste. Er teilte die Hoffnung seines Vaters nicht – das Land war groß, groß genug, um eine Armee zu verbergen und nicht nur drei einzelne Helder, aber die Menschen waren in der Überzahl. Und wenn Hun Came wirklich mit den Gormen im Bunde war, so würde er noch andere Möglichkeiten finden, die drei Flüchtlinge aufzuspüren.
In der zweiten Nacht überquerten sie den Fluss. Sie fanden eine Stelle, an der er weniger tief und reißend war, mussten die letzten paar Meter aber trotzdem schwimmend zurücklegen. Timo fühlte sich hinterher nicht nur erschöpft und durchgefroren bis auf die Knochen, sondern auch beschmutzt. Als seine Kleider trocken waren, haftete ihnen der üble Geruch des Flusses noch lange an.
Vier Nächte folgten sie noch dem Lauf des Flusses, ehe sie nach Westen abbogen, um auf den Weg zur Hohen Feste zu gelangen. Zweimal begegneten sie unterwegs Menschen – einmal einigen Bauern, die im letzten Licht der Abenddämmerung auf einem Feld arbeiteten und den Boden aufhackten, das andere Mal einem einzelnen Reiter, der sie nicht einmal bemerkte, sondern in scharfem Tempo an ihnen vorüberpreschte.
Die Landschaft, durch die sie zogen, begann sich allmählich zu verändern. Anfangs hatten fast ausschließlich die gleichmäßigen Felder und Äcker der Menschen vorgeherrscht, dann wurde der Boden nach und nach hügeliger und die vereinzelten kargen Bäume bildeten kleine Haine, dann einen Wald, der bereits halb abgeholzt und in seinem Kampf gegen den Ansturm der Menschen schon fast besiegt war. Schließlich lag ein meilenbreiter, unfruchtbarer Strei-

fen felsigen Bodens vor ihnen, der die Ausbreitung der Felder wie ein natürlicher Schutzwall gehindert hatte.
Sie sprachen nicht viel während des zehntägigen Marsches – kaum mehr als ein paar Sätze. Der Schreck über das, was sie in Muuren Shant erlebt hatten, saß noch tief in ihrem Inneren, und auch als er nachließ, blieb ein Gefühl zurück, als hätten sie sich mit einer schleichenden Krankheit angesteckt, die nach und nach irgendetwas in ihnen veränderte.
Als die Sonne zum elften Male aufging, erblickten sie am Horizont einen dünnen, grünen Streifen. Es war der Wald von Orden, hinter dem die Namenlosen Berge und die Hohe Feste lagen. Timo wäre gern weitermarschiert trotz seiner Müdigkeit, aber sein Vater bestand darauf, zu schlafen und erst bei Einbruch der Dunkelheit weiterzugehen.
Timo wartete voll Unruhe auf den Sonnenuntergang. Er schlief zwar ein, schreckte aber immer wieder hoch und einige Male sah er ängstlich nach Westen, um sich davon zu überzeugen, dass der Wald noch da war. Die grüne Linie am Horizont erschien ihm so verlockend wie einem Verdurstenden ein Krug Wasser. Als die Sonne sank, war er der Erste, der wieder auf den Beinen und unterwegs war, und er ging immer ein Stück voraus, obwohl er jeden einzelnen Schritt schmerzhaft bis in die Schultern hinauf spürte. Sein Vater ließ es stillschweigend zu, schickte jedoch einen der Hunde als Bewacher hinter ihm her.
Sie brauchten die halbe Nacht, um den Wald zu erreichen. Timo lief seinen Eltern schließlich weit voraus und stürmte mit einem freudigen Schrei auf die Bäume zu. Obwohl er weiter als je zuvor von den heimatlichen Bergen entfernt war, hatte er das Gefühl, nach Hause zu kommen. Der Wald mit seiner Dunkelheit und seinen freundlichen, warmen Schatten war wie ein großer Freund und er musste sich sehr beherrschen, um nicht einfach den ersten Baum zu umarmen und vor Freude laut zu jauchzen.

Aber etwas war nicht so, wie es sein sollte.
Timo konnte im ersten Moment nicht sagen, was es war – aber er spürte, dass sich der Wald von Orden von den heimatlichen Wäldern unterschied, als wäre er nur ein düsterer Abklatsch.
Der Wald war totenstill. Das Gezeter der Vögel fehlte, die Laute der winzigen Nachtjäger und ihrer Opfer, das Flüstern des Windes in Baumwipfeln und Laub – von all dem war nichts zu hören. Der Wald war eine finstere Mauer, eine Wand aus Schatten und Kälte, in der die Bäume aus Stein gemeißelt und das Unterholz aus Draht geflochten zu sein schienen. Er war eine Verzerrung der Natur und verhöhnte sie und Timo fühlte seine Machtlosigkeit vor Dingen, die stärker waren als er.
Tränen standen in seinen Augen, als er seinen Eltern entgegenging und ihnen von seiner Entdeckung erzählen wollte. Aber ein Blick in ihre Gesichter sagte ihm, dass sie es ebenso deutlich spürten wie er.
»Was ... ist hier geschehen?«, fragte er stockend und seine Stimme versagte ihm fast.
»Annwn«, sagte sein Vater düster. »Es ist der Atem des Kalten Reiches, den du fühlst, Timo. Es ist schlimmer, als ich dachte. Selbst bis hierher reicht Ahrimans Arm schon.« Er schüttelte den Kopf und sah sich unschlüssig um. »Ich habe gehofft, es wäre noch nicht so schlimm«, wiederholte er.
»Aber es war doch nur ein einziger Gorm!«
»Du hast nur diesen einen gesehen, Timo«, murmelte seine Mutter. »Das Kalte Reich ist groß und es hat mehr als eine Pforte. Vielleicht hat sich der, den du gesehen hast, nur verirrt und vielleicht hat Ahriman seine Kreaturen zuallererst hierher gesandt, um die Hohe Feste und die Elben zu vernichten.«
»Die Hohe Feste!« Timos Herz machte einen schmerzhaften

Sprung. »Aber das ist doch unmöglich, Mutter. Die Elben werden nie ...«

»Es ist nicht unmöglich. Eines ergibt sich aus dem anderen«, fiel ihm sein Vater ins Wort. »Die Elben sind die Einzigen, die ihm und seinen Bestien ernsthaften Widerstand entgegenbringen können. Wäre ich er, dann würde ich zuerst den stärksten Gegner angreifen.«

Timo weigerte sich seinem Vater zu glauben. Er war noch nie in der Hohen Feste gewesen, aber er hatte so viel über sie gehört, dass ihm der Gedanke, sie wäre gefallen, ehe der Krieg überhaupt begonnen hatte, schlichtweg unvorstellbar erschien. Die Hohe Feste war der Inbegriff der Stärke, ein Bollwerk, hundertmal stärker als Muuren Shant, das jedem noch so mächtigen Gegner standhalten musste.

»Noch ist nichts entschieden«, sagte sein Vater nach einer Weile. Er hatte Timos Entsetzen bemerkt und bemühte sich nun ihn zu beruhigen. »Wir haben kaum den halben Weg hinter uns gebracht und vielleicht reicht Ahrimans Macht nur bis hierher. Wir sind erschöpft und von jetzt an ist es nicht mehr notwendig, nachts zu marschieren und am Tag zu schlafen. Warten wir, bis es hell ist. Es kann sein, dass wir uns täuschen und dass bei Tageslicht alles ganz harmlos ist.«

Timo spürte genau, wie wenig sein Vater an seine eigenen Worte glaubte. Aber manchmal war es vielleicht der einzige Ausweg, sich selbst zu belügen.

Sie bereiteten ein Lager aus Laub und trockenem Moos und legten sich zur Ruhe. Die Hunde wachten abwechselnd. Ihre Ohren waren gespitzt und Timo merkte an den unruhigen Blicken, die sie immer wieder in den Wald warfen, dass sie das Fremde, das sich hier eingenistet hatte, so deutlich wie er und seine Eltern spürten.

Die Nacht war kalt. Hin und wieder glaubte Timo undeutliche Geräusche zu hören und er schrak ein paar Mal ängstlich hoch, ehe er endlich, schon fast gegen Morgen, wirklich einschlief.

Drei Tage zogen die Helder und die Hunde durch den Wald nach Westen. Es war so, wie sein Vater gesagt hatte – bei Tageslicht kam ihnen der Wald beinahe normal vor. Die Schatten krochen dorthin zurück, wo sie hergekommen waren, und wenn die Sonne durch die Baumwipfel brach, vertrieb ihr Licht auch den letzten Rest von Nebel und Kälte. Aber mit der Dunkelheit kehrten sie alle wieder zurück und hinter der vertrauten Oberfläche der Dinge schien etwas Fremdes und unsagbar Böses zu lauern.
Es gab keine Tiere. Anfangs hatte Timo sich noch eingeredet, dass sie selbst es waren, die mit ihrer Nähe alle Lebewesen vertrieben, aber der Wald blieb auch weiterhin stumm: eine Kathedrale, gebildet aus mächtigen Bäumen und ineinander verflochtenen Laubdächern, in der sich nichts Lebendiges regte. Einmal fand er ein Spinnennetz, in dem Tautropfen glitzerten, aber es war zerrissen und leer.
Sie näherten sich den Bergen. Mächtige, verwitterte Felsblöcke tauchten hier und da zwischen den Bäumen auf und der Boden wurde nach und nach unebener und begann sanft, aber stetig anzusteigen. Das Unterholz wurde spärlicher und die Baumwurzeln traten aus dem Erdreich und schienen sich wie graue, verzweigte Finger vorwärts zu bewegen. Sie mussten jetzt häufig klettern oder große Umwege machen, um ihrem Weg weiter zu folgen, aber Timo nahm auch dies stillschweigend und ohne zu klagen hin, führte sie doch jeder Schritt, und wenn er noch so mühsam war, weiter nach Westen und näher an ihr Ziel heran.
Timo dachte nicht mehr mit freudiger Erwartung an die Hohe Feste, sondern mit leisem Bangen. Sein Vater hatte seinen Verdacht nicht wiederholt und weigerte sich auch, über die Gorme oder das, was sie selbst vielleicht am Ende

ihrer Reise erwarten mochte, Vermutungen zu äußern. Aber es war nun einmal ausgesprochen und die Angst, die Hohe Feste von Menschen oder Gormen besetzt vorzufinden, ließ ihn nicht mehr los. Sie verfolgte ihn selbst bis in seine Träume und mehr als einmal schrak er hoch, weil er im Schlaf die mächtigen Mauern der Festung sah und plötzlich das hässliche Krötenmaul eines Gorms über ihren Zinnen auftauchte.

Es war am Mittag des sechzehnten Tages ihrer Flucht, als die Hunde plötzlich unruhig wurden und sein Vater stehen blieb und aufmerksam nach Westen sah. Der Wald war lichter geworden und vor ihnen lag eine weite, auf der einen Seite von einer senkrecht emporsteigenden Felswand begrenzte Lichtung. Der Himmel war grau. Vor der Sonne schien ein unsichtbarer Schleier zu hängen, und obwohl es Mittag war und sie den höchsten Punkt ihrer Tageswanderung erreicht hatte, drang ihre Wärme nicht bis zum Boden durch. Am Morgen war Nebel aufgekommen und nicht wieder abgezogen, sondern als graue, knöcheltiefe Wolkenschicht über dem Waldboden hängen geblieben, sodass sie nicht mehr sahen, wohin sie ihre Füße setzten, und vorsichtig und langsam gehen mussten. Die dünnen, grauen Schwaden schoben sich drohend auf die Lichtung hinaus und versuchten auch noch dieses winzige, einigermaßen helle Fleckchen mit Düsternis zu überziehen.

»Was hast du?«, fragte Timo erschrocken.

Sein Vater gebot ihm mit einer hastigen Geste zu schweigen und lauschte wieder. Auch Timo konzentrierte sich, aber das einzige Geräusch, das er hörte, war das Rauschen seines eigenen Blutes in den Ohren. Trotzdem war er sicher, dass vor ihnen etwas war – sein Vater verstand die Stimme der Natur weitaus besser als er und auch die Hunde waren unruhig und angespannt. Ihre feinen Sinne warnten sie vor einer Gefahr, die noch nicht sichtbar war.

»Zurück!«, befahl sein Vater plötzlich. »Zurück in den Wald! Rasch!«
Timo gehorchte ohne nachzudenken. Sie wichen eilig tiefer in den Wald zurück, so weit, dass sie gerade noch auf die Lichtung hinaussehen konnten, ohne selbst gesehen zu werden. Auch die Hunde folgten ihnen und pressten sich eng an den Boden und der Nebel, der Timo bisher mit Unbehagen erfüllt hatte, verbarg sie nun.
Jetzt hörte Timo Geräusche: das Kollern von Steinen, hastige Schritte und ein hohes, auf- und abschwellendes Summen.
Seine Mutter ergriff ihn plötzlich so fest am Arm, dass er zusammenfuhr. »Schau!«, flüsterte sie aufgeregt.
Timo unterdrückte im letzten Moment einen überraschten Schrei. Am Ende der Lichtung war eine Gestalt erschienen. Zuerst glaubte er, es wäre ein Mensch, aber dann sah er, dass das nicht stimmte. Es war eine Frau – eine wunderschöne, goldhaarige Frau in einem fließenden, silbernen Gewand, zartgliedrig und so blass, dass ihre Hände und Füße im Sonnenlicht beinahe durchsichtig wirkten.
»Eine Elfe!«, entfuhr es ihm. Er hatte noch nie eine wirkliche Elfe gesehen, aber er kannte sie aus Erzählungen und Berichten so gut, dass er sofort wusste, wen er vor sich hatte. Dieses Wesen konnte nichts anderes als eine Elfe sein!
Seine Mutter antwortete nicht, sondern starrte weiter gebannt auf die Lichtung hinaus. Die Elfe lief, so schnell sie konnte, aber es war deutlich, dass sie am Ende ihrer Kräfte war. Sie taumelte, fiel auf die Knie und raffte sich mühsam wieder auf, um nach einem hastigen Blick über die Schulter weiterzurennen. Das Haar fiel ihr wirr in die Stirn und ihr Gewand war zerrissen und beschmutzt. Timo wollte etwas sagen, aber sein Vater winkte hastig ab und deutete zum Waldrand, dorthin, wo vor wenigen Augenblicken die Elfe aufgetaucht war.

Diesmal gelang es Timo nicht mehr, einen Schreckensschrei zu unterdrücken.
Ein ungeheurer Schatten wuchs zwischen den Bäumen hervor. Unterholz und Geäst wurden wie von einem plötzlichen Wirbelwind zur Seite gedrückt. Eine gigantische Scheußlichkeit brach aus dem Wald. Die Lichtung hallte wider von einem krächzenden, grauenhaften Schrei.
»Ein Gorm!«, keuchte Timo. »Vater, das ist ein Gorm! Dieses Ungeheuer habe ich gesehen!«
Sein Vater antwortete nicht, sondern verfolgte in höchster Aufregung das Geschehen auf der Lichtung. Auch die Elfe hatte die Bestie erblickt und war, starr vor Schrecken, stehen geblieben. Der Gorm stieß ein grässliches Brüllen aus, spannte seine mächtigen Hinterläufe und übersprang mit einem einzigen Satz mehr als die Hälfte der Lichtung. In seinen Flammenaugen blitzte es triumphierend.
Die Elfe wich mit einem hellen Schrei zurück, hob die Hände und bewegte sie schnell hin und her. Die Luft zwischen ihr und dem Gorm begann zu flimmern. Es schien, als wäre er plötzlich von Millionen winziger, blitzender Sterne eingehüllt. Das Ungeheuer schrie vor Schmerzen, bäumte sich auf und schlug blind mit den gewaltigen Vordertatzen in die Luft. Der Boden zitterte und selbst die Bäume schienen sich unter dem Schrei des Gorms zu ducken. Er blieb noch sekundenlang hoch aufgerichtet stehen, neigte sich dann langsam wie ein gefällter Baum auf die Seite und fiel zu Boden. Sein schuppiger Körper zuckte noch einmal, dann erstarrte er zu Stein. Timo glaubte seinen Augen nicht zu trauen, aber es war so – die schwarzen Schuppen verloren ihren Glanz, das höllische Feuer in seinen Augen erlosch und der Gorm verwandelte sich in einen grauen, missgestalteten Felsblock.
Aber es war noch nicht vorbei. Aus dem Wald antwortete ein lautes Brüllen auf den Schrei der Bestie. Wieder zer-

fetzte etwas Gewaltiges, Schwarzes das Unterholz, und ein zweiter und ein dritter Gorm brachen auf die Lichtung heraus. Auf einem von ihnen saß ein Reiter.
Er war um vieles größer als ein Mensch, breitschultriger und massiger, mit einem flachen, kantigen Gesicht aus Horn und Stacheln. Mit vier unglaublich muskulösen Armen klammerte er sich am Nacken der Bestie fest.
»Ein Daewa«, flüsterte Timos Mutter. »Ein leibhaftiger Daewa!« Ihre Stimme zitterte.
Timo hielt vor Schreck den Atem an. Ein Daewa! Eines jener Wesen, von denen selbst sein Großvater nur mit Furcht gesprochen hatte, einer der schrecklichen Bewohner des Kalten Reiches, gegen den selbst ein Gorm nicht viel mehr als eine harmlose Kröte war!
Die Elfe war wieder ein paar Schritte weitergelaufen, aber sie schien einzusehen, dass eine Flucht nicht mehr möglich war. Die Gorme konnten die Lichtung mit zwei gewaltigen Sätzen überspringen und auch der Wald würde ihr keinen Schutz mehr bieten. So tat sie das Einzige, was ihr noch blieb, und stellte sich den beiden Monstern und dem Reiter zum Kampf.
Wieder fiel ein Nebel aus flirrendem Sternenstaub auf eine der Bestien, aber Timo sah, dass das Glitzern nicht mehr so hell wie vorher war, und wenn der Gorm sich auch wie unter einem schmerzhaften Hieb duckte, so war die Wirkung doch bei weitem schwächer als beim ersten Mal. Die Elfe wich mit kleinen, trippelnden Schritten zurück, aber die Gorme, gelenkt und angefeuert von ihrem scheußlichen Reiter, gaben ihr keine Chance zur Flucht. Sie war so erschöpft, dass sie sich kaum mehr auf den Beinen halten konnte. Die Ungeheuer mussten sie lange verfolgt haben und es sah ganz so aus, als würde die Jagd auf dieser Lichtung ein furchtbares Ende finden.
»Wir müssen ihr helfen!«, sagte Timo.

Sein Vater nickte und erhob sich mit einem Ruck. »Ihr bleibt hier«, sagte er. »Versteckt euch!«
Timo wollte protestieren, aber sein Vater hatte sich bereits abgewandt und näherte sich schnell, aber lautlos dem Waldrand. Zwei Hunde folgten ihm, während der dritte bei Timo und seiner Mutter zurückblieb.
Die Gorme hatten mittlerweile die Elfe eingekreist. Sie war bis zu der Felswand am jenseitigen Rand der Lichtung zurückgewichen und presste sich angstvoll gegen den rauen Stein, während die Gorme langsam näher kamen. Der Daewa stieß eine Folge hoher, schnatternder Töne aus und schwang eine mächtige Keule, die mit scharfkantigen Glas- und Eisensplittern übersät war.
Die Elfe versuchte ein letztes Mal sich gegen die übermächtigen Gegner zur Wehr zu setzen. Noch einmal hob sie die Hände und vollführte die magische Geste, aber diesmal galt der Angriff nicht den Gormen, sondern ihrem Reiter. Der schwarze Rücken des Daewa verschwand für die Dauer einer Sekunde hinter einem Vorhang wirbelnder Eiskristalle. Ein Laut von solcher Wildheit und Wut schallte über die Lichtung, dass Timo entsetzt zusammenfuhr. Der Daewa bäumte sich auf, verlor auf dem glatten Leib des Gorms den Halt und stürzte, noch immer schreiend und mit allen vieren um sich schlagend, zu Boden. Die Elfe stürzte pfeilschnell vor, tauchte unter dem zuschnappenden Maul des Gorms hindurch und versuchte den rettenden Wald zu erreichen.
Es gelang ihr nicht. Einer der Gorme fuhr mit einer Behändigkeit, die man hinter seinem schwerfälligen Äußeren niemals vermutet hätte, herum und sprang mit einem gewaltigen Satz über die flüchtende Elfe hinweg. Der Wald zitterte, als das Ungeheuer wieder auf dem Boden aufkrachte und abermals herumfuhr. Seine gewaltigen, krallenbewehrten Tatzen rissen das Erdreich auf und ließen kleine Steine

wie scharfkantige Geschosse davonfliegen. Die Elfe stolperte, fiel auf ein Knie und stürzte gleich darauf nach hinten, als der Gorm mit einem zweiten, gewaltigen Satz auf sie zusprang und die Krallen dicht vor ihr in den Boden grub.

»Herrin!« Die Stimme Erron Un Gents war trotz des Gebrülls der Gorme deutlich zu hören. »Zurück! Weg von der Felswand!«

Für einen Augenblick schienen die schwarzen Giganten zu erstarren. Der Daewa, der noch immer zusammengekrümmt vor der Felswand hockte, fuhr auf und blickte den Helder verblüfft an und selbst die Elfe stand starr vor Überraschung da.

Ein tiefes Stöhnen drang aus dem Boden. Der Berg zuckte; eine rasche Bewegung durchlief die Erdoberfläche, dann polterte ein kopfgroßer Stein die Felswand herunter und traf den Daewa an der Schulter. Der Schmerzensschrei des Ungeheuers ging in einem zweiten, stöhnenden Grollen unter, das den Felsen erzittern ließ. Ein weiterer Stein kollerte herunter, dann löste sich ein ganzer Teil der Felswand, kippte langsam und gezielt, als würden ihn unsichtbare Kräfte steuern, nach vorne und löste eine ganze Lawine von Schutt und Geröll aus.

Dann ging alles unglaublich schnell. Ein gleißendes, hellblaues Licht brach plötzlich aus dem Felsen und tauchte die Lichtung in unwirkliche Helligkeit. Ein ungeheures Dröhnen und Bersten folgte und dann verschwanden der Daewa und sein hässliches Reittier unter Tonnen von niederprasselnden Felsbrocken. Der Berg bebte, bäumte sich auf wie ein verwundetes Tier und spie unter blauen Feuerfunken weitere Felsmassen und Geröll hervor. Eine Staubwolke flog hoch und verschleierte den Blick auf das, was weiter an seinem Fuß geschah.

Jetzt erwachte auch die Elfe aus ihrer Erstarrung. Sie sprang hoch und schleuderte dem letzten Gorm noch einmal ihre Macht entgegen. Ihre Kräfte reichten nicht mehr, das Untier in Stein zu verwandeln oder auch nur ernsthaft zu verletzen, aber der tanzende Sternenstaub blendete es für einen Moment und gab ihr Gelegenheit, vollends auf die Füße zu kommen und weiter auf den Waldrand zuzulaufen.

Das Ungeheuer schüttelte zornig den Kopf und biss in die leere Luft. Der Laut, mit dem seine Kiefer zusammenkrachten, erinnerte Timo an das Zuschnappen einer gewaltigen Bärenfalle. Die Bestie schrie auf und setzte der Elfe nach. Die Kiefer klafften wieder auseinander und eine lange, hornige Zunge griff wie eine zustoßende Schlange nach dem Lichtwesen.

Aber das Untier kam nicht dazu, die Bewegung zu Ende zu führen. Eine neue Steinlawine polterte die Wand herunter und ein großer, scharfkantiger Brocken löste sich, sprang quer über die Lichtung und traf den Gorm am Kopf. Er kippte zur Seite und blieb regungslos liegen wie von einem gewaltigen Keulenhieb getroffen.

Timo hielt es nun einfach nicht mehr aus. Er riss sich von der Hand seiner Mutter los, sprang auf und lief mit großen Schritten auf den Waldrand zu.

Sein Vater war auf die Knie gesunken und hatte das Gesicht in den Händen vergraben. Seine Schultern zuckten, und als Timo neben ihm niederkniete, sah er, dass er in Schweiß gebadet war. Nie zuvor hatte er erlebt, dass er – oder irgendein anderer Helder – die Magie der Steine in einem solchen Ausmaß angewandt hatte. Er hatte nicht einmal gewusst, dass es überhaupt möglich war.

»Vater!«, keuchte er. »Was hast du?«

Sein Vater stöhnte, ein leiser, qualvoller Laut, der an ein unterdrücktes Schluchzen erinnerte. Er nahm die Hände herunter, tastete blind nach einem Halt und wäre gestürzt, wenn Timo nicht schnell zugegriffen und ihn aufgefangen hätte. Sein Atem ging keuchend und mühsam und sein Gesicht sah aus, als wäre er in den letzten Minuten um Jahre gealtert.

»Vater!«, sagte Timo noch einmal. »Was hast du? So sag doch etwas!«

Eine Hand berührte ihn an der Schulter, leicht wie eine Feder und doch voll Kraft. Er sah auf und blickte in das Gesicht der Elfe. Sie war so leise herangekommen, dass er ihre Schritte nicht gehört hatte.

»Bitte!" schluchzte er. »Hilf ihm. Du ... du musst ihm helfen! Er stirbt!«

Die Elfe lächelte auf seltsame Art, ließ sich neben ihm auf die Knie sinken und berührte das Gesicht seines Vaters mit beiden Händen.

Eine Zeit lang geschah nichts und Timo befürchtete schon, dass die Flucht und der Kampf der Elfe die letzten Kräfte geraubt hatten. Aber dann beruhigte sich der keuchende Atem seines Vaters und sein Gesicht begann wieder Farbe anzunehmen. Er hob schwach die Hand, öffnete die Augen und wollte etwas sagen, aber die Elfe legte ihm die Finger auf die Lippen und schüttelte den Kopf.

»Ihr dürft jetzt nicht reden, Helder«, sagte sie. Ihre Stimme hatte einen wunderschönen Klang, als striche warmer Sommerwind durch ein Feld gläserner Blumen.

»Hilf mir, junger Helder«, wandte sie sich an Timo. »Wir müssen deinen Vater in den Wald bringen, fort von hier.«

Gemeinsam trugen sie Erron Un Gent zurück in den Schutz der Bäume. Der Nebel, der bisher wie ein graues Leichentuch zwischen den Stämmen gehangen war, wich zurück, als die Elfe näher kam. Sie betteten seinen Vater behutsam auf weiches Moos und seine Mutter tupfte mit einem Zipfel ihres Gewandes seine erhitzte Stirn ab.

»Macht euch keine Sorgen«, sagte die Elfe. »Er wird keinen

Schaden davontragen.« Sie lächelte wieder auf ihre seltsame Art, trat einen Schritt zurück, ließ sich auf die Knie sinken und schloss die Augen. Ihre Hände zitterten und ihr Gesicht schien zu flackern, als würde es seine Substanz verlieren und erlöschen.

»Ich danke euch«, sagte sie nach einer Weile. »Ich glaubte mich schon verloren. Die Gorme hätten mich getötet, wenn ihr nicht erschienen wärt. Ihr habt euer Leben für mich riskiert.«

Timo suchte vergeblich nach den richtigen Worten. Selbst die Art, in der die Elfe sprach, erschien ihm verzaubert, ein Klang aus einer fremden Welt. Alles, was er zu diesem Geschöpf aus Licht und Schönheit hätte sagen können, wäre ihm nichtssagend und steif vorgekommen.

»Ihr braucht Euch nicht zu bedanken«, entgegnete sein Vater. »Was ich getan habe, hätte ich für jeden getan, der von diesen Ungeheuern verfolgt wurde.« Aber in seiner Stimme war ein seltsamer, fremder Klang und plötzlich fiel Timo wieder ein, dass er die Elfe *Herrin* genannt hatte.

Die Elfe schüttelte den Kopf. »Ihr wisst, was es für Wesen waren, die mich verfolgten?«

»Gorme«, antwortete Timo düster. »Und ein Daewa.« Er schauderte. »Ich wusste nicht, dass es solche Geschöpfe wirklich gibt.«

Die Elfe wandte den Kopf und sah ihn an. Sie sagte nichts, aber Timo begann sich unter dem Blick ihrer Augen unsicher zu fühlen. Es waren Augen, die direkt in seine Seele sahen. Nichts konnte dem Blick dieses Wesens verborgen bleiben, das spürte er.

»Wie kommt es«, fragte sie nach einer Weile, »dass man drei Helder so weit von den Bergen entfernt trifft?«

»Wir sind unterwegs zur Hohen Feste, Herrin«, antwortete Erron Un Gent. »Mein Sohn sah einen Gorm oben in den Bergen und wir brachen auf, um die Menschen und die

Herren der Hohen Feste zu warnen.« Sein Gesicht verdüsterte sich. »Aber es sieht so aus, als würden wir zu spät kommen.«

»Es ist nie zu spät für eine warnende Stimme«, erwiderte die Elfe. »Ihr seid nur zu dritt?«

»Wir und die Hunde«, bestätigte Timos Vater. »Ich bin Erron Un Gent, dies sind meine Frau Veria An Gent und mein Sohn Timo.«

»Erron Un Gent?«, wiederholte die Elfe und für einen Moment glaubte Timo fast etwas wie Schrecken auf ihren Zügen zu erkennen. »Ein Gent? Der Letzte aus dem Geschlecht der Helderkönige?«

Timo fuhr überrascht zusammen. Sein Blick suchte den seines Vaters, aber dieser sah die Elfe an und nahm keine Notiz von ihm. Wieso König? dachte er. Er hatte nie jemanden davon reden hören, dass sein Vater ein König war.

»Dem Wort nach vielleicht«, sagte sein Vater kopfschüttelnd. »Das Volk der Helder braucht keine Könige. Es ist zu klein, als dass auch nur einer von einem anderen beherrscht werden könnte.«

»Aber Ihr seid ein Gent?«, vergewisserte sich die Elfe. »Und dies« – sie deutete auf Timo – »ist Euer einziger Sohn?«

Erron schwieg, aber trotzdem hatte Timo das Gefühl, dass sein Vater mit der Elfe redete; auf eine Art, die er nicht verstand, und über Dinge, die er vielleicht auch nicht verstehen sollte. Ein Schatten huschte über das Gesicht der Elfe und für einen Augenblick war es, als kämpfe sie mit aller Macht dagegen an, etwas Bestimmtes zu sagen. Als sie wieder sprach, klang ihre Stimme verändert. »Wir müssen weiter«, sagte sie. »Ihr und ich. Die Gorme, die mich verfolgt haben, waren nicht die einzigen. Sie sind seit Tagen hinter mir her und ich fürchte, was ihr getan habt, wird nicht unentdeckt bleiben. Sie werden jetzt auch euch verfolgen.«

Sie stand auf, sah auf die Lichtung hinaus und schloss für eine einen Moment die Augen, als lausche sie in sich hinein. Vor der Felswand lag noch immer eine Wolke aus grauem, schwerem Staub und der getötete Gorm ragte schwarz und hässlich aus einem Berg zertrümmerten Gerölls empor. Dünner schwarzer Rauch stieg hoch, wo sein Blut auf den Boden tropfte. Timo schauderte und wandte sich hastig ab. Bis vor wenigen Augenblicken noch hatte er diese Kreatur für unbesiegbar gehalten, aber nun konnte er sich über ihren Tod nicht freuen.

Sein Vater erholte sich zusehends und war schon nach wenigen Minuten wieder kräftig genug um gehen zu können. Er wechselte ein paar Worte mit der Elfe, so leise, dass Timo sie nicht verstand, und einmal drehte sie während des Gesprächs den Kopf und sah ihn an. Ihr Blick war von Trauer und Mitleid erfüllt und ließ ihn frösteln.

Sie zogen weiter. Timo hatte eigentlich erwartet, dass sie nun umkehren und den Weg, den sie gekommen waren, ein Stück zurückgehen würden, aber das war nicht der Fall. Die Elfe und sein Vater gingen weiter in die einmal eingeschlagene Richtung, als gäbe es plötzlich die Gorme und Daewas, vor denen sie sich in Acht nehmen mussten, nicht mehr.

Als sie an dem toten Gorm vorbeikamen, bemerkte er etwas Seltsames: Der Stein war groß genug gewesen, selbst ein Ungeheuer wie dieses auf der Stelle zu erschlagen, und trotzdem schien es noch immer zu leben. Seine Haut pulsierte schwach und zwischen seinen Schuppen war eine unbestimmte Bewegung, die immer dann aufhörte, wenn er genauer hinsah. Er erzählte seinem Vater davon, aber an seiner Stelle antwortete die Elfe.

»Man kann diese Kreaturen nicht töten, Timo«, sagte sie ernst. »Sie sind Geschöpfe der Kälte und Finsternis und der Tod gehört zu ihrem Dasein wie zu unserem das Leben.«

»Du meinst ...«, stotterte Timo, »ich meine ... Ihr wollt damit sagen, dass ...«
Die Elfe lächelte. »Sag ruhig du zu mir, kleiner Helder. Mein Name ist Gaia und du brauchst mich nicht mit Hochachtung zu behandeln, denn du bist der Sohn eines Königs und mir gleichgestellt – oder wirst es eines Tages sein. Aber um deine Frage zu beantworten – sie sind unsterblich, wenigstens in gewissem Sinn. Man kann ihnen nicht mit Gewalt und Tod begegnen, denn sie sind Gewalt und Tod. Du kannst das Böse nicht mit Bösem bekämpfen, ebenso wenig wie du Feuer mit Feuer löschen kannst.«
»Aber dann ...«, sagte Timo verzweifelt, »dann ist ja alles sinnlos. Was soll unsere Warnung nützen, wenn es keine Möglichkeit gibt, sie zu besiegen?«
»Gibt es denn keine andere Möglichkeit des Sieges als den anderen zu töten?«, antwortete Gaia. »Der Herr von Annwn ist mächtig und verschlagen. Gewalt und Hass sind seine Waffen, und wenn wir anfangen, uns ihrer zu bedienen, dann haben wir verloren, ehe der Kampf wirklich begonnen hat. Wir werden einen anderen Weg finden müssen, den Frieden zu erhalten.«
Timo hätte gerne gefragt, was sie mit diesen Worten meinte, aber er fing einen warnenden Blick seines Vaters auf und schwieg.
Sie folgten der breiten Schneise, die die Gorme durch den Wald gebrochen hatten. Ein scharfer, brennender Geruch lag in der Luft und der Boden war nicht nur zertrampelt, sondern schwarz und verbrannt wie an der Stelle, an der Timo dem ersten Gorm begegnet war. Nach einer Weile bogen sie von der Spur ab und wandten sich wieder direkt nach Westen.
Sie sprachen jetzt nicht mehr und bemühten sich kein überflüssiges Geräusch zu verursachen und keine Spuren zu hinterlassen; selbst die Hunde bewegten sich vorsichtiger

und blieben dicht bei ihnen. Aber der Tag verging, ohne dass sie auf einen Gorm oder einen Daewa gestoßen wären, und als sie bei Einbruch der Dämmerung Halt machten und nach einem geschützten Platz für das Nachtlager suchten, war Timo schon beinahe geneigt, alles für einen bösen Traum zu halten.

Ihr Mahl war einfach – klares, kaltes Wasser aus einer Quelle, die die Hunde aufgestöbert hatten, und für jeden eine Hand voll Beeren. Fleisch hatten sie schon seit Wochen nicht mehr gegessen, und selbst wenn sie Zeit zur Jagd gehabt hätten, in diesem Wald gab es nichts, was sie jagen konnten.

Die Elfe selbst aß nichts, sondern sah ihnen nur schweigend und in Gedanken versunken zu. Obwohl Timo fast krampfhaft darum bemüht war, sie nicht unentwegt anzustarren, ertappte er sich immer wieder dabei, wie er ihre Schönheit bewunderte, und es schien ihm, als entdecke er sie jedes Mal aufs Neue.

Sie war ein seltsames Wesen – so groß wie ein Mensch, aber vom zarten, beinahe zerbrechlichen Körperbau eines Helders. Ihre Haut war weiß und hatte einen schwachen, seidigen Schimmer wie Porzellan und ihre Augen – große, goldene Augen, in denen winzige Silberpünktchen geisterten – strahlten eine Weisheit aus, die ihrem jugendlichen Aussehen widersprach. Im hellen Sonnenlicht hatte ihr Haar golden ausgesehen, aber in Wirklichkeit war es silbern, ein Gespinst unendlich feiner Fäden, das bis weit über ihre Schultern herabfiel.

Gaia bemerkte seinen Blick, aber sie schien ihm seine Neugier nicht übel zu nehmen, denn sie lächelte sogar. Die Anstrengung hatte tiefe Spuren in den Zügen der Elfe hinterlassen, obwohl sie jetzt nicht mehr so erschöpft war wie noch vor ein paar Stunden. Timo versuchte ihr Alter zu schätzen, aber das war unmöglich. Sie konnte genauso gut

zwanzig wie zweihundert Jahre alt sein. Vielleicht gab es so etwas wie Alter bei den Elfen gar nicht. Ihm wurde plötzlich bewusst, wie wenig er über dieses Volk wusste. Eigentlich noch viel, viel weniger als über die Menschen. Das war seltsam, denn er verehrte die Elfen so sehr, wie er die Menschen verachtete.
»Du hast nie zuvor eine Elfe gesehen?«, fragte Gaia plötzlich, als hätte sie seine Gedanken gelesen.
Timo schüttelte den Kopf und lächelte verlegen. »Nein«, sagte er halblaut und fügte dann schnell hinzu: »Aber ich habe schon eine Menge über euch gehört.«
»Nur Gutes, hoffe ich«, sagte Gaia mit einem Augenzwinkern.
Timo nickte, rutschte unruhig auf seinem Platz hin und her und sah zu seinen Eltern hinüber.
»Lass sie«, sagte Gaia, als er aufstehen und zu ihnen gehen wollte. »Sie sind müde und brauchen ihre Ruhe. Und auch du solltest schlafen. Die Hunde und ich werden wachen.«
»Und wann wirst du schlafen?«
Gaia winkte ab. »Ich schlafe nicht«, sagte sie.
»Nie?«
»Nie«, bestätigte die Elfe.
Timo überlegte einen Moment. »Das muss ... sehr schön sein«, sagte er stockend. Er begann sich immer unbehaglicher zu fühlen und hätte sich am liebsten irgendwo verkrochen, aber er spürte, dass Gaia mit ihm reden wollte, und sich davor zu drücken wäre eine glatte Unhöflichkeit gewesen. Es war eigenartig – wieso verwirrte ihn die Nähe eines Wesens, das nur aus Güte und Schönheit bestand? Weil sie ihm seine eigene Unzulänglichkeit vor Augen führte? »Ist es wahr, was du vorhin über meinen Vater gesagt hast?«, fragte er unvermittelt.
Gaia neigte den Kopf ein wenig. »Was?«, fragte sie. »Dass er ein König ist?«

Timo nickte. Einer der Hunde kam heran, legte sich zu Füßen der Elfe nieder und ließ sich den Kopf streicheln, etwas, was noch nie geschehen war. Normalerweise waren die Spurhunde Fremden gegenüber äußerst misstrauisch, ja sogar aggressiv. Zu Gaia schienen sie so viel Vertrauen zu haben wie zu einem alten Freund. Für einen Moment war Timo von Eifersucht erfüllt. Die Elfe zog die Hand zurück, als habe sie das gespürt. Timo bereute den Gedanken sofort.
»Streichle ihn ruhig weiter«, sagte er. »Sie mögen es.«
Gaia nickte und legte die Hand wieder zwischen die Ohren des Hundes. »Du hast nicht gewusst, dass dein Vater König aller Helder ist?«, fragte sie.
»Er hat es mir nie gesagt.«
Gaia lächelte. »Das passt zu ihm.« Sie schwieg einen Moment und starrte in Gedanken versunken auf einen Punkt hinter ihm. »Ich glaube«, fuhr sie nach einer Weile fort, »dass dein Vater ein sehr edler Mann ist.«
Timo wusste nicht so recht, was er antworten sollte. Er liebte seinen Vater, wie ein Junge seines Alters seinen Vater nur lieben konnte, aber er hatte niemals wirklich darüber nachgedacht, ob er »edel« war. Dort, wo sie lebten, spielten solche Begriffe keine Rolle. Er wusste, dass sein Vater ihn liebte, und er fand bei ihm Schutz und Rat, wenn er sie brauchte, und das reichte ihm.
Aber Gaia schien nicht auf eine Antwort gewartet zu haben. »Er hat es dir nie erzählt«, fuhr sie nachdenklich fort. »Und auch die anderen Helder, die ihr getroffen habt, haben niemals davon gesprochen.«
»Wir ... treffen nicht oft andere Helder«, sagte Timo. »Um ehrlich zu sein – es ist Jahre her, dass ich außer meinem Vater und meiner Mutter einen anderen Helder gesehen habe.«
Gaia nickte. »Ihr seid ein sterbendes Volk«, sagte sie ruhig. »So wie wir und die Elben.«

»Wir sterben nicht«, begehrte Timo auf. »Es hat niemals viele Helder gegeben.«
»Nicht so viele, wie es Menschen gibt«, bestätigte Gaia. »Doch früher einmal seid ihr zahlreicher gewesen. Genau wie wir. Aber das ist lange her. So lange, dass ich mich kaum mehr daran erinnern kann.«
»Menschen«, murrte Timo abfällig. »Sie sterben nicht aus. Im Gegenteil. Es werden immer mehr und mehr.«
»Und das ärgert dich?«, fragte Gaia. »Es ärgert dich, dass die Zeit der Helder und Elfen abläuft und die der Menschen beginnt?«
Timo blieb die Antwort schuldig und Gaia fuhr fort: »Ich kann dich verstehen, junger Helder, aber dein Ärger ist unbegründet. Es ist der Wechsel, der das Rad der Natur weiterdreht. So wie der Tag auf die Nacht folgt, folgt eine Zeit auf die andere. Es gab eine Zeit, da war die Welt voller Helder und Elfen und Trolle, und es wird eine Zeit geben, da wird sie voller Menschen sein. Und irgendwann einmal wird es eine Zeit geben, in der auch die Menschen vergangen und vergessen sind, und vielleicht wird man nur noch in alten Legenden und Märchen von ihnen sprechen, so wie die Menschen es schon heute mit uns tun. Es ist nichts Schlimmes daran. Das Alte weicht, um dem Neuen Platz zu machen. So war es immer und so wird es immer sein. Vielleicht wird die Welt aufhören sich zu drehen, wenn es einmal nicht mehr so ist.«
»Aber wenn das Neue schlechter ist als das Alte?«
»Schlechter?« Gaia schüttelte den Kopf. »Du meinst die Menschen? Aber sie sind nicht schlechter als wir. Sie sind nur anders. Sie leben anders und sie denken anders. Und weil wir sie nicht verstehen, fürchten wir sie.«
»Warst du schon einmal in einer Stadt der Menschen?«
Gaia verneinte und Timo fuhr erregt und mit unverhohlenem Abscheu in der Stimme fort: »Ihre Städte sind hässlich.

Sie sind dunkel und laut und voller Schmutz. Sie reißen den Boden auf, töten das Land und beuten die Natur aus, statt sich mit dem zu begnügen, was sie ihnen freiwillig gibt. Sie fangen so viele Fische, dass die Flüsse und Seen bald tot sein werden. Sieh dich um, Gaia. Sieh dir diesen Wald an. Er ist tot und bald wird alle Wälder dasselbe Schicksal ereilen!«

»Aber es geschieht doch nicht aus böser Absicht«, sagte Gaia sanft. »Ich weiß, dass sie vieles falsch machen, aber so wie du, als halbes Kind, das du noch bist, das Recht hast, Fehler zu machen, so haben sie dieses Recht auch, weil sie ein junges Volk sind.«

»Aber wenn ich einen Fehler mache, dann bestraft mich mein Vater dafür«, sagte Timo.

»Tut er das wirklich? Oder spricht er nicht erst mit dir und versucht dir zu erklären, was du falsch gemacht hast?«

Timo nickte. »Natürlich«, sagte er. »Zuerst. Aber wenn ich denselben Fehler noch einmal mache ...«

»Dann sollte jemand zu den Menschen gehen und mit ihnen sprechen«, unterbrach ihn Gaia. »Wie kannst du von ihnen verlangen, ihre Fehler einzusehen, wenn sie niemand darauf aufmerksam macht?«

Timo war nun vollends verwirrt. »Aber ich ...«

»Dein Vater hat mir von Muuren Shant erzählt und von Hun Came«, sagte Gaia. »Ich verstehe, dass du verbittert bist über das, was euch dort widerfahren ist. Aber nicht alle Menschen sind so. Hun Came steht in Ahrimans Diensten und ist bereits verdorben, aber würdest du einen Baum fällen, nur weil eines seiner Blätter krank ist? Ahriman hat noch nicht gewonnen, auch wenn es im Moment vielleicht so aussehen mag, als wäre seine Macht bereits so groß, dass Widerstand keinen Sinn mehr hat. Solange noch ein einziger Helder oder Elb – oder auch Mensch – gegen ihn kämpft, wird er niemals herrschen!«

Timo schwieg einen Moment. »Warum ... erzählst du mir das alles?«, fragte er dann leise.
»Weil ich tiefer sehe als nur in deine Augen, Timo. Und weil ich spüre, dass Großes auf dich zukommen wird. Du wirst viel Kraft brauchen um zu tun, was zu tun ist. Mehr Kraft, als ich oder dein Vater oder irgendein anderer aufbringen könnte. Aber ich glaube, wenn du wirklich willst, wirst du es schaffen!«
»Ich?«, wunderte sich Timo. »Aber was kann ich denn schon tun? Ich bin ein Kind und schwach. Was kann ich gegen einen Gorm ausrichten oder gegen Hun Cames Krieger?«
»Du beurteilst einen Menschen nach seiner Größe?«, fragte Gaia spöttisch. »Auch dein Vater ist klein, verglichen mit einem Gorm. Und doch hat er gleich zwei von ihnen besiegt. Wie viel weißt du von der Dunklen Prophezeiung?«
Für einen Moment vermochte Timo dem plötzlichen Gedankensprung nicht zu folgen. »Nicht ... viel«, gestand er dann unsicher. »Eigentlich nicht mehr, als ich von meinem Vater erfahren habe.«
»Und das ist, dass die Tore Annwns sich öffnen und Ahrimans Horden über die Welt herfallen werden?«
»Ja.«
»Dann kennst du nur einen Teil der Prophezeiung, aber das wundert mich nicht. Dein Vater hat sie dir nie ganz erzählt.«
»Und wie lautet sie?«, fragte Timo neugierig. »Gibt es noch mehr Schrecken, die auf uns warten?«
Gaia lächelte. »Sie ist nicht nur eine ›dunkle‹ Prophezeiung, Timo. Früher sagte sie mehr, aber es liegt nun einmal in der Art der Dinge, dass man sich das Schlechte leichter merkt als das Gute und dass Menschen und Helder Erfreuliches leichter vergessen als Furchtbares.«
»Dann erzähl mir die Prophezeiung!«, bat Timo. Aber Gaia

schüttelte den Kopf. »Nein«, sagte sie. »Wenn dein Vater es nicht tat, so hat er seine Gründe gehabt, und ich will ihm nicht vorgreifen. Frage ihn selbst – morgen. Oder dann, wenn ihr in der Hohen Feste angelangt seid.«
Timo fuhr sich nervös mit der Zungenspitze über die Lippen. »Es gibt etwas, das ich nicht erfahren soll«, murmelte er. »Nicht wahr? Du verheimlichst mir etwas.«
Aber die Elfe antwortete nicht. Timo musste plötzlich an die beredten Blicke denken, die sie mit seinem Vater getauscht hatte. Er fühlte sich plötzlich sehr, sehr unbehaglich.

Es war das erste Mal seit langer Zeit, dass er wirklich ruhig und ohne immer wieder aufzuschrecken schlief. Er hatte erlebt, dass nicht einmal die Elfe der Gewalt der Gorme gewachsen war, und trotzdem gab ihm ihre Nähe ein Gefühl der Sicherheit, wie er es schon lange nicht mehr gespürt hatte. Es war die Ruhe, die sie ausstrahlte, eine Ruhe, wie sie nur ein Wesen verbreiten konnte, für das das Verstreichen eines Jahrhunderts nicht mehr bedeutete als ein Tag für einen Menschen.
Sie erwachten mit dem ersten Licht der Sonne und zogen weiter nach Westen. Wenn die Sonne unterging, würden sie nur noch zwei Tage von der Hohen Feste und den Elbenfürsten trennen.
Den ganzen Tag marschierten sie durch den Wald. Die Elfe erzählte viel von der Welt, wie sie früher einmal gewesen war, und von dem Leben, das sie und ihre Schwestern führten, aber sie sprach auch über eine Menge anderer Dinge, die Timo nicht verstand, seine Eltern jedoch brennend zu interessieren schienen. Ein paar Mal stellte er auch Fragen und versuchte das Gespräch auf das Thema zu lenken, das ihn bedrückte – die »Dunkle Prophezeiung« –, aber sein Vater unterbrach ihn jedes Mal, schickte ihn vor um nach

den Hunden zu sehen oder stellte rasch eine andere Frage, sodass Timo nach einer Weile einsah, dass er nicht darüber reden wollte, und aufgab.
Als die Sonne unterging, holte sie die Wirklichkeit wieder ein.
Sie fanden die Spur eines Gorms.
Sie tauchte plötzlich vor ihnen auf – eine breite, schnurgerade von Norden nach Süden verlaufende Schneise, als hätte jemand den Wald entlang einer Markierung niedergewalzt und mit Säure übergossen. Ein verbrannter Geruch hing in der Luft, so stark, dass sie kaum atmen konnten, und das Erdreich hatte sich da, wo es von den Krallen des Ungeheuers berührt worden war, in graue Asche verwandelt.
Der Anblick versetzte Timo einen Schlag. Die Gegenwart der Elfe hatte ihn beinahe vergessen lassen, was in den letzten Tagen geschehen war. Er blieb stehen, ballte die Fäuste in hilfloser Wut und suchte vergeblich nach Worten.
»Sie ... sie sind also hier«, murmelte sein Vater.
Die Elfe nickte. Auch ihr Gesicht war traurig, aber es fehlte der zornige Zug, der auf der Miene seines Vaters sichtbar war. »Sie sind ganz in unserer Nähe«, sagte sie. »Wir müssen weg hier. Rasch!«
Timo trat einen Schritt auf die niedergewalzte Lichtung hinaus und sah sich nach beiden Seiten um. Die Schneise verlor sich rechts und links im Wald und er hörte nichts außer den Geräuschen, die sie selbst und die Hunde verursachten.
»Sie sind hier«, sagte die Elfe noch einmal, als hätte sie seine Gedanken erraten. »Und sie werden uns aufspüren, wenn wir noch lange bleiben. Sie fühlen unsere Nähe. Meine Nähe«, verbesserte sie sich rasch.
Sie gingen auf der Spur der Gorme weiter, trotz des Widerwillens, den sie alle empfanden, denn sie kamen so wesentlich rascher voran als im Wald mit seinem Gestrüpp.

»Sag mir eines, Gaia«, bat Timo nach einer Weile. »Warum verfolgen sie dich?«
»Warum?« Die Frage schien Gaia zu überraschen und der Blick, mit dem sie Timo maß, war so, als hätte er ernsthaft gefragt, warum das Wasser nicht den Berg hinauffließen kann. »Wir sind Feinde«, sagte sie dann kurz.
»Feinde? Und warum?«
»Es gibt kein Warum«, antwortete die Elfe. »So wie Ahriman der Herrscher über Finsternis und Kälte ist, so sind wir Geschöpfe des Lichts und der Wärme. Er hasst uns eben, er braucht keinen besonderen Grund dafür. In unserer Heimat im Silberwald sind wir vor seinen Nachstellungen sicher, aber wenn wir uns hinauswagen, dann bietet er seine ganze Macht auf, um uns zu vernichten. Wir ...« Sie verstummte mitten im Satz, schloss die Augen und schien für einen Moment in sich hineinzuhorchen. »Sie kommen«, sagte sie dann.
Timo fuhr erschrocken herum. Die Schneise zog sich hinter ihnen dahin, bis sie in weiter Entfernung mit den Schatten des Waldes zu verschmelzen begann. Aber sonst sah er nichts.
»Rasch«, sagte Gaia. »Wir müssen fort.«
Sie zögerten keine Sekunde. Angeführt von den Hunden, die misstrauisch schnüffelnd und mit angelegten Ohren ein Stück voranliefen und das Gelände erkundeten, bogen sie nach rechts und drangen tiefer in den Wald ein. Gaia lief so schnell, dass sie Mühe hatten, ihr zu folgen, und Timo hatte den Eindruck, dass sie nur aus Rücksicht auf sie nicht noch rascher lief. Der Wald begann lichter zu werden. Die Bäume traten weit auseinander und das Unterholz wurde spärlicher. Sie kamen schneller voran, aber dafür bot ihnen das Gelände auch weniger Deckung. Schließlich endete ihre Flucht vor einer felsigen, tief abfallenden Böschung. Unten wurde der Wald wieder dichter, aber es gab keinen Weg

hinunter. Die Böschung war mit dürrem Buschwerk bewachsen, aber das Erdreich war so locker, dass ein Hinunterklettern unmöglich erschien.
Gaia sah sich gehetzt um. Während der letzten Minuten war ein beständiges Brechen von Ästen und ein Poltern, als rolle eine Steinlawine zu Tal, hinter ihnen laut geworden. Sie wussten alle, was das bedeutete.
»Wir müssen uns trennen«, sagte Gaia. »Vielleicht lassen sie von euch ab, wenn ich in eine andere Richtung fliehe.«
Timos Vater schüttelte entschieden den Kopf. »Das kommt überhaupt nicht in Frage«, sagte er bestimmt. »Wir bleiben bei dir. Gemeinsam können wir den Ungeheuern widerstehen.«
Gaia seufzte. »Seid doch vernünftig, Erron Un Gent«, sagte sie. »Es geht nicht um mich und auch nicht um Euch. Aber denkt an Euren Sohn.«
»Was heißt das?«, fragte Timo, aber weder Gaia noch seine Eltern schienen seine Worte zu hören.
»Geht, Erron«, sagte Gaia noch einmal. Ihre Stimme klang jetzt drängend. Das Poltern und Splittern war näher gekommen und Timo vermeinte einen eisigen Hauch zu spüren, der mit dem Wind zu ihnen herüberwehte. »Ich werde die Lirgos rufen. Wir sind nahe genug beim Silberwald. Vielleicht hören sie mich.«
»Selbst wenn, könnten sie niemals rechtzeitig genug hier sein«, widersprach Erron. »Wir bleiben beisammen. Ihr habt gesehen, dass ich mich zu wehren weiß.«
Gaia schwieg einen Moment. »Nun gut«, sagte sie und plötzlich klang ihre Stimme fast so hart wie die eines Menschen. »Wenn Ihr nicht anders wollt, dann *befehle* ich Euch zu gehen, Erron Un Gent.«
»Aber Ihr ...«
Gaia wandte sich um, ohne die Worte des Helders zu beachten, legte den Kopf in den Nacken und bildete mit den

Händen einen Trichter vor dem Mund. Sie atmete tief ein, konzentrierte sich und stieß einen hohen, unglaublich durchdringenden, summenden Laut aus – das gleiche Geräusch, das Timo gehört hatte, kurz bevor sie damals am Waldrand aufgetaucht war. Ein dumpfes Poltern ließ den Boden erzittern. Die Hunde begannen zu kläffen und wild zu knurren.

»Zu spät!«, keuchte der Vater. »Sie sind da. Lauft!« Er drehte sich um und lief los. Aber er floh nicht – sondern lief genau in die Richtung, aus der der Lärm kam!

»Vater!«, schrie Timo verzweifelt. Er wollte hinter ihm herlaufen, aber eine unsichtbare Macht hielt ihn fest und drängte ihn noch weiter auf die Böschung zu.

Ein schwarzer Schatten tauchte aus dem Wald auf, wuchs zu gewaltiger Größe drohend über seinem Vater auf und wollte sich auf ihn stürzen. Timo schrie, schlug wie ein Irrer mit den Armen um sich und versuchte die unsichtbare Fessel zu sprengen, die ihn gefangen hielt. Aber seine Anstrengungen schienen das Gegenteil zu bewirken. Langsam, aber unbarmherzig wurde er auf die Böschung zugeschoben.

»Nein!«, schrie er. »Gaia! Hilf mir!«

Sein rechter Fuß rutschte ab. Er kippte nach hinten, ruderte wild mit den Armen und suchte in der leeren Luft nach einem Halt. Hinter dem ersten Gorm erschien ein zweiter, geritten von einem schwarzen, hässlichen Daewa. Die Elfe stieß wieder jenen hohen, summenden Laut aus und Timo kollerte die Böschung hinunter.

Der Wald schien vor ihm in die Höhe zu rasen. Für einen Moment sah er nur Himmel, Bäume und Blattwerk, die einen irren Tanz um ihn herum aufführten, dann sprang der Boden mit einem mächtigen Satz auf ihn zu.

Er schloss die Augen und wartete auf den tödlichen Aufprall. Aber er kam nicht. Die gleiche unsichtbare Kraft, die ihn über die Böschung gestoßen hatte, griff ein zweites Mal

nach ihm und bremste seinen Sturz, sodass er längst nicht so hart, wie er gefürchtet hatte, aufschlug.
Trotzdem war der Sturz so schlimm, dass er das Bewusstsein verlor. Aber bevor er in der warmen Bewusstlosigkeit versank, hörte er noch eine Stimme. Eine Stimme, die er kannte und die Worte sprach, die er nie wieder vergessen sollte:
»Es tut mir Leid, kleiner Helder, aber es war der einzige Ausweg. Bisher warst du nur Zuschauer, doch was jetzt geschieht, liegt allein in deinen Händen. Du wirst Kraft brauchen für das, was zu tun ist, mehr Kraft, als irgendeiner von uns aufbringen könnte. Aber du kannst es schaffen, wenn du es wirklich willst. Wer an sich glaubt, der wird auch am Ende gewinnen.«

Die Gaukler

Es war Nacht, als Timo erwachte. Um ihn herum war ein dumpfes Raunen und Rascheln, ein Wispern von tausend Stimmen, das er erst nach einer Weile als das Geräusch des Windes erkannte, der mit Blättern und trockenem Laub spielte. Es war kalt. Der Boden war feucht und die Nässe war durch Timos Gewand gekrochen und ließ ihn frösteln. Er blinzelte, hob den Kopf und unterdrückte ein Stöhnen, als ein scharfer Schmerz zwischen seine Augen fuhr. Der Mond lugte bleich durch die Zweige des Busches, unter dem er lag. Timo erhob sich langsam, zog einen dornigen Zweig aus seinen Haaren und stemmte sich auf Hände und Knie hoch.

In seinem Kopf purzelten die Gedanken wild durcheinander. Er hatte geträumt. Er erinnerte sich an gewaltige schwarze Schatten und schauerliche Schreie und langsam breitete sich Angst in ihm aus, denn er wusste nicht, welche Bilder in seinem Kopf wirkliche Erinnerungen und welche aus dem Traum waren ...

Timo versuchte aufzustehen und hätte um ein Haar das Gleichgewicht verloren, als ihm schwindlig wurde. Er griff sich mit der Hand an den Kopf und fühlte hartes, verschorftes Blut. Hastig zog er die Hand zurück, unterdrückte ein neuerliches Stöhnen und betastete noch einmal, diesmal vorsichtiger, seine Stirn. Auf seiner rechten Schläfe prangte eine gewaltige Beule, und als er an sich herunterschaute, bemerkte er, dass sein Gewand schmutzig und zerrissen war. Arme und Beine waren mit schmerzenden

Schürfwunden bedeckt und er konnte das rechte Bein nur sehr vorsichtig belasten.
Was war nur geschehen? Hinter seiner Stirn führten Gedanken und Bilder noch immer einen wilden Tanz auf, und als er versuchte, sich mit Gewalt zu erinnern, wurde es noch schlimmer.
Timo atmete ein paar Mal tief durch und sah sich um. Er stand am Fuße einer gewaltigen, beinahe senkrecht in die Höhe ragenden Böschung: eine Mauer aus Erdreich und hartem Felsen, aus der Gesträuch und Klettergewächse schattenhaft herausragten. Der Wald umschloss ihn dicht wie eine Wand und außer den wispernden Geisterstimmen des Windes war kein Laut zu hören. Es war dunkel, zu dunkel, es schien, als würden die Schatten zwischen den Bäumen auch das blasse Mondlicht aufsaugen und verschlucken, und Timo fühlte sich von etwas Bedrohlichem eingekreist ...
Timo versuchte umsonst diese Gedanken abzuschütteln. Es war nicht bloße Einbildung, das spürte er. Sein Blick tastete über die massive schwarze Wand des Waldes und versuchte Einzelheiten zu erkennen, aber es gelang ihm nicht. Irgendetwas war da, unsichtbar und lauernd, etwas Finsteres und Körperloses, das ihn hinter unsichtbaren Mauern einschloss. Obwohl der Wald und die Natur seine Heimat waren, kam er sich wie ein Fremder vor, ein Eindringling, der hier nichts zu suchen hatte.
Vorsichtig befreite er sich endgültig aus den dornigen Zweigen des Busches, in dem er aufgewacht war. Er ging ein paar Schritte vorwärts, blieb wieder stehen und sah sich um. Sein Blick glitt die Böschung empor, über Wurzeln und Ranken, die seinen Sturz gebremst und ihn sichtlich davor bewahrt hatten, sich den Hals zu brechen, und blieb einen Augenblick lang an ihrem Rand hängen.
Dort oben ...

Es war wie ein Schlag.
Er taumelte, fing sich im letzten Moment wieder und stieß einen gellenden Schrei aus. Mit einem Mal waren seine Erinnerungen wieder da, so plötzlich, dass es ihm beinahe den Atem nahm, und mit einem Aufschluchzen schlug er die Hände vor das Gesicht. Es war kein Traum gewesen! Er hatte alles wirklich erlebt: die Gorme, Gaia, den Hinterhalt, die Steinmagie seines Vaters ...
Timo stürzte zur Böschung und begann so schnell seine Verletzungen es erlaubten hinaufzuklettern. Steine und lockeres Erdreich gaben unter seinem Gewicht nach, ein paar der Wurzeln, an denen er sich festzuhalten versuchte, rissen oder lösten sich aus dem Erdreich und mehr als einmal rutschte er in einer Lawine aus Erde und kleineren Steinen das ganze Stück zurück und musste von vorne beginnen. Sein Herz jagte, als wollte es jeden Augenblick zerspringen, als er endlich den Rand der Böschung erreichte und sich mit einem letzten, verzweifelten Ruck gänzlich hinaufzog. Seine Hände waren blutig und einige seiner kaum verheilten Wunden waren wieder aufgerissen und schmerzten.
Keuchend richtete er sich auf, machte einen Schritt vorwärts und blieb wie angewurzelt stehen. Das Licht war auch hier oben, schwach und düster, aber es war trotzdem hell genug, dass, die Spuren des verzweifelten Kampfes, der hier stattgefunden haben musste, deutlich zu sehen waren. Vor seinem Sturz hatte der Wald bis unmittelbar an die Böschung herangereicht. Jetzt war eine halbkreisförmige, künstliche Lichtung entstanden. Das Unterholz war verschwunden, ausgerissen und zertrampelt von den Gewalten, die hier getobt hatten. Der Boden war aufgewühlt, sodass hier und da der blanke Felsen herausschaute. Der scharfe, an Säure erinnernde Gestank der Gorme lag in der Luft wie ein Pesthauch und zahlreiche Bäume waren ge-

knickt und zersplittert. Und weder von seinen Eltern noch von der Elfe war eine Spur zu sehen.

»Nein!«, schrie Timo. »Vater! Mutter! Wo seid ihr!?« Wie von Sinnen stürmte er los, rannte in den Wald hinein und brach rücksichtslos durch Büsche und dorniges Geäst. Es war so dunkel, dass er ein paar Mal in vollem Lauf gegen Bäume und Zweige rannte, die urplötzlich aus der Finsternis vor ihm auftauchten. Er irrte kreuz und quer umher, kam wieder auf die Lichtung zurück und blieb schließlich in der Mitte des freien Platzes stehen. Und die ganze Zeit rief er laut nach seinen Eltern.

Aber alles, was er zur Antwort bekam, war das höhnische Kichern des Windes.

Es dauerte lange, bis Timo begriff, dass er seine Eltern nicht finden würde. Minuten, die ihm wie eine Ewigkeit vorkamen, stand er wie gelähmt da und starrte auf die Spuren des Kampfes hinunter. Da und dort glitzerten Sternensplitter im zertrampelten Erdreich – der Silberstaub der Elfe, mit dem sie sich gegen die Ungeheuer zur Wehr gesetzt hatte. Als sich seine Augen besser an das blasse Licht gewöhnten, erkannte er zerbrochene schwarze Schuppen und den Teil einer Klaue, die halb so lang wie sein Arm war. Überall schimmerten kleine, ölig glänzende Pfützen und etwas weiter beim Waldrand lag ein mächtiger Helm, daneben eine knorrige Keule. Seine Eltern und Gaia mussten den Gormen und ihren schrecklichen Reitern verzweifelten Widerstand geleistet haben.

Und was hat es ihnen genützt?, dachte er bitter. Vielleicht hatten sie einen der Daewas getötet, vielleicht auch mehrere, ehe sie selbst ihr Schicksal ereilt hatte, aber das änderte nichts. Das Gefühl der Trauer in ihm wich einer dumpfen Betäubung. Es war alles vergebens gewesen. Sie hatten ihr sicheres Zuhause in den Bergen verlassen und sich auf den mühsamen Weg hierher gemacht um die Men-

schen zu warnen und die einzige Belohnung, die sie dafür erhalten hatten, war ein grausamer Tod.
Plötzlich stieg eiskalter Hass gegen die Menschen in ihm hoch, wie er ihn noch nie verspürt hatte und der ihn selbst erschreckte. Er hatte geglaubt, Hun Came zu hassen, als dieser den Hund getötet hatte, aber das war nichts gegen das Gefühl gewesen, das ihn jetzt beherrschte. Viel später, als sich der Mond bereits wieder den Bergen zuzuneigen begann und im Osten die Dämmerung mit einem grauen Schimmer durch die Wolken brach, stand er auf und ging mit hängenden Schultern zum Waldrand hinüber, dorthin, wo eine breite Schneise den Weg markierte, den die Gorme gegangen waren. Einen Moment lang verspürte er wieder Furcht, als das Bild der gewaltigen, schwarzschuppigen Bestien vor seinen Augen auftauchte, aber dann behielten Zorn und Trauer die Oberhand. Er blieb stehen, bückte sich nach der Keule, hob sie ein Stück empor und ließ sie sofort wieder fallen. Die Waffe war so schwer, dass sie für ihn wertlos gewesen wäre.
Der Wind wurde kälter, je tiefer er in den Wald eindrang. Obwohl die Sonne nun rasch höher stieg und sich der Himmel über dem Wald immer heller färbte, wurde es hier unter den Bäumen nicht richtig licht. Die Schwärze der Nacht wich, aber es blieb ein graues, unstetes Flackern zurück, das wie Nebel zwischen den Bäumen hing. Der Atem Annwns – das waren die Worte seines Vaters gewesen, als Timo ihm die Stelle gezeigt hatte, an der er zum ersten Mal einem Gorm begegnet war. Warum hatte er es ihm überhaupt erzählt? Warum hatte er nicht geschwiegen und seine unheimliche Begegnung vergessen? Es wäre alles anders gekommen, wenn er seine Eltern einmal, nur ein einziges Mal, belogen hätte.
Timo begann zu frieren. Jetzt, als der Schock langsam verging, begann er die unzähligen blauen Flecken und Verlet-

zungen, die er sich bei seinem Sturz über die Böschung zugezogen hatte, deutlich zu spüren und auch das Stechen in seinem rechten Bein wurde schlimmer. Er hatte Durst und nach einer Weile wurde er auch hungrig – immerhin hatte er seit Tagen nicht mehr richtig gegessen, und wann er den letzten Schluck Quellwasser getrunken hatte, wusste er überhaupt nicht mehr.

Stunde um Stunde folgte er der Spur aus niedergewalzten Büschen und geknickten Bäumen, die die Gorme in den Wald gebrochen hatten. Sie führte nach Westen, direkt in die Richtung, in die auch sie gezogen waren, und wieder musste er an das denken, was sein Vater gesagt hatte: Wäre ich Ahriman, dann würde ich den stärksten Gegner zuerst angreifen ...

Obwohl die Sonne bereits hoch am Himmel stand, hingen noch immer graue Schatten zwischen den Bäumen und auch die Kälte wich nicht. Und es war still – stiller noch als die Tage zuvor, obwohl er kaum geglaubt hatte, dass es eine Steigerung dieses Schweigens geben könnte. Aber war es vorher nur ruhig gewesen, so schien jetzt selbst das Geräusch seiner Schritte vom Boden verschluckt zu werden. Der Wind hörte auf zu flüstern und wehte lautlos weiter, obwohl das eigentlich unmöglich war.

Gegen Mittag fand er ein paar Beeren. Sie wuchsen an einem Busch, den die Gorme nur zur Hälfte niedergetrampelt hatten. Er kannte diese Sorte nicht – winzig klein und von einem leuchtenden Rot. Vielleicht waren sie sogar giftig, aber Timos Magen knurrte so heftig, dass er darüber nicht lange nachdachte. Er wurde nicht annähernd satt davon, aber er hatte doch das Gefühl, etwas im Magen zu haben. Wahrscheinlich hätte es tiefer im Wald mehr Früchte gegeben, aber er zögerte, die Spur der Gorme zu verlassen. Wenn er sich verlief und sie nicht wieder fand, würde er vielleicht nie wieder aus diesem Wald hinauskommen.

Als er weitergehen wollte, hörte er das Geräusch.
Timo wich mit einem Satz bis zur Mitte der Schneise zurück und sah sich erschrocken um. Sein Herz hämmerte wie verrückt.
Unter normalen Umständen hätte vermutlich nicht einmal das scharfe Gehör eines Helders ausgereicht, diesen Laut wahrzunehmen, aber in der tiefen, unheimlichen Stille, die hier herrschte, wirkte selbst das leise Knacken eines Zweiges wie ein Peitschenknall.
Jetzt war das Geräusch ganz deutlich zu hören: ein halblautes, schlurfendes Tappen, ein Laut von schweren Pfoten, die sich einen Weg durch das Unterholz brachen. Dazwischen glaubte er ein mühsames Hecheln zu hören – die Atemzüge eines großen Wesens, das immer näher kam.
Die Gorme!, durchzuckte es Timo. Er war die ganze Zeit auf ihrer Spur gegangen und näherte sich mit jedem Schritt ihrem Reich – wie hatte er nur so dumm sein können, nicht daran zu denken, dass er ihnen wieder begegnen würde!
Timo sah sich verzweifelt nach irgendetwas um, das er als Waffe benutzen konnte. Aber es gab nichts!
Zwischen den Büschen links von ihm bewegte sich ein Schatten, ein sehr großer Schatten, dann teilten sich die Büsche und ein Paar dunkle Augen starrten zu ihm herüber.
Timo löste die Schleuder vom Gürtel und legte mit hastigen Fingern einen Bolzen in die Schlaufe. Aber er hielt jäh inne, als er erkannte, was da auf ihn zukam.
Ein Hund!
Timo schrie vor Freude laut auf, warf seine Schleuder in hohem Bogen von sich und stürmte auf das Tier zu. Der Hund winselte, stellte sich auf die Hinterbeine und legte ihm die mächtigen Pranken auf die Schultern. Seine raue Zunge fuhr freudig über Timos Gesicht. Der Junge umarmte das Tier und presste es so fest an sich, wie er konnte.

Der Hund stieß ein leises, schmerzvolles Wimmern aus. Timo ließ ihn erschrocken los, trat zurück und schnappte nach Luft, als er sah, in welch schrecklichem Zustand sich das Tier befand.
Sein rechtes Ohr war abgerissen. Das Auge darunter war zugeschwollen und tränte ununterbrochen und quer über seine rechte Flanke zog sich eine armlange, blutige Schramme. Sein Fell war glanzlos und vollkommen verdreckt. Es versuchte Timo zu folgen, knickte in den Hinterläufen ein und fiel schwer auf die Seite. Ein klägliches Winseln kam aus seiner Brust.
»Bleib liegen«, flüsterte Timo. Er kniete neben dem Hund nieder und legte ihm die Hand auf die Nase. Sie war heiß und trocken und fühlte sich an wie rissiges altes Leder. Der Hund winselte wieder, hob den Kopf und leckte Timos Hand, die ihn streichelte. Sein Atem roch schlecht – nach Krankheit und Hunger.
Timo hielt mit Mühe die Tränen zurück. Das treue Tier musste bis zum Schluss gegen die schwarzen Todesboten aus Annwn gekämpft haben; aber nicht einmal die Kraft eines Spurhundes reichte aus, um sich gegen einen Gorm ernsthaft zur Wehr zu setzen. Es war ein Wunder, dass er überhaupt noch lebte.
Vorsichtig, um ihm nicht noch mehr Schmerz zuzufügen, fuhr Timo fort ihn zu streicheln und gleichzeitig untersuchte er seine Wunden, so gut er konnte. Die meisten waren – mit Ausnahme des abgerissenen Ohres und der klaffenden Wunde an der Seite – nur oberflächlich. Was ihm viel mehr Sorgen bereitete, war der erschöpfte Zustand des Tieres. Sein Herz jagte mit harten Schlägen und seine Atemzüge wurden von einem hässlichen rasselnden Geräusch begleitet, das Timo einen Schauer des Erbarmens über den Rücken jagte.
»Armer Bursche«, murmelte er, während seine Hand beru-

higend über die fiebrige Nase des Tieres strich. »Du musst Entsetzliches durchgemacht haben. Wenn du nur erzählen könntest ...«

Der Hund winselte, hob den Kopf und versuchte wieder aufzustehen. Diesmal gelang es ihm. Er wankte, machte einen Schritt und sah Timo traurig aus seinen entzündeten Augen an.

»Du hast Recht«, sagte Timo. »Wir sollten hier verschwinden – dieser Ort ist nicht gut.« Er stand ebenfalls auf, suchte nach seiner Schleuder und verstaute sie wieder im Gürtel.

Der Hund drehte sich um, machte einen Schritt in die Richtung, aus der er gekommen war, und blieb stehen. »Nein, nicht dorthin«, sagte Timo. »Hier geht es weiter.« Er deutete mit einer Kopfbewegung die Schneise hinunter, aber der Hund machte keinerlei Anstalten, zu gehorchen, sondern tat einen weiteren Schritt in die entgegengesetzte Richtung.

Timo zögerte. Wahrscheinlich hätte er sich mit einem energischen Befehl Gehorsam verschaffen können, aber das Verhalten des Hundes gab ihm zu denken. Normalerweise gehorchten die Tiere aufs Wort, und wenn er es jetzt nicht tat, dann gab es dafür eigentlich nur einen einzigen Grund – das Tier wollte, dass er ihm folgte. Es wollte ihm etwas zeigen. Vielleicht gab es irgendwo dort hinten eine Quelle, Nahrung oder ... Ja, dachte er, vielleicht lebten seine Eltern und die Elfe noch und hatten den Hund nach ihm ausgeschickt ...

Aber die Hoffnung zerplatzte so schnell, wie sie gekommen war. Wenn sein Vater oder seine Mutter irgendwo in der Nähe gewesen wären, dann hätte er es gespürt – schließlich war er ein Helder und kein Mensch, der mit verstopften Ohren und geschlossenen Augen durch das Leben ging.

»Gut«, sagte er, »ich komme mit dir. Vielleicht«, fügte er

mit einem letzten Blick auf die breite Spur, der er bisher gefolgt war, hinzu, »hast du sogar Recht. Dieser Ort ist nicht gut für uns beide.« Er pflückte noch eine Hand voll Beeren, trat mit ein paar raschen Schritten neben den Hund und tätschelte ihm die Seite. Das Tier jaulte leise, schüttelte den Kopf und lief los.

Sie verließen die Gormspur und gingen in nördlicher Richtung weiter. Der Wald lichtete sich zusehends, das dichte Unterholz wurde von kümmerlichen Büschen abgelöst, die schließlich gänzlich verschwanden. Die Bäume traten weiter auseinander und auch ihre Kronen waren jetzt nicht mehr so dicht, sodass das Sonnenlicht ungehindert bis zum Waldboden vordringen konnte.

Aber trotzdem blieb es noch immer düster. Der graue Nebel – der Atem Annwns, verbesserte sich Timo in Gedanken – hing nach wie vor zwischen den Stämmen und es blieb kalt. Anfangs redete er mit dem Hund, weil er froh war, ein lebendes Wesen neben sich zu haben, aber nach und nach wurde er immer schweigsamer. Das Gelände wurde schwieriger, obwohl sich der Wald immer mehr lichtete. Hier und da standen jetzt blanke Felsen aus dem Boden und sie mussten immer öfter vom Weg abweichen und sogar zurückgehen, um Hohlwegen, Erdspalten oder plötzlich auftauchenden Böschungen auszuweichen.

Timo fühlte sich mit jedem Schritt schwächer. Trotz der Kälte stand Schweiß auf seiner Stirn und die Atemzüge brannten wie Feuer in seiner Kehle. Aber der Hund lief – obwohl er kaum weniger erschöpft war als er – ohne Pause weiter und stupste ihn sogar einmal ungeduldig mit der Nase an, als er sich setzen und ausruhen wollte.

Schließlich, als er schon ernsthaft glaubte, dass dieser verwunschene tote Wald niemals ein Ende haben würde, wichen die Bäume zur Seite und vor ihnen erstreckte sich eine große, sanft abfallende Wiese.

Timo blieb mit einem erleichterten Seufzer stehen. Tief unter ihm wand sich eine Straße wie eine dünne, braune Schlange durch das Tal. Das Gras war grün und saftig und der frische Duft von Blumen wehte ihm entgegen. Timo tat ein paar tiefe Atemzüge, um den Modergeruch des Waldes aus den Lungen zu bekommen.

Sie waren ein gutes Stück vorwärts gekommen. Die Berge waren jetzt keine Schatten mehr, sondern gewaltige, graue Giganten, die sich vor dem Horizont auftürmten. Die Sonne ließ die Schneekappen auf ihren Gipfeln glitzern und zwischen zwei Bergspitzen war noch die Sichel des Mondes zu sehen. Daneben, winzig klein, aber deutlich, blinkte ein heller Punkt. Ein Stern. Der erste von vielen, die sich nun mehr und mehr gegen den Tag durchsetzen würden. Die Zeichen waren nicht mehr zu übersehen: es dauerte nicht mehr lange, bis die Tagnacht endgültig heranbrach, und dann ...

Ja, dachte Timo bitter – und dann? Die Tagnacht würde anbrechen, weil sich der Lauf der Natur nicht um das Schicksal der Helder und Menschen und Gorme kümmerte, aber er würde seine Mannesweihe nicht erhalten, weil es niemanden mehr gab, der ihn weihen konnte, und er würde seinen Mannesnamen nicht bekommen, weil niemand mehr da war, der ihn aussprechen konnte. Der Gedanke trieb ihm die Tränen in die Augen. Es schien ihm, als ob das Schicksal grausam mit ihm spielte, ihm Schmerz zufügte, ihm dann zwischendurch eine kleine Pause gewährte, in der er wieder Kraft sammeln konnte, bevor neues Leid über ihn kam. War es vielleicht das?, dachte er. War das vielleicht der große Unterschied zwischen dem Leben eines Kindes und dem eines Erwachsenen? Dieser bohrende Schmerz und das Gefühl, ihm vollkommen hilflos ausgeliefert zu sein. Wenn es so war, dann wollte er nicht erwachsen werden.

Der Hund begann zu bellen, Timo drehte sich um und trat rasch an seine Seite. Zwei, nein, drei winzige, bunte Punkte kamen langsam die Straße heraufgekrochen. Es waren drei Wagen – schwere hölzerne Gefährte, die von sechs riesigen schwarzen Bergochsen gezogen wurden. Die Planen waren schreiend bunt, grün, rot, silbern und blau und auf der letzten flatterte ein dreieckiger Wimpel.

Der Hund kläffte lauter und hob den Kopf, als nehme er Witterung auf, und auch Timo machte einen Schritt auf die näher kommenden Wagen zu.

Aber dann blieb er wieder stehen. Es waren Menschen und nach allem, was er erlebt hatte, würde es gefährlich sein, sich ihnen zu zeigen. Vielleicht handelte es sich sogar um Hun Cames Schergen, die das Land auf der Suche nach ihm und seinen Eltern durchstreiften.

»Still!», sagte Timo, als der Hund immer lauter bellte und aufgeregt hin und her zu laufen begann. Er glaubte nicht, dass man ihn vor dem dunklen Hintergrund des Waldes sehen konnte, aber das Gekläff des Spurhundes musste meilenweit zu hören sein.

Der Hund gehorchte, blinzelte ihn aus seinen tränenden Augen an und stieß ein leises, klägliches Winseln aus. Er lief ein paar Schritte in Richtung Tal, blieb stehen, kam zurück und stieß ihn ungeduldig mit der Schnauze an.

Timo lächelte traurig, hockte sich vor ihm nieder und kraulte ihm den Kopf. »Ich weiß«, sagte er traurig. »Du willst zu ihnen, weil sie Essen und Wasser haben. Aber diese Menschen sind unsere Feinde. Wir können nicht zu ihnen gehen.« Der Hund winselte, als hätte er ihn verstanden. Wieder machte er ein paar Schritte, blieb stehen und starrte ihn beinahe flehend an.

»Nein«, sagte Timo kopfschüttelnd. »Wir müssen uns gedulden. Vielleicht können wir ihnen ein wenig Essen und Wasser stehlen, wenn es dunkel ist, aber jetzt ...«

»Erstens sind wir nicht deine Feinde, Helder«, sagte eine Stimme hinter ihm, »und zweitens ist es noch niemandem gelungen, uns zu bestehlen.«
Timo erstarrte. Dann sprang er mit einem lauten Schrei auf, wirbelte herum und riss die Schleuder aus dem Gürtel.
Eine schlanke Gestalt stand am Waldrand. Sie musste so lautlos gegangen sein, dass nicht einmal er das Geräusch ihrer Schritte gehört hatte. Jetzt hob sie die Hand und trat gänzlich aus dem Schatten der Bäume hervor, sodass er ihr Gesicht im hellen Licht der Sonne deutlich erkennen konnte.
Timo ließ verblüfft die Schleuder sinken. »Dergon!«, stieß er hervor. »Du bist ... Ihr seid es?«
Der Gaukler lächelte. »Falls ich nicht irgendwo einen Zwillingsbruder habe, von dem ich nichts weiß, ja«, sagte er spöttisch. »Und jetzt steck diese dumme Schleuder weg und komm mit uns. Meine Frau wartet mit dem Essen auf dich und wir haben schon Zeit genug verloren.«
Timos Hände begannen zu zittern. Mit einem Mal drehten sich der Wald und die Wiese um ihn und die Gestalt des Gauklers verschwamm hinter einem grauen Schleier, der sich plötzlich vor seinen Blick legte.
Dergon sprang gerade noch rechtzeitig hinzu, um ihn aufzufangen, als er ohnmächtig wurde.

Zum zweiten Mal innerhalb kurzer Zeit erwachte Timo nicht aus dem Schlaf, sondern aus dem dumpfen Griff einer Ohnmacht. Diesmal brauchten seine Gedanken beinahe noch länger, um in die Wirklichkeit zurückzufinden, und wie zuvor vermochte er im ersten Moment nicht zu sagen, wo die Wirklichkeit anfing und der Traum aufhörte. Er blinzelte, öffnete die Augen ganz und blickte gegen einen grün-rot gefleckten Himmel, den er erst nach Sekunden als das aus grobem Leinentuch gewobene Dach eines Planwagens erkannte. Irgendwo quietschte etwas, ein hohes, eintöniges Geräusch, in das sich das Schnauben der Zugtiere und die Stimmen mehrerer Menschen mischten, die sich in einer fremden Sprache unterhielten.

Timo seufzte und versuchte sich zu bewegen – es gelang ihm nicht. Er hob mühsam den Kopf und sah an sich herunter. Er war nicht gebunden, aber so fest in eine dicke, saubere Decke gewickelt, dass er nicht einen Finger rühren konnte. Der Boden unter ihm schaukelte wie ein Schiff auf hoher See und ab und zu knallte eine Peitsche.

Es musste viel Zeit vergangen sein, denn das Licht, das durch die Plane schimmerte, war eindeutig wieder die Morgensonne, und als wäre dieser Gedanke ein Stichwort gewesen, erwachte der Hunger in seinem Magen wieder zu knurrendem Leben.

Timo bewegte sich noch einmal und diesmal konnte er die Decke lockern. Vorsichtig streifte er sie ab und setzte sich halb auf. Jetzt bemerkte er auch, dass sein grobes Gewand verschwunden war, er trug jetzt nur noch einen schmalen, vielfach um die Hüften gewickelten Lendenschurz und sein Körper und seine Arme und Beine waren über und über mit Verbänden bedeckt, die bei jeder Bewegung spannten. Seine Haut glänzte rosig und sauber; offensichtlich hatte man ihn gewaschen.

Neugierig setzte er sich vollends auf und sah sich um. Viel gab es nicht zu entdecken. Der Wagen war fast bis unter das Dach mit Kisten und farbigen Leinensäcken voll gestopft und der Platz für sein Lager schien in aller Hast erst geschaffen worden zu sein. Die vordere Plane war heruntergelassen. Durch den dünnen Stoff konnte er die Schatten zweier Menschen erkennen. Einer der Schatten bewegte sich plötzlich und die Plane wurde zurückgeschlagen.

»Na?«, fragte Dergon gutmütig. »Endlich wach geworden?«

Timo wusste nicht so recht, was er antworten sollte, und nickte stumm. »Ich komme zu dir«, sagte der Gaukler. »Warte.«

Er reichte die Zügel an seinen Beifahrer weiter, wechselte ein paar Worte in jener fremden Sprache, die Timo vorhin schon gehört hatte, mit ihm und kam gebückt ins Wageninnere hereingekrochen. Timo schob sich ein Stück zur Seite um ihm Platz zu machen, trotzdem schienen die breiten Schultern des Schaustellers den Wagen zu sprengen.

»Wie fühlst du dich?«, fragte Dergon. Er lächelte noch immer, aber seine Stimme klang besorgt und dem Blick, mit dem er Timo musterte, schien nicht die geringste Kleinigkeit zu entgehen.

»Es ... geht«, antwortete Timo nach kurzem Zögern. »Habt ... Ihr mich verbunden?«

»Sag du zu mir, kleiner Helder«, sagte Dergon. »Ich bin nur ein Schausteller und brauche keine Ehrerbietungen. Und um deine Frage zu beantworten – meine Frau hat dich gewaschen und deine Wunden versorgt. Es war auch höchste Zeit, würde ich sagen. Was ist denn bloß passiert? Und wo sind deine Eltern?«

Timo versuchte sich zu beherrschen, konnte aber nicht verhindern, dass er bei Dergons Worten wie unter einem Hieb zusammenzuckte. »Die ... die Gorme«, sagte er nach kurzem Zögern. »Sie haben uns überfallen. Uns und ... die Elfe.«

Dergon erschrak nicht so sehr, wie er erwartet hatte. Nur der Ausdruck in seinen Augen änderte sich. War er bisher eher neugierig gewesen, so glaubte Timo jetzt plötzlich eine tiefe Sorge darin zu lesen. Dergon sah aus wie ein Mann, der genau die Hiobsbotschaft hörte, auf die er gewartet hatte.

»So, sind sie schon bis hierher vorgedrungen«, murmelte er. »Ich habe gehofft, es wäre noch nicht so schlimm.« Er schüttelte den Kopf und seufzte. »Wie viele waren es?«, fragte er. »Und waren Daewas bei ihnen?« Timo antwortete nicht gleich. Dergons Worte weckten Erinnerungen, die wie ein schrecklicher Albtraum vor ihm aufstiegen. Für einen Moment glaubte er sogar den scharfen Pestgestank der Ungeheuer zu riechen.

»Du musst nicht darüber reden, wenn du nicht willst«, sagte Dergon hastig. »Das meiste wissen wir ohnehin schon.«

Timo schüttelte den Kopf. »Es ... geht schon«, sagte er leise. »Wir ... wir waren auf dem Weg zur Hohen Feste und ... wir hatten eine Elfe getroffen ...« Er stockte, als er sah, wie zwischen Dergons Brauen eine steile Falte erschien. Aber der Schausteller unterbrach ihn nicht, sondern hörte weiter schweigend zu, während Timo stockend und mehrmals mit aller Kraft gegen die Tränen ankämpfend die ganze Geschichte erzählte. Er brauchte nicht lange dazu. Obwohl ihm die Zeit, die seit der Begegnung mit der Elfe vergangen war, wie eine Ewigkeit vorkam, waren die Ereignisse mit wenigen Worten erzählt. Als er geendet hatte, starrte Dergon an ihm vorbei auf die Plane. Seine Hände spielten nervös mit dem Griff eines schmalen Dolches, der aus seinem Gürtel ragte.

»Eine Elfe ...«, murmelte er.

»Du glaubst mir nicht«, vermutete Timo.

Dergon lächelte hastig und fast ein wenig schuldbewusst. »O doch«, versicherte er eilig. »Ich glaube dir, aber gerade das macht es so schlimm, kleiner Helder. Wir sind fahrendes Volk und kommen viel in der Welt herum und wir wissen manches, was andere für Legende und Märchen halten. Aber wenn es schon so schlimm ist, dass die Elfen ihre Heimat im Silberwald verlassen, muss Ahrimans Arm bereits sehr weit reichen.«

»Deshalb waren wir unterwegs zur Hohen Feste«, sagte Timo. »Mein Vater wollte die Elbenfürsten warnen, nachdem er bei den Menschen kein Gehör fand.«

Dergon seufzte. »Er hätte es gefunden, wenn er sich an die richtigen Menschen gewandt hätte«, murmelte er. Aber diese Worte schienen weniger an Timo als vielmehr an ihn selbst gerichtet zu sein. Mit veränderter Stimme fuhr er fort: »Wir können alles nachher beim Essen besprechen. Ich nehme an, dass du hungrig bist.«

Timo nickte und Dergon richtete sich mit einem flüchtigen Lächeln auf und deutete auf eine niedrige hölzerne Truhe. »Such dir etwas zum Anziehen heraus«, sagte er.

»Wir halten gleich an.«

»Was ist mit dem Hund?«, fragte Timo, als Dergon wieder nach vorne zum Kutschbock gehen wollte. Der Schausteller deutete mit einer Kopfbewegung nach draußen. »Hörst du ihn nicht? Er folgt uns, seit wir dich gefunden haben. Er wird sich freuen, dich wieder zu sehen.«

»Geht es ihm gut?«

»Ja«, sagte Dergon. »Seine Verletzungen waren nicht gefährlich. Gutes Fressen und ein wenig Ruhe und er ist bald wieder der alte. Und jetzt zieh dich an. Ich lasse die Wagen anhalten, sobald wir die nächste Wasserstelle erreicht haben.«

Timo wartete, bis Dergon den Wagen verlassen und die Plane hinter sich wieder heruntergelassen hatte, ehe er aufstand und auf dem schwankenden Boden zu der Truhe hinüberging, die ihm der Gaukler gezeigt hatte. Der Deckel quietschte in seinen hölzernen Scharnieren, als er ihn öffnete, und er war so schwer, dass er beide Hände brauchte, um ihn überhaupt hochzustemmen. Die Truhe enthielt in kunterbuntes Durcheinander – Röcke, Mäntel, Hosen und Blusen in den buntesten Farben und Teile von Rüstungen, die vollkommen echt aussahen und sich erst bei genauem Hinsehen als geschickte Nachbildungen herausstellten. Timo nahm ein Kleidungsstück nach dem anderen in die Hand, legte aber jedes mit einem Kopfschütteln zur Seite.

Schließlich, als er schon fast auf dem Grund der Truhe angelangt war, fand er etwas, das passen konnte und auch seinem Geschmack einigermaßen entsprach: ein einfaches, erdbraunes Gewand mit einer Kapuze, das von einem schmalen Silbergürtel zusammengehalten wurde. Er streifte es über, stopfte die Kleider und Kostüme achtlos wieder in die Truhe und klappte den Deckel wieder zu. Dann ging er gebückt zu seinem Lager zurück, schlug die Decken beiseite und suchte nach seiner Schleuder und seinem Beutel, fand aber weder das eine noch das andere. Nun, er würde Dergon danach fragen. Sicher hatten er oder seine Frau die Sachen in Verwahrung genommen.
Aber vielleicht waren sie ihm auch absichtlich weggenommen worden ... Jedermann wusste, wie gut ein Helder mit seiner Schleuder umgehen konnte – in seiner Hand war die Waffe gefährlicher als ein Schwert in der eines Kriegers. Und immerhin waren Dergon und seine Familie Menschen ...
Timo erschrak vor seinen eigenen Gedanken. Die Gaukler hatten ihm jetzt zweimal hintereinander das Leben gerettet und er dankte es ihnen damit, dass er sie des Diebstahls verdächtigte!
Rasch legte er die Decken ordentlich zusammen, trat zum vorderen Ende des Wagens und schlug die Plane zurück. Dergon wandte sich um und sah zu ihm hinauf. Er hockte auf dem Kutschbock, die Zügel lose in der Hand und die flache, dunkelgrüne Kapuze seines Gewandes zum Schutz vor der Sonne tief ins Gesicht gezogen. Neben ihm saß ein älterer, grauhaariger Mann mit derben Händen und einem von Wind und Sonne gegerbten Gesicht, der Timo nur einen flüchtigen Blick zuwarf und dann wieder nach vorne starrte.
»Nun, das ging ja schnell«, sagte Dergon. Sein Blick glitt über Timos Gewand, dann rutschte er ein Stück zur Seite

und machte eine einladende Geste. »Setz dich zu uns. Es ist nicht mehr weit bis zur Wasserstelle. Siehst du die Bäume dort vorne?«

Timo blinzelte im grellen Sonnenlicht in die angegebene Richtung. Hinter der nächsten Biegung des Weges erhoben sich die Wipfel einiger Bäume über die Hügel. Selbst bei dem geringen Tempo, in dem die Ochsenkarren vorwärts kamen, würden sie nur noch kurze Zeit bis dorthin brauchen.

Sein Magen knurrte hörbar, als er zwischen dem Gaukler und dem anderen Mann Platz nahm. Dergon grinste und Timo fühlte sich plötzlich verlegen, obwohl keinerlei Grund dafür bestand.

»Du wirst gleich etwas zu essen bekommen«, sagte Dergon. »Wir haben zwar nur Brot und kaltes Fleisch, aber einem leeren Magen schmeckt auch ein einfaches Mahl, denke ich.« Er knallte mit den Zügeln, um die beiden zotteligen schwarzen Ochsen zur Eile anzutreiben. Die hölzerne Achse des Wagens quietschte protestierend, als die Tiere das schwerfällige Gefährt die Anhöhe hinaufzogen. »Wenn wir in der Hohen Feste sind«, fuhr Dergon fort, »bekommst du besseres Essen. Und ein Bett.«

Timo war überrascht. »Die Hohe Feste?, wiederholte er ungläubig. »Ihr fahrt zur Hohen Feste?«

Dergon nickte. »Natürlich. Wir reisen jedes Jahr zur Tagnacht dorthin, weißt du das nicht? Auch Elben lachen gerne. Und sie sind sehr großzügig«, fügte er mit einem raschen, listigen Lächeln hinzu, wurde aber sofort wieder ernst. »Hätte dein Vater mich in Muuren Shant ins Vertrauen gezogen«, sagte er, »dann hättet ihr mit uns reisen können.«

Timo schwieg betroffen und jetzt war es Dergon, der plötzlich verlegen dreinsah. »Entschuldige«, murmelte er. »Das hätte ich nicht sagen sollen.«

Timo schüttelte den Kopf, warf seinem Nachbarn einen raschen Blick zu und sah dann wieder Dergon an. »Wir können offen reden«, sagte der Schausteller. »Behren weiß Bescheid. Genau wie alle anderen. Ich sagte dir doch schon – nicht alle Menschen sind wie Hun Came.«

Beim Klang dieses Namens verfinsterte sich Timos Gesicht. »Came«, murmelte er. »Es tut mir jetzt doch Leid, dass ich ihn nur verletzt habe.«

»Du warst das?«, entfuhr es Dergon.

Timo nickte. »Er hat einen der Hunde getötet«, antwortete er. »Und er hätte auch uns erschlagen, wenn wir uns nicht gewehrt hätten.«

»Du brauchst dich nicht zu verteidigen«, sagte Dergon rasch. »Wäre ich an eurer Stelle gewesen, hätte ich nicht anders gehandelt. Ich war nur überrascht. Hun Came hat überall in Muuren Shant erzählt, dass es dein Vater war, der ihm die Schulter zerschossen hat. Du weißt, dass er das ganze Land nach euch absuchen lässt?«

Timo nickte niedergeschlagen. »Ich weiß«, sagte er ohne Dergon anzusehen. »Vielleicht wäre es besser, wenn ich euch verlassen würde. Wenn sie mich bei euch finden ...«

Dergon unterbrach ihn mit einem leisen Lachen. »Keine Sorge, Helder«, sagte er belustigt. »Wir sind auf mehr als eine Patrouille getroffen, seit wir die Stadt verlassen haben. Sie suchen nach drei Heldern und drei Hunden, nicht nach einer Schaustellerfamilie mit zwei Kindern.«

Timo runzelte die Stirn. »Das könnte gefährlich werden«, gab er zu bedenken. »Aber für euch. Ich bin ein Helder, kein Mensch.«

Dergon winkte ab. »Warte, bis Grohgen mit dir fertig ist«, sagte er gut gelaunt. »Wir sind Schauspieler, vergiss das nicht. Mein Bruder könnte selbst Hun Came so verändern, dass er sich nicht einmal im Spiegel wieder erkennen würde.« Er musterte Timo eingehend, legte den Kopf auf

die Seite und kniff ein wenig übertrieben die Augen zusammen. »Dein Haar muss natürlich gefärbt werden«, sagte er. »Ein weißhaariger Junge fällt auf. Außerdem machen wir dich etwas größer und fünf Jahre älter. Niemand wird dich erkennen. Und uns wird keiner behelligen. Wir sind hier in der Gegend bekannt und jedermann weiß, dass wir jedes Jahr zu dieser Zeit zur Hohen Feste reisen.«
»Wie ... wie ist es dort?«, fragte Timo.
Dergon überlegte einen Moment. »Schön«, sagte er dann. »Jedenfalls, wenn man ein Elbenkrieger ist und die Einsamkeit liebt. Mir wäre es auf die Dauer zu ruhig. Aber dir wird es gefallen, glaube ich.«
»Stimmt es, dass alle hohen Elbenfürsten dort sind – und auch der Elbenkönig?«, fragte Timo neugierig. »Und dass selbst die Elfen dort ein und aus gehen?«
»Ja und nein«, antwortete Dergon. »Die Hohe Feste ist nicht mehr, was sie einmal war. Die Zeiten ändern sich und ich glaube, dass das Geschlecht der Elben aussterben wird, so wie die Elfen und ihr – und wohl auch wir«, fügte er ein wenig wehmütig hinzu.
Auf Timos Gesicht erschien ein erschrockener Ausdruck und Dergon fuhr rasch fort: »Aber bis dahin ist noch viel Zeit. Die Welt ändert sich ständig, aber sie tut es so langsam, dass ein Menschenleben nicht ausreicht um es wirklich zu bemerken. Für dich wird die Hohe Feste schön und glänzend sein, wie du sie dir vorstellst.« Er lächelte, reckte sich ausgiebig und deutete dann mit der Hand zu den Bergen hinüber. »Siehst du den hohen Berg dort drüben?«, fragte er. »Den, der aussieht wie ein sitzender Riese?«
Timo blickte aufmerksam in die angegebene Richtung. Der Berg sah wirklich aus wie ein hockender, gezackter Riese, dessen Spitze so steil war, dass nicht einmal der Schnee darauf Halt zu finden schien. Er nickte.
»Die Hohe Feste liegt auf seinem Gipfel«, sagte Dergon.

»Du kannst sie von hier aus noch nicht sehen, aber es ist nicht sehr viel mehr als eine Tagesreise dorthin. Wenn die Sonne das nächste Mal untergeht, werden wir durch die Tore fahren.«

Timo schwieg. Tausend Fragen brannten ihm auf der Zunge, aber er brachte plötzlich kein Wort heraus. Sein Vater hatte nicht gesagt, was sie dort tun würden. Die Elben warnen, sicher – aber würden sie ihm wirklich glauben? Oder würden sie ihn verlachen, wie Hun Came und Rukkah es getan hatten?

»Ich werde mit dir kommen, Timo«, sagte Dergon plötzlich, als hätte er seine Gedanken gelesen. Timo schrak auf. »Woher ...«

»Woher ich weiß, was du denkst?« Er lächelte. »Es ist nicht schwer zu erraten. Dein Vater wollte hierher, um die Elbenfürsten zu warnen, und du wärst nicht der Sohn eines Helders, wenn du diese Aufgabe nicht zu Ende führen würdest. Sie werden dir glauben, keine Sorge. Und wenn sie dir allein nicht glauben, dann uns allen.«

»Du ... kennst die Elbenfürsten?«, fragte Timo erstaunt.

Dergon lächelte geheimnisvoll. »Sagen wir, ich habe einen gewissen Einfluss bei ihnen«, antwortete er. »Und sie müssten geradezu mit Blindheit geschlagen sein, wenn sie die Zeichen nicht schon von selbst gesehen hätten.«

»Glaubst du, dass sie uns helfen werden?«

Dergon nickte. »Natürlich. Ich weiß nur nicht, ob sie es können.«

»Wie meinst du das?«, fragte Timo verwirrt.

Dieses Mal dauerte es eine Weile, bis Dergon antwortete. »Das ist nicht so einfach zu erklären, Timo«, murmelte er und wieder lag in seiner Stimme diese seltsame Wehmut, die Timo schon einmal bei ihm gehört hatte. »Ich sagte ja schon, dass die Elben nicht mehr sind, was sie einmal waren. Einst waren sie ein mächtiges und stolzes Volk, das die Welt von einem Horizont zum anderen beherrschte. Aber diese Zeiten liegen so lange zurück, wie die Berge alt sind, und heute gibt es nicht mehr viele von den Elben. In der Hohen Feste leben welche und einige wenige verteilt über das Land ...« Er schüttelte den Kopf und seufzte tief auf. »Ich glaube nicht, dass es noch mehr als ein paar Hunderte sind.«

»Aber dann ... dann können sie uns nicht helfen?«, fragte Timo ungläubig. Seine Stimme zitterte. »Dann ist alles umsonst gewesen?«

»Sie können keinen Krieg mit Ahrimans Kreaturen führen«, antwortete Dergon ernst, »wenn es das ist, was du meinst. Das hätten sie auch früher nicht gekonnt, Timo. Ahriman gebietet über ein Heer, dessen Zahl größer ist als die der Sterne am Himmel, und keine Macht der Welt könnte ihm mit Gewalt widerstehen, denn er ist die Gewalt. Du kannst nicht Feuer mit Feuer bekämpfen.«

Das waren fast die gleichen Worte, die die Elfe gebraucht hatte. Aber Timo sagte nichts, sondern hörte Dergon weiter zu.

»Diese Art von Hilfe wirst du dort oben nicht finden«, fuhr der Gaukler fort. »Und das war es auch nicht, was dein Vater von den Elben wollte – jedenfalls glaube ich das nicht. Aber es gibt andere Arten der Hilfe und es gibt mehr als eine Art, sich der Gewalt entgegenzustellen.« Plötzlich lächelte er. »Ich bin sicher, dass die Elbenfürsten Rat wissen. Noch hat Ahriman nicht gesiegt.«

Er knallte wieder mit den Zügeln und die Ochsen legten sich stärker ins Geschirr, um den Wagen die letzten Meter bis zu den Bäumen zu ziehen. Sie hatten mittlerweile die Anhöhe erreicht und die Wasserstelle, von der Dergon gesprochen hatte, lag vor ihnen: ein flacher, kristallklarer See von kaum zwanzig Manneslängen Durchmesser, an dessen Ufer grüne Büsche und niedrige Bäume Schatten spendeten. Die Ochsen brummten unruhig, als sie das Wasser witterten, und legten das letzte Stück des Weges so rasch zurück, dass der Wagen wild hin und her schaukelte und Timo beinahe fürchtete, er würde umstürzen. Die Tiere zerrten ihn durch das Ufergestrüpp, stapften ein gutes Stück in das seichte Wasser hinein und begannen zu saufen.

Dergon sprang mit einem geschmeidigen Satz vom Kutschbock, kaum dass das Gefährt zum Stehen gekommen war. Timo wollte ihm folgen, aber der Gaukler ergriff ihn wie ein kleines Kind unter den Achseln, hob ihn vom Wagen und trug ihn trotz seines Protestes zum Ufer, wo er ihn behutsam absetzte.

»Überschätze deine Kräfte nicht«, sagte er mahnend. »Vielleicht fühlst du dich jetzt wieder wohl, aber das täuscht. Du hast eine Menge mitgemacht.«

Timo musste ihm widerstrebend Recht geben. Seine unzähligen Wunden, die er sich bei seinem Sturz zugezogen hatte, schmerzten nach wie vor, und als er jetzt aufrecht stand, zitterten seine Beine ein wenig. Er nickte wortlos und ging neben Dergon auf die beiden anderen Wagen zu.

Freudiges Gekläff drang ihm entgegen. Hinter dem vorderen Wagen tauchte ein schwarzer Schatten auf, sprang mit weit ausgreifenden Sätzen auf ihn zu und riss ihn mit seinem ungestümen Anprall um. Timo lachte hell auf, stieß den Hund spielerisch von sich fort und stemmte sich auf die Knie hoch, um gleich darauf wieder unter einem Nasenstoß nach hinten zu fallen. Die raue Zunge des Hundes fuhr kreuz und quer über sein Gesicht.

Minutenlang tobte und lachte er mit dem Tier, ehe der Hund endlich von ihm abließ und zum Wasser lief um seinen Durst zu löschen. Timo richtete sich auf Händen und Knien auf, wischte sich mit einem Zipfel seines Gewandes das Gesicht trocken und sah sich schwer atmend um. Das

kurze Spiel mit dem Hund hatte ihn so erschöpft, als wäre er stundenlang gerannt.
Mittlerweile hatten auch die beiden anderen Wagen das Wasser erreicht. Die Zugtiere trotteten ein Stück in den See hinein um zu trinken und Dergons Familie und die übrigen Mitglieder der Schaustellergruppe begannen sofort die Planen zurückzuschlagen und ein Lager am Seeufer aufzuschlagen. Nach wenigen Minuten war hinter den Wagen eine Feuerstelle errichtet worden, auf der ein helles Feuer flackerte, und als Timo sich endlich erhob und zögernd hinüberging, hing bereits ein Topf mit Wasser über den Flammen.
Timo sah sich suchend nach Charriu um und entdeckte ihn beim letzten Wagen. Er hatte die hintere Plane zurückgeschlagen und war dabei, ein schweres Bündel von der Ladefläche zu zerren. Rasch ging Timo zu ihm hinüber, trat an seine Seite und half ihm. Charriu sah überrascht auf, schwieg aber.
Das Bündel schien Tonnen zu wiegen, als ob es mit Felsbrocken gefüllt wäre, aber Timo biss die Zähne zusammen und gab sich Mühe, sich nichts anmerken zu lassen. Sie schleppten das Bündel zur Feuerstelle und Timo hatte das Gefühl, dass Charriu selbst das meiste Gewicht trug, ohne dass er etwas davon merken sollte.
»Danke«, sagte der Gauklerjunge, nachdem sie ihre Last abgesetzt hatten. »Aber du solltest dich noch nicht so anstrengen.«
Timo winkte ab. »Es ... geht ... schon«, sagte er keuchend. »Außerdem war ich es dir schuldig. Du hast mir auch einmal geholfen.«
Charriu grinste und wurde gleich darauf wieder ernst. »Wie geht es dir?«, fragte er, »Wieder alles in Ordnung?«
Seine Besorgnis ärgerte Timo. Er war verletzt und erschöpft, aber das war noch lange kein Grund, ihn unun-

terbrochen zu fragen, wie es ihm ging. »Ja«, sagte er unfreundlich. »Solange ich keine Felsen schleppen muss, geht es.«
Charriu blinzelte, grinste plötzlich und schnürte das Bündel auseinander. Es enthielt eine Anzahl flacher brauner Brote und eine Speckseite. Charrius Grinsen wurde noch eine Spur breiter, aber er verkniff sich die spitze Bemerkung, die ihm sichtlich auf der Zunge lag.
Der Hund kam kläffend heran und rettete Timo aus der peinlichen Situation. Er kniete rasch neben dem Tier nieder und untersuchte es aufmerksam. Die Wunde an der Seite war fast verheilt und das Auge war wieder offen und tränte nicht mehr. Selbst das abgerissene Ohr war verschorft und heilte gut. Die Schausteller schienen wahre Wunder vollbracht zu haben.
»Er wird schon wieder«, sagte Charriu, als er Timos besorgten Blick bemerkte. »Seinem Appetit nach müsste er eigentlich mehr als gesund sein. Er frisst für zehn.«
Timo war für einen Moment verwirrt. »Das ... tut mir Leid«, sagte er. »Ich werde für sein Futter bezahlen.«
Charriu winkte ab. »So war das nicht gemeint. Wir werden schon noch einen Hund satt bekommen, keine Sorge. Ist ja auch wirklich ein Prachtbursche.« Er trat näher, streckte die Hand aus und streichelte den Kopf des Tieres. Zu Timos Überraschung ließ es der Hund geschehen und wedelte sogar freudig mit dem Schwanz. Eifersüchtig sah der Junge den beiden zu.
»Weißt du eigentlich, dass du ihm dein Leben zu verdanken hast?«, fragte Charriu plötzlich. »Ohne ihn wären wir jetzt längst in den Bergen und du würdest vermutlich immer noch durch den Wald irren.«
Timo sah ihn fragend an und Charriu deutete mit einer Kopfbewegung in die Richtung, aus der sie gekommen waren. »Wir haben ihn gestern Morgen gefunden«, sagte er.

»Halb tot und verrückt vor Angst. Mein Vater hat lange Zeit gebraucht, um ihn so weit zu beruhigen, dass wir wenigstens seine Wunden versorgen konnten. Und kaum war er wieder auf den Füßen, hat er ein solches Theater veranstaltet, dass wir dachten, sein Gebell müsste bis Muuren Shant zu hören sein.«
»Dann war er vorher schon bei euch?« fragte Timo.
»Bevor er zu dir kam?« Charriu nickte. »Ja. Er hat nicht eher Ruhe gegeben, bis mein Vater und ein paar Knechte mit ihm gegangen sind. Irgendwo im Wald haben sie ihn dann verloren, aber dann hat er dich ja zurückgebracht. Jedenfalls hat er uns so lange aufgehalten, bis du hier warst. Sind alle eure Hunde so treu?«
Timo spürte schon wieder einen bitteren Kloß im Hals. Mühsam kämpfte er die Tränen zurück, nickte und drehte sich mit einem Ruck um. »Ja«, sagte er. »Habt ihr ... sonst noch etwas gefunden?«
Charriu schwieg einen Moment, und als er antwortete, klang seine Stimme sehr traurig. »Nein«, sagte er. »Du bist der Einzige. Du und ... der Hund.« Er atmete tief ein, trat neben Timo und legte ihm die Hand auf die Schulter. »Es tut mir Leid, was mit deinen Eltern passiert ist«, sagte er leise.
Timo fuhr herum, schlug Charrius Hand beiseite und funkelte ihn wütend an. »Es gibt nichts, was dir Leid tun muss«, sagte er scharf. »Meine Eltern sind nicht tot, wie du meinst. Die Gorme haben sie verschleppt, aber ich weiß, dass sie noch leben!«
Für einen Moment schien es, als wolle Charriu etwas darauf erwidern, aber dann zuckte er nur mit den Achseln und wandte sich ab.
Timo bereute seine Worte. Charriu hatte nur freundlich zu ihm sein wollen und er hatte absolut kein Recht, in diesem Ton mit ihm zu reden. Aber er brachte es auch nicht fertig, einfach zu ihm hinüberzugehen und sich zu entschuldigen.

Nach und nach kamen auch die anderen Mitglieder der Truppe zum Feuer und Timo war froh, dass er in dem allgemeinen Durcheinander keine Gelegenheit mehr hatte, mit Charriu zu sprechen.
Timo war erstaunt, wie groß die Truppe war. Er hatte angenommen, dass außer Dergons Familie vielleicht noch zwei oder drei Knechte dazugehörten, aber es war mehr als ein Dutzend Menschen, das sich um die kleine Feuerstelle versammelt hatte. Es war ihm ein Rätsel, wie sie in den drei Wagen Platz fanden.
Als das Wasser über dem Feuer kochte, goss Dergon einen starken, süßen Tee auf und verteilte Brot und schmale Streifen von Dörrfleisch. Timo griff kräftig zu und sein Hunger war kaum zur Hälfte gestillt, als er seinen Teil der Fleischration gegessen hatte, aber er wagte es nicht, um mehr zu bitten. Keiner der Männer tat das, obwohl die Portionen reichlich knapp bemessen waren, und er wollte nicht, dass man eine Ausnahme mit ihm machte. Und vielleicht war es auch besser, wenn er seinen Magen erst allmählich wieder an ausreichende Nahrung gewöhnte.
Als sie fertig gegessen hatten, begannen sich die Männer zu zerstreuen – einige verschwanden in den Wagen, andere suchten sich am Seeufer oder unter den Bäumen ein schattiges Plätzchen um zu schlafen. Nur Dergon, seine Frau und Charriu blieben am Feuer zurück.
»Ich habe mit Grohgen gesprochen«, sagte der Gaukler, als sie allein waren. »Bevor wir weiterfahren, wird er dich schminken und dir ein anderes Kostüm geben.« Er lächelte. »Ich hoffe, es verletzt deinen Stolz nicht zu sehr, kleiner Helder, aber wir sind übereingekommen, dich als Mädchen zu verkleiden.«
Timo blinzelte überrascht. »Als ... Mädchen?«, wiederholte er.
»Warum nicht?« Dergon zuckte mit den Schultern. »Cames

Leute sind auf der Suche nach drei Heldern. Sie werden kaum auf die Idee kommen, dass sich einer von ihnen hinter der Maske eines Mädchens verbirgt.«

»Natürlich ...«, murmelte Timo. »Es ist nur ...«

»Ich kann mir denken, was du sagen willst«, fiel ihm Charriu ins Wort. »Aber es ist ja nur für einen Tag. Morgen sind wir in der Hohen Feste und dann darfst du dich wieder in einen Helderprinzen verwandeln!«

Timo glaubte leisen Spott in seiner Stimme zu hören. Dergon warf seinem Sohn einen raschen, strafenden Blick zu und Charriu schwieg.

»Charriu hat Recht«, sagte Dergon entschieden. »Es ist nur für wenige Stunden. Aber wir müssen vorsichtig sein. Came weiß, dass ihr auf dem Weg zur Hohen Feste wart, und es gibt nur diese eine Straße zu ihr hinauf. Er wäre ein Narr, wenn er sie nicht doppelt und dreifach überwachen ließe.« Er beugte sich vor, trank noch einen Schluck Tee und stellte seinen Becher wieder hin. »Ich muss mit dir über die Elfe sprechen, die ihr getroffen habt«, fuhr er in verändertem Tonfall fort.

»Was ist mit ihr?«

Dergon schwieg einen Moment. »Ich habe nachgedacht«, sagte er. »Es ist ein schlechtes Zeichen, dass sie hierher kam. Umso schlechter, wenn man bedenkt, dass es eigentlich nur einen einzigen Grund dafür gibt. Der gleiche Grund, aus dem ihr Helder zur Hohen Feste wolltet.«

»Du meinst, sie wollte die Elben um Hilfe bitten?«, fragte Timo ungläubig.

Dergon schüttelte den Kopf »Um Hilfe sicher nicht«, sagte er. »Aber sie wollte sie warnen. Die Elfen brauchen keine Hilfe. Nicht einmal Ahriman würde es wagen, sie in ihrer Heimat im Silberwald anzugreifen. Doch es ist lange her, dass sich eine Elfe hier im Land der Menschen hat blicken lassen. Sie ...« Er zögerte. »Hat sie ihren Namen genannt?«

Timo nickte. »Gaia«, sagte er. »Ihr Name war Gaia.«
Dergon erschrak. »Gaia«, keuchte er. »Bist du sicher?«
»Ich bin sicher«, antwortete Timo. »Ihr Name war Gaia. Was ist daran so besonders?«
Der Gaukler antwortete nicht gleich. Auf seinen Zügen lag ein Ausdruck tiefer Sorge. »Gaia«, murmelte er.
»Das war ihr Name«, bestätigte Timo noch einmal. »Warum erschreckt er dich so?«
Statt Dergon antwortete Charriu. »Weißt du überhaupt, Timo, mit wem du gesprochen hast?«, fragte er.
Timo wandte den Kopf und sah den Gauklerjungen fragend an.
»Gaia«, fuhr Charriu fort ohne auf eine Antwort zu warten, »ist nicht irgendeine Elfe. Sie ist ihre Herrscherin. Gaia ist nicht nur ein Name, Timo. Er bedeutet in eurer Sprache so viel wie Mutter Erde und er ist gleichzeitig Name und Titel. Der Titel der Königin der Elfen.«

Noch lange saßen sie beim Feuer. Die Gaukler, vor allem Charriu, waren begierig darauf, jede Einzelheit seiner Begegnung mit dem Lichtwesen zu erfahren, und Timo musste fast jedes Wort, das die Elfe gesprochen hatte, wiederholen.
Schließlich war es Dergon, der das Gespräch unterbrach, indem er aufstand, das heruntergebrannte Feuer mit einem Rest Tee aus dem Krug löschte und dann zum Seeufer deutete. »Es wird Zeit«, sagte er. »Wir können noch lange genug reden, bis wir die Hohe Feste erreicht haben.«
Charriu gelang es nicht ganz, seine Enttäuschung zu verbergen. Aber er schwieg und stand gehorsam auf um seinen Eltern dabei zu helfen, die Wagen wieder zu beladen.
Auch Timo wollte sich nützlich machen, aber Dergon hielt ihn mit einem Kopfschütteln zurück und nahm ihn wie ein kleines Kind um die Schultern. »Mein Bruder wartet bereits auf dich«, sagte er. »Er kann mit deiner Verkleidung beginnen, während wir alles für die Weiterfahrt vorbereiten.«
Timo lächelte gequält. Die Vorstellung, von Grohgen in ein Kleid gesteckt und womöglich zum Gespött der ganzen Gauklerfamilie gemacht zu werden, gefiel ihm nicht sonderlich. Aber sicher hatte Dergon Recht und so fügte er sich in sein Schicksal und folgte dem Gaukler widerspruchslos zum Wagen seines Bruders.
Grohgen hatte wirklich alles vorbereitet, wie Dergon gesagt hatte. Auf dem Kutschbock waren bunte Kleider in ver-

schiedenen Größen ausgebreitet, dazwischen standen kleine Töpfe mit Farben und Schminke und daneben lagen einige Perücken. Der Gaukler lächelte aufmunternd, als er Timos verdrossenen Gesichtsausdruck sah, rückte ein Stück zur Seite und lud ihn mit einer Handbewegung ein Platz zu nehmen.

Vom anderen Ende des Lagerplatzes ertönte plötzlich ein lauter Ruf. Einer der Knechte kam auf sie zugelaufen und ruderte wild mit den Armen.

»Reiter!«, rief er. »Reiter kommen!«

Dergon fuhr zusammen und ging dem Mann entgegen. »Reiter, sagst du?«, fragte er. »Wie viele und aus welcher Richtung?«

Der Mann blieb keuchend vor Dergon stehen und zeigte nach Osten. »Drei, Herr«, sagte er. Sein Atem ging schnell und er war in Schweiß gebadet. Er musste ein gutes Stück aus Leibeskräften gerannt sein. »Sie kommen die Straße herauf. Ich bin gelaufen, so schnell ich konnte, aber sie reiten in scharfem Tempo. Es ... kann nicht mehr lange dauern, bis sie hier sind.«

Dergon dankte dem Knecht mit einem stummen Kopfnicken und starrte zu Boden. Timo konnte sehen, wie es hinter seiner Stirn arbeitete.

»Ich ... kann mich in den Hügeln verstecken«, sagte er hastig. »Sie werden mich nicht finden, wenn ich ...«

»Das ist zu gefährlich«, unterbrach ihn Dergon. »Du wirst dich verstecken, aber nicht in den Hügeln.« Er rief Charrius Namen und winkte ihn ungeduldig zu sich heran.

»Was ist geschehen?«, fragte Charriu neugierig. »Was soll die Aufregung und ...«

»Reiter kommen«, fiel ihm Dergon ins Wort. »Wir müssen Timo verstecken. Bring ihn fort.«

Charriu nickte und griff nach Timos Schulter, aber dieser streifte seine Hand mit einer entschlossenen Geste ab und blieb stehen. »Das ist viel zu gefährlich für euch«, sagte er. »Wenn sie mich in einem eurer Wagen finden, dann seid ihr verloren. Lasst mich gehen. Ich verstehe es, mich unsichtbar zu machen.«

Dergon lächelte flüchtig. »Das glaube ich dir«, sagte er. »Aber sie werden dich nicht finden, glaube mir. Geh mit Charriu, Timo. Er wird dir ein Versteck zeigen.« Ehe Timo Gelegenheit hatte, noch einmal zu protestieren, wandte er sich um und eilte mit raschen Schritten zum Seeufer.

Timo sah ihm kopfschüttelnd nach. »Aber das ist Irrsinn«, sagte er. »Wenn es Hun Cames Männer sind, dann werden sie die Wagen durchsuchen. Und wenn sie mich bei euch finden ...«

»Sie finden dich nicht«, behauptete Charriu. »Höchstens, wenn du weiter hier herumstehst und lamentierst. Komm jetzt mit.« Er drehte sich um, zerrte Timo unsanft hinter sich her und steuerte auf den größten der drei Wagen zu. Timo sah nervös über die Schulter zurück. Die Straße verschwand nach ein paar Dutzend Schritten hinter einem Hügel, sodass die Reiter noch nicht sichtbar waren, aber er glaubte bereits den dumpfen Hufschlag ihrer Pferde zu hören und nicht sehr weit im Osten zitterte eine dünne, graue Staubwolke in der Luft. Timo beschleunigte seine Schritte.

Charriu kletterte hastig auf den Kutschbock des Wagens hinauf, schlug die Plane zur Seite und winkte Timo ungeduldig, ihm zu folgen. Nicht weit von ihnen begann der Hund aufgeregt zu bellen. Er musste die Reiter jetzt gewittert haben.

Im Inneren des Wagens war es so dunkel, dass Timo im ersten Augenblick nur undeutliche Umrisse erkannte. Charriu schloss die Plane wieder sorgfältig, ging gebückt an ihm vorbei und kniete vor einer schweren, mannslangen Kiste

nieder, die mit bunten Farben bemalt und mit einer Unzahl schwerer, kupferner Schlösser und Riegel gesichert war. Rasch öffnete er sie nacheinander, klappte den Deckel hoch und deutete Timo hineinzusteigen.
Timo runzelte verwirrt die Stirn, rührte sich aber nicht von der Stelle. »Da hinein?«, fragte er zweifelnd.
»Ja, da hinein«, bestätigte Charriu ungeduldig. »Und beeil dich bitte. Sie müssen jeden Augenblick hier sein!«
Timo trat widerwillig mit einem großen Schritt in die Kiste und ging in die Hocke, hob aber noch einmal die Hand, als Charriu den schweren Deckel zuschlagen wollte. »Das ist doch verrückt«, sagte er. »Sie brauchen nur den Deckel aufzumachen, um mich zu sehen. Ihr seid verloren, wenn sie die Wagen durchsuchen!«
Charriu seufzte. »Sie werden dich nicht sehen«, behauptete er. »Der Kasten sieht nur aus wie eine normale Holzkiste. Hast du noch niemals eine Vorstellung der Gaukler gesehen?« Timo verneinte.
Charriu drehte den Kopf und lauschte einen Moment, dann wandte er sich wieder Timo zu. »Wir benutzen ihn, um Menschen und andere Dinge unsichtbar werden zu lassen«, erklärte er hastig. »Einmal hat mein Vater sogar eine Kuh darin verschwinden lassen. Die Männer werden dich nicht sehen, wenn sie den Deckel aufmachen. Aber du musst die Nerven behalten. Ganz egal, was passiert, du darfst dich nicht bewegen und keinen Laut von dir geben. Ist das klar?«
Timo nickte, obwohl ihm gar nichts klar war. Auf ein weiteres ungeduldiges Winken Charrius hin ließ er sich zurücksinken. Der Gauklerjunge schloss den Deckel der Kiste und ließ die Riegel einschnappen.
Es wurde dunkel um Timo, aber nicht vollständig. Durch die Ritzen in den Seitenwänden der Kiste sickerte graues Licht herein, und als er sich auf die Seite drehte, konnte er

durch einen fingerbreiten Spalt sogar nach draußen sehen. Die Plane des Wagens schien an dieser Stelle nicht richtig verschnürt zu sein. Vielleicht war es auch Absicht – wahrscheinlich war er nicht der Erste, der in dieser Kiste Unterschlupf fand.

Timo bewegte sich vorsichtig. Auf geheimnisvolle Weise schien die Kiste jetzt, als der Deckel geschlossen war, größer zu sein als vorher. Er wartete darauf, dass sich der Boden unter ihm öffnen oder sonst etwas Unerwartetes mit ihm geschehen würde. Aber es rührte sich nichts. Eine Weile zerbrach er sich den Kopf darüber, wie diese Zauberkiste funktionieren sollte, gab aber schließlich auf und drehte sich wieder herum um nach draußen zu sehen.

Die Gaukler waren damit beschäftigt, ihre Habe auf den beiden anderen Wagen zu verstauen. Sie taten es schnell, aber ohne unnötige Hast. Keiner von ihnen sah sich um, und wenn sie miteinander sprachen, klang es völlig normal und gelassen. Nun, sie waren ja Schauspieler.

Eine Ewigkeit schien zu vergehen, bis die Reiter hinter dem Hügel auftauchten. Zwei Krieger in langen, rotblauen Mänteln, mit Schilden, Schwertern und Spießen bewaffnet, und ein dritter, in mattes Schwarz gepanzerter Reiter, der an ihrer Spitze heranpreschte. Als sie näher kamen, sah Timo, dass sein linker Arm in einer Schlinge aus schwarzem Tuch hing. Ohne ihr Tempo zu verringern, sprengten sie am Seeufer entlang und zügelten ihre Pferde erst unmittelbar vor den Wagen. Der Hund begann wild zu kläffen und an der Leine zu zerren, an die ihn Dergon vorsichtshalber gelegt hatte.

»Wer von euch ist der Anführer?«, fragte der schwarze Reiter. Sein Pferd scheute und tänzelte unruhig auf der Stelle; er schien Mühe zu haben, es zu zügeln. Timo sah, dass das Fell der Tiere vor Schweiß glänzte. Die Männer mussten sie erbarmungslos angetrieben haben.

Dergon ließ ohne sichtliche Eile das Bündel sinken, das er gerade aufgehoben hatte, trat auf den schwarz gekleideten Reiter zu und legte den Kopf in den Nacken. »Was führt euch hierher, Herren?«, fragte er. »Wenn ihr hungrig seid oder Heu für eure Pferde braucht, dann ...«

»Du!«, unterbrach ihn der Reiter und fuhr herum. Seine Stimme klang überrascht, aber auch zornig. Er beugte sich vor, zögerte kurz und sprang dann aus dem Sattel.

»Ich wüsste nicht, woher ...«, begann Dergon und betrachtete sei Gegenüber noch einmal eingehend. »Kennen wir uns?«, fragte er.

Der Mann lachte leise, hob die Hand und klappte das Visier seines schwarzen Helmes nach oben.

Hun Came!

»Ihr?« Diesmal war das Erstaunen in Dergons Stimme nicht gespielt, sondern echt. »Ihr, Hun Came? Was bringt Euch so weit aus Muuren Shant fort?«

Came lächelte geringschätzig. Sein Blick glitt rasch und prüfend über die Gaukler, die sich im Halbkreis hinter Dergon versammelt hatten. »Stell dich nicht so dumm, Possenreißer«, sagte er kalt. »Du weißt so gut wie ich, warum wir hier sind. Ich suche drei Helder. Sie sind euch nicht zufällig begegnet?«

»Zufällig nicht«, antwortete Dergon ruhig. »Wenn Ihr den weiten Weg hierher nur deshalb gemacht habt, um mich das zu fragen, muss ich Euch enttäuschen, Hun Came. Oder seht Ihr hier einen Helder?« Der Spott in seiner Stimme war nicht zu überhören. Aber Came hatte sich völlig in der Gewalt. Er starrte Dergon kurz an, drehte sich mit einem Ruck um und rief seinen beiden Soldaten einen scharfen Befehl zu.

»Ich nehme an, du hast nichts dagegen, wenn sich meine Männer ein wenig umsehen?«, fragte er lauernd, wieder zu Dergon gewandt. »Nur zur Sicherheit. Helder sind ja bekanntlich klein – man kann sie leicht übersehen.«

»Ich habe nichts dagegen«, antwortete Dergon kühl. »Seht euch ruhig um. Durchsucht von mir aus die Wagen, wenn es euch Spaß macht. Ihr werdet nichts finden.«
Die beiden Soldaten sprangen von den Pferden und gingen gemeinsam auf den ersten Wagen zu. Timo sah, wie einer von ihnen in seinem Inneren verschwand, während der andere Wache hielt.
»Es ist ein seltsamer Zufall, dass wir euch ausgerechnet hier treffen, findest du nicht?«, fuhr Came fort. »Ihr wart in Muuren Shant, als dieses Helderpack auftauchte, und jetzt seid ihr hier, wo wir sie suchen.«
»Was wollt Ihr damit sagen?«, fragte Dergon ruhig.
Hun Came zuckte mit den Achseln. »Nichts«, sagte er. »Es erscheint mir nur sonderbar. Jemand hat die Helder gewarnt. Sie wären sonst nicht aus der Stadt entkommen. Und man erzählte mir, dass du mit ihnen gesprochen hast.«
»Ist das verboten?«, fragte Dergon kühl.
Came lächelte dünn. »Nein. Aber es ist verboten, flüchtigen Verbrechern zu helfen, Possenreißer«, antwortete er. »Das solltest du wissen.«
»Was sollen sie getan haben? Sie sind Helder und ...«
»Was sie getan haben?«, unterbrach ihn Came. Er schnaubte zornig und trat einen Schritt näher an Dergon heran. »Sie haben Unruhe unter der Bevölkerung verbreitet«, sagte er. »Und sie haben versucht mich umzubringen.« Er deutete mit dem gesunden Arm auf seine linke Schulter. »Das ist ihr Werk«, fuhr er fort. »Einer deiner friedliebenden Helder hat mir die Schulter zerschossen, Possenreißer, und wären meine Krieger nicht dazwischengesprungen, hätten sie mich umgebracht. Und du fragst, warum ich sie suche?«
Dergon blieb erstaunlich ruhig. »Ich habe eine andere Darstellung der Geschichte gehört«, sagte er. »Aber das spielt jetzt keine Rolle. Jedenfalls wirst du die Helder nicht bei uns finden. Wir wissen nicht, wo sie sich aufhalten.«

Came starrte ihn wütend an. »Und der Hund?«, fragte er. Dergon wandte langsam den Kopf und blickte den schwarzen Spurhund an, der heftig an seiner Kette zerrte. Er hatte aufgehört zu bellen, aber seine Zähne waren wütend gefletscht und seine Augen funkelten wild. »Wir haben ihn gefunden«, erklärte Dergon. »Vor zwei Tagen. Er lag halb tot auf der Straße – Ihr seht ja, dass er verletzt ist, Came.«
»Und da habt ihr ihn mitgenommen?«, erkundigte sich Hun Came. »Einfach so?«
Dergon zuckte mit den Achseln. »Warum nicht? Er wird einen guten Preis bringen, wenn ich ihn verkaufe. Spurhunde sind selten.«
Came starrte ihn weiter an, ballte dann plötzlich die Faust und schlug sich gegen den Oberschenkel. Es gab einen seltsamen, klingenden Ton, und als Timo genauer hinsah, bemerkte er, dass seine Rüstung nicht aus Metall oder Leder, sondern aus großen, schwarz glänzenden Schuppen gefertigt war. Gormschuppen! Brustpanzer, Beinschutz und Schild des Statthalters bestanden aus stahlharten Gormschuppen.
»Ich glaube dir kein Wort, Possenreißer«, sagte er wütend. »Du hast diesen Heldern bei der Flucht geholfen und du weißt auch, wo sie jetzt sind.«
Dergon erstarrte. Die Gaukler hinter ihm ließen ein drohendes Murren vernehmen und rückten enger an ihn heran.
Auch Hun Cames Körper straffte sich und sein Blick war drohend.
»Ihr vergreift Euch im Ton, Hun Came«, sagte Dergon kühl. »Wir sind freie Menschen, die Euch keine Rechenschaft schuldig sind.«
»Kerl!«, zischte Came. »Du scheinst nicht zu wissen, mit wem du sprichst!«
Dergon lachte leise. »O doch, Hun Came. Ich spreche mit

dem Statthalter von Muuren Shant. Aber dies hier ist nicht Muuren Shant und das Land gehört Euch so wenig wie mir. Ihr mögt in Eurer Heimat ein mächtiger Mann sein, aber Eure Macht endet an den Toren Eurer Stadt. Ich habe Euren Männern gestattet die Wagen zu untersuchen, aber das gibt Euch nicht das Recht, mich der Lüge zu beschuldigen.«

Came schluckte. In seinem schmalen Gesicht begann es zu zucken. Aber er schwieg und starrte den Gaukler nur hasserfüllt an.

Plötzlich hörte Timo schwere Schritte heranpoltern. Stoff raschelte, dann begann der Wagen unter ihm zu zittern. Die Soldaten hatten die Untersuchung der ersten beiden Wagen beendet und kamen nun zum dritten.

Timos Herz begann zu hämmern. Charrius Warnung fiel ihm wieder ein, aber plötzlich konnte er trotz allem nicht mehr an seine Worte glauben. Die Soldaten waren jetzt im Wageninneren, er konnte hören, wie sie neben der Kiste Bündel und Kleider durchwühlten. Sie brauchten nur den Deckel zu öffnen um ihn zu finden!

Mit angehaltenem Atem lauschte Timo. Die Schritte kamen näher, entfernten sich, kamen gleich darauf ganz nahe, dann schnappten die Riegel an der Kiste einer nach dem anderen zurück.

Timos Herz schien still zu stehen, als der Deckel angehoben wurde und helles Licht in die Kiste drang. Ein Schatten fiel auf ihn und er glaubte jeden Augenblick die Gesichtszüge des Soldaten zu erkennen und direkt in seine Augen zu blicken.

Aber das Wunder geschah. Der Schatten schüttelte den Kopf, sagte ein Wort, das Timo nicht verstand, und ließ den Kistendeckel wieder zufallen. Seine Schritte verklangen auf dem hölzernen Wagenboden.

Timo atmete erleichtert auf. Seine Hände und Knie zitterten und er war schweißüberströmt, obwohl es in der Kiste kühler als draußen war.

Die beiden Soldaten verließen den Wagen und kehrten zu ihrem Herrn zurück. Came wechselte ein paar halblaute Worte mit ihnen und machte eine befehlende Geste, worauf sie zu ihren Pferden eilten und aufstiegen. Er selbst blieb noch stehen und wandte sich wieder an Dergon.

»Es sieht so aus, als hättest du die Wahrheit gesagt, Possenreißer«, sagte er mit unbewegtem Gesicht. »Die Helder sind nicht hier. Aber ihr solltet euch nicht zu früh freuen. Es ist noch ein weiter Weg bis zur Hohen Feste und meine Augen sind überall.«

Dergon wollte etwas entgegnen, aber Came stampfte bereits zu seinem Pferd zurück und hob die Hand nach den Zügeln, drehte sich dann jedoch noch einmal um. »Den Hund nehme ich mit«, sagte er.

Dergon trat mit einem raschen Schritt zwischen ihn und das Tier und blieb breitbeinig stehen.

»Nein«, sagte er ruhig.

Came wurde blass vor Zorn, beherrschte sich aber auch diesmal. »Er gehört dir nicht«, sagte er. »Gib ihn heraus.«

»Euch aber auch nicht, Hun Came«, antwortete Dergon leise. »Ich rate Euch, meine Gutmütigkeit nicht zu überschätzen. Wir haben ihn gefunden und gesund gepflegt und er bleibt bei uns. Ihr müsst ihn schon mit Gewalt mitnehmen.«

Eine Sekunde lang sah es fast so aus, als würde Hun Came genau dies versuchen. Seine Hand zuckte zum Schwert und auch die beiden Soldaten strafften sich. Aber der Augenblick ging vorüber, ohne dass etwas geschah, und schließlich schwang sich Came ohne ein weiteres Wort in den Sattel, klappte sein Visier wieder herunter und griff nach den Zügeln.

»Für diesmal hast du gewonnen, Possenreißer«, sagte er.

Seine Stimme drang nur dumpf hinter dem schwarzen Visier hervor und hatte einen hohlen, unheimlichen Klang. »Aber wir werden uns wiedersehen. Und ich vergesse niemals etwas!« Wütend riss er an den Zügeln, zwang sein Pferd herum und trieb ihm rücksichtslos die Sporen in die Seiten. Das Tier wieherte vor Schmerzen und sprengte los. Nach wenigen Augenblicken waren der Statthalter und seine Begleiter hinter der Wegbiegung verschwunden.

Dergon blickte ihm kurz nach und eilte dann auf den Wagen zu, in dem Timo versteckt war. Charriu, Grohgen und die anderen der Gauklertruppe begannen hastig den Rest ihrer Habe einzusammeln und zu den Wagen zu tragen. Aus dem geordneten Aufbruch war von einer Sekunde auf die andere eine wilde Flucht geworden.

Timo wartete ungeduldig, bis der Deckel der Zauberkiste geöffnet wurde und Dergon zu ihm heruntersah. Er stand auf, war mit einem Schritt aus dem Kasten heraus und sah den Schausteller an. »Came!«, flüsterte er entsetzt. »Das war Hun Came selbst!«

Dergon nickte. Von der Ruhe, die er vor dem Statthalter gezeigt hatte, war nichts mehr zu sehen. Im Gegenteil. Er wirkte sehr besorgt. »Du hast alles gehört?«, fragte er.

»Ja. Aber ich verstehe nicht. Wieso ...«

»Für Erklärungen ist jetzt keine Zeit«, unterbrach ihn Dergon. Er klappte den Deckel wieder zu, deutete ungeduldig nach vorne und gab Timo einen sanften Stoß, als er noch immer zögerte sich in Bewegung zu setzen.

»Er wird wiederkommen«, sagte Dergon, als sie zum vordersten Wagen eilten. Die Ochsen waren bereits wieder eingespannt und die Knechte machten sich mit ein paar letzten Handgriffen an ihrem Geschirr zu schaffen. Eine spürbare Unruhe hatte von der Gauklertruppe Besitz ergriffen.

»Du meinst, er hat dir nicht geglaubt?«

Dergon schüttelte den Kopf. »Er weiß, dass wir euch geholfen haben«, sagte er. »Und er ahnt zumindest, dass wir mehr wissen, als ich zugegeben habe. Es ist kein Zufall, dass er persönlich hier aufgetaucht ist, Timo.« Er kletterte hastig auf den Kutschbock, half Timo hinauf und griff gleichzeitig mit der anderen Hand nach den Zügeln. Die Ochsen brummten unwillig, als er sie schnalzen ließ, setzten sich aber gehorsam in Bewegung. Der Hund sprang mit einem freudigen Kläffen herbei und hielt schwanzwedelnd mit dem Wagen Schritt.

Timo wurde durch den plötzlichen Ruck auf die Bank geworfen. »Wie meinst du das?«, fragte er.

»Dass es kein Zufall ist?« Dergon lachte bitter. »Du kennst Hun Came nicht so gut wie ich, kleiner Helder. Er mag durch und durch böse sein, aber er ist nicht dumm. Einer seiner Spione muss ihm verraten haben, dass dein Hund bei uns ist. Und er weiß genau, dass sich die Spurhunde niemals von ihren Herren trennen. Ist dir nicht aufgefallen, dass er nicht im Geringsten überrascht war ihn zu sehen?«

Timo schüttelte den Kopf. Er war viel zu aufgeregt gewesen, um auf solche Kleinigkeiten zu achten. »Dann ... dann ist es meine Schuld, dass er euch bedroht hat«, sagte er niedergeschlagen. »Ich hätte doch gehen sollen.«

»Das hätte nichts genützt«, antwortete Dergon. »Er wäre höchstens noch misstrauischer geworden, wenn der Hund plötzlich nicht mehr bei uns gewesen wäre. Nein, Timo – es ist nicht deine Schuld. Höchstens meine eigene. Ich hätte wissen müssen, dass Hun Came nichts unversucht lässt, dich und deine Eltern in seine Gewalt zu bekommen.« Timo starrte mutlos vor sich hin. Sie hatten die Straße erreicht und fuhren wieder nach Westen, den Bergen entgegen. Die Ochsen legten sich so fest ins Zeug, wie sie nur konnten, aber der Wagen schien trotzdem nicht von der Stelle zu kommen. Timos Blick wanderte ziellos über den grauen

Schatten des Berges, auf dessen Gipfel sich die Hohe Feste befand. Es war nicht mehr weit – eine Tagesreise, hatte Dergon gesagt. Lächerlich wenig im Vergleich zu der Strecke, die er bis jetzt zurückgelegt hatte. Und trotzdem zu weit. Hun Came würde wesentlich weniger Zeit benötigen, um mit einer größeren Anzahl von Kriegern zurückzukehren. Die Drohung in seinen letzten Worten war eindeutig gewesen.

Dergon bemerkte seinen Blick und schüttelte traurig den Kopf. »Ich weiß, was du denkst«, sagte er. »Aber es gibt keinen anderen Weg. Und es würde auch nichts nützen, wenn du dich von uns trennst. Er wird jeden Fußbreit Boden von hier bis zur Hohen Feste absuchen lassen, wenn er dich nicht bei uns findet.«

»Aber irgendetwas müssen wir doch tun!«, sagte Timo aufgeregt. »Er wird euch alle gefangen nehmen, wenn er wiederkommt. Oder euch Schlimmeres antun!«

Dergons Gesicht verfinsterte sich. »Wir können nichts dagegen tun«, sagte er. »Aber wir werden uns unserer Haut wehren, keine Sorge. Wir sind vielleicht nur Schausteller, aber Came wird eine böse Überraschung erleben, wenn er glaubt, leichtes Spiel mit uns zu haben.«

Timo schwieg. Dergon wusste so gut wie er, dass Came nicht mit einigen wenigen Kriegern, sondern mit einer kleinen Armee zurückkehren würde. Der Blick, mit dem er Dergons Mannschaft geprüft hatte, war Timo nicht entgangen. Hun Came hatte genau gespürt, dass die Männer alles andere als einfältige Gaukler waren, sonst hätte er wahrscheinlich vorhin schon versucht Gewalt anzuwenden.

»Gibt es denn niemanden, der uns helfen könnte?«, fragte Timo verzweifelt. Es durfte einfach nicht umsonst gewesen sein. Der Gedanke, jetzt an der Bosheit eines einzelnen Mannes zu scheitern, erschien Timo einfach absurd. »Irgendein Versteck, eine Stadt ...«

Dergon schüttelte den Kopf. »Es gibt im Umkreis von fünf Tagesmärschen keine Stadt«, sagte er. »Und das nächste Versteck ist dort oben, in der Hohen Feste.«
»Die Elben!«, entfuhr es Timo. »Können sie uns nicht helfen?«
Dergon lachte rau. »Sie könnten es«, sagte er. »Wenn sie wüssten, dass wir hier sind. Sie würden sich einen Spaß daraus machen, Hun Came dorthin zurückzujagen, wo er hergekommen ist. Aber du müsstest schon fliegen können, um ihnen rechtzeitig Bescheid zu geben!«
Timo schwieg. Sein Blick fiel auf den Hund, der nach wie vor neben dem Wagen herlief und von Zeit zu Zeit zu ihm heraufsah, als warte er darauf, gestreichelt zu werden. »Fliegen kann ich nicht«, murmelte Timo. »Aber wenn du schreiben kannst, Dergon, dann haben wir vielleicht eine Chance ...«

Die Sonne war schon lange untergegangen und mit der Dämmerung waren Kälte und Feuchtigkeit aus dem Wald herausgekrochen. Es wurde neblig und der Mond verbarg sich hinter schweren, dunklen Regenwolken. Trotzdem hielten sie nicht an, sondern fuhren weiter. Der Tag hatte sich endlos in die Länge gezogen und Timo hatte immer wieder einen Blick über die Schulter zurückgeworfen. Aber die Staubwolke, vor der er sich so fürchtete, war bisher nicht aufgetaucht; es schien, als wäre ihr Vorsprung vor Hun Cames Hauptmacht doch größer, als sie zuerst angenommen hatten. Für einen Moment klammerte er sich sogar an die Hoffnung, dass er groß genug war, um die Hohe Feste rechtzeitig zu erreichen, aber als er Dergon gegenüber eine entsprechende Bemerkung machte, antwortete dieser nur mit einem stummen Kopfschütteln. Sie hatten kaum ein Fünftel des Weges zurückgelegt und noch die Nacht und fast den ganzen morgigen Tag vor sich – Zeit genug für Hun Came, nach Muuren Shant zurückzureiten und mit einem größeren Aufgebot von Kriegern wiederzukommen.

Als es dämmerte, hatte Dergon die Zügel an einen der anderen Männer weitergegeben und war zusammen mit Timo nach hinten in den zweiten Wagen gegangen, wo sein Bruder, seine Frau und Charriu auf sie warteten. Sie aßen, aber niemand von ihnen zeigte großen Appetit und sie sprachen auch kaum ein Wort, nicht einmal Charriu, der vorher keine Gelegenheit ausgelassen hatte, Timo nach seinem Leben in den Bergen und nach der Elfe auszufragen.

Timo war die seltsame Stimmung, in der der Gaukler und seine Familie waren, aufgefallen. Sie sorgten sich, aber er meinte auch noch etwas anderes zu spüren, etwas, das ihm – so verrückt die Vorstellung auch sein mochte – fast wie Erleichterung vorkam. Die Gaukler schienen sich vor der Begegnung mit Came und seinen Männern ebenso zu fürchten, wie sie sie herbeisehnten. Er verstand das nicht, aber er fragte nicht danach.

Als sie fertig gegessen hatten, trat Dergon schweigend an eine Kiste, öffnete das schwere Schloss und nahm eine Anzahl Waffen hervor: Schwerter, Messer und kleine, runde, silberne Schilde, die er an seinen Bruder, Charriu und seine Frau verteilte. Er selbst nahm einen fast mannshohen Bogen aus weißem Holz hervor, prüfte ihn sorgfältig und hängte sich einen prall gefüllten Köcher über die Schulter.

Timo lehnte hastig ab, als Dergon auch ihm ein Schwert reichen wollte. Der Anblick der Waffen erschreckte ihn, brachte ihm aber auch den Ernst der Lage zum Bewusstsein. Bis jetzt hatte er noch nicht wirklich begriffen, was geschehen würde, wenn Came sie einholte – er würde Dergons Familie und seine Truppe bis auf den letzten Mann töten.

Niedergeschlagen stand Timo auf, bewegte sich vorsichtig auf dem schwankenden Boden nach vorne und blickte durch einen Spalt in der Plane zu den Bergen hinauf. Die Nacht hatte sie zu mächtigen, schwarzen Schatten werden lassen, aber auf dem Gipfel des sitzenden Riesen glaubte er doch den Schnee glitzern zu sehen.
Charriu trat lautlos neben ihn, blickte einen Moment schweigend in die gleiche Richtung und räusperte sich. Timo wandte widerstrebend den Blick ab und sah ihn an.
»Glaubst du, dass es dein Hund geschafft hat?«, fragte Charriu leise.
Timo antwortete nicht gleich. Unter normalen Umständen hätte er keine Sekunde gezögert »Ja« zu sagen. Die Spurhunde waren unglaublich zäh und vermochten auch über große Entfernungen schnell und ausdauernd zu laufen. Aber das Tier war verletzt und er hatte keine Ahnung, ob es die Hohe Feste überhaupt finden würde. Das Gelände hier war ihm fremd und Timo war nicht einmal sicher, ob das Tier überhaupt verstanden hatte, was er von ihm wollte. Man sagte den Heldern nach, dass sie mit den Tieren redeten, aber auch dieses Reden hatte seine Grenzen. »Ich hoffe«, antwortete er ausweichend.
Charriu seufzte. »Na ja«, sagte er leichthin, »wir werden es merken, so oder so.«
»Selbst wenn er es schafft ...«, murmelte Timo. »Können sie überhaupt rechtzeitig hier sein? Der Weg ist weit.«
»Du kennst die Elbenpferde nicht«, antwortete Charriu. »Sie sind schnell wie der Wind. Sie werden rechtzeitig hier sein.« Aus seiner Stimme klang mehr Hoffnung als Überzeugung.
»Wenn wir es bis zum Pass hinauf schaffen, haben wir eine Chance«, fuhr Charriu fort. »Er ist so schmal, dass sie nicht an uns vorbeikönnen.« Er nickte, als müsse er seine eigenen Worte bestätigen, trat unruhig auf der Stelle hin und her

und fingerte an der Halteschlaufe seines Schildes herum. Timo musterte die Waffen mit unübersehbarem Widerwillen.

»Hast du eigentlich überhaupt keine Angst?«, fragte er plötzlich.

Charriu sah auf, schüttelte den Kopf und lächelte verlegen. »Doch«, sagte er. »Aber nicht vor dem Kampf. Wir wissen uns zu wehren. Aber ich habe Angst, dass Hun Came mit seinen finsteren Plänen Erfolg haben könnte und eines Tages die ganze Welt so aussieht wie Muuren Shant.«

Timo nickte betrübt. Das Bild der Stadt tauchte wieder vor seinen Augen auf und er verstand, was Charriu meinte. Muuren Shant war niemals eine schöne Stadt gewesen, aber er hatte sie sich auch nicht so öde vorgestellt, wie er sie bei seinem letzten Besuch kennen gelernt hatte. Es war ihm damals nur flüchtig aufgefallen, aber jetzt, in der Erinnerung, spürte er die Kälte und die Dunkelheit deutlich, die sich in ihren Mauern eingenistet hatte. Die Menschen dort lachten nicht wie Dergon und seine Familie. Muuren Shant war eine Stadt, die von Furcht beherrscht wurde. Und wenn sich Annwns Macht weiter ausbreitete, dann würde es bald überall so aussehen. Der Wald von Orden war Warnung genug.

Charriu seufzte, schlug die Plane vollends beiseite und trat auf den Kutschbock hinaus. Mit einem geschmeidigen Satz sprang er zu Boden, lief ein paar Schritte neben dem Wagen her und winkte Timo ihm zu folgen. Auch aus den anderen Wagen sprangen Männer und liefen neben ihnen her. Alle waren wie Dergon und seine Familie mit Schwertern und kleinen, runden Schilden bewaffnet. Timo konnte eine gewisse Bewunderung nicht unterdrücken: aus den harmlosen Schaustellern war praktisch von einem Moment auf den anderen eine bis an die Zähne bewaffnete Armee geworden. Charriu hatte vollkommen Recht – Hun Came

würde eine unangenehme Überraschung erleben, wenn er glaubte, es mit ein paar harmlosen Possenreißern zu tun zu haben.
Und trotzdem würde es ihnen nichts nützen. Wenn Came zurückkam, dann mit einer zehnfachen Übermacht.
Die Nacht schritt voran und der Weg begann sanft, aber stetig anzusteigen. Trotzdem kamen die Berge nicht sichtbar näher, auch nicht, als Mitternacht vorbei war.
Timo hielt sich die ganze Zeit dicht bei Charriu und dessen Eltern. Dergon hatte ihm seine Schleuder zurückgegeben und er versuchte sich wenigstens einzureden, dass ihm die Waffe ein Gefühl der Sicherheit gab.
Stunde um Stunde schritten sie schweigend dahin und mühten sich den immer steiler ansteigenden Pfad hinauf. Die Wagen wurden langsamer; auch die Kraft der gewaltigen Ochsen reichte nicht aus, sie mit derselben Geschwindigkeit wie in der Ebene die Steigung hinaufzuziehen. Nach und nach sprangen alle Mitglieder der Schaustellertruppe von den Wagen, um die Tiere wenigstens ein wenig zu entlasten. Die Straße war jetzt so schmal, dass die Ochsen ohnehin nur noch geradeaus gehen konnten, und die Tiere schienen ihren Weg auch von selbst zu finden.
»Wie weit ist es noch bis zu diesem Pass?«, fragte Timo nach einer Weile. Seine Füße brannten und sein Rücken schmerzte, als würde er jeden Moment entzweibrechen. Er war noch lange nicht wieder im Vollbesitz seiner Kräfte.
»Nicht mehr weit«, antwortete Charriu nach kurzem Überlegen. »Eine Stunde, vielleicht anderthalb. Aber wir werden es nicht schaffen.«
Timo erschrak. »Wieso?«
»Weil sie bereits hinter uns sind«, antwortete Charriu. »Ich höre sie schon seit einer Weile.«
Timo fuhr zusammen, drehte sich um und starrte in die Dunkelheit zurück. Der Weg verschwand nach wenigen

Schritten im samtigen Schwarz der Nacht, und sosehr er sich auch anstrengte, er konnte weder etwas sehen noch irgendein Geräusch wahrnehmen.

»Ich höre nichts«, sagte er. »Bist du sicher?«

Charriu grinste spöttisch. »Und ob ich sicher bin – frag meinen Vater, wenn du mir nicht glaubst. Sie sind knapp hinter uns.« Seine Hand legte sich um den Schwertgriff. »Lass sie nur kommen«, fügte er trotzig hinzu. »Vielleicht besiegen sie uns, aber ich verspreche dir, dass Hun Came noch lange an diesen Tag denken wird.«

Timo wollte etwas sagen, aber ihm wurde klar, dass jedes weitere Wort überflüssig wäre, und so schwieg er.

Die Knechte trieben die Zugtiere zu schnellerer Gangart an, aber die Wagen schienen trotzdem kaum mehr von der Stelle zu kommen. Timo sah sich verzweifelt nach einem Versteck oder wenigstens einer Deckung um, aber es gab nichts – der Weg wurde an beiden Seiten von steilen, fast mannshoch aufragenden Felswänden begrenzt, in denen nicht einmal eine Maus Unterschlupf gefunden hätte. Und der Weg setzte sich auf diese Weise fort, so weit er sehen konnte.

Sie gingen in verbissenem Schweigen weiter und nach einer Weile hörte auch Timo das Geräusch, das die Gaukler schon vor langer Zeit wahrgenommen haben mussten: ein dumpfes, langsam näher kommendes Grollen und Hämmern, ein ferner Donner, der eher zu spüren als wirklich zu hören war. Es war der Klang von Pferdehufen, unzähligen, beschlagenen Pferdehufen, die hinter ihnen herangeprescht kamen.

Schließlich ließ Dergon anhalten und winkte ihn und Charriu zu sich heran. »Ihr bleibt hier«, sagte er scharf. »Hinter mir und den anderen. Wir werden den Weg sperren.« Er trat zur Seite, rief ein paar Worte in seiner Muttersprache und hob die Hand. Einer der Karren rollte knarrend an den

Wegrand, so dicht an die Felsen heran, dass sich das Holz quietschend am Stein rieb. Die Knechte versuchten den zweiten Wagen daneben zu schieben, um so eine vorläufige Barrikade zu errichten, aber der Weg war zu schmal. Obwohl sich die Ochsen mit der ganzen Kraft ihrer Muskeln ins Zeug legten, verkeilten sich die beiden Wagen. Die Tiere gerieten in Panik und rissen mit aller Gewalt am Zaumzeug – mit dem Ergebnis, dass die Wagen jetzt weder vor noch zurück konnten.

Dergon runzelte ärgerlich die Stirn, sagte aber nichts. Immerhin war dies eine Barrikade – wenn auch eine, die einem ernst gemeinten Angriff kaum länger als ein paar Augenblicke standhalten würde. Schweigend nahm er seinen Bogen von der Schulter, legte einen Pfeil auf die Sehne und nahm so Aufstellung, dass er freies Schussfeld hatte, selbst jedoch kaum gesehen werden konnte. Auch Timo wollte seinen Platz in der Reihe der Verteidiger einnehmen, aber Charriu hielt ihn unsanft zurück.

»Was soll das?«, fragte Timo unwirsch. »Immerhin ist es meine Schuld, dass …«

»Unsinn«, unterbrach ihn Charriu. »Hun Came sucht schon lange einen Vorwand, uns unschädlich zu machen, und jetzt hat er ihn gefunden. Wir sind freie Leute, fahrendes Volk, das niemandem gehorcht und tut und lässt, was es will. Männern wie Hun Came waren wir schon immer ein Dorn im Auge.« Er zog sein Schwert aus der Scheide, wich so weit in die Dunkelheit zurück, bis er von der Wagensperre aus nicht mehr gesehen werden konnte, und winkte Timo mit einer Kopfbewegung, ihm zu folgen.

Mit angehaltenem Atem warteten sie. Das Donnergrollen kam näher und bald konnten sie auch das Wiehern von Pferden, undeutliche Befehle und das helle Klirren von Metall hören. Der Boden unter ihren Füßen begann unter dem Trommelwirbel der Hufe zu beben.

Und dann tauchten die ersten Reiter aus der Dunkelheit auf. Es waren fünf hoch gewachsene, kräftige Männer in den blau-roten Umhängen der Stadtgarde von Muuren Shant und in ihrer Mitte, wie ein schwarzer Rachegott, der sie anführte, Hun Came. Nebeneinander kamen sie herangeprescht, so dicht, dass sich die Leiber ihrer Tiere fast berührten. Die wirbelnden Pferdehufe schlugen Funken aus dem felsigen Boden. Hinter ihnen tauchte eine zweite Reihe Bewaffneter auf, dann eine dritte, vierte, schließlich eine fünfte. Hun Came hatte fast fünfzig Mann aufgeboten, um Dergon und die drei Helder, die er bei ihm glaubte, in seine Gewalt zu bekommen.
Dergon wartete, bis die Reiter auf kaum zwanzig Meter herangekommen waren, richtete sich plötzlich hinter seiner Deckung auf und spannte den Bogen.
»Halt, Came!«, rief er. Seine Stimme scholl weit durch die Nacht und hatte plötzlich einen befehlenden Ton, den Timo noch nie vernommen hatte. »Noch einen Schritt weiter und ich schieße dich aus dem Sattel!«
Hun Came riss erschrocken an den Zügeln seines Pferdes. Das Tier wieherte, scheute und schlug mit den Vorderhufen aus. Auch die Reiter rechts und links von ihm versuchten ihre Pferde zu zügeln, zwei von ihnen verloren dabei das Gleichgewicht und stürzten zu Boden. Einige Soldaten prallten im vollen Galopp von hinten gegen sie und der geordnete Heereszug verwandelte sich in ein unbeschreibliches Durcheinander. Pferde bäumten sich auf und schlugen aus, Reiter stürzten aus dem Sattel.
Hun Came starrte Dergon hasserfüllt an. Sein Pferd scheute noch immer und er hatte alle Mühe, es wenigstens so weit zu zügeln, dass er im Sattel bleiben konnte.
»Nimm den Bogen herunter!«, zischte er. »Ich sage es dir nur einmal, Possenreißer. Du verwirkst dein Leben, wenn du nicht gehorchst!«

Dergon zuckte mit gespieltem Gleichmut die Schultern. Die Spitze seines Pfeiles zeigte noch immer auf Hun Cames Brust. Auf die kurze Entfernung würde nicht einmal der schwere Brustharnisch Schutz vor dem Geschoss bieten. In den Augen des Statthalters blitzte es auf. Sein Visier war hochgeklappt und doch erschien Timo das Gesicht darunter dunkel, als hätte das Gift der Gormschuppen, mit denen er seine Rüstung gepanzert hatte, nicht nur seine Seele schwarz werden lassen. »Du Narr!«, sagte Hun Came. Seine Stimme zitterte vor Wut. »Wie lange glaubst du, kannst du uns widerstehen? Ich habe fünfzig Reiter bei mir und ...«
»Und du wirst der Erste sein, der stirbt«, fiel ihm Dergon ruhig ins Wort. »Ich frage dich noch einmal – was willst du von uns? Wir sind friedliche Menschen, die keinen Streit mit euch wollen.«
Came lachte böse. »Gib den Weg frei, Possenreißer, und ich zeige es dir. Wir wollen die drei Helder, nicht euch. Gebt sie heraus und wir lassen euch gehen. Ich gebe dir mein Wort darauf.«
»Dein Wort!«, lachte Dergon. »Was ist das Wort eines Mannes wert, der seine Seele an Ahriman verkauft hat? Die Helder sind nicht bei uns. Ich habe dir erlaubt, unsere Wagen zu durchsuchen, aber auch meine Geduld hat Grenzen. Geh, Hun Came, ehe ein Unglück geschieht!«
Came zögerte. Die Übermacht seiner Leute war erdrückend – aber Dergon hatte keinen Zweifel daran gelassen, dass ihn der erste Pfeil treffen würde.
»Gib die Helder heraus«, sagte er noch einmal. »Ich befehle es dir!«
»Du hast hier nichts zu befehlen«, entgegnete Dergon kühl. »Dieses Land gehört den Elben, Hun Came. Sie haben hier zu bestimmen, nicht du.«
Came lachte abfällig. »Die Elben sind weit«, sagte er. »Wenn

du auf ihre Hilfe zählst, begehst du einen Fehler. Ich gebe dir eine Minute, dich zu entscheiden. Gib die Helder heraus oder ihr werdet alle sterben!«

Timo lief los. Er stieß Charriu zurück, huschte zwischen den Männern und den Wagen hindurch und war mit ein paar Schritten neben Dergon angelangt.

Einen Augenblick lang zeigte sich Überraschung auf Hun Cames Zügen, als er ihn neben dem Gaukler auftauchen sah. Aber dann schlug der Ausdruck in Hass um, einen so abgrundtiefen Hass, dass Timo unwillkürlich näher zu Dergon trat.

»Also doch«, sagte Came. »Ich wusste, dass sie bei euch sind. Du hast gelogen, Possenreißer!«

»Er hat nicht gelogen«, sagte Timo hastig. Obwohl die Furcht ihn fast überwältigte, trat er vor und versuchte Cames Blick standzuhalten. »Ich bin erst vor wenigen Stunden zu ihnen gestoßen. Aber du kannst mich haben, Hun Came.« Dergon fuhr zusammen und auch Came sah verblüfft drein, aber Timo sprach so schnell weiter, dass keiner von beiden Zeit fand, etwas zu sagen. »Ich komme freiwillig mit, wenn du Dergon und seine Familie in Frieden abziehen lässt, Hun Came.«

Dergon riss ihn grob zurück. »Bist du wahnsinnig geworden?«, fragte er leise.

»Nein«, gab Timo ebenso leise zurück. »Ich möchte nur nicht, dass ihr meinetwegen zu leiden habt.«

»Wo sind die anderen?«, fragte Hun Came, der sich wieder in der Gewalt hatte. »Es waren drei.«

»Ich bin allein, Hun Came«, sagte Timo. Sein Herz klopfte, als wollte es jeden Moment zerspringen, aber er fuhr trotzdem laut und deutlich fort. »Meine Eltern sind nicht bei mir. Wir sind allein, ich und der Hund. Wenn du Dergon ziehen lässt, dann komme ich freiwillig mit dir. Ich werde mich nicht wehren.«

Hun Came lächelte verächtlich. »Du Narr«, sagte er kalt. »Warum sollte ich um etwas handeln, das ich bereits habe? Du wirst mich begleiten, aber zu meinen Bedingungen. Du und die beiden anderen.«
»Meine Eltern sind nicht hier«, wiederholte Timo verzweifelt. »Aber ich ... ich sage dir, wo sie sind, wenn du die Gaukler gehen lässt.«
In Cames Augen erschien ein misstrauischer Ausdruck. »Du würdest deine Eltern verraten, um diese Possenreißer zu retten?«, fragte er lauernd.
Timo biss sich auf die Lippen. Seine letzten Worte waren ein Fehler gewesen, aber es war zu spät, sie rückgängig zu machen. »Ich werde dich begleiten«, sagte er, ohne Cames Frage zu beantworten. »Lass die Schausteller ziehen und ich gebe mich freiwillig in deine Gewalt.«
Came lachte böse. »Ich werde dir sagen, was ich tue«, sagte er. »Ich ...«
Ein Pfeil zischte von der Felsbrüstung herunter und bohrte sich knapp vor seinem Pferd in den Boden. Hun Came schrie auf, als sein Tier mit einem ängstlichen Wiehern zurückwich und zu bocken begann. Diesmal konnte er sich nicht mehr im Sattel halten. Er stürzte schwer zu Boden und blieb einen Augenblick lang benommen liegen.
Als er sich aufrichtete, jagte ein zweiter Pfeil heran und zersplitterte neben seiner Schulter auf dem Felsen. Came wich mit einem halb erschrockenen, halb wütenden Knurren zurück, sprang auf die Füße und sah nach oben.
Auf dem Felsen war ein breitschultriger, hell gekleideter Krieger aufgetaucht. In seinen Händen lag ein mächtiger Langbogen und der Pfeil auf seiner Sehne deutete direkt auf Hun Came herunter.
»Du hättest das Angebot des Helders annehmen sollen, Hun Came«, sagte der Mann ruhig. Seine Stimme hatte einen seltsamen, hellen Klang, der weit zu hören war, ob-

wohl der Mann nicht sehr laut sprach. »Es hätte dir große Vorteile gebracht. Jetzt sieht es so aus, als würdest du mit leeren Händen nach Hause reiten.«

»Wer bist du, dass du dich hier einmischt?«, fragte Came wütend. »Verschwinde oder ich lasse dich wie einen tollen Hund abschießen.«

Der Fremde lachte, entspannte vorsichtig seinen Bogen und hob die frei gewordene Hand. Rechts und links von ihm erschienen weitere Krieger, auch sie waren hell gekleidet und mit dünnen, überlangen Bogen bewaffnet, die sie jetzt drohend auf Came und seine Männer richteten. Ein erschrockenes Raunen ging durch die Reihen der Soldaten, und als Timo den Blick zum gegenüberliegenden Rand der Felsschlucht wandte, sah er, dass auch hier eine stattliche Anzahl der hellen Bogenschützen aufgetaucht war.

»Nun, Hun Came?«, fragte der Krieger gelassen. »Möchtest du mich noch immer wie einen tollen Hund erschießen lassen? Ich glaube, es wäre besser, wenn du den Frieden dieses Landes nicht weiter stören und abziehen würdest.« Came gab wieder ein wütendes Knurren von sich. »Das wirst du bereuen, Elbenhund«, sagte er drohend. »Niemand demütigt mich ungestraft. Auch du nicht. Ich werde mir dein Gesicht merken.«

»Elben?«, fragte Timo ungläubig. »Sind das wirklich … Elben?«

Dergon nickte hastig und gebot ihm mit einer Geste zu schweigen.

»Normalerweise bricht auch niemand ungestraft den Frieden unseres Landes«, gab der Elbenkrieger ruhig zurück. »Du hast Glück, Hun Came, dass bisher niemand verletzt wurde. Wäre auch nur ein Tropfen Blut vergossen worden, dann hättest weder du noch einer deiner Männer eure Heimat wieder gesehen. Und jetzt geh, Hun Came. Auch meine Geduld hat Grenzen!«

Seine Männer hoben drohend die Bogen und Timo sah, wie Cames Soldaten sich erschrocken duckten. Sie hatten geglaubt, mit den Gauklern ein leichtes Spiel zu haben, nun saßen sie in derselben Falle. Obwohl sie den Elben zahlenmäßig weit überlegen waren, konnten diese sie mit zwei oder drei Pfeilsalven besiegen. Und Elbenpfeile, das wusste jeder, verfehlten niemals ihr Ziel.
Hun Came ballte in hilflosem Zorn die Fäuste. »Gut«, sagte er dumpf. »Ich gehe.« Er hinkte langsam zu seinem Pferd und stieg mühsam in den Sattel. Offensichtlich hatte er sich bei seinem Sturz verletzt und das steigerte seinen Zorn natürlich. Er zwang sein Pferd brutal herum, wandte den Kopf und starrte zu den Elbenkriegern hinauf. »Aber ich werde wiederkommen, Elbenhund«, sagte er drohend. »Niemand hat es je gewagt, mich so zu demütigen. Denk an meine Worte, wenn wir uns wieder sehen. Auch die Mauern der Hohen Feste sind nicht unbezwingbar!«

Auch nachdem Hun Came mit seinen Männern abgezogen war und das Raunen der Nacht den Hufschlag ihrer Pferde längst verschluckt hatte, blieben die Elben auf ihren Posten, die Bogen zwar nicht mehr gespannt, aber abwehrbereit in den Händen. Nur der hoch gewachsene Krieger, der zuerst erschienen war, legte seine Waffe zu Boden und sprang mit einem eleganten Satz zu ihnen herab. Dergon eilte auf ihn zu und umarmte ihn. Der Elb sagte etwas in einer Sprache, die Timo nicht verstand, und Dergon antwortete und deutete dann auf ihn.
»Die Höflichkeit gebietet uns in einer Sprache zu reden, die auch Helder verstehen«, sagte er. »Er soll nicht glauben, dass wir Geheimnisse vor unseren Freunden haben, Larian.«
»Natürlich«, antwortete der Elb. Er lächelte, trat auf Timo zu und ließ sich in die Hocke sinken, sodass sich ihre

Gesichter auf gleicher Höhe befanden. Es war eine Geste, als würde er mit einem Kind sprechen, und bei jedem anderen hätte Timo sie übel genommen, aber er spürte, dass Larian es nicht so meinte. Eine Weile musterte ihn der Elb stumm und Timo erwiderte seinen Blick offen und mit unverhohlener Neugier, aber auch Bewunderung. Er blickte in ein Paar dunkle, große Augen, deren weiser Ausdruck nicht so recht zu dem jugendlichen Aussehen passen wollte. Und genau wie bei der Elfe hatte er auch jetzt das Gefühl, dass diese Augen bis auf den Grund seiner Seele zu blicken vermochten. Alles an Larian war hell – seine Kleider, sein Haar, der breite Gürtel, mit dem seine Bluse zusammengehalten wurde, selbst seine Reitstiefel und die schlanken Pfeile in seinem Köcher. Und so, wie er zuvor bei Hun Came die Aura des Finsteren wie einen unsichtbaren Hauch gespürt hatte, fühlte er die Ruhe und Friedfertigkeit, die der Elbenkrieger ausstrahlte. Selbst die Waffen, die er trug, erschienen ihm nicht so abschreckend wie die, mit denen Dergon und seine Leute ausgestattet waren – obwohl er genau wusste, dass dies ein Widerspruch war.
Nach einer Weile erhob sich Larian und wandte sich wieder an Dergon. »Wir hörten von drei Heldern, die auf dem Weg zu uns sind«, sagte er. »Wo sind die beiden anderen?« Dergon sah mit einem Male beinahe schuldbewusst drein. Er warf Timo einen raschen Blick zu und wollte antworten, aber der junge Helder kam ihm zuvor.
»Wir sind unterwegs auf Gorme gestoßen«, sagte er. »Mein Vater hat mit ihnen gekämpft und wir wurden getrennt. Ich … weiß nicht, wo sie sind. Als ich aus meiner Ohnmacht erwachte, war ich allein.«
Larians Gesicht nahm einen besorgten Ausdruck an. »Gorme?«, murmelte er. »So nahe bei der Hohen Feste?« Er wandte sich mit einem fragenden Blick an Dergon und der Gaukler nickte.

»Es kommt noch schlimmer«, fügte er hinzu. »Die Helder waren nicht allein. Es war eine Elfe bei ihnen, als sie auf Ahrimans Kreaturen stießen. Ihr Name war Gaia.«

Der Elbenkrieger wurde blass. »Gaia?«, fragte er entsetzt. »Bist du sicher?«

»Das war der Name, den sie uns genannt hat«, sagte Timo. »Sie ist verschwunden wie meine Eltern. Ich fürchte, die Gorme haben auch sie ... getötet.« Jetzt war das Wort heraus. Es war ihm schwer gefallen, es auszusprechen, aber seltsamerweise fühlte er sich hinterher fast erleichtert.

»Gaia«, murmelte Larian noch einmal. »Wenn Ahriman sie in seiner Gewalt hat, dann sieht es schlimm aus. Aber ich glaube nicht, dass sie tot sind, Timo. Der König der Helder und die Herrin aller Elfen sind lebendig tausendmal mehr wert als tot, auch für Ahriman.«

»Ihr ... kennt meinen Namen?«, fragte Timo erstaunt. »Und den meines Vaters?«

Larian nickte ernst. »Es gibt nicht viel, was wir nicht wissen«, sagte er geheimnisvoll. »Wir wussten, dass ihr auf dem Weg zu uns wart, kaum dass ihr Muuren Shant verlassen hattet, und wir kannten auch den Grund, Helderprinz.« Er schüttelte den Kopf. »Hätte sich dein Vater Dergon anvertraut, als er ihn in der Stadt traf, dann wäre euch vieles erspart geblieben«, sagte er. Der Vorwurf in seiner Stimme war nicht zu überhören, aber bevor Timo darauf antworten konnte, hatte sich Larian umgewandt und sprach wieder mit Dergon.

»Wenn wirklich Gorme und Daewas in der Nähe sind, dann sollten wir uns beeilen, von hier wegzukommen«, sagte er. »Wir können euch vor Cames Reitern schützen, aber vor Ahrimans Kreaturen sind wir nur hinter den Mauern der Hohen Feste sicher.«

»Ich glaube kaum, dass sie noch in der Nähe sind«, antwortete Dergon. »Wäre es so, hätte Hun Came sie gleich mitgebracht. Er gibt sich nicht viel Mühe, seine Verbindung zum Dunklen Reich zu verbergen. Hast du seine Rüstung gesehen?«

»Ich habe sie gespürt«, antwortete Larian betont, »lange bevor ich ihn sah. Ahrimans Hauch eilt ihm weit voraus, Bruder. Und ich möchte kein Risiko eingehen. Wir haben genug Pferde mitgebracht – wenn wir scharf reiten, sind wir bei Sonnenaufgang in der Hohen Feste.«

Dergon zögerte noch immer. »Und die Wagen?«, fragte er. »Came wird sie zerstören, wenn er zurückkommt.«

Der Elbenkrieger machte eine unwillige Handbewegung. »Darum kann sich Andor kümmern«, sagte er. »Zuerst einmal müssen wir euch in Sicherheit bringen. Wir sind ohnehin im letzten Augenblick gekommen und man soll das Glück nicht herausfordern, wie du weißt. Oder willst du dein Leben und das deiner Familie wegen ein paar Wagen und ein paar Kisten voller Kleider aufs Spiel setzen?«

Dergon antwortete nicht, aber es war ihm anzusehen, wie schwer es ihm fiel, sein gesamtes Hab und Gut zurückzulassen.

Larian klatschte in die Hände, rief den Männern oben auf den Felsen ein paar Worte zu und deutete mit einer Kopfbewegung nach Westen. »Kommt«, sagte er. »Zum Reden ist Zeit genug, wenn wir unterwegs sind.« Er machte einen Schritt, blieb noch einmal stehen und sah Timo fragend an. »Bist du schon einmal geritten?«

»Auf einem Pferd?« Timo schüttelte den Kopf »Nein. Nur auf den Hunden. Aber ich werde es schon schaffen«, fügte er mit einem halbherzigen Lächeln hinzu. Es fiel ihm schwer, überhaupt zu reden. Der Schreck saß ihm noch immer in den Knochen und die Gegenwart des Elbenkriegers verursachte ihm Unbehagen.

»Dann war es dein Hund, der uns die Nachricht brachte?«, fragte Larian.

Timo nickte. »Ja. Wo ... wo ist er?«
»In der Hohen Feste. Er war vollkommen erschöpft, als er bei uns ankam. Aber unser Stallmeister kümmert sich um ihn, keine Sorge«, fügte er beruhigend hinzu, als Timo ihn besorgt ansah. »Jetzt, wo ich weiß, wie weit er gelaufen ist, verstehe ich seinen Zustand. Er muss gerannt sein wie ein Pferd.«
»Schneller«, entfuhr es Timo. Er hatte keine Ahnung, ob das stimmte – genau genommen wusste er nicht einmal, wie schnell und ausdauernd ein Pferd überhaupt laufen konnte, ob mit oder ohne Reiter. Aber der Gedanke, dass es irgendein Wesen geben sollte, das schneller und zäher als ein Spurhund war, erschien ihm einfach unvorstellbar.
Larian lächelte. »Jedenfalls hat euch das treue Tier das Leben gerettet«, sagte er. »Wir sind sofort aufgebrochen, als wir Dergons Nachricht an seinem Halsband fanden. Und wie sich gezeigt hat, war unsere Eile nicht umsonst.« Er blickte in die Richtung zurück, in der Came mit seinen Reitern verschwunden war, wandte sich dann aber ohne ein weiteres Wort um und lief mit ein paar langen Schritten den Weg hinauf. Timo, Dergon und Charriu folgten ihm, während Grohgen und die Knechte noch zurückblieben um die Ochsen auszuspannen. Die Tiere würden ihren Weg auch allein finden und Hun Came sollte seine Wut nicht an ihnen auslassen können.
Die Pferde warteten eine gute Viertelmeile bergauf auf sie. Der Weg verbreiterte sich an dieser Stelle zu einem ovalen, von hohen Felswänden eingefassten Talkessel und lief auf der anderen Seite, wieder schmaler werdend, steil den Berg hinauf. Auf halber Höhe zeichnete sich eine dunkle, schnurgerade Linie von dem Grau des Berges ab. Das musste der Pass sein, von dem Charriu gesprochen hatte.
Auf einen knappen Befehl Larians eilten zwei der Elbenkrieger zu den Pferden hinüber, banden sie los und führten

sie heran. Dergon und Charriu schwangen sich ohne ein weiteres Wort in den Sattel, während Timo eine Sekunde lang zögerte. Er hatte keine Furcht vor dem Pferd, aber es war doch ein Unterschied, auf den Rücken eines Hundes oder dieses gewaltigen, schneeweißen Hengstes zu steigen. Das Tier betrachtete ihn misstrauisch aus seinen riesigen, dunklen Augen. Offenbar hatte es noch niemals ein Wesen wie ihn gesehen und empfand mindestens ebenso viel Unbehagen bei seinem Anblick, wie es umgekehrt der Fall war. Larian, der sein Zögern bemerkte und wohl falsch deutete, kam rasch herbei und wollte ihm in den Steigbügel helfen, aber Timo wehrte hastig ab und kletterte unbeholfen, aber doch aus eigener Kraft in den Sattel. Das Tier scheute im ersten Moment, aber ein beruhigendes Wort Larians brachte es augenblicklich zur Ruhe.

Es war nicht einmal schwer, sich auf seinem Rücken zu halten, fand Timo. Der Sattel war wie das gesamte Geschirr aus hellem, wunderbar weichem Leder gearbeitet und das Tier stand so still, als wisse es ganz genau, dass es einen unerfahrenen Reiter tragen musste. Timo sah auf und begegnete Charrius spöttischem Lächeln. Hastig senkte er den Blick.

Nach und nach trafen auch die anderen Elbenkrieger bei ihnen ein und für einen Moment ließ ihr Anblick Timo selbst seine Furcht vor Hun Came und den Gormen vergessen. Es war ein fantastisches Bild! Obwohl sie mehr als zwei Dutzend zählten, wie er jetzt feststellte, verursachten sie kaum ein Geräusch, während sie die Felsen herabstiegen und zu ihren Pferden gingen. Sie eilten wie helle, lautlose Schatten durch die Nacht. Ihre Bewegungen waren nicht plump wie die der Menschen, sondern geschmeidig und sacht und doch schnell. Kaum einer von ihnen war kleiner als Larian oder Dergon und sie alle waren in helle Gewänder gehüllt. Auch ihr Haar war hell und in ihren Gesichtern entdeckte Timo den gleichen edlen Zug wie in dem Larians. Und sie schienen sich alle irgendwie ähnlich zu sein, nicht wie Brüder, aber doch wie Angehörige einer einzigen Familie.

Timo schalt sich bei dem Gedanken selbst einen Narren. Obwohl sie kaum einen Tag in Muuren Shant gewesen waren, schien der Aufenthalt unter den Menschen bereits seinen Blick für die Realität verschleiert zu haben. Natürlich ähnelten sie sich – sie waren keine Menschen, trotz ihrer Ähnlichkeit mit ihnen, sondern ein Volk, das viel älter als jene war, ja vielleicht sogar älter als die Helder. Und wenn eine Verwandtschaft vorhanden war, dann viel eher mit den Elfen als mit den Menschen. Und vermutlich waren sie nicht sehr stolz auf ihre Ähnlichkeit mit den Bewohnern der Städte unten im Tal.

Larian und Dergon setzten sich an die Spitze der kleinen Kolonne, während Timo und Charriu von zwei freundlich dreinblickenden Elben in die Mitte genommen wurden. Schließlich erschienen auch Grohgen und die Knechte und bestiegen die Pferde, die für sie bereitgehalten worden waren, und sie ritten los.

Die Hohe Feste

Als der Morgen graute, erreichten sie den Gipfel des Berges und die Hohe Feste. Die ganze Nacht hindurch waren sie im Galopp geritten, ohne auch nur ein einziges Mal anzuhalten, und selbst die prächtigen Elbenpferde waren jetzt sichtlich erschöpft. Ihre Haut glänzte vor Schweiß und ihr Atem ging mühsam und keuchend. Die Wolken, die seit den späten Abendstunden über den Himmel getrieben waren, bildeten gegen Morgen eine dichte Decke, sodass es kurz vor Einbruch der Dämmerung noch einmal dunkler wurde. Obwohl einer der Elbenkrieger ihm einen warmen Fellumhang gegeben hatte, fror Timo so erbärmlich, dass er beinahe mit den Zähnen klapperte. Sie waren jetzt sehr hoch ins Gebirge vorgestoßen und die Kälte erinnerte ihn wieder daran, dass der Winter bereits im Kommen gewesen war, als er und seine Eltern die heimatlichen Berge verlassen hatten. Doch mit einem Mal brach die Sonne durch die Wolken und schon ihre ersten Strahlen vertrieben Düsternis und Kälte.

Über ihnen lag die Hohe Feste.

Timo hatte Wunderbares erwartet, aber die Wirklichkeit übertraf seine kühnsten Vorstellungen. Was er vom Tal aus für die schneebedeckte Spitze des Berges gehalten hatte, war in Wahrheit der weiße Marmor der Mauern, die senkrecht emporstiegen, und Timo musste den Kopf in den Nacken legen um sehen zu können, wie sie in einem mächtigen, zinnengekrönten Wehrgang endeten, dessen Eckpunkte von acht riesigen Türmen markiert wurden.

Hinter den Zinnen dieser Wehrmauer erhob sich ein noch mächtigeres schlossähnliches Innengebäude, selbst wieder eine Festung und ebenfalls aus weißem, makellosem Stein erbaut. Timo begriff erst richtig, wie gewaltig die Hohe Feste war, als sie allmählich näher kamen und er die winzigen, hell gekleideten Gestalten der Wächter zwischen den Zinnen erkannte – Männer, die von hier unten aus betrachtet kaum größer als sein Fingernagel schienen. Die Hohe Feste war selbst ein Berg, der auf dem Gipfel eines anderen thronte, ein ungeheurer, weißer Edelstein, der im Licht der aufgehenden Sonne funkelte.
Die Pferde witterten die Nähe der Ställe und boten ihre letzten Kräfte auf. Nach kurzer Zeit sprengten sie in gestrecktem Galopp durch das riesige Haupttor in einen weiten, mit weißen und silbernen Mosaikfliesen gepflasterten Innenhof. Von den Mauern erscholl ein schmetterndes Posaunensignal und Timos Pferd fiel in Trab zurück und blieb schließlich stehen. Die Elbenkrieger sprangen sofort aus dem Sattel, aber Larian wendete sein Tier noch einmal und kam zu Timo zurückgeritten. Die Pferdehufe erzeugten einen seltsamen, hallenden Ton auf den Fliesen – es klang beinahe wie Musik.
»Wir sind da, Helderprinz«, sagte Larian. »Hier, in der Hohen Feste, bist du in Sicherheit.«
Timo schwieg. Er fand Larians Bemerkung überflüssig, aber er hatte in der vergangenen Nacht auch bemerkt, dass die Elben keine unnötigen Worte machten. Larian musste also etwas Besonderes mit seinen Worten bezwecken.
»Du wirst müde sein«, fuhr er fort. »Wenn du willst, dann zeige ich dir deine Unterkunft, damit du dich ausschlafen kannst.«
»So schlimm ist es gar nicht«, antwortete Timo.
Das war glatt gelogen – er war so müde, dass er Mühe hatte, sich noch im Sattel zu halten. Aber er wollte dem

Elben eine Brücke bauen, um es ihm leichter zu machen. »Ich glaube, ich bin viel zu aufgeregt, um gleich einschlafen zu können«, fügte er hinzu.

Larian lächelte dankbar. Er war nun einmal ein Mann, dem man nichts vormachen konnte. »Ich habe nachgedacht«, sagte er. »Über das, was du mir von Gaia erzählt hast. Ich glaube, es wäre gut, wenn du es auch den anderen sagen würdest. Und zwar gleich.«

»Den anderen?«, fragte Timo. »Wen meint Ihr?«

»Dem Rat der Elbenfürsten«, sagte Larian. »Ich gehöre ihm an, aber ich halte es für besser, wenn du selbst berichtest, was du erlebt hast. Es wird nicht lange dauern – du kannst dich umkleiden und etwas essen, während ich die anderen zusammenrufe.«

Timo nickte, obwohl ihm die Vorstellung, jetzt vielleicht noch stundenlang reden und die Geschichte, die er bereits Charriu und Dergon erzählt hatte, noch einmal Wort für Wort wiederholen zu müssen, alles andere als angenehm war. Aber welche Rolle spielten schon ein paar Stunden weniger Schlaf, wenn es sich um das Schicksal der ganzen Welt handelte?

Larian nickte erfreut. »Es wird nicht lange dauern«, sagte er, »das verspreche ich dir.« Er sprang aus dem Sattel, trat auf Timo zu und streckte die Arme aus, um ihm beim Absteigen zu helfen. Diesmal war Timo froh darüber.

Seine Knie waren weich, als Larian ihn vorsichtig absetzte, und er zitterte vor Kälte und Erschöpfung. Larian hatte seinen Zustand bemerkt, denn er löste ohne weiteres Wort seinen Umhang, schlug ihn einmal zusammen und legte ihn Timo um die Schultern. Der Mantel war aus dünnem, hellem Stoff gefertigt und Timo spürte ihn kaum, trotzdem breitete sich sogleich wohlige Wärme in ihm aus.

Gemeinsam gingen sie zum Hauptgebäude hinüber. Die Pferde waren von selbst in die Ställe getrabt und auch die

Elbenkrieger hatten sich allmählich verstreut. Timo fiel auf, wie still es war. Der Wind heulte um Erker und Zinnen und sang sein eintöniges Lied, aber sonst war kaum ein Laut zu hören. Er musste plötzlich wieder daran denken, was Dergon gesagt hatte: Es gab nicht mehr viele Elben. Ihre Zeit lief ab, so wie die der Helder und Elfen und all der anderen Wesen dieser Art. Früher einmal musste die Hohe Feste vor Leben übergequollen sein – ihre Mauern hatten sicher Tausenden von Elben Platz geboten, Lachen und Stimmengewirr erfüllte damals die Gänge und Räumlichkeiten, das geschäftige Treiben in den Höfen schien nie zu enden. Tag und Nacht brannten die Fackeln und unaufhörlich kamen Elben auf ihren weißen Pferden geritten, aus fernen Landen angekommen oder zum Aufbruch dorthin bereit. Jetzt war es still, geradezu unheimlich still. Hier und da vernahm Timo Schritte, das einsame Wiehern eines Pferdes, eine ferne Stimme. Aber diese Geräusche wirkten in der gewaltigen weißen Leere wie zufällige Zeichen dafür, dass sich doch Leben in ihr regte.
Larian geleitete ihn durch einen langen, vollkommen leeren Gang zu seiner Kammer. Der Raum war groß, viel zu groß für eine einzelne Person, fand Timo, und das breite Bett und der Tisch mit den Speisen und Getränken, die für ihn vorbereitet waren, wirkten klein und verloren. Durch die offenen Fenster strömte goldenes Sonnenlicht herein und es war sehr warm, obwohl Timo nirgends einen Kamin oder ein Feuer entdecken konnte.
Der Anblick des Bettes ließ ihn seine Müdigkeit doppelt spüren. Er setzte sich auf die Kante, griff nach einer Scheibe kalten Bratens und begann lustlos darauf herumzukauen, während Larian sich nach einem letzten, aufmunternden Nicken entfernte und die Tür hinter sich schloss.
Timo sah sich um. Auch hier war alles weiß – die Farbe des schimmernden Marmors, aus dem die ganze Festung erbaut

war. Es gab keine Schatten und das Licht, das nicht nur durch die Fenster hereinströmte, sondern auch aus dem Boden, der Decke und den Wänden zu sickern schien, ließ den Stein wie durch ein geheimnisvolles Feuer leuchten. Timo überkam ein sonderbares Gefühl von Geborgenheit und Wärme.

Er aß, trank einen Schluck des klaren Wassers und stand wieder auf. Die Elben hatten Kleider für ihn zurechtgelegt – ein helles, bis auf die Knöchel reichendes Gewand, das von einem schmalen Silbergürtel zusammengehalten wurde, Sandalen aus hellem Leder und einen Umhang. Er reinigte sich an der Wasserschüssel in der Ecke, kleidete sich an und trat dann an eines der Fenster.

Der Ausblick war einfach fantastisch. Der Blick reichte von hier weit über die Berge und das Land. Er konnte den Wald sehen und das Grasland, durch das er mit den Gauklern gezogen war, und weit, weit im Osten glitzerte ein schmales blaues Band: der Frostfluss. Wahrscheinlich konnte man von hier aus bei guter Sicht bis Muuren Shant sehen, vielleicht sogar bis zu den Bergen, aus denen er und seine Eltern gekommen waren.

Sein Leben lang hatte er sich gewünscht, hierher zu kommen, die Hohe Feste und die Elben einmal mit eigenen Augen zu sehen, aber jetzt, als ihm dieser Wunsch erfüllt wurde, konnte er sich nicht darüber freuen. Der Preis, den er dafür bezahlt hatte, war zu hoch. Er war aus einem Land des Friedens und der Schönheit gekommen und die Welt der Menschen bedrückte ihn, legte sich wie eine unsichtbare schwere Last auf seine Seele. War dies die Zukunft der Welt?, dachte er schaudernd. Eine Welt voller Kälte und Dunkelheit, eine Welt, in der die Menschen nicht mehr lachen ... Alles, was er erlebt hatte, seit sie die heimatlichen Berge verließen, war traurig und bedrückend gewesen. Die Worte der Elfe hallten wieder durch seinen

Kopf: »Wer an sich glaubt, der wird am Ende auch gewinnen …« Aber was konnte er schon tun? Bis jetzt war er immer nur geflohen – und nicht einmal das hätte er ohne Hilfe der Gaukler und Elben geschafft.
Die Tür wurde geöffnet und leise Schritte kamen näher, aber Timo drehte sich nicht um, sondern blickte weiterhin aus dem Fenster. Trotz der Wärme hier drinnen begann er wieder zu frieren.
Es war Charriu. Der Gauklerjunge trat schweigend neben ihn, legte die Hände auf die Fensterbrüstung und blickte eine Weile wie er wortlos nach Osten, ehe er mit einem Räuspern den Kopf wandte und ihn ansah. »Es ist schön hier, nicht?« fragte er. Seine Worte klangen ein wenig unbeholfen und Timo spürte, dass er aus irgendeinem Grund verlegen war.
»Findest du?«, gab Timo zurück ohne ihn anzusehen.
Charriu nickte. »Du nicht?«
»Mir gefällt es dort, wo ich herkomme, besser«, sagte Timo.
Charriu lächelte. »Das ist ganz normal«, sagte er. »Dort, wo man zu Hause ist, ist es immer am schönsten. Aber auch diese Welt ist schön, Helder, glaube mir. Du darfst nicht von Hun Came auf alle anderen Menschen schließen. Sie sind nicht alle schlecht. Sie sind ein junges Volk, vergiss das nicht, und sie haben das Recht, Fehler zu machen, und …«
Timo fuhr so plötzlich herum, dass Charriu erschrocken abbrach. »Was willst du?«, fragte Timo grob. »Wenn du gekommen bist um mich zu trösten, dann spar dir die Mühe.«
Charriu schwieg einen Moment, lächelte traurig und fuhr dann mit veränderter Stimme fort. »Wie du willst. Ich bin auch nur hier um dich abzuholen. Der Rat der Elbenfürsten ist zusammengetreten. Sie möchten dich sprechen – wenn du dich kräftig genug fühlst.«

Timo schluckte die spitze Bemerkung, die ihm auf der Zunge lag, hinunter und ging ohne ein weiteres Wort an dem Gaukler vorbei zur Tür. Charriu seufzte und holte ihn mit ein paar raschen Schritten ein.

»Was du gestern Abend getan hast, war nicht sonderlich klug«, sagte er, während sie nebeneinander durch den stillen Gang schritten.

»Was meinst du?«

»Dein großzügiges Angebot an Hun Came«, sagte Charriu. Er betonte die Worte ein wenig spöttisch und Timo spürte wieder Zorn in sich aufsteigen. »Er hätte uns nicht geschont«, fuhr Charriu fort. »Im Gegenteil. Wenn Larian nicht gekommen wäre, dann hätte er uns alle getötet. Und ich fürchte, er wird versuchen seine letzten Worte wahr zu machen.«

»Aber wir sind doch hier in Sicherheit?« Timo hatte sich etwas beruhigt und erst jetzt fiel ihm auf, dass Charriu das gleiche Gewand trug wie er – offensichtlich war das die einzige Bekleidung, die die Elben besaßen und die sie auch ihren Gästen zur Verfügung stellten.

»In der Hohen Feste?« Charriu nickte überzeugt. »Natürlich. Aber wir können ihm nicht viel Widerstand entgegenbringen, wenn wir hier drinnen sind, nicht wahr? Außerdem ist Hun Came verschlagen und böse wie kaum ein Zweiter. Er will dich und deine Eltern haben und er wird nicht eher aufgeben, bis er sein Ziel erreicht hat.«

Timo wollte noch eine Frage stellen, aber sie waren in eine hohe, runde Halle gekommen, in der sich eine von zwei Elbenkriegern bewachte Tür befand. Charriu deutete mit einer Kopfbewegung auf sie und gab ihm zu verstehen, dass es besser wäre, jetzt zu schweigen.

Die beiden Wachen traten stumm zur Seite, und als die Jungen näher kamen, schwang die Tür wie von Geisterhand bewegt auf. Sie traten in einen weitläufigen, hohen

Saal, in dessen Mitte sich der Rat der Elbenfürsten um einen mächtigen runden Tisch versammelt hatte.
Timo hatte insgeheim die undeutliche Vorstellung einer Versammlung alter Männer mit weißen Haaren und Bärten gehabt. Aber nur einer der Anwesenden erfüllte diese Erwartung, und wenn sie auch alle unzweifelhaft einen würdevollen Anblick boten, so war Timo im ersten Augenblick doch etwas enttäuscht.
Dann gewahrte er zu seiner Überraschung Dergon zwischen den Elbenfürsten. Er hatte sein buntes Gauklergewand gegen das helle Kleid der Elben getauscht und erwiderte Timos erstaunten Blick mit einem leisen Lächeln. Timo blieb stehen, sah Charriu an und nahm auch in dessen Augen ein spöttisches Funkeln wahr.
»Ihr ... ihr seid keine Menschen«, murmelte er. Charriu nickte.
»Ihr seid Elben«, fuhr Timo fort. »Dein Vater, du und deine Mutter.«
»Ja, sie sind Elben, Helder«, bestätigte Larian. »Sogar Elbenfürsten und ich bin der Elbenkönig. Aber sie konnten es dir nicht sagen, solange du nicht in Sicherheit warst, das musst du verstehen.«
Timo nickte. Natürlich zweifelte er nicht daran, dass Dergon seine Gründe gehabt hatte, ihm ihre wahre Abstammung zu verheimlichen. Trotzdem fühlte er sich ein wenig hintergangen.
»Nimm Platz, Timo«, sagte Larian. Er deutete mit einer einladenden Geste auf einen freien Stuhl zwischen sich und dem bärtigen alten Mann und lächelte aufmunternd, als Timo zögerte. »Du brauchst nicht schüchtern zu sein«, sagte er. »Du bist der Sohn eines Königs und uns gleichgestellt, vergiss das nicht.«
Timo setzte sich gehorsam, schüttelte den Kopf und sah erst Dergon, dann Larian ernst an. »Der Sohn eines Königs ...«,

wiederholte er nachdenklich. »Verzeiht mir, aber ich gebe nichts darauf, ob ich nun der Sohn eines Königs oder eines Bettlers bin, und auch mein Vater hat zeitlebens niemals seine Würde hervorgekehrt. Bis vor einigen Tagen habe ich nicht einmal gewusst, dass er König ist!«

»Du bist nun einmal der Sohn eines Königs«, sagte Charriu, der auf der anderen Seite der Tafel ihm gegenüber Platz genommen hatte. »Und es ist wichtig, dass du es bist. Du wirst bald begreifen, weshalb.«

Timo seufzte. »Ich wäre glücklicher, wenn ich es nicht wüsste«, sagte er. »Dort, wo ich herkomme, zählen Rang und Namen nicht. Könige, Fürsten und alle anderen Arten von Herrschern sind vielleicht etwas für Menschen, aber nicht für Helder. Ich habe niemals begriffen, woher sich Menschen wie Hun Came das Recht nehmen, über andere zu gebieten.« Und wenn er ganz ehrlich war, so gefiel es ihm auch nicht, dass die Elben Könige hatten und somit Macht über den Rest des Elbenvolkes ausübten, die ihre Brüder sein sollten. Aber das sprach er nicht aus.

Aber Larian schien genau zu wissen, was er dachte. »Gut gesprochen, junger Helder«, sagte er. »Ich habe nichts anderes von dir erwartet. Auch wir denken so, Timo. Lass dich nicht von Männern wie Hun Came täuschen – der Rang eines Königs war nicht immer das, was die Menschen heute daraus gemacht haben. Wir alle, die du hier siehst, wir sind die Könige der Elben, so wie Gaia die Königin der Elfen ist. Doch wir herrschen nicht, so wie dein Vater nicht über das Volk der Helder geherrscht hat, sondern ihm diente. Die Menschen fürchten ihre Könige und senken das Haupt, wenn sie ihnen begegnen, weil das Wort für sie seine wahre Bedeutung verloren hat. Wir sind die Diener unseres Volkes, nicht seine Herren, Timo.«

Timo senkte verlegen den Blick, aber wenn der Elb seine Gedanken wirklich erraten hatte, so nahm er sie ihm nicht

übel. »Lasst uns beginnen«, sagte er. »Wir haben nicht viel Zeit und auch du wirst froh sein, wenn du endlich deine wohlverdiente Ruhe bekommen kannst. Dergon hat uns von Gaia und den Gormen erzählt, aber wir möchten dich bitten, uns noch einmal alles zu berichten, was sich zugetragen hat.«
»Es war im Wald von Orden«, begann Timo langsam. »Sie wurde von drei Gormen und einem Daewa verfolgt und mein Vater stand ihr im Kampf bei ...« So, wie zuvor Dergon und Charriu, berichtete er jetzt den Elben von seiner Begegnung mit der Elfe, versuchte sich jede Einzelheit ins Gedächtnis zurückzurufen und ließ auch nicht ein Wort aus. Larian und die anderen hörten stumm zu und unterbrachen ihn nur einmal mit erschrockenen Ausrufen, als er erzählte, wie sie neuerlich von Gormen angegriffen wurden und er von den anderen getrennt worden war.
Der sorgenvolle Ausdruck auf Larians Gesicht hatte sich vertieft, als Timo seinen Bericht beendete. »So hat er sie wirklich gefangen genommen«, murmelte er. »Der Kampf hat nicht einmal richtig begonnen und schon hat Ahriman einen großen Sieg davongetragen.«
»Vielleicht ... sind sie auch entkommen«, warf Timo stockend ein, obwohl er selbst kaum an seine Worte glaubte.
Larian schüttelte den Kopf. »Nein. Gaia hätte uns benachrichtigt, wenn sie in den Silberwald zurückgekehrt wäre, Timo. So schmerzhaft es für dich sein muss, aber ich fürchte, Ahriman hat sie und deine Eltern in seiner Gewalt. Er hat schon lange danach getrachtet, eine Elfe in sein Kaltes Reich zu verschleppen. Und nun hat er sogar Gaia!«
»Und was wollt ihr tun?», fragte Timo. »Ich meine – wir müssen sie befreien. *Ihr* könnt ihnen doch helfen!«
Larian lächelte traurig. »Das können wir nicht, kleiner Helder«, sagte er ernst. »Niemand vermag in das Kalte Reich einzudringen. Ahrimans Macht ist dort so gewaltig, dass

nicht einmal der Zauber der Elfen reichen würde ihn zu brechen. Aber das heißt nicht«, fügte er hinzu, als Timo etwas sagen wollte, »dass wir nichts tun können. Wir haben bisher abgewartet, weil wir hofften, es würde sich alles noch zum Guten wenden. Es ist nicht das erste Mal, dass ein paar Gorme das Kalte Reich verlassen und ihr Unwesen treiben, doch bisher sind sie immer wieder zurückgekrochen, wo sie hergekommen sind.«

»Aber diesmal werden sie nicht von selbst gehen«, fiel ihm Charriu ins Wort. »Wie werden kämpfen müssen!«

Larian schüttelte den Kopf. »Aus dir spricht die Ungeduld der Jugend, Charriu«, sagte er sanft. »Wir werden kämpfen, doch nicht mit Schwert und Feuer, wie du es willst. Dazu sind wir zu wenig.«

»Wir sind Elben«, sagte Charriu stolz. »Gebt mir ein Schwert und ich nehme es allein mit Hun Came und seinem Gesindel auf. Seit wann fürchten sich die Herren der Hohen Feste vor den Menschen?«

»Charriu!«, sagte Dergon scharf. »Beherrsche dich!«

Larian machte eine begütigende Geste. »Lass ihn reden, Dergon«, sagte er. »Dein Sohn hat Recht – es hat eine Zeit gegeben, da hätten wir nicht gezögert, uns Hun Came und seinen Männern zum Kampf zu stellen. Und wir werden es auch jetzt tun, wenn auch auf andere Weise. Wir haben einen Windfalken mit einer Nachricht zu den Elfen gesandt und es sind Boten unterwegs, die Elben aus allen Teilen der Welt hierher zuholen.«

»Was habt ihr vor?«, fragte Timo. »Ich habe die Gorme gesehen. Sie ... sind schrecklich. Ich glaube nicht, dass ...«

»Dass wir sie besiegen können?« Larian schüttelte den Kopf. »Sicher nicht. Wie soll uns gelingen, was nicht einmal Gaia gelungen ist? Dies ist kein Krieg, der mit Schwert oder Speer geführt werden kann. Gewalt und Tod sind Ahrimans Waffen, und wenn wir uns ihrer bedienen, dann

haben wir verloren, noch bevor alles begonnen hat. Aber es gibt andere Mittel, um zum Ziel zu gelangen.« Er schwieg einen Moment. »Du erinnerst dich an die letzten Worte Gaias?«
Timo blieb ihm die Antwort schuldig. O ja, er erinnerte sich. Aber er wusste heute genauso wenig, was sie bedeuten sollten, wie damals. »Vielleicht ist es an dir, diesen Kampf zu entscheiden, Timo«, sagte Larian ernst. »Gaia hat es dir prophezeit.«
»Aber was kann ich schon tun?«, murmelte Timo.
»Weil du ein Kind und noch kein Mann bist?« Larian lächelte. »Hat dein Vater dir nie von der Dunklen Prophezeiung erzählt?«
Timo nickte. »Doch. Aber ... ich weiß nicht viel darüber.«
»Es heißt«, sagte Dergon an Larians Stelle, »dass eines Tages Ahriman, der Herr des Kalten Reiches, nach der Welt der Menschen und Elben greifen wird. Es heißt, dass die Gorme das Land überfluten und die Daewas Angst und Schrecken verbreiten werden und dass die Welt danach nicht mehr sein wird, wie sie einmal war, ganz egal, wie dieser Kampf ausgeht. Aber es heißt auch, dass ein Königssohn das Schicksal dieser Welt entscheiden wird, ob zum Guten oder zum Schlechten.«
»Aber ich ...«
»Du bist der Sohn eines Königs, Timo«, sagte Larian. »Und Gaia selbst, die Herrscherin der Elfen, hat dir prophezeit, dass du es sein wirst, in dessen Händen die Entscheidung liegt.«
»Aber was kann ich tun?«, fragte Timo hilflos. »Ich weiß nichts von Ahriman und seinem Kalten Reich und ich weiß noch viel weniger Bescheid über die Dunkle Prophezeiung.«
»Wir haben zu den Elfen geschickt«, wiederholte Larian. »Die Windfalken sind schnell und die Botschaft wird schon

bald bei ihnen sein. Sie werden wissen, was zu tun ist. Vorerst sind wir hier in der Hohen Feste in Sicherheit und es wird noch viel Zeit vergehen, bis Ahriman mit seiner Streitmacht vor unseren Toren steht.«

»In Sicherheit« stieß Charriu hervor. »Ist das alles, woran ihr denkt? Dass wir in Sicherheit sind?« Er sprang auf, trat vom Tisch zurück und blickte die versammelten Elbenfürsten wütend der Reihe nach an. »Ich war bis jetzt stolz darauf, zum Volk der Elben zu gehören«, sagte er bitter, »aber ich weiß nicht, ob ich es noch immer bin. Eure Väter hätten nicht gezögert aufzustehen und dieses Gesindel vom Antlitz der Erde zu fegen. Und was tut ihr? Ihr redet!«

Dergon versuchte seinen Sohn mit einem scharfen Befehl zum Schweigen zu bringen, aber diesmal gab Charriu nicht nach, sondern hielt seinem Blick trotzig stand.

»Bitte«, sagte Larian. »Es nützt niemandem etwas, wenn wir streiten. Ich verstehe deinen Zorn, Charriu, aber wir müssen vor allem einen klaren Kopf bewahren. Wir ...«

Aber Charriu hörte nicht mehr zu. Der junge Elbenkrieger hatte sich mit einem Ruck umgewandt und stürmte aus dem Saal. Die Tür flog krachend hinter ihm zu.

Charriu holte Timo am nächsten Morgen ab, um ihm die Festung zu zeigen. Er trug wieder das einfache helle Gewand und auch sein Haar war von heller Farbe. Auf Timos Frage erklärte er, dass er es – wie Dergon und die an deren »Gaukler« – gefärbt hatte, solange sie sich unter den Menschen aufhielten.

»Warum tut ihr das eigentlich?«, fragte Timo. »Es muss doch gefährlich sein, verkleidet durch das Land zu ziehen. Wenn Hun Came es gemerkt hätte ...«

»Er wusste es«, antwortete Charriu überzeugt. »Zumindest hat er es geahnt, dass wir in Verbindung mit den Elben ste-

hen. Deshalb hat er wohl auch so lange gezögert uns offen anzugreifen. Wäre es nur nach ihm gegangen, dann hätte er uns schon in Muuren Shant gefangen genommen und in Ketten legen lassen.«
Timo sah den jungen Elben verwirrt an. »Aber warum?«, fragte er. »Ich meine, warum tut ihr das überhaupt?«
»Warum wir durch das Land ziehen?« Charriu grinste und lehnte sich mit verschränkten Armen gegen die Tür, während sich Timo langsam ankleidete. »Frage lieber, warum sich die anderen hier oben verkriechen und die Augen vor dem verschließen, was geschieht«, sagte er abfällig. »Du hast sie doch gehört – sie wollen abwarten! Wie lange, frage ich dich? Bis Hun Came das ganze Land beherrscht und mit seiner Armee vor den Toren steht?«
Timo sah ihn ernst an. »Du wirst Ärger bekommen, wenn du weiterhin so redest«, mahnte er ihn.
Charriu winkte ab. »Unsinn«, behauptete er. »Im Grunde denkt mein Vater nicht anders als ich. Wir sind lange genug durch das Land gezogen um genau zu wissen, wie die Menschen sind. Larian und den anderen ist schon lange bekannt, was vorgeht, Timo. Was glaubst du, warum wir in Muuren Shant waren? Larian selbst hat uns hingeschickt, nachdem uns Gerüchte über Gorme und Daewas erreicht haben. Aber sie tun nichts. Sie sehen zu und warten ab und das ist alles!«
Timo schwieg. Er konnte Charrius Zorn verstehen, aber er verstand auch die Elben. Hatte nicht die Elfe die gleichen Worte benutzt wie Larian? Dass dies ein Kampf war, der nicht mit Waffen ausgetragen werden konnte?
Schweigend kleidete er sich fertig an, befestigte den Beutel mit seinen wenigen Habseligkeiten und die Schleuder am Gürtel und trat zur Tür. Charriu ging nicht weiter auf das Thema ein, während sie den Raum verließen und über eine breite, marmorne Treppe nach oben gingen. Er schien zu

spüren, dass er bei Timo wohl auf Verständnis, aber kaum auf Zustimmung treffen würde.
Fast den gesamten Vormittag verbrachten sie damit, die Hohe Feste zu besichtigen. Charriu zeigte ihm alles, was er sehen wollte, und es gab kaum eine Frage, auf die er keine Antwort bereit hatte, und Timo kam aus dem Staunen nicht heraus. Der stärkste Eindruck, den die Burg bei ihm zurückließ, war der der Größe. Die Hohe Feste hatte gigantische Ausmaße, sie war nicht einfach eine Trutzburg, sondern eine Stadt, groß genug, um alle Bewohner Muuren Shants unterzubringen. Die Gänge, Hallen und Säle, durch die sie gingen, schienen kein Ende zu nehmen und jedes Mal, wenn Timo dachte, dass sie nun endlich im letzten Raum angekommen wären, öffnete Charriu eine Tür oder führte ihn über eine Treppe in einen weiteren, noch größeren Teil der Burg.
Doch die gewaltige marmorne Festung war leer.
Charriu erklärte ihm, dass selbst jetzt noch fünfhundert Elben in der Hohen Feste lebten, aber sie trafen bei ihrem Streifzug kaum auf ein Dutzend von ihnen. In den Stallungen, die unterirdisch angelegt waren und die ihm Charriu zum Abschluss ihres Rundganges zeigte, standen etwa tausend Pferde, aber sie wirkten verloren angesichts der endlosen Reihe aus weißem Marmor errichteter Verschläge. Hier und da hatten sich bereits Schimmel und Verfall eingenistet und ein Teil der Stallungen lag im Dunkeln. Die Lichtschächte waren zugemauert und die Luft roch nach Moder und Feuchtigkeit. Spinnweben hingen wie graue Schleier von der Decke und auf dem Boden lag eine knöcheltiefe Staubschicht. Es war keine Achtlosigkeit, aber die Festung war einfach zu groß, um von den wenigen Elben instand gehalten zu werden.
Timo wurde immer schweigsamer, je weiter sie vordrangen. Vorhin, als sie die Räume und Säle oben besichtigt hatten,

war ihm einfach nur die Stille aufgefallen. Dort oben war alles sauber und hell und das goldene Sonnenlicht und die Pracht des weißen Marmors hatten ihn noch über die Wahrheit hinwegtäuschen können, aber hier unten kam sie ihm klar zu Bewusstsein. Der Anblick stimmte Timo traurig. Die Hohe Feste war vielleicht das Schönste, was er jemals zu Gesicht bekommen hatte, aber sie zeigte ihm deutlicher als alle Worte, wie Recht Larian gehabt hatte. Die Zeit der Elben und Zauberer war fast vorbei.

»Was hast du?«, fragte Charriu, der seine Schweigsamkeit bemerkt hatte. »Gefällt es dir nicht?«

»Doch«, sagte Timo hastig. »Es ist nur alles so ...«

»So alt?«, fragte Charriu, als er nicht weitersprach. »Alt und verfallen, meinst du?« Er drehte sich um, steckte die Daumen in seinen Gürtel und versetzte einem der marmornen Stützpfeiler, die die Decke trugen, einen kräftigen Tritt. Staub stieg in einer grauen Wolke empor und Timo hustete.

»Da hast du Recht«, sagte Charriu. Seine Stimme klang plötzlich bitter. »Wir sind zu wenige. Und die, die übrig sind, sind feige und alt geworden. Mein Vater und mein Onkel sind die einzigen, die sich überhaupt noch hinaustrauen. Und selbst wir müssen uns verkleiden und Narren aus uns machen, damit wir uns unter den Menschen blicken lassen können.« Er ballte wütend die Faust und starrte Timo an. »Du hast mich gefragt, warum wir unser Haar färben und uns als Gaukler verkleiden«, fuhr er fort. »Ich will dir die Wahrheit sagen, Helder. Wir tun es, weil sie uns sonst davonjagen würden. Weil unser Leben in Gefahr wäre, wenn wir uns als die zu erkennen gäben, die wir wirklich sind. So weit ist es gekommen, Helder.«

»Aber das ...«, begann Timo hilflos, wurde aber sofort wieder von Charriu unterbrochen.

»Das stimmt nicht, meinst du?« Der Elbenjunge lachte, aber

es klang fast wie ein unterdrücktes Schluchzen. »Wie ist es euch ergangen, als ihr eure Berge verlassen habt? Ihr musstet fliehen und seid gejagt worden wie die Tiere, kaum dass ihr unter den Menschen wart. O ja, sie achten euch und begegnen euch mit Respekt, aber nur solange sie euch gegenüberstehen. Wenn ihr ihnen den Rücken kehrt, dann benehmen sie sich ganz anders.«

»Du magst die Menschen nicht, wie?«, fragte Timo leise.

»Mögen?« Charriu zog eine Grimasse. »Ich hasse sie«, sagte er. »Ich hasse sie aus ganzem Herzen. Sieh dich doch hier um! Die Hohe Feste war einmal berühmt in aller Welt! Die Menschen kamen hierher, nur um einmal im Leben ihre Pracht zu sehen, und wir Elben waren überall gern gesehene Gäste. Sie kamen zu uns, wenn sie jemanden brauchten, der ihren Streit schlichtete, und sie baten uns um Hilfe, wenn der Hagel oder wilde Tiere ihre Ernten vernichtet hatten. Wir waren die Herren dieser Welt, Timo! Und heute? Heute müssen wir uns verkleiden, wenn wir die Feste verlassen wollen. Wir färben unser Haar und machen uns zum Narren, weil wir um unser Leben fürchten müssen, wenn wir es nicht tun. O ja, auch von uns sprechen sie mit Achtung und sie senken das Haupt, wenn sie einen Elben sehen. Aber in Wirklichkeit überlegen sie, wie sie uns töten und uns unsere Schätze rauben können. Wir sind nicht mehr viele und die, die geblieben sind, verkriechen sich wie alt gewordene Hunde hinter dem Ofen. Was ist das für eine Welt, in der es ein Mann wie Hun Came wagen kann, einen König der Elben zu beleidigen?«

»Hast du nicht selbst gesagt, dass nicht alle Menschen so sind wie Hun Came?«, fragte Timo verwirrt.

Charriu nickte. »Natürlich nicht«, sagte er, ein wenig leiser und nicht mehr so scharf wie vorhin. »Aber es gab eine Zeit, da hätte es Männer wie Hun Came nicht gegeben.«

Er seufzte niedergeschlagen, wandte sich um und deutete mit einer Kopfbewegung zum Ausgang. »Gehen wir wieder hinauf. Es ist Mittag und ich bin hungrig.«
Sie verließen den hinteren Teil der Stallungen und kamen wieder in den noch benutzten Teil der Anlage. Aber jetzt, als Timo darauf achtete, sah er auch hier überall Anzeichen des beginnenden Verfalls – ein winziger Sprung im Marmor, Spinnengewebe, das nicht entfernt worden war, ein Fleck faulig gewordenen Wassers ... Timo konnte Charrius Verbitterung verstehen. Aber trotzdem, ohne dass er es begründen konnte, wusste er auch, dass der junge Elbenkrieger im Unrecht war. Es war nichts Verwerfliches daran, in Ehren alt zu werden. Vielleicht war es schlimmer, sich gegen den Lauf der Welt stemmen zu wollen.
Eine breite, wie ein Schneckenhaus gewundene Rampe führte aus den Stallungen nach oben. Timo wollte sich dorthin wenden, aber Charriu schüttelte den Kopf und wies auf eine schmale Wendeltreppe. Auf halber Höhe kam ihnen ein Elb entgegen. Charriu blieb stehen und wechselte ein paar Worte mit ihm. Timo hielt sich etwas abseits und wartete höflich. Er wandte sich um, sah in die Stallungen hinunter und ließ den Blick bewundernd über die schneeweißen Elbenpferde gleiten. Er hatte niemals so herrliche Tiere gesehen! Sie waren groß, viel größer als die Pferde der Menschen, und sie glichen einander, als wären sie alle Brüder. Timo fand, dass sie irgendwie den Spurhunden ähnelten, auch sie waren groß und stark und stolz. Sie schienen ihm etwas mehr als nur Tiere zu sein. Er glaubte nicht, dass ein Mensch überhaupt auf ihnen reiten könnte.
Der Gedanke an den Hund weckte sein schlechtes Gewissen. Er wartete, bis Charriu sich von dem Elb verabschiedet hatte, und berührte ihn dann an der Schulter. »Wo ist der Hund?« fragte er. »Ich muss mich um ihn kümmern.«
Charriu grinste. »Er ist oben in der Küche und frisst dem

Koch sämtliche Vorräte weg«, sagte er. »Ich glaube, der Arme wird froh sein, wenn du ihn von deinem schwarzen Ungeheuer befreist. Komm mit, ich bringe dich hin.« Er wandte sich um und lief so rasch die Treppe hinauf, dass Timo Mühe hatte, ihm zu folgen.

Da erscholl ein heller, schmetternder Posaunenklang, der dreimal wiederholt wurde und nach einer kurzen Pause von neuem begann. Charriu blieb so plötzlich stehen, dass Timo beinahe gegen ihn geprallt wäre.

»Was ... was ist das?«, fragte Timo aufgeregt.

»Die Posaunen!«, keuchte Charriu mit entsetztem Gesicht. »Hörst du sie nicht?«

Timo nickte. »Doch. Aber was bedeutet das?«

»Alarm!«, antwortete Charriu. »Sie blasen Alarm. Komm!« Er hetzte so schnell weiter, dass er einen großen Vorsprung hatte, als sie auf den Hof hinausliefen.

Von einem Augenblick zum anderen hatte sich der Innenhof in einen Hexenkessel verwandelt. Von den Mauern erschollen noch immer die schmetternden Posaunen und dröhnten, da sie jetzt nicht mehr durch meterdicke Marmorwände gedämpft wurden, in Timos Ohren. Er blieb stehen und schaute sich hilflos um. Charriu war verschwunden, und wohin er blickte, sah er nur hin und her eilende Elbenkrieger. Die meisten hatten bereits ihre Rüstungen angelegt und waren bewaffnet. Die ganze Besatzung der Burg war hier versammelt – fünfhundert Elben.

Schließlich entdeckte er Dergon vorne beim Tor. Er drängte sich durch die dicht stehenden Reihen der Krieger hindurch, bis er neben ihm stand. »Was ist geschehen?«, fragte er atemlos.

Der Elb zuckte mit den Schultern. »Das weiß ich noch nicht«, sagte er. »Aber Came müsste verrückt sein, die Hohe Feste mit Gewalt nehmen zu wollen. Nicht einmal zehntausend von seinen Soldaten wären genug, diese Mauern zu

stürmen.« Er schüttelte besorgt den Kopf und deutete dann nach oben. »Gehen wir auf die Mauer«, sagte er. »Von dort aus sehen wir besser, was geschieht.«
Hintereinander stiegen sie die schmale Steintreppe an der Innenseite der Mauer empor. Timo wurde schwindelig, als er einen Blick in die Tiefe warf. Die Treppe hatte kein Geländer, aber die Elben bewegten sich so sicher darauf, als wäre neben ihnen ein fester Halt und kein klaffender Abgrund. Er war heilfroh, als sie schließlich oben ankamen und auf den breiten, überdachten Wehrgang gelangten. Timo trat neben Dergon, legte die Hände auf den Marmor und stellte sich auf die Zehenspitzen, um über die Brüstung sehen zu können.
Eisiger Schreck durchfuhr ihn, als er ins Tal hinunterblickte. Der schmale, gewundene Pfad, der zur Hohen Feste heraufführte, war schwarz von Männern – drei-, vielleicht vierhundert Reiter in den rot-blauen Mänteln von Hun Cames Leibgarde und sicherlich noch einmal so viele Krieger zu Fuß. Aber das allein war es nicht, was Timo so entsetzte. Auch zehnmal so viele Krieger hätten nicht gereicht, die gewaltige Elbenfestung zu stürmen. Sein Entsetzen hatte einen ganz anderen Grund. An der Spitze der Kolonne ritt Hun Came. Selbst aus dieser großen Höhe konnte Timo die schwarze Rüstung aus Gormschuppen deutlich erkennen.
Und hinter ihm krochen sechs gewaltige, schwarze Scheußlichkeiten den Weg herauf …
»Gorme!«, keuchte Timo entsetzt. »Das sind Gorme, Dergon!«
Der Elbenfürst nickte. Sein Gesicht war starr und seine Hände pressten sich so fest um die Mauerbrüstung, als wollte er sie zerbrechen.
»Das sind Gorme!«, keuchte Timo noch einmal. »Und die Reiter sind …«

»Daewas, ich weiß!« Dergon atmete tief ein und trat einen Schritt von der Brüstung zurück. »Ich habe nicht geglaubt, dass er es wagt. Nicht einmal Hun Came habe ich einen solchen Frevel zugetraut.«

»Er will mich«, flüsterte Timo entsetzt. Plötzlich war ihm alles klar. Er wusste nicht, warum, aber Hun Came tat alles, was in seiner Macht stand, um ihn in seine Gewalt zu bringen. Er würde nicht einmal zögern, seine Kreaturen auf die Hohe Feste der Elben loszulassen, um dieses Ziel zu erreichen.

Dergon schien seine Worte nicht zu hören. »Dieses Verbrechen wird nicht ungesühnt bleiben«, sagte er. Seine Stimme zitterte. »Diesmal ist er zu weit gegangen. Noch nie hat es jemand gewagt, seine Hand gegen die Hohe Feste zu erheben, und auch Hun Came wird es nicht ungestraft tun. Larian hat ihn gewarnt. Was jetzt geschieht, hat er sich selbst zuzuschreiben!« Er fuhr herum, hielt nach dem Elbenkönig Ausschau und stürmte dann mit großen Schritten zur Treppe zurück. »Dergon!«, rief Timo verzweifelt. »Warte!«

Aber der Elb hörte ihn nicht. So schnell, dass er auf den glatten Stufen beinahe das Gleichgewicht verlor, stürmte er die Treppe hinunter. Timo rannte hinter ihm her, aber Dergon war längst unter den Kriegern verschwunden, als er endlich den Burghof erreichte.

Niemand beachtete Timo. Die Elben liefen durcheinander, überprüften ihre Waffen oder sattelten die Pferde, die aus den Stallungen heraufgeführt wurden. Ein Dutzend Krieger war damit beschäftigt, ein gewaltiges, einer übergroßen Steinschleuder ähnliches hölzernes Gestell auf Rädern über den Hof zu schieben. Timo hielt verzweifelt nach Larian oder Dergon Ausschau, konnte aber keinen von ihnen entdecken.

Schließlich erblickte er Charriu. Der junge Elbenkrieger stand ganz vorne am Tor und spähte durch eine schmale,

vergitterte Schießscharte nach draußen. In der rechten Hand trug er ein Schwert und an seinem anderen Arm hing ein gewaltiger, dreieckiger Schild.
Der junge Elbenkrieger sah unwillig auf, als Timo neben ihn trat. »Was willst du hier?«, fragte er unwirsch. »Geh lieber hinein. Wenn es zum Kampf kommt, können wir dich hier nicht brauchen.«
Timo sah ihn verzweifelt an. »Dort draußen sind Gorme«, sagte er. »Niemand kann gegen Gorme kämpfen. Auch ihr nicht.«
»Ach?«, machte Charriu. »Und was schlägst du vor ? Sollen wir vielleicht die Tore öffnen und einen Teppich für Hun Came und seine Kreaturen ausrollen?«
Timo überhörte den beißenden Ton in Charrius Stimme. »Wir müssen verhandeln!«, sagte er bestimmt.
»Verhandeln!« Charriu spie das Wort regelrecht aus. »Du hast es selbst gesagt, Timo – dort draußen sind Gorme. Niemand kann mit Gormen verhandeln. Wir werden kämpfen und wir werden diese schwarzen Ausgeburten dorthin zurückjagen, wo sie hergekommen sind.«
Timo wollte antworten, aber in diesem Moment erklang wieder ein Posaunensignal von den Mauern und die Elben traten zur Seite und bildeten eine Gasse. Larian, Dergon und die anderen Elbenfürsten sprengten auf ihren schneeweißen Rossen heran. Timo und der junge Elbenkrieger wichen hastig zurück, als der Reitertrupp auf das Tor zugaloppiert kam und knapp davor anhielt.
»Zur Seite!«, befahl Larian. Seine Stimme hatte wieder jenen hellen, befehlenden Klang, den Timo schon einmal gehört hatte – nicht sehr laut, aber weithin hörbar. Unwillkürlich wollte er zurücktreten, zögerte dann jedoch und verstellte den Reitern plötzlich den Weg.
»Was soll das, Helder?«, fragte Larian unwillig. »Gib den Weg frei!«

Timo schüttelte den Kopf. Er raffte seinen ganzen Mut zusammen und sagte: »Ihr könnt nicht mit ihnen kämpfen, Larian. Hun Came hat Gorme und Daewas mitgebracht und du selbst hast es gesagt – ihr könnt nicht gegen Wesen kämpfen, gegen die nicht einmal die Königin der Elfen sich zur Wehr setzen konnte!«
In Larians Gesicht zuckte es. Einen Moment lang sah es so aus, als würde er Timo einfach beiseite schieben lassen und weiterreiten, aber dann zögerte er doch. »Du hast zwar Recht, kleiner Helder«, sagte er. »Aber wir haben keine Wahl. Ich wollte diesen Kampf nicht, aber Hun Came lässt uns keinen anderen Ausweg mehr.«
»Aber sie werden euch töten!«, rief Timo.
Larian gab keine Antwort. Stattdessen trat Charriu vor und schwang kampfeslustig sein Schwert.
»Vielleicht werden sie uns töten«, sagte er. »Aber wenn das Volk der Elben schon untergeht, dann so, wie es ihm gebührt.«
»Schweig, Charriu«, wies ihn sein Vater zurecht. »Es gibt keinen schönen Tod. Und Gewalt kann niemand zur Ehre gereichen. Auch einem Elben nicht!«
»Lasst mich mit ihnen reden«, bat Timo. »Wenn nur ich es bin, den Hun Came haben will, dann gehe ich mit ihm.«
Charriu seufzte. »Fang nicht schon wieder an«, sagte er abfällig. »Es ist kaum der richtige Moment, großartig zu tun.«
Vor dem Tor wurden stampfende Schritte laut. Pferde wieherten und das dumpfe Murmeln zahlloser Stimmen drang zu ihnen herein. Einer der Elben oben auf dem Wehrgang hob die Hand und rief etwas, das Timo nicht verstand, und Larian runzelte verwundert die Stirn.
»Tretet zurück«, sagte er. »Schnell!«
Diesmal gehorchte Timo sofort. Die Schritte kamen näher. Es war nicht die Gangart von Menschen oder Pferden,

sondern ein schweres Stampfen, das den Boden erzittern ließ, und als Timo genauer hinhörte, glaubte er dazwischen die keuchenden Atemzüge der gewaltigen Gorme zu hören.

Larian hob die Hand und einer seiner Krieger betätigte einen schmalen Hebel neben dem Tor. In der gewaltigen Pforte öffnete sich ein kleiner, kaum mannshoher Durchgang.

Timo wich weiter zurück, während die Elben – Schwerter und Bogen kampfbereit in den Händen – im Halbkreis um das Tor Aufstellung nahmen.

»Came!«, rief Larian. »Wir wollen verhandeln! Komm zu uns herein! Ich garantiere dir und deinen Begleitern freies Geleit!«

Eine Weile geschah gar nichts und Timo glaubte schon, Hun Came würde das Angebot ausschlagen und direkt zum Angriff auf die Festung übergehen, aber dann erschien ein Schatten im Durchgang, blieb einen Moment regungslos stehen und trat dann gebückt hindurch. Hinter ihm drängten drei, vier weitere Gestalten auf den Hof.

Ein halb erstauntes, halb wütendes Flüstern ging durch die Reihen der Elbenkrieger, als sie Came und seiner Begleiter ansichtig wurden. Zwei der Männer trugen die rot-blauen Umhänge seiner Leibwache. Die beiden anderen waren keine Männer. Es waren nicht einmal Menschen. Sie waren groß, größer noch als die hoch gewachsenen Elbenkrieger, und ihre massigen Körper waren über und über mit Horn bedeckt. Den kleinen, tückischen Augen in ihren platten Gesichtern schien nicht die geringste Kleinigkeit zu entgehen und Timo spürte den eisigen Hauch, der von ihnen ausging.

»Daewas!«, entfuhr es Larian. »Du wagst es, Ahrimans Kreaturen hierher in die Hohe Feste zu bringen, Hun Came?«

Came lächelte geringschätzig. »Du hast mir freies Geleit zugesichert«, erinnerte er den Elbenkönig gelassen. »Mir und meinen Begleitern.«
»Dir!«, sagte Larian. Aber nicht diesen Kreaturen! Sie entweihen unseren Boden, Hun Came!« Sein Pferd scheute, als der scharfe Geruch der beiden Daewas in seine Nüstern drang, und auch unter den anderen Tieren entstand Unruhe. Die Elbenkrieger waren unwillkürlich ein Stück zurückgewichen.
Hun Came winkte ab. »Ich bin nicht hier, um mir deine Unverschämtheiten anzuhören, Elb«, sagte er kalt. »Du wolltest verhandeln.«
»Wir verhandeln nicht mit Daewas!«, zischte Dergon. Sein Blick sprühte vor Zorn. »Geh, Hun Came. Bring sie hinaus oder ich garantiere für nichts mehr.«
Hun Came schwieg einen Moment. Sein Blick glitt lauernd über die Reihen der Elbenkrieger, blieb einen Moment auf Timos Gesicht hängen und wandte sich dann wieder Dergon zu. »Du hast dich verändert, Possenreißer«, sagte er böse. »Ich weiß nur nicht, welche Verkleidung mir besser gefällt. Habe ich dir nicht prophezeit, dass wir uns wiedersehen werden?«
»Was willst du, Hun Came?«, unterbrach ihn Larian. »Bist du nur gekommen um uns zu beleidigen?«
Came lächelte. »Keineswegs«, sagte er. »Du weißt genau, was ich will.« Er trat einen Schritt vor und deutete mit der Hand auf Timo. »Ihn«, sagte er mit erhobener Stimme. »Ich will diesen Helder. Gebt ihn heraus und ich ziehe wieder ab. Ich habe keinen Streit mit euch Elben und ich würde eure hübsche Festung nur äußerst ungern dem Erdboden gleichmachen.«
Larian wurde blass. »Du … musst von Sinnen sein, Hun Came«, sagte er stockend. »Niemand hat es jemals gewagt, den Frieden dieses Ortes zu stören und …«

»Eine Festung einen Ort des Friedens zu nennen ist ziemlich seltsam, findest du nicht?«, unterbrach ihn Came spöttisch. »Aber ich will nicht mit dir streiten, Elb. Ich wiederhole mein Angebot: Gebt den Helder heraus und wir ziehen wieder ab. Wenn nicht, holen wir ihn uns mit Gewalt!« »Du weißt nicht, was du tust«, sagte Dergon mit mühsam beherrschter Stimme. »Was sollte uns daran hindern, dich am höchsten Turm der Festung aufzuknüpfen?«
»Nichts«, antwortete Hun Came gelassen. »Außer dem Wort, das ihr mir gegeben habt. Und ihr Elben seid dafür bekannt, dass ihr euer Wort haltet, nicht wahr? Und es würde euch auch schlecht bekommen, es nicht zu tun. Ich bin der Einzige, der die Gorme und ihre Reiter zurückhalten kann. Du weißt so gut wie ich, wie lächerlich euer Widerstand ist. Gebt den Helder heraus und wir gehen.«
»Elende Kreatur!«, kreischte Charriu. Ehe es einer der anderen verhindern konnte, sprang er vor und hieb mit seinem Schwert nach dem Statthalter. Came prallte zurück und riss den rechten Arm hoch, aber Charrius Hieb erreichte sein Ziel nicht. Einer der beiden Daewas sprang mit einem kehligen Laut vor, packte das Schwert des jungen Elbenkriegers und brach es mit einer leichten Bewegung entzwei. Seine Hand zuckte vor und traf Charriu an der Brust. Der Elb schrie auf, wankte ein paar Schritte zurück und fiel schwer auf den steinernen Boden. Ein vielstimmiger, wütender Aufschrei erscholl. Schwerter und Lanzen wurden gezückt, Bogensehnen spannten sich und die Elbenkrieger rückten drohend auf Came und seine Begleiter vor.
»Hört auf!«, befahl Larian scharf. »Die Waffen weg! Hun Came steht unter meinem persönlichen Schutz!«
Die Krieger wichen widerwillig zurück, während Larian und Dergon aus dem Sattel sprangen und sich um Charriu bemühten. Der Elbenjunge hockte benommen auf dem

Boden und presste die Hand gegen die Brust. Sein Gesicht zuckte vor Schmerz, aber er schien unverletzt zu sein.
»Verzeiht, Hun Came«, sagte Larian steif. »Charriu ist noch ein Knabe und es ist das Vorrecht der Jugend, aufbrausend zu sein.«
Came nickte. »Selbstverständlich, Elb«, sagte er. »Ich zweifle nicht an deinem Wort. Aber du solltest auch nicht den Fehler begehen, an meinem zu zweifeln«, fügte er mit veränderter Betonung hinzu. »Nimmst du meine Bedingungen an? Du hast die Wahl zwischen Krieg und Frieden.«
Larian schwieg lange Zeit. In seinem Gesicht rührte sich kein Muskel, aber Timo konnte spüren, welcher Kampf hinter seiner Stirn tobte.
»Der Helderknabe steht unter dem Schutz unseres Hauses«, sagte er schließlich. »Ich habe ihm Gastfreundschaft gewährt.«
»Gastfreundschaft, unsinniges Geschwätz«, schnappte Came. »Was wird ihm eure Gastfreundschaft nützen, wenn ihr alle tot seid?« Er lächelte, scheuchte den Daewa, der ihm noch immer den Weg verstellte, mit einer ungeduldigen Handbewegung zur Seite und trat auf Timo zu.
»Entscheide selbst, Helder«, sagte er. »Diese närrischen Elben fühlen sich verpflichtet. Entbinde sie von ihrem Wort und du rettest ihnen das Leben. Für dich ist es egal, wie du dich entscheidest. Du wirst mich auf jeden Fall nach Muuren Shant begleiten – der einzige Unterschied wird sein, ob es die Hohe Feste und die Elben dann noch geben wird oder nicht.«
Timo sah zu Larian, Dergon und Charriu hinüber.
»Tu es nicht«, sagte Charriu. Seine Stimme schwankte – das Sprechen schien ihm Schmerzen zu bereiten. Aber der Blick, mit dem er Hun Came ansah, loderte vor Zorn. »Tu es nicht, Helder«, wiederholte er. »Er wird uns auf alle Fälle angreifen.«

Aber das stimmte nicht. Timo spürte, dass Hun Came hinter der Maske von Überheblichkeit und Hass, die er aufgesetzt hatte, genauso nervös und unruhig war wie die Elben. Die Hohe Feste war nicht irgendeine Burg, die er nach Belieben angreifen und besetzen konnte.

»Ich ... komme ... mit«, sagte er stockend.

»Nein!«, keuchte Charriu. »Tu es nicht! Er wird dich töten, Timo!«

»Sei still«, sagte Larian leise. »Es ist seine Entscheidung.«

Charriu sprang auf, schlug seine Hand beiseite und starrte den Elbenkönig trotzig an. »Was ist in dich gefahren?«, fragte er mit bebender Stimme. »In dich und die anderen? Seid ihr noch Elben oder seid ihr Lämmer, die sich ängstlich im Stall verkriechen, wenn sie das Heulen eines Wolfes hören? Du ... du Feigling!«

»Schweig!«, donnerte Larian. »Ich befehle dir zu schweigen!« Er trat drohend auf Charriu zu, aber in diesem Moment legte Dergon die Hand auf die Schulter seines Sohnes und stellte sich schützend vor ihn.

»Es tut mir Leid, Larian«, sagte er mit fester Stimme. »Aber mein Sohn hat Recht. Ich habe lange genug unter den Menschen gelebt um zu wissen, dass man ihnen nur mit Stärke begegnen kann. Wir sind Elben, Larian, keine feigen Memmen. Wenn wir Hun Came jetzt nachgeben, dann ist das Volk der Elben zum Untergang verurteilt.«

»Bitte«, mischte sich Timo ein. »Streitet nicht meinetwegen. Ich werde Hun Came begleiten. Ich hätte es schon beim ersten Mal tun sollen.«

Dergon fuhr herum. »Es geht hier nicht mehr darum, was du willst oder nicht«, sagte er grob. »Dein Angebot ist gut gemeint, aber wir können es nicht annehmen.«

Hun Came hatte der Auseinandersetzung bisher schweigend und mit einem dünnen, zufriedenen Lächeln zugesehen. Jetzt trat er neben Timo, legte ihm die Hand auf die

Schulter und lachte leise. Timo zuckte unter seiner Berührung zusammen und unterdrückte im letzten Moment die Versuchung, seine Hand abzustreifen.

»Du irrst dich, Possenreißer«, sagte Hun Came. »Es geht auch nicht mehr darum, was du willst. Ihr habt keine Wahl. Nur die zwischen Tod und Leben.«

»Wenn wir sterben, dann wenigstens nicht als Feiglinge«, sagte Charriu wütend.

Came zuckte mit den Achseln. »Tot ist tot«, sagte er gleichmütig. »Also – entscheidet euch. Meine Männer werden bereits unruhig. Und auch ...«

Von der Mauer erschollen wieder die Posaunen. Came brach überrascht mitten im Satz ab, legte den Kopf in den Nacken und blinzelte nach oben. Auch die Blicke der Elben richteten sich auf den Himmel.

Über den weißen Zinnen im Osten war eine Anzahl dunkler, länglicher Wesen erschienen. Im ersten Moment hielt Timo sie für einen Schwarm Vögel, der vor dem Winter in wärmere Gebiete unterwegs war. Aber als sie näher kamen, erkannte er seinen Irrtum. Es waren keine Vögel, sondern gewaltige, schlanke Tiere mit lang gestreckten Körpern und großen, in allen Regenbogenfarben schillernden Augen. Ihre Flügel waren so dünn, dass sie gegen das grelle Licht der Sonne fast nicht zu sehen waren. Jetzt hörten sie auch ein hohes, vibrierendes Summen, ein Laut, der Timo an irgendetwas erinnerte, aber er wusste im Augenblick nicht, woran. Er dachte auch nicht darüber nach, sondern starrte auf die Gestalten, die auf dem Rücken der Riesenlibellen saßen – schlanke, nahezu durchsichtige Frauengestalten in weißen Gewändern, deren Haar wie geschmolzenes Silber im Licht der Sonne schimmerte.

»Elfen!«, entfuhr es Charriu. »Das sind die Elfen! Sie ... sie sind gekommen!«

Hun Came fuhr mit einem Fluch zurück. Seine Hand

zuckte zum Schwert, führte die Bewegung aber nicht aus, da ein halbes Dutzend Elbenkrieger drohend auf ihn zutrat.
»Beherrsche dich, Hun Came«, sagte Larian leise. »Ich habe dir freies Geleit gewährt, aber wenn du selbst den Frieden dieses Ortes brichst, dann bin auch ich nicht mehr an mein Wort gebunden.«
»Hund!«, keuchte Came. Sein Blick war starr auf die sich nähernden Elfen gerichtet und sein Gesicht verzerrte sich vor Hass. »Verräterischer Elbenhund! Du hast es gewusst. Du hast ganz genau gewusst, dass sie euch zu Hilfe kommen werden. Du wolltest nur Zeit gewinnen.«
Larian antwortete nicht, aber in seinen Augen blitzte es plötzlich spöttisch auf und Charriu brachte mühsam ein Grinsen zustande. »Vielleicht habe ich nur das Leben Eurer Männer schonen wollen, Hun Came. Es spielt keine Rolle, was ich gewusst habe und was nicht«, erwiderte Larian ruhig. »Zu entscheiden, was jetzt weiter geschieht, liegt weder in Eurer noch in meiner Macht, Hun Came.«
Er blickte zu den Elfen empor, lächelte flüchtig und sagte ein paar halblaute Worte zu den Kriegern neben sich. Die Männer nickten und deuteten den anderen Elben, schnell Platz zu machen. »Ihr könnt Eure Forderungen den Elfen vortragen, Hun Came«, fuhr Larian fort. »Ihr könnt ihnen natürlich auch drohen, wenn es Euch beliebt.«
Hun Came murmelte einen Fluch und zog sich hastig zwischen die Daewas zurück. Die beiden Kreaturen waren immer unruhiger geworden. Jetzt bewegten sie sich aufgeregt hin und her und stießen dabei kleine, kehlige Knurrlaute aus. Mit einem Mal wirkten sie gar nicht mehr so gefährlich, fand Timo. Nur noch hässlich.
Die Elfen waren mittlerweile so nahe gekommen, dass das Summen der mächtigen Libellenflügel selbst die Geräusche von Hun Cames Armee übertönte. Es waren mehr als drei-

hundert – eine gewaltige Armee schimmernder Lichtwesen, die auf den Rücken ihrer riesigen Flugtiere noch schöner und verzauberter aussahen, als ihm Gaia vorgekommen war. In einer majestätischen Bewegung schwenkte der Heereszug über dem Burghof herum und teilte sich in zwei verschieden große Gruppen auf. Die größere Abteilung flog weiter über die Burgmauer und begann über Hun Cames Heer zu kreisen, während der Rest langsam in den Innenhof heruntersank.

Die Elben wichen respektvoll zurück, während die Libellen auf dem weißen Marmor aufsetzten. Timo sah, dass nur fünf der sechs Tiere eine Reiterin trugen. Die riesigen, durchsichtigen Flügel summten ein letztes Mal und falteten sich dann mit einem knisternden Geräusch zusammen. Und plötzlich wusste Timo auch, woher er diesen Laut kannte – es war das Geräusch, das er gehört hatte, als Gaia und seine Eltern von den Gormen überfallen worden waren.

»Verräterischer Hund!«, keuchte Hun Came. »Dafür wirst du bezahlen, Elb!«

»Schweig, Hun Came«, wies ihn Larian zurecht. »Es wäre besser. Du hast noch immer mein Wort, aber ich weiß nicht, wie die Elfen es aufnehmen werden, dass du eine Armee hierher geführt hast.«

Hun Came wurde bleich, schwieg aber. Sein Blick richtete sich hasserfüllt auf die fünf Elfen, die in der Mitte des Hofes gelandet waren.

Zwei von ihnen waren von ihren Tieren gestiegen und kamen jetzt mit raschen, gleitenden Bewegungen, als berührten ihre Füße kaum den Boden, näher. Timo sah, dass eine von ihnen einen dünnen, silbernen Stab in der Hand hielt. An seinem oberen Ende leuchtete ein dunkelroter Stein.

Für einen kurzen Moment stieg eine verzweifelte Hoffnung in ihm auf, als er ihr ins Gesicht sah.

Aber es war nicht Gaia. Sie war ihr ähnlich, so wie sich auch die Elben untereinander ähnelten, aber sie war jünger und ein wenig kleiner und die schimmernde Aura, die ihren Körper umgab, war nicht ganz so leuchtend und prachtvoll wie die Gaias. Lautlos kam sie näher, blieb vor Dergon und Larian stehen und sah die beiden Elbenfürsten stirnrunzelnd an. Ein eigenartiger Ausdruck von Trauer huschte über ihre Züge. Aber sie schwieg, sah Charriu, Timo und dann Hun Came an und blickte schließlich mit kaum verhohlenem Zorn auf die beiden Daewas. Die gewaltigen schuppigen Kreaturen schienen unter ihrem Blick zusammenzuschrumpfen.
»Nun, Hun Came, Statthalter von Muuren Shant«, begann sie schließlich, »was führt Euch hierher, in die Hohe Feste der Elben? Ich nehme nicht an, dass Ihr Ahrimans Kreaturen zu einem Höflichkeitsbesuch hierher gebracht habt.«
Hun Came schwieg, aber seine Augen schienen zu brennen. Einer der beiden Daewas knurrte leise; es hörte sich eindeutig furchtsam an.
»Ihr seid gerade noch zurecht gekommen«, sagte Dergon. »Hun Came kam hierher, um den Frieden dieses Ortes zu brechen. Er ...«
Came fuhr mit einem Zischen herum. »Schweig!«, schnappte er. »Oder du wirst es bereuen.«
»Ist es Eure Art, Gastfreundschaft mit Beleidigungen zu danken, Hun Came?« fragte die Elfe kühl.
Came starrte sie an. Seine Lippen bebten vor Wut. »Warum mischt Ihr Euch ein?«, fragte er trotzig.
Die Elfe lächelte. »Ihr seid mit den Kreaturen des Bösen hierher gekommen, Hun Came«, sagte sie. »Ihr habt das Schwert in ein Land getragen, das immer für Frieden und Gewaltlosigkeit eingetreten ist. Überall habt Ihr Zerstörung, Leid und Hass hinterlassen. Und Ihr fragt mich, warum ich mich einmische?«

Came schürzte trotzig die Lippen. »Ich wollte das nicht«, sagte er. »Ich habe diesen Elben gewarnt, aber er hat mich mit Gewalt davongejagt und mich und meine Männer bedroht. Wir wollen diesen Helder, mehr nicht.«
Die Elfe schwieg einen Augenblick, wandte sich dann um und trat auf Timo zu. Der Blick ihrer großen, dunklen Augen begegnete dem seinen mit einer solchen Eindringlichkeit, dass er das Gefühl hatte, sie könnte ihm bis auf den Grund seiner Seele blicken. Es war dasselbe Gefühl, das er schon bei Gaia und auch ein wenig bei Larian gehabt hatte. Plötzlich lächelte die Elfe. »Du bist Timo, der Sohn Erron Un Gents, nicht wahr?«, fragte sie.
Timo nickte. Er wollte antworten, aber seine Kehle war mit einem Mal wie zugeschnürt. »Ihr ... kennt mich?«, fragte er schließlich zaghaft.
»Wir kennen dich und wir kennen auch deine Eltern. Dein Vater war ein oft und gern gesehener Gast bei uns, Timo. Doch diese Zeit ist lange vorbei.« Sie lächelte versonnen, als erinnerte sie sich an weit zurückliegende Ereignisse.
»Was hat dieser Knabe getan, dass Ihr den uralten Frieden zwischen Menschen und Elben brecht, Hun Came?«, fuhr sie in verändertem Tonfall fort.
Came deutete auf seine Schulter. »Nicht ich habe den Frieden gebrochen, sondern er«, behauptete er zornig. »Er wollte mich töten.«
»Ihr meint, er hat sich gewehrt, als Ihr versucht habt, ihn und die Seinen in den Kerker zu werfen!«, unterbrach ihn die Elfe. »Bemüht Euch nicht, Hun Came. Wir wissen, was geschehen ist, und wir wissen auch, dass Ihr mit Ahriman im Bunde seid. Doch es gibt eine uralte Freundschaft zwischen Elben, Heldern und Elfen und wer die Hand gegen einen von uns erhebt, der erhebt sie auch gegen die beiden anderen Völker. Dieser Helderknabe steht von nun an unter dem Schutz der Elfen, und wenn Ihr ihn haben wollt,

Hun Came, dann holt Eure Kreaturen herein und versucht ihn Euch mit Gewalt zu holen.«
Hun Came schluckte. Sein Blick glitt unsicher von dem Gesicht der Elfe zu dem Larians, dann über die gewaltigen, schillernden Leiber der Riesenlibellen, die noch immer wie eine lebende, dunkle Wolke über den Mauern der Hohen Feste kreisten.
»Geht jetzt, Hun Came«, fuhr die Elfe fort. »Geht und berichtet Ahriman, dass er schon den Silberwald selbst erobern muss, wenn er diesen Helder unbedingt haben will.«
Came schnaubte. »Wie du willst«, sagte er gepresst. »Ich werde es ihm sagen. Und wer weiß«, fügte er nach sekundenlangem Zögern hinzu, »vielleicht tut er es auch.«
Dergon wollte auffahren, doch die Elfe berührte ihn rasch am Arm und schüttelte beschwichtigend den Kopf. »Lasst ihn, Freund«, sagte sie. »Ahrimans Geist ist zu stark in ihm. Er ist nicht verantwortlich für das, was er sagt. Was ihr seht und hört, ist der Herr des Kalten Reiches selbst, nicht Hun Came.«
Der Statthalter starrte sie noch sekundenlang wütend an, dann fuhr er herum, stampfte zum Tor und verließ die Festung. Die beiden Soldaten und die Daewas folgten ihm. Hinter ihnen schlug die Tür mit dumpfem Knall ins Schloss.
»Ich ... ich danke Euch!«, sagte Larian zu der Elfe gewandt. »Ihr seid im letzten Moment gekommen. Wir glaubten uns schon verloren.«
»Wir konnten nicht schneller hier sein«, antwortete die Elfe betrübt. »Ahrimans Arm reicht weit. Euer Windfalke wurde gejagt und aufgehalten und musste große Umwege machen um uns zu erreichen. Auch die Namenlosen Berge sind nicht mehr sicher und ich fürchte, dass Hun Came sich auch jetzt nicht geschlagen geben wird.« Sie wandte sich an

Timo. »Die Hohe Feste ist nicht mehr sicher genug«, sagte sie. »Wir sind gekommen um dich zu holen, Helderprinz.«

Es dauerte einen Moment, bis Timo wirklich begriff, was die Worte der Elfe bedeuteten. »Ihr meint – dass ich ...«, fragte er ungläubig.

Die Elfe unterdrückte ein Lächeln. »Einige meiner Schwestern werden zum Schutze dieser Mauern bleiben«, sagte sie, »doch ich und die anderen fliegen zurück. Du wirst uns begleiten.«

»In den Silberwald?«, flüsterte Timo. »Ihr meint ... ich ...«

»Noch keines Sterblichen Fuß hat je seinen Boden betreten«, sagte die Elfe. »Doch wir brauchen dich. Wir brauchen deine Hilfe, Helderprinz.«

»Meine Hilfe?«, wiederholte Timo. »Aber wie ...«

»Du wirst alles verstehen, sobald die Zeit gekommen ist«, sagte die Elfe. »Ahriman rüstet zum letzten Kampf, und sobald die Tagnacht anbricht, wird es zur Schlacht kommen, einer Schlacht, die vielleicht das Schicksal unzähliger Generationen beeinflussen wird. Es liegt an dir, diese Schlacht zu entscheiden. Willst du uns helfen?«

»Ich will«, sagte Timo fest.

Der Hinterhalt

Hoch über den Wolken flogen sie ins Nirgendwo. Timo versuchte vergeblich festzustellen, welche Richtung die Lirgos eingeschlagen hatten. Zum ersten Mal in seinem Leben hatte er die Orientierung verloren und vermochte nicht zu sagen, ob sie nach Norden oder Süden, Osten oder Westen flogen. Die Berge waren hinter ihnen zurückgeblieben, dann hatten sie Weideland überquert, anschließend Wald, dann wieder Wiesen und Felder ... Timo war es bald müde geworden, die ständig wechselnde Landschaft unter sich zu betrachten. Sein Herz klopfte noch immer und er war so aufgeregt wie nie zuvor. Er würde den Silberwald sehen, die sagenumwobene Heimat der Elfen, den Ort, an dem (wie die Alten erzählten) das Leben auf die Welt gekommen und wo die Quelle alles Guten und Schönen zu finden war. Und er würde der erste Helder sein – das erste sterbliche Wesen überhaupt! –, dem diese Ehre zuteil wurde.
Der wirkliche Grund dafür war ihm allerdings auch jetzt noch nicht klar. Die Elfe – ihr Name war Sela – hatte sich beharrlich geweigert, ihre geheimnisvolle Andeutung weiter zu erklären, sondern tröstete ihn damit, dass er alles erfahren würde, wenn sie ihr Ziel erreicht hätten. Und es war auch gar nicht mehr viel Zeit geblieben um Fragen zu stellen. Die Elfen hatten gewartet, bis Hun Came und seine Armee den Rückweg angetreten hatten, und danach waren sie ebenfalls aufgebrochen, ohne noch viele Worte zu verlieren. Auch von Dergon und seiner Familie hatte es keinen

großen Abschied gegeben – nur Charriu war mit ihm bis zu den Lirgos gekommen, hatte aber geschwiegen und einen respektvollen Abstand zu den riesigen Tieren gehalten. Auch Timo verspürte eine gewisse Beklemmung. Er war mit Tieren aller Art aufgewachsen und verstand sich auf den Umgang mit ihnen besser als auf den mit Menschen, aber der starre Blick dieser glitzernden Kristallaugen ließ ihn schaudern. Er hatte seinen ganzen Mut zusammennehmen müssen, um in den Sattel zu klettern, und hätte er nicht Angst gehabt, sich vor den Elfen (und besonders vor Charriu) eine Blöße zu geben, hätte er sich glatt geweigert, das Flugtier zu besteigen.

Die Libellen schossen jetzt so schnell dahin, dass Felder und Wiesen unter ihnen zu verschwommenen Farbklecksen wurden. Einmal tauchte ein breiter Strom unter ihnen auf, der so mächtig dahinrollte, dass das Rauschen der Strömung selbst hier oben noch wie ferner Donner zu hören war. Die Lirgos änderten ihren Kurs und folgten seinem Lauf für eine Weile, ehe sie wieder abbogen und weiter ins Nirgendwo hineinjagten.

Endlich – nach einer Ewigkeit, wie es Timo vorkam – tauchte ein großes, ebenes Felsplateau vor ihnen auf und die Libellen wurden langsamer und verloren an Höhe. In einer weit geschwungenen, sanften Kurve glitten sie über den Rand des Plateaus, überflogen es einmal zu Gänze, als müssten sie sich davon überzeugen, dass es wirklich leer war, und setzten schließlich zur Landung an. Timo klammerte sich fester an seine Sattelriemen, als der felsige Boden auf ihn zuschoss, aber das Tier setzte so behutsam wie ein fallendes Blatt auf. Ein Wirbelsturm erfasste Timo, als die anderen Lirgos rechts und links von ihm niedersanken und ihre riesigen Flügel über dem Rücken zusammenklappten. Er fürchtete abgeworfen zu werden, duckte sich ängstlich, schloss die Augen und klammerte sich fest.

Schließlich verklang das Rauschen und Knistern um ihn und er wagte es, sich vorsichtig wieder aufzurichten.
Als er die Augen öffnete, blickte er in Selas Gesicht. Die Elfe lächelte ihn gutmütig an, streckte die Arme aus und half ihm abzusteigen. Das war etwas, was Timos Stolz normalerweise nicht zuließ, aber er hätte nie gewagt, eine Elfe zurückzuweisen, und jetzt zitterten seine Hände und Knie so stark, dass er froh war, nach einer helfenden Hand greifen zu können. Hastig entfernte er sich ein paar Schritte von der Riesenlibelle und sah mit einem unruhigen Lächeln zu der Elfe auf.
»Sind wir schon da?«, fragte er leise.
Sela schüttelte den Kopf. »Im Silberwald? Nein, kleiner Helder, noch lange nicht. Wir rasten hier nur eine Weile. Die Lirgos sind stark und ausdauernd, doch wir sind die ganze Strecke bis zur Hohen Feste ohne Pause geflogen. Auch ihre Kraft hat Grenzen und das letzte Stück des Weges ist das schwerste.«
Timo nickte. Es war das zweite Mal, dass Sela eine solche Andeutung machte, und diesmal konnte er seine Neugier nicht mehr bezähmen. »Du meinst, es ist gefährlich?«, fragte er.
»Gefährlich ...« Sela betonte das Wort auf eigenartige Weise. »Für einen einzelnen Reisenden vielleicht. Für uns sicher nicht. Ahriman wird es nicht wagen, uns offen anzugreifen.«
»Das hat Larian auch gedacht«, murmelte Timo.
Sela schwiegt und Timo hatte plötzlich das Gefühl, etwas Falsches gesagt zu haben. Er wollte sich entschuldigen, aber die Elfe winkte rasch ab. »Lass nur, Helderprinz«, sagte sie. »Du hast vollkommen Recht. Wir lebten so lange allein und abgeschieden von der Welt, dass wir begonnen haben den Blick für die Wirklichkeit zu verlieren.« Sie sah Timo plötzlich sehr ernst an. »Vielleicht brauchen wir die warnende

Stimme eines Kindes um zu erkennen, was wirklich in der Welt geschieht. Erzähl mir von deiner Heimat, Prinz der Helder.«

»Nenn mich nicht so«, sagte Timo. »Bitte«, fügte er entschuldigend hinzu, als ihm sein scharfer Tonfall auffiel. »Ich heiße Timo. Niemand hat mich jemals Prinz genannt und ...«

»Und du möchtest es nicht«, beendete Sela den Satz, als Timo stockte.

Er nickte und Sela lächelte wieder auf jene eigentümliche Weise, von der er nicht wusste, was sie bedeuten sollte. »Das ehrt dich, Helder«, sagte sie, »aber du bist nun einmal der Sohn Erron Un Gents, des Königs der Helder.«

»Aber ich lege keinen Wert darauf, als Prinz behandelt zu werden«, widersprach Timo.

»Vielleicht, weil du nicht weißt, was es wirklich heißt, ein Königssohn zu sein«, antwortete die Elfe. »Komm mit.« Sie wandte sich um und ging mit langsamen Schritten zum Rand des Plateaus hinüber. Ein kühler Wind kam ihnen entgegen und der Blick reichte weit über das Land. Aber es war ein fremdes Land – Berge und Wälder, von denen er noch nie gehört hatte, und Flüsse, die weit hinter der Grenze der ihm bekannten Welt entsprangen. Die Elfe setzte sich auf einen Felsblock, faltete die Hände im Schoss und wandte das Gesicht der Sonne zu. Das goldene Licht verschmolz mit dem Schimmer ihres Haares und für einen Moment sah ihre Gestalt durchsichtig aus, als wäre sie nicht mehr als ein flüchtiger Hauch – ein Trugbild, das Luft und Sonnenglanz geschaffen hatten.

Timo schwieg gebannt. Der Anblick war unglaublich schön. Und doch ...

»Sprich es ruhig aus«, sagte Sela, als hätte sie seine Gedanken gelesen. Timo fuhr zusammen. »Was ... was meinst du?«, fragte er verlegen.

Sela wandte den Kopf, sah ihn an und lachte leise: »Du fühlst dich nicht wohl in unserer Nähe, nicht?«. sagte sie. »Wir sind schön, aber es ist etwas an uns, das dich stört.«
Timo senkte betreten den Blick. »Ich ... das ist es nicht«, sagte er ausweichend. »Es ist nur ...«
»Du brauchst dich nicht zu schämen«, unterbrach ihn Sela, als er zu stottern begann. »Du bist nicht der Erste, dem es so ergeht. Kein Sterblicher erträgt unsere Nähe auf lange Zeit, so wie wir nicht die Nähe von Sterblichen ertragen. Euer Volk und unseres sind einander fremd. Doch wir sind trotzdem Freunde.«
»Natürlich«, sagte Timo hastig. Er spürte, wie er rot anlief, und plötzlich konnte er dem Blick der dunklen Elfenaugen nicht mehr standhalten. »Entschuldige«, murmelte er halblaut. »Ich weiß selbst nicht, was in mich gefahren ist.«
»Ich werde es dir erklären, Prinz der Helder«, sagte Sela. »Vielleicht ist es gut, wenn du es weißt, bevor wir den Silberwald erreichen. Ihr und wir, Helder und Elfen, wir sind Freunde, seit es diese Welt gibt, und doch stammen wir aus verschiedenen Welten. Ihr gehört hierher, in die Welt der Menschen und Tiere und Pflanzen, und ihr seid Teil dieser Welt, wie wir Teil der unseren sind. Einer Welt« – und jetzt klang ihre Stimme traurig und gedämpft –, »aus der auch Ahriman und seine Geschöpfe der Nacht stammen, Helder. In euch, in den Menschen und auch in den Elben, vereinigen sich Gut und Böse zu einem Ganzen. In jedem von euch ist ein Stück des Elfenreiches, aber auch ein Stück von Ahrimans Geist und es bleibt euch überlassen, welcher Teil der stärkere sein wird. In Männern wie Hun Came ist es der Atem des Kalten Reiches, der die Oberhand gewinnt, denn der dunkle Pfad ist leichter zu beschreiten, während die Wege des Guten oftmals mühsam und voller Schmerzen sind. Doch wir, die Elfen, wir haben diese Wahl nicht. Wir sind geboren aus Güte und die Liebe

ist die Kraft, die uns am Leben hält.« Sie lachte leise. »Dir mögen diese Worte seltsam erscheinen und doch ist es so. Kein Sterblicher könnte so von sich reden ohne zu lügen, doch uns ist die Lüge fremd. Als die Welt erschaffen wurde, entstanden aus den Kräften des Guten die Elfen und der Silberwald und aus den Kräften des Bösen entstanden Ahriman und das Kalte Reich. Seit diesem Tag ringen beide Seiten um die Herrschaft über die Welt und es heißt, dass es sich eines Tages entscheidet, welche Seite den Sieg davontragen wird.« Sie sah Timo ernst an und sprach weiter:

»Deshalb bedrückt dich unsere Nähe, Timo. So, wie du in Hun Cames Nähe den Atem des Bösen spürst, fühlst du in unserer die Macht der Liebe.«

»Aber das ist doch kein Grund ...«, begann Timo verwirrt, wurde aber sofort wieder von Sela unterbrochen.

»Es ist ein Grund«, sagte sie bestimmt. »So wenig wie ein Sterblicher das absolut Böse erträgt, so wenig erträgt er die Gegenwart des absolut Guten. Sieh dir die Sonne an – sie spendet Wärme und Leben und doch wirst du blind, wenn du zu lange hineinsiehst. Ihr seid Menschen und ...«

»Wir sind keine Menschen«, unterbrach sie Timo aufgebracht. »Wir sind Helder.«

Sela lächelte verzeihend. »Und doch seid ihr Brüder«, sagte sie sanft. »Kaum einer weiß es heute noch, aber es gab eine Zeit, da waren Menschen und Helder und Elben und Zwerge, da waren all diese Völker, die heute für sich leben, Angehörige eines einzigen, großen Volkes. Aber die Menschen wurden mehr und ihr, die Elben und die Zwerge, ihr wurdet weniger – und irgendwann behaupteten die Menschen von sich, dass sie die einzigen wahren Menschen wären, und sie begannen euch zu verspotten, weil ihr kleiner und schwächer seid als sie, und die Elben zu hassen, weil sie stärker und gütiger sind. Aber das alles ändert nichts an

der Wahrheit. Ihr gehört zu einem Volk ... und irgendwann werden auch die Menschen wieder begreifen, dass man einen anderen nicht nach seinem Äußeren beurteilt.«
»Und ihr?«, fragte Timo.
»Wir Elfen?« Sela schwieg einen Moment und in ihre Augen trat ein wehmütiger Ausdruck. »Es ist wie mit den Elben«, sagte sie. »Unsere Zeit läuft ab. Doch das braucht dich nicht zu erschrecken. Sommer und Winter werden sich noch sehr oft abwechseln, bis der Tag gekommen ist, an dem es keine Elfen mehr gibt.«
Timo schwieg betreten. Sela schien darauf zu warten, dass er etwas sagte – etwas ganz Bestimmtes –, aber er fand keine Worte, die als Antwort auf die ihren gepasst hätten, und so blickte er verlegen weiter über die Ebene, die sich unter ihnen ausbreitete.
»Ist es noch weit bis zum Silberwald?«, fragte er nach einer Weile, nur um überhaupt etwas zu sagen.
»Für den, der den Weg weiß, nicht«, antwortete Sela geheimnisvoll. »Der, der ihn nicht weiß, wird ihn niemals finden.«
»Aha«, machte Timo. Sela lachte. »Du verstehst nicht, was ich damit meine?«, fragte sie.
Timo schüttelte den Kopf. »Wenn ich ehrlich sein soll – nein«, antwortete er. »Aber ich verstehe eine Menge nicht.«
»Du wirst es verstehen, sobald die Zeit gekommen ist. Der Weg zum Silberwald lässt sich nicht in Meilen messen, Helder. Nur wer von einer Elfe geführt wird, kann ihn gehen, und nur der, der bereit ist, an Wunder zu glauben, kann ihn aus eigener Kraft finden. Doch das ist noch keinem Sterblichen gelungen, seit das Rad der Zeit sich zu drehen begonnen hat.«
»Und ich werde der Erste sein«, murmelte Timo. »Warum? Was kann ich tun, was mein Vater oder die Elbenfürsten nicht besser tun könnten?«

Diesmal dauerte es lange, bis Sela antwortete, und Timo konnte spüren, wie schwer es ihr viel. »Vielleicht ist es besser«, sagte sie. »Es könnte zu viel sein, wenn du alles auf einmal erfährst. Der Silberwald ist kein Ort für Sterbliche und auch unter unserem Schutz wirst du nicht lange bleiben können, Prinz der Helder. Was weißt du von der Dunklen Prophezeiung?«

Timo unterdrückte ein Seufzen. Er hatte in letzter Zeit so viele unklare Andeutungen und Bemerkungen darüber zu hören bekommen, dass ihm diese beiden Worte einen Schauer über den Rücken jagten.

»Nicht viel«, gestand er. »Nicht viel mehr jedenfalls, als dass Ahrimans Horden aus dem Kalten Reich hervorbrechen und die Herrschaft über die Welt zu erringen versuchen werden.«

»Nichts über einen König aus dem Geschlecht der Helder, der die Fäden des Schicksals in der Hand halten wird?«, fragte Sela.

Timo erschrak. Ihre Worte überraschten ihn weniger, als sie es eigentlich hätten tun müssen. Es war, als hätte er es die ganze Zeit geahnt.

»Und doch ist es so«, fuhr Sela fort. »Es wird ein Helder sein, der darüber entscheidet, ob Gut oder Böse diese Welt in Zukunft beherrschen werden. Der Letzte aus dem Geschlecht der Helderkönige.«

»Ich?«, fragte Timo langsam. »Aber das ... das kann nicht sein!«

»Warum nicht?«, entgegnete die Elfe.

»Weil ... weil ich kein König bin«, antwortete Timo stockend. »Ich bin noch nicht einmal ein Mann. Ich habe meine Weihe noch nicht erhalten und ich ...«

Sela unterbrach ihn mit einem leisen Lachen. »Oh, du dummer kleiner Helder«, sagte sie. »Nur weil du eine alberne Zeremonie noch nicht vollzogen hast, meinst du kein Mann zu sein? Nur weil du jung bist, meinst du, eine Aufgabe nicht erfüllen zu können? Es gibt Dinge, die kann ein Erwachsener nicht tun, Timo, und wäre er noch so stark. Es ist einem Knaben vorbehalten, den Weg zum Einsamen Siedler zu finden und die Blume Crysalis in den Silberwald zu bringen.«

»Zum Einsamen Siedler ... die Blume Crysalis ...«, wiederholte Timo verwirrt. »Ich verstehe nicht. Was bedeutet das alles? Wer ist dieser Einsame Siedler und was hat es mit dieser Blume auf sich?«

»Das wissen wir auch nicht, Timo«, antwortete Sela ernst. »Es heißt, dass in der Stunde der höchsten Not nur noch die Kraft der Blume Crysalis die Rettung bringen kann, und es heißt, dass nur der Einsame Siedler weiß, wo sie zu finden ist.«

»Und wo lebt dieser Einsame Siedler?«

»Irgendwo am Rande der Welt«, antwortete Sela. »Im Land der Hoffnung und der Träume – einem Land, in das nur der gelangen kann, dem das Schicksal der Welt in die Hände gelegt ist. Niemand kennt den Weg dorthin, Timo. Auch wir nicht. Aber wir wissen, dass du ihn finden kannst – wenn du tapfer bist und an dich glaubst.«

Timo schüttelte in wachsender Verwirrung den Kopf. »Aber ... aber woher wollt ihr wissen, dass ich der Richtige bin?«, fragte er. »Es gibt so viele Helder und ...«

»Wir wissen es nicht«, unterbrach ihn Sela. »Niemand kann das wissen. Aber wir hoffen es, Timo. Gaia, unsere Herrscherin, war unterwegs, dich und deine Eltern zu suchen und zu uns zu bringen. Und auch Ahriman weiß von der Dunklen Prophezeiung. Deshalb hat er seinen Schergen Hun Came ausgesandt um dich zu fangen, und nur deshalb ging er das Risiko ein, sogar den Elben mit dem Schwert zu drohen. Er fürchtet dich, Timo.«

»Mich?« Timo war überrascht. »Aber was könnte ich schon

tun? Ich ... ich glaube nicht, dass ich der bin, nach dem ihr sucht. Ich bin kein König und ich bin auch nicht tapfer. Ich weiß ja nicht einmal, wo ich diesen Einsamen Siedler finden soll!«

»Du wirst den Weg finden, wenn du es wirklich willst. Wenn du an dich glaubst, Helderprinz. Und wir werden dir helfen, so gut wir können. Das ist der Grund, aus dem wir dich in den Silberwald mitnehmen. Du wirst alles erfahren, was dir helfen kann, und du wirst ein paar Dinge erhalten, die dir nützlich sein werden.«

»Dinge?«, wiederholte Timo. »Was für Dinge?«

Sela drehte sich auf ihrem felsigen Sitz um, hob die Hände und löste eine silberne Kette mit einem kleinen Anhänger von ihrem Hals. Timo hatte ihn bisher nicht bemerkt, aber jetzt blendete ihn sein Glanz so sehr, dass er blinzeln musste.

»Dieses Amulett«, sagte Sela, »ist eines der Dinge, von denen ich sprach. Nimm es.«

Timo streckte zögernd die Hand aus und berührte das Schmuckstück. Obwohl es schimmerte, als wäre es vom Licht der Sonne erfüllt, fühlte es sich kühl an. Es war nicht groß und hätte in seiner geschlossenen Faust Platz gefunden, war aber überraschend schwer. »Was ist das?«, fragte er verwundert.

»Das Auge der Sonne«, antwortete Sela. »Seine Vorderseite zeigt das Antlitz der Sonne – sieh selbst.« Sie hob das Amulett ein wenig höher und wieder hatte Timo das Gefühl, direkt in die Sonne zu schauen. Der Glanz war so stark, dass ihm die Tränen in die Augen schossen. »Trägst du es am Tag, so wird es dich beschützen und die Kräfte des Guten wecken. Seine Rückseite zeigt den Mond, und drehst du es bei Nacht auf diese Seite, so wird dir sein Licht den Weg weisen und alles Böse vertreiben. Doch hüte dich davor, jemals die falsche Seite zu tragen!«

Timo verstand nicht ganz, was die Elfe mit ihren letzten Worten gemeint hatte. Aber sicher würde er alles erfahren, wenn sie erst einmal im Silberwald angelangt waren. Er wartete darauf, dass Sela das Amulett wieder an sich nehmen würde, aber sie tat es nicht, sondern forderte ihn mit einer Geste auf, es selbst umzulegen. Er zögerte einen Moment, streifte dann die dünne Kette über und schob das Amulett unter sein Gewand. Trotz seines Gewichtes spürte er es kaum.

»Es wird Zeit«, sagte Sela plötzlich. Sie stand auf, warf einen letzten, langen Blick ins Tal hinunter, wandte sich dann um und ging zu den Lirgos und ihren Schwestern zurück. Timo folgte ihr.

Die Lirgos hockten im Halbkreis auf dem Boden, die durchsichtigen Flügel, die in der Sonne glitzerten, schräg nach hinten geklappt, und ihre regenbogenfarbenen Augen schimmerten sanft. Die Elfen huschten lautlos wie Schemen zwischen ihnen hin und her.

Doch jetzt wurden Timos Schritte langsamer, je mehr sie sich den Libellen näherten.

»Du brauchst dich nicht zu ängstigen«, sagte Sela, die sein Zögern bemerkte. »Die Lirgos sind vollkommen harmlos – solange man ihnen nichts zu Leide tut.«

Timo nickte und versuchte zu lächeln, aber es gelang ihm nur halb. Sela hatte sicherlich Recht, aber der Anblick der gewaltigen Beißzangen, die aus den Kiefern der Rieseninsekten wuchsen, ließ Timo an ihren Worten zweifeln.

»Du darfst keine Furcht haben«, fuhr Sela fort, während sie weitergingen. »Sie spüren es, weißt du? Sie gehorchen nicht auf Worte oder Befehle, aber sie fühlen, wenn es jemand ehrlich mit ihnen meint. Niemand kann eine Lirgo belügen und sie würden niemals einen Reiter tragen, dessen Herz mit Bösem erfüllt ist. Doch nun komm. Wir müssen den Silberwald erreichen, ehe die Sonne sinkt.«

Sie beeilten sich und Sela half ihm, auf den Rücken seiner Libelle zu klettern. Obwohl ihre Augen wie die aller Insekten völlig starr waren, glaubte Timo ein belustigtes Funkeln darin zu erkennen, als er mühsam auf dem glatten Panzer nach oben krabbelte. Das Tier war als Einziges gesattelt – Sela und ihre Schwestern ritten ohne Sattel und Zaumzeug, und zwar um einiges eleganter und sicherer als er – und Timo war froh, den Sitz aus weichem Leder und die Riemen zu haben, mit denen er sich festbinden konnte.

Sie flogen weiter und schon bald verschwand die Felsebene unter ihnen und machte weiteren endlosen Wiesen und Wäldern Platz. Sie trafen wieder auf den großen Fluss, der einen gewaltigen Bogen geschlagen haben musste und nun ihren Weg neuerlich kreuzte, und wieder folgten die Lirgos eine Weile seinem Lauf. Vielleicht, weil er als Wegweiser diente, vielleicht aber auch nur, weil sie sich in der Nähe von Wasser einfach wohler fühlten, wie es nun einmal ihre Art war.

Nach einer Weile begann die Sonne zu sinken. Die Nacht holte mit Riesenschritten die Zeit auf, die sie ihr gestohlen hatten. Die Libellen flogen langsamer und Timo beugte sich ein paar Mal im Sattel vor, soweit es die Halteriemen zuließen. Doch so angestrengt er auch über den Kopf der Libelle nach vorne starrte, von ihrem Ziel war noch nichts zu sehen.

Dafür aber entdeckte er etwas anderes. Tief unter ihnen, aber noch immer hoch über den Wolken zog eine Menge dunkler, kleiner Punkte dahin. Zuerst hielt er sie für Vögel, aber dann sah er, dass sie zu groß waren und ihre Bewegungen viel zu schnell. Einmal brach sich ein Sonnenstrahl auf einem Flügel und für den Bruchteil einer Sekunde blitzten tausend schimmernde Farben zu ihnen empor. Später bemerkte er, wie ein ganzer Schwarm von ihnen durch die Wolken stieß und sich den übrigen anschloss.

Auch Sela und ihren Schwestern war das nicht verborgen geblieben und Timo bemerkte, wie sich Unruhe unter ihnen ausbreitete. Die Lirgos stiegen ein wenig höher und das Summen ihrer gewaltigen Flügel wurde lauter, als sie sich bemühten schneller zu fliegen. Aber die Verfolger hielten mühelos mit ihnen mit und Timo hatte plötzlich das Gefühl, dass sie nur einen so großen Abstand hielten, weil sie es wollten, nicht etwa, weil sie die Lirgos nicht einholen konnten.

Ein Schatten legte sich über ihn, und als er aufsah, gewahrte er Sela, die ihr Flugtier so dicht wie möglich an das seine herangelenkt hatte.

»Ich fürchte, wir werden kämpfen müssen, Helderprinz«, rief sie über das Summen der Libellenflügel hinweg. »Siehst du die Punkte unter uns?«

Timo nickte. »Ja. Was bedeuten sie?«

»Nichts Gutes«, antwortete Sela. Ihre Gestalt schien zu flackern und Timo konnte die Aufregung spüren, die von dem Lichtwesen Besitz ergriffen hatte. »Es sind Ahrimans Häscher. Er muss erfahren haben, dass wir auf dem Weg zum Silberwald sind. Und das will er mit allen Mitteln verhindern.«

Timo sah erschrocken in die Tiefe. Die Punkte waren noch nicht merklich näher gekommen, aber es waren viele, unendlich viele. Plötzlich hatte er Angst.

»Was können wir tun?«, rief er.

Sela machte eine sonderbare Bewegung mit der Hand und ein leichtes Zucken ging durch den Leib der Libelle. »Wir werden sie aufhalten, Prinz der Helder«, sagte sie ernst. »Ahrimans Bosheit mag grenzenlos sein, doch auch wir sind nicht wehrlos und es wird ihn teuer zu stehen kommen, uns so nahe bei unserer Heimat anzugreifen. Aber es gibt nichts, womit du uns helfen könntest. Die Lirgo wird dich sicher zum Silberwald bringen. Kümmere dich nicht um uns.«

Timo begriff erst nach ein paar Augenblicken, wie die Worte der Elfe gemeint waren.
»Nein!«, schrie er erschrocken. »Das könnt ihr nicht tun! Ihr könnt euch nicht opfern, nur ...«
»Rede nicht von Dingen, von denen du nichts weißt«, wies ihn die Elfe zurecht. »So wenig wie es möglich ist, die Geschöpfe der Nacht zu töten, so wenig ist es möglich, eine von uns zu vernichten. Solange nur eine Elfe lebt, leben alle.«
»Das lasse ich nicht zu!«, protestierte Timo, obwohl er sich bei diesen Worten im Grunde reichlich albern vorkam, denn er wusste genau, dass er sich den Befehlen der Elfe nicht widersetzen konnte. Als wären Selas Worte das Stichwort gewesen, auf das ihre Verfolger nur gewartet hatten, stoben die dunklen Punkte unter ihnen plötzlich auseinander und schwangen sich mit unglaublicher Geschwindigkeit zu ihnen empor.
Timo stieß einen überraschten Ruf aus, als er die Geschöpfe erkannte. Es waren keine Vögel oder Fledermäuse, wie er angenommen hatte, sondern Schmetterlinge! In allen Farben schillernde Schmetterlinge von der Größe eines Mannes. Ihre Flügel peitschten die Luft und ließen die Lirgos taumeln, und ehe Timo begriff, was überhaupt geschah, waren sie von einer ungeheuren Wolke dieser Tiere eingehüllt.
Ein vielstimmiger Schreckensschrei erscholl aus den Reihen der Elfen, als die Schmetterlinge die um vieles größeren Lirgos angriffen. Timo hatte nicht einmal die Zeit, sich von seinem Schrecken zu erholen, da war der Kampf bereits in vollem Gange.
Es war das Sonderbarste, was er jemals gesehen hatte. Die Schmetterlinge wirkten zerbrechlich und wehrlos mit ihren zarten Leibern und den farbenprächtigen Schwingen, aber sie waren weder das eine noch das andere. Aus ihren Hin-

terleibern wuchsen dünne, gefährliche Stacheln und unter ihren Kiefern klapperten tödliche Beißzangen, mit denen sie sich wütend auf die Lirgos und ihre Reiterinnen stürzten. Timo zog den Kopf zwischen die Schultern, als ein Riesenschmetterling auf ihn herunterstieß und mit seinen Zangen nach seinem Gesicht schnappte. Ein scharfer, ihm bereits wohl bekannter Gestank schlug ihm entgegen. Er entging dem Biss um Haaresbreite, schlug mit der Hand nach dem Angreifer und traf einen der Flügel.

Er zeriss, als bestünde er nur aus hauchdünnem Pergament, Der Schmetterling taumelte, flatterte hilflos herum und begann zu fallen. Aber noch im Sturz hackte er mit seinem Stachel nach dem Flügel der Lirgo und fügte ihm einen langen Riss zu.

Der Kampf wurde mit gnadenloser Wut geführt – auf beiden Seiten. Die gewaltigen Zangen der Lirgos wüteten fürchterlich unter den Angreifern und dem ersten Mörderschmetterling folgten zehn, zwanzig und dann Hunderte, die mit zerrissenen Flügeln und gebrochenen Gliedern in die Tiefe stürzten. Aber es waren so viele, so unendlich viele! Für einen getöteten Gegner schien ein Schwarm neuer aufzutauchen und auf die Dauer konnten selbst die gewaltigen Libellen dieser Übermacht nicht standhalten. Ihre stahlharten Panzer schützten sie zwar vor den Zangen und Stacheln der Bestien, aber die Schmetterlinge konzentrierten ihre Angriffe immer stärker auf die verwundbaren Flügel der Lirgos, zerrissen sie oder bissen große Stücke heraus. Timo hatte in diesem Chaos alle Hände voll zu tun, sich seiner Haut zu wehren. Voller Entsetzen beobachtete er, wie sich ganze Wolken bunt schillernder Mörder auf eine Elfe stürzten, nach ihren Haaren und Kleidern hackten und sie vom Rücken der Lirgo zu zerren versuchten. Er riss seine Schleuder aus dem Gürtel, legte einen Bolzen ein und schoss ihn ab. Er durchschlug gleich ein halbes Dutzend

Flügel und ließ drei, vier Schmetterlinge haltlos hinuntertaumeln, aber die Wucht des Angriffs schien sich zu verdoppeln. Immer mehr und mehr Schmetterlinge flatterten heran, hüllten die Elfe und ihr Reittier ein und stießen mit lautloser Wut auf sie herunter.

»Lirgo!«, keuchte Timo. »Wir müssen ihr helfen!«

Das Tier schien seine Worte zu verstehen. Mit einem wütenden Summen schwang es herum, flog einen Halbkreis und fuhr wie ein tödliches lebendes Geschoss unter die Angreifer. Seine Kiefer schnappten auf und zu und die wirbelnden Libellenflügel fegten eine Unzahl der kleineren Gegner aus der Luft. Auch Timo schwang seine Schleuder und verschoss einen Bolzen nach dem anderen; so lange, bis sein Beutel leer war. Und schließlich hatten sie Erfolg: die wenigen Schmetterlinge, die den Angriff überstanden hatten, stoben wie auf ein unhörbares Kommando auseinander – die Elfe war frei. Aber wie sah sie aus! Ihre Kleider waren zerfetzt, ihr silbernes Haar war dunkel von Blut und ihr Gesicht war schmerzverzerrt. Timo erschrak zutiefst, als er erkannte, dass es niemand anders als Sela selbst war. Ihre Gestalt flackerte, als würden ihre Kräfte erlöschen, und als sie den Kopf hob und zu Timo aufblickte, sah er in ihren Augen nichts als Leid und Furcht.

»Flieh, Helderprinz!«, rief sie. »Rette dein Leben, wenn nicht alles umsonst gewesen sein soll!«

»Niemals!«, entgegnete Timo bestimmt. »Ihr habt euch in Gefahr gebracht um mich zu retten – und jetzt helfe ich euch!«

Sela schien widersprechen zu wollen, schüttelte aber dann nur seufzend den Kopf und hob mühsam die Hand. Ein rascher Befehl in der Sprache ihres Volkes kam über ihre Lippen – und Timos Reittier vollführte eine so jähe Wendung, dass es ihn glatt aus dem Sattel geschleudert hätte, wäre er nicht festgebunden gewesen.

»Heda!«, schrie Timo. »Was soll das! Kehr um! Kehr sofort um!« Aber auf einmal schien die Lirgo seine Worte nicht mehr zu verstehen. Sie schwang sich unaufhörlich weiter hinauf, stieß wie ein Pfeil durch die wirbelnde Wolke der Riesenschmetterlinge und stieg in die Höhe. Timo schrie und trommelte verzweifelt mit den Fäusten auf ihren Rücken ein, aber das Tier verdoppelte sein Tempo noch. Die Flügel schlugen so schnell, dass sie zu verschwommenen Schatten wurden.

Doch den Schmetterlingen war ihre Flucht keineswegs entgangen. Während tief unter ihnen der grausame Kampf weitertobte, löste sich ein kleiner Schwarm, formierte sich zu einem Keil und jagte hinter ihnen her. Timo sah entsetzt, dass sie aufholten, nicht sehr rasch, aber unerbittlich. Die Libelle brummte zornig und versuchte noch schneller zu fliegen, aber ihre Kräfte schienen aufgebraucht. Ihre Flügelschläge wurden langsamer und sie verloren etwas an Höhe.

Timos Augen füllten sich mit Tränen. Er wusste plötzlich, dass die Elfen den Mordschmetterlingen ohne weiteres hätten entkommen können. Es wäre ein Leichtes für sie gewesen, in alle Windrichtungen auseinander zu stieben und sie so dazu zu zwingen, ihr Heer ebenfalls aufzuspalten – und in kleinerer Zahl waren die Schmetterlinge keine ernst zu nehmenden Gegner mehr. Aber sie hatten es nicht getan um ihn zu schützen. Trotz des grausamen Schicksals, das sie erwartete, waren sie zusammengeblieben, um die Angreifer von ihrem wahren Opfer abzulenken – von ihm. Seine Hand krampfte sich in hilfloser Wut um die nutzlos gewordene Schleuder. Es tat ihm mit einem Mal Leid, dass er Dergons Angebot ausgeschlagen und das Schwert zurückgewiesen hatte. So hätte er wenigstens noch ein paar dieser geflügelten Mörder mit sich in den Tod nehmen können.

Denn dass sie ihn einholen würden, daran zweifelte er nicht. Sie hatten schon mehr als die Hälfte ihres Vorsprunges eingebüßt und die Verfolger holten weiter auf. Obwohl es nur noch ein kleiner Teil der Hauptmacht war, mussten es noch immer an die hundert Schmetterlinge sein, die ihnen folgten. Es konnten nur noch Augenblicke vergehen, bis sie sie eingeholt hatten.
Auch die Lirgo schien die Gefahr zu spüren. Sie schwenkte mit einem jähen Ruck herum, legte sich auf die Seite und stieß mit leicht angelegten Flügeln auf das weiße Wolkengebirge hinunter. Die Schmetterlinge konnten dem blitzartigen Manöver nicht folgen, sie gerieten durcheinander und ein Teil von ihnen verlor bei dem plötzlichen Richtungswechsel die Orientierung und stürzte flatternd ein gutes Stück in die Tiefe, ehe sie sich wieder halten konnten. Die Lirgo tauchte in die Wolke ein und Timo verlor die Verfolger aus dem Blick. Alles um ihn herum war plötzlich weiß, weiß und kalt wie Nebel, und er fragte sich besorgt, wie sein Reittier erkennen mochte, wohin es flog. Aber die Lirgo schoss mit unverminderter Geschwindigkeit und so zielsicher weiter, als könne sie alles sehen. Endlos lange schienen sie durch die weißen Schwaden zu gleiten. Die Wolke verschluckte nicht nur das Licht, sondern dämpfte auch alle Geräusche, sodass das Brummen der Libellenflügel zu einem leisen, kaum mehr hörbaren Summen wurde. Timo begann zu frieren und schließlich vor Kälte zu zittern. Der gepanzerte Leib der Lirgo glitzerte feucht und auch Timos Kleider klebten nass an seinem Körper. Die Wolke wurde immer dichter und nach einer Weile hatte er das Gefühl, kaum mehr richtig atmen zu können.
Endlich, als er schon fast meinte zu ersticken, lichtete sich der weiße Nebel und unter ihnen lag wieder Land. Sie waren sehr tief hinuntergekommen – aus den bunten Farbflecken waren wieder Felder und Wiesen geworden und die

winzigen Silberpunkte und -striche hatten sich zu Seen und Flussläufen verwandelt.
Die Libelle setzte jedoch ihre Flucht nicht fort, wie er erwartete hatte, sondern begann dicht unter den Wolken zu kreisen. Timo runzelte verwundert die Stirn, sagte aber nichts. Wenn Sela sein Schicksal in die Flügel dieses Tieres gelegt hatte, dann musste sie ihm vertrauen und es stand ihm nicht zu, die Entscheidung einer Elfe anzuzweifeln. Und er wusste, dass sich Tiere weit seltener irrten als Menschen oder sogar Helder. Vielleicht war die Lirgo auch einfach zu erschöpft um weiterfliegen zu können.
Sein Blick wanderte besorgt über die Wolkendecke. Er wünschte sich nichts sehnlicher, als dass die Schmetterlinge die Verfolgung aufgegeben hatten, aber irgendwie spürte er, dass sie es nicht taten. Und wirklich tauchten auch schon nach wenigen Augenblicken die ersten schillernden Punkte aus der Wolke auf und flatterten schwerfällig heran.
Die Lirgo brummte, klapperte kampfeslustig mit den Zangen und jagte los – direkt auf die Schmetterlinge zu!
Timo stieß einen erschrockenen Schrei aus. Aus der Wolke fielen mehr und mehr der Verfolger herab und sie waren noch nicht zur Hälfte heran, als bereits der ganze Schwarm wieder versammelt war. Aber etwas hatte sich geändert. Ihre Bewegungen waren viel schwerfälliger geworden und sie schienen sich nur noch mit Mühe in der Luft halten zu können.
Und endlich begriff er. So wie der Leib der Lirgo glitzerten auch die Schwingen der Schmetterlinge vor Nässe. Aber anders als die Libellen waren die Schmetterlinge keine Tiere, die im Wasser lebten. Die Feuchtigkeit machte ihre Flügel schwer und tränkte ihren Pelz, sodass sie sich kaum mehr zu bewegen vermochten – während sie seinem eigenen Reittier sichtlich Kraft zurückgebracht hatte. Das kluge

Tier musste das gewusst haben, als es die Regenwolke unter sich sah. Es hatte die Verfolger in eine Falle gelockt und es rächte sich fürchterlich für den Tod seiner Schwestern! Timo klammerte sich verzweifelt am Sattel fest, als die Libelle mit einem zornigen Brummen zwischen die Verfolger fuhr und unter ihnen zu wüten begann. Die Schmetterlinge wehrten sich, so gut es ging, aber es nützte ihnen nichts. Mit ihren langsamen und ungelenken Bewegungen waren sie hilflose Opfer für die scharfen Zangen der Lirgo. Trotzdem gaben sie sich nicht auf. Bald waren sie so wenige geworden, dass sie auch unter normalen Umständen der Riesenlibelle unterlegen gewesen wären, aber sie machten nicht einmal den Versuch, sich in Sicherheit zu bringen. Der Gedanke an Flucht schien ihnen fremd zu sein. Es waren Ahrimans Kreaturen, trotz ihrer täuschenden Schönheit nur dazu geschaffen, zu jagen und zu töten. Selbst als nur noch ein Einziger von ihnen übrig war, wich er seiner Gegnerin nicht aus, sondern stürzte sich todesmutig direkt in die schnappenden Kiefer der Lirgo.

Als der Kampf endlich vorüber war, taumelte Timo vor Erschöpfung. Der größte Teil der ledernen Riemen war gerissen und er musste sich nun aus eigener Kraft im Sattel halten. Auch die Lirgo schwankte, sackte ein Stück ab und fing sich mühsam wieder. Das Summen ihrer Flügel wurde unregelmäßig, und als Timo den Kopf wandte, sah er voller Schreck, dass sie verletzt war. Einer ihrer Flügel war abgerissen; nur noch ein kurzer Stummel ragte aus ihrem Leib und auch die drei anderen waren zerfetzt und geknickt. Nicht einmal der stahlharte Panzer hatte den wütenden Angriffen der Schmetterlinge standgehalten und war über und über mit Kratzern und Bisswunden bedeckt. Eines der schimmernden Augen war erloschen. Es war ein Wunder, dass sich die Lirgo überhaupt noch in der Luft halten konnte.

In einer lang gezogenen Spirale sanken sie zur Erde hinunter. Ein schmaler Waldstreifen tauchte unter ihnen auf. Die eine Hälfte war abgestorben und verbrannt und die kahlen Zweige schienen wie dürre schwarze Finger nach ihnen zu greifen. Die Lirgo schwang sich noch einmal hoch, torkelte und glitt wieder tiefer, auf den grünen, lebenden Teil des Waldes zu. Timo warf die Arme vor das Gesicht, als das Tier mit einem ungeheuren Krachen und Splittern durch die Baumkronen brach. Blattwerk und Geäst peitschten seinen Körper und zerrissen sein Gewand und ein besonders kräftiger Ast traf seine Brust wie ein Keulenhieb und nahm ihm den Atem. Er schrie, verlor den Halt und warf sich nach vorne, aber seine Hände griffen ins Leere. Er stürzte durch Zweige und Unterholz und schlug schmerzhaft auf dem Boden auf. Der Aufprall ließ den Wald erzittern und zum ersten Mal, seit Timo diese Tiere kennen gelernt hatte, hörte er eines von ihnen einen Laut von sich geben – einen hohen, beinahe menschlich klingenden Schmerzensschrei. Der riesige Körper bäumte sich auf, knickte einen jungen Baum und lag dann still.
Timo sprang auf die Füße. Ohne auf seine eigenen Verletzungen zu achten, bahnte er sich rücksichtslos einen Weg durch das Buschwerk und rannte auf die Lirgo zu. »Nein!«, stammelte er verzweifelt. »Du darfst nicht sterben! Bitte nicht! Ich brauche dich doch! Du darfst nicht sterben, Lirgo!«
Aber sein Flehen war umsonst. Das Leuchten in den Kristallaugen war erloschen, die schlanken Beine lagen still und die Flügel hingen schlaff herab. Die Lirgo war tot. Das tapfere Tier hatte sich für ihn geopfert wie so viele andere vor ihm. Sein Angriff auf die Schmetterlinge war nicht nur bloße Rache gewesen, sondern das Einzige, was es hatte tun können, um ihn in Sicherheit zu bringen. Es hatte die Verfolger getötet, nachdem es erkannt hatte, dass es ihnen auf

keinen Fall entkommen konnte. Und es hatte dafür mit seinem eigenen Leben bezahlt.
Timo konnte die Tränen nicht zurückhalten. Er kam sich fast vor wie ein Verfluchter, der überall, wohin er seinen Fuß auch setzte, nichts als Unheil und Tod hinterließ. Die Elfen hatten behauptet, dass er ihre Rettung sein konnte, aber bisher hatte er nichts als Unglück gebracht: seinen Eltern, Gaia, den Elben, Sela und ihren Schwestern – und jetzt diesem tapferen Tier. Wie konnte er sie retten, wenn jeder, mit dem er zusammentraf, auf die eine oder andere Weise ums Leben kam? Wie sollte er Ahriman trotzen, wenn er selbst Unglück verbreitete?
Nach einer Weile versiegten seine Tränen und die Trauer wich einer dumpfen Niedergeschlagenheit. Jetzt merkte er, dass ihm sein ganzer Körper wehtat. Das Blattwerk und das dichte Unterholz hatten zwar seinen Sturz gedämpft und er hatte sich nichts gebrochen, aber seine Arme und Beine waren zerkratzt und in seinem Kopf machte sich bohrender Schmerz bemerkbar.
Er hockte sich etwas entfernt von der toten Lirgo auf einen Baumstumpf und starrte vor sich hin. Was sollte er jetzt tun? Die Lirgo war seine einzige Möglichkeit gewesen, den Silberwald jemals zu erreichen. Und dass die Elfen ein drittes Mal wie durch Zauberei im richtigen Moment auftauchen und ihn retten würden, wagte er nicht zu hoffen. Sela hatte gesagt, dass der, der an Wunder glaube, den Weg auch aus eigener Kraft finden konnte – aber an ein Wunder zu glauben und eines zu vollbringen waren zwei vollkommen verschiedene Dinge.
Länger als eine Stunde saß er bewegungslos da und seine Gedanken drehten sich im Kreis. Die Schmerzen in seinem Kopf wurden stärker, und als er aufstehen wollte, wurde ihm schwindelig und er wäre beinahe gestürzt. Er wankte, hielt sich an einem Ast fest und schloss die Augen. Seine

Hand glitt zu dem Amulett unter seinem Hemd und schloss sich darum. Aber es geschah nichts. Der Schmerz schwand nicht und auch die Kraft strömte nicht in seine Glieder zurück, wie er insgeheim gehofft hatte. Wenn der Anhänger wirklich über Zauberkräfte verfügte, so waren sie anderer Art.

Plötzlich hörte er ein leises Geräusch. Zuerst war es sehr leise und er lauschte aufmerksam, da er nicht wusste, ob er es sich nicht nur eingebildet hatte, doch es wiederholte sich und nach wenigen Augenblicken vernahm er auch Stimmen.

Der Schreck verjagte für einen Moment sogar die Übelkeit. Er fuhr auf und sah sich hastig nach einem Versteck um, aber so dicht das Unterholz auch war, gab es doch nirgends eine Stelle, an der er sich verbergen konnte. Sein Blick glitt hastig über den Boden. Schließlich bückte er sich, hob einen Stein auf, der halb verborgen unter einer Baumwurzel lag, und legte ihn in die Schlaufe seiner Schleuder.

Stimmen und Schritte kamen rasch näher. Eine Gestalt erschien zwischen den Bäumen, dann eine zweite, etwas kleinere. Doch es waren keine Daewas, wie er befürchtet hatte. Auch keiner von Hun Cames Kriegern, sondern ein Mann und eine Frau in einfachen, grauen Kleidern. Sie kamen heran, blieben plötzlich stehen und starrten an ihm vorbei auf die tote Libelle. Die Frau wurde blass vor Entsetzen und fasste nach der Hand ihres Mannes.

Timo atmete erleichtert auf. Er hätte nie gedacht, dass er jemals froh sein würde einem Menschen zu begegnen, aber jetzt war er es. Er ließ seine Schleuder fallen und wollte auf die beiden Menschen zugehen. Aber seine Beine verweigerten ihm den Dienst. Er brach in die Knie und stützte sich mit den Händen auf den Boden auf.

Die Frau stieß einen halblauten Schrei aus, riss sich von

ihrem Mann los und war mit ein paar schnellen Schritten neben ihm. Ihr Blick glitt besorgt über sein Gesicht; er sah, wie erschrocken sie über seinen Zustand war.

»Ein Kind«, sagte sie aufgeregt. »Sieh doch, Torum, ein Knabe.« Sie ließ sich auf die Knie sinken, streckte die Hand aus und berührte ihn behutsam an der Schulter. »Du armer kleiner Kerl«, sagte sie. »Was ist denn bloß mit dir geschehen? Wie kommst du hierher?«

Timo wollte antworten, aber die Schwäche schlug wie eine dunkle Woge über ihm zusammen und alles, was er hervorbrachte, waren die Worte »Flucht« und »Verfolger«.

Torum war herangekommen und sah zugleich besorgt und misstrauisch zu ihm hinunter. »Ein Kind wie dieses habe ich noch nie gesehen«, murmelte er. »Es hat weißes Haar wie ein alter Mann.«

»Was spielt das für eine Rolle?«, antwortete die Frau. »Er ist verletzt und vollkommen erschöpft. Wir müssen ihm helfen.«

Der Blick des Mannes glitt wieder zu der toten Lirgo und blieb auf ihren halb geöffneten Zangen haften. »Was für ein Ungeheuer!«, sagte er beinahe ehrfurchtsvoll. Ich habe niemals davon gehört, dass es irgendwo solche Bestien gibt.«

»Es muss ihn verfolgt haben«, vermutete die Frau. »Anders ist sein Zustand nicht zu erklären. Sieh ihn dir nur an – er ist völlig zerbissen und zerkratzt. Vielleicht hat er sogar etwas gebrochen.«

»Zumindest weiß er sich zu wehren«, antwortete Torum und deutete auf Timos Schleuder. »Obwohl er das Biest kaum damit erledigt haben wird.« Er bückte sich, hob die Waffe auf und blickte dann wieder zu der Lirgo hinüber. »Wenn dieses Ungeheuer hinter ihm her war, dann hat er mehr Glück gehabt als ...«

»Sie ist kein Ungeheuer«, unterbrach ihn Timo. Es kostete ihn fast seine ganze Kraft, die wenigen Worte hervorzusto-

ßen. »Die Lirgo ist meine ... Freundin. Sie hat mich gerettet ...«
Torum runzelte die Stirn. »Was redet er da?«, fragte er. »Wie nennt er dieses Biest?«
Seine Frau schüttelte hastig den Kopf. »Lass ihn, Torum«‹ sagte sie. »Er redet irre. Sieh nur, er hat sich am Kopf verletzt und blutet.«
Timo wollte widersprechen, aber er schaffte es nicht mehr.
»Sei's drum«, brummte Torum. »Wir bringen ihn erst einmal nach Hause. Eine Nacht Schlaf und ein kräftiges Essen werden ihn schon wieder auf die Beine bringen. Danach kann er uns alles erzählen.«
Ohne Umschweife bückte er sich, nahm Timo wie ein kleines Kind auf die Arme und trug ihn fort.
Aber davon merkte Timo schon nichts mehr. Die Erschöpfung hatte ihn endgültig übermannt – er war eingeschlafen.

Der Waffenschmied

Als Timo erwachte, war wieder früher Morgen. Er lag auf einem breiten Bett und der Duft von frisch gepflückten Blumen drang in seine Nase. Vorsichtig öffnete er die Augen zu einem Spalt. Von seinen beiden Rettern war nichts zu sehen, nur zwei Knaben befanden sich in seiner Nähe. Einer war ungefähr in seinem Alter, der andere noch ein Kind, etwa drei Jahre alt. Timo beschloss vorerst still liegen zu bleiben und so zu tun, als schliefe er noch. Schließlich wusste er nichts über die Leute, die ihn gerettet hatten, und es war vielleicht besser, wenn er erst einmal herauszubekommen versuchte, wer sie waren. Und die beiden Jungen schenkten ihm auch keine sonderliche Beachtung; einmal beugte sich der ältere über sein Lager und betrachtete ihn stirnrunzelnd und ein anderes Mal zerrte der kleinere kreischend an seinem Fuß, bis ihn sein Bruder kurzerhand beim Kragen ergriff und wegzog, aber ansonsten ließen sie ihn in Ruhe. Trotzdem war Timo heilfroh, als es den beiden nach einer Weile im Haus zu langweilig wurde und sie nach draußen gingen um zu spielen. Er blieb noch einen Moment regungslos liegen, bis er sicher war, dass sie nicht sofort zurückkehren würden, richtete sich dann vorsichtig auf und sah sich genauer um. Er lag auf einem niedrigen, strohbedeckten Bett direkt unter dem Fenster. Helles Sonnenlicht strömte durch die weit geöffneten Läden herein und ließ die Umrisse der Dinge im Raum weich erscheinen. Im Herd gloste noch der Rest des Feuers, das während der Nacht angenehme Wärme verbreitet hatte.

Die Hütte bestand nur aus einem einzigen großen Raum, der gleichzeitig zum Wohnen und Schlafen, als Küche und Werkstatt diente, und hatte nur eine Tür. Außer den vier Betten gab es noch einen mächtigen, aus rohen Eichenbrettern gezimmerten Tisch mit einigen Schemeln, den gemauerten Herd und zwei große hölzerne Truhen. Die Wände bestanden aus rotem Lehm, hier und da hing Hausrat oder eine besonders schöne Wurzel und über dem Kamin prangten zwei gekreuzte prachtvolle Schwerter, deren kunstvoll verzierte Griffe und scharfe Schneiden sich durchaus mit den Waffen messen konnten, die Larian und seine Elben getragen hatten. Aber im Gegensatz zu allen anderen menschlichen Behausungen, die Timo bisher zu Gesicht bekommen hatte, war hier alles sauber und ordentlich und durch das Fenster wehte der frische Geruch des Waldes herein.

Timo schlug zögernd die Bettdecke zurück, schwang die Beine aus dem Bett und stand auf. Er fühlte sich erstaunlich frisch und ausgeruht. Immerhin hatte er einen halben Tag und eine ganze Nacht geschlafen, und als er ans Fenster trat und hinausblickte, sah er, dass die Sonne bereits wieder hoch am Himmel stand und es bald Mittag sein musste.

Seine Kleider lagen ordentlich zusammengefaltet über einem Schemel neben dem Bett. Er zog sich an, band den schmalen Silbergürtel, den er von den Elben bekommen hatte, um und nahm das Amulett der Elfe in die Hand. Er streifte die Kette über den Kopf, zögerte aber noch, den Anhänger unter sein Hemd zu schieben. Bisher hatte er ihm kein Glück gebracht, nicht einmal seine Schmerzen gelindert, wie man es manchmal von Zauberamuletten hörte. Nachdenklich drehte er es in den Fingern. Er hatte bisher keine Zeit gehabt, es genauer anzusehen. Jetzt, als er es im hellen Licht der Sonne betrachtete, sah er erst, wie schön es gearbeitet war. Das Sonnensymbol auf der Vorderseite war

mit äußerster Sorgfalt ausgeführt und leuchtete selbst hier im Zimmer noch wie unter einem geheimnisvollen, inneren Feuer. Und das Bild des Mondes auf der Rückseite zeugte von derselben Kunstfertigkeit, obwohl es ihm nicht gefiel. Timo konnte das Gefühl nicht in Worte fassen, aber es schien etwas Dunkles und Bedrohliches von der Scheibe auszugehen. Selas Warnung fiel ihm ein und er drehte das Amulett wieder um und hielt das Sonnensymbol ins Licht. Es schien für einen Moment kälter im Raum geworden zu sein.
»Oh – du bist schon wach!«
Timo fuhr zusammen, als er die Stimme hinter sich hörte. Er war so in die Betrachtung des Anhängers versunken gewesen, dass er nicht gehört hatte, wie die Tür geöffnet wurde. Hastig verbarg er das Amulett unter seinem Hemd und wandte sich um. Die beiden Jungen waren wieder ins Haus gekommen; der kleinere hockte vor dem Kamin und spielte mit einem Holzpferd, während der ältere knapp vor ihm stand und ihn mit unverhohlener Neugier musterte. Sein Gesicht war offen und frisch, hatte aber einen ernsten Zug, der ihm bereits etwas Erwachsenes verlieh, und seine Hände waren jetzt schon stark und sehnig. Er würde einmal ein so kräftiger Bursche werden wie sein Vater.
Timo wurde klar, dass der andere auf eine Antwort wartete. »Ich bin soeben aufgewacht«, sagte er hastig. »Es war niemand da ...«
»Meine Eltern sind im Wald Holz schlagen«, sagte der Junge. »Sie tun das jetzt fast jeden Tag. Der Winter ist nicht mehr weit, weißt du?« Er sprach in einem Tonfall, als verriete er damit etwas ungemein Wichtiges und Neues, und Timo, der ihn nicht beleidigen wollte, nickte ernst und zustimmend.
»Ich bin Rol«, fuhr der junge fort, »und das ist Sen, mein Bruder. Meinen Vater und meine Mutter kennst du ja schon. Und wer bist du?«

Rol hatte eine ziemlich direkte Art, fand Timo. »Timo«, antwortete er. »Ich heiße Timo.«
Rol nickte und kniff das linke Auge zu. »Timo«, wiederholte er. »Ein seltsamer Name – und was bist du? Ich habe noch nie einen Jungen wie dich gesehen.«
Timo biss sich im letzten Moment auf die Lippen, um nicht mit der Wahrheit herauszuplatzen. Rol schien ein ehrlicher Bursche zu sein und immerhin hatten seine Eltern Timo geholfen, aber sie waren Menschen und deshalb war es besser, vorsichtig zu sein.
»Du willst nicht antworten, wie?«, fragte Rol ein wenig unfreundlich, als Timo beharrlich schwieg. Er nickte.
»Wie du willst. Vater muss bald zurückkommen. Vielleicht wirst du ihm Rede und Antwort stehen.«
»Rede und Antwort?«, wiederholte Timo.
»Wieso? Bin ich euer Gefangener?«
Der dunkelhaarige Junge starrte ihn verblüfft an. »Was soll der Unsinn?«, fragte er kopfschüttelnd. »Du kannst von mir aus deine Sachen packen und verschwinden. Meinetwegen lauf bis zur Abendmutter, wenn es deine Art ist, dich so zu bedanken.«
Timo senkte verlegen den Blick. In letzter Zeit schien er ein besonderes Talent dafür zu entwickeln, immer das Falsche zu sagen. »Entschuldige«, sagte er kleinlaut. »Es war nicht so gemeint. Es ist nur so, dass ...«
Rol winkte ab, ging an ihm vorbei zum Tisch und ließ sich auf einen Schemel sinken. »Vergiss es«, sagte er großspurig. »Wahrscheinlich hast du eine Menge übler Dinge erlebt. Da wird man schon mal komisch – jedenfalls sagt Vater das.«
Timo fragte lieber nicht, wie Rols Worte gemeint waren, und der Junge schien auch gar nicht auf Antwort zu warten. »Ich war gestern Abend noch einmal mit Vater draußen und habe mir das Ungeheuer angesehen, vor dem du geflohen bist«, fuhr er fort.

»Die Lirgo?«
Rol runzelte die Stirn, sah ihn nachdenklich an und zog eine Grimasse. »Ich habe keine Ahnung, wie man diese Biester nennt«, sagte er. »Ich habe nie so etwas gesehen oder auch nur davon gehört. Gibt es da, wo du herkommst, noch mehr solche Ungeheuer?«
»Die Lirgos sind keine Ungeheuer«, erklärte Timo, obwohl er dabei das Gefühl hatte, schon wieder etwas Falsches zu sagen. »Sie sind völlig harmlos.«
»Deshalb bist du auch vor ihr geflohen, wie?«, fragte Rol spöttisch.
»Ich bin nicht geflohen. Ich bin vor Ahrimans Häschern geflüchtet und die Lirgo hat mir geholfen um ...« Er brach ab, als er in Rols Gesicht sah. »Du glaubst mir nicht«, murmelte er.
Rol schüttelte den Kopf. »Kein Wort«, antwortete er. »Wenn mein Vater dich fragt, dann solltest du ihm eine bessere Geschichte erzählen. Er ist in ziemlicher Sorge, weißt du? Er sagt es nicht, aber ich merke es ihm an.«
»Wegen der Lirgo?«
Rol zuckte mit den Schultern. »Auch«, sagte er nach kurzem Überlegen. »In letzter Zeit treibt sich allerlei Gesindel hier in der Gegend herum. Es sind fremde Reiter gesehen worden und Vaters Geschäfte gehen so gut wie nie.«
Timo sah ihn fragend an. Den Sinn des letzten Satzes hatte er nicht verstanden.
Rol lächelte. »Mein Vater ist Waffenschmied«, erklärte er. »Und wenn die Geschäfte eines Waffenschmiedes gut gehen, dann geht es den Leuten meistens nicht so gut.«
Timos Blick glitt kurz über die beiden Schwerter über dem Kamin. Wenn Rols Vater diese Waffen selbst geschmiedet hatte, dann musste er wahrlich ein Meister seiner Zunft sein. Aber seine Gedanken kehrten gleich wieder zu den Erzählungen des Jungen zurück.

»Was sind das für Reiter, von denen du gesprochen hast?«, fragte er.
Rol zuckte mit den Achseln. »Keine Ahnung. Ich selbst habe sie nicht gesehen, aber ich habe gehört, wie sich Vater und Mutter darüber unterhielten. Er sagte, die Zeiten würden schlechter werden. Vielleicht gibt es sogar Krieg. Und als sie dich gestern Abend brachten und Vater von dem Ungeheuer erzählte, vor dem du geflohen bist ... Verstehst du jetzt, warum wir besorgt sind?«
Timo nickte betrübt. Also hatte Hun Came seine Hand auch schon nach diesem Teil der Welt ausgestreckt, er oder irgendein anderer von Ahrimans Vasallen. Einen Augenblick lang überkam ihn die Versuchung, Rol die ganze Geschichte zu erzählen, aber dann ließ er es doch sein. Nicht weil er ihm nicht traute – er spürte, dass der Junge ehrlich war, und auch seine Eltern waren aufrechte Menschen, die sicher nicht mit Ahriman im Bunde waren –, aber er hatte schon zu viele Unschuldige in diesen Kampf hineingezogen, der sie nichts anging. Timo glaubte zwar noch lange nicht an diese sagenhafte Prophezeiung, aber was auch immer geschah, er würde versuchen, es aus eigener Kraft durchzustehen, so wie es Gaia ihm vorhergesagt hatte.
»Warst du lange allein draußen im Wald?«, fragte Rol plötzlich.
Timo fuhr aus seinen Gedanken hoch, schüttelte den Kopf und nickte dann, was Rol zu einem verwunderten Stirnrunzeln veranlasste. »Nicht in ... in diesem Teil des Landes«, sagte er hastig. »Ich komme von sehr weit her.«
»Das dachte ich mir«, antwortete Rol. »Wir kommen selten in die Stadt, aber ich habe noch nie von einem Jungen wie dir gehört. Du hast weißes Haar.«
»Das ... haben alle dort, wo ich herkomme«, antwortete Timo ausweichend. Es war ihm unangenehm, dass Rol

schon wieder anfing ihn auszufragen, aber diesmal schien der andere nicht so leicht aufzugeben.
»Dann muss es ein sehr seltsames Land sein, aus dem du kommst«, sagte er.
Timo wich seinem Blick aus und starrte aus dem Fenster zum Waldrand hinüber. »Das finde ich nicht«, sagte er, obwohl er genau wusste, dass es besser wäre, zu schweigen. »Ich finde eher euer Land seltsam.«
Rol zog die Augenbrauen hoch, setzte zu einer Antwort an und legte plötzlich den Kopf auf die Seite. »Vater kommt zurück«, sagte er.
Auch Timo hatte die Schritte gehört. Er stand auf und wollte zur Tür gehen, aber Rol kam ihm zuvor und öffnete sie. Torum und seine Frau traten ein. Sie waren beide schwer mit Holz und Reisig beladen und sahen kaum, wohin sie ihren Fuß setzten.
Timo wartete höflich, während Rol seinen Eltern half, ihre Last in einer Ecke des Zimmers abzuladen. Die Frau lächelte freundlich, trat auf ihn zu und betrachtete ihn aufmerksam. »Wie ich sehe, geht es dir bereits besser«, sagte sie. »Aber du solltest trotzdem noch nicht aufstehen«, fügte sie streng hinzu.
Timo erwiderte ihr Lächeln. »Ich fühle mich schon wieder ganz wohl«, sagte er.
»Na ja, du hast ja auch lange genug geschlafen«, meinte Torum. »Aber du musst hungrig sein nach all der Zeit. Setz dich und lass uns das Holz richten, danach wird dir Bethel eine heiße Suppe machen. Und dann können wir reden.«
Timo gehorchte. Torum schien ein Mann zu sein, der ohne Umschweife zur Sache kam, aber Timo hatte nichts dagegen. Je eher er mit dem Waffenschmied geredet hatte, desto eher konnte er weiter.
Geduldig wartete er, bis Torum und seine Frau das Reisig zu vier ordentlichen, gleich großen Bündeln verschnürt und

links und rechts vom Kamin gestapelt hatten. Auch Rol, der sich bisher als äußerst schwatzhaft erwiesen hatte, schwieg, obwohl ihm deutlich anzusehen war, dass er vor Ungeduld fieberte, seinem Vater zu berichten, was er von Timo erfahren hatte.

Schließlich richtete sich Torum mit einem unterdrückten Seufzen auf, rieb sich den Rücken, als schmerze er ihn vom langen Bücken, und kam zu ihnen an den Tisch.

»Nun«, begann er, »du kannst dir denken, dass wir eine Menge Fragen an dich haben. Aber du musst sie nicht beantworten, wenn du dich noch nicht kräftig genug fühlst. Wir haben Zeit ...«

»Timo«, sprang Rol ein, der es offensichtlich nicht mehr aushielt. »Sein Name ist Timo.«

»Ich glaube, das kann er mir auch selbst sagen«, wies ihn sein Vater zurecht, aber Rol ließ sich davon nicht im Mindesten beeindrucken, sondern redete munter weiter. »Er behauptet, dass dort, wo er herkommt, alle so komisch aussehen wie er«, sagte er, »und er hat behauptet, dass dieses Ungeheuer dort draußen im Wald sein Freund gewesen ist.«

Zwischen Torums Brauen erschien eine steile Falte, aber der scharfe Verweis, den Timo jetzt erwartete, blieb aus. Der Mann brummte nur, stützte die Ellbogen auf den Tisch und verschränkte die Hände.

»Soso«, murmelte er. »Und wo liegt dieses Land, in dem es weißhaarige Kinder und riesige Libellen gibt?«

Der Spott in seiner Stimme entging Timo keineswegs, aber er schluckte den Ärger hinunter. »Im Osten«, antwortete er. »Sehr weit im Osten. Weit hinter den Bergen.«

»*Hinter* den Bergen?« Torum betonte das erste Wort auf sonderbare Weise. »Hinter welchen Bergen?«

»Ich weiß nicht, wie ihr sie nennt«, antwortete Timo vorsichtig. »Die Berge im Osten, in denen die Elben leben.«

»Elben«, murmelte Torum. »Soso. Und wie«, er beugte sich

vor, sah Timo ernst an und legte eine bedeutungsvolle Pause ein, ehe er weitersprach, »bist du über diese Berge gekommen? Niemand hat sie je überstiegen, das solltest du wissen.«

Rol wartete gespannt auf Antwort und Bethel, die am Herd stand, hatte sich umgewandt und sah ihn mit einem seltsamen Ausdruck an.

»Ich ... habe sie nicht überstiegen«, antwortete Timo mit einem unruhigen Blick von einem zum anderen. »Die Lirgo hat mich hinübergetragen. Mich und die Elfen.«

Rol unterdrückte mit Mühe ein Kichern und Torum sah plötzlich drein, als habe er unversehens einen Kübel eiskaltes Wasser über den Schädel bekommen. »Sagtest du Elfen?«, vergewisserte er sich.

Timo nickte. »Ja.«

Rol begann schallend zu lachen. »Elfen!«, stieß er keuchend hervor.

»Was ist eine Elfe?«, fragte sein kleiner Bruder.

Rol gluckste. »Eine junge Zwölfe, was sonst?« Er lachte wieder, schlug sich vor Begeisterung auf die Oberschenkel und wischte sich mit dem Handrücken die Tränen aus den Augen. »Gleich wird er uns erzählen, dass er direkt von der Abendmutter kommt!«

Sein Vater brachte ihn zwar mit einem Blick zum Verstummen, aber er kicherte weiter und schüttelte immer wieder den Kopf, als habe Timo einen guten Witz zum Besten gegeben.

»Abendmutter?«, fragte Timo. Er erinnerte sich, das Wort schon einmal aus Rols Mund gehört zu haben. »Wer ist das?«

»Das Gleiche wie eine Elfe und wie die Elben«, sagte Torum streng. »Etwas, das es nicht gibt.«

Timo schüttelte hilflos den Kopf. »Aber ich ... ich war bei ihnen«, sagte er.

»Bei wem?«
»Bei den Elfen«, antwortete Timo. »Das ... das heißt, sie waren bei mir, oder besser ... bei den Elben in der Hohen Feste, bei denen ...« Er merkte, dass er den Faden verlor, brach verwirrt ab und sah hilfesuchend zu Bethel hinüber.
Die Frau schüttelte den Kopf und sah ihn besorgt an. »Armer Kerl«, murmelte sie. »Du bist vollkommen verwirrt.«
»Wahrscheinlich kommt das von der Kopfverletzung«, warf Rol ein. Timo schenkte ihm einen bösen Blick, aber Rols Grinsen wurde noch breiter.
»So glaubt mir doch«, flehte Timo. »Es ist alles wahr, was ich erzählt habe, und ...«
»Genau genommen hast du noch gar nichts erzählt, Timo«, unterbrach ihn Torum. »Außer, dass du aus einem Land kommst, das es gar nicht gibt. Hinter den Namenlosen Bergen ist nichts, das weiß jeder. Niemand war jemals dort und kein Mensch könnte sie überwinden.« Er schwieg einen Moment, beugte sich vor und sah Timo streng an. »Du musst es uns nicht sagen«, sagte er. »Aber wenn wir dir helfen sollen, dann müssen wir schon wissen, wer du bist und wo du hinwillst. Aber versuche nicht mir zu erzählen, dass du aus einem Land kommst, das noch keines Menschen Fuß betreten hat.«
»Ich bin ja auch kein Mensch«, antwortete Timo trotzig. »Ich bin ein Helder. Und ich bin unterwegs zum Silberwald, in dem die Elfen leben.«
Diesmal antwortete Torum nicht mehr. Sekundenlang starrte er Timo an, dann schüttelte er den Kopf, stand auf und verließ wortlos das Haus.

Erst als die Sonne am Untergehen war, fand Timo wieder Gelegenheit, mit dem Waffenschmied und seiner Frau zu sprechen. Er war eine Zeit lang am Tisch sitzen geblieben, nachdem Torum das Haus verlassen hatte, aber Rol und sein kleiner Bruder hatten trotz der Ermahnungen ihrer Mutter nicht damit aufgehört, über ihn zu lachen und ihn zu hänseln. So stand er schließlich auf und ging ebenfalls aus dem Haus.

Die Hütte lag mitten im Wald und grenzte an einen schmalen, aber reißenden Bach, der ein roh gezimmertes Mühlrad antrieb, das zu einem niedrigen, fensterlosen Gebäude gehörte. Durch den Schornstein kam schwarzer Rauch und von Zeit zu Zeit stoben rote Funken heraus und nach einer Weile begann ein klingendes Hämmern. Das musste also die Schmiede sein, in der Torum seinem Tagwerk nachging.

Bis die Sonne sank, blieb Timo am Bach sitzen, ließ die Füße im Wasser baumeln und dachte nach. Viel kam allerdings nicht dabei heraus. Seine Lage war – gelinde ausgedrückt – verzweifelt. Er hatte gehofft, bei diesen Menschen wenigstens einen Anhaltspunkt dafür zu finden, wie er zum Silberwald und den Elfen gelangen konnte, aber er hatte das sichere Gefühl, dass er seine Retter nur verärgern würde, wenn er weiter von Elfen und Elben berichtete. Und was passieren würde, wenn er von den Gormen und ihren höllischen Reitern erzählte, wagte er sich lieber gar nicht vorzustellen ... Nein, er würde seinen Weg aus eigener Kraft finden müssen, ganz wie Gaia gesagt hatte. Aber wie sollte man einen Weg finden, wenn man nicht einmal wusste, wo er begann?

Wer an sich glaubt, der wird am Ende auch Erfolg haben – das war leicht gesagt. Aber galt das auch für ein Land wie dieses? Ein Land, in dem die Menschen nicht mehr an Wunder und schon gar nicht mehr an Elfen glaubten? Timo seufzte, nahm das Amulett unter seinem Hemd hervor und hielt es ins letzte Sonnenlicht. Sein Glanz spiegelte sich auf der polierten Oberfläche wider und schien die winzigen, eingravierten Strahlen zum Leben zu erwecken. Vielleicht war es wirklich Zauberkraft, vielleicht auch nur die Erinnerung, die der Anblick des Anhängers weckte – aber Timos Niedergeschlagenheit wich und ein schwacher Hoffnungsschimmer glomm wieder in ihm auf. Noch vor Tagesfrist hatte es ganz so ausgesehen, als wäre sein Weg zu Ende, und jetzt lebte er noch und hatte Menschen gefunden, die ihm halfen. Er stand auf, wischte sich die Füße an einem Grasbüschel trocken und ging zur Schmiede hinüber. Das Mühlrad drehte sich noch immer mit dem Rauschen der Strömung, aber die Hammerschläge waren verstummt. Als er näher kam, hörte er die Stimmen von Torum und seiner Frau durch die dünnen Holzwände. Er hatte nicht einmal gemerkt, dass Bethel das Haus verlassen hatte und in die Schmiede hinübergegangen war, obwohl sie dabei dicht an ihm vorbeigekommen sein musste.

Er streckte die Hand nach dem Riegel aus, verharrte dann aber mitten in der Bewegung und lauschte. »... zu hart mit ihm«, hörte er Bethel sagen. »Er ist ja noch ein Kind.«

»Unsinn«, antwortete Torum. »Er ist mindestens so alt wie Rol, und wenn unser Sohn mir eine so haarsträubende Geschichte erzählte, hätte ich ihm den Hosenboden straff gezogen, mein Wort darauf.«

»Aber vielleicht sagt er die Wahrheit. Immerhin hat nie ein Mensch ein Ungeheuer wie das im Wald gesehen oder auch nur von ihm gehört.«

»Das ist auch der einzige Grund, aus dem ich geschwiegen habe«, knurrte Torum. »Vielleicht hat der Schreck auch seinen Geist verwirrt. Ich werde ihn ein paar Tage in Ruhe lassen und dann noch einmal mit ihm sprechen. Er ist jung und kräftig und er wird sich bald wieder erholt haben.«

Timo wollte wieder die Hand auf den Riegel legen, ließ es aber dann sein. Es gehörte sich nicht, zu lauschen, aber er hatte das Gefühl, dass es besser wäre, noch zuzuhören.

»Immerhin«, vernahm er Bethels Stimme, »was er sagt, klingt ...«

»Vollkommen verrückt«, fiel ihr der Mann ins Wort.

»Erinnere dich, was Großvater erzählt hat«, fuhr Bethel nachdenklich fort.

»Dein Großvater war ein alter Mann und schon wunderlich.«

»Aber er hat immer wieder davon gesprochen, wie er und Großmutter eines Tages im Wald auf Helder getroffen sind. Erinnerst du dich, wie er die Leute vom Kleinen Volk beschrieben hat? Sie hatten weißes Haar und einen zarten Körperbau – so wie er.«

»Und was beweist das?«, fragte Torum übel gelaunt. »Vielleicht erlaubt er sich auch nur einen bösen Scherz mit uns.«

»Und deine eigenen Worte? Hast du nicht selbst gesagt, dass Seltsames im Lande vorgeht und dass du besorgt bist? Erst vor wenigen Tagen wurde unten am Fluss ein Troll gesehen.«

»Das eine hat mit dem anderen nichts zu tun«, knurrte Torum. »Das weißt du genau.«

Timo raffte all seinen Mut zusammen und öffnete die Tür. Torum und seine Frau fuhren überrascht herum. Der Schmied stand vor der Esse und hielt noch den Hammer in der Hand, mit dem er ein Werkstück bearbeitet hatte. Sein Gesicht und sein nackter Oberkörper glänzten vor Schweiß. Es war unglaublich heiß in der Schmiede.

»Du hast gelauscht«, stellte er stirnrunzelnd fest.

Timo nickte verlegen. »Nicht absichtlich«, sagte er hastig. »Aber Eure Frau hat Recht, Torum. Ich bin ein Helder und alles, was ich Euch erzählt habe, ist die Wahrheit. Und das eine *hat* mit dem anderen zu tun. Ihr seid in großer Gefahr, Ihr und Eure Familie. Und nicht nur Ihr, fürchte ich.«

Torum atmete hörbar ein und schien schon wieder auffahren zu wollen, aber seine Frau brachte ihn mit einem raschen Blick zum Schweigen. »Lass ihn reden«, sagte sie. »Es kann auf keinen Fall schaden, wenn er uns seine Geschichte erzählt.«

Torum verzog das Gesicht, legte aber den Hammer aus der Hand und nahm ein Tuch, um sich den Schweiß abzuwischen. »Nun gut«, murrte er. »Vielleicht hast du Recht – schaden kann es auf keinen Fall. Also, Helder, erzähle uns deine Geschichte.«

Timo überging den spöttischen Tonfall in seiner Stimme, suchte sich ein freies Plätzchen auf Torums Werkbank und begann erst stockend, dann immer flüssiger zu erzählen. Einzig die Tatsache, dass er der Sohn des Königs aller Helder war, ließ er aus – diesmal aber nicht aus Bescheidenheit, sondern weil er ziemlich sicher war, dass ihn Torum wahrscheinlich kurzerhand aus dem Haus geworfen hätte, wenn er ihm das nun auch noch auftischte. Zu seiner Überraschung hörte Torum schweigend und aufmerksam zu, ohne ihn auch nur ein einziges Mal zu unterbrechen.

»Und das ist die Wahrheit«, schloss Timo, nachdem er von dem Kampf gegen die Mörderschmetterlinge berichtet hatte. »Die Lirgo starb und stürzte im Wald ab und Ihr habt mich gefunden.«

»Und jetzt willst du dich allein und ohne Hilfe auf den Weg zum Silberwald machen?«, fragte Torum.

Timo nickte.

Der Schmied seufzte, fuhr sich mit Daumen und Zeigefinger über die Nase und starrte an ihm vorbei auf die Wand. »Ich will ehrlich zu dir sein, kleiner Helder. Es fällt mir schwer, auch nur die Hälfte von dem zu glauben, was du mir erzählt hast. Elfen ... Gorme ... Elben und Daewas ...« Er legte zwischen jedem Wort eine Pause ein und schüttelte den Kopf.

»Aber es ist wahr«, sagte Timo ernst. »Hier – das ist das Amulett, das mir Sela gab. Seht selbst.« Er zog die Kette über den Kopf, sprang von der Bank herunter und ließ sie Torum in die Hand fallen. Der Schmied drehte den Anhänger ein paar Mal auf der Handfläche herum, ging dann zum Feuer hinüber und hielt ihn näher an die Flammen, um ihn genauer betrachten zu können.

»Ich weiß nicht, wer dieses Stück geschmiedet hat«, murmelte er bewundernd und mehr zu sich als zu Timo gewandt, »aber es ist die feinste und schönste Arbeit, die ich jemals zu Gesicht bekommen habe.« Er wandte sich um, sah erst Timo, dann das Amulett und dann wieder ihn an. »Würdest du es verkaufen?«, fragte er. »Ich zahle dir einen guten Preis.«

Timo schüttelte hastig den Kopf und streckte die Hand aus. »Niemals«, sagte er. »Nicht für alles Geld der Welt. Gebt es mir wieder!«

Für einen Augenblick sah es so aus, als wollte Torum das Amulett trotzdem behalten. Aber dann seufzte er nur, reichte es Timo und sah bedauernd zu, wie dieser die Kette wieder über den Kopf streifte und den Anhänger sorgsam unter sein Hemd schob.

»Dieser Statthalter, von dem du gesprochen hast«, fuhr er fort. »Wie war doch sein Name?«

»Came«, antwortete Timo. »Hun Came.«

»Hun Came ...«, wiederholte Torum nachdenklich.

»Warum fragst du?«, ließ sich Bethel vernehmen. »Hast du schon von diesem Mann gehört?«

»Ich bin nicht sicher, aber ...« Torum schüttelte den Kopf und ging zu einer Kiste neben der Tür. Er öffnete den Deckel, kramte eine Weile darin herum und kam dann mit einem halblangen, wuchtigen Schwert mit verziertem Griff zurück. »Du erinnerst dich an die Reiter, die vor dem letzten Vollmond herkamen und drei Dutzend dieser Waffen bei mir in Auftrag gaben?«, fragte er. Seine Frau nickte und Torum drehte das Schwert nachdenklich in den Händen.

»Als sie wiederkamen und bezahlten, habe ich ein paar Gesprächsbrocken aufgeschnappt. Ich bin nicht sicher, aber ich glaube fast, ich habe diesen Namen gehört.«

Timo erschrak. »Hun Came?«, keuchte er. »Hier? Auf dieser Seite der Berge?«

Torum sah ihn ernst an. »Ich weiß es nicht genau, Helder.«

»Wie sahen die Männer aus?«, fragte Timo aufgeregt. »Hatten sie rot-blaue Umhänge über schwarzen Rüstungen? Und Schilde, auf denen ein Rabe und eine Schlange zu sehen waren?«

Torum nickte überrascht. »Ja – aber woher weißt du das? Ich selbst habe sie nie zuvor gesehen und auch die anderen Menschen hier nicht, denen ich sie beschrieben habe.«

»Es sind Cames Krieger«, bestätigte Timo düster. »Dann ist er also schon hier.«

»Unsinn«, sagte Torum. Aber es klang nicht sehr überzeugt. »Selbst wenn deine Geschichte wahr wäre – wie sollten sie über die Berge gekommen sein? Und wie sollte es Hun Came schaffen, zur gleichen Zeit an zwei verschiedenen Orten zu sein, die noch dazu so weit auseinander liegen?«

»Came ist mit Ahriman im Bunde«, antwortete Timo. »Ihm ist nichts unmöglich.«

»Auch ein Dämon kann sich nicht teilen und Came ist noch immer ein Mensch, trotz allem. Und ...«

Torum stockte, runzelte die Stirn und fuhr in barschem Tonfall fort: »Was rede ich da eigentlich? Ich glaube, ich habe mich schon anstecken lassen von deinem Gerede, Helder.« Er legte das Schwert aus der Hand, ging zur Esse und schob die Glutbrocken mit einem eisernen Stab auseinander.

»Genug für heute«, sagte er bestimmt. »Was die Arbeit angeht als auch die Geschichten über Gorme und Elfen. Lasst uns ins Haus gehen und essen. Morgen sieht vielleicht alles schon ganz anders aus.«

Timos Mut sank. Er hatte beinahe geglaubt, Torum überzeugt zu haben. Aber das war nur für einen Moment gewesen.
»Ich fürchte, das geht nicht«, antwortete er leise. »Ich muss weiter. Ich habe noch einen weiten Weg vor mir.«
Torum unterdrückte mit Mühe ein Lächeln, als er sich wieder zu ihm umwandte. »In den Silberwald, ich weiß«, sagte er. »Aber bis dorthin wirst du heute sowieso nicht gelangen. Und Bethel würde mir glatt den Kopf abreißen, wenn ich ein Kind bei Nacht in den Wald laufen ließe, wo sich überall Gorme und böse Schmetterlinge herumtreiben. Womöglich fällst du noch der Abendmutter in die Hände!« Timo erwiderte seinen Blick tapfer. »Ihr glaubt mir nicht«, stellte er fest.
»Die Antwort auf diese Frage gebe ich dir morgen«, sagte Torum. »Vielleicht. Du bleibst auf jeden Fall ein paar Tage hier, bis du dich wirklich erholt hast. Wenn deine Geschichte stimmt, dann kommt es auf zwei oder drei Tage ohnehin nicht an.«
»Aber es ...«
»Du bleibst, punktum«, schnitt ihm Torum das Wort ab. »Das Land ist groß und auch dein Hun Came kann es nicht in ein paar Tagen erobern. Und wenn er es versucht, dann wird er vielleicht mehr von der Ware, die er bei mir gekauft hat, zu schmecken bekommen, als ihm lieb ist.«
Timo schüttelte traurig den Kopf. Torum hatte nicht begriffen. War es denn so schwer, einzusehen, dass man Gewalt nicht mit Gewalt bekämpfen konnte?
»Ich gehe das Essen machen«, sagte Bethel. »Vielleicht unterhaltet ihr beide euch noch ein bisschen. Ich rufe euch dann.« Ehe Timo noch etwas einwenden konnte, war sie an ihm vorbei und hinausgegangen und er war allein mit dem Schmied. Timo starrte die geschlossene Tür hinter ihr fast sehnsüchtig an. Er vermutete, dass Torum sich nur als so

geduldiger Zuhörer gezeigt hatte, weil seine Frau neben ihm gesessen war, und er fühlte sich nicht sehr wohl bei dem Gedanken, allein mit dem Waffenschmied zu bleiben. Aber Torum machte keinerlei Anstalten, weiter mit ihm zu sprechen, sondern fuhr fort seine Werkzeuge zu säubern und Ordnung in der Schmiede zu schaffen.

Das Schweigen begann allmählich unangenehm zu werden.

»Diese Abendmutter«, sagte Timo schließlich. »Wer ist sie?«

»Niemand«, antwortete Torum knapp ohne sich umzudrehen. »Ein Märchen, mit dem man Kinder erschreckt, damit sie abends im Haus bleiben. Man erzählt sich, dass sie irgendwo im Wald lebt und nach Dunkelwerden die Kinder stiehlt, die sie außerhalb ihres Elternhauses antrifft. Aber sie wird dir auch nicht helfen den Silberwald zu finden.«

Timo schwieg betroffen. Das war deutlich gewesen. Torum hatte gesagt, dass er nicht mehr über all das reden wollte, und er war ein Mann, der meinte, was er sagte.

Nach einer Weile trat Timo neben den Waffenschmied, sah ihm eine Weile zu und nahm schließlich – mehr aus Höflichkeit – ein halb fertiges Schwert zur Hand. Die Klinge war noch nicht zu Ende geschmiedet, aber trotzdem schon so scharf, dass er sich den Daumen ritzte, als er prüfend darüber fuhr.

Torum lächelte. »Gefällt es dir?«

Timo nickte. Torum sah ihn einen Augenblick lang an, ging dann wieder zu der Kiste und kam mit einem schlanken, glänzenden Dolch zurück. »Hier«, sagte er. »Nimm.«

Timo griff ohne zu überlegen danach und sah die Waffe verwirrt an. In seinen Händen glich sie eher einem Schwert, war aber trotzdem so leicht, dass er ihr Gewicht kaum fühlte. »Was soll ich damit?«, fragte er.

»Nun, nach allem, was du erzählt hast, hast du Feinde

genug«, antwortete Torum mit einem gutmütigen Lächeln. »Da kann eine Waffe nie schaden, oder?«
Timo hätte den Dolch am liebsten von sich geschleudert, aber er wollte Torum nicht beleidigen und so drehte er ihn nur unschlüssig in den Händen. »Ich ... mag keine Waffen«, sagte er vorsichtig. »Und Schwerter schon gar nicht.«
»Dann magst du wohl auch Waffenschmiede nicht, wie?«, fragte Torum.
Timo suchte einen Moment vergeblich nach einer passenden Antwort und rettete sich schließlich in ein verlegenes Lächeln. Torum schüttelte den Kopf, brummte etwas in seinen Bart und zog einen Gegenstand aus seinem Beutel. Als er ihn Timo hinhielt, erkannte er, dass es seine Schleuder war. »Und was«, fragte er spöttisch, »ist das?«
»Das ist keine Waffe«, widersprach Timo. »Jedenfalls nicht eine von dieser Art.«
»Wo liegt da der Unterschied?«, fragte Torum. »Auch damit kann man töten. Besser als mit einem Schwert, wenn man damit umgehen kann. Und ich glaube, du kannst es.«
»Ich treffe einen Fischvogel auf hundert Schritte in der Luft«, erklärte Timo stolz und erkannte zu spät, dass Torum genau diese Antwort von ihm hatte hören wollen.
»Aha«, machte der Schmied. »Aber du verachtest einen Mann, der sein Brot mit dem Schmieden von Waffen verdient.«
»Ich verachte Euch nicht«, widersprach Timo heftig. »Aber warum verdient Ihr Euer Brot nicht mit anderer Arbeit, so geschickt, wic Ihr seid ...«
»Well ich mich auf das Schmieden von Waffen nun einmal am besten verstehe«, antwortete Torum. »Und weil es irgendeiner tun muss. Womit sollen die Menschen jagen, wenn keiner da ist, der Speere und Pfeilspitzen macht?«
»Mit einem Schwert kann man nicht jagen«, entgegnete Timo.

Torum nickte. »Nur schwer«, gab er zu. »Aber man kann sich damit gegen wilde Tiere verteidigen und man kann mit Schwert und Schild sein Heim beschützen.«
»Gegen Menschen, ja«, sagte Timo. Plötzlich fiel es ihm schwer, ruhig zu bleiben. »Warum müsst ihr Menschen euch immer gegenseitig bekämpfen? Wir Helder haben keine Schwerter und wir brauchen auch keine.«
»Und was macht ihr, wenn einer kommt, der ein Schwert und einen Schild hat?«, fragte Torum. »Was glaubst du, würde es nützen, wenn ich von hier fortginge und keine Waffen mehr schmieden würde? Ein anderer würde kommen und meine Arbeit fortsetzen und vielleicht würde er sich die Leute, denen er seine Ware verkauft, nicht so genau ansehen wie ich.«
»So, wie Ihr Euch Hun Cames Leute angesehen habt!«, entfuhr es Timo. Seine Worte taten ihm im selben Moment schon wieder Leid, denn er sah, dass sie Torum verletzt hatten. »Entschuldigt«, sagte er halblaut. »Das wollte ich nicht sagen.«
Torum winkte ab. »Es macht nichts, Helder«, sagte er. »Vielleicht habe ich mich in diesem Fall täuschen lassen. Ich hätte genauer nachfragen sollen, wer diese Männer waren und woher sie kamen. Aber der Auftrag reizte mich. Normalerweise verkaufe ich nicht sehr viele Schwerter im Jahr. Und ein paar Dutzend Waffen nützen ihnen ohnehin nicht. Das Land ist sehr groß, und auch wenn wir friedliche Leute sind, wissen wir uns zu wehren, glaube mir. Hun Came wird das spüren, wenn er glaubt, uns unsere Freiheit nehmen zu können.«
Timo antwortete nicht mehr. Es hatte keinen Zweck, das Gespräch fortzusetzen, und es war einfach zu viel verlangt, dass Torum in ein paar Augenblicken alles umstürzte, woran er sein Leben lang geglaubt hatte.
Auch der Waffenschmied schien ähnlich zu denken. Er legte

die Schleuder vor Timo auf den Tisch, kramte wieder in seiner Kiste und förderte einen dickbäuchigen Lederbeutel zu Tage. »Das wirst du gebrauchen können«, sagte er. »Für deine Nicht-Waffe.«
Timo legte den Dolch aus der Hand, griff nach dem Beutel und nahm ihn an sich. Er war erstaunlich schwer, und als er ihn öffnete, sah er, dass er eine große Anzahl kleiner, silberglänzender Metallkugeln enthielt.
»Ich weiß selbst nicht mehr, warum ich sie einmal gemacht habe«, sagte Torum. »Aber sie liegen seit Jahren hier herum und nehmen mir nur Platz und als Geschosse für deine Schleuder eignen sie sich besser als Steine. Nimm sie, ich schenke sie dir.«
Timo zögerte einen Moment, lächelte ihm dankbar zu und befestigte die Schleuder und den Beutel mit den Kugeln an seinem Gürtel.
»Den Dolch kannst du trotzdem behalten«, fuhr Torum fort. »Vielleicht wirst du noch einmal froh sein, ihn zu haben – man kann damit auch Braten schneiden oder eine Fessel durchtrennen, weißt du?« Ein spöttisches Lächeln umspielte seine Lippen, aber der Ausdruck in seinen Augen blieb ernst. Timo nahm den Dolch und schob ihn – trotz seines Widerwillens – unter den Gürtel.
»Lass uns ins Haus gehen«, sagte Torum. »Nach dem Essen reden wir noch ein Weilchen. Den Weg zum Silberwald kann ich dir zwar nicht zeigen, aber vielleicht gibt es eine andere Möglichkeit, dir zu helfen.«

Auch am nächsten Morgen erwachte Timo erst lange nach Sonnenaufgang, ganz gegen seine sonstigen Gewohnheiten. Er hatte am vergangenen Abend noch lange mit Torum und seiner Frau geredet und war schließlich mehr ins Bett gefallen als gegangen. Er hatte tief und traumlos geschlafen und erst das Klappern von Töpfen weckte ihn. Er gähnte, blin-

zelte verschlafen und stemmte sich langsam auf die Ellbogen hoch. Er war noch immer müde, aber es war jene wohltuende Mattigkeit, die man eher dann spürte, wenn man zu lange als zu kurz geschlafen hat.
Torums Frau stand am Herd und drehte ihm den Rücken zu. Der Waffenschmied selbst war nicht im Haus und auch von seinen beiden Söhnen war nichts zu sehen. Timo war froh darüber. Er mochte die beiden zwar und verstand auch Rols Spott, obwohl er sich darüber ärgerte. Aber im Moment hatte er weder Lust, mit ihm zu streiten, noch sich seine groben Scherze anzuhören. Er unterdrückte ein Gähnen, setzte sich vollends auf und angelte nach seinen Sachen, die wie am Morgen zuvor auf einem Schemel neben dem Bett lagen.
Bethel, die am Herd stand, drehte sich um. »Gerade wollte ich dich wecken«, sagte sie lächelnd. »Es ist Zeit für das Frühstück – wenn du nicht den ganzen Tag verschlafen willst.«
Timo grinste verlegen und kleidete sich schnell an. Nach kurzem Zögern schob er auch den Dolch, den ihm Torum gegeben hatte, unter den Gürtel, obwohl ihm die Waffe jetzt noch weniger gefiel als am vergangenen Abend.
Bethel trug Teller und hölzerne Löffel zum Tisch, kehrte zum Herd zurück und rührte in der Pfanne. Der Geruch von gebratenen Eiern und Speck stieg Timo in die Nase, und ohne dass er es verhindern konnte, begann sein Magen laut zu knurren.
Bethel lächelte. »Ich höre schon, dass du Hunger hast«, sagte sie. »Setz dich an den Tisch. Torum wird jeden Moment zurück sein und dann essen wir.«
»Euer Mann ist schon so früh aus dem Haus?«, erkundigte sich Timo höflich.
»Er steht jeden Morgen mit der Sonne auf«, erklärte Bethel, während sie die Pfanne zum Tisch trug und ihm eine gewal-

tige Portion gebratene Eier und dünn geschnittenen Speck auf den Teller häufte. »Der Winter kommt. Wir brauchen viel Holz um zu heizen und Torums Esse in Gang zu halten. Normalerweise gehen wir fast jeden Morgen in den Wald und sammeln Reisig und trockene Äste.«
»Und heute seid Ihr meinetwegen hier geblieben?«, fragte Timo mit einem Anflug von schlechtem Gewissen.
Bethel nickte. »Ja. Aber darum brauchst du dir keine Sorgen zu machen, Helder«, sagte sie. »Ein Tag mehr oder weniger macht nichts aus – und wir freuen uns Besuch zu haben. Es kommt nicht oft jemand hier heraus zu uns. Manchmal sehen wir für viele Mondwechsel keinen Fremden.«
»Ihr lebt sehr einsam hier draußen«, sagte Timo.
»Aber schön«, antwortete Bethel. »Und so schlimm ist es nicht. Es gibt eine Stadt, kaum zwei Tagesreisen von hier entfernt, und wir gehen manchmal dorthin um einzukaufen oder Waren zu tauschen.« Sie sah auf, als wäre ihr plötzlich etwas eingefallen. »Bald bricht die Tagnacht an«, sagte sie. »Die Menschen in der Stadt feiern dann ein großes Fest und auch wir werden hingehen. Hast du keine Lust, mitzukommen?«
Die Erwähnung der Tagnacht dämpfte Timos gute Laune erheblich. Mit einem Mal fiel ihm wieder ein, was ihm die Elfen vorhergesagt hatten: dass die Entscheidung fallen würde, wenn die Tagnacht hereinbrach. Und es war nicht mehr viel Zeit bis dahin.
»Ich würde gerne«, sagte er halblaut. »Aber ich fürchte, so lange kann ich nicht mehr bleiben.«
Bethel seufzte. »Ich weiß«, sagte sie bedauernd. »Du musst weiter. Es ist ein weiter Weg, den du vor dir hast, kleiner Helder. Weiter, als ihn jemals ein Mensch gegangen ist.«
Timo ließ den Löffel sinken und sah die Frau ernst an. »Euer Mann glaubt mir noch immer nicht«, murmelte er. »Er denkt, dass ich ihn belüge.«

»Nein, Timo, das denkt er bestimmt nicht«, widersprach Bethel. »Ich glaube, er weiß ganz genau, dass du die Wahrheit sagst – jedenfalls spürt er es. Aber er will es nicht glauben. Ich hoffe nur, dass er seine Meinung ändert, ehe es zu spät ist. Er ist ein sehr stolzer Mann, weißt du. So, wie es dein eigener Vater war.«
Timo hatte auch davon erzählt und seltsamerweise schmerzte ihn die Erwähnung seines Vaters aus Bethels Mund fast überhaupt nicht.
»Du brauchst dir keine Sorgen zu machen«, fuhr Bethel fort. »Wenn die Elfe dir gesagt hat, dass deine Eltern noch leben, dann stimmt das auch.«
Timo seufzte und stocherte lustlos in seinem Essen herum. Sein Appetit war verflogen. »Ich würde es gerne glauben, aber ...«
»Eine Elfe irrt sich niemals«, behauptete Bethel. »Hat dir Sela nicht vom Baum des Lebens erzählt, der im Zentrum des Silberwaldes wächst?«
Timo schüttelte den Kopf. »Nein. Was hat es mit diesem Baum auf sich?«
»Man erzählt sich«, antwortete Bethel, »dass im Herzen des Elfenreiches ein silberner Baum wächst, so hoch, dass er bis an die Wolken reicht, und so schön, dass jeder Sterbliche, der ihn sieht, von seinem Glanz geblendet wird. Jedes seiner Blätter verkörpert das Leben eines Menschen oder Helders, und wer um dieses Geheimnis weiß, der kennt auch den Verlauf der einzelnen Schicksale. Die Elfen hätten es gewusst, wenn deinen Eltern oder Gaia etwas zugestoßen wäre.«
Timo antwortete nicht. Es war eine schöne Geschichte, die Bethel erzählte – aber war es wirklich mehr als nur eine Geschichte? »Aber sie sind in Ahrimans Gewalt«, murmelte er. »Wenn sie noch leben, so hält er sie in seinem Kalten Reich gefangen. Und es gibt keinen Weg dorthin.«

»Das stimmt. Doch wenn du erreichst, was du dir vorgenommen hast, dann werden sie befreit, weil nur eine der beiden Seiten weiterleben wird. Wenn du den Weg zum Einsamen Siedler findest und dort die Hilfe erhältst, auf die die Elfen hoffen, dann wird es Ahriman und das Kalte Reich nicht mehr geben.«

»Und wenn nicht, ist es auch egal«, fügte Timo hinzu. Aber das tat er so leise, dass Bethel die Worte nicht verstehen konnte.

»Ihr redet davon«, fuhr er nach einer Weile fort, »als würdet Ihr all diese Länder und Wesen kennen.«

»Die Elfen und den Einsamen Siedler?« Bethel lächelte. »Natürlich kenne ich sie, Timo. Jedermann hat schon von ihnen gehört. Mein Vater erzählte mir die Geschichten, so wie sie ihm sein Vater erzählte, und ich habe sie unseren Söhnen erzählt.«

»Aber sie glauben nicht daran«, sagte Timo.

»O doch«, widersprach Bethel. »Sie glauben daran, so wie auch Torum im Grunde seines Herzens daran glaubt. Nur vielleicht auf andere Weise als du. Für uns leben Wesen wie Elfen und Gorme nur hier oben, in unserem Kopf.« Sie tippte sich mit dem Finger gegen die Stirn und lächelte wieder, als sie seinen überraschten Gesichtsausdruck bemerkte. »Das wundert dich?«

Timo nickte.

»Aber wo ist der Unterschied?«, erkundigte sich Bethel. »Macht es wirklich etwas aus, ob man ein Ding anfassen kann oder ob man einfach nur weiß, dass es da ist? Wer weiß«, fügte sie nachdenklich hinzu. »Man sagt, dass die Welt früher anders war, auch hier. Vielleicht war sie es wirklich. Vielleicht war sie anders, weil die Menschen, die in ihr lebten, sie anders gesehen haben.«

Timo verstand das nicht ganz, aber irgendwie spürte er, dass Bethel mit ihren Worten Recht hatte.

Er beugte sich tiefer über den Teller und widmete sich seinem Frühstück, um nicht antworten zu müssen. Bethel stand auf, holte einen Tonkrug und goss ihm einen Becher Fruchtsaft ein.
»Wie auch immer«, sagte sie. »Auf jeden Fall bleibst du erst einmal ein paar Tage hier, bis du richtig ausgeruht hast und deine Wunden verheilt sind. Mit blutigen Füßen kann man nicht wandern.«
Diese Worte hätten von seinem Vater stammen können, fand Timo. Aber er antwortete nicht darauf, sondern nickte nur und kostete den Saft. Er schmeckte sonderbar – bitter, aber sehr erfrischend und schon die ersten Schlucke löschten seinen Durst. Schweigend aß er zu Ende, trug seinen Teller zum Herd zurück und setzte sich wieder.
»Deine Worte haben Torum nachdenklich gemacht«, sagte Bethel nach einer Weile. »Es gibt ein kleines Kastell ganz hier in der Nähe. Er will heute Nachmittag dorthin gehen und sich nach den Männern erkundigen, die die Schwerter bei ihm gekauft haben. Wenn du willst, kannst du ihn begleiten.« Sie wiegte nachdenklich den Kopf. »Vielleicht wäre es sogar besser«, sagte sie. »Die Soldaten werden einem Helder vielleicht eher glauben als einem kleinen Waffenschmied, der mit seiner Familie im Wald lebt. Und du hast das Amulett der Elfe als Beweis.«
Timo nickte und fasste sich unwillkürlich mit der Hand an den Hals.
Aber die Kette war nicht da!
Ein ungeheurer Schreck durchfuhr ihn. Das Amulett! Er hatte es am vergangenen Abend mit den anderen Kleidungsstücken abgelegt und er trug es noch nicht lange genug, um ebenso selbstverständlich danach zu greifen wie nach seinem Gürtel und der Schleuder. Er lief zum Bett und durchwühlte fieberhaft Kissen und Decken. Aber die Kette blieb verschwunden.

»Das Amulett ist fort!«, keuchte er. »Das Auge der Sonne – wo ist es?«
»Dein Amulett?« Bethel runzelte die Stirn, trat ans Bett und schob nochmals das Bettzeug zur Seite. »Aber es hat heute Morgen hier gelegen«, sagte sie. »Ich habe es selbst gesehen, als ...« Sie stockte, drehte sich um und sah zur Tür. »Sen hat vorhin neben deinem Lager gespielt«, sagte sie nachdenklich. »Vielleicht hat er es genommen.«
Timo stürmte ohne ein weiteres Wort aus dem Haus. Sen und sein Bruder saßen etwas abseits am Bach und spielten. In Sens Händen glitzerte etwas Kleines, Goldenes. Entsetzt bemerkte Timo, dass der Knabe die dunkle Seite des Amuletts nach oben hielt!
»Nicht!«, schrie Timo erschrocken. »Leg es weg!« Er rannte zu ihm, stolperte und fiel mit ausgestreckten Armen nach vorne. Sen schrie erschrocken auf, ließ das Amulett fallen und lief davon. Timo rappelte sich hastig hoch, kroch auf Händen und Knien zu dem Anhänger und riss ihn an sich. Das Mondsymbol blitzte und funkelte, aber es war ein kaltes, unangenehmes Licht, das es ausstrahlte, und Timo fröstelte, als er die Kette hastig über seinen Kopf streifte.
Sen weinte und kreischte in hohen Tönen und sein Bruder baute sich breitbeinig und drohend vor Timo auf. »Bist du übergeschnappt?«, fragte er wütend. »Was ist in dich gefahren?«
»Das Amulett«, antwortete Timo atemlos. »Er hat mit dem Amulett gespielt. Das kann gefährlich sein!«
»Gefährlich, so?«, knurrte Rol.
Timo nickte und stand langsam auf. Sein Herz pochte vor Aufregung. »Es bringt Unglück, die dunkle Seite bei Tag zu zeigen«, sagte er.
»Ach?«, machte Rol. Er stemmte kampfeslustig die Fäuste in die Hüften, hob den Kopf und sah sich nachdrücklich nach allen Richtungen um. »Ich merke nichts«, sagte er böse.

»Der Himmel stürzt nicht ein und auch der Boden hat sich nicht aufgetan um uns zu verschlingen.«
»Aber ich ...«
»Albernes Gewäsch«, unterbrach ihn Rol grob. »Wir werden dir schon nichts wegnehmen, keine Angst. Aber wenn du meinen Bruder noch einmal so erschreckst, zeige ich dir einmal, was ...«
»Schluss jetzt!«, mischte sich eine scharfe Stimme ein. Torum war unbemerkt näher gekommen und Timo drehte sich erleichtert zu ihm um.
»Aber er hat ...«, begann Roi, wurde aber von seinem Vater unterbrochen. »Ich habe gesehen, was er getan hat«, sagte Torum streng. »Aber das Amulett gehört ihm und ihr habt kein Recht, es ihm wegzunehmen. Und jetzt geht ins Haus, alle drei. Wir reden später darüber.«
»Was ist los?«, erkundigte sich Rol besorgt. »Das weiß ich nicht«, antwortete Torum. »Ich habe Schritte und Stimmen gehört, als ich im Wald war. Es kommen Fremde hierher.« Er schwieg einen Moment und runzelte die Stirn. »Besser, wir gehen ins Haus und beobachten sie, bevor sie uns sehen können. Kommt!«
Weder Timo noch Torums Söhne widersprachen. Torum gab sich Mühe, gelassen zu wirken. Aber er schloss die Tür sorgfältig hinter sich und legte die schweren, aus Eichenholz geschnitzten Läden vor die Fenster.
Timo verfolgte die Vorbereitungen mit wachsamer Besorgnis. »Was habt Ihr?«, fragte er. »Seid Ihr immer so vorsichtig, wenn Fremde hierher kommen?«
Torum blickte ihn ernst an. »Nein«, sagte er. »Aber diese Fremden sind ...« Er suchte nach den richtigen Worten und biss sich auf die Unterlippe. »Ich habe einen von ihnen gesehen«, sagte er schließlich, »wenn auch nur von weitem. Sie gefallen mir nicht. Aber warten wir ab.« Er wandte sich um, ging wieder zum Fenster und spähte durch einen Spalt in

den Läden hinaus. »Nichts zu sehen«, murmelte er. »Vielleicht kommen sie gar nicht her.«
»Oder sie kommen von der anderen Seite«, warf sein Sohn ein. »Wir sollten unsere Waffen bereithalten.«
Torum runzelte die Stirn. »Findest du es passend, einen Fremden mit dem Schwert in der Hand zu begrüßen?«, fragte er scharf. »Wahrscheinlich sind es nur harmlose Reisende, die sich verirrt haben und nach dem Weg fragen wollen.«
Rol schwieg und Torum selbst schien nicht so recht an seine eigenen Worte zu glauben. Eine endlos scheinende Zeit standen sie regungslos da und sahen sich nur gegenseitig an, während Torum gespannt durch den Spalt nach draußen äugte.
Und dann hörten sie die Schritte.
Timo hatte plötzlich das Gefühl, von einer eiskalten körperlosen Hand gestreift zu werden. Es waren schwere, stampfende Schritte, keine menschlichen Schritte – und Timo kannte sie nur allzu gut!
»Daewas«, flüsterte er. »Das sind Daewas, Torum!«
Der Waffenschmied fuhr herum und starrte ihn aus aufgerissenen Augen an. »Red keinen Unsinn«, sagte er dann. »Es gibt keine …«
»Aber ich kenne diese Schritte!«, unterbrach ihn Timo. »Ich habe sie gehört, als sie vor den Toren der Hohen Feste standen, und …«
Er kam nicht dazu, den Satz zu beenden. Ein dumpfes Knurren erklang vor dem Haus, dann flog die Tür auf und sprang krachend aus den Angeln. Das ganze Haus bebte und ein Hagel von Holzsplittern und Lehmstückchen überschüttete Torum und seine Familie.
Eisige Kälte erfüllte den Raum und ließ alle erschaudern. Im Türrahmen erschien eine gewaltige, schwarzschuppige Gestalt. Der Blick ihrer winzigen roten Augen huschte

durch den Raum und blieb auf Timo hängen. Ein boshaftes Zischen kam über das lippenlose Maul der Kreatur. Mit einem tapsenden, schwerfälligen Schritt trat sie näher und hob die Arme. Ein kurzes, schwarzes Schwert blitzte auf.
Torum war der Erste, der seinen Schreck überwand. Mit einer Schnelligkeit, die Timo ihm niemals zugetraut hätte, sprang er über den Tisch, stürzte zum Kamin und riss die beiden Schwerter von der Wand. Der Daewa hielt inne, wandte träge den Kopf und funkelte ihn aus seinen tückischen Augen an. Hinter ihm erschien ein zweiter Schatten in der Tür.
»Rol!« Torum wich zur Seite, drehte eines der beiden Schwerter herum und warf es seinem Sohn zu. Rol fing die Waffe geschickt am Griff auf und stellte sich schützend vor seine Mutter und seinen kleinen Bruder. Der Daewa zischte wütend, blickte von ihm zu seinem Vater und griff dann mit einem knurrenden Laut Torum an, den er als den Gefährlicheren der beiden erkannt hatte. Sein schwarzes Schwert pfiff durch die Luft nach Torums Kopf.
Der Waffenschmied sprang im letzten Moment zurück, duckte sich etwas und riss seine eigene Waffe hoch. Die beiden Klingen krachten Funken sprühend aufeinander. Torum wankte, prallte gegen die Wand und wehrte einen zweiten, blitzschnellen Hieb ab. Gleichzeitig drang der zweite Daewa mit einem kehligen Laut auf Rol ein.
Aber der Knabe war der Sohn eines Waffenschmiedes und er wusste mit dem Schwert besser umzugehen als so mancher Erwachsene. Was ihm an Kraft fehlte, machte er durch Behändigkeit wieder wett und die Klinge des Daewas zischte bei jedem Angriff vergeblich durch die Luft.
Timo zerrte seine Schleuder aus dem Gürtel, nahm eine der Eisenkugeln aus dem Beutel und legte sie in die Schlaufe. Aber er kam nicht dazu, seine Waffe einzusetzen. Torum und sein Sohn sprangen flink um die Daewas herum und

versuchten sie auf Distanz zu halten. Torum erwies sich als ein Meister des Schwertkampfes – kaum ein Hieb des Daewas traf seine Klinge und mehr als einmal durchschlug sein Schwert die Deckung des schwarzen Dämons und hinterließ tiefe Scharten auf seinem Harnisch oder blutige Schnitte auf seinen Armen. Doch das Monstrum schien über unerschöpfliche Kraftreserven zu verfügen, während Torums Kräfte langsam erlahmten.

Auch Rol hielt sich tapfer, aber sein Atem ging keuchend und seine Bewegungen wurden langsamer, auch wenn er den Hieben noch immer mit Leichtigkeit auswich, und es konnte nicht mehr lange dauern, bis er unterliegen würde.

Timo stellte sich vor Bethel und Sen, spreizte die Beine, um festen Stand zu haben, und schwang seine Schleuder. Die beiden Daewas tobten durch den Raum. Wütend über den unerwarteten Widerstand zerschmetterten sie alles, was ihnen gerade in den Weg kam. Tisch und Schemel waren bereits zertrümmert und selbst der mächtige Herd hatte einen langen, gezackten Riss bekommen, aus dem Glut und Asche auf den Boden rieselten.

Dann schien die Entscheidung zu fallen. Torum wich einem Hieb seines Gegners aus, strauchelte über einen zerbrochenen Schemel und fiel der Länge nach auf den Rücken. Der Daewa stieß ein triumphierendes Krächzen aus, hob sein Schwert hoch über den Kopf und spannte die gewaltigen Muskeln.

Und Timo ließ seinen Bolzen fliegen.

Das Geschoss verwandelte sich in einen silbernen Blitz, traf den Brustharnisch des Daewas und durchschlug ihn. Der Gigant wankte. Die Kraft des Geschosses hatte lange nicht ausgereicht, ihm eine ernsthafte Wunde zuzufügen, aber er war verletzt – und Torum nutzte seine Chance! Blitzschnell sprang er auf die Füße und stieß sein Schwert durch die Lücke des Panzers.

Ein rauer, schmerzerfüllter Laut kam aus dem Maul des Dämons. Er taumelte, ließ sein Schwert fallen und griff blindlings nach dem Waffenschmied. Aber Torum wich zurück und schlug dem Daewa mit der ihm noch verbliebenen Kraft die Breitseite der Waffe vor den Schädel. Der knöcherne Helm des Ungeheuers zerbrach. Der Daewa machte noch einen schwerfälligen Schritt vor und stürzte dann wie ein gefällter Baum zu Boden. Torum schrie triumphierend auf, sprang über den gefallenen Gegner und eilte seinem Sohn zu Hilfe.

Sein Eingreifen war nicht mehr nötig. Erschrocken über das Schicksal seines Kameraden hatte der zweite Daewa von Rol abgelassen und stürmte aus dem Haus, wobei er mit seinen breiten Schultern ein Stück des Türrahmens herausbrach. Torum rannte ihm mit einem wütenden Schrei nach, hielt jedoch unter der Tür an. Er ließ das Schwert sinken, blieb schwer atmend ein paar Sekunden lang stehen und ging auf die getötete Bestie zu.

»Ein Daewa«, murmelte er ungläubig. »Ein leibhaftiger Daewa!« Er schluckte, hob den Kopf und starrte Timo mit einer Mischung aus Entsetzen und Unglauben an. »Du hast die Wahrheit gesagt!«

Timo nickte. »Sie werden wiederkommen«, warnte er ihn. »Er wird seine Spießgesellen holen und wiederkommen.«

Torum nickte ernst. »Ich fürchte, du hast Recht«, sagte er. »Wir werden uns auf einen weiteren Angriff vorbereiten müssen.«

»Aber das geht nicht!«, widersprach Timo heftig. »Versteht Ihr denn nicht? Sie wollen mich und sie werden nicht eher aufgeben, bis sie mich haben! Wo Daewas sind, da sind auch Gorme. Und gegen diese könnt Ihr Euch nicht wehren. Ihr müsst weg! Sofort!«

»Weg?«, wiederholte Rol ungläubig. »Du bist verrückt, Helder. Dieses Haus ist alles, was wir haben. Wir können nicht einfach weggehen und es diesen Bestien überlassen. Sie werden hier alles zerstören, wenn sie uns nicht vorfinden!«

»Timo hat Recht, Rol«, sagte Torum leise. »Wir hatten Glück, mehr nicht. Das nächste Mal werden nicht zwei, sondern fünf oder zehn kommen. Wir müssen fort!«

Rol wollte widersprechen, aber ein Blick in das Gesicht seines Vaters sagte ihm, dass das sinnlos wäre. Er starrte Timo einen Augenblick lang beinahe hasserfüllt an, schob das Schwert mit einer heftigen Bewegung unter seinen Gürtel und trat wütend nach einem zerbrochenen Schemel. »Und alles wegen dir«, grollte er. »Wir hätten dich draußen im Wald lassen sollen, wo du warst.«

»Rol!«, sagte sein Vater streng. »Du hältst sofort den Mund!«

»Lasst Ihn«, murmelte Timo. »Er ... er hat Recht. Sie sind nur hinter mir her. Sie wären nicht hier aufgetaucht, wenn ich schon fort gewesen wäre. Ich werde gehen. Und zwar sofort!«

Er machte einen Schritt zur Tür, aber Torum hielt ihn am Arm fest und schob ihn unsanft zurück.

»Nichts da«, sagte er. »Allein bist du verloren dort draußen. Außerdem ist es schon zu spät – sie werden auf alle Fälle zurückkommen. Wir werden versuchen, uns bis zum Kastell zu den Soldaten durchzuschlagen. Die Daewas werden es sich überlegen, ob sie uns dort angreifen.«

Timo wollte widersprechen, aber Torum ließ ihn gar nicht zu Wort kommen. »Hilf uns, ein paar Sachen zusammenzupacken«, befahl er heftig.

Timo gehorchte. Am liebsten hätte er auf der Stelle das Haus verlassen, aber er sah ein, dass Torums Vorschlag besser war. Es würde jetzt nichts mehr nützen – die Daewas glaubten ihn bei der Familie des Waffenschmieds und würden sie verfolgen.

Mit vereinten Kräften packten sie die wenigen Habseligkeiten der Familie in ein paar leinene Säcke. Bethel raffte in fliegender Hast Brot und geräuchertes Fleisch zusammen, während Torum mit seinem Sohn in die Schmiede lief und gleich darauf mit einem ganzen Waffenarsenal beladen zurückkam. Timo wagte diesmal nicht mehr zu widersprechen, als Torum ihm einen Schild, einen gespannten Bogen mit einem Köcher voller Pfeile und ein doppelseitig geschliffenes Schwert in die Hand drückte. Auch Torum selbst und Rol bewaffneten sich und selbst Bethel nahm einen Schild und einen schmalen, silbernen Dolch. So schnell sie konnten, verließen sie das Haus.

Es war zu spät.

Als sie aus der Tür traten, sahen sie sich fast einem Dutzend der gefürchteten Ungeheuer gegenüber. Sie bildeten einen weiten Halbkreis um das Haus und waren mit Schwertern, Keulen und großen Bogen bewaffnet. Einer von ihnen schwang eine mächtige Peitsche, in deren Schnur scharfkantige Steine und Eisensplitter eingeflochten waren, und kam auf sie zugelaufen.

Torum schrie erschrocken auf, ließ sein Bündel fallen und duckte sich hinter seinen Schild, als die Peitschenschnur heranpfiff. Sie verfehlte ihn nur um Haaresbreite und schürfte die Hauswand neben seinem Kopf auf. Torum sprang zur Seite, zog sein Schwert und stellte sich vor seine Frau und seinen jüngeren Sohn.

Auch Timo hatte seinen Schild erhoben, als die Daewas wie auf ein Kommando hin gemeinsam zum Angriff übergingen. Ein Pfeil zischte heran, traf den hölzernen Schild und durchschlug ihn. Die steinerne Spitze kam zitternd wenige Millimeter vor seiner Brust zum Stillstand und allein die Wucht des Aufpralls reichte, Timo von den Füßen zu reißen. Er fiel, rollte sich sofort herum und versuchte wieder hochzukommen. Der Bogen, den er über die Schulter gehängt hatte, zerbrach, die Sehne entspannte sich mit einem peitschenden Knall und hinterließ einen dünnen, schmerzenden Abdruck auf seiner Wange. Er duckte sich, wich einem zweiten Pfeil aus und löste mit bebenden Fingern den Halteriemen des Schildes von seinem linken Arm. Ein Schatten stürzte auf ihn zu und schwang eine mächtige Keule. Timo duckte sich tiefer, packte den Schild an beiden Enden und drehte ihn herum, sodass die Pfeilspitze nach außen wies.

Der Daewa erkannte die Gefahr im letzten Augenblick und versuchte seinen Ansturm zu bremsen. Aber seine ungeheuren Körperkräfte spielten ihm einen grausamen Streich. Wie eine lebende Lawine wälzte er sich heran, prallte gegen den Schild und rannte Timo über den Haufen. Der junge Helder wurde meterweit durch die Luft geschleudert, rollte durch weiches Gras und sprang sofort wieder hoch, während der Daewa noch ein paar Schritte weitertaumelte, ehe er in die Knie brach. Ein dumpfes Stöhnen drang aus seiner Kehle. Seine mächtigen Pranken zerrten an dem Schild, der wie ein bizarrer Harnisch vor seiner Brust hing. Wie eine Marionette, deren Fäden plötzlich durchschnitten wurden, kippte er dann nach vorne und blieb regungslos liegen.

Ein vielstimmiger, wütender Aufschrei erscholl. Timo sah sich verzweifelt um. Ihre Lage war aussichtslos. Der Halbkreis der Daewas zog sich rasend schnell zusammen – es konnte nur noch Sekunden dauern, ehe sie heran waren und ihm und der Familie des Waffenschmieds den Garaus machten.

Timo handelte ohne zu denken. Blitzschnell wich er zum Haus zurück, griff unter sein Hemd und zerrte das Amulett hervor. »Auge der Sonne!«, rief er. »Hilf uns!«

Und diesmal, im Augenblick der größten Not, wirkte der Zauber des Amuletts! Im selben Moment, in dem die Strah-

len der Sonne das goldene Schmuckstück trafen, begann es von innen heraus zu glühen. Ein weißer, unerträglich greller Glanz brach aus seiner Oberfläche und ließ die schwarzen Dämonen zurückprallen, als wären sie an eine unsichtbare Wand gelaufen. Selbst Timo, der nur die dunkle Seite sah, schossen die Tränen in die Augen. Er stöhnte, senkte hastig den Blick und ging rückwärts, den linken Arm schützend vor das Gesicht gehoben und das Amulett mit der Rechten weit von sich haltend. Verschwommen sah er, dass sich die Daewas wie unter Schmerzen wanden und die Hände vor das Gesicht schlugen. Aber er begriff auch, dass ihnen nur eine kurze Galgenfrist gewährt wurde. Das Licht des magischen Anhängers blendete die an Dunkelheit und Kälte gewohnten Geschöpfe der Nacht hundertmal mehr als ihn, aber sie kämpften sich bereits wieder vor, mit unsicheren Bewegungen, aber voller Wut und Hass.
Er hatte jetzt keine andere Wahl mehr. Timo atmete noch einmal tief ein, spannte den Körper und rannte los, so schnell er konnte – direkt auf die Daewas zu. Torum schrie entsetzt auf, aber Timo achtete nicht auf ihn. Geduckt und Haken schlagend jagte er an ihm vorbei, sprang zwischen den Ungeheuern durch und hetzte weiter. – Hinter ihm stimmten die Daewas ein fürchterliches Geschrei an, das den ganzen Wald erzittern ließ. Timo lief noch schneller, setzte mit einem Sprung über den Bach und rannte auf den Waldrand zu.
Kurz bevor er die ersten Bäume erreichte, warf er noch einen schnellen Blick über die Schultern zurück. Sein verzweifeltes Manöver hatte Erfolg gehabt. Die Daewas hatten von Torum und seiner Familie abgelassen.
Aber dafür stürmten die schwarzen Dämonen brüllend und ihre Waffen schwingend nun hinter ihm her.

Der Troll

Der Wald wurde immer dichter, das Gestrüpp zerriss seine Kleider und die Dornen hinterließen blutige Linien auf seinem Gesicht und seinen Händen. Während er sich mühsam durch das Unterholz zwängte, rasten die Daewas mit unverminderter Geschwindigkeit hinter ihm her und wälzten alles, was sich ihnen in den Weg stellte, einfach nieder.
Timo spürte, wie seine Kräfte bereits zu erlahmen begannen. Sein Herz jagte, als würde es jeden Moment zerspringen, und sein Mund war trocken und er hatte einen bitteren Geschmack auf der Zunge.
Als das Unterholz zu einer undurchdringlichen Mauer zusammenwuchs, zog er eines der beiden Schwerter, die Torum ihm gegeben hatte, aus dem Gürtel und versuchte sich damit einen Weg durch das verfilzte Buschwerk zu hauen. Aber seine Kraft reichte nicht mehr aus – das Schwert federte zurück und wurde ihm aus der Hand geschleudert. Verzweifelt zerrte Timo den Köcher mit den nutzlos gewordenen Pfeilen vom Rücken, warf ihn weg und hetzte weiter. Die schweren Schritte seiner Verfolger kamen immer näher. Es waren weniger geworden, nur mehr zwei oder drei. Wahrscheinlich hatten sie sich aufgeteilt, um den Wald nach ihm zu durchkämmen. Aber ob einer oder ein Dutzend, dachte Timo düster, das machte keinen Unterschied.
Noch einmal raffte er all seine Kraft zusammen und versuchte schneller zu laufen. Er bekam Seitenstechen, das Blut rauschte in seinen Ohren und jeder Atemzug brannte wie

Feuer in seiner Kehle. Erst wenige Minuten waren seit seiner Flucht aus dem Haus des Waffenschmieds vergangen, aber er hatte das Gefühl, schon seit Stunden durch den Wald zu rennen, und er spürte, dass er das nicht mehr lange durchhalten konnte.

Vor ihm schimmerte es hell durch das Geäst. Timo blieb einen Moment stehen und sah sich schwer atmend um. Der Boden zitterte unter dem schweren Stampfen und neben seinen eigenen Atemzügen hörte er jetzt ein rasselndes Keuchen. Er bückte sich und schlüpfte durch eine schmale Lücke im Unterholz.

Das dichte Gestrüpp hörte plötzlich wie abgeschnitten auf und vor ihm öffnete sich eine weite, sonnenbeschienene Lichtung. Ein schmaler, silbern glitzernder Bach teilte sie und vor dem gegenüberliegenden Waldrand wuchs ein gewaltiger, moosbewachsener Felsen von doppelter Mannsgröße empor. Timo stieß einen erleichterten Seufzer aus, wankte mit letzter Kraft über die Lichtung und ließ sich gegen den Stein sinken. Sein Herz jagte und ein paar Augenblicke lang drehten sich der Wald und die Lichtung um ihn. Keinen Schritt würde er mehr gehen können, und wenn alle Gorme und Daewas des Kalten Reiches gleichzeitig hinter ihm her wären. Für einen Moment glaubte er eine verlockende Stimme zu vernehmen, die ihm zuflüsterte, wie leicht es doch wäre, einfach aufzugeben und sich in sein Schicksal zu fügen. Nur ein kurzer Augenblick des Schmerzes und alles wäre vorbei, die Angst und das Gejagtsein hätten ein Ende …

Aber dann erwachte ein ganz neues Gefühl in ihm. Er würde nicht aufgeben, weder jetzt noch irgendwann. Wenn er aufgab, dann war alles verloren, dann würden Dergon und seine Leute umsonst gekämpft haben und dann wären die Elfen umsonst gestorben. Nein – wenn es sein musste, dann würde er um sein Leben kämpfen, auch wenn er von vornherein wusste, dass er kaum eine Chance hatte!

Von neuer Kraft erfüllt stieß er sich von dem Felsen ab, zog seine Schleuder aus dem Gürtel und legte eine von Torums Eisenkugeln in die Schlaufe. Mit der anderen Hand zog er Selas Amulett unter dem Hemd hervor und richtete es sorgsam so auf seiner Brust, dass es die Strahlen der Sonne einfing. Dann wartete er.

Es vergingen nur ein paar Sekunden, bis er die dröhnenden Schritte der Daewas vernahm, und schon brachen zwei von ihnen aus dem Wald hervor. Ihr Anblick verschlug ihm wieder den Atem und für einen Moment sank sein Mut. Aber er wich nicht zurück, sondern trat den Daewas tapfer entgegen und hob drohend die Schleuder.

»Keinen Schritt weiter!«, sagte er mit erhobener Stimme. »Oder ihr werdet es bereuen!«

Die Daewas blieben tatsächlich stehen – allerdings eher aus Überraschung über so viel Dreistigkeit als aus Angst. Timo erkannte den einen von ihnen wieder. Es war der riesige Kerl mit der Peitsche, der den Angriff auf Torum und seine Familie angeführt hatte. Der andere war nur ein wenig kleiner, noch hässlicher und mit einer Keule bewaffnet, die beinahe größer als ein ausgewachsener Helder war.

Die beiden Dämonen überwanden ihre Überraschung schnell. Der mit der Keule kam knurrend näher und schlug bei jedem Schritt mit der Waffe auf den Boden, sodass der Wald bebte, während der andere seine Peitsche knallen ließ. Timo beobachtete den Weg der dünnen Lederschnur mit zusammengekniffenen Augen. Mit einer Kaltblütigkeit, die er sich selbst am allerwenigsten zugetraut hätte, wartete er bis zum letzten Augenblick, sprang dann hoch in die Luft und zog die Knie an. Die Peitschenschnur verfehlte ihn um Haaresbreite und wickelte sich um den Felsen.

Timo stürzte, kam mit einer flinken Bewegung wieder auf die Füße und warf seinen Bolzen. Das Eisengeschoss pfiff wie ein silberner Blitz über die Lichtung, traf die Hand des zweiten Daewas und schleuderte ihm die Keule aus den Fingern. Der Dämon stieß ein gellendes Schmerzensgeheul aus, umklammerte seine gebrochene Hand mit der anderen Pranke und hüpfte auf einem Bein über die Lichtung.
Unter anderen Umständen hätte Timo diesen komischen Anblick genossen. Jetzt aber nahm er hastig eine zweite Kugel aus seinem Beutel. Der andere Daewa zerrte wütend an seiner Peitsche. Die Schnur hatte sich fest um den Felsen geschlungen und schien sich irgendwo verhakt zu haben, aber statt hinzugehen und sie zu lösen riss der Dämon mit aller Gewalt am Peitschenstiel. Der ganze Felsen bebte unter seinen Anstrengungen. Timo stieß einen triumphierenden Laut aus und hob seine Schleuder.
Aber er kam nicht dazu, einen zweiten Schuss abzugeben. Der Felsen öffnete träge ein Auge, blinzelte unwillig zu dem Daewa hinüber und knurrte. Ein Teil der graugrünen Masse bewegte sich und wurde zu einem Arm – einem Arm und einer Hand von solcher Größe, dass Timo unwillkürlich den Atem anhielt –, der nach der Peitschenschnur griff und daran zog. Die Bewegung war nur spielerisch, aber sie reichte, den Daewa von den Füßen zu reißen und meterweit durch das Gras zu zerren, ehe er endlich die Waffe losließ.
»Was soll das?«, brüllte der Felsen, der überhaupt kein Felsen war, sondern etwas, das wie eine nicht besonders gut gelungene Mischung zwischen einem Stein und einem halb vermoderten Eichenstamm aussah. »Sucht ihr Streit? Dann seid ihr bei mir richtig!« Bevor die beiden Daewas Gelegenheit hatten, etwas zu tun, richtete er sich zu seiner ganzen Höhe auf, rollte wie eine Lawine über den Bach hinüber und pflückte den gestürzten Daewa wie ein Stück Fall-

obst vom Boden auf. »Wer bist denn du überhaupt?«, brüllte er. »So etwas Hässliches wie dich habe ich noch nie gesehen!« Er schüttelte die Faust vor dem Schuppengesicht des Daewas und warf dann den Dämon mit einer fast beiläufigen Bewegung quer über die Lichtung in den Wald zurück. Es splitterte und krachte, der Daewa rollte haltlos herum, walzte das Unterholz nieder und blieb halb aufgerichtet an einen Baumstamm gelehnt liegen. Er war noch bei Bewusstsein, aber er war zumindest klug genug, keinen Versuch zu machen, den plötzlich aufgetauchten Gegner erneut anzugreifen.

Der zweite Daewa besaß diese Klugheit offensichtlich nicht. Während sich der »Felsen« mit seinem Kameraden beschäftigte, hatte er die Waffe wieder aufgehoben und schlich sich von hinten an den grauen Titanen heran. Timo konnte sehen, wie sich seine gewaltigen Muskeln spannten, als er zum Schlag ausholte.

»Pass auf!«, schrie er erschrocken.

Wenn der Riese seine Warnung überhaupt hörte, so reagierte er nicht darauf. Und sie wäre wahrscheinlich ohnehin zu spät gekommen. Der Daewa kreischte triumphierend, machte einen gewaltigen Satz und ließ seine Keule herunterkrachen. Das eisenharte Holz traf den Schädel des Riesen mit ungeheurer Wucht und – zerbrach.

»Ohooooo!?«, machte der graue Titan. Er schüttelte den Kopf, drehte sich beinahe gemächlich herum und blickte aus faustgroßen, rot leuchtenden Augen auf den Daewa herab, der wie gelähmt dastand und fassungslos auf das zersplitterte Ende der Keule in seinen Händen starrte.

»Ohooo!«, wiederholte der Riese und diesmal klang es erheblich unfreundlicher als beim ersten Mal. »Du suchst wirklich Streit, scheint mir. Na, den kannst du haben.«

Der Daewa schrie auf, wich einen Schritt zurück und zerrte sein Schwert aus dem Gürtel. Der Gigant riss es ihm aus der

Hand, zerbrach es und schlug ihm die geballte Faust auf den Schädel. Es klang, als träfe Stein auf Stein. Der Daewa wankte, stürzte wie ein gefällter Baum zu Boden und blieb stocksteif liegen.
Timo hatte die ganze Szene mit offen stehendem Mund verfolgt. Erst als sich der Riese neuerlich aufrichtete und sich direkt auf ihn zu wälzte, erwachte er aus seiner Erstarrung und wich hastig zum Waldrand zurück.
»Jeden Tag was Böses tun, sonst kann ich nachts nicht richtig ruhn«, dröhnte die mächtige Stimme. »Jetzt sag bloß noch, das war nicht böse genug!«
Timo schwang drohend seine Schleuder. »Komm nicht näher!«, sagte er mühsam. »Sonst ...«
Der Riese hielt an, kniff das linke Auge zu und beugte sich ein wenig zu ihm herunter. Sein ganzer Körper ächzte und knirschte dabei wie morsches Holz. »Wer bist denn du?«, fragte er knurrend. »Auch einer, der Streit sucht, wie mir scheint.« Er streckte eine seiner gewaltigen, dreifingrigen Hände aus und Timo sprang mit einem erschrockenen Aufschrei zurück und ließ die Schleuder fallen. Aber er war nicht schnell genug. Der Riese erwischte ihm am Kragen, hob ihn hoch und hielt ihn dicht vor sein zerfurchtes Gesicht.
Timo strampelte verzweifelt mit den Beinen. »Nicht!«, sagte er flehend. »Ich suche keinen Streit! Wirklich nicht!«
»Wirklich nicht?«, vergewisserte sich der Riese.
»Wirklich nicht«, bestätigte Timo, der kaum noch Luft bekam. »Die ... die beiden da haben Streit gesucht«, sagte er mit einer Geste auf die Daewas. »Ich nicht. Ich ...«
»Und du suchst wirklich keinen Streit?«, fragte der Titan noch einmal.
Timo schüttelte hastig den Kopf. »Wirklich nicht«, beteuerte er.
»Schade«, knurrte der Riese und ließ Timo los, der ziemlich

unsanft zu Boden stürzte. Als er sich benommen hochrappelte, war der massige Felsen neben ihm zusammengesunken und wieder zur Regungslosigkeit erstarrt. Wären nicht die beiden riesigen leuchtenden Augen in seinem Kopf gewesen, dann hätte selbst Timo ihn wieder für nichts anderes als einen leblosen Felsen gehalten.
Timo wollte aufstehen, aber der Gigant hob drohend die Faust und so sank er auf die Fersen zurück und verhielt sich ruhig. Er hatte plötzlich das undeutliche Gefühl, nicht gerade den idealen Verbündeten getroffen zu haben.
Eine Ewigkeit, so kam es ihm vor, hockte er starr im Gras und wagte nicht einen Finger zu rühren, ja nicht einmal die Augen zu bewegen. Aber schließlich hielt er es nicht mehr aus.
»Darf ich ... darf ich aufstehen?«, fragte er stockend.
Der Riese blinzelte. »Aufstehen?«, fragte er.
»Es ist ... unbequem«, erwiderte Timo mit einem gequälten Lächeln.
Der Titan überlegte einen Moment. »Meinetwegen«, knurrte er schließlich. »Setz dich bequemer hin. Aber lauf nicht weg. Ich muss erst überlegen.«
Timo atmete erleichtert auf und rutschte in eine angenehmere Lage. Seine Arme und Beine zitterten so stark, dass er nicht einmal hätte weglaufen können, wenn er es gewollt hätte.
»Wer ... wer bist du?«, fragte er unsicher, nachdem der Riese für weitere endlose Minuten in brütendes Schweigen verfallen war.
»Wer ich bin?« Der Gigant lachte so laut, dass sich Timo die Ohren zuhielt. »Ich bin Gropp«, sagte er, nachdem er sich wieder beruhigt hatte. »Ich heiße Gropp und ich bin grob, dass du's nur weißt. Wenn du Streit suchst, dann sag es gleich.«
Timo schluckte. Gropp erschien ihm – gelinde ausgedrückt

– etwas seltsam. »Und was bist du?«, fragte er kleinlaut. »So einen Riesen wie dich habe ich noch nie gesehen.«
»Ich bin kein Riese!«, fuhr Gropp auf. »Riesen gibt es nur im Märchen, weißt du das nicht? Und sehe ich etwa aus, als gäbe es mich nicht wirklich?«
»Na ... na ... natürlich nicht«, stotterte Timo. »Entschuldige. Ich wollte dich nicht beleidigen.«
Gropp knurrte und kratzte sich mit einem krummen Finger am Schädel. »Ein Zwerg wie du kann einen Troll wie mich überhaupt nicht beleidigen«, stellte er fest. »Außer«, fügte er lauernd hinzu, »wenn er Streit sucht.«
Timo überging diese Feststellung vorsichtshalber. »Du bist ein Troll?«, fragte er. »Ein echter Troll?«
»Sehe ich aus wie ein nachgemachter?«, sagte Gropp giftig. »Natürlich bin ich ein echter Troll – ein Felsentroll sogar, wenn du es genau wissen willst. Und die sind bekanntlich die stärksten und schlimmsten unter den Trollen.«
Timo blickte zu dem Daewa hinüber, der noch immer bewegungslos im Gras lag, und verzichtete auf eine Antwort.
»Und was bist du?«, fragte Gropp. »Ein Zwerg? Kaum, denn selbst für einen Zwerg bist du zu klein und mickrig. Vielleicht bist du ein Zwerg-Zwerg oder so was? Oder bist du vielleicht einfach nur einer, der Streit sucht?«
»Ich bin ein Helder«, erwiderte Timo mit einem Anflug von Trotz. »Und warum sollte ich Streit mit dir suchen? Immerhin hast du mir geholfen.«
»Geholfen?«, wiederholte Gropp ungläubig. »Ich – dir?«
Timo nickte, obwohl er den Eindruck hatte, dass es besser wäre, den Mund zu halten. »Du hast mir sogar das Leben gerettet«, sagte er.
»Das Leben gerettet!«, keuchte Gropp. »Das ist dumm. Äußerst dumm sogar!«
Timo schluckte. »Wie ...«
Gropp beugte sich vor, ergriff ihn mit zwei Fingern beim

Kragen und zog ihn halb auf die Füße, aber nur um ihn gleich darauf unsanft ins Gras zurückfallen zu lassen. »Du bist ein Helder, wie?«, knurrte er. »Wenn du wirklich ein Helder bist und keiner, der Streit sucht, dann hilf mir gefälligst. Man sagt, dass ihr Helder Antworten auf alle Fragen wisst.«

»Na ja«, sagte Timo gequält. »Auf alle vielleicht nicht ...«

Gropp knurrte. »Du suchst doch ...«

»Nein, nein«, unterbrach ihn Timo hastig. »Ich suche keinen Streit, ehrlich nicht.«

»Dann antworte mir auch«, grollte der Troll. »Ich denke jetzt schon die ganze Zeit darüber nach, ob es nun böse war oder nicht, die beiden fast totzuschlagen. Aber wenn du sagst, dass ich dir geholfen habe ...«

»Das kommt ganz darauf an, wie man die Sache sieht«, sagte Timo schnell. »Vom Standpunkt der Daewas aus war es sicher nicht nett, mir zu helfen.«

Gropp blinzelte überrascht. »Hm«, machte er. »So habe ich die Sache noch gar nicht betrachtet. Aber immerhin habe ich dir geholfen.«

»Und ihnen geschadet«, sagte Timo rasch. »Das ist immer so, wenn man sich in einen Streit einmischt – der einen Seite schadet man immer.«

»Und der anderen hilft man«, fügte Gropp hinzu. »Und wenn man einem hilft, dann kann man kaum böse sein, oder?« Er schüttelte den Kopf, beugte sich über den Bach und hob die zerbrochene Keule des Daewa auf, um sie in handliche kleine Stücke zu zerbrechen; so, wie man in Gedanken die Blätter einer Blüte rupft. »Du musst wissen«, fuhr er fort, »ich habe geschworen, jeden Tag eine böse Tat zu vollbringen. Aber so, wie es aussieht ...« Er sprach den Satz nicht zu Ende, sondern zuckte mit den Schultern und sah wieder nachdenklich auf Timo herab. »Du siehst ein, dass das ein Problem ist?«

»Ja«, murmelte Timo. »Das sehe ich ein. Warum denkst du nicht in Ruhe darüber nach und lässt mich meiner Wege gehen? Ich habe nicht viel Zeit.«
»Unsinn«, sagte der Troll. »Ständig seid ihr in Hast und Eile, als ob es einen Unterschied macht, ob man ein Jahr früher oder später dort ankommt, wo man hin will. Nein, nein, du bleibst schön hier. Ein so kluges Bürschchen wie du kommt mir gerade recht. Es ist gar nicht so leicht, sich immer neue Gemeinheiten einfallen zu lassen. Da könnte mir ein heller Kopf wie du schon helfen.«
Timo war entsetzt. Gropp erschien ihm verrückt genug, um ihn wirklich Tage oder gar Wochen festzuhalten. »Aber das geht nicht!«, sagte er. »Ich werde verfolgt. Es ... es sind noch mehr Daewas in der Gegend. Sie suchen mich. Und sie werden auch dich nicht verschonen, wenn sie uns zusammen sehen.«
»Noch mehr Daewas?«, fragte Gropp aufgeregt und Timo hatte das Gefühl, schon wieder etwas Falsches gesagt zu haben. »Wie viele?«
»Ungefähr ein Dutzend«, antwortete Timo.
»Ein Dutzend!« Gropp richtete sich auf und rieb sich knirschend die Hände. »Wunderbar! Endlich ein richtiger Streit! Wo sind sie?«
Timo unterdrückte ein Stöhnen. »Das weiß ich nicht«, sagte er. »Aber ich fürchte, wir brauchen nur hier zu bleiben, um ihnen zu begegnen.«
Gropp sah ihn an, kratzte sich am Schädel und sank wieder ins Gras. »Sie sind hinter dir her, sagst du?«
Timo nickte. »Sie und andere.«
»Das kompliziert die Sache«, murmelte Gropp. »Das kompliziert sie sogar erheblich, meine ich. Wenn sie einfach nur da wären, wäre es leicht, aber wenn sie hinter dir her sind, dann würde ich dir ja helfen, wenn ich sie totschlagen würde. Ich muss darüber nachdenken.«

»Hier?«, fragte Timo, einer plötzlichen Eingebung folgend. Gropp nickte. »Warum nicht?«
»Weil sie hierher kommen werden«, erklärte Timo. »Stell dir vor, sie tauchen auf, ehe du zu einem Ergebnis gekommen bist.«
Gropp blinzelte, hob die Hand, als wolle er sich schon wieder am Schädel kratzen, und nickte plötzlich. »Du hast Recht«, sagte er. »Schlimm genug, dass ich einmal aus Versehen etwas Gutes getan habe. Noch mal darf das nicht vorkommen. Ich kenne ein hübsches ruhiges Plätzchen, wo ich in aller Ruhe nachdenken kann, kaum fünfzig Meilen von hier. Komm mit.«
Timo hob protestierend die Hände, aber Gropp beachtete seine Gegenwehr gar nicht. Er stand auf, klemmte sich Timo wie einen Sack Mehl unter den Arm und setzte sich in Bewegung.

Den ganzen Tag und noch bis spät in den Abend hinein waren sie unterwegs. Gropp wälzte sich rücksichtslos durch den Wald, rollte Buschwerk nieder, das ihm im Wege stand, und knickte Äste und junge Bäume. Timo gab es bald auf, sich zu wehren und zu schreien, rutschte aber so lange hin und her, bis er eine wenigstens einigermaßen bequeme Lage in der harten Umarmung gefunden hatte.
Trotzdem fühlte er sich wie gerädert, als sie endlich, lange nach Sonnenuntergang, an ihrem Ziel angelangt waren. Sie waren Stunde um Stunde über flaches Gras- und Weideland marschiert und die Berge lagen jetzt nahe vor ihnen.
Fast die ganze Zeit über hatte Gropp gesungen – allerdings immer das gleiche Lied, das noch dazu nur aus einer einzigen Zeile bestand. »Jeden Tag was Böses tun, sonst kann ich nachts nicht richtig ruhn!« Timo hatte ein paar Mal versucht, mit dem Felsentroll ein Gespräch zu beginnen, war aber auf taube Ohren gestoßen.

Einmal war ihnen sogar eine Schar Reiter begegnet, aber sie waren, lange ehe sie in Rufweite gekommen waren, in heller Panik geflohen. Nach und nach wurde die Landschaft felsiger, der Boden begann anzusteigen und schließlich erreichten sie das »stille Plätzchen«, von dem der Troll gesprochen hatte – eine riesige, finstere Höhle, die sich plötzlich vor ihnen auftat. Gropp setzte den Jungen unsanft auf die Füße und gab ihm einen Stoß in den Rücken, als er nicht schnell genug weiterging. Timo stolperte willenlos vor ihm her. Er war zu müde, um auch nur einen Ton von sich zu geben.

In der Höhle war es dunkel. Vom Eingang her drang nur ein schmaler Streifen graues Dämmerlicht herein und aus der Tiefe wehte ein kühler Lufthauch. Gropp versetzte ihm einen weiteren Stoß, der ihn vorwärts taumeln und auf die Knie fallen ließ, und schlurfte an ihm vorbei.

»So«, grollte er. »Endlich daheim. Jetzt kann ich nachdenken.«

Timo sah sich missmutig um. Jeder Knochen im Leib tat ihm weh, er war todmüde und begann erbärmlich zu frieren. »Hier bist du zu Hause?«, fragte er.

Gropp nickte. »Gefällt es dir etwa nicht?«, fragte er lauernd. »Es ist ein schönes Zuhause, meine ich – dunkel und kühl und sicher. Keiner kommt hierher und sucht Streit.« Aber der letzte Satz klang fast ein wenig bedauernd.

»Schön vielleicht«, sagte Timo halblaut. »Aber ein bisschen kahl, findest du nicht? Wo schläfst du? Auf dem Boden?«

»Auf dem Boden!«, ereiferte sich Gropp. »Sehe ich aus wie ein Zwerg, dass ich auf dem Boden schlafen muss? Natürlich schlafe ich in meinem Bett. Du stehst daneben, Helderzwerg.«

Timo sah sich suchend um und schluckte im letzten Moment eine spöttische Bemerkung hinunter. Gropps

»Bett« erwies sich als ein gewaltiger, beinahe meterhoher Haufen kopfgroßer runder Steine.
»Also«, sagte Gropp plötzlich. »Ich habe nachgedacht. So, wie es aussieht bin ich in einer Zwickmühle.«
Timo blickte misstrauisch zu dem Troll auf. »So?«, machte er. »Warum lässt du mich nicht einfach laufen?«
Gropp schüttelte entschieden den Kopf. »Das geht nicht«, sagte er. »Die Daewas waren doch hinter dir her, oder?«
Timo nickte und ein kurzes, zustimmendes Lächeln flog über Gropps verwittertes Gesicht. »Wenn ich dich also laufen lasse, dann kriegen sie dich nicht mehr und ich habe dir geholfen. Wenn ich dich aber nicht laufen lasse, dann kommen sie vielleicht hierher und kriegen dich doch und ich habe ihnen geholfen.« Er seufzte und ließ sich mit dem Rücken gegen die Wand sinken. »Man kann es drehen oder wenden, wie man will, ich tue immer einer Seite einen Gefallen. Dumm. Äußerst dumm.«
»Und wenn du dich einfach hinlegst und schläfst?«, versuchte es Timo. »Ich meine, ich könnte mich davonschleichen, ohne dass du es merkst, und du wärst alle Probleme auf einen Schlag los.«
Gropp dachte einen Moment ernsthaft über diesen Vorschlag nach, schüttelte aber dann den Kopf. »Das geht nicht«, sagte er bedauernd. »Du würdest zurücklaufen und den Daewas in die Hände fallen. Und ich wäre schuld.«
»Aber das wäre doch eine böse Tat«, sagte Timo.
Der Troll seufzte. »Von deinem Standpunkt aus«, bestätigte er. »Aber von ihrem? Nein, ich fürchte, ich kann dich nicht weglaufen lassen.«
»Und wenn ich in die entgegengesetzte Richtung fliehe?«
»Hast du den Wald gesehen, der sich hinter diesem Berg erstreckt?«, fragte Gropp.
Timo nickte, obwohl er rein gar nichts gesehen hatte – wie sollte er auch, von einem steinernen Arm festgehalten!

»Das ist der Weißwald«, erklärte Gropp. »Keiner, der dort hingeht, kommt wieder raus. Der Wald ist verwunschen. Gorgel hat das getan. Du hast schon von Gorgel gehört, nehme ich an?«
»Ich ... äh ... leider nicht«, gestand Timo stockend. Sein Blick glitt sehnsüchtig zum Ausgang, aber er verwarf den Gedanken an einen Fluchtversuch sofort wieder. Gropp würde ihn eingeholt haben, ehe er auch nur drei Schritte gemacht hätte.
»So?«, machte der Troll. »Dann musst du wirklich von sehr weit her kommen. Jedermann kennt Gorgel den Schrecklichen. Er war ein Troll wie ich, aber zehnmal größer und – auch wenn ich es nicht gerne zugebe – zwanzigmal so böse.«
»Ach«, machte Timo. »Das gibt es?«
Gropp musterte ihn aus zusammengekniffenen Augen, überging die Bemerkung aber geflissentlich. »Irgendwann«, erzählte er weiter, »vor langer Zeit lebte Gorgel der Schreckliche in einer Höhle westlich von hier. Den Weißwald gab es damals noch nicht. Gorgel verübte jeden Tag nicht nur eine, sondern gleich drei oder vier böse Taten.« Ein verklärtes Lächeln huschte über seine moosigen Züge. »Ah ja«, machte er, »das waren Zeiten. Schade, dass ich damals nicht dabei war. Aber du wolltest von Gorgel hören«, fuhr er mit veränderter Stimme fort.
Das wollte Timo ganz entschieden nicht, aber er hielt es für ratsamer, den Troll nicht zu unterbrechen.
»Eines Tages kamen Menschen in seine Gegend und versuchten, Gorgel aus seiner Höhle zu vertreiben«, erklärte der Felsentroll. »Ha, war das ein Spaß! Den ganzen Tag haben sie gekämpft und aufeinander eingedroschen und schließlich haben die Menschen es mit der Angst zu tun gekriegt und die Flucht ergriffen. Aber heimtückisch, wie sie nun einmal sind, diese Menschen, taten sie etwas ganz

Teuflisches. Sie riefen eine Hexe zu Hilfe und die zauberte über Nacht einen Wald herbei und vergiftete die ganze Gegend damit. Überall Blumen und Bäume – du kannst dir vorstellen, wie Gorgel getobt hat. Natürlich hat er alle Bäume sofort ausgerissen, aber am nächsten Morgen waren sie wieder da und so weiter und so weiter. Schließlich packte Gorgel ein rasender Zorn und er schrie und brüllte so laut, dass jedes Tier und jede Pflanze in diesem verfluchten Wald vor Schreck alle Farbe verlor und zu Stein erstarrte. Seitdem« – Gropp gluckste vor Vergnügen – »traut sich keiner mehr in diesen Wald. Und wer so dumm ist, es doch zu versuchen, der kommt nicht wieder raus. Man sagt, die Hexe lebt noch immer dort und frisst jeden auf, der sich hineinwagt. Willst du trotzdem dorthin?«

Timo schüttelte den Kopf und nickte gleich darauf. »Eigentlich habe ich keine Angst vor Hexen«, sagte er.

Gropp schwieg einen Moment, kniff das linke Auge zu und schaute ihn misstrauisch an. »Hast du nicht?«, vergewisserte er sich. »Dann kommst du am Ende noch auf die Idee, dich einfach wegzuschleichen, wenn ich schlafe, wie? Na, dagegen müssen wir etwas unternehmen.« Er hob einen Felsen auf, der gut seine zwei Tonnen wiegen mochte, und versperrte damit ohne sichtliche Anstrengung den Eingang. »So«, sagte er zufrieden. »Jetzt kannst du versuchen, dich wegzuschleichen.«

Timo seufzte. »Sei doch vernünftig, Gropp«, sagte er. »Wenn du mich hier festhältst, dann tust du Ahriman einen Gefallen.«

»Ich weiß«, antwortete Gropp betrübt. »Aber was soll ich tun? Lasse ich dich laufen, dann tue ich dir einen – und das geht nicht. Immerhin habe ich geschworen –«

»Jeden Tag eine böse Tat zu tun«, fiel ihm Timo ins Wort. »Ich weiß, ich weiß. Aber warum eigentlich?«

»Warum?« Gropp fuhr herum, starrte ihn wütend an und schüttelte seine gewaltigen Fäuste. »Willst du mich auf den Arm nehmen, Kerl?«, brüllte er. »Jeder weiß, dass Trolle nur Böses tun, den ganzen Tag und die ganze Nacht!«
»So böse kommst du mir gar nicht vor«, antwortete Timo. »Im Gegenteil. Eigentlich«, fügte er boshaft hinzu, »finde ich dich ganz nett.«
»Nett!«, kreischte Gropp. »Er findet mich nett, der Helderlump! Willst du mich ärgern oder suchst du Streit?!«
»Nicht doch«, sagte Timo hastig. »Ich wollte doch nur sagen, dass –«
Gropp stupste ihn mit dem Zeigefinger vor die Brust, dass er das Gleichgewicht verlor und unsanft auf dem Boden landete, grollte verärgert und ließ sich ebenfalls niedersinken. »Du hast ja Recht«, gestand er. »Ich bin nett. Viel zu nett, meine ich.«
Timo verstand rein gar nichts mehr, aber der Troll fuhr in weinerlichem Tonfall fort. »Das ist ja mein Problem, weißt du? Die anderen Trolle haben mich deswegen davongejagt!«
»Aber warum denn?«, fragte Timo verwundert. »Was hast du denn Schlimmes getan?«
»Nichts«, schluchzte Gropp. »Das ist es ja gerade. Sie fanden, dass ich nicht gemein genug bin, und haben mich mit Schimpf und Schande davongejagt, damit ich mich bewähren soll, stell dir das vor! Dabei habe ich mir solche Mühe gegeben. Häuser habe ich abgedeckt und Brücken niedergerissen, kaum dass sie aufgebaut waren, und einmal habe ich in einer einzigen Nacht die Ernte eines ganzen Jahres niedergewälzt. Und was hat es genützt? Nichts!«
»Und das findest du komisch, wie?«, fragte Timo.
»Nein«, gestand Gropp. »Wenn ich ganz ehrlich bin, nicht. Aber was soll ich tun? Ich bin ein Troll und jedermann weiß, dass Trolle nur Schlimmes anrichten. Du hast es gut.

Von euch Heldern erwartet jeder, dass ihr Gutes tut, aber wir Trolle? Es ist gar nicht so leicht, sich jeden Tag eine neue Gemeinheit einfallen zu lassen. Gutes tun ist ja viel einfacher.«

»Äh«, machte Timo, »also da kann man durchaus –«

»Fang nicht an zu streiten«, warnte ihn Gropp, »natürlich ist es leichter, Gutes zu tun. Ich weiß, wovon ich rede. Überall trifft man Menschen, die in Not sind. Jemand fällt vom Pferd und du hilfst ihm auf und schon hast du eine gute Tat begangen, einfach so, ehe du dich's versiehst. Erst vor ein paar Tagen habe ich einen Bach umgeleitet, damit er ihre Häuser unterspült und niederreißt. Und was ist geschehen? Er hat ihre Felder bewässert und ihre Ernte wird besser sein als je zuvor. Und so etwas passiert mir dauernd. Warum nur? Kannst du mir das sagen, Helder? Immer muss das mir passieren, ausgerechnet mir, einem Felsentroll! Es ist einfach ungerecht.«

»Vielleicht hast du einfach ein zu gutes Herz«, vermutete Timo.

Gropp ächzte. »Gutes Herz?«, keuchte er. »Ich? Ich bin ein Felsentroll, Helder, und ich habe ein Herz aus Stein wie alle Felsentrolle!«

»Das glaubst du vielleicht, aber ...«

Gropp brachte ihn mit einem unwilligen Knurren zum Schweigen, hob die Hände und brach sich kurzerhand das letzte Glied vom kleinen Finger der Linken ab. »Da!«, sagte er und warf Timo das abgebrochene Glied vor die Füße. »Was glaubst du wohl, mag das sein?«

Timo starrte den Troll ungläubig an, bückte sich und hob den Finger auf. Er war fast so groß wie seine ganz Hand – und er war wirklich aus Stein, aus hartem, von Wind und Jahreszeiten zermürbtem Granit!

»Dann ... dann bestehst du wirklich ganz und gar aus Stein?«, fragte er ungläubig.

»Sehe ich aus, als wäre ich aus Grütze?!«, brüllte Gropp. »Natürlich bin ich aus Stein und auch mein Herz ist aus Stein, und jetzt sag du mir noch einmal, ich soll Gutes tun!«

Timo schwieg lange Zeit. »Felsen«, murmelte er schließlich. »Du ... du bist tatsächlich aus Stein.«

Gropp nickte. »Ja. Sag bloß, du hast das nicht gewusst.«

Timo antwortete nicht, aber zu Gropps Verwunderung zeigte sich plötzlich ein listiges Lächeln auf seinen Lippen.

»Was gibt es zu grinsen?«, fragte Gropp lauernd. »Findest du mich vielleicht komisch?«

»Nein«, sagte Timo hastig. »Dich nicht. Mir ist nur gerade wieder eingefallen, dass ich ein Helder bin.«

»Um das herauszukriegen, brauchst du nicht lange nachzudenken«, grollte Gropp. »Und was nützt es dir? Gar nichts!«

Timo antwortete nicht, aber auf seinen Zügen erschien plötzlich ein angespannter Ausdruck, als konzentriere er sich mit aller Macht.

»Was tust du?«, fragte Gropp misstrauisch.

»Etwas, das dir Spaß machen wird«, antwortete Timo. Gropp wurde hellhörig. »Eine Gemeinheit?«, fragte er. Timo nickte. »Eine ziemliche Gemeinheit«, sagte er. »Wenigstens von deinem Standpunkt aus.«

»Äh?«, machte Gropp. »Bürschchen, wenn du Streit suchst, dann ...« Er richtete sich auf und hob drohend die Faust. Aber seine Hand schien seinem Willen nicht mehr richtig zu gehorchen. Einen Moment lang fuhr sie wild vor seinem Gesicht hin und her, dann ballte sie sich abermals zur Faust – und schlug wuchtig auf die Nase des Steinriesen.

Gropp heulte auf, sprang zurück und krachte gegen die Wand, dass die ganze Höhle bebte. »Kerl!«, brüllte er und schon krachte seine Faust – und diesmal weit heftiger – auf seine Nase herunter. Mit einem wütenden Knurren hob er

die andere Hand, umklammerte sein Handgelenk und drückte den Arm herunter. »Was ... was soll das?«, fragte er fassungslos.
»Oh«, machte Timo, »nichts Besonderes. Wie gesagt – mir ist gerade wieder eingefallen, dass ich ein Helder bin. Und die Helder beherrschen die Magie der Steine, weißt du?«
Gropps linker Arm kam schon wieder hoch und der Titan hatte Mühe, seiner eigenen Faust auszuweichen. »Hör auf!«, keuchte er. »Hör sofort auf damit!«
Timo schüttelte den Kopf. »Fällt mir nicht ein«, sagte er. »Wenn du mich nicht gehen lässt, dann wirst du dich selbst verdreschen, bis du grün und blau bist. Mein Wort darauf.«
Gropp rang keuchend mit seinem Arm und starrte Timo wütend an. »Du bist ganz schön gemein«, sagte er.
Timo grinste. »Sicher. Ich lerne eben schnell. Und ich bin nicht einmal besonders gut in der Steinmagie. Du solltest erst mal meinen Vater erleben – er würde dich glatt dazu bringen, deine eigenen Hände zu verspeisen.«
Gropp hielt beide Hände dicht vors Gesicht und schluckte. Timo hätte schwören können, dass er blass wurde, obwohl das bei einem Stein wohl kaum möglich war.
»Hör mal«, begann er, »ich mache dir einen Vorschlag. Du hörst mit dem Unsinn auf ...«
»Und du lässt mich gehen?«
Gropp seufzte, kratzte sich am Schädel und griff hastig wieder nach seinem Handgelenk. »Nun«, sagte er. »Das ist ein fairer Vorschlag, meine ich.«
Timo atmete insgeheim erleichtert auf. Er saß noch immer gelassen und ruhig da, aber innerlich zitterte er vor Anstrengung. Das Kunststück, das er Gropp eben vorgeführt hatte, war fast über seine Kräfte gegangen. Er hätte Gropp höchstens noch ein paar Augenblicke narren können, ehe er einfach vor Erschöpfung zusammengebrochen wäre. Er war noch weit davon entfernt, die Magie der Felsen wirk-

lich zu beherrschen. Selbst das, was er jetzt getan hatte, war nur möglich gewesen, weil ihm die Angst zusätzliche Kraft gab.

Gropp ließ sich keuchend zurücksinken, hob die Linke vor das Gesicht und bewegte misstrauisch die Finger. Timo sah, dass das abgebrochene Fingerglied bereits wieder nachgewachsen war.

»Mann«, knurrte Gropp anerkennend, »so etwas hätte ich einem Knirps wie dir gar nicht zugetraut.«

»Ich auch nicht«, sagte Timo, aber so leise, dass der Troll die Worte nicht verstand. Er seufzte, stand unsicher auf und deutete zum Ausgang. »Und jetzt wäre ich dir dankbar, wenn du den Felsen wegrollen und mich hinauslassen würdest.«

Gropp verzog die Lippen. »Wenn du darauf bestehst«, murrte er, »dann tue ich es. Aber es wäre besser, wenn du bis zum Morgen hier bleiben würdest. Die Nacht ist stockfinster und du könntest dich im Weißwald verirren, ehe du dich's versiehst. Du kannst auf meinem Bett schlafen, wenn du willst.«

Timo schüttelte hastig den Kopf, antwortete aber nicht gleich. Gropps Worte hatten etwas für sich – er hatte nicht die geringste Ahnung, wo er überhaupt war, und die Vorstellung, bei Nacht in einen unbekannten Wald zu gehen und sich statt mit Daewas oder einem wild gewordenen Troll mit einer Hexe herumschlagen zu müssen, weckte nicht gerade seine Begeisterung.

»Woher weiß ich, dass du mir nichts antust, wenn ich schlafe?«, fragte er.

Gropp knurrte. »Gar nicht«, sagte er patzig. »Aber du kannst mir vertrauen. Ich lüge nicht.«

Seltsamerweise glaubte Timo ihm. Und er war so erschöpft, dass er ohnehin nicht sehr weit gekommen wäre.

»Gut«, sagte er. »Ich denke, ich kann dir vertrauen. Aber

merke dir – wenn du mich hintergehst, dann wird dich mein Vater aufsuchen. Und dann ...«
Er sprach den Satz nicht zu Ende, aber das war auch nicht nötig. Gropp schluckte hörbar und blickte sehr lange und sehr nachdenklich auf seine Hände, die er mit gespreizten Fingern weit von sich hielt ...

Die ersten Strahlen der Sonne weckten Timo am nächsten Morgen. Er hatte auf dem felsigen Boden überraschend gut geschlafen und Gropp musste irgendwann während der Nacht den Stein vom Eingang fortgerollt haben, sodass helles Sonnenlicht in die Höhle drang und sie ein wenig freundlicher aussehen ließ als am vergangenen Abend.
Der Troll schlief noch, und als Timo ihn wachzurütteln versuchte, grunzte er nur unwillig und bewegte träge den Arm, sodass Timo hastig zurücksprang, um nicht aus Versehen zu Boden geschleudert zu werden.
»He, Gropp!«, schrie er, so laut er konnte. »Wach auf, du Schlafmütze! Die Sonne ist aufgegangen!«
Gropp öffnete mit deutlichem Widerwillen ein Auge und blinzelte ihn an. »Was ist?«, brummte er. »Ist schon Mittag?«
»Mittag?« Timo schüttelte verwirrt den Kopf »Nein«, sagte er, »aber die Sonne ist aufgegangen und –«
»Wenn noch nicht Mittag ist, dann lass mich schlafen«, unterbrach ihn Gropp ärgerlich.
»Aber es ist Tag!«, begehrte Timo auf. »Es ist heller Tag und ich bin hungrig.«
»Geh vor die Tür«, murmelte Gropp im Halbschlaf. »Draußen wächst überall Gestrüpp. Vielleicht findest du ein paar Beeren.«
Timo starrte den schlafenden Giganten halb zornig, halb belustigt an, schüttelte den Kopf und wandte sich zögernd zum Ausgang. Gropp hatte nicht gelogen – auf dem Hang

vor dem Höhleneingang wuchsen zahlreiche Büsche und er entdeckte sofort einen, der faustgroße dunkelrote Beeren trug, die zwar nicht besonders gut schmeckten, aber seinen Hunger stillten. Er aß, bis er einigermaßen satt war, trank einen Schluck Wasser aus der kristallklaren Quelle, die dicht neben dem Höhleneingang aus einer Felsspalte sprudelte, und sah sich neugierig um. Es war wirklich so, wie es der Troll am vergangenen Abend gesagt hatte – vor ihm erstreckte sich unfruchtbares Felsland, so weit der Blick reichte, und zur Linken, sicher noch vier, fünf Meilen oder weiter entfernt, erhob sich die dünne, helle Linie eines Waldes. Das musste der Weißwald sein, von dem Gropp gesprochen hatte. Er war tatsächlich weiß, so weiß wie frisch gefallener Schnee, und Timo konnte ein Schaudern nicht unterdrücken, als er an die Geschichte dachte, die ihm der Steinriese erzählt hatte.

Er seufzte, setzte sich mit angezogenen Knien auf einen Stein und stützte das Kinn auf die Hände. Gropp hatte ihm geholfen, aber seine Lage war trotzdem alles andere als rosig. Der Troll würde den Weg zum Silberwald und den Elfen sicher nicht wissen, und selbst wenn – es war weit, so unendlich weit, und er hatte so wenig Zeit. Sein Blick wanderte nach oben. Die Sonne stand hell und strahlend am Himmel, aber auch der Mond war noch zu sehen und zu dem ersten, funkelnden Stern hatten sich in der Zwischenzeit schon viele andere gesellt. Noch wenige Tage, dachte er düster, und die Tagnacht brach endgültig an. Fast für die Dauer eines ganzen Mondwechsels würde es dann nicht mehr dunkel werden und dann ... ja, und dann würde die Entscheidung fallen. Ahrimans Horden würden aus ihren finsteren Höhlen hervorbrechen und verwüsten, was Hun Came und seine Männer noch nicht erobert hatten. Selbst die Hohe Feste würde fallen, wenn die Heerscharen der Finsternis zum Sturm ansetzten.

Und in seiner Macht sollte es liegen, dies alles zu verhindern? Lächerlich!
Irgendwo unter ihm kollerte ein Stein den Abhang hinunter und das Geräusch riss Timo aus seinen Gedanken. Er stand auf, blickte aufmerksam nach rechts und links und ging ein paar Meter den Hang hinab. Wieder polterten Steine und plötzlich schob sich ein gewaltiger schwarzer Schatten hinter einem Felsen hervor.
Timo hielt den Atem an. Vor ihm, kaum mehr als einen Steinwurf entfernt, hockte ein Gorm! Die kleinen, brennenden Augen starrten ihn böse an und Timo hatte das Gefühl, unter diesem Blick innerlich zu Eis zu erstarren. Es war das vierte Mal, dass er einem Gorm gegenüberstand, aber es war das erste Mal, dass er direkt in die Augen dieser Kreatur blickte. Und es war ein Blick, den er nie wieder vergessen sollte. Alle Schlechtigkeit und Bosheit der Welt schienen in diesen brennenden, flammend roten Augen zu liegen und er glaubte die tückische Intelligenz zu spüren, die hinter der flachen Krötenstirn des Ungeheuers lauerte.
»Gropp!«, rief er. Seine Stimme schwankte. »Gropp! Komm heraus und hilf mir!«
Der Gorm machte einen tapsenden Schritt und kroch vollends hinter seiner Deckung hervor. Timo keuchte. Das Ungeheuer erschien ihm noch größer, als er es in Erinnerung hatte: ein schwarzer Berg aus Gestalt gewordenem Hass. Er begriff plötzlich, dass er einem grausamen Irrtum unterlegen war. Ahriman hatte seine Spur keineswegs verloren. Wahrscheinlich hatte er die ganze Zeit über genau gewusst, wo er war, und vielleicht konnte er nicht einmal einen Schritt tun, ohne dass der Herr des Kalten Reiches darüber Bescheid wusste. Seine Mörderschmetterlinge und die Daewas hatten versagt – jetzt schickte er den schlimmsten seiner Häscher, um ihn in seine Gewalt zu bekommen!
»Gropp!«, schrie er verzweifelt. »So hilf mir doch!«

Über ihm in der Höhle polterte es. »Hilf dir selbst, Helder«, brummte Gropp verschlafen. »Oder warte, bis ich wach bin. Danach können wir über die Sache reden.«
Timo wich Schritt für Schritt vor dem näher kriechenden Ungeheuer zurück. Der Gorm beobachtete ihn aufmerksam. Sein hässliches Krötenmaul öffnete sich und eine Wolke übel riechenden Atems hüllte Timo ein. Die lange, eingerollte Zunge des Ungeheuers bewegte sich wie eine Schlange zwischen seinen Kiefern.
»Gropp!«, schrie Timo noch einmal. Seine Stimme überschlug sich fast. »Hilf mir bitte. Ich …«
»Lass mich schlafen«, brummte Gropp. »Oder es gibt Ärger.«
»Hier unten ist jemand, der Streit sucht!«, rief Timo in höchster Not.
Eine Sekunde lang geschah nichts und dann ertönte ein dumpfes Knirschen und Krachen aus der Höhle und der Troll kam wie eine Lawine herausgerollt, die riesigen Hände zu Fäusten geballt. »Streit?«, sagte er aufgeregt. »Wer sucht Streit und …«
Sein Blick fiel auf den Gorm. »Oho!«, machte er. »Was ist denn das?«
Der Gorm hob den Kopf, funkelte den graugrünen Riesen boshaft an und stieß ein zischendes Geräusch aus. Seine hornigen Krallen wühlten im Boden.
»Das ist ein Gorm«, antwortete Timo. »Wir müssen weg, Gropp. Lass uns fliehen. Ich weiß doch, wie schnell du laufen kannst.«
»Fliehen?« Gropp kratzte sich mit beiden Händen am Schädel und musterte abwechselnd den Gorm und den Jungen. »Fliehen?«, fragte er noch einmal. »Ein Felsentroll und fliehen? Ich fliehe nicht!«
»Aber wir müssen weg«, keuchte Timo. »Der Gorm …«
Gropp schob ihn kurzerhand zur Seite, wälzte sich auf den

Gorm zu und baute sich drohend vor ihm auf. »Was willst du?«, fragte er böse. »Wenn du Streit suchst, dann ...«
»Bitte, Gropp!«, rief Timo aufgeregt. »Das ist kein Spaß mehr. Er wird dich töten!«
Der Gorm zischte, als wollte er Timos Worte bekräftigen, und kroch auf den Troll zu. Gropp war ein gutes Stück größer als der schwarze Dämon, aber der Gorm war viel massiger und musste mindestens das Doppelte wiegen. Und auch Gropp wirkte lange nicht mehr so selbstsicher wie am Tage zuvor, als er mit den Daewas gekämpft hatte.
Doch er wich ebenfalls nicht zurück. »Wenn ich du wäre, dann würde ich verschwinden«, grollte er.
Der Gorm zischte, öffnete das riesige Maul und ließ seine Zunge vorschnellen. Aber er hatte seinen Gegner unterschätzt. Gropp packte die Zunge mit beiden Händen und zerrte mit aller Gewalt daran. Der Gorm verlor das Gleichgewicht, fiel nach vorne und grub mit dem Unterkiefer eine meterbreite Furche in den Boden. Gropp schrie triumphierend auf, ließ die Zunge los und hieb mit beiden Fäusten auf den flachen Schädel des Gorms. Der Gorm brüllte. Seine gewaltigen Hinterläufe zuckten in blindem Schmerz und zertrümmerten den Felsen, hinter dem er vorhin Deckung gesucht hatte. Doch auch er war nicht so leicht zu besiegen. Gropps heftige Gegenwehr hatte den Gorm überrascht, aber er war ein Gegner, der dem Troll zumindest gleichwertig war. Mit einem wütenden Kopfschütteln wich der Gorm zurück, richtete sich wie ein angreifender Bär auf die Hinterläufe auf und breitete die Vordertatzen aus. Timo schrie vor Schreck, als er sah, wie der schwarze Gigant in einer tödlichen Umarmung die Krallen um den Troll schloss und mit aller Gewalt zudrückte.
Gropp keuchte. Sein Körper knackte und knirschte so laut, dass das Geräusch fast das wütende Zischen des Gorms übertönte, und sein Felsengesicht verzerrte sich vor

Schmerz. Mit einer enormen Kraftanstrengung befreite er seine Arme, warf sich zurück und ließ die geballten Fäuste auf den Schädel des Gorms krachen. Die beiden Gegner wankten und der gesamte Berg schien unter den Hieben zu beben, die sie sich gegenseitig versetzten. Aber weder der Gorm noch der Troll wichen auch nur einen Fußbreit zurück. In stummer, verbissener Wut rangen sie miteinander und versuchten sich gegenseitig aus dem Gleichgewicht zu bringen. Immer wieder riss der Gorm das Maul auf und schloss es krachend um die Arme des Trolls, aber der felsige Körper schien selbst für seine Zähne zu hart zu sein.

Schließlich gelang es Gropp, ihn abzuschütteln. Er brüllte wütend auf und schlug dem Gorm, der noch immer halb aufgerichtet vor ihm stand, die verschränkten Fäuste unter das Kinn. Die Kiefer des Ungeheuers klappten mit einem Laut zusammen, als würde ein Berg gespalten, und einige seiner hässlichen Zähne brachen glattweg ab. Das Ungeheuer krächzte, kämpfte mit wild rudernden Vorderläufen um sein Gleichgewicht und fiel schließlich schwer auf den Rücken.

Gropps wuchtiger Körper rollte behände neben ihn. »So, du aufgeblasene Kröte!«, brüllte er. »Jetzt werde ich dir zeigen, was es heißt, Streit mit einem Felsentroll zu beginnen. So, so, so, so, so und so!« Und bei jedem »so« versetzte er ihm weitere Fausthiebe und die Wutschreie des Gorms verwandelten sich in ein Schmerzensgeheul. Verzweifelt strampelte er mit den Beinen und biss wild um sich, aber in der unglücklichen Lage, in die Gropp ihn gebracht hatte, war er so hilflos wie ein Käfer, der auf den Rücken gefallen war.

Schließlich hörte er auf, sich zu bewegen, aber Gropp ließ noch ein paar Mal die Fäuste auf ihn heruntersausen, bis er wirklich sicher war, dass das Ungeheuer keine Gefahr mehr darstellte.

Timo atmete erleichtert auf. Der Kampf hatte nur wenige

Minuten gedauert, aber er hatte das Gefühl, den beiden stundenlang zugeschaut zu haben. Seine Hände und Knie zitterten, und als er endlich aus seiner Erstarrung erwachte und Gropp entgegenlief, wäre er um ein Haar vor lauter Aufregung über seine eigenen Füße gestolpert. »Gropp!«, rief er erleichtert aus. »Du hast ihn besiegt. Du hast einen Gorm besiegt! Du ...«

Er stockte, blieb mitten im Lauf stehen und starrte entsetzt auf den Troll. Gropp hatte sich umgewandt und torkelte schwerfällig den Hang herauf. Er wankte. Risse und große, hässliche Löcher bedeckten seinen Körper und stellenweise hing das Moos in Fetzen herunter.

»Du ... du bist verletzt!«, sagte Timo erschrocken.

Gropp winkte ab, aber selbst diese Bewegung schien zu viel zu sein, denn er verzog dabei schmerzhaft das Gesicht. Er machte noch eine Bewegung vorwärts, taumelte und brach zusammen.

Timo war mit einem Sprung bei ihm. »Gropp!«, schrie er. »Was hast du? So sag doch etwas!«

Der Troll war nach vorne gefallen und hielt sich nur noch mit einem Arm aufrecht. Der andere hing leblos und – wie es schien – gebrochen herab. »Mir fehlt nichts«, sagte er mühsam. »Es muss schon etwas mehr kommen als so eine zu groß geratene Schildkröte, um mich zu beeindrucken.« Mit diesen Worten fiel er vollends nach vorne, wälzte sich stöhnend auf die Seite und begann langsam, ganz langsam zu erstarren.

»Nein!«, entfuhr es Timo. »Gropp, du ... du darfst nicht sterben. Nicht auch noch du! Bitte!«

Aber seine Worte waren vergeblich. Der Felsentroll würde sterben, das spürte er. Er hatte seinen letzten Kampf gekämpft, aber es war ein gerechter Kampf gewesen, denn er hatte einen Gegner vor sich gehabt, der die Mächte der Hölle auf seiner Seite hatte.

»Das war ein feiner Streit«, murmelte Gropp. Seine Worte waren so leise, dass Timo sie kaum noch verstand. »So etwas ... habe ich mir ... zeitlebens gewünscht. Sag, kleiner Helder, war ich ... war ich böse?«
Timo drängte mit letzter Kraft die Tränen zurück. »Ja«, flüsterte er. »Du warst schrecklich böse, Gropp. Ich ... ich habe richtig Angst bekommen.«
Gropp lächelte unter Schmerzen. »Dann ist es ... gut«, sagte er mühsam. »Und jetzt ... geh, kleiner Helder. Geh, ehe noch mehr von ihnen kommen. Geh und sage allen, wie Gropp, der Felsentroll, gekämpft hat. Sage ihnen, dass er einen Höhlengorm besiegt hat.«
»Das werde ich tun«, versprach Timo. »Ich werde es allen erzählen, die ich treffe. Noch in hundert Jahren werden sie von dir reden, Gropp. Nicht ... nicht einmal Gorgel hätte das geschafft.«
»Geh«, stöhnte Gropp. »Sie ... sie kommen näher. Ich spüre sie. Du musst fliehen. Flieh in den ... Weißwald. Sie werden es nicht wagen, dir dorthin zu folgen. Flieh und ... denk an dein Versprechen!«
»Das tue ich«, versprach Timo ernst. »Ich werde es allen sagen.«
»Dann ist es ... gut«, flüsterte Gropp und sank weiter in sich zusammen. »Ich war doch ... böse, oder?«
Timo schluckte krampfhaft. »Nein, Gropp«, sagte er. »Das warst du nicht. Ich glaube, du warst es nie wirklich.«
Aber das hörte der Troll schon nicht mehr. Und wahrscheinlich war es gut so.

Bei der Abendmutter

Traurig und verzweifelt blieb Timo neben dem toten Troll sitzen. Erst jetzt spürte er richtig, wie sehr er diesen riesigen groben Kerl gemocht hatte. Warum nur ist das geschehen?, dachte er. Er hatte sich diese Frage schon einmal gestellt, aber dieses Mal war sie drängender: War er wirklich verflucht, jedem, dem er begegnete und der ihm helfen wollte, Unglück und den Tod zu bringen? Und je mehr Timo darüber nachgrübelte, umso mehr gelangte er zu der Überzeugung, dass es sich so verhielt. Vielleicht war dies Ahrimans letzte, unüberwindliche Waffe, vielleicht war es ihm aus irgendeinem Grund, den Timo nicht kannte, unmöglich, ihn in seine Gewalt zu bringen – aber er konnte jeden verderben, mit dem er zusammentraf.
Gropp begann sich zu verändern, während Timo stumm und in Gedanken versunken neben ihm hockte und zu Boden starrte. Die groben Züge seines Gesichtes verwischten sich und die dünnen Linien von Augen und Mund verschwanden mehr und mehr, wurden zu schmalen, gezackten Rissen im Fels, die nach und nach mit der Maserung des Steines verschmolzen, bis sie von ihr nicht mehr zu unterscheiden waren. Als Timo nach langer Zeit langsam aus dem Zustand dumpfer Betäubung erwachte, saß er neben einem Felsen, einem gewaltigen, lang gestreckten Findling, der aus dem Hang aufragte, als wäre er geradewegs vom Himmel gefallen.
Er fror plötzlich, und als er den Blick hob, bemerkte er, dass schwere, dunkle Regenwolken am Himmel aufgezogen

waren. Der Wind hatte aufgefrischt und brachte einen scharfen, unangenehmen Geruch mit. Timo stand auf, warf einen letzten, langen Blick auf den graurissigen Felsen herab, der einmal sein Freund gewesen war, ohne dass es einer von ihnen beiden gewusst hätte, und wandte sich niedergeschlagen nach Westen. Geh in den Weißwald, hatte der Troll gesagt, obwohl er ihn noch am Abend zuvor davor gewarnt hatte, auch nur einen Fuß dorthin zu setzen. Aber er spürte einfach, dass die letzten Worte Gropps ehrlich gewesen waren. Welche Gefahren auch immer dort drüben lauern mochten, nichts konnte so schlimm sein wie Ahrimans Häscher. Und Timo war sicher, dass der Gorm, den Gropp erschlagen hatte, nicht der Einzige war, der seine Spur aufgenommen hatte.

Er ging noch einmal in die Höhle zurück, suchte seine Schleuder und den Beutel mit den Eisenkugeln, die er am vergangenen Abend abgelegt hatte, und befestigte beides an seinem Gürtel. Torums Schwerter ließ er liegen. Sie konnten ihm nicht helfen.

Timo pflückte noch ein paar Beeren von den Büschen, ehe er endgültig aufbrach, machte aber einen weiten Bogen um den erschlagenen Gorm, als er den Hang hinunterging und sich nach Westen wandte. Obwohl er ihm nichts mehr zu Leide tun konnte, erfüllte ihn seine Gegenwart nach wie vor mit Furcht und er vermied es, auch nur einen Blick auf den toten Koloss zu werfen. Die unsichtbare Aura von Kälte und Dunkelheit war nicht vergangen und Timo glaubte ein leises Knistern und Knacken zu vernehmen, als wäre das Ungeheuer noch immer von einer eigenen Art von Leben erfüllt.

Am Fuße des Hügels angelang sah er sich nach allen Seiten um. Die Felsebene war leer; er konnte nicht das geringste Anzeichen von Leben oder Bewegung ausmachen. Nicht einmal ein Vogel zeigte sich am Himmel. Und doch spürte

er, dass er nicht allein war. Gropps Warnung war nicht nur leeres Gerede gewesen. Der Dunkle Herrscher beobachtete ihn, verfolgte jeden seiner Schritte und bemerkte alles, was er tat, konnte vielleicht sogar seine Gedanken lesen, und Timo war sicher, dass auch jetzt schon wieder eine ganze Schar seiner Häscher hinter ihm her war.
Er wandte sich nach Westen. Die dünne weiße Linie des Waldes schien sich entfernt zu haben und wirkte jetzt wie ein Streifen Schnee am Horizont.
Timo seufzte, blickte noch einmal zu dem grauen, zerrissenen Felsen vor dem Höhleneingang zurück und ging los.

Der Tag neigte sich schon wieder seinem Ende zu, als er den Rand des Waldes erreichte. Stundenlang war er gewandert, ohne auch nur ein einziges Mal zu rasten, und immer wieder hatte er sich umgesehen, ob die Verfolger schon hinter ihm wären. Aber niemand zeigte sich, und wenn sie ihn verfolgten, dann taten sie es jetzt auf andere, unsichtbare Art. Vielleicht war es auch das Amulett, das ihn schützte – er hatte das Auge der Sonne den ganzen Tag sichtbar über dem Hemd getragen, sodass es wie ein kleiner Stern auf seiner Brust funkelte und glänzte.
Timo war ziemlich erschöpft, als er den Waldrand erreichte, aber auch das war etwas, woran er sich mehr und mehr gewöhnte. Das Leben, das er mit seinen Eltern in den Bergen geführt hatte, schien unendlich weit zurückzuliegen und er wusste kaum noch, wie es war, auf einem weichen Lager zu erwachen und satt und ausgeruht zu sein. Seine Füße schmerzten und sein Rücken fühlte sich an, als wollte er jeden Augenblick mitten durchbrechen.
Er blieb stehen, als die ersten Bäume vor ihm auftauchten. Es war so, wie Gropp gesagt hatte – der Wald war weiß, durch und durch weiß, ein Weiß, das noch heller war als

der Marmor der Hohen Feste und das von innen heraus in einem kalten, blendenden Licht zu strahlen schien. Zögernd trat er an einen der Bäume heran und berührte mit spitzen Fingern den Stamm. Sofort zog er die Hand wieder zurück, als hätte er sich verbrannt. Der Baum sah aus, als wäre er kalt und tot, aber er fühlte sich warm und lebendig an und in dem Moment, in dem er ihn berührt hatte, glaubte er ein dumpfes Wispern und Raunen zu hören, als könnte er reden. Timo drehte sich um, beugte sich zu einem kaum kniehohen, wuscheligen Strauch und nahm vorsichtig eines seiner Blätter zwischen die Finger. Auch das Blatt war warm und lebendig, obwohl es aussah wie eine vollendete Nachbildung aus Eis, und Timo begann zu begreifen, dass Gropps Erzählung nur einem Teil der Wahrheit entsprach. Er richtete sich auf, sah sich überrascht und neugierig um und zuckte erschrocken zusammen, als er eine Bewegung gewahrte. Etwas Winziges, Weißes huschte über ihm durch das Geäst, und als er genauer hinsah, entdeckte er ein kaum handgroßes, pelziges Eichhörnchen, das auf einem wippenden Ast saß und neugierig auf ihn heruntersah. Der Blick seiner kleinen, weißen Augen war ohne Furcht, und als Timo eine Beere pflückte und ihm in der ausgestreckten Hand entgegenhielt, kam es zutraulich näher und hüpfte auf seinen Arm. Aber es schnupperte nur an der weißen Beere, warf sie mit einem leisen Pfiff zu Boden und verschwand dann so schnell, wie es gekommen war.

Timo fühlte sich erleichtert, als er weiterging. Zumindest war dieser Wald nicht vollkommen ohne Leben, wie er befürchtet hatte. Und er glaubte auch nicht mehr daran, dass er verflucht war – in einem Wald, auf dem ein böser Spruch lastete, konnte schwerlich ein so freundliches Wesen wie dieses Eichhörnchen leben.

Sein Hunger meldete sich wieder und er aß die letzten Beeren, die noch in seinem Beutel waren. Sie reichten nicht aus, ihn satt zu machen, und sein Magen knurrte genauso stark wie zuvor. Aber etwas hielt ihn davon ab, von den Früchten zu essen, die rings um ihn herum wuchsen. Er hatte genug Erfahrung im Umgang mit Tieren um zu wissen, dass das Eichhörnchen die Beere nicht aus einer Laune heraus abgelehnt hatte, sondern weil diese Früchte aus irgendeinem Grund ungenießbar waren.

Timo ging weiter, aber er traf auf kein weiteres Zeichen von Leben mehr. Der Wald war still und scheinbar ausgestorben. Die Sonne sank, aber es wurde trotzdem nicht dunkel. Je mehr das Tageslicht schwand, desto mehr verstärkte sich der Glanz des Waldes und nach einer Weile bewegte sich Timo durch eine unwirkliche Welt von weißem Licht und Schweigen. Selbst die Schatten schienen zu leuchten und langsam begann er die Orientierung zu verlieren. Er wusste nicht mehr, wo Osten oder Westen war, und der Wald wurde so dicht, dass er den Himmel nicht mehr sehen konnte. Er war hungrig und durstig und die Schwäche in seinen Beinen nahm immer mehr zu.

Als er das Licht sah, musste es lange nach Mitternacht sein. Es war anders als das weiße Leuchten des Waldes – ein gelber, freundlicher Schein, der durch die Blätter und Äste des Unterholzes blitzte und immer wieder zur Seite zu hüpfen schien, wenn er genauer hinsah.

Der Anblick verlieh Timo neue Kraft. Er rannte los, bahnte sich mit einem erleichterten Seufzen den Weg durch das Buschwerk – und blieb wie angewurzelt stehen.

Es war nicht das Licht einer Kerze, wie er insgeheim gehofft hatte. Vor ihm war eine faustgroße, blitzende Kugel aus warmem, gelbem Licht. Wie an unsichtbaren Fäden hängend schwebte sie anderthalb Meter über dem Waldboden und vertrieb mit ihrem Schein das kalte, weiße Licht des Waldes.

Timo ließ enttäuscht die Arme sinken. Was immer dieses neue Wunder bedeuten mochte – es würde ihm kaum helfen, seinen Weg hier heraus oder gar in den Silberwald zu finden. Sein Mut sank. Gropp hatte es sicher gut mit ihm gemeint, als er ihm geraten hatte hierher zu gehen. Ahrimans Häscher würden ihm nicht in diesen verwunschenen Wald folgen, das wusste er einfach – doch was würde ihm das nützen, wenn er hier elend zu Grunde ging?
Niedergeschlagen hockte er sich auf den Boden, faltete die Hände im Schoß und senkte den Kopf.
»He, Menschling«, sagte eine Stimme. »Was hast du? Du siehst so traurig drein.«
Timo fuhr erschrocken hoch und sah sich um. Aber der Wald war leer wie zuvor. Nichts rührte sich. Nur die Lichtkugel schwebte weiter vor ihm. Und es schien ihm, als wäre sie ein Stück näher gekommen.
»Jaja«, sagte die Stimme wieder. »Du irrst dich nicht, Menschling. Ich bin es, der zu dir spricht.«
Timo blickt ungläubig auf das flimmernde Licht. »Du?«, fragte er. »Wer bist du?«
Die Stimme lachte leise. »Ich bin ein Irrlicht, dummer Menschling«, antwortete sie. »Weißt du das denn nicht?«
»Ein ... Irrlicht«, wiederholte Timo staunend. Er hatte von Irrlichtern gehört, aber noch nie eines gesehen. Irgendwie hatte er sie sich anders vorgestellt. »Du lebst hier in diesem Wald?«, fragte er. Das Irrlicht seufzte, glitt ein Stück tiefer und lichtete jetzt kaum eine Handbreit vor seinem Gesicht.
»Nun ja«, sagte es. »Gezwungenermaßen.«
Timo runzelte die Stirn. »Das verstehe ich nicht«, sagte er. »Gefällt es dir denn hier nicht?«
»Nicht besonders«, antwortete das Irrlicht. »Eigentlich überhaupt nicht, wenn ich ehrlich sein soll. Schließlich ist ein Licht dazu da, zu leuchten, nicht wahr? Und wie soll ich die Dunkelheit vertreiben, wenn es keine gibt? Hier ist es

immer hell, sowohl am Tage wie auch bei der Nacht. Kein guter Ort für ein Licht.«
»Aber warum gehst du dann nicht fort?«
»Fortgehen!«, wiederholte das Irrlicht. »Wie stellst du dir das vor, Menschling?«
»Ich bin kein Mensch«, sagte Timo ruppig. »Ich bin ein Helder.«
»Na, dann eben Helderling«, sagte das Irrlicht ungerührt. »Und wie stellt sich unser kleiner Helderling vor, dass ich von hier weggehen soll? Ich bin ein Irrlicht und Irrlichter sind dafür bekannt, dass sie sich unentwegt verirren.«
»Aha«, machte Timo.
»Du glaubst mir nicht, wie?«, fragte das Irrlicht spitz. »Aber es ist so. Kaum gehe ich irgendwohin, schon habe ich mich verirrt und meinen Kameraden geht es nicht anders.«
»Dann gibt es noch mehr von euch? Hier im Wald?«
»Aber sicher, Helderling. Eine ganze Menge sogar. Manchmal treffen wir uns, aber kaum sind wir beieinander, schon geht der eine dahin und der andere dorthin und wir verirren uns wieder. Guck dir mal den Baum neben dir an.«
Timo gehorchte, aber er sah nichts als einen ganz normalen, borkigen Stamm – soweit man einen strahlend weißen Baum als normal bezeichnen konnte. »Ich brauche nur dahinter zu schweben und schon habe ich mich verirrt – willst du es sehen?« Ohne eine Antwort abzuwarten, stieg das Irrlicht etwas in die Höhe und verschwand hinter dem Stamm. Sein Licht wurde schwächer.
»He!«, schrie Timo. »Bleib gefälligst hier!«
Aber das Irrlicht gehorchte nicht, sondern torkelte wie ein Leuchtkäfer im Unterholz umher. »Menschling!«, rief es. »Wo bist du? Ich sehe dich nicht mehr!«
Timo seufzte, stand auf und trat neben den Baum.
»Ich bin hier«, sagte er. »Und ich bin kein Mensch, merk dir das bitte.«

»Oh, Verzeihung«, wisperte das Irrlicht und kam wieder ein Stück näher. »Ich wollte dich nicht beleidigen. Aber so ist das nun mal mit uns Irrlichtern – wir irren uns dauernd.«
»Moment mal«, sagte Timo. »Gerade hast du gesagt, du verirrst dich dauernd. Was stimmt denn nun?«
»Na, beides«, antwortete die Lichtkugel und glitt schon wieder hinter einen Baumstamm. Timo folgte ihr hastig.
»Oder war es doch das Erste? Oder das Zweite?«, fuhr das Irrlicht verwirrt fort. »So ist das nun mal bei uns Irrlichtern« – das schien sein Lieblingssatz zu sein – »wir irren uns dauernd. Und was ist der Unterschied, ob man sich irrt oder verirrt. Ich irre mich eben in der Richtung. Einmal«, erzählte es aufgeregt, »habe ich den Weg aus dem Wald heraus gefunden, aber es gab zwei Richtungen, in die ich gehen konnte, und natürlich habe ich die falsche erwischt.« Es seufzte. »Schön ist das nicht, das kann ich dir sagen.«
Timo überlegte einen Moment. »Und du tust immer das Falsche?«, wollte er wissen.
»Nie«, bestätigte das Irrlicht betrübt. »Äh – ich meine: immer. Oh, es ist zum Weinen. Dauernd vertue ich mich.«
»Dann bring mich tiefer in den Wald hinein«, verlangte Timo. »Dorthin, wo er am dunkelsten und unwegsamsten ist. Ich darf nämlich auf keinen Fall hier herauskommen. Und noch viel weniger darf ich in die Nähe des Silberwaldes gelangen.«
Das Irrlicht hüpfte aufgeregt vor ihm auf und ab. »Oh, du bist ein kluger kleiner Menschling – Helderling, meine ich. Du denkst, wenn ich dich tiefer in den Wald führe, dann kommen wir wieder an seinen Rand, weil ich mich in der Richtung irre, wie?«
Timo nickte.
»Das ist schlecht – gut, meine ich. Sehr gut. Auf die Idee kann auch nur ein Mensch ... Helderling wie du kommen.

Komm mit, kleiner Helder. Ich bringe dich zum Waldrand.«
»Nein«, sagte Timo hastig. »Nicht dorthin. Tiefer in den Wald hinein.«
Das Irrlicht schwieg einen Moment und sein Flackern wurde heftiger. »Tiefer?«, vergewisserte es sich. »Ach, ich verstehe – du sagst tiefer, weil du hier heraus willst und weil du meinst, dass ich mich immer irre ... Aber in Wirklichkeit willst du hier heraus und ... oder willst du wirklich tiefer in den Wald und denkst, wenn ich dich – wie ich glaube – zum Waldrand führe und mich dabei irre ... oder du willst ... Oh, es ist so verwirrend. Was, wenn ich mich nun zweimal irre und dich aus Versehen wirklich tiefer in den Wald hineinführe?«
»Aber da will ich doch hin!«, sagte Timo seufzend.
»Wirklich?«, fragte das Irrlicht. »Aber dann darfst du mich nicht als Führer nehmen, weißt du? Ich verirre mich dauernd und ...«
Timo lächelte gequält. »Vielleicht ist es besser, wenn ich allein weitergehe«, sagte er.
»Sicher«, bestätigte das Irrlicht. »Ich würde dich nur in die Irre führen und ... aber warte mal ... wenn ich glaube, dass es richtig ist, und mich jetzt wieder irre, dann müsstest du natürlich mit mir gehen ... aber vielleicht irre ich mich auch – oder du irrst dich?«
Timo seufzte. »Ich gehe wirklich besser allein weiter«, sagte er.
»Aber nein!», sagte das Irrlicht beschwörend. »Sieh mal, wenn du glaubst, dass du allein besser dran bist, dann könntest du dich irren und ...«
»Ist ja schon gut«, unterbrach Timo es ergeben. »Ich mache dir einen Vorschlag, Irrlicht – ich gehe auf Gutdünken weiter und du begleitest mich. Aber du hältst die Klappe, ja?«
»Und wenn wir uns verirren?», fragte das Irrlicht.

Links von ihm ertönte ein leises Lachen aus dem Gebüsch. Timo sah sich neugierig um. Zwischen den Bäumen war eine grauhaarige alte Frau erschienen. Sie war nur wenig größer als Timo, aber von unglaublicher Leibesfülle. Ihre kurzen, stämmigen Beine schienen kaum in der Lage, ihren Körper von der Stelle zu bewegen, und ihr Gewand, über das sie lose einen Umhang geworfen hatte, spannte sich über dem größten Busen, den Timo jemals bei einer Menschenfrau gesehen hatte. Ihr Haar war grau und zu einem strengen Knoten im Nacken zusammengefasst und sie lachte gutmütig über ihr ganzes rundes Gesicht. Mit trippelnden Schritten kam sie näher und sah erst das Irrlicht und dann Timo an. »Du bist wirklich ein Helder?«, fragte sie. »Ein echter Helder?«

Timo nickte unwillkürlich und sah sich heimlich nach einem Fluchtweg um.

»Oh, wenn du etwa auf die Idee kommen solltest, wegzulaufen«, sagte die Frau »dann vergiss sie besser gleich wieder. Weißt du nicht, was man sich über diesen Wald erzählt? Niemand kommt jemals wieder heraus und ich fürchte, das stimmt.«

Timo schluckte. »Wer ... wer seid Ihr?«, fragte er stockend.

»Wer ich bin?« Die Alte lächelte. »Das ist gar nicht so leicht zu beantworten, kleiner Helder. Früher einmal hatte ich wohl einen Namen, aber er fällt mir einfach nicht mehr ein, sosehr ich auch darüber nachdenke. Sag einfach Mutter zu mir, das tun alle.«

»Mutter?«, wiederholte Timo halblaut. Plötzlich hatte er ein sehr ungutes Gefühl.

Die alte Frau lächelte breit. »Ich sehe, dass du schon von mir gehört hast«, sagte sie. »Wahrscheinlich hat man dir nur Schlechtes über mich erzählt, aber davon ist überhaupt nichts wahr.«

»Ich … ehrlich gesagt, nein«, stotterte Timo. »Ich dachte, in diesem Wald lebt niemand und …«
Die Alte hob die Hand und drohte gutmütig mit dem Zeigefinger. »Oh, oh, oh«, machte sie. »Ich mag es gar nicht, wenn mich meine Kinder belügen, kleiner Helder. Aber das wirst du dir schon noch abgewöhnen, wenn du erst einmal eine Weile bei mir gelebt hast.«
»Aber ich kenne Euch nicht«, protestierte Timo, als die Alte nach seiner Hand greifen wollte. »Und ich werde bestimmt nicht bei Euch leben.«
»Tz, tz«, machte die Alte. »Dass ihr Kinder immer lügen müsst, bei jeder Gelegenheit, die sich bietet. Willst du mir wirklich erzählen, dass du noch nie von der Abendmutter gehört hast?«
»Die Abendmutter!«, kreischte das Irrlicht. »Flieh, kleiner Helder. Lauf weg. Nach Norden, schnell!« Und damit verschwand es mit einer eleganten Drehung in südlicher Richtung im Wald.
Die Abendmutter sah ihm schmunzelnd nach. »Es ist immer dasselbe mit diesen Irrlichtern«, sagte sie kopfschüttelnd. »Wo immer es etwas falsch zu machen gibt, sind sie dabei. Ich warte ja auf den Tag, an dem sie aus Versehen einmal etwas richtig machen.« Sie drehte sich halb um und winkte mit der Hand. »Komm mit, Helder«, sagte sie. »Mein Haus ist nicht weit. Und du siehst müde und hungrig aus.«
Timo blieb bewegungslos stehen.
»Du hast doch nicht etwa Angst vor mir, Helder?«, fuhr die Abendmutter fort. Auf ihrer Stirn erschien eine steile Falte.
Timo zögerte noch immer.
»Nun komm schon«, drängte die Abendmutter. »Wenn du mir schon nicht glaubst, dann hör auf das Irrlicht. Immerhin hat es gesagt, dass du weglaufen sollst, oder? Und wenn es sich unentwegt irrt …«

Timo leuchteten diese Worte nicht ganz ein. Aber schließlich erwiesen sich Hunger und Müdigkeit stärker als sein Misstrauen.

Die Abendmutter lebte in einem kleinen, geduckten Häuschen im Herzen des Weißwaldes. Durch die Fenster fiel warmer Kerzenschein nach draußen und es roch nach guter, heißer Suppe. Sie hatten das Haus bald erreicht, es musste also fast in Rufweite der Lichtung stehen, auf der Timo das Irrlicht getroffen hatte. Es war also kein Zufall, dass die Abendmutter ihm dort begegnet war – sicher hatte sie vom Fenster aus das Irrlicht und ihn belauscht.
Timo fühlte sich noch immer ein wenig unbehaglich, als sie durch die Tür traten, aber ihm schwindelte vor Hunger und Erschöpfung.
Die Abendmutter schloss sorgsam die Tür hinter ihm und legte einen schweren Riegel vor. Dann wandte sie sich um, schlüpfte aus ihrem Umhang und hängte ihn an einen Kleiderständer neben dem Eingang, an dem bereits eine ganze Anzahl von Umhängen und Tüchern baumelte. Timo fiel auf, dass die meisten davon so klein waren, dass sie nicht einmal ihm gepasst hätten.
»Komm, Kind«, sagte die Alte, während sie an ihm vorbeischlurfte. »Die Suppe steht auf dem Herd und danach mache ich dir dein Bett. Du musst todmüde sein, armer Kerl. Du wirst gut und weich schlafen.« Sie nickte und sagte noch einmal: »Schlafen, ja.«
Etwas an der Art, in der sie das Wort aussprach, gefiel Timo nicht. Trotzdem folgte er der Abendmutter widerspruchslos den Gang hinunter und an einer breiten Treppe, die ins obere Stockwerk hinaufführte, vorbei zu einer Tür, die ebenfalls mit einem schweren Riegel gesichert war. Dahinter lag ein weitläufiger, von vielen kleinen rußenden Öllampen erleuchteter Raum. Timo blieb erstaunt stehen.

Er hatte eigentlich nichts Bestimmtes erwartet, aber der Anblick überraschte ihn nun doch: Obwohl er wusste, dass es ein Ding der Unmöglichkeit war, musste das Haus innen größer als außen sein, denn das Zimmer maß mindestens dreißig Schritte im Quadrat und an zweien der Seitenwände befanden sich mehrere Türen, die offensichtlich in weitere Räume führten. Ein riesiger rechteckiger Tisch, um den sich zwölf niedrige Stühle gruppierten, stand in der Mitte und an den Wänden drängte sich eine Vielzahl von Truhen und Schränken. Im Kamin flackerte ein Feuer und auf dem großen, gemauerten Herd daneben dampfte ein gewaltiger Kessel, aus dem es verlockend nach Suppe duftete.

»Setz dich, Kind«, sagte die Abendmutter freundlich. »Gleich bekommst du einen Teller davon.«

Timo gehorchte, aber das ungute Gefühl in seinem Inneren wurde mit jedem Augenblick stärker. Auf dem Tisch standen zwölf Suppenteller und neben jedem lag ein zierlicher, gläserner Löffel. Nachdenklich sah er sich um und er entdeckte immer mehr Beweise dafür, dass er nicht allein mit der Abendmutter im Haus war. Über einer der Truhen lag ein achtlos hingeworfenes Hemd und hinter dem Vorhang in der Ecke lugten zwei sehr kleine Schuhe hervor.

»Habt Ihr... gewusst, dass ich komme?«, fragte er zögernd, als die Alte den riesigen Topf ohne sichtliche Anstrengung vom Feuer hob und zum Tisch trug.

»Wegen der Suppe?« Die Abendmutter schüttelte den Kopf und füllte seinen Teller. »O nein. Die ist immer warm. Ich habe viele Kinder und manchmal kommen welche dazu und ich muss doch immer gutes Essen für sie bereithaben, nicht wahr?«

»Wie viele Kinder habt Ihr denn?«, fragte Timo und griff nach dem Löffel. Sein Magen knurrte so laut, dass es ihm peinlich war.

»Zwölf«, antwortete die Abendmutter. »Mit dir sind es jetzt zwölf. Und jetzt iss – ich gehe inzwischen hinauf und mache dein Bett.« Sie stellte den Topf auf den Herd zurück, schlurfte zur Tür und verließ den Raum.
Timo blickte ihr gedankenvoll nach. Das sollte die Abendmutter sein?, dachte er verblüfft. Diese nette alte Frau, die nichts anderes als sein Wohl im Sinn hatte? Kopfschüttelnd tauchte er seinen Löffel in die Suppe und führte ihn zum Mund.
»Iss nicht!«, wisperte eine Stimme.
Timo ließ vor Schreck fast den Löffel fallen und sah sich hastig um. Aber das Zimmer war so leer wie zuvor. Vielleicht hatte er sich die Stimme auch nur eingebildet, übermüdet, wie er war. Er seufzte und wollte neuerlich die Suppe kosten, aber da erklang wieder diese dünne Stimme, die deutlich »Iss nicht!« sagte, und diesmal war er sicher, sich nicht getäuscht zu haben.
Er runzelte die Stirn, legte den Löffel auf den Tisch und stand auf, um sich genauer im Zimmer umzusehen. Er spähte in jede Ecke, öffnete sogar einige Schränke und Truhen und schlug die Vorhänge zurück, aber nirgends war ein Zeichen von etwas Lebendigem.
»Hier sind wir«, wisperte die Stimme. Sie kam Timo bekannt vor, aber er wusste nicht genau, woher. »Hier, am Fenster!«
Neugierig drehte er sich um, ging zum Fenster und spähte durch die winzigen Butzenscheiben nach draußen. Zuerst sah er nichts außer seinem eigenen Spiegelbild, aber dann erblickte er dicht vor sich ein winziges, auf und ab hüpfendes Licht.
»Irrlicht!«, sagte er überrascht. »Du bist es!«
»Natürlich bin ich es«, antwortete das Irrlicht beleidigt. »Außer du irrst dich diesmal. Hast du von der Suppe gekostet?«

Timo schüttelte den Kopf. »Nein«, sagte er.
»Dann ist es gut«, antwortete das Irrlicht. »Du darfst auf keinen Fall davon essen, Helderling. Das wäre ein schrecklicher Irrtum.«
»Aber warum denn nicht?«, fragte Timo.
»Frag nicht, sondern komm lieber zu uns heraus«, antwortete das Irrlicht ungeduldig. »Wir haben nicht viel Zeit. Ich bin froh, dass ich hier gelandet bin, und wenn ich mich verirre und das Haus nicht wiederfinde, dann bist du verloren.«
»Aber ... aber wieso denn?«, fragte Timo.
»Weil du zu einem der Ihren wirst, wenn du es tust«, antwortete das Irrlicht. »Und jetzt frag nicht so viel und komm. Wir müssen weg, ehe sie wiederkommt.«
»Ich verstehe überhaupt nichts«, sagte Timo. »Was soll das alles eigentlich? Ist noch jemand bei dir?«
»Natürlich ist noch jemand bei mir«, antwortete das Irrlicht. »Oder denkst du, ich hätte das Haus allein gefunden? Die Asrai hat mich hergeführt – und jetzt komm endlich, ehe es zu spät ist. Niemand hat das Haus jemals wieder verlassen, der zu lange drinnen war. Die Abendmutter richtet dein Bett, und wenn du auch nur eine Minute darin schläfst, dann wirst du zu einem ihrer Kinder und alles ist verloren.«
Timo suchte vergeblich nach einer Möglichkeit, das Fenster zu öffnen. Es gab keinen Riegel oder Haken. Hastig trat er zurück und griff nach einem der Stühlchen, um die Scheibe damit einzuschlagen, aber er konnte ihn nicht von der Stelle bewegen. Es schien, als wäre er am Boden festgeschraubt.
»Schnell, kleiner Helder!«, drängte das Irrlicht. »Sie kommt zurück, und wenn sie bemerkt, dass du die Suppe nicht angerührt hast, dann wird sie böse werden und dich ins Bett schicken.«

Timo sah sich verzweifelt nach einem Gegenstand um, mit dem er das Fenster einschlagen konnte, aber es gab nichts. Mit Ausnahme der Stühle waren alle Möbelstücke viel zu groß und zu schwer für ihn – und er war auch ziemlich sicher, dass er sie nicht von der Stelle bewegen konnte, selbst wenn er die Kraft eines Trolls gehabt hätte.

Er lief zur Tür und rüttelte an der Klinke, doch auch sie rührte sich nicht. Der Riegel musste von außen vorgelegt worden sein. Und draußen auf dem Flur wurden bereits die schlurfenden Schritte der Abendmutter laut!

»Deine Schleuder, Helderling!«, rief das Irrlicht. »Rasch!«

Timo riss hastig die Schleuder aus dem Gürtel, legte eine Eisenkugel in die Schlaufe und ließ sie mit letzter Kraft fliegen. Eines der Fenster zerbarst klirrend, Glassplitter regneten auf den Boden und ein eisiger Wind fuhr fauchend ins Zimmer. Das Licht flackerte und ging aus.

Timo schrie erschrocken auf. Jetzt, als nur noch der bleiche Schein des Weißwaldes den Raum erfüllte, sah er ihn zum ersten Mal so, wie er wirklich war: eine winzige, von Moder und Fäulnis erfüllte Höhle mit feuchten Wänden. Abfall und Unrat sammelten sich in Ecken und Winkeln und die Möbel waren plötzlich uralt und verfallen. Aus der Suppe in seinem Teller war eine grünliche Brühe geworden, deren Geruch ihm schier den Magen umdrehte. Es war alles nichts als ein Trugbild, hervorgerufen durch das Licht der Lampe, die irgendeinen Zauber in sich bergen musste.

»Schnell, Helderling!«, drängte das Irrlicht. Es war näher gekommen und hüpfte jetzt aufgeregt vor dem zerschlagenen Fenster auf und ab, das in Wirklichkeit nichts als ein gezacktes Loch in der Höhlenwand war.

Aber es war zu spät. Die Tür wurde knarrend aufgestoßen und die Abendmutter erschien. Aber wie hatte sie sich verändert! Aus dem gutmütigen alten Mütterchen war ein

hässliches, dürres Weib geworden. Sie war in Lumpen gekleidet und ihr Haar hing grau und strähnig in ihr Hexengesicht. Ihr zahnloser Mund öffnete sich zu einem Ausdruck der Verblüffung, als sie sah, was geschehen war.
»Oh, du ungezogenes böses Kind!«, krächzte sie mit einer Stimme, die kaum noch zu verstehen war. »Was hast du getan? Ich habe dich im Wald aufgelesen, hungrig und müde, und als Dank zerschlägst du mir hier alles! Sieh dir nur an, was du angerichtet hast!«
Timo wich angstvoll zurück, als sie an ihm vorbei zum Tisch hinüberstolperte und mit ihren dünnen Hexenhänden einige Feuersteine aus einer Tasche ihres Lumpengewandes hervorzog. »Ungezogenes Kind«, krächzte sie immer wieder. »Ungezogenes, undankbares Kind. Da liest man es in der eisigen Nacht auf und als Dank schlägt es einem die Scheiben ein.« Mit zitternden Händen schlug sie die Feuersteine aneinander und schon der erste Funke traf den Docht und setzte ihn in Brand.
Und von einem Augenblick auf den anderen war das Zimmer wieder so, wie es gewesen war, als Timo es zum ersten Mal betreten hatte. Möbel und Einrichtungen waren wieder sauber und ordentlich und aus dem Hexengebräu auf dem Teller war wieder eine appetitliche, dampfende Suppe geworden.
»So«, sagte die Abendmutter, die sich – ebenso plötzlich wie das Zimmer – wieder in eine nette, etwas behäbige alte Frau verwandelt hatte, und wandte sich wieder an ihn. »Und schon ist der Schaden behoben – bis auf das zerschlagene Fenster, versteht sich. Aber darum können sich die Jungen gleich morgen kümmern.« Sie lächelte freundlich, streckte die Hände aus und kam auf ihn zu. »Nimm es dir nicht zu Herzen, kleiner Helder«, sagte sie. »So etwas kann schon mal passieren. Komm zu mir und iss deine Suppe, ehe sie kalt wird.«

Timo wich ängstlich bis zur Wand zurück und sah sich nach einem Fluchtweg um, aber es gab keinen. Wie durch Zufall stand die Abendmutter genau zwischen ihm und dem zerschlagenen Fenster.

»Glaub ihr nicht, Helderling«, flüsterte eine helle Stimme, und als Timo an der Abendmutter vorbei zum Fenster sah, erkannte er ein winziges, weißes Gesichtchen. Auch das Irrlicht war näher gekommen und schwebte aufgeregt hin und her, kam jedoch nicht herein.

»Ach, halt doch den Mund, du dummes Ding«, sagte die Abendmutter streng. »Diesmal irrst du dich gewaltig!« Sie schüttelte den Kopf und kam einen weiteren Schritt auf Timo zu. »Hör nicht darauf«, sagte sie gutmütig. »Es ist vollkommen verwirrt, das arme Ding. Komm jetzt endlich und iss, ehe du ganz vom Fleisch fällst.« Sie breitete die Hände aus, als wolle sie Timo umarmen, aber in diesem Moment schoss ein gelber Blitz durch das Fenster, fuhr durch ihr Haar und zog aufgeregt pfeifend und piepsend seine Kreise vor ihrem Gesicht. Es war das Irrlicht, das seine Furcht überwunden hatte und die Abendmutter abzulenken versuchte.

»Flieh, Helderling!«, rief es. »Schnell, ehe alles zu spät ist!« Und diesmal reagierte Timo sofort. Mit einem Satz tauchte er unter den Armen der Abendmutter hindurch, rannte zum Fenster und kletterte ins Freie. Er zerschnitt sich an den scharfkantigen Splittern Hände und Knie, aber das spürte er kaum.

»Bleib hier, Junge!«, rief die Abendmutter. »Ich will doch nur dein Bestes!«

Timo fiel, rappelte sich hoch und rannte quer über die Lichtung auf den Waldrand zu. Das Irrlicht sauste Funken sprühend aus dem Fenster und entfernte sich in entgegengesetzter Richtung.

»Hierher, Irrlicht!«, rief Timo aufgeregt. Das Irrlicht piepste, änderte in einem gewagten Flugmanöver seinen Kurs und glitt an seine Seite.

»In den Wald, schnell!«, sagte es aufgeregt. »Ehe sie dich verfolgt! Sie wird verdammt wütend sein. Bisher ist ihr noch keiner entkommen!«

Und wirklich flog in diesem Moment die Tür des Häuschens auf und die Abendmutter kam mit einer Behändigkeit herausgelaufen, die Timo bei ihrer Leibesfülle niemals erwartet hätte. »So bleib doch stehen!«, rief sie immer wieder. »Es ist doch gar nichts passiert, Helder. Bleib doch – die gute Suppe wartet auf dich!«

Aber Timo hörte nicht auf sie. Er hatte gesehen, wie sie wirklich war, und dieses hässliche Bild würde er nicht mehr vergessen können. Seine Schwäche war vorbei und er rannte so schnell, dass selbst das flinke Irrlicht Mühe hatte, mit ihm Schritt zu halten. Das Rufen und Flehen der Abendmutter blieb allmählich hinter ihnen zurück, und als Timo schließlich stehen blieb und sich schwer atmend gegen einen Baum sinken ließ, war er sicher, sie abgeschüttelt zu haben.

Das Irrlicht schwebte noch ein Stück voraus, hielt an und drehte sich verwirrt im Kreis. Wahrscheinlich hätte es sich glatt wieder verirrt, wenn Timo es nicht zu sich gerufen und zusätzlich mit der Hand gewinkt hätte. Aber auch so verlor es ein paar Mal die Richtung und kam schließlich mehr durch Zufall neben ihm an.

»Ich glaube, wir sind erst einmal in Sicherheit«, sagte es. »Die Abendmutter geht nie sehr weit von ihrem Haus fort. Sie hat Angst, dass ihre Kinder weglaufen, wenn sie nicht in der Nähe ist.«

Timo wollte etwas antworten, aber er atmete noch immer so heftig, dass er kein Wort herausbekam. »Jedenfalls sind wir hier sicher«, fügte das Irrlicht bestimmt hinzu. »Aber wenn ich ehrlich bin, muss ich gestehen, dass ich keine Ahnung habe, wo wir sind.«

»Aber ich«, erklang eine dünne Stimme aus dem Gras. Timo senkte den Blick und erkannte eine helle Gestalt, kaum größer als sein Arm und so zart, dass das weiße Licht des Waldes durch ihre Glieder hindurchzuschimmern schien. Das schmale Gesichtchen, das er vorhin am Fenster gesehen hatte, fiel ihm wieder ein.
»Oh«, sagte er überrascht. »Wer bist denn du?«
»Das ist die Asrai«, erklärte das redselige Irrlicht. »Sie hat mich zum Haus der Abendmutter geführt. Ich muss gestehen, dass ich es ohne ihre Hilfe kaum gefunden hätte.«
»Diese Irrlichter sind ziemlich hilflos, wenn man sie allein lässt«, bestätigte die Asrai. »Dieses da würde sich noch verirren, wenn man es in ein Glas einsperren und als Leuchte benützen würde.«
Das Irrlicht schwieg beleidigt und Timo ließ sich auf die Knie sinken, um die Asrai genauer betrachten zu können. Er hatte so ein Wesen wie sie noch nie gesehen. Es war klein und so schlank, dass es aussah, als würde es beim geringsten Lufthauch zerbrechen, und sein Gesicht war so fein geschnitten, wie es Timo bisher nur bei den Elfen gesehen hatte. Überhaupt erinnerte ihn die Asrai in allem an die Lichtwesen, nur dass sie eben viel kleiner und noch zarter war.
»Du hast völlig Recht, kleiner Helder«, sagte die Asrai. Ihre Stimme war so dünn, dass Timo Mühe hatte, die Worte zu verstehen. Als er sich noch weiter vorbeugte, sah er, dass ihr Kleid völlig durchnässt war und ihr wie eine zweite Haut am Körper klebte, und durch ihr weißes Haar zogen sich dunkle Streifen von Seetang.
»Liest du meine Gedanken?«, fragte er.
»Nein«, antwortete die Asrai. »Aber es ist nicht schwer zu erraten, was du denkst, nach allem, was dir passiert ist. Außerdem denkt jeder, der mich sieht, ich wäre eine Elfe. Bin ich auch – fast.«

»Fast?«
»Nun ja«, gestand die Asrai mit einem verlegenen Lächeln. »Sagen wir, sie sind unsere Cousinen. Sehr entfernte Cousinen, allerdings.«
»Aha«, machte Timo, der rein gar nichts mehr verstand. »Und deshalb hilfst du mir?«
»Nicht deshalb. Das Irrlicht hat mir gesagt, dass du in der Gewalt der Abendmutter bist, und da habe ich es zu dir geführt. Wie es aussieht, sind wir im letzten Moment gekommen.«
»Und wieder verschwunden«, fügte das Irrlicht hinzu. »Wenn sie mich erwischt hätte, dann würde ich jetzt wirklich in einem Glas sitzen und als Lampe dienen. Und die Asrai ...« Es stockte und Timo sah ein Schaudern über seinen leuchtenden Flammenkörper huschen. »Was sie mit ihr gemacht hätte, wage ich mir gar nicht vorzustellen. Sie kann die Asrai nicht leiden, weißt du?«
Timo blickte abwechselnd vom Irrlicht zur Asrai. »Aber warum helft ihr mir, wenn ihr euch dabei selbst in Gefahr bringt?«, fragte er.
»Erstens«, erklärte die Asrai, »bist du ein Freund der Elfen und somit auch unser Freund und zweitens hat mich das Irrlicht darum gebeten. Und ich schlage niemals eine Bitte ab, wenn sie wichtig ist.«
»Aber warum?«, fragte Timo mit einem verwunderten Blick auf das Irrlicht.
»Du hast mir geholfen«, erklärte das Irrlicht ernsthaft. »Und jetzt helfe ich dir. Durch deine Hilfe habe ich endlich den Weg aus diesem Wald heraus gefunden.«
»Ich?«, wunderte sich Timo. »Aber ich habe doch gar nichts getan?«
»O doch«, widersprach das Irrlicht. »Erinnerst du dich nicht? Du hast gesagt, dass ich nur zur Mitte des Waldes zu gehen brauche, um den Weg heraus zu finden, und genau

das habe ich gemacht. Ich habe einfach nach dem Haus der Abendmutter gesucht – das steht nämlich genau im Herzen des Weißwaldes, wie du weißt, und schon war ich an seinem Rand.«

»Und da bist du umgekehrt, um mir zu helfen?«, fragte Timo verwundert. »Aber du findest den Rückweg doch nie wieder!«

»Sicher finde ich ihn«, widersprach das Irrlicht. »Ich brauche nur die Abendmutter zu suchen, und schon bin ich draußen. Aber jetzt bringen wir dich erst einmal hier raus. Die Asrai hat mir erzählt, warum du unterwegs bist und wo du hinwillst, und ich denke, wir können dir helfen.«

»Ihr könnt ... ihr wisst den Weg zum Silberwald?«, fragte Timo aufgeregt.

»Zum Silberwald nicht«, sagte die Asrai. »Aber den Weg aus diesem Wald heraus schon. Du willst doch zum Einsamen Siedler, oder?«

Timo nickte. »Woher weißt du das?«

»Es gibt nicht viel, was wir Asrai nicht wissen«, antwortete das kleine Wesen. »Aber es kommt selten jemand hierher, dem wir mit unserem Wissen helfen können. Und die, die kommen, fallen meistens der Abendmutter in die Hände. Du hast Glück gehabt, dass du dem Irrlicht geholfen hast. Aber einer, der das Auge der Sonne trägt«, fügte sie hinzu, »der hat ja auch das Glück gepachtet. Weißt du, dass vor dir noch keiner der Abendmutter entkommen ist?«

»Wer ist sie überhaupt?«, fragte Timo. »Ich dachte immer, Hexen gäbe es nur im Märchen.« Er versuchte zu lachen, aber es gelang ihm nicht ganz.

»Sie ist keine Hexe«, sagte die Asrai ernsthaft. »Eigentlich ist sie ein bedauernswertes Wesen. Sie war nicht immer so wie heute. Die Menschen haben sie zu dem gemacht, was sie jetzt ist.«

»Die Menschen? Was haben sie getan?«

»Man hat dir nie von der Abendmutter erzählt?«, wunderte sich die Asrai. Timo schüttelte den Kopf und das zarte Geschöpf warf einen Blick über die Schulter zurück, ehe es weitersprach, als müsse es sich davon überzeugen, dass sie auch wirklich nicht verfolgt wurden. »Früher«, begann es, »vor sehr langer Zeit, da war die Abendmutter anders. Sie lebte damals auch hier im Wald, aber ihr Haus war groß und freundlich und stand jedermann offen, der des Weges kam und Hilfe oder auch nur ein freundliches Wort brauchte. Sie war schon immer ein wundersames altes Weiblein, aber sie war überall gut angesehen und oft kamen die Menschen von weit her, um ihren Rat oder eine Medizin zu erbitten. Nachts, wenn die Sonne untergegangen und die Dunkelheit hereingebrochen war, verließ sie den Wald und machte sich auf die Suche nach Kindern. Nicht nach irgendwelchen Kindern, versteht sich, sondern nur nach solchen, die von ihren Eltern ausgesetzt waren oder die sich verirrt hatten. Manchmal brachten ihr die Menschen auch selbst ihre Kinder hierher, dann, wenn sie krank oder verkrüppelt waren und ihnen keine Medizin und kein Heilkundiger mehr helfen konnte. Die Abendmutter pflegte sie, bis sie wieder gesund waren, und die, die niemanden auf der Welt hatten, konnten so lange bei ihr bleiben, bis sie alt genug waren, um ihr Leben aus eigener Kraft zu meistern. Aber dann änderten sich die Zeiten und mit ihnen änderten sich die Menschen. Sie hörten auf an Wunder zu glauben und Argwohn und Furcht vor allem Fremden erfüllte sie. Sie begannen der Abendmutter zu misstrauen und sie schließlich zu fürchten. Sie erzählten ihren Kindern, dass die Abendmutter nach Sonnenuntergang herumliefe und alle Kinder stehle, die sie außerhalb ihres Elternhauses fände.«

Timo nickte. Das war genau die Geschichte, die er im Haus des Waffenschmiedes gehört hatte.

»Und nach und nach«, fuhr die Asrai fort, »wurde die Abendmutter wirklich so, wie es die Menschen von ihr behaupteten. So ist das nun einmal mit allen Dingen – sie sind schön, solange man Schönes in ihnen sieht, und sie werden hässlich, wenn man anfängt, Hässliches in ihnen zu sehen. Die Menschen begannen die Trolle zu hassen, obwohl sie früher einmal ihre Freunde gewesen waren, und schließlich wurden die Trolle wirklich böse und gemein. Und sie begannen die Abendmutter zu fürchten, obwohl es nicht wenige unter ihnen gab, die ihr das Leben verdankten, und nach und nach wurde sie wirklich so, wie die Menschen sie sahen. Es ist mit allen Dingen so, Helder.«

»Das glaube ich nicht«, sagte Timo. »Wir Helder ...«

»Auch mit euch«, fuhr die Asrai ungerührt fort. »Ihr werdet weniger, von Generation zu Generation, weil die Menschen anfangen euch zu vergessen. Nur manchmal denkt noch einer daran, dass es das Kleine Volk in den Bergen gibt. Irgendwann wird niemand mehr an euch denken und sie werden vergessen, dass es euch jemals gegeben hat. Vielleicht lebt ihr noch eine Zeit lang in ihren Märchen und Legenden fort und so lange wird es noch da und dort ein paar Helder geben. Aber irgendwann spricht niemand mehr von euch, und wenn der Letzte aufgehört hat, sich zu erinnern, dass es das Kleine Volk jemals gegeben hat, dann werden die Helder verschwunden sein.« Sie seufzte. »Und die Asrai ebenfalls, fürchte ich.«

Timo schwieg einen Moment. Die Geschichte der Asrai hatte ihn traurig gestimmt. »Ist das ... mit allen Lebewesen so?«, fragte er.

Die Asrai nickte. »Ja. So wie die Riesen verschwunden sind, werden auch wir verschwinden und noch vor uns die Elfen und Feen. Vielleicht wird es immer ein paar Orte wie diesen geben, an denen wir weiterleben, aber wir werden nicht mehr als Schatten sein.«

»Du wolltest von der Abendmutter erzählen«, mischte sich das Irrlicht ein. Timo sah den flimmernden Ball dankbar an. Das Irrlicht musste spüren, wie traurig ihn die Worte der Asrai stimmten, und versuchte auf ein anderes Thema zu lenken.
»Es gibt nicht mehr viel zu erzählen«, sagte die Asrai betrübt. »Sie wurde so, wie sie heute ist. Alt und böse. Noch immer leben in ihrem Haus Kinder, aber jetzt fängt sie sie wirklich mit List und Tücke ein und hält sie mit Gewalt fest. Sie ist ein gemeines altes Weib geworden und ihr Haus hat sich in ein modriges Grab verwandelt, das den Besucher mit Zauber und falschem Glanz täuscht. Du hast sie gesehen, wie sie wirklich ist, Helder.«
Timo nickte. »Was geschieht mit den Kindern, die sie bei sich hat?«, fragte er.
»Oh, das ist eine traurige Geschichte«, murmelte die Asrai. »Es sind immer zwölf, musst du wissen. Sie schlafen auf Stein und essen die Abfälle, die ihnen die Abendmutter gibt, und gekleidet sind sie in die ärmlichsten Lumpen, aber sie merken es nicht, weil der Zauber der Alten sie blendet. Und sie bleiben so lange, bis ein neues Kind kommt und die Stelle dessen einnimmt, das am längsten bei ihr ist. Dieses eine muss dann sterben und seine Seele ist auf ewig in diesem Wald gefangen. Manchmal hört man sie noch weinend ihr Los beklagen.«
Timo musste plötzlich an das dumpfe Murmeln denken, das er zu hören geglaubt hatte, als er den Baum berührte, und mit einem Mal war ihm, als wäre er von einem Chor wispernder und klagender Stimmen umgeben. Er versuchte den Gedanken abzuschütteln, aber es gelang ihm nicht. »Dann sind auch jetzt noch Kinder bei ihr?«, fragte er.
»Noch immer zwölf. Das, dessen Platz du einnehmen solltest, wird nun warten müssen, bis ein anderer ahnungsloser Wanderer des Weges kommt und der Abendmutter in die

Hände läuft. Doch das kann lange dauern. Manchmal vergeht ein Jahr, ohne dass sich ein Mensch hier blicken lässt. Sie fürchten diesen Wald. Dabei haben sie ihn selbst zu dem gemacht, was er ist.«

»Wir müssen weiter«, drängte das Irrlicht. »Am Ende kommt die Abendmutter doch noch und holt ihn zurück.«

»Sie geht nie sehr weit von ihrem Haus fort«, widersprach die Asrai. »Aber du hast Recht. Die Zeit verstreicht und es ist noch weit bis zum Waldrand.«

»Und du musst sehen, dass du bis Sonnenaufgang zurück in deinem See bist«, fügte das Irrlicht hinzu.

Timo sah es fragend an und der Lichtball sank ein Stück tiefer, um die Asrai besser zu beleuchten. »Asrai vertragen keinen Mondschein«, erklärte es. »Wenn sie nicht ununterbrochen im Sonnenlicht sind, dann zerfallen sie und nur eine Pfütze bleibt übrig.«

»Es ist genau umgekehrt«, sagte die Asrai seufzend. »Dieses dumme Ding macht auch alles falsch. Aber es hat leider Recht mit dem, was es eigentlich sagen wollte – wenn mich auch nur ein einziger Sonnenstrahl trifft, muss ich sterben, und nur ein paar Tautropfen würden im Gras zurückbleiben.«

Timo wollte etwas sagen, aber die Asrai winkte ab. »Mach dir nur keine Sorgen«, sagte sie. »Es gibt genug Tümpel und Seen, in denen ich Schutz finde, und bis Sonnenaufgang ist es noch lange. Ich bin nicht in Gefahr.«

»Das hoffe ich«, sagte Timo ernst. »Ich habe schon zu vielen Unglück gebracht. Eigentlich jedem, der mir geholfen hat.«

»Das hast du nicht«, widersprach die Asrai. »Du hast getan, was du tun musstest, und es ist geschehen, was geschehen musste. Du glaubst, es ist Ahrimans Fluch, der auf dir lastet, aber das stimmt nicht, Prinz der Helder. Es ist mit allen Dingen so. Du musst bezahlen für das, was du bekommst,

und du kannst nicht um das Schicksal der Welt kämpfen, ohne dass es Opfer gäbe!«
»Aber es war nicht ihr Kampf!«, widersprach Timo.
»O doch, das war er«, belehrte ihn die Asrai. »Glaubst du wirklich, du bist allein, du Dummkopf! So wie Ahriman über seine finsteren Heerscharen gebietet, hat auch die Seite des Guten die ihren, aber nicht alle wissen, zu welcher Seite sie gehören. Es ist nicht nur dein Kampf. Er war es nie und wäre er es, hättest du ihn verloren, bevor du ihn begonnen hast, Helder. Du bist nur ein Werkzeug, so wie Torum und der Troll oder die Elben und ich. Auch Ahriman hat Verluste hinnehmen müssen, vergiss das nicht.«
Aber diese Worte brachten Timo nur wenig Trost. »Trotzdem«, murmelte er, »ich will nicht, dass euch etwas geschieht. Ich ... werde allein weitergehen.«
»Und dich verirren, du Tropf?«, schalt das Irrlicht. »Du würdest zurück zum Haus der Abendmutter gelangen und ein zweites Mal würde sie dich gewiss nicht entkommen lassen. Du kommst schön mit uns und wir bringen dich aus dem Wald heraus.«
»Und dann?«, fragte Timo.
»Den Weg zum Silberwald musst du schon allein finden«, sagte die Asrai. »Keiner von uns weiß, wo er zu finden ist, aber es heißt, dass der, der wirklich dorthin will, auch den rechten Weg finden wird. Und wer weiß – vielleicht liegt dein Ziel auch schon ganz nahe? Der Weg zum Silberwald lässt sich nicht in Meilen rechnen.«
Das waren kluge Worte, aber davon hatte Timo schon eine ganze Menge gehört, seit er die heimatlichen Berge verlassen hatte, und die wenigsten davon hatten ihm wirklich weitergeholfen. Trotzdem folgte er den beiden ungleichen Wesen, ohne noch einmal zu protestieren.
Schweigend gingen sie durch den Wald. Das Irrlicht hüpfte vor ihnen auf und ab und verlor ununterbrochen die Rich-

tung, aber die Asrai rief es jedes Mal zurück, ehe es sich völlig verirren konnte, und sie kamen gut voran. Aber irgendetwas hatte sich verändert. Timo konnte das Gefühl nicht in Worte fassen, aber der Wald erschien ihm nicht mehr schön und verzaubert wie am Tage, sondern bedrückend und kalt. Das weiße Licht der Bäume und Büsche erfüllte ihn mit Unbehagen und jedes Mal, wenn sein Blick auf einen der glatten, schimmernden Stämme fiel, musste er daran denken, dass darin die Seele eines Kindes gefangen war. Er versuchte verzweifelt an etwas anderes zu denken, aber das war ihm nicht möglich und schließlich glaubte er wieder die Stimmen um sich zu hören, einen Chor von Tausenden und Abertausenden unglücklichen Seelen.

Schließlich blieb er stehen. »Was ist los?«, fragte das Irrlicht, das ein Stück weitergeschwebt und erst auf den Ruf der Asrai zurückgekommen war. »Es ist nicht mehr weit, aber wir müssen uns sputen. Die Sonne geht bald auf.«

Timo nickte. »Ich weiß«, sagte er. »Aber ich gehe nicht weiter.«

»Du gehst nicht weiter?«, entfuhr es der Asrai. Das winzige Wesen kam aufgeregt näher und blinzelte ungläubig zu ihm hinauf. »Was soll das heißen?«

»Ich kann nicht«, antwortet Timo ernst. »Ich danke euch für eure Hilfe, aber ich muss zurück.«

»Zurück!«, kreischte das Irrlicht. »Aber wir gehen doch zurück zur Abendmutter ... zum Waldrand, meine ich.«

Timo blieb ernst. »Ich muss zurück zur Abendmutter«, sagte er. »Ich muss die anderen befreien.«

»Die anderen ...« Die Asrai stockte, als hätte ihr Timos Eröffnung die Sprache verschlagen. »Das meinst du nicht im Ernst.«

»O doch«, seufzte Timo. »Ich meine es ernst. Zeigst du mir den Weg, Irrlicht?«

»Aber natürlich«, antwortete das Irrlicht. »Ich zeige ihn dir

die ganze Zeit. Nur so kommen wir nämlich zum Waldrand.«
»Aber ich möchte wirklich zur Abendmutter«, sagte Timo ernst. »Du kannst gehen, wenn du willst, und auch du, Asrai. Ich glaube, ich finde den Weg auch allein.«
»Da kannst du sicher sein«, bestätigte die Asrai. »Jeder Weg in diesem Wald führt zur Abendmutter – für einen Menschen, heißt das. Und auch für einen Helder.«
»Dann danke ich euch für eure Hilfe. Und nun geht, ehe die Sonne am Horizont erscheint und du stirbst, Asrai, und ehe du dich wieder verirrst, Irrlicht ... Ich muss zurück.«
Die Asrai schwieg eine ganze Weile und sah ihn aus ihren klugen Augen an. »Ich verstehe«, murmelte sie schließlich. »Du denkst, du könntest die anderen befreien.«
»Ich muss es wenigstens versuchen«, bestätigte Timo.
»Und dabei deine Aufgabe in Gefahr bringen?«, ereiferte sich das Irrlicht. »Du bist von Sinnen, Helderling! Es sind nur zwölf und du hast die Verantwortung für das Schicksal einer ganzen Welt und ...«
»Und wenn es nur einer wäre«, unterbrach Timo den Redeschwall, »würde ich versuchen ihn zu befreien.«
Das Irrlicht wollte erneut auffahren, aber die Asrai brachte es mit einer raschen Geste zum Verstummen. »Er hat Recht, Irrlicht«, sagte sie ernst, ohne den Blick von Timo zu wenden. »Es spielt keine Rolle, wie viele Menschen sie in ihrer Gewalt hat, einen oder zwölf oder zwölftausend. Würde er auch nur ein einziges unschuldiges Leben opfern, um sein Ziel zu erreichen, dann hätte Ahriman im gleichen Augenblick gewonnen.«
Timo schwieg, denn die Asrai hatte alles gesagt, was es zu sagen gab. Nur er hatte es nicht in Worte fassen können.
»Du weißt, wie gefährlich das ist, was du vorhast?«, fragte die Asrai. Timo nickte und das Wesen fuhr, sehr leise und sehr ernst, fort: »Und du weißt auch, dass wir dir dabei

nicht helfen können? Dass niemand dir helfen kann und du ganz allein auf dich gestellt bist?«

Wieder nickte Timo und wieder schwieg die Asrai für endlos scheinende Sekunden. »Hast du Angst?», fragte sie schließlich.

Timo schüttelte den Kopf, zögerte einen Moment und nickte plötzlich. »Ja«, gestand er. »Ich habe Angst.«

»Und trotzdem willst du es tun? Niemandem ist es bisher gelungen, der Abendmutter zu trotzen.«

»Ich werde es versuchen«, murmelte Timo. Aber dann fielen ihm wieder Gaias Worte ein und er fügte, lauter und überzeugt, hinzu: »Ich werde es tun, Asrai.«

Und in diesem Moment geschah etwas Unglaubliches. Die Asrai lächelte auf eine sehr, sehr seltsame Art, blickte zu dem Irrlicht auf und sagte ein Wort, das Timo nicht verstand. Ihre Gestalt schien zu flackern und plötzlich konnte Timo sie nicht mehr klar erkennen. Das Irrlicht begann zu wachsen, wurde von einer winzigen Kugel zu einem gewaltigen, lodernden Ball, der den Wald mit gleißendem Licht erfüllte, und wuchs weiter, bis es gar nicht mehr zu erkennen und strahlende Helligkeit war. Timo blinzelte, hob die Hand vor die Augen und senkte den Blick, aber das unerträgliche Licht drang selbst durch seine geschlossenen Lider und ließ ihn stöhnen. Dann verwandelte sich das Leuchten zu einem weichen, milden Glanz, und als Timo die Hand herunternahm und vorsichtig die Augen öffnete, sah er sich einer wunderschönen jungen Frau gegenüber. Im ersten Moment glaubte er eine Elfe zu sehen, aber dann erkannte er sie.

»Asrai!», entfuhr es ihm. »Du?«

»Ja, kleiner Heider«, sagte sie mit sanfter Stimme. »Ich bin es.« Ihre Gestalt begann neuerlich zu flackern, und als Timo sie wieder klar erkennen konnte, stand er nicht mehr der Asrai, sondern einer kleinen, grauhaarigen Frau gegenüber, die ihn freundlich anlächelte. »Du brauchst nicht zu erschrecken«, sagte sie und ihre Stimme war so sanft wie zuvor, kaum mehr als ein flüsternder Windhauch. »Ich bin die Asrai, aber ich bin auch die Abendmutter. Und auch« – sie lachte leise und verwandelte sich blitzartig in ein flimmerndes, gelbes Etwas, das vor Timo in der Luft auf und ab hüpfte – »das arme Irrlicht, dem du mit deiner Klugheit geholfen hast, endlich den Weg aus diesem Wald heraus zu finden. Du hast die Prüfung bestanden, die ich dir auferlegt habe.«

»Prüfung?», wiederholte Timo verwirrt. »Was für eine Prüfung? Ich ... verstehe nicht.«

»Du wirst mich verstehen, bald«, sagte das Irrlicht und wurde wieder zur strahlenden Frauengestalt der Asrai. »Doch nun komm. Wir haben eine Menge zu bereden. Und es ist nicht mehr viel Zeit.«

Der Weg zurück war nicht weit. Sie waren kaum ein paar Schritte gegangen, da teilten sich die Büsche vor ihnen und Timo sah sich wieder dem Haus der Abendmutter gegenüber. Aber es hatte sich verändert. Die Fenster waren größer und breiter geworden und standen jetzt offen, um Licht und Luft einzulassen, und als sie durch die Eingangstür traten, sah Timo, dass der schwere Riegel verschwunden war. Aus der offen stehenden Tür am Ende des Flures drangen aufgeregte Kinderstimmen zu ihnen und wie am Abend zuvor stieg der Geruch von heißer Suppe in seine Nase. Die Asrai lächelte und machte eine einladende Geste. »Komm, Helderprinz«, sagte sie. »Die anderen warten bereits mit dem Essen auf dich.«

Diesmal, das spürte Timo, waren ihre Worte ohne Falsch. Er folgte ihr durch den Gang und trat wieder durch die niedrige Tür. Alles war so wie am vergangenen Abend, nur dass das Zimmer jetzt von hellem Sonnenschein erfüllt und die Plätze um den Tisch herum nicht mehr leer waren. Ein Dutzend Kinder unterschiedlichsten Alters saßen auf den niedrigen Stühlen und zwei der Kleinsten sprangen bei ihrem Eintreten aufgeregt herbei und liefen der Asrai mit ausgebreiteten Armen entgegen. Das Zauberwesen beugte sich zu ihnen herab, herzte und drückte sie und schickte sie mit einem gutmütigen Klaps zurück an den Tisch.

»Nimm auch du Platz, Prinz der Helder«, sagte sie. »Iss und stärke dich.«

Timo gehorchte und trat zögernd an den Tisch. Die Kinder sahen ihm neugierig entgegen, aber niemand sprach ein Wort, und als Timo näher kam, sah er, dass jetzt dreizehn statt zwölf Stühle um den Tisch standen. Er setzte sich, blickte neugierig in die Runde und erwiderte scheu das offene Lächeln, mit dem ihn die anderen empfingen. Es waren sechs jungen und sechs Mädchen und sie ähnelten einander alle auf schwer zu beschreibende Art. Es war so wie mit den Elben – keiner sah aus wie ein Zwilling des anderen und doch schienen sie alle einer einzigen, großen Familie anzugehören. Ihr Haar war sehr hell, beinahe weiß wie das seine, und in ihren Augen war ein weiser Ausdruck, der nicht ganz zu ihrem kindlichen Äußeren passte.

»Du vermutest richtig, Helderprinz«, sagte die Asrai. »Es sind Elben.«

Timo hob verblüfft den Blick. »Alle zwölf?», fragte er. »Aber du hast doch gesagt ... ich meine, die Asrai ...«

»Ich habe dir erzählt, was die Menschen über mich sagen«, erklärte sie sanft, »und es ist die Wahrheit, so wie es mehr als eine Welt gibt, und hier und jetzt bin ich die Abendmutter, wie sie früher einmal war.«

Timo erschrak. »Du meinst, dann ist das alles hier nur Täuschung?«

»Dummkopf«, sagte einer der größeren Jungen. »Was ist der Unterschied zwischen Täuschung und Wahrheit? Die Welt ist so, wie du sie siehst, Helder. Wenn du nur lange genug schlecht von ihr sprichst, dann wird sie am Ende auch schlecht.«

»Und die ... die andere Abendmutter?», fragte Timo stockend. »Die ...«

»Die Hexe«, sagte die Asrai, als Timo nicht weitersprach. »Sprich das Wort ruhig aus. Es verletzt mich nicht, denn ich bin es nicht, der es gilt. Aber auch sie ist wahr, weil die Menschen sie so haben wollen.«

»Elben«, murmelte Timo verwirrt und warf einen Blick in die Runde, als könnte er noch immer nicht glauben, was er sah.

»Die Armen und die Waisen«, sagte die Asrai. »Die Kranken und die von ihren Eltern Verstoßenen. Früher waren mehr von ihnen hier, aber jetzt haben die Menschen den Glauben an das Gute verloren und nur noch wenige bringen ihre Kinder zu mir. Sie haben Recht, wenn sie behaupten, dass ich sie stehle, Timo. Doch ich stehle nur die, die ohnehin niemand will. Ich nehme mich derer an, deren Los schlimmer ist als alles, was du dir vorstellen kannst, die mit dem Hunger geboren werden und für die der Schmerz und die Angst die einzigen Spielkameraden sind. Und wenn sie eine Weile bei mir waren, entlasse ich sie wieder in die Welt.«

»Als Elben«, flüsterte Timo. »Ist das der Grund, aus dem die Elben aussterben?«

Die Asrai schwieg, aber als er in ihre Augen blickte, wusste er die Antwort.

»Iss jetzt«, sagte sie nach einer Weile. »Hinterher ist genug Zeit zum Reden.«

Timo gehorchte und auch die anderen nahmen ihre Löffel zur Hand und begannen von der Suppe zu essen. Sie schmeckte köstlich, und obwohl Timo so viel aß wie selten zuvor, schien der Teller niemals leer zu werden, und so viele

Fleischbrocken er auch aus der Suppe herausfischte, fand er wie durch Zauberei immer neue. Noch lange, nachdem die anderen fertig waren und ihre Teller zurückgeschoben hatten, aß er weiter und füllte seinen knurrenden Magen, als bekäme er nie wieder etwas zu essen, und er hörte erst auf, als er selbst mit Gewalt keinen Löffel mehr hinunterbekam. Die Asrai machte eine stumme Handbewegung und die zwölf Kinder erhoben sich ohne ein weiteres Wort und verließen den Raum. Timo sah ihnen bedauernd nach. Er hätte sich gern mit ihnen unterhalten und mehr über ihr Schicksal (und vor allem das Rätsel der Elben, das ihm jetzt größer erschien als zuvor) erfahren. Aber die Asrai hatte Recht – sie hatten so viel zu bereden und die Zeit drängte.

»Nun, Helderprinz«, begann die Asrai, als sie allein und die Schritte der anderen im Flur verklungen waren, »lass uns reden. Es war ein weiter Weg, der dich zu mir geführt hat. Weit und voller Gefahren. Du hast ihn gemeistert, aber du bist noch lange nicht am Ziel.«

Timo nickte. »Ich weiß«, sagte er betrübt. »Der Weg in den Silberwald ...«

»Wird auch dir auf ewig verschlossen bleiben, wenn du versuchst ihn zu erzwingen«, unterbrach ihn die Asrai. Sie kam näher, ließ sich auf einen Stuhl ihm gegenüber sinken und sah ihn ernst an. »Du willst zu den Elfen, Prinz der Helder?«, fragte sie. »Du willst zu ihnen, weil du dir Hilfe erhoffst, dabei waren sie es doch, die dich um Hilfe baten. Selbst wenn ich dir den Weg zeigen könnte, würdest du mit leeren Händen zu ihnen kommen und alle Hoffnung und alle Anstrengungen wären vergebens gewesen.«

»Ich weiß«, murmelte Timo. »Der Einsame Siedler ... Aber wie soll ich ihn finden, wenn niemand weiß, wo er lebt, und wie soll ich ihn um Hilfe bitten, wenn nicht einmal die Elfen wissen, wie er ihnen helfen soll?«

Die Asrai lächelte, doch ihre Augen blieben ernst. »Du zweifelst noch immer an deiner Kraft, kleiner Helder«, sagte sie, »obgleich du mehr vollbracht hast als selbst der größte Held des Menschengeschlechtes. Denn nur alle tausend Jahre findet einer den Weg zu mir.« Ihre Gestalt verschwamm, und noch ehe Timo Gelegenheit hatte, über ihre seltsamen Worte nachzudenken, sah er sich einem alten, grauhaarigen Mann gegenüber, der ihn aus ernsten Augen musterte.

»Du ...«, stotterte er. »Du ... bist der ... der Einsame Siedler?«

»Der Einsame Siedler und noch manch anderes Wesen«, bestätigte der alte Mann. »Dies ist nicht die Welt, wie du sie kennst, Prinz der Helder.«

Timo wollte etwas sagen, aber der Alte machte eine abwehrende Handbewegung und schüttelte rasch den Kopf. »Versuche nicht, es zu verstehen«, sagte er, »denn auch du bist ein Teil der Menschenwelt und die Menschen werden niemals begreifen, dass ein Ding mehr als nur ein Aussehen haben kann und dass Gutes und Schlechtes nur so lange so ist, wie man es gut oder schlecht haben will.«

»Dann ist alles nur Täuschung«, murmelte Timo.

Der Einsame Siedler schüttelte traurig den Kopf. »Auch du verstehst mich nicht«, sagte er. »Aber wie könntest du auch? Nichts ist Wahrheit, wenn man nicht daran glaubt, und nichts ist Einbildung, wenn man daran glaubt. Ihr unterteilt die Welt in Gut und Böse, Dinge, die es in Wahrheit nicht gibt. Erinnerst – du dich daran, was du selbst zu Gropp, dem Troll, gesagt hast? Du kannst tun, was du willst, es wird fast immer zugleich gut und böse sein.«

»Aber Ahriman ...«

»Ahriman«, unterbrach ihn der Alte kopfschüttelnd. »Glaubst du, er wäre vorhanden, wenn die Menschen nicht wollen, dass es ihn gäbe? So, wie sie die Elfen verehren,

weil sie den Gedanken an das Gute brauchen und sie damit erst selbst geschaffen haben, so haben sie auch Ahriman erstehen lassen, weil die Furcht in ihren Herzen wohnt. Und nicht einmal er ist wirklich böse – von seinem Standpunkt aus.«
»Aber das würde bedeuten, dass es weder das wirklich Gute noch das wirklich Böse gibt«, sagte Timo verwirrt.
»Nein, das bedeutet es nicht, Helderprinz«, sagte der Alte sanft. »Es gibt das absolut Böse und Ahriman ist sein Statthalter. Doch es entsteht nicht aus sich selbst heraus und es ist nicht einer unter der Sonne, der nicht ein wenig Schuld daran trägt, dass es das Kalte Reich und seinen Herrscher gibt. Auch du machst da keine Ausnahme, Helder. Doch es ist auch nicht einer«, fügte er rasch hinzu, als Timo ihn erschrocken ansah, »der nicht auch seinen Teil zum Entstehen des Silberwaldes und der Elfen beigetragen hätte. Selbst Hun Came ist keine Ausnahme, obwohl er es nicht weiß. Böse, Timo, ist nur eines auf der Welt – wenn man nicht versucht, den anderen zu verstehen.«
Er schwieg und Timo spürte, dass er nicht weiter über das Thema reden würde und vielleicht schon mehr gesagt hatte, als er eigentlich wollte.
»Dann war alles umsonst«, murmelte er. »Du kannst uns nicht helfen.«
»Helfen?« Der Alte lächelte. »Vielleicht könnte ich es. Doch wenn ich es tun würde, käme die Welt noch mehr aus dem Gleichgewicht. Was soll ich tun? Mit Feuer und Schwert gegen Hun Came und seine Krieger ziehen oder gar das Kalte Reich vernichten? Ich kann nicht euren Kampf kämpfen, Helder, und es ist mir nicht gegeben, in die Geschicke der Welt einzugreifen. Wer soll entscheiden, welcher von beiden Seiten der Sieg gebührt? Denkst du nicht, dass auch Hun Came und der Dunkle Herrscher glauben im Recht zu sein? Was, wenn morgen sie statt deiner hier auftauchen

und meine Hilfe fordern? Ich würde die Welt zerstören, wenn ich dir helfen würde, Prinz der Helder. Du warst es, den die Elfen gewählt haben, die Entscheidung herbeizuführen, und du allein wirst es tun müssen. Dass du die Kraft dazu hast, hast du bewiesen.«

Timo schwieg, aber er konnte nicht verhindern, dass ihm plötzlich Tränen die Augen füllten.

»Verliere nicht den Mut, Helderprinz«, sagte der Einsame Siedler. »Du hast einen schweren Weg hinter dir und auch der Stärkste wird irgendwann einmal zweifeln oder er hätte seine Menschlichkeit verloren. Ich kann und darf nicht in die Geschicke eurer Welt eingreifen, das musst du verstehen. Ich täte es gerne, denn auch mich schmerzt das, was Ahriman und seine Vasallen im Sinn haben. Doch ich darf es nicht, denn jeder Mensch – und jedes Volk hat selbst zu entscheiden, welche Seite seiner Seele den Sieg davonträgt.«

»Aber die Elfen ...«, würgte Timo hervor.

»Auch sie können fehlen«, sagte der Alte sanft. »Sie erinnerten sich meiner, als die Not am größten war, so wie die Menschen sich ihrer Götter immer dann erinnern, wenn sie bedrängt werden.«

»Aber sie haben gesagt, dass du helfen wirst«, sagte Timo verzweifelt. »Es ist prophezeit worden.«

Der Alte schüttelte den Kopf. »Es wurde prophezeit, dass einer, der den Weg zu mir und zurück findet, die Entscheidung herbeiführen wird, Helder«, sagte er sanft. »Und so wird es sein.«

Plötzlich verspürte Timo einen kalten, unbezwingbaren Zorn. Er versuchte ihn zurückzudrängen, aber das Gefühl war stärker als sein Wille. Er sprang so heftig auf, dass der Stuhl, auf dem er gesessen hatte, krachend zurückflog, und funkelte den Alten trotzig an. »Dann kämpfe ich eben ohne deine Hilfe weiter«, sagte er wütend.

Seltsamerweise lächelte der Alte auch jetzt noch. »Hass und Zorn, Helder«, sagte er, »sind die Waffen Ahrimans. Bediene dich ihrer und du hast den Kampf verloren, ehe er begonnen hat. Aber ich nehme es dir nicht übel, dass du so denkst. Warte.« Er stand auf, ging mit langsamen Schritten zu einem der Schränke und nahm etwas heraus.
»Hier«, sagte er und ging auf Timo zu. »Nimm dies als Geschenk von mir.«
Timo streckte stirnrunzelnd die Hände aus und nahm den Gegenstand entgegen, den ihm der Einsame Siedler hinhielt.
Es war ein rechteckiger, wasserklarer Eisblock, an dessen oberem Rand eine dünne, silberne Kette befestigt war. Er war nur wenig größer als Timos Hand und in ihm eingebettet lag ein Blumenstängel, aus dem Dutzende winziger, zartgoldener Knospen sprossen. Nur eine von ihnen war erblüht, aber auch so war es das Schönste, was er jemals erblickt hatte. »Was ist das?«, fragte er.
»Ein Trieb der Blume Crysalis«, antwortete der Einsame Siedler. »Sie wächst im Herzen der Welt und alle Mächte des Guten schlummern in ihren Knospen. Sie gibt ihrem Besitzer große Macht, Prinz der Helder, doch sie kann ihm auch das Verderben bringen. Hüte dich, ihre Macht zu missbrauchen.«
Timo betrachtete den Trieb mit großer Aufmerksamkeit. Das Eis, das ihn umschloss, war durchsichtig und klar wie das feinste Glas, und ohne dass es der Einsame Siedler sagen musste, wusste er, dass selbst die Feuer der Hölle es nicht zu schmelzen vermochten.
»Das ist alles, was ich dir geben kann«, sagte der Alte. »Und es ist schon beinahe mehr, als ich dürfte. Ich lege eine große Verantwortung in deine Hände, Timo. Missbrauche sie nicht, denn es ist vielleicht die letzte Chance, die euch bleibt.«

Timo wollte noch eine Frage stellen, aber als er aufsah, war der Einsame Siedler verschwunden. Und auch das Zimmer wurde plötzlich durchsichtig und hell, als hätte es bloß aus Nebel bestanden, den ein Zauber bis jetzt in dieser Form gehalten hatte. Plötzlich konnte er die Bäume des Waldes durch die Wände schimmern sehen, und noch ehe er sich von seinem Schreck erholt hatte, war das Haus völlig verschwunden und er stand allein auf einer runden, üppig bewachsenen Wiese. Der Wald um ihn herum war ganz normaler Wald, die Stämme und das Unterholz grün und lebendig statt weiß, und auch der wispernde Chor der gefangenen Seelen war verstummt.
Aber noch einmal, ein letztes Mal, griff der Einsame Siedler in das Geschehen ein und half ihm. Zu seiner Linken teilte sich das Unterholz und einer der Elbenjungen, die er bei der Asrai gesehen hatte, trat hervor. In der Hand hielt er die Zügel eines schneeweißen, geflügelten Einhorns.
Timo starrte das Einhorn und den Jungen fassungslos an. Der Elb kam auf ihn zu, drückte ihm die Zügel in die Hand und machte eine auffordernde Geste. »Steig in den Sattel«, sagte er. »Es wird dich hinbringen, wo immer du willst.«
Timo war kaum fähig ein Wort zu sagen. Er starrte auf das Tier, betrachtete die gewaltigen, schneeweißen Adlerschwingen und das gewundene Horn auf seiner Stirn.
»Kann es ... wirklich fliegen?«, fragte er mühsam.
Der Elbenjunge lächelte, als hätte er etwas unglaublich Dummes gefragt. »Natürlich kann es fliegen«, sagte er. »Es wird dich schneller als der Wind über die Wolken tragen. Sage ihm dein Ziel und es bringt dich hin. Aber merke dir gut: Es wird nur da sein, bis die Sonne das nächste Mal hinter den Bergen versinkt und die Tagnacht hereinbricht, nicht einen Augenblick länger.«
Timo nickte. Mit zitternden Fingern befestigte er die Kette

mit dem Trieb der Blume Crysalis an seinem Hals, griff nach dem Steigbügel und zog sich mit einer entschlossenen Bewegung in den Sattel.

»Wohin ich will?«, fragte er noch einmal.

»Mit einer Ausnahme«, bestätigte der Elbenjunge. »Weder hierher zurück noch in den Silberwald der Elfen, denn diese Orte gehören nicht zu der Welt, aus der es stammt. Doch sonst kann es dich zu jedem Ort auf der Welt tragen, schneller als ein Gedanke.« Und damit verschwand der Knabe. Von einem Augenblick zum anderen war er fort, als hätte es ihn niemals gegeben.

»Zur Hohen Feste«, sagte Timo leise. »Bring mich zur Hohen Feste der Elben, Einhorn.«

Das Pferd warf mit einem Schnauben den Kopf in den Nacken, scharrte mit den Vorderhufen im Boden und sprang mit einem gewaltigen Satz hoch, hoch über die Wolken empor.

Das kalte Reich

Schnell wie der Wind trugen die weißen Schwingen des Einhorns Timo der Sonne entgegen. Die Nacht verging, doch zehnmal so schnell, wie das Grau der heraufziehenden Dämmerung die Dunkelheit vertrieb, jagten sie auf den Morgen zu und Timo hatte das Gefühl, gerade erst in den Sattel gestiegen zu sein, als auch schon die schneebedeckten Gipfel der Berge unter ihm auftauchten. Seine Niedergeschlagenheit war verschwunden und hatte Zuversicht und Mut Platz gemacht. Er wusste den Weg zum Silberwald so wenig wie zuvor, doch hatte die Asrai nicht gesagt, dass er nicht allein war, auch wenn es ihm so vorkam? Die Elben würden wissen, was zu tun war, und jetzt, wo er erfahren hatte, wo der wahre Ursprung dieses Volkes lag, war sein Vertrauen in ihre Weisheit noch mehr gestiegen. Und wenn sie keine Möglichkeit hatten, ihm zu helfen, so konnten sie Boten zu den Elfen schicken, wie sie es schon einmal getan hatten.

Das prachtvolle Tier jagte in eleganten Sprüngen über die Wolken dahin und seine Flügel teilten die Luft mit einem mächtige Rauschen, das noch weit unter ihnen zu hören sein musste. Einmal glaubte er einen Schwarm winziger, bunter Punkte unter sich zu erkennen, aber sie waren so rasch vorbei, dass er nicht sicher war, was er nun gesehen hatte.

Die Berge rückten näher und das Einhorn wurde langsamer und ging mit jedem Sprung tiefer. Die zerklüfteten Gipfel glitten jetzt so dicht unter ihnen dahin, dass Timo

glaubte, die Füße des Tieres würden sie jeden Augenblick berühren.
Als die Sonne am Horizont erstrahlte, tauchten die Zinnen der Hohen Feste vor ihnen auf. Timo gewahrte das weiße Glitzern und Funkeln schon von weitem und versuchte das Einhorn anzutreiben, aber das Tier verminderte seine Geschwindigkeit. Noch immer sprengte es um vieles schneller als der schnellste Vogel durch die Lüfte, aber es kam Timo so vor, als würde es mit jeder Bewegung nervöser, als wittere es mit seinen feinen Sinnen eine Gefahr, die sein Reiter noch lange nicht sehen konnte.
Die Türme der Hohen Feste rückten immer näher und jetzt begann auch Timo ein leichtes Unbehagen zu verspüren. Die gewaltige Festung lag schweigend vor ihnen. Nirgends zeigte sich das geringste Anzeichen von Gefahr – aber es war auch kein Zeichen von Leben vorhanden. Die Wehrgänge hinter den Zinnen waren verlassen und die freundlichen Lichter hinter den Fenstern erloschen. Das beunruhigende Gefühl in Timos Brust wurde stärker und ging langsam in Furcht über. Das Einhorn wurde noch langsamer, breitete schließlich die Schwingen aus und glitt wie ein großer Vogel dicht über die marmorne Brüstung der Festungsmauer hinweg und in den Innenhof hinunter. Der Hof war übersät mit Toten. Starr lagen sie zwischen den niedergebrannten Ruinen der Ställe und Wohngebäude, tot seit Tagen und halb unter frisch gefallenem weißem Schnee begraben, als hätte die Natur versucht, eine Decke der Barmherzigkeit über das Bild des Schreckens zu breiten. In drei unregelmäßigen, zerrissenen Reihen bedeckten sie den Boden, an der Stelle gefallen, an der sie versucht hatten, dem Ansturm des Gegners zu trotzen, nachdem das Tor aufgebrochen und die beiden mächtigen Wehrtürme gestürmt waren. Ein eisiger, übler Hauch erfüllte den Hof, und als das Einhorn mit langsamen Flügelschlägen niedersank und

leicht wie eine Feder den Boden berührte, hüllte sie Stille ein, eine tiefe und bedrückende Stille. Es war das Schweigen des Todes, der Besitz von diesem Ort ergriffen hatte, der als der eigentliche Sieger zurückgeblieben war und die Hohe Feste der Elben in ein gewaltiges, weißes Grab verwandelt hatte.

Lange Zeit saß Timo bewegungslos auf dem Rücken des Einhorns und blickte aus brennenden Augen auf das grausige Bild hinunter. Aber die Tränen, auf die er wartete, kamen nicht und selbst der Schmerz, den er spürte, war anders als bisher: ein dumpfer, lähmender Druck, der sich wie eine unsichtbare Last auf seine Seele legte und jedes Gefühl zu ersticken schien. Seine Hand krampfte sich um den Eisblock mit der Blütenknospe auf seiner Brust und drückte zu, mit aller Kraft, die er aufbringen konnte. Er fühlte, wie sich seine Haut an den scharfen Kanten des Blocks aufriss und Blut in warmen, dünnen Linien über seinen Arm lief, aber dieser Schmerz erreichte sein Bewusstsein kaum und schien unwirklich und fern wie der Schatten eines Traumes.

Sein Blick fiel auf den verrenkt daliegenden Körper eines Daewas, und als er in die starren Augen des Dämons sah, glaubte er noch einmal die Worte des Einsamen Siedlers zu hören: »Jeder Mensch und jedes Volk hat selbst zu entscheiden, welche Seite den Sieg davonträgt ...« Aber in diesem Moment erschienen sie ihm wie grausamer Hohn. Die Elben, die hier gestorben waren, hatten nicht die Möglichkeit einer Entscheidung gehabt. Sie waren nicht gefragt worden, so wenig wie seine Eltern oder die Elfen, die sich geopfert hatten, damit er, Timo, Ahrimans Häschern entkam. Es war diese Hilflosigkeit, die mehr schmerzte als alles andere, das Gefühl, nichts, absolut nichts tun zu können als machtlos dazustehen. Es wurde mit jedem Moment stärker und er spürte, dass mit dem Gefühl der Ohnmacht noch

etwas anderes in ihm aufstieg, etwas, vor dem er selbst erschrak und das er doch nicht mehr zurückdrängen konnte, so wie oftmals zuvor.
Langsam stieg er vom Rücken des Einhorns und begann zwischen den Erschlagenen umherzugehen. Nur einer von zehn Toten trug das weiße Gewand der Elben, aber es waren noch immer zu viele, viel zu viele. Allein hier im Hof hatten an die hundert Elbenkrieger den Tod gefunden und vorne am Tor und im Inneren der Gebäude mussten noch mehr liegen.
Er blieb stehen, ballte die Fäuste und drehte sich langsam im Kreise. Es war niemand mehr hier, der ihm erzählen konnte, wie es geschehen war, doch das war auch nicht notwendig. Die Toten sprachen ihre eigene Sprache und für einen Moment sah er alles so deutlich vor sich, als wäre er selbst dabeigewesen. Hun Came war zurückgekommen, kaum dass die Elfen abgezogen waren, und er hatte grausame Rache genommen für die Schmach, die er erlitten hatte. Er musste mit zehn-, vielleicht mit hundertfacher Übermacht angegriffen haben und nicht einmal die als unbezwingbar geltenden Mauern der Hohen Feste hatten dem Ansturm seiner schwarzen Horden standgehalten. Die Elben mussten sich mit dem Mut der Verzweiflung gewehrt und Hun Cames Heer große Verluste zugefügt haben – doch was nützte die größte Tapferkeit gegen einen Feind, dessen Zahl unendlich war und der Furcht und Erschöpfung nicht kannte? Der den Tod nicht fürchtete, weil er selbst der Tod war? Dreimal hatten sich die Elben neu formiert und den Sturm des Feindes aufgehalten, aber schließlich waren ihre Reihen durchbrochen worden und die Überlebenden mussten sich drinnen im Haupthaus verschanzt und den letzten Angriff des Feindes erwartet haben.
Er ging auf die Tür zu, die halb aus den Angeln gerissen

war, blieb aber plötzlich stehen und schüttelte den Kopf. Er wusste, was er dort drinnen finden würde, und er wollte es nicht sehen. Langsam drehte er sich um und ging zu dem Einhorn zurück. Das Tier war nervös über den Hof gelaufen und bei einem erschlagenen Elbenpferd stehen geblieben. Zaghaft berührte es seinen toten Bruder mit der Spitze seines Horns, hob den Kopf und sah Timo mit einem traurigen Schnauben an. Timo trat an seine Seite, hob die Hand und streichelte seine Nüstern. »Ich weiß, was du fühlst«, flüsterte er. Seine Stimme schien ein seltsames, hallendes Echo in dem verlassenen Hof hervorzurufen und die Kälte verdichtete sich. Plötzlich war sein Hals wie zugeschnürt. »Ich weiß, was du denkst«, murmelte er. »Es war nicht gerecht. Es war nicht einmal ein Kampf, sondern Mord. Sinnloser Mord.«

Wieder musste er an den Einsamen Siedler denken und wieder glaubte er seine Worte zu hören. Hatte er nicht gesagt, dass es nichts absolut Böses gebe, dass alles seinen Zweck hätte? Aber welchen Zweck sollte dieses Morden haben? Was hatte es Hun Came oder Ahriman gebracht – wenn Krieg und Mord überhaupt etwas bringen konnten –, außer der Befriedigung seiner Rache?

Der Einsame Siedler hatte Unrecht gehabt. Es gab das Böse, nicht nur hier, sondern überall, und solange es Männer wie Hun Came gab, würde es niemals aussterben.

Er wandte sich noch einmal um, kniete neben einem erschlagenen Elbenkrieger nieder und löste behutsam Schwert und Schild aus seinen starren Fingern. Dann schwang er sich in den Sattel und blickte in den Himmel. Die Nacht war vollends gewichen und der Tag – der letzte Tag, der ihm blieb – war angebrochen.

»Zu Hun Came«, flüsterte er und seine Hand krampfte sich um den lederbezogenen Griff des Schwertes. »Bring mich zu Hun Came, Einhorn!«

Wieder trugen ihn die Schwingen des Einhorns hoch am Himmel dahin. Die Wolken bebten unter den dumpfen Hufschlägen des Tieres und für die Menschen, die zufällig einen Blick nach oben warfen, musste es aussehen, als jage ein Racheengel über den Himmel. Das Einhorn sprengte schneller als ein Gedanke über das Firmament, aber Timo feuerte es mit ungeduldigen Rufen zu noch größerer Geschwindigkeit an. Wälder und Wiesen wurden zu verschwommenen farbigen Flecken unter ihnen und selbst die Wolken schienen angstvoll beiseite zu weichen, um ihnen Platz zu machen. Er erreichte den Wald von Orden und die Stelle, an der er auf die Gaukler gestoßen war, fegte darüber hinweg und raste weiter nach Osten und auf Muuren Shant zu, die Stadt, in der alles begonnen hatte und in der Hun Came auf ihn wartete. Der Fluss tauchte unter ihnen auf und das Einhorn ging tiefer und folgte seinem Lauf. Der Sturmwind seiner Flügel fegte Gebüsch und Unterholz an den Ufern beiseite und die paar Menschen, die sie sahen, flohen voller Panik.
Das Einhorn wurde langsamer und glitt tiefer, sodass seine Hufe beinahe das Wasser berührten, und als Timo es mit sanftem Schenkeldruck nach rechts lenkte, sah er die Spuren, die Hun Cames Heereszug hinterlassen hatte. Gebüsch und Unterholz waren niedergewalzt, als wäre eine Lawine über das Land gerollt, und der Boden war bis auf den nackten Fels aufgerissen. Hier und da lagen zerbrochene Waffen oder Teile der Ausrüstung, und als er die Furt passierte, über die er und seine Eltern vor so langer Zeit gekommen waren, stieß er auf einen verlassenen Wagen, der mit gebrochener Achse im Uferschlamm stecken geblieben war.
Und dann sah er das Heer inmitten einer Wolke aus schwarzem Qualm und hochgewirbeltem Staub und die Schreie der Kämpfenden und das Klirren der Waffen schallten

schaurig durch die Morgenstille zu ihm herüber. Es sah so aus, als wäre Hun Came auf einen Gegner gestoßen, der im Stande war, selbst den schwarzen Kreaturen zu trotzen. Timo befahl dem Einhorn mit einem scharfen Ruf, wieder in die Luft zu steigen, und sprengte auf den Kampfplatz zu.

Hun Cames Soldaten wehrten sich mit der Kraft der Verzweiflung gegen ein Heer, das ihnen an Zahl und Entschlossenheit mindestens um das Dreifache überlegen war. Der Kampf musste schon seit einer geraumen Weile im Gange sein, denn der Boden war bereits mit Toten und Verwundeten übersät.

Die Angreifer waren keine Soldaten. Sie trugen keine Uniformen wie die Männer aus Muuren Shant und auch ihre Bewaffnung war eher ärmlich – die meisten kämpften mit Dreschflegeln und Sensen oder mit roh zugehauenen Knüppeln und die, die Waffen benutzten, hatten sie offensichtlich von den Männern Hun Cames erbeutet. Aber unter ihnen war auch eine große Zahl von Reitern, die in die helle Kleidung der Elben gehüllt waren, und als Timo näher kam, erkannte er an ihrer Spitze einen hoch gewachsenen, weißhaarigen Jungen, der mit Schild und Schwert auf den Gegner eindrang und das, was ihm an Kraft und Erfahrung fehlte, durch sein Ungestüm wieder wettmachte. Charriu! Es war Charriu, der Elbenjunge, und neben ihm fochten Dergon und Larian mit der gleichen Entschlossenheit und führten ihre Männer gegen den Feind. Timo stieß einen überraschten Schrei aus und rief freudig den Namen des Elbenjungen, aber dieser schien seine Stimme unten im Kampfgetümmel nicht zu hören.

Timo befahl dem Einhorn kehrtzumachen, aber das Tier war so schnell, dass es erst weit unterhalb des Schlachtfeldes das Ufer erreichte und in einem gewaltigen Bogen zurückkehrte. Der Kampfplatz kam mit unglaublicher Geschwindigkeit näher, aber kurz bevor sie ihn erreichten, erhob sich das Einhorn mit einem mächtigen Flügelschlag in die Luft und jagte wie ein weißer Blitz über die Köpfe der Kämpfenden hinweg. Pferde wieherten und bäumten sich auf, Männer schrien erschrocken auf, stürzten aus dem Sattel und verletzten sich gegenseitig, als sie in blinder Panik versuchten, sich in Sicherheit zu bringen. Einer der Wagen stürzte krachend um und begrub einige von Hun Cames Kriegern unter sich. Doch davon nahm Timo kaum etwas wahr. Er suchte Hun Came, den Mann, der die Elben ermordet hatte und der auch für den Tod seiner Eltern verantwortlich war. Er war hier, inmitten des Heeres – er spürte seine Nähe wie einen Pesthauch. Und er würde ihn finden!

Das Einhorn jagte weiter, schlug wieder einen Bogen und sprengte ein zweites Mal auf das Schlachtfeld zu.

Der Kampf war fast zum Erliegen gekommen. Angreifer und Verteidiger starrten ungläubig zu ihm hinauf, und als das Einhorn wie ein Wirbelwind abermals heranstürmte, schob es eine wahre Flut flüchtender und schreiender Menschen und Daewas vor sich her.

Timo riss mit einem wütenden Schrei das Schwert aus dem Gürtel. »CAME!«, schrie er. »HUN CAME! WO BIST DU? ZEIGE DICH!« Weiter raste das Einhorn, machte erneut kehrt und sprengte ein drittes Mal auf das Flussufer zu. Die Männer kämpften nicht mehr und aus Hun Cames geordnetem Heereszug war ein tobender, verängstigter Haufen geworden, in dem sich Menschen und Tiere gegenseitig niedertrampelten. »CAME!«, schrie Timo wieder. »DU WOLLTEST MICH HABEN! JETZT KOMM HERAUS UND ZEIGE DICH!«

Und dann sah er ihn. Hoch aufgerichtet und starr vor Schreck stand Hun Came inmitten eines dreifachen Kreises schwarzschuppiger Daewas und blickte zu ihm hinauf und

Timo konnte selbst aus dieser Höhe den ungläubigen Ausdruck auf seinem Gesicht erkennen. Mit einem triumphierenden Schrei zwang er das Einhorn herum. Das Tier bäumte sich in der Luft auf, schlug mit den Vorderhufen aus und sank flügelschlagend zu Boden – direkt ins Zentrum von Hun Cames Armee hinunter!

Gellendes Geschrei erhob sich. Männer und Daewas versuchten vor ihm zu flüchten, wurden von den gewaltigen Schwingen des Einhorns aus dem Sattel gerissen oder stießen sich gegenseitig nieder. Timo trieb das Einhorn unerbittlich vorwärts, ritt einen Krieger, der ihm todesmutig den Weg verstellen wollte, einfach über den Haufen und hob sein Schwert, als ein Daewa auf ihn eindrang. Die Klinge fuhr splitternd durch den Panzer aus schwarzen Gormschuppen und schleuderte den Dämon zurück und Timo sprengte schon weiter, brach wie ein Orkan durch die Reihen der Krieger und hielt direkt auf Hun Came zu.

Ahrimans Statthalter erwachte erst im letzten Moment aus seiner Erstarrung. Mit einem wilden Aufschrei fuhr er herum, lief zu seinem Pferd und schwang sich in den Sattel.

»Bleib stehen, Hun Came!«, schrie Timo. »Du wolltest Krieg und ich bringe ihn dir! Bleib stehen und kämpfe!«

Auf Cames Gesicht erschien ein Ausdruck abgrundtiefen Hasses. »Daewas!«, befahl er scharf. »Packt ihn!«

Und schon stand ein Dutzend der schwarzen Ungeheuer zwischen ihm und dem heranjagenden Helder. Das Einhorn wieherte erschrocken und versuchte seinen rasenden Lauf zu stoppen, aber seine Geschwindigkeit war zu hoch. Mit vernichtender Wut krachte es in die Mauer aus schwarzen Leibern und Schuppen, riss einige Daewas von den Füßen und kam straucheln zum Stehen. Seine Schwingen öffneten sich mit einer kraftvollen Bewegung und zerschmetterten die Panzer zweier Ungeheuer und das gewundene Horn

bohrte sich durch den Brustharnisch eines dritten Daewas, der nicht schnell genug zurückwich.
Timo riss Schild und Schwert in die Höhe. Ein Keulenhieb traf seinen Schild und schleuderte den Jungen beinahe aus dem Sattel und ein Daewa klammerte sich an sein Bein und versuchte ihn zu Boden zu zerren. Aber Zorn und Verzweiflung verliehen Timo übermenschliche Kräfte und er verschaffte sich mit einem einzigen Hieb des Elbenschwertes Luft. »CAME!«, schrie er, so laut er konnte. »BLEIB HIER UND STELL DICH ZUM KAMPF, DU ELENDER FEIGLING!«
Doch Hun Came zwang sein Pferd mit einer heftigen Bewegung herum und galoppierte auf das Flussufer zu. Timo schlug und hackte um sich, aber für jeden Dämon, den er tötete, tauchte sofort ein neuer auf und Hun Cames Vorsprung wuchs mit jedem Atemzug. Als er sich den Weg zum Fluss hinunter erzwungen hatte, war Came bereits am jenseitigen Ufer angekommen.
Noch einmal versuchten die Daewas ihn aufzuhalten und kreisten ihn unter wütendem Gebrüll ein. Hiebe und Stiche prasselten auf ihn herunter und das Einhorn schrie auf, als die Daewas rücksichtslos auf sie eindrangen. »Flieg!«, keuchte Timo. »Flieg, treues Pferd!« Das Einhorn warf mit einem schmerzerfüllten Keuchen den Kopf in den Nacken und breitete die Schwingen aus, aber die Daewas klammerten sich an seine Beine, zerrten an seinem Schweif und stachen mit ihren Schwertern auf seine Flügel ein. Timo sah sich plötzlich von einer brodelnden schwarzen Höllenschar umgeben und wohin er auch blickte, starrte ihm eine Dämonenfratze entgegen.
Aus den Reihen der Elben und ihrer Verbündeten erklang ein vielstimmiger, erschrockener Aufschrei und ein ganzer Keil der hell gekleideten Reiter kämpfte sich einen Weg durch Hun Cames Männer um ihm beizustehen.

Aber sie würden zu spät kommen. Obwohl die Männer aus Muuren Shant keinen Widerstand mehr leisteten, waren die Elben nicht schnell genug, um Timo zu erreichen und Ahrimans Kreaturen zu vernichten. In höchster Not zerrte er das Amulett unter dem Hemd hervor und hielt es in die Sonne.

Doch dieses Mal versagte der Zauber. Der grelle Blitz, der ihm schon einmal gegen die Daewas beigestanden hatte, blieb aus. Timo schrie auf, schlug einen Daewa, der sich an sein Bein geklammert hatte, mit der Kante seines Schildes nieder und warf sich herum. Das Amulett entglitt seinen Fingern und fiel auf seine Brust zurück.

Die Welt schien zu bersten. Es war die dunkle Seite des Amuletts, die jetzt sichtbar auf seiner Brust lag, und im selben Moment, in dem der erste Strahl der Sonne auf das Bild des Mondes traf, zuckte ein blauweißes, kaltes Licht aus seiner Oberfläche, verwandelte sich zu einem dünnen, tausendfach verästelten Blitz und fuhr zischend unter die Daewas. Die getroffenen Körper der geschuppten Kreaturen zerfielen sofort zu Staub. Und die Vernichtung hörte nicht auf, als der Ring um Timo und das Einhorn gesprengt war, sondern der Blitz raste über das Flussufer und schickte tödliche Dolche aus Licht mit unbarmherziger Zielsicherheit auf die Daewas herunter, die sich zwischen den Männern Hun Cames befanden.

Timo schlug mit einem erschrockenen Keuchen die Hand vor das Amulett. Für einen kurzen Moment verspürte er eine fast unerträgliche Hitze, aber sie verging so rasch, wie sie gekommen war, und das kalte Licht erlosch.

Nicht ein einziger Daewa war noch am Leben. Keiner von Hun Cames Männern war durch das Licht des Amuletts auch nur verletzt worden, aber die Daewas hatte ausnahmslos ihr Schicksal ereilt. Alles, was von ihnen übrig war, waren kleine, rauchende Aschehäufchen.

Sekundenlang sah Timo fassungslos um sich, dann steckte er das Schwert unter den Gürtel und schob das Amulett, die Seite mit dem Mond sorgsam mit beiden Händen abschirmend, unter sein Hemd zurück. Hände und Knie zitterten ihm. Er hatte keine Erklärung für das, was geschehen war, und es erfüllte ihn nicht mit Triumph, sondern mit Furcht vor der ungeheuren Macht, die er die ganze Zeit mit sich herumgetragen hatte, ohne eine Ahnung davon zu haben. Als er aufsah und in die Gesichter der Krieger blickte, die ihn in einem weiten Kreis umstanden, da entdeckte er in ihren Augen die gleiche Furcht. Aber es war Furcht vor ihm. Und er las diese Furcht nicht nur in den Augen der Soldaten, sondern auch in denen der Elben und ihrer Verbündeten. Plötzlich fühlte er sich elend. Der Blick dieser Männer war der gleiche, mit dem sie Hun Came angesehen hatten, und Timo begriff, dass sie dem Statthalter nicht freiwillig gefolgt waren, sondern nur aus einem einzigen Grund: weil sie Angst vor ihm hatten. Mit einem Mal war er froh, keinen von ihnen getötet zu haben. Sie trugen keine Schuld. Sie hatten sich so wenig wie die Elben oder er selbst gegen ihr Los wehren können und er konnte sie nicht dafür verantwortlich machen, dass sie durch ein böses Schicksal auf der falschen Seite geboren wurden. Nein – der einzig wirklich Verantwortliche für dieses Morden und Töten war Hun Came.

Der Gedanke riss ihn jäh in die Wirklichkeit zurück. Er fuhr herum, blinzelte aus zusammengekniffenen Augen über den Fluss und entdeckte Hun Came, winzig klein und schon sehr weit entfernt, auf der anderen Seite.

»Komm, Einhorn«, sagte er entschlossen. »Sammle noch einmal deine Kräfte und es ist überstanden. Hun Came gehört uns!«

Gehorsam breitete das Tier die Schwingen aus, hatte aber große Mühe, vom Boden hochzukommen, und sein Flug

war ungleichmäßig und viel langsamer als früher. Trotzdem war es noch immer zehnmal schneller als das schnellste Pferd und schon nach wenigen Augenblicken hatten sie den Fluss überquert und einen guten Teil von Cames Vorsprung aufgeholt.
Hun Came schien die Gefahr zu spüren, denn er drehte sich plötzlich im Sattel um, sah zu ihm zurück und hieb wütend mit der Faust auf den Hals seines Pferdes ein. Das Tier wieherte vor Schmerz und Furcht und versuchte schneller zu laufen, aber es war sichtlich erschöpft. Came fluchte, riss das Tier im vollen Galopp herum und sprengte auf ein nahes Waldstück zu, das links von ihnen aufgetaucht war. Sein Vorsprung betrug kaum noch mehr als hundert Schritte, als er zwischen den Bäumen verschwand.
Timo gab einen Laut der Enttäuschung von sich und versuchte das Einhorn in die Höhe zu zwingen, aber es hatte nicht mehr die Kraft, sich über die Baumwipfel zu schwingen. Kurz vor dem Waldrand kam es zum Stehen, schlug hilflos mit den Flügeln und scharrte keuchend im Boden. Seine Flanken bebten, Schaum triefte von seinen Nüstern und in seinem Atem war ein rasselndes Geräusch zu hören.
»Gut«, sagte Timo entschieden. »Wenn du nicht mehr fliegen kannst, so werden wir ihm eben auf der Erde folgen. Du bist noch immer schneller als jedes andere Pferd. Lauf, Einhorn!«
Das Tier gehorchte, hielt aber nach wenigen Sprüngen an, und zwar so plötzlich, dass Timo fast das Gleichgewicht verloren hätte und aus dem Sattel gestürzt wäre. Als er sich wieder gefasst hatte und zum Waldrand hinübersah, erblickte er eine schlanke Frauengestalt, die nur aus Nebel und tanzenden Lichtern zu bestehen schien.
»Asrai!«, entfuhr es ihm. »Du?!«
»Ja, ich bin es«, bestätigte die Lichtgestalt. Ihre Stimme klang scharf, und als Timo ihrem Blick begegnete, fuhr er

zusammen. »Ich bin hierher gekommen, weil ich erfahren habe, was du getan hast, Prinz der Helder.« Sie trat einen Schritt näher, schaute erst ihn und dann das Einhorn an und schüttelte zornig den Kopf, als sie sah, in welchem Zustand das prachtvolle Tier war.

»Dazu habe ich dir das Einhorn nicht gegeben«, sagte sie. »Es war ein Wesen der Schönheit und des Lichts und du hast es missbraucht um zu töten. Glaubst du, ich habe dir dieses Tier und die Blume Crysalis anvertraut, damit du das Schwert in die Hand nimmst, Helder? Hast du schon alles vergessen, was ich dir gesagt habe?«

»Nein«, antwortete Timo laut. »Ich habe jedes Wort verstanden, Asrai. Ich habe verstanden, dass wir uns selbst helfen müssen, weil du es nicht tun willst.«

Ein Schatten flog über das Gesicht der Asrai. »Aber das ...«

»Wozu soll ein Tier wie dieses dienen, wenn man immer nur flieht?«, unterbrach Timo sie aufgebracht. »Was soll es nützen, immer nur wegzulaufen, Asrai, und was kann eine Blume gegen Hun Cames Waffen ausrichten? Hast du nicht selbst gesagt, dass jeder Mensch und jedes Volk für sich entscheiden muss, welche Seite den Sieg davonträgt? Wenn du weißt, was ich getan habe, dann weißt du auch, was in der Hohen Feste geschehen ist.«

»Ich weiß es«, antwortete die Asrai traurig. »Und es schmerzt mich. Aber es schmerzt mich noch mehr, zu sehen, was hier geschieht.«

»Davon werden die Elben nicht mehr lebendig«, gab Timo wütend zurück. »Es sind deine Kinder, Asrai. Hast du sie gepflegt und erzogen, damit sie sich von Hun Came und seinen Kreaturen töten lassen? Hast du sie Güte und Weisheit gelehrt, damit sie in den Klauen der Daewas sterben?«

»Du hast nichts verstanden«, sagte die Asrai und mit einem Mal war ihre Stimme nicht mehr zornig, sondern nur noch

voller Trauer. »Weder du noch sie. Vielleicht war ich nicht gut genug, sie zu erziehen, denn auch sie haben zum Schwert gegriffen und versuchen, Gewalt mit Gewalt zu bekämpfen. Aber ich hatte gehofft, dass wenigstens du begreifst, was ich dir sagen wollte.«
»O doch, Asrai«, sagte Timo. »Ich habe dich verstanden, dich oder den Einsamen Siedler oder wer immer du sein magst, vielleicht besser, als du denkst. Ich war bei dir und habe dich um Hilfe gebeten, aber du hast sie mir verwehrt und alles, was ich bekommen habe, waren ein paar kluge Worte und ein Pferd zum Fliehen.«
»Fliehen ist noch immer besser als töten, Timo«, sagte die Asrai ernst.
Timo wandte ungeduldig den Blick von ihr ab und sah zum Flussufer zurück. Eine kleine Abteilung Elbenkrieger hatte den Fluss durchquert und sprengte auf ihn und die Asrai zu, aber es würde noch lange dauern, ehe sie ihn erreichten. Selbst ihre kräftigen Elbenpferde konnten sich an Schnelligkeit nicht mit dem Einhorn messen.
»Irgendwann wird es keinen Ort geben, an dem wir uns verbergen können, Asrai«, sagte er. »Irgendwann wird die ganze Welt voller Männer wie Hun Came sein und wohin sollen wir dann fliehen? Nein!« Er schüttelte entschieden den Kopf. »Du selbst hast es gesagt – du kannst nicht in die Geschicke dieser Welt eingreifen. Wir müssen uns selbst wehren. Und ich werde tun, was ich schon vor langer Zeit hätte tun sollen.«
»Hun Came töten?«, fragte die Asrai leise. »Einen Menschen töten und damit selbst zu einem Werkzeug des Bösen werden? Glaubst du, es wäre ein Unterschied, ob du einen guten Menschen tötest oder einen bösen, Helder? Glaubst du das wirklich?«
Timo zögerte. »Ich weiß es nicht«, gestand er schließlich. »Vielleicht hast du Recht und meine Seele gehört wirklich

Ahriman, wenn ich es tue. Doch wenn, dann ist das ein geringer Preis für das Schicksal einer ganzen Welt, findest du nicht? Und jetzt geh mir aus dem Weg.«
Die Asrai blickte ihn noch eine Sekunde lang an und Timo las in ihren Augen so tiefe Trauer, wie er sie noch nie zuvor gesehen hatte. »Dann muss es wohl sein«, murmelte sie. »Du hast deinen Weg gewählt, Prinz der Helder, und du musst ihn zu Ende gehen.«
Timo verstand nicht, wie die Worte der Asrai gemeint waren, aber sie sagte nichts mehr, sondern trat mit einem traurigen Kopfschütteln zurück und gab ihm den Weg frei.

Der Wald war dicht und so finster, als hätte die Nacht diesen Teil der Natur bereits erobert und ein Reich aus Dunkelheit und Schatten errichtet, aus dem sie sich nie wieder zurückziehen würde. Verfilztes Unterholz und dürre, dornige Zweige stellten sich ihnen wie stumme Wächter in den Weg und das strahlende weiße Fell des Einhorns war bald mit blutigen Striemen und Kratzern übersät. Das brave Tier schleppte sich nur noch dahin und seine mächtigen Schwingen waren schon bald zerrissen und zerfetzt. Trotzdem war es noch immer so schnell, dass nur wenige Minuten vergingen, bis Timo wieder den hämmernden Hufschlag von Hun Cames Pferd hörte. Vor ihm schimmerte es hell durch das Unterholz; der Wald musste hier enden – und draußen, auf dem freien Gelände ohne Deckung, würde ihm der Statthalter von Muuren Shant nicht entwischen können!
Noch einmal trieb er das Einhorn an, zog sein Schwert und hackte ungeduldig auf Büsche und tief hängende Äste ein, die ihn behinderten.
Als sie den Waldrand erreichten, war Hun Came kaum mehr als zwanzig Schritte vor ihm. Das Land auf dieser Seite des Waldes war finster und kahl – eine Ebene aus

nackten, zerrissenen Felsen, zwischen denen ein unsichtbares Etwas wie schwarzer Nebel zu hängen schien, und aus Spalten und Rissen im Boden stiegen Dampf und Kälte empor. Wie drinnen im Wald war es nicht richtig hell und das Licht der Sonne kaum mehr als ein matter, grauer Schimmer. Ein unwirklicher Hauch lag über der Erde und in den Schatten links und rechts des Weges bewegten sich gestaltlose, finstere Schemen.

Als Timo Hun Came vor sich sah, schwang er mit einem triumphierenden Schrei seine Waffe und beugte sich tief über den Hals des Einhorns. Das Tier brach mit einem erleichterten Schnauben durch die letzten Büsche und jagte mit riesigen Sätzen hinter Hun Came her. Came blickte zurück und der Hass auf seinen Zügen verwandelte sich in Entsetzen, als er sah, wie nahe ihm sein Verfolger schon war. Rücksichtslos machte er von seinen Sporen Gebrauch und schlug wieder mit der Hand auf den Nacken seines Tieres ein, aber er war erst wenige Schritte weit gekommen, als Timo an ihm vorbeipreschte. Sein Schwert blitzte auf und fuhr krachend auf Hun Cames Harnisch herunter, aber diesmal reichte seine Kraft nicht mehr aus, den Panzer aus Gormschuppen zu zerbrechen. Trotzdem warf die Wucht des Hiebes den Mann aus dem Sattel und Hun Came stürzte zu Boden. Er überschlug sich ein paar Mal, versuchte verzweifelt auf die Füße zu kommen und sank mit einem schmerzhaften Keuchen zurück. Sein verletzter Arm war aus der Schlinge geglitten und baumelte haltlos an seinem Körper herunter und das Kettenhemd begann sich an der Schulter dunkel zu färben.

Timo brachte das Einhorn wenige Schritte vor ihm zum Stehen. Das Tier bäumte sich auf, schlug mit den Vorderhufen in die Luft und breitete die Flügel aus. Hun Came keuchte, kroch, den linken Arm schützend über den Kopf erhoben, hastig zwischen zwei Felsen zurück und zog sein Schwert.

Um ihn herum schienen sich die Schatten zu vertiefen und mit einem Mal wurde es unglaublich kalt. Timos Atem und der des Einhorns gefroren zu kleinen, grauen Dampfwölkchen vor ihren Gesichtern.

Das Tier scheute, schlug ängstlich mit den Schwingen und scharrte mit den Vorderhufen am Boden. Grauer Staub wirbelte hoch und für einen Moment konnte Timo nichts richtig erkennen. Er schüttelte den Kopf, fuhr sich mit der Hand über die Augen und zerrte an den Zügeln, um das Einhorn zu beruhigen, aber das Tier wurde immer nervöser. Sein Schwanz peitschte und Timo konnte es selbst mit Gewalt nicht dazu bewegen, Hun Came zwischen die Felsen zu folgen.

Came hatte sich aufgerichtet und hielt sein Schwert fest in der Hand. Die Furcht war aus seinem Blick gewichen, Hass und Triumph funkelten nun aus ihm.

»Du Narr«, sagte er leise. Seine Stimme hallte von den Felsen zurück, als stünden sie in einer unterirdischen Höhle und nicht unter freiem Himmel, und wieder fiel Timo der eisige Hauch auf, der sie umgab. »Du hattest den Sieg in der Hand, aber du hast ihn verschenkt.«

Timo hatte keine Gelegenheit, zu antworten. Das Einhorn bäumte sich unter ihm auf und er hatte alle Mühe, sich im Sattel zu halten. Aber er spürte, dass Hun Cames Worte mehr waren als leere Drohungen. Der Triumph in seinem Blick war echt und Timo hatte plötzlich das Gefühl, einen furchtbaren Fehler begangen zu haben.

Und als wäre dieser Gedanke das Stichwort gewesen, auf das die Mächte des Bösen nur gewartet hatten, erschienen hinter Hun Came zwei gewaltige schwarze Schatten.

Es waren Daewas, die mächtigsten Daewas, die Timo bisher gesehen hatte – und sie waren nicht allein. Das Einhorn bäumte sich mit einem angstvollen Wiehern neuerlich auf, stieg auf die Hinterläufe und drehte sich auf der Stelle, aber

auch neben und hinter ihnen waren die schwarzen Ungeheuer aufgetaucht. Von einem Moment auf den anderen sah sich Timo von einem engen, undurchdringlichen Ring von Ahrimans Kreaturen umgeben.
»Narr!«, sagte Hun Came noch einmal und jetzt klang seine Stimme ganz ruhig und kalt. »Hast du wirklich geglaubt, ich würde fliehen? Vor einem Kind?« Er lachte, schob sein Schwert in den Gürtel zurück und trat zwischen den Felsen hervor. Die beiden Daewas folgten ihm wie stumme, drohende Schatten. »Hier wollte ich dich haben«, sagte er kalt, »genau hier, im Herzen meiner Macht.«
Timo riss das Einhorn mit einem verzweifelten Schrei herum, aber es gab keinen Fluchtweg. Der Himmel und der Wald waren verschwunden und wo vorher die Sonne und die bleiche Sichel des Mondes geschienen hatten, erstreckte sich plötzlich die Decke einer riesigen, finsteren Höhle. Ein Schwarm schwarzer, lederhäutiger Fledermäuse stob kreischend über ihnen davon und überall waren Dutzende, wenn nicht Hunderte Daewas.
Timo erstarrte. Langsam, ganz langsam, als weigere sich etwas in ihm, die Wahrheit einzusehen, begriff er, wo er war.
»Du täuschst dich nicht, Helderprinz«, sagte Hun Came böse. »Was du siehst, ist wahr. Dies hier ist das Kalte Reich. Und jetzt, Helder – stirb!« Mit einer raschen Bewegung riss er sein Schwert aus dem Gürtel und sprang auf Timo zu.
Aber so schnell er auch war – die beiden Kreaturen waren schneller. Die Daewas packten ihn, rissen ihn zurück und hielten ihn fest. Einer entrang ihm das Schwert und zerbrach es, während der andere mit seinen gewaltigen Pranken seine Schultern so fest umklammert hielt, dass er vor Schmerz aufstöhnte.
»Seid ihr von Sinnen?«, keuchte Hun Came. »Lasst mich los!«

»Das werden sie nicht, Hun Came«, sagte eine Stimme hinter ihm. Der Statthalter erstarrte. Sein Gesicht verlor alle Farbe. Er hörte auf, sich zu wehren, rang nach Luft und wandte sich um.
Ein schlanker, in einen bodenlangen dunklen Umhang gehüllter Mann trat aus dem Schatten und blieb zwischen Hun Came und dem Einhorn stehen. Er war sehr groß und alles an ihm war dunkel – seine Kleider, sein Schuhwerk, Handschuhe und Haar, nicht schwarz, sondern eine Farbe, die Timo noch nie gesehen hatte, und als er sprach, hatte seine Stimme einen Klang, der irgendetwas in ihm erstarren ließ.
»Du bist ein Narr, Hun Came«, sagte er kalt. »Wenn ich den Tod dieses Helders im Sinn hätte, so hätte ich dich nicht dazu gebraucht.« Er wandte sich um, trat einen Schritt auf Timo zu und streckte die Hand aus. »Steig von deinem Tier, Prinz der Helder«, sagte er. »Und hab keine Angst. Du bist nicht in Gefahr. Selbst im Kalten Reich respektiert man die Gesetze der Gastfreundschaft.«
Timo rührte sich nicht. Aus ungläubig aufgerissenen Augen blickte er auf die breitschultrige Gestalt vor sich herunter, das Schwert noch in der Hand, aber unfähig, auch nur die kleinste Bewegung zu machen.
»Wer ... seid Ihr?«, stammelte er, obwohl er die Antwort längst wusste.
Ein dünnes Lächeln spielte um die Lippen des Mannes. »Du kennst die Antwort, Prinz der Helder«, sagte er, »ich bin der, gegen den du kämpfst. Der Herrscher Annwns. Ich bin Ahriman!«

Ahriman

Stunden, so kam es Timo vor, waren sie durch die lichtlosen, kalten Stollen von Ahrimans unterirdischem Reich marschiert. Die Daewas hatten ihn vom Rücken des Einhorns gezerrt und ihm seine Waffen genommen – das Sonnenamulett und den Eisblock mit der Blume Crysalis hatten sie ihm zu seiner großen Verwunderung gelassen. Er wurde durch einen finsteren, endlosen Gang zu einer winzigen Kammer geführt und dort allein gelassen, aber niemand hatte ihm ein Leid getan.
Timo wusste nicht, wie lang er vor sich hin gebrütet hatte. Hier unten, in den Höhlen Annwns, schien die Zeit anderen Gesetzen zu gehorchen als in der Welt oben. Sein Gefängnis war feucht und kalt und die Einrichtung bestand zur Gänze aus Stein. Die Daewas hatten ihm Speisen und Getränke gebracht, aber er hatte nichts davon angerührt, er hätte keinen Bissen hinunterbekommen. Dabei war er nicht etwa verzweifelt, er hatte nicht einmal große Angst. Eine dumpfe Betäubung hatte ihn erfasst, als wäre alle Kraft aus ihm gewichen. Jetzt, als es zu spät war, begriff er, wie die Worte der Asrai gemeint waren. Er hatte ihr Geschenk missbraucht und er hatte selbst ihre letzte Mahnung missachtet. Hun Came war nicht vor ihm geflohen – er hatte ihn in eine Falle gelockt, die vielleicht schon seit langer Zeit vorbereitet war. Er war ein Narr gewesen, auch nur einen Augenblick lang wirklich daran zu glauben, dass Ahrimans treuester Untertan vor einem Kind wie ihm davonlaufen würde! Ohne dass es ihm bewusst wurde, hatte er sich Hass und

Rachedurst überlassen und jede neuerliche Regung hatte ihn tiefer in das Kalte Reich hineingeführt. Der Weg nach Annwn war nicht in Meilen zu messen – so wenig wie der Weg in den Silberwald der Elfen.
Timo wusste, dass er verloren hatte, endgültig verloren. Über ihm würde bald die Sonne aufgehen und die lange Dämmerung der Tagnacht anbrechen. Und wenn sie zu Ende war, dann gehörte die Welt Ahriman und seinen schwarzen Kreaturen.
Das Geräusch stampfender Schritte drang in seine Gedanken, und als er aufsah, blickte er in das hornige Dämonsgesicht eines Daewas.
»Komm«, sagte die Kreatur. Es war das erste Mal, dass Timo einen der Daewas sprechen hörte. Bisher hatte er immer gedacht, dass sie stumm wären.
Gehorsam stand er auf und folgte dem schwarzen Schuppenwesen, das ihn durch ein verwirrendes Labyrinth von Stollen und Gängen immer weiter ins Herz des Kalten Reiches führte. Je tiefer sie kamen, desto kälter wurde es. Der Daewa trug eine Fackel in der rechten Hand, die huschende Schatten an Decke und Wände warf, und Timo war sicher, dass er das Licht nur seinetwegen mitgebracht hatte und den Weg auch bei völliger Dunkelheit gefunden hätte. Der Daewa ging zwei Schritte vor ihm und drehte sich nicht ein einziges Mal um, als wäre es vollkommen unmöglich, dass sein Gefangener einen Fluchtversuch unternehmen würde.
Aber wohin hätte er fliehen können? Er wusste weder, wo er war, noch wie er aus diesem unterirdischen Reich entkommen könnte; schon nach den ersten Schritten hatte er die Orientierung verloren und die Gänge und Tunnel, durch die sie gingen, schienen ihm einer wie der andere zu sein. Sie stiegen in der Art eines Schneckenhauses gewundene Treppen hinunter und ein paar Mal durchquerten sie

Höhlen, die so riesig waren, dass Timo die Decke nicht mehr sehen konnte. Einige Male trafen sie auf andere Daewas, die wortlos an ihnen vorüberhasteten, und einmal schritten sie über einen schmalen, steinernen Steg, unter dem sich ein gewaltiger Abgrund öffnete. Auf seinem Grund bewegten sich unförmige Schatten, und als Timo stehen blieb und in die Tiefe blinzelte, erkannte er, dass es Gorme waren – Dutzende, wenn nicht Hunderte warziger schwarzer Höhlengorme. Der Anblick schnürte ihm die Kehle zu. Schon ein halbes Dutzend von Ahrimans Bestien hatten gereicht, die Hohe Feste der Elben zu stürmen – diese Armee dort unten war groß genug, die Welt zu erobern.

Tiefer und tiefer führte ihn der Daewa, und als Timo schon fast glaubte, der Weg würde niemals enden, blieb die Kreatur vor einer geschlossenen Tür stehen und trat wortlos beiseite.

Timo ging zögernd an ihr vorbei. Die Tür war aus schwarzem, matt schimmerndem Metall gefertigt und in ihre Oberfläche waren verschlungene Linien und Symbole eingraviert, die sich seinem Blick immer wieder zu entziehen schienen, als wären sie von unheimlichem Eigenleben erfüllt. Er konnte weder einen Riegel noch eine Klinke sehen, aber als er die Hand hob, öffnete sich die Tür wie von Geisterhand bewegt und der Daewa schob ihn mit seiner gewaltigen Pranke hindurch.

Hinter der Tür öffnete sich ein mächtiger Raum aus schwarzem Fels. Die Decke war so hoch, dass er sie kaum mehr sehen konnte, und wurde von einer Unzahl mannsdicker Granitsäulen getragen, die in ihm den Eindruck erweckten, durch einen versteinerten Wald zu gehen.

In der Mitte des Raumes erhob sich der Thron. Es war ein gewaltiges schwarzes Ding von bizarrer Form wie aus erstarrter Lava, aber er wirkte fast klein gegen den Mann, der darauf saß. Neben ihm, noch immer in schwarzes Leder und glänzende Gormschuppen gekleidet, stand Hun Came. Sein Blick flammte vor Hass, als er Timo erblickte. Aber er schwieg.

»Tritt näher, Helderprinz«, sagte Ahriman. Er sprach leise, aber seine Stimme hallte und schien von überall her zu kommen.

Timo sah von Hun Came zu Ahriman hinüber und schluckte. Er versuchte seine Furcht niederzukämpfen und blieb ein paar Schritte vor dem schwarzen Thron stehen. Sein Herz pochte und in seinem Hals saß ein harter Kloß, aber er hielt dem durchdringenden Blick von Ahrimans dunklen Augen stand.

Der Herrscher Annwns lächelte dünn. »Ich sehe, dass es richtig ist, was man mir über dich berichtet hat«, sagte er. »Du hast die Schwelle vom Kind zum Mann noch nicht überschritten, doch du bist bereits tapfer wie ein Elbenkönig.«

Timo antwortete nicht. Er wusste nicht, woran er bei Ahriman war. Der Dunkle Herrscher entsprach in nichts dem Bild, das er sich von ihm gemacht hatte. Sein Gesicht war düster wie das Hun Cames, aber es hatte gleichzeitig auch einen edlen, beinahe aufrichtigen Zug, der ihn fast wie einen Elben erscheinen ließ. Es war nichts Hässliches oder gar Abstoßendes an ihm.

»Was willst du von mir?«, fragte Timo leise. Seine Stimme zitterte und er spürte, dass es keinen Sinn hatte, einen Mut vorzutäuschen, den er nicht besaß. Ahriman durchschaute ihn so mühelos, wie es die Elfen und die Asrai getan hatten.

»Was ich von dir will?« Ahriman seufzte, lehnte sich in seinem steinernen Thron zurück und legte die Fingerspitzen aneinander. »Du verschwendest nicht viel Zeit, wie?«, fragte er. »Aber vielleicht hast du Recht – weder mir noch dir nützt es, wenn wir versuchen uns gegenseitig etwas vor-

zumachen.« Er schwieg einen Moment, beugte sich vor und gab dem Daewa hinter Timo einen Wink. Der schwarze Gigant entfernte sich lautlos. Die Fackel nahm er mit, aber es blieb trotzdem hell, obwohl Timo nirgendwo eine Lichtquelle entdecken konnte. »Jetzt sind wir allein«, fuhr Ahriman fort. »Ich möchte nicht, dass du dich durch die Anwesenheit meiner Diener bedroht fühlst. Die meisten Menschen haben Angst vor ihnen – obwohl sie im Grund viel zu dumm sind, um wirklich gefährlich werden zu können.«
Timo schwieg weiter, aber seine Beunruhigung steigerte sich. Er spürte, dass hinter Ahrimans Freundlichkeit eine bestimmte Absicht steckte.
»Du hast mich gefragt, was ich von dir will«, fuhr Ahriman fort, als hätte er seine Gedanken gelesen, »und ich will dir deine Frage gerne beantworten. Du hast gegen mich gekämpft, Helder. Gegen mich und meine Verbündeten.«
»So wie du gegen mich«, sagte Timo und fragte sich im nächsten Moment, woher er den Mut zu einer solchen Antwort nahm.
Ahriman lächelte. »Habe ich das?«, fragte er. »Ich hatte eher den Eindruck, dass du dich in Dinge eingemischt hast, die dich nichts angehen. Aber lassen wir das«, fuhr er mit veränderter Stimme fort, als Timo auffahren wollte. »Ich habe dich nicht rufen lassen, um mit dir zu streiten, Helder. Du bist tapfer gewesen und ich achte Tapferkeit und Mut, auch bei einem Gegner.«
»Dann lass mich gehen«, verlangte Timo.
Ahriman schüttelte den Kopf. »Nicht so schnell«, sagte er sanft. »Vielleicht tue ich es wirklich, doch wir haben Zeit und es gibt vieles, worüber wir sprechen müssen.«
»Ich wüsste nicht, was«, gab Timo zurück. »Wir sind Feinde, Ahriman. Wenn du mich töten willst, dann tue es.«
»Töten? Aber warum sollte ich?«, fragte Ahriman mit gespielter Verwunderung und schüttelte den Kopf. »Töten«,

wiederholte er. »Nichts liegt mir ferner als dir ein Leid anzutun, Prinz aller Helder. Hätte ich dich töten wollen, so hätte ich es tausendmal tun können, schon bevor ihr eure Berge verlassen habt. Hast du den Gorm vergessen, den du gesehen hast? Sie sind meine Augen, vergiss das nicht. Wie kommt es, dass ihr Menschen immer ans Töten und Morden denkt, sobald die Sprache auf mich kommt?«
Timo sah irritiert auf. »Aber du –«
»Weil ich über das Kalte Reich herrsche?«, unterbrach Ahriman ihn. »Weil ihr mich den ›Dunklen Herrscher‹ nennt, den Herrn Annwns, des Reiches, aus dem alles Schlechte und Böse kommt?« Er schüttelte wieder den Kopf und sah Timo lange und ernst an. »Man hat dir viel Schlechtes über mich erzählt«, sagte er. »Du hast gehört, dass ich der Herrscher über das Böse bin, der Herr aller Schrecken, nicht wahr? Man hat es dir erzählt – aber weißt du, ob es stimmt? Weißt du es wirklich?«
Timo suchte verwirrt nach Worten, aber Ahriman sprach schon weiter, schnell und ohne zu stocken, als hätte er sich lange und gründlich überlegt, was er antworten wollte. »O ja«, sagte er, »ich weiß, was man über mich sagt, über mich und mein Reich. Die Menschen glauben, dass alle Schlechtigkeit und alles Böse von mir kommt. Weißt du, warum sie es glauben, Helder? Weil sie mich fürchten. Sie fürchten meine Welt und sie fürchten die Wesen, die sie bewohnen. Weil sie sie nicht verstehen. Die Menschen sind nun einmal so, Prinz. Was sie nicht verstehen und was ihnen fremd ist, das fürchten sie. Und was sie fürchten, dem sagen sie Schlechtes nach.«
»Und Hun Came?«, fragte Timo. »Was er getan hat ...«
»Hat er in meinem Namen getan, ich weiß«, unterbrach ihn Ahriman. »Aber Hun Came ist ein Mensch, einer von euch. Und er ist ein Narr. Ein Emporkömmling, der sein Leben lang nach Macht und Gewalt gestrebt hat und bereit war,

sein eigenes Volk zu verraten, um seine Ziele zu erreichen. Willst du mich für das verantwortlich machen, was er getan hat, Helder?«
Came wollte auffahren, aber Ahriman brachte ihn mit einem vernichtenden Blick zum Verstummen. »Ich habe dir nicht den Befehl gegeben, die Hohe Feste zu schleifen«, sagte er. »Wäre es nach mir gegangen, hätte ich die Elben nicht angegriffen, Came. Doch du musstest deinen Rachegelüsten nachgeben und gegen meinen Willen handeln, nur weil du glaubtest, deine Ehre wäre verletzt, du Narr. Du hast das Ergebnis gesehen: Die Hohe Feste ist gefallen, aber deine Tat hat die Menschen aufgebracht. Sie haben sich gegen dich zusammengeschlossen und dein Heer zerschlagen, Hun Came.«
»Was soll das?«, fragte Timo ärgerlich. »Willst du mir vielleicht einreden, dass alles, was über dich gesprochen wird, nicht wahr ist und du in Wirklichkeit gut und gerecht bist?«
Ahriman lächelte nachsichtig. »Nein, Helder«, antwortete er. »Sicher nicht. Alles, was ich wollte, ist, dir klar zu machen, dass man jedes Ding von verschiedenen Seiten sehen kann. Ich bin nicht dein Feind und ich möchte, dass du das weißt. Dein Tod würde mir keinen Nutzen bringen. Nicht ich war es, gegen den du gekämpft hast, sondern Hun Came. Wenn er es ist, dessen Kopf du forderst, so gebe ich ihn dir.«
Came wurde blass. »Du willst mich ausliefern?«, fragte er ungläubig. »Mich, der ich so viel für dich getan habe? Ist das deine Art von Dankbarkeit, Ahriman?«
Ein dünnes Lächeln huschte über die Lippen des Dunklen Herrschers. »Dankbarkeit«, wiederholte er. »Aus dem Munde eines Mannes, der sein Leben dem Bösen verschrieben hat, klingt dieses Wort sonderbar.«
»Aber du hast versprochen ...«

»Nichts habe ich dir versprochen, Hun Came«, sagte Ahriman eisig. »Du bist zu mir gekommen, Came, und hast mir deine Dienste angeboten, freiwillig und ohne dass ich dich gerufen hätte. Zu mir, dem Dunklen Herrscher, dem Mann, der Betrug und Verrat auf seine Fahne geschrieben hat. Und jetzt verlangst du Dankbarkeit von mir?« Er lachte böse. »Du hast mir mehr geschadet als genützt, Hun Came. Die Welt ist in Aufruhr und es wird Krieg geben, den ich nicht gewollt habe.«

Er wandte sich wieder Timo zu.

»Wenn du Rache willst, Helder, dann übe sie an dem Mann, der verantwortlich ist für das, was du mir zur Last legst.«

Timo sah ihm fest in die Augen. »Du kannst nicht den einen Verrat durch einen anderen wettmachen«, sagte er. »Ich glaube dir nicht, Ahriman.«

»Was glaubst du mir nicht?«, erkundigte sich der Dunkle Herrscher. »Dass ich diesen Krieg nicht gewollt habe? Warum sollte ich das? Kriege sind dumm und überflüssig. Sie verschlingen Kraft und Menschenleben und nützen keinem. Es ist wahr, dass es mein Plan ist, die Grenzen meines Reiches zu erweitern – doch warum sollte ich einen Krieg beginnen, um ihn zu verwirklichen? Warum sollte ich die, über die ich herrschen will, töten? Warum sollte ich ein Land verwüsten, das ich zu besitzen wünsche?«

»Und die Elfen?«, fragte Timo. »Hast du nicht die Schmetterlinge gesandt, die sie angegriffen haben?«

Ahriman presste zornig die Lippen aufeinander. »Die Elfen!«, sagte er wütend. »Was gehen euch die Elfen an? Wenn du schon das Wort Krieg benutzen willst, Helder, dann ist es ein Krieg zwischen ihnen und mir. Er geht euch nichts an. Warum mischt ihr euch ein?«

»Vielleicht, weil es bei uns noch etwas wie Freundschaft gibt«, antwortete Timo.

Ahriman lachte böse. »Freundschaft! Was hat sie euch genützt, eure Freundschaft? Haben sie euch jemals geholfen, als du in Not warst, oder den Elben, als Hun Came mit seiner Armee anrückte? Was sind das für Freunde, die euch um Hilfe bitten und sie selbst verweigern?«
Er richtete sich halb auf, die Hände auf die Lehnen seines Throns gestützt, und beugte sich vor. Sein Blick bohrte sich in Timos Augen. »Was haben sie dir gegeben, als du sie um Hilfe gebeten hast, Helderprinz? Ein Amulett und eine Blume und ein Pferd zum Fliehen! Nein, Helder, die Elfen sind nicht eure Freunde. Sie waren es nie und werden es nie sein. Ihr gehört zu mir. Ihr und ich, wir sind aus dem gleichen Volk. War es nicht eine von ihnen, die dir erklärt hat, dass Elfen und Menschen niemals zusammenleben können? Sie hat Recht gehabt und du hättest besser getan, ihr zu glauben. Sie sind euch fremd und sie werden es bleiben, solange es sie gibt, Helderprinz. In meinen Adern aber fließt Menschenblut und ein winziges Stückchen von mir ist in jedem von euch. Deshalb könnt ihr mich nicht besiegen. Ihr kämpft gegen mich, ja, aber der Sieger in diesem Kampf stand schon von Anfang an fest. Ihr könnt mich nicht schlagen, weil ich ein Teil von euch bin, und auch jemand, der so stark ist wie du, Helder, kann nicht auf Dauer gegen sich selbst kämpfen.«
»Das ... das ist nicht wahr«, sagte Timo verwirrt.
Ahriman lachte wegwerfend. »Rede es dir nur weiter ein«, sagte er. »Aber du wirst noch begreifen, dass ich Recht habe. Du gehörst schon jetzt mir. Du bist auf meine Seite übergewechselt, so wie es alle tun werden, früher oder später. So, wie es die Elben bereits getan haben. Du wirfst Hun Came Gewalt und Bosheit vor, dabei hast du selbst zum Schwert gegriffen und die Elben haben es ebenfalls getan.«
Er sprang plötzlich auf, trat neben Hun Came und gab ihm einen Stoß, der ihn auf Timo zutaumeln ließ.

»Du willst ihn?«, fragte er. »Hier hast du ihn. Töte ihn, wenn dir danach ist. Aber im selben Moment, in dem du das tust, gehörst du mir, völlig und für immer. Vielleicht haben deine Elfen sogar Recht und ich bin böse, doch wenn, so bin ich nur so wie die Welt, über die ich bald herrschen werde.« Er trat ganz dicht an Timo heran, zog einen schmalen Dolch aus dem Gürtel und warf ihn ihm vor die Füße. »Töte ihn«, verlangte er.
Timo sprang erschrocken zurück. »Niemals!«, keuchte er.
»Aber noch vor ein paar Stunden wolltest du es tun.«
»Das ... das war etwas anderes«, widersprach Timo, obwohl er ganz genau spürte, dass er sich mit jedem Wort tiefer in Ahrimans fein gesponnenes Netz verstrickte.
»Etwas anderes? Wieso? Weil du zornig warst? Weil dir die Zeit fehlte, nachzudenken und dir zu überlegen, ob dein Handeln mit deiner so genannten Überzeugung übereinstimmt?« Er lachte, leise und hässlich, hob den Dolch auf und schob ihn in seinen Gürtel zurück. »Ich will dir sagen, was es war«, fuhr er fort. »Es war dein wahres Ich, das für einen kurzen Moment Gewalt über dich hatte. Der Teil von dir, der ich bin. Der Teil, der in jedem Menschen steckt und der am Ende siegen wird, ganz gleich, wie sehr ihr euch gegen mich wehrt.«
»Das stimmt nicht«, sagte Timo hilflos. »Ich ...«
»Aber du möchtest doch schon zu mir«, fiel ihm Ahriman, nun wieder ganz ruhig, ins Wort. »Du hattest deine Chance und du hast sie verspielt. Die Elfen gaben dir das Amulett der Sonne und die Asrai den Trieb der Blume Crysalis, Symbole für den Frieden und die Liebe. Du hast sie missbraucht. Du hast sie als Waffen benutzt und damit ins Gegenteil verkehrt. Vielleicht bist du der Erste, der ihre wahre Macht erkannt hat, aber es wird dir nichts nützen. Jetzt nicht mehr. Du bist hier, im Herzen des Kalten Reiches, und niemand, der nicht meines Geistes ist, könnte den

Weg hierher finden. Du bist ihn gegangen und es ist ein Weg, der nur in eine Richtung führt. Es gibt kein Zurück. Das Gute muss immer verlieren. Du weigerst dich, Hun Came zu töten, aber mit deiner Weigerung verurteilst du dich vielleicht selbst zum Tode.«

»Wenn ich nur weiterleben kann, indem ich ein anderes Leben auslösche, dann ist es besser, zu sterben.«

Ahriman starrte ihn an. »Große Worte, Prinz der Helder«, sagte er. »Und dumme Worte dazu. Du redest von Gut und Böse, ohne zu wissen, wovon du im Grunde sprichst. Du glaubst, ein Leben hätte keinen Sinn mehr, wenn das Böse die Oberhand gewonnen hat? Aber was sind Gut und Böse denn? Es sind keine Dinge, die man anfassen kann. Es sind Richtlinien, Timo, Grundsätze, mehr nicht. Richtlinien, die dir helfen, dein Leben zu ordnen und Entscheidungen zu treffen. Ohne Leben verliert auch das Gute seinen Sinn ebenso wie das Böse. Du hast die Wahl, begreif das endlich. Tötest du Hun Came, so gehörst du mir. Tust du es nicht, dann wird er dich vernichten und alle deine Freunde dazu. Was immer du tust, Helder – es ist falsch!« Er wandte sich um, ging zum Thron zurück und setzte sich wieder.

Timo schwieg. Ahriman hatte Recht, mochte er seine Worte drehen und wenden, wie er wollte. Wie er sich entschied – es würde die falsche Entscheidung sein.

»Du ... lügst«, sagte er stockend. »Ich glaube dir nicht.«

Ahriman lächelte dünn. »Ich lüge niemals, Helder«, sagte er und eigenartigerweise glaubte Timo ihm. Ahriman war ganz anders, als er sich vorgestellt hatte, und er verwirrte ihn mit jedem Augenblick mehr. Hart und gnadenlos, sicher – aber auf seine Art doch ein ehrlicher Mann. Er glaubte an das, was er sagte, auch wenn es falsch war.

»Ich schlage dir einen Handel vor, Helder«, sagte Ahriman plötzlich. »Tritt in meine Dienste und ich verschone dein Leben und das deiner Freunde.«

»Niemals«, sagte Timo. Aber es klang nicht halb so überzeugt, wie er es sich gewünscht hätte.
»Ich verlange nicht, dass du so wirst wie Hun Came«, fuhr Ahriman unbeeindruckt fort. »Das könntest du nicht, selbst wenn du es wolltest. Alles, was ich will, ist dein Wort, dass ihr – du und deine Freunde – euch nicht weiter einmischt. Der Krieg zwischen Annwn und dem Silberwald geht euch nichts an. Geh! Geh hinaus und beende das Töten und ich schenke dir und allen, die du mir nennst, das Leben!«
»Und für wie lange?«, fragte Timo. »Ein Jahr? Zwei Jahre? So lange, bist du die Elfen endgültig besiegt hast? Und was wäre das für ein Leben unter deiner Herrschaft oder der Hun Cames?«
»Ihr könnt gehen, wohin ihr wollt, und leben, wie es euch beliebt«, antwortete Ahriman geduldig. »Ich verlange nichts von euch, nicht einmal Gehorsam. Ihr werdet leben und alt werden und in Frieden sterben, ohne meinen Namen auch nur ein einziges Mal wieder zu hören. Der Kampf, von dem du sprichst, Helder, tobt seit der Erschaffung der Welt und was ist die Dauer eines Menschenlebens gegen die Ewigkeit? Ich gebe euch mein Wort, dass ihr sicher seid. Sicher und frei!«
»Wir«, murmelte Timo. »Und die, die nach uns kommen?«
Ahriman antwortete nicht, aber als Timo in seine Augen sah, las er die Antwort darin – und noch etwas: FURCHT! FURCHT VOR IHM!
Nur ein Augenblick und der Dunkle Herrscher hatte sich sofort wieder in der Gewalt, aber Timo hatte es gesehen.
»Nein«, sagte er fest.
Ahriman seufzte. Sekundenlang spannten sich seine schmalen Hände so fest um die Armlehnen seines Throns, dass das schwarze Gestein knirschte. Dann schloss er die Augen, nickte und lehnte sich langsam zurück. »So soll es kommen, wie es kommt«, sagte er leise und mehr zu sich selbst. »Ich

habe dir deine Chance gegeben, Prinz der Helder, doch du hast sie vertan. Die Verantwortung für das, was jetzt geschieht, trägst du.«

Timo blickte den Herrscher des Kalten Reiches misstrauisch an. »Was meinst du damit?«

Es war Hun Came, der an Ahrimans Stelle antwortete. »Du wirst sterben, Narr«, sagte er böse. »So wie dein Vater und deine Mutter. Auch sie haben sich uns in den Weg gestellt.«

In Ahrimans Blick lag Trauer, aber er schwieg.

»Meine ... Eltern?«, fragte Timo. Die Stimme versagte ihm und seine Knie begannen zu zittern. »Aber sie sind ... sind sie denn nicht hier?«

»Nein«, antwortete Ahriman. »Sie waren es nie. Ich weiß, was die Elfen dir erzählt haben, aber es ist nicht die Wahrheit. Sie sind tot, schon lange.«

»Das ist nicht wahr!«, entfuhr es Timo. »Ich glaube dir nicht. Sie leben! Sie ... sie waren bei Gaia, als ...«

»Wenn es so wäre, warum sollte ich dich belügen?«, unterbrach ihn Ahriman ruhig. »Wäre es nicht viel klüger, sie als Druckmittel gegen dich zu benützen?« Er lachte leise, wurde aber sofort wieder ernst. »Es ist wahr, dass sie bei ihr waren, als ich meine Diener aussandte, um sie gefangen zu nehmen. Doch sie waren so dumm, sich gegen meine Gorme zur Wehr zu setzen, und starben. Es war ein sinnloses Opfer, Timo. Die Elfe ist hier, in meinen Verliesen, und allein das sichert mir den Sieg.«

»Ich glaube dir nicht«, stammelte Timo. »Du lügst! Die Elfen haben gesagt, dass sie noch leben, und die Elfen lügen nicht!«

Ahriman sah ihn mitleidig an. »Du glaubst mir nicht«, wiederholte er. »Obwohl du weißt, dass ich niemals die Unwahrheit sage. Aber ich will dir einen weiteren Beweis meiner Ehrlichkeit geben. Würdest du den Worten der Königin der Elfen glauben?«

Timo nickte stumm und Ahriman fuhr fort: »Dann geh zu ihr und frag sie, was geschehen ist. Berichte ihr von unserem Gespräch und frage sie, ob ich in nur einem Punkt die Unwahrheit gesagt habe. Und dann komm wieder zu mir und teile mir deine Entscheidung mit.« Er richtete sich halb auf und gab Hun Came einen Wink. »Bring ihn zu ihr«, befahl er.
Came nickte und wie hingezaubert erschienen zwei finstere Daewas hinter ihm.
»Geh«, sagte Ahriman, als Timo zögerte, Came und den beiden Dämonen zu folgen. »Geh und rede mit ihr. Lass dir Zeit, so viel du willst. Aber wenn du zurückkommst, verlange ich eine Antwort.«
Hun Came und die beiden Daewas führten ihn stumm aus Ahrimans Thronsaal. Ein niedriger, halbrunder Gang, von dessen Decke Feuchtigkeit tropfte und in dem sich Kälte und unheimliche, flüsternde Schatten eingenistet hatten, führte sie noch tiefer in das Labyrinth des Kalten Reiches. Aber diesmal dauerte es nicht so lange. Schon bald blieb Came vor einer schmalen Tür stehen und winkte Timo mit einer herrischen Geste zu sich. Einer der Daewas löste einen wuchtigen eisernen Schlüssel von seinem Gürtel und öffnete die Tür. Sie musste sehr schwer sein und ließ sich nur mühsam bewegen. Die Scharniere quietschten – ein Laut wie ein ferner Schrei, bei dem Timo ein Schauder über den Rücken lief.
»Geh hinein«, sagte Hun Came.
Timo trat an ihm vorbei in die Dunkelheit.
»Wo ... ist sie?«, fragte er stockend.
Statt einer Antwort hob Came die Hand. Der Daewa entzündete eine Fackel und reichte sie ihm. Timo wollte danach greifen, aber Came war schneller. Er trat an ihm vorbei in die Zelle und befestigte die Fackel in einem eisernen Wandhalter. »Der Daewa wird vor der Tür Wache hal-

ten«, sagte er kurz. »Wenn du fertig bist, rufe. Er bringt dich zurück.« Damit wandte er sich um, verließ die Zelle und zog die Tür hinter sich zu. Der Schlüssel drehte sich klirrend im Schloss.

Timo wandte sich schaudernd um. Beißende Kälte umgab ihn und zum ersten Mal, seit er sich im Kalten Reich befand, hatte er wirklich das Gefühl, eingesperrt zu sein.

»Gaia?«, flüsterte er. »Bist du da?«

Er bekam keine Antwort, aber irgendwo vor ihm schien sich etwas zu bewegen und er glaubte ein leises Klirren und Rascheln zu vernehmen. Angestrengt blinzelte er in die Dunkelheit. Obwohl die Flamme der Fackel fast die Decke berührte, reichte ihr Licht nicht aus, um den ganzen Raum zu erfüllen. Aber Timo hatte das Gefühl, als ob es nicht das allein wäre, sondern als befände sich außer ihm noch etwas anderes hier drinnen, etwas Körperloses und Finsteres, von dem das Licht wie von einem gewaltigen Schwamm aufgesogen wurde, sodass er nur wenige Schritte weit sehen konnte.

Der Raum schien sehr klein zu sein. Decke und Wände waren aus rohem Stein, überall glitzerten Feuchtigkeit und Moder und die Luft brannte Timo in der Kehle.

»Gaia?«, fragte er noch einmal. »Bist du hier?«

Er bekam auch diesmal keine Antwort, aber wieder bewegte sich etwas vor ihm und jetzt war er sicher, dass er nicht allein war. Er zögerte einen Moment, wandte sich um und versuchte die Fackel aus der Halterung zu lösen, aber sie saß so fest, als wäre sie damit verwachsen. Enttäuscht starrte er mit zusammengekniffenen Augen in die Dunkelheit. Er machte einen Schritt, blieb stehen und legte die Hand auf die dünne Kette an seinem Hals. Für einen Moment überkamen ihn Zweifel, als er daran dachte, was das letzte Mal geschehen war, als er das Amulett der Elfen benützt hatte. Er war gewarnt worden, die dunkle Seite

jemals dem Licht der Sonne auszusetzen – aber hier unten schien niemals die Sonne.
Timo zog das Amulett unter dem Hemd hervor. Er hatte nicht mehr viel zu verlieren und so, wie es aussah, konnte er seine Lage ohnehin nicht mehr verschlimmern.
Im ersten Augenblick geschah nichts, aber nach wenigen Sekunden begann die Rückseite des Amuletts in sanftem, silbernem Licht zu glühen, ein Schimmer wie der Schein des Mondlichts, der die Dunkelheit vertrieb und Schatten und Furcht verjagte.
Timo unterdrückte mit Mühe einen Aufschrei, als die Finsternis wich und er Gaia sehen konnte. Sie war da, wie es Ahriman gesagt hatte – aber was er sah, glich kaum mehr dem strahlenden Lichtwesen, dem er im Wald von Orden begegnet war! In Ketten gefangen lehnte sie an der gegenüberliegenden Wand, bleich, die Augen geschlossen und einen Ausdruck unsäglicher Qual auf den edlen Zügen. Ihre Gestalt war noch schmaler und durchscheinender, als ob das Licht, das ihr Leben und Kraft gab, bereits halb erloschen wäre, und ohne die Ketten, die sie aufrecht an der Wand hielten, wäre sie wahrscheinlich längst zusammengesunken.
Timo war mit einem Satz neben ihr. Furcht und Schmerz waren vergessen und alles, was er noch spürte, war Mitleid – und ein kalter, tödlicher Zorn auf jene, die diesem herrlichen Wesen solches Leid zugefügt hatten. Verzweifelt rüttelte er an den eisernen Ringen, die ihre Handgelenke umspannten, aber seine Kraft reichte nicht einmal aus, die schweren Ketten zu bewegen.
Ein Zucken lief über die bleichen Züge der Elfe. Sie seufzte, hob den Kopf und öffnete mühsam die Augen. Ihr Blick war verschleiert, sie sah ihn an, erkannte ihn aber nicht.
»Gaia!«, flüsterte er. »Ich bin es! Timo! Erkennst du mich nicht?«

Die Elfe bewegte sich unruhig. Ihr Blick flackerte, glitt über Timos Gestalt und wieder zurück zu seinem Gesicht und klärte sich langsam.

»Ich bin es!«, wiederholte er hastig. »Erinnere dich, Gaia! Bitte, erinnere dich!«

Der Klang seiner Stimme schien mit einem Schlag die Erinnerung der Elfe zu wecken. Sie hob den Kopf ein wenig und ihre Augen öffneten sich weit.

»Du?«, fragte sie fassungslos. Ihre Stimme zitterte und in ihrem Blick lag tiefes Entsetzen. »Du bist hier, Prinz der Helder? So hat Ahriman auch dich gefangen.« Sie seufzte. »Dann ist alles verloren.«

Timo wollte antworten, aber der jämmerliche Anblick, der sich ihm bot, schnürte ihm die Kehle zu. Seine Augen füllten sich mit Tränen und es waren nicht nur Tränen des Mitleids, sondern auch Tränen der Wut.

»Noch ist nichts verloren«, sagte er. »Ich bin nicht gefangen, jedenfalls nicht so, wie du glaubst. Ahriman und Hun Came haben noch lange nicht gewonnen.«

Die Elfe gewann jetzt sichtlich an Kraft. Langsam richtete sie sich an der Wand etwas auf und versuchte die Arme zu bewegen. Ihr Körper war jetzt weniger durchscheinend und schwach als zuvor, sodass Timo den Fels hinter ihr kaum mehr erkennen konnte.

»Du bist hier«, sagte sie noch einmal. »So weit also hat Ahriman seine Pläne schon verwirklicht.«

»Er ist noch nicht am Ziel«, entgegnete Timo. »Ich glaube sogar, dass er weiter davon entfernt ist als je zuvor. Die Hohe Feste ist gefallen, aber die überlebenden Elben und die Menschen haben sich zusammengeschlossen und Hun Came besiegt. Er hat noch nicht gewonnen«, fügte er überzeugt hinzu. »Noch lange nicht.«

Gaia antwortete nicht, und als Timo sie genauer betrachtete, sah er, dass ihre Lippen vor Schmerz und Erschöpfung bebten. »Was rede ich!«, sagte er erschrocken. »Wir sprechen über Krieg und Kämpfe und du –«

»Sorge dich nicht um mich, kleiner Helder«, fiel ihm Gaia sanft ins Wort. »Ich bin unwichtig. Die Welt wird sich weiterdrehen, auch wenn es mich nicht mehr gibt.«

»Was hat er dir getan?«, fragte Timo, ohne ihre Worte zu beachten.

Gaia schüttelte leicht den Kopf. »Nichts, kleiner Helder. Ahriman hat mir kein Haar gekrümmt. Es ist der Atem des Kalten Reiches, der mir meine Kraft nimmt und mich tötet. Ich kann hier nicht leben, so wie Ahriman nicht in unserer Welt leben könnte. Aber kümmere dich nicht um mich. Eine andere wird an meine Stelle treten und zu Ende führen, was ich begonnen habe.«

»Du wirst nicht sterben«, sagte Timo erregt. »Ich bringe dich hier heraus. Ich lasse nicht zu, dass er dir etwas antut.«

Die Elfe lächelte. »Das kannst du nicht, Timo«, sagte sie ernst. »Niemand kann das. Es gibt nur einen Weg ins Kalte Reich hinein, aber keinen heraus. Niemand ist aus Ahrimans Kerkern entkommen. Aber wenn du mir einen letzten Dienst erweisen willst, dann berichte mir, wie es oben unter der Sonne aussieht und wie es dir ergangen ist.« Ihr Blick fiel auf den glitzernden Anhänger auf seiner Brust. »Du trägst das Amulett der Sonne«, sagte sie leise. »So bist du im Silberwald gewesen?«

Timo schüttelte traurig den Kopf. »Nein«, sagte er. »Ich ... war auf dem Weg dorthin, doch Ahrimans Häscher haben uns in einen Hinterhalt gelockt. Ich habe den Silberwald nie gesehen, Gaia.« Er schwieg einen Moment. Es war eine lange Geschichte, die er zu erzählen hatte – aber hatte Ahriman nicht gesagt, er hätte Zeit, so viel er wolle? Er hockte sich mit untergeschlagenen Beinen zu Füßen der Elfe und begann zu erzählen. Länger als eine Stunde redete er und Gaia hörte gespannt zu, ohne ihn mehr als zwei-

oder dreimal zu unterbrechen. Doch der Ausdruck auf ihren Zügen wurde besorgter, je weiter er in seiner Erzählung kam, und als er von der Schlacht gegen Hun Came und seine Krieger berichtete, schnappte sie erschrocken nach Luft. Aber sie schwieg und wartete, bis Timo von seinem Gespräch mit Ahriman berichtete und zum Schluss gekommen war.

»Und nun bist du hier, um mich zu fragen, ob er die Wahrheit gesagt hat?«, fragte sie leise.

Timo wollte antworten, aber alles, was er zu Stande brachte, war ein mühsames Nicken. Seine eigenen Worte hatten Schmerz und Zorn neuerlich in ihm wachgerufen.

»Ahriman«, sagte Gaia, sehr leise und mit großem Ernst, »mag durch und durch böse sein, aber er hat dich nicht belogen. Er lügt niemals.«

Timo schloss mit einem unterdrückten Stöhnen die Augen. Die Worte der Elfe überraschten ihn nicht. Es war ihm eigentlich die ganze Zeit über klar gewesen, aber er hatte es nicht wahrhaben wollen.

»Dann hat er ... die Wahrheit gesagt?«, fragte er leise. Seine Hände begannen zu zittern. »Meine Eltern sind tot und ihr habt es die ganze Zeit gewusst.«

»Er hat die Wahrheit gesagt«, bestätigte Gaia, ohne auf den zweiten Teil seiner Frage einzugehen.

»Und Sela hat gelogen«, fügte Timo hinzu. »Um dir nicht wehzutun, kleiner Helder«, sagte Gaia sanft. Aber Timo hörte ihre Worte nicht. Sein Körper schien zu Eis erstarrt zu sein. Alles, was er fühlte, war Kälte, eine so eisige Kälte, dass er am liebsten geschrien hätte. Es war kein Gefühl mehr in ihm, kein Zorn, kein Schmerz, kein Hass. Nur diese grauenhafte Kälte.

»Der Herr des Kalten Reiches hat die Wahrheit gesagt«, sagte er bitter. »Und ihr, die Bewohner des Silberwaldes, habt gelogen.«

»Ja, Timo«, bestätigte Gaia. »Es musste sein. Wir mussten es tun, um dich zu schützen.«
»Schützen!«, wiederholte Timo und es klang wie ein Schrei. »Vor wem, Gaia?«
»Vor dir selbst«, sagte die Elfe. »Vor dem, was jetzt mit dir geschieht. Ahriman hat die Wahrheit gesprochen – ein Teil von ihm ist in jedem von euch, auch in dir. Und Schmerz und Trauer und Leid sind seine Nahrung und mit Hass und Zorn erlangt er Gewalt über euch.«
»Schützen«, sagte Timo noch einmal, aber diesmal ganz leise und bitter. »Habt ihr Angst gehabt, ich würde euch nicht mehr helfen, wenn ich erfahren hätte, was geschehen ist? Ich hätte es zehnmal mehr getan!«
»Ich weiß«, antwortete Gaia. »Und deshalb mussten wir dir die Wahrheit verschweigen. Sieh in dich hinein, Timo, und sage mir, was du findest. Hass und Zorn, und keiner, der davon erfüllt ist, hätte den Weg zum Einsamen Siedler gefunden. Es war der Weg ins Kalte Reich, der sich dir auftat, als du diesen Gefühlen nachgegeben hast. Einmal, Timo, ein einziges Mal nur bist du schwach geworden und hast die Gaben, die dir anvertraut wurden, missbraucht und schon dieses eine Mal hat gereicht, dich hierher zu führen, in Ahrimans Gewalt.«
Hass, dachte Timo. War es Hass, was er verspürte? In ihm war noch immer dieses eisige, lähmende Gefühl, aber darunter wuchs etwas anderes heran, etwas Dunkles und Mächtiges. Und es wurde mit jeder Sekunde stärker. Es war, als wäre in seinem Inneren plötzlich eine Tür aufgestoßen worden, eine Tür in einen Bereich seiner Seele, von dem er bis jetzt nicht gewusst hatte, dass es ihn überhaupt gab.
»Geh den Weg nicht weiter, Helder«, bat Gaia leise. »Du hast es selbst gesagt – noch ist Ahrimans Sieg nicht vollkommen und noch hat die Sache des Guten eine Chance,

auch ohne mich und vielleicht sogar ohne dich. Der Weg, den du beschritten hast, führt nicht zum Sieg. Geh ihn nicht weiter. Du wirst Ahriman gehören, mit Leib und Seele, wenn du es tust.«

Timo sah auf. »Und wenn?«, fragte er hart. »Hast du nicht selbst gesagt, dass wir unwichtig sind? Was spielt es für eine Rolle, was aus mir wird, wenn ich Ahriman und sein Kaltes Reich vernichte?«

»Aber das kannst du nicht!«, sagte die Elfe.

»Doch, ich kann es«, widersprach Timo. Seine Stimme klang plötzlich ganz ruhig, aber es war ein fremder, harter Ton darin. »Er selbst hat es mir gesagt, ohne es zu wollen. Ich habe nicht verstanden, was er gemeint hat, aber jetzt weiß ich es.« Er stand auf, zog den Eisblock mit dem Trieb der Blume Crysalis unter dem Hemd hervor und legte die Hand darum, ganz so, wie er es getan hatte, als er gegen die Daewas kämpfte. Und er spürte, wie ein Strom dunkler, pulsierender Macht von dem Gegenstand auf ihn überging.

»Ich kann es«, sagte er noch einmal, »und ich werde es tun. Jetzt!«

Und damit hob er die andere Hand und deutete auf die eisernen Fesseln, die die Elfe an der Wand hielten. Es gab einen kurzen, peitschenden Schlag und die wuchtigen Metallringe zerfielen zu Staub.

»Nein!« keuchte Gaia erschrocken. »Tu es nicht, Timo! Du wirst werden wie er, wenn du dich dem Hass unterwirfst!«

Aber Timo hörte nicht auf ihre Worte. »Ihr selbst habt es gesagt«, fuhr er fort. »Du, Sela – und die Asrai. Wir sind nicht wie ihr und ihr seid nicht wie wir. Jedes Volk muss seinen Weg allein gehen, und wenn es die Bestimmung der Menschen ist, zu einem Teil zu sein wie Ahriman, so werde ich ihn mit seinen eigenen Waffen schlagen!«

Gaia taumelte, fiel auf die Knie und stemmte sich mühsam wieder hoch. »Tu es nicht, Timo«, flehte sie. »Es ist Ahriman, der aus dir spricht, nicht du selbst. Du kannst ihn besiegen, aber du wirst ihn niemals vernichten. Er wird wieder auferstehen, in dir! Und er wird schrecklicher und mächtiger sein als zuvor!«
Doch Timo hörte auch diesmal nicht auf sie. Vielleicht, dachte er betrübt, war es wirklich die Stimme des Dunklen Herrschers, die aus ihm sprach, aber wenn es Ahrimans Plan war, dass er sich Timos Kräfte bediente und ihn damit zu einem Teil seiner Welt machte, dann hatte er sich verrechnet. Timo bildete sich nicht einen Augenblick lang ein, wirklich stärker als Ahriman und das Kalte Reich zu sein, aber es war auch nicht er, der zählte. Es stimmte, was die Asrai gesagt hatte, er war nur ein Werkzeug, nicht mehr, und so, wie es Ahrimans Plan war, dieses Werkzeug gegen die zu richten, die es geschaffen hatten, so würde er es jetzt gegen ihn selbst richten. Wahrscheinlich würden sie am Ende beide zu Grunde gehen, aber – und auch das hatte die Asrai ihn gelehrt – es gab keinen Kampf ohne Opfer. Und es war Ahriman selbst gewesen, der ihm den Weg gezeigt hatte, wie er ihn besiegen konnte.
Langsam wandte er sich um und sah die Tür an. Ein dumpfes Krachen und Stöhnen lief durch den Fels und für einen kurzen Moment war es ihm, als husche eine Wellenbewegung über den Stein.
Gaia schrie leise auf. »Was tust du?«, rief sie verzweifelt. »Tu es nicht, Helder, ich bitte dich! Missbrauche nicht die Gaben der Asrai! Du wirst uns alle ins Verderben stürzen!«
Timo schüttelte den Kopf und konzentrierte sich weiter. »Es sind nicht die Gaben der Asrai«, antwortete er, ohne die Elfe anzusehen. »Es sind die gleichen Kräfte, mit denen dir mein Vater half, als wir uns das erste Mal trafen. Die Magie der Steine!«

»Nein, es ist die Kraft der Blume Crysalis!«, widersprach Gaia. »Du benutzt die Kräfte des Guten, um zu zerstören und zu töten, Timo! Ich flehe dich an, tu es nicht!«

»Ich wehre mich nur, Gaia!«, sagte Timo. Schweiß trat auf seine Stirn, während er weiter versuchte sich zu konzentrieren und das zu tun, was ihn sein Vater in endlosen Stunden gelehrt hatte. Er war ein Helder und verstand daher die Sprache der Felsen und Steine und vermochte die schlummernden Kräfte in ihnen zu wecken. Wieder lauschte er in sich hinein und wieder fühlte er die Macht, die plötzlich in ihm war, eine Kraft, die nicht seine eigene war, die aber von Sekunde zu Sekunde stärker wurde und aus der Tiefe seiner Seele kam.

Der Stein knirschte. Ein kopfgroßer Brocken löste sich von der Decke und polterte zu Boden, gefolgt von einem Schwall von Staub und kleineren Steinchen. Ein sanfter, hellblauer Schimmer brach aus den Rissen und plötzlich war es Timo, als wäre er von einem Chor flüsternder und wispernder Stimmen umgeben. Mit einem Mal begriff er, was sein Vater ihm so oft und vergeblich zu erklären versucht hatte. Was er hörte, war die Stimme des Berges, und was er fühlte, waren die ungeheuren Kräfte, die in ihm schlummerten und die er erwecken konnte.

Noch einmal versuchte die Elfe ihn von seinem Vorhaben abzubringen, aber diesmal hörte er ihre Worte gar nicht mehr. Mit einem triumphierenden Schrei trat er auf den Ausgang zu und hob die Hände.

In seinem Inneren schien etwas zu bersten. Die Tür wurde mit einem schmetternden Schlag aus den Angeln gerissen, als wäre sie von einer unsichtbaren Riesenfaust getroffen worden. Ein gewaltiger, schwarzer Umriss erschien draußen auf dem Gang, starrte aus roten Augen zu ihnen herein und kam mit einem wütenden Knurren näher. Ein Schwert blitzte auf. Aber in dem Moment, in dem sich der Daewa

bückte und durch die Tür trat, stöhnte der Fels neuerlich und eine ganze Lawine gewaltiger Brocken fiel herunter und begrub den schwarzen Dämon unter sich.
Timo wich zurück. Trockener, grauer Staub quoll hoch, verwehrte ihm den Blick auf den Gang hinaus und brannte in Augen und Nase. Er hustete, wandte sich zur Elfe zurück und winkte mit der Hand.
»Komm«, sagte er. »Wir müssen heraus, ehe sie merken, was geschehen ist.«
Gaia blickte ihn traurig an. »Ahriman weiß es«, sagte sie ruhig. »Er wusste, was geschehen würde, schon bevor er dich hierher bringen ließ. Es kommt alles so, wie er es geplant hat.«
Timo wandte sich mit einem zornigen Ruck um. Hastig stieg er über den Daewa hinweg, trat auf den Gang hinaus und sah sich nach beiden Seiten um. Sie waren allein, aber er zweifelte nicht daran, dass schon in wenigen Augenblicken ganze Heerscharen der schwarzen Gestalten auftauchen würden, um ihren Fluchtversuch zu vereiteln.
»Weißt du, welcher Weg hier hinausführt?«, fragte er.
Gaia trat mit einem Seufzer neben ihn und deutete nach rechts. »Dort entlang, kleiner Helder«, sagte sie. Ihre Stimme klang niedergeschlagen. »Aber es ist der falsche Weg.«
Timo antwortete nicht.

Der Weg hinauf ans Licht wurde zu einem Wettlauf mit dem Tod. Timo gab es schon bald auf, die Stollen und Gänge zu zählen, die sie durchquerten, die vielen, gewundenen Treppen, die sie hinaufrannten, und die unzähligen Höhlen, die sie durchwanderten. Er wusste nicht, wo sie waren, aber die Elfe führte ihn mit traumwandlerischer Sicherheit nach oben und das Amulett vertrieb mit seinem sanften Licht die Dunkelheit. Je mehr sie sich dem Ausgang dieses unterirdischen Labyrinths näherten, desto öfter trafen sie auf Daewas, aber die Magie der Steine half ihnen jedes Mal und begrub die Dämonen unter blauem Feuer und niederstürzendem Geröll.

Schließlich rannten sie eine schier endlos lange Treppe hinauf, und als sie die letzten Stufen emporstolperten, sahen sie einen winzigen Fleck grauen Tageslichts am Ende des Tunnels, der vor ihnen lag. Timo seufzte erleichtert auf, taumelte gegen die Wand und blieb schwer atmend stehen. Sein Herz hämmerte und in seinen Ohren rauschte das Blut so laut, dass er kaum Gaias Worte verstand. Mühsam machte er einen Schritt vorwärts und wäre gestürzt, wenn die Elfe ihn nicht schnell aufgefangen hätte. Er war vollkommen erschöpft. Für einen Moment drehte sich der Gang um ihn und ihm wurde übel.

»Noch ein paar Schritte«, sagte Gaia. »Gib jetzt nicht auf. Du schaffst es.« Auch ihre Stimme zitterte, aber es war keine Erschöpfung. Die Elfe schien im Gegenteil an Kraft gewonnen zu haben, obwohl sie so schnell und so weit gerannt war wie er. Auf ihren Zügen lag noch immer jener halb verzweifelte, halb traurige Ausdruck, aber es war noch etwas anderes hinzugekommen, was Timo erschreckte: Resignation.

»Wir schaffen es«, sagte er zuversichtlich. Behutsam löste er seine Hand aus der der Elfe, blieb noch eine Sekunde lang stehen, um Atem zu schöpfen, und ging dann mit zitternden Knien vorwärts. Hinter ihnen waren dumpfe Geräusche und die aufgeregten Stimmen der Daewas zu hören, aber sooft er sich auch umsah, der Gang blieb leer. Ahrimans Dämonen mussten eingesehen haben, dass sie sich mit den Kräften, die auf seiner Seite standen, nicht messen konnten.

Der Boden begann sanft anzusteigen und wurde immer steiler, je mehr sie sich dem Ausgang näherten, und die letzten dreißig, vierzig Schritte mussten sie mehr klettern als gehen. Doch sie überwanden auch diese letzte Schwierigkeit und dann, von einem Augenblick auf den anderen, waren sie draußen. Der Berg öffnete sich vor ihnen zu einem weiten, von nackten Felsen und Geröll übersäten Plateau und der Himmel über ihren Köpfen war plötzlich nicht mehr aus Stein, sondern offen und blau und vom goldenen Licht der Sonne erfüllt.

Aber die Gefahr war noch nicht vorbei. Timo begriff im gleichen Moment, in dem er aus der Höhle taumelte, dass es kein Zufall war, dass sie bis hierher gekommen waren. Er war nicht einmal sehr überrascht, als sich die Schatten vor ihnen bewegten und erst einer, dann zwei und schließlich eine ganze Horde schuppiger Daewas zwischen den Felsen hervortrat. Ihre Flucht war viel zu leicht gewesen. Ahriman wäre nicht er selbst gewesen, wenn er nicht aus seinem Fehler gelernt und begriffen hätte, dass er ihn nur – wenn überhaupt – mit einem ungeheuren Verlust unter seinen Kreaturen an der Flucht hindern konnte. Nein – es war kein Zufall gewesen, dass sie jetzt hier unter freiem Himmel standen.

Gaia blieb keuchend stehen und sah sich gehetzt um. Für einen Augenblick lag Furcht auf ihren Zügen, als sich die Reihe der Daewas teilte und eine schlanke, in einen knöchellangen dunklen Mantel gekleidete Gestalt auf sie zutrat.

Es war Ahriman. Auch das überraschte Timo nicht – er war sogar verwundert, nicht auch Hun Came an der Seite des Dunklen Herrschers zu erblicken. Seine Hand klammerte sich ein wenig fester um den Eisblock an seinem Hals.

»So dankst du also meine Großzügigkeit«, sagte Ahriman, nachdem er ihn eine Weile wortlos angestarrt hatte. Eine der Kreaturen an seiner Seite wurde unruhig und zog ihre

Waffe, aber Ahriman scheuchte sie mit einer unwilligen Geste zurück. »Ich hätte wissen sollen, dass du meine Großmut ausnützt«, fuhr er fort. »Aber ich muss gestehen, dass ich dich unterschätzt habe. Was nicht heißt«, fügte er rasch mit veränderter Stimme hinzu, »dass mir dein alberner Fluchtversuch imponiert. Hast du wirklich geglaubt, du könntest aus meinem Reich entkommen, wenn ich es nicht zuließe?«
»Du unterschätzt mich schon wieder, Ahriman«, sagte Timo ruhig. »Ich dachte mir, dass du uns eine Falle stellst – aber eine Falle kann sich auch gegen den wenden, der sie aufgestellt hat. Lass uns gehen.«
Für einen Moment wirkte Ahriman ehrlich verblüfft. Dann begann er schallend zu lachen.
»Er droht mir!«, keuchte er. »Dieser Wurm hat die Unverfrorenheit, mir zu drohen!« Plötzlich wurde er wieder ernst. »Ich weiß nicht, worüber ich mehr staunen soll«, sagte er hart. »Über deine Unverschämtheit oder über deine Dummheit, Helder. Ich wollte deine Kraft auf die Probe stellen und sehen, wozu du fähig bist, und das ist geschehen. Du warst besser, als ich dachte, doch längst nicht so stark, wie ich befürchtet hatte. Ich weiß, was ich wissen will, doch jetzt haben wir genug Zeit mit albernen Spielereien vertan. Wir gehen zurück.« Er machte einen Schritt, blieb aber jäh stehen, als Timo drohend die Hand hob.
»Keinen Schritt weiter, Ahriman«, sagte er leise. »Ich warne dich. Ich besitze die Macht, die du in mir vermutest, und du wirst sie zu spüren bekommen, wenn du uns nicht gehen lässt.« Er musste seine ganze Kraft aufbieten, um diese Worte hervorzubringen, aber er spürte, dass er keine andere Wahl mehr hatte. Noch einmal würde Ahriman ihn nicht verschonen; weder ihn noch die Elfe. Und er hatte den Ausdruck von Furcht in den Augen des Dunklen Herrschers nicht vergessen.

Ahriman runzelte die Stirn und starrte ihn böse an. »Du stellst meine Geduld auf eine harte Probe, Helder«, grollte er. »Ich weiß, dass du lügst. Hättest du die Macht, von der du sprichst, hättest du das Kalte Reich vernichten können und mich dazu. Dass du es nicht getan hast, beweist mir, dass du sie nicht hast.«
»Du vergisst, dass ich nicht so bin wie du«, antwortete Timo.
Ahriman lächelte böse. »Ich vergesse niemals etwas, kleiner Helder«, sagte er. »Und darum weiß ich, dass ihr bereits verloren habt. Denn um mich zu schlagen, müsstest du werden wie ich. Du müsstest mit den gleichen Waffen kämpfen und niemand, der sich meiner Mittel bedient, kann sich auf Dauer meinem Einfluss entziehen. Kämpfe gegen mich, vernichte mich, wenn du es kannst, und du vernichtest im gleichen Augenblick alles, wofür du gekämpft und gelitten hast. Ich habe es dir schon einmal gesagt und ich tue es noch einmal – was immer du tust, es ist falsch, Helder!« Wieder lachte er, aber diesmal glaubte Timo, eine leichte Unsicherheit in seinem Lachen zu hören.
»Er hat Recht, Timo«, flüsterte Gaia neben ihm. »Gib auf. Noch haben die anderen eine Chance, auch wenn sie noch so klein ist. Wenn du den Weg weitergehst, auf den er dich gelockt hat, wirst du alles zunichte machen. Gib auf, ich bitte dich!«
»Aufgeben?«, antwortete Timo ebenso leise. »Und ihm den Sieg schenken? Niemals! Er würde uns töten, Gaia, mich und auch dich.«
Die Elfe wollte noch etwas sagen, aber Timo wandte sich um und trat Ahriman und seinen Daewas hoch aufgerichtet entgegen. »Gib den Weg frei, Ahriman«, sagte er laut. »Oder du wirst spüren, welche Macht mir die Asrai verliehen hat.«
Ahriman schwieg, aber sein Blick flackerte und zeigte Timo,

wie unsicher der Dunkle Herrscher war. Für endlose Sekunden starrten sie sich an und ihre Blicke fochten ein lautloses Duell, aber es war nicht Timos Kraft, gegen die Ahriman antrat, sondern die Macht der Blume Crysalis. Und sie war stärker als er. Regungslos stand er da, dann wandte er sich mit einem gemurmelten Fluch um und trat hinter seine Daewas zurück.
»Wenn du so stark bist, dann kämpfe«, sagte er böse.
Ein markerschütterndes Brüllen erklang hinter ihnen. Timo fuhr herum und stieß einen erschrockenen Laut aus, als er sah, wie aus dem Höhlenausgang, aus dem sie gerade gekommen waren, schwarze Gorme ins Freie drängten. Gaia schrie auf und riss ihn im letzten Moment zurück, als die Zunge eines der Ungeheuer nach ihm schnappte. Sie stürzte, riss Timo beinahe mit sich und rief ein Wort in ihrer Muttersprache, das er nicht verstand.
»Kämpfe!«, lachte Ahriman. »Wehr dich, du kleiner Narr, wenn du glaubst, dich mit den Mächten des Bösen messen zu können!«
Timo wandte sich zornig um. Aber ihm blieb keine Zeit, sich mit Ahriman selbst zu messen. Drei, vier Gorme drangen gleichzeitig auf ihn und die Elfe ein und von einer Sekunde auf die andere waren sie von schnappenden Mäulern und gierig tastenden schwarzen Zungen umgeben. Timo suchte verzweifelt Deckung hinter einem Felsen und brachte sich gerade noch rechtzeitig in Sicherheit, als der Stein unter einem gewaltigen Prankenhieb zerbarst. Überall waren Daewas und Gorme, und wohin er auch blickte, starrte ihm eine schwarze Dämonenfratze entgegen. Ein Gorm landete mit einem Satz, der die Erde erzittern ließ, keine zwei Meter neben ihm und hob die Vordertatzen. Timo entging dem Hieb um Haaresbreite, etwas trat ihn in den Rücken, ließ ihn vor Schmerz aufschreien und riss ihn zu Boden. Er stürzte und sah einen zweiten Gorm auf sich

zuspringen. Seine gewaltigen Pranken krachten rechts und links von ihm in den Boden und zermalmten Felsen zu Staub und Asche. Das riesige Maul der Bestie öffnete sich über ihm und sein stinkender Atem hüllte ihn ein wie Pesthauch.

Der Widerstand in ihm zerbrach endgültig. Timo spürte, wie das dunkle Etwas seine Gedanken und Gefühle wie ein Orkan hinwegfegte und ihn mit einem brennenden, tödlichen Hass auf Ahriman und seine Kreaturen erfüllte. Seine Hand riss das Amulett unter dem Hemd hervor und hielt es wie ein Waffe in die Höhe. Ein Blitz, tausendmal heller als jener, der die Daewas am Flussufer vernichtet hatte, zuckte aus dem silbernen Anhänger, hüllte den Gorm ein und verbrannte ihn zu Asche.

»NEIN, TIMO! TU ES NICHT! ICH FLEHE DICH AN!«

Es war Gaias Stimme, und als er die Augen öffnete und sich auf die Knie hochstemmte, sah er die Elfe direkt vor sich. Ihr Gesicht war starr vor Entsetzen und sie hob beschwörend die Hände. »Tu es nicht, Timo!«, sagte sie noch einmal. »Du wirst alles zerstören!«

Aber Timo hörte nicht auf sie. Wie in einem Rausch stürzte er an ihr vorbei, wandte sich dem nächsten Gorm zu und schwang das Amulett. Wieder verblasste das Licht des Tages unter dem gleißenden Strahl, der aus dem Amulett hervorbrach, und wieder verbrannte ein Gorm zu Asche und Staub. Timo sprang mit einem triumphierenden Schrei auf einen Felsen, zerrte den Anhänger mit einem Ruck, der die dünne Silberkette reißen ließ, von seinem Hals und hielt ihn hoch über den Kopf. Nach allen Seiten zuckten die Blitze, brannten schwarze Spuren in Felsen und Gestein und trafen Gorme und Daewas, immer und immer wieder, so lange, bis keine der scheußlichen Kreaturen mehr am Leben war.

Und dann war es vorbei. Der letzte Gorm verging in einer brodelnden Wolke aus Feuer und Glut und die wenigen Daewas, die das Inferno überlebt hatten, flüchteten. Auch Ahriman war verschwunden, und als Timo sich schwer atmend umwandte, war er mit der Elfe auf dem Felsplateau allein.

Langsam ließ er das Amulett sinken. Sein Herz pochte und seine Stirn glühte, als hätte er Fieber. Er stieg wankend zu Gaia hinunter, und als er die Elfe erreichte, fühlte er sich so schwach, dass er sich auf einen Stein setzen musste, um nicht zusammenzubrechen.

Gaia sah ihn lange und traurig an. »Warum hast du das getan?«, fragte sie leise.

Timo sah auf. Seine Kehle war plötzlich wie zugeschnürt und er hatte Mühe, zu sprechen. Seine Stimme schwankte. »Warum? Was hätte ich tun sollen? Zusehen, wie sie dich töten, so wie sie meine Eltern getötet haben und die Elben oben in der Hohen Feste?«

Gaia schüttelte enttäuscht den Kopf. »Hast du denn nichts begriffen?«, fragte sie. »War denn alles umsonst? Hast du wirklich nichts von alledem verstanden, was man dir gesagt hat?«

»Doch«, antwortete Timo ernst. »Ich habe verstanden, dass wir und die Menschen anders sind als ihr, Gaia. Vielleicht ist es eure Art, Schmerzen und Ungerechtigkeit zu erdulden und lieber zu sterben als sich zu wehren, aber wir sind anders. Wir kämpfen, wenn man uns bedroht, Gaia. So wie mein Vater gekämpft hat, um dich zu retten, und wie die Elben gekämpft haben, um die Vernichtung ihrer Heimat zu rächen.«

Gaia schwieg lange Zeit, und als sie endlich sprach, lag ein Ton in ihrer Stimme, der Timo schaudern ließ.

»So hat Ahriman gewonnen«, sagte sie, »und es war alles vergebens. Vielleicht war es auch unser Fehler und du

konntest nicht anders handeln als so, wie du es nun getan hast.«
»Er hat nicht gewonnen«, widersprach Timo. »Wir werden ihn besiegen, Gaia, und alles wird werden, wie es einmal war. Wir ...«
Die Elfe unterbrach ihn sanft. »Die Blume«, sagte sie, »sieh sie dir an.«
Im ersten Moment begriff Timo nicht, was Gaia meinte. Aber dann löste er die Kette mit dem Eisblock, in dem die Blume Crysalis eingebettet war, von seinem Hals.
Der Anblick ließ ihn vor Schreck zusammenzucken. Der ehemals glasklare Block war matt und trüb geworden. Seine Kanten war geschmolzen und gesprungen, als hätte er im Feuer gelegen. Ein Teil der winzigen, goldenen Knospen, die aus dem Zweig sprossen, war verdorrt und braun geworden und ein hässlicher gezackter Riss zog sich durch den gesamten Block.
»Was ... was ist damit geschehen?«, keuchte er erschrocken. »Wer hat das getan?«
»Du selbst«, antwortete Gaia traurig. »Du selbst warst es, kleiner Helder. Die Blume Crysalis wächst im Herzen der Welt und die Kräfte des Guten schlummern ebenso in ihr wie die Kräfte des Bösen. Ihre Energien sind unerschöpflich, doch benutzt du sie als Waffe, so wie du es getan hast, so verdorren ihre Knospen.«
Timo schwieg betroffen. Er betrachtete den Gegenstand in seinen Händen mit einer Mischung aus Unglauben und Furcht. Jetzt sah er auch, dass eine große Zahl der anderen Knospen bereits angegriffen war. Das Gold ihrer Oberflächen war fleckig und zersetzt und selbst ein Teil des Blütenstiels war braun und trocken, als wäre er verbrannt worden.
Plötzlich begannen seine Hände zu zittern. Er sprang auf, trat auf die Elfe zu und hielt ihr die Blume hin. »Nimm sie«,

sagte er mühsam. »Nimm sie, ehe ich noch mehr Schaden anrichte.«

Aber Gaia schüttelte nur traurig den Kopf. »Es ist zu spät«, sagte sie leise. »Die Mächte des Guten sind in ihr erloschen. Du hast sie mit dem Hass in Berührung gebracht und sie kann den Weg so wenig zurückgehen wie du, Prinz der Helder.« Sie lächelte, als sie sah, wie Timo erschrak. »Es ist nicht deine Schuld, Timo«, fuhr sie fort. »Vielleicht war es von Anfang an falsch von uns, Ahriman auf diese Weise begegnen zu wollen. Wir haben geglaubt, euch unsere Art zu denken und zu handeln aufzwingen zu können, aber das ist unmöglich. Es war unser Fehler, Timo, nicht der deine. Du bist ein Mensch und jeder Mensch, auch der stärkste, kann nur ein gewisses Maß an Schmerz und Leid ertragen.«

»Dann ... dann ist alles verloren?«, fragte Timo stockend.

»Nein«, antwortete Gaia leise. »Es war nicht umsonst, kleiner Helder, denn ich habe begriffen, dass auch wir einen Fehler begangen haben. Wir haben Unmögliches von dir verlangt. Doch das kannst du nicht. Niemand kann das, nicht einmal Ahriman.« Sie lächelte, aber es war ein sehr trauriges Lächeln. »Geh deinen Weg zu Ende, kleiner Helder«, sagte sie. »Geh hinunter zu den Menschen, zu denen zu gehörst, und lass mich zu denen gehen, zu denen ich gehöre. Die Zeit wird weisen, wer von uns Recht hatte.«

»Und Ahriman?«, fragte Timo leise. »Gibt es überhaupt noch eine Möglichkeit, ihn zu besiegen, jetzt, wo ...« Er betrachtete den trüb gewordenen Eisblock in seiner Hand und sprach den Satz nicht zu Ende. Aber Gaia wusste auch so, was er sagen wollte.

»Jetzt, wo wir die Blume Crysalis nicht mehr haben?«, fragte sie mit schmerzerfülltem Lächeln. »Du versteht noch immer nicht, aber wie könntest du auch? Sie hätte uns nichts genützt, so wenig, wie sie dir genützt hat. Ich glaube, sie war niemals für uns bestimmt. Und wenn, so nur zu dem einzigen Zweck, uns unsere Dummheit und unsere Fehler vor Augen zu führen.«

»Dann gibt es keine Hoffnung mehr?«

»O doch, Prinz der Helder«, sagte Gaia traurig. »Die einzige, die es jemals gab. Aber ich musste erst dich treffen um das zu erkennen. Und nun geh, kleiner Helder. Ein jeder von uns muss den Weg zu Ende gehen, der ihm vorgezeichnet ist.«

»Werden wir uns wiedersehen?«, fragte Timo leise.

Gaia nickte. »Einmal noch, ja. Doch lass den Hass nicht wieder Herr über dich werden, Timo. Noch hat Ahriman nicht vollends Gewalt über dich erlangt. Kämpfe gegen ihn, aber bediene dich nicht seiner Waffen.«

Und noch bevor Timo eine weitere Frage stellen konnte, war die Elfe verschwunden und er war allein auf dem weiten, einsamen Plateau.

Langsam wandte er sich um und begann ins Tal hinunterzugehen. Aber während er über die letzten Felsen stieg und das erste Grün des Waldes vor ihm auftauchte, hörte er ein Geräusch, und obwohl er sich umsah und niemanden erblickte, war er sicher, es wirklich gehört und sich nicht nur eingebildet zu haben.

Es war ein Lachen. Ein dunkles, böses, unglaublich böses Lachen.

Ahrimans Lachen.

Der Aufstand der Elbenkrieger

Der Fluss lag ruhig und glitzernd vor Timo. Wäre die Erde nicht aufgewühlt und stellenweise kahl gewesen und hätte nicht da und dort noch eine zerbrochene Waffe, ein Teil eines Harnisches oder ein zersplitterter Schild gelegen, niemand hätte sagen können, dass hier eine Schlacht stattgefunden hatte.
Und wenn die Gräber nicht gewesen wären.
Timo hatte sich dem Fluss von Osten her genähert und das Erste, was er gesehen hatte, als er aus dem Wald trat, war eine endlos lange Reihe gleichförmiger, flacher Erdhügel gewesen, manche kahl und nackt, andere mit einem Helm oder einem Schwert versehen und wieder andere mit Blumen geschmückt. Lange Zeit war er zwischen den stummen Grabhügeln hin und her geirrt, ehe er zum Flussufer hinunterging. Dieser Anblick hatte ihn mehr erschreckt als die Schlacht selbst, in die er eingegriffen hatte. Man hatte keinen Unterschied zwischen Freund und Feind gemacht und jetzt lagen sie nebeneinander begraben, als hätte der Tod sie noch im Nachhinein miteinander versöhnt.
Timos Blick wanderte hinüber nach Muuren Shant. Vom Fluss stieg Nebel in dünnen Schwaden auf und ließ die Umrisse der Stadt verschwommen erscheinen. Er konnte nirgends eine Bewegung wahrnehmen, die auf die Anwesenheit von Menschen hinwies. Vielleicht schlief die Stadt noch oder der Kampf war weitergegangen und Muuren Shant war ein gewaltiges schweigendes Grab wie die Hohe Feste der Elben.

Traurig wandte er den Blick ab und schaute zum Himmel hinauf. Strahlend und still standen Sonne und Mond nebeneinander, umgeben von einer Unzahl winziger, hell leuchtender Sterne, und das Bild erschien Timo wie ein düsteres Omen. Sie waren Feinde in einem Kampf, der so alt war wie die Welt, die Sonne auf der einen und Mond und Sterne auf der anderen Seite, aber jetzt schien es ihm, als hätten sie gemeinsam in ihrem ewigen Ringen innegehalten, um dem Kampf der Menschen zuzusehen. Die Tagnacht war bereits weit fortgeschritten. Die Zeit im Kalten Reich musste wirklich anderen Gesetzen gehorchen als die der Menschen und er war viel länger in Ahrimans Höhlen gewesen, als er geglaubt hatte. Die blendende Scheibe des Mondes hatte sich der Sonne genähert und bald, sehr bald würden sie sich vereinigen und dem endlosen Tag würde eine kurze, aber vollkommene Finsternis folgen.
Dann würde die Entscheidung fallen. Und irgendetwas sagte Timo, dass Ahriman gewinnen würde.
Er schloss die Augen, ließ sich in eine halb sitzende Stellung zurücksinken und wandte das Gesicht der Sonne zu. Er spürte ihre Wärme auf der Haut, aber gleichzeitig fror er und vom Fluss kroch der feuchte Nebel herauf und hüllte ihn ein wie ein unsichtbarer Mantel. Er lauschte in sich hinein und suchte nach Spuren von dem Mut und der Stärke, die ihn noch vor kurzem erfüllt hatten, aber er fand nichts. Er hatte gesiegt, hatte einen Feind geschlagen, den noch niemand vor ihm bezwungen hatte, aber es war ein Sieg gewesen, der keinen Triumph, keine Freude gebracht hatte, nicht einmal Befriedigung. In ihm war nichts als Leere.
Er glaubte die Worte der Elfe wieder zu hören: »Geh deinen Weg zu Ende.« Aber wie sollte man einen Weg gehen, der ins Nichts führte? Es war so, wie Ahriman gesagt hatte – er konnte hier bleiben und warten, bis die schwarzen

Horden die Welt überrannt hatten, oder er konnte aufstehen und kämpfen und die Macht, die ihm gegeben war, weiter missbrauchen, bis er selbst so wurde wie der Dunkle Herrscher. Ganz egal, was er tat – es würde falsch sein.
Das Geräusch leiser Schritte drang in Timos Gedanken. Er öffnete die Augen, setzte sich auf und drehte langsam den Kopf.
Hinter ihm stand ein Mann. Er war sehr groß, in einen rotblauen, bis auf die Knöchel reichenden Mantel gekleidet und mit Schwert und Schild bewaffnet. Dunkle Augen musterten Timo unter einem mächtigen, federgeschmückten Helm. Das Gesicht darunter kam ihm bekannt vor, obwohl er sich nicht erinnern konnte, woher.
»Hallo«, sagte er mit einem zaghaften Lächeln. »Ich wusste nicht, dass noch jemand hier ist.« Die Worte kamen ihm selbst albern vor, aber es waren die ersten, die ihm einfielen.
»Wer bist du?«, fragte der Fremde barsch. »Und was treibst du dich hier herum? Weißt du nicht, dass Krieg herrscht und jederzeit Patrouillen aus ...« Er stockte, betrachtete Timo eingehender und kam einen Schritt näher. »He«, sagte er. »Ich kenne dich! Du bist doch dieser Helder, den ich in Muuren Shant getroffen habe!«
Und jetzt erkannte ihn auch Timo. »Rukkah!«, sagte er erschrocken. »Ihr seid Hauptmann Rukkah!«
Der Krieger nickte. »Ich bin Rukkah«, antwortete er. »Aber den Hauptmann kannst du getrost weglassen. Hab keine Furcht – ich stehe nicht mehr in Hun Cames Diensten.«
Timo betrachtete ihn misstrauisch und spannte die Glieder, um im Notfall sofort aufspringen und davonlaufen zu können.
Rukkah grinste, löste den mächtigen Schild von seinem Arm und warf ihn achtlos zu Boden. Dann schlug er seinen

Mantel zurück und setzte sich neben den Jungen ins Gras. »Es stimmt«, wiederholte er. »Ich gehöre nicht mehr zu seinen Leuten – so wie viele andere auch. Wir kämpfen jetzt gegen ihn, weißt du?«

Timo schwieg. Er glaubte zu spüren, dass der Hauptmann die Wahrheit sprach. Rukkah war ihm schon in Muuren Shant wie ein ehrlicher Mann vorgekommen und nach allem, was geschehen war, wäre er überrascht gewesen, wenn es umgekehrt gekommen wäre und er noch immer unter Cames Fahne kämpfte. Trotzdem gelang es ihm nicht ganz, das Misstrauen aus seinen Gedanken zu vertreiben.

»Was ist passiert?«, fragte er nach einer Weile.

Rukkah lächelte traurig, hob eine Hand voll kleiner Steine auf und begann sie nacheinander ins Wasser zu werfen. »Viel, Helderknabe«, seufzte er. »Sehr viel, seit ihr die Stadt auf so dramatische Weise verlassen habt und Hun Came zu eurer Verfolgung aufbrach.« Er seufzte abermals, ließ sich auf die Ellbogen zurücksinken und schloss für einen Moment die Augen. »Es ist eine lange Geschichte«, sagte er leise, »aber sie ist schnell erzählt. Du weißt, wie es in Muuren Shant aussah, als ihr gekommen seid – die Menschen war unruhig und es wurden jeden Tag mehr, die sich gegen Hun Cames brutale Macht auflehnten, nicht nur unter den einfachen Leuten, sondern selbst bei uns, den Soldaten. Als er versuchte euch gefangen zu nehmen und dann den Befehl gab, euch zu töten, sollte man euch irgendwo antreffen, da machten die Leute nicht mehr mit.«

»Was heißt das?«, fragte Timo stirnrunzelnd.

Rukkah lachte hart. »Das, was es immer heißt, wenn ein Mann seine Macht überschätzt. Sie erhoben sich gegen ihn und versuchten ihn zu stürzen.«

»Sie versuchten?«, wiederholte Timo. »Heißt das, sie haben es nicht geschafft?«

Rukkah schüttelte den Kopf. »Nein. Anfangs versuchte er, uns Soldaten gegen die Einwohner von Muuren Shant zu schicken, aber wir weigerten uns, und als er begriff, dass er von niemandem mehr Hilfe bekam, da rief er seine Daewas herbei.« Seine Miene verfinsterte sich. »Es war schrecklich«, fuhr er leise fort. »Sie wüteten wie die Teufel unter uns. Die gesamte Stadtgarde und selbst ein Teil seiner eigenen Leibwache stellte sich gegen ihn, aber wir waren den schwarzen Ungeheuern nicht gewachsen. Cames Daewas schlugen den Aufstand nieder und die, die nicht rechtzeitig fliehen konnten, wurden gezwungen, wieder in seine Dienste zu treten.«

Timo wies mit einer Kopfbewegung auf das Schlachtfeld. »Waren das die Männer, die hier gekämpft haben?«

Rukkah nickte düster. »Ja. Aber das war später. Er stellte die Ruhe und den« – er verlieh dem Wort einen höhnischen Klang – »Frieden in Muuren Shant wieder her, aber als er gegen die Elben zog und seine Kreaturen die Hohe Feste schleiften, stand das ganze Land gegen ihn auf. Von überall her kamen Männer, selbst Soldaten aus den Städten, die bisher mit ihm im Bunde waren. Sie konnten ihn nicht mehr hindern, gegen die Elben zu ziehen, aber sie fingen sein Heer ab und vernichteten es zur Gänze.«

Timo wollte etwas sagen, schwieg aber und sah Rukkah nur nachdenklich an. »Ihr wart ... nicht dabei?«, fragte er nach einer Weile.

Rukkah schüttelte den Kopf und ballte die Faust. »Nein. Es waren Männer aus Muuren Shant, die er bei sich hatte, und ich wollte nicht gegen die kämpfen, die zuvor noch meine Freunde waren.« Er lächelte traurig. »So wie ich haben viele gehandelt, die aus der Stadt geflohen sind. Die Elben haben unseren Wunsch respektiert. Trotzdem sind diese Männer gestorben«, fügte er mit einem düsteren Blick auf die Gräber am Waldrand hinzu.

»Aber es war das letzte Mal, dass er Unschuldigen den Tod gebracht hat«, fuhr er nach einer Weile fort. »Ich weiß nicht, was wirklich geschah, aber man sagt, ein weißer Reiter auf einem geflügelten Einhorn sei vom Himmel gekommen und hätte seine Daewas vernichtet und die Schlacht entschieden. Ich wollte es nicht glauben, aber alle, die dabei waren, behaupten dasselbe und es wird wohl so gewesen sein.« Er seufzte. »Sie suchen überall nach ihm, aber niemand weiß, wohin er verschwunden ist. Und Hun Came ...«

»Was ist mit Hun Came?«, fragte Timo, als Rukkah stockte.

Der Hauptmann deutete mit einer Kopfbewegung auf die Stadt. »Er hat sich hinter den Mauern von Muuren Shant verkrochen«, antwortete er. »Er und ein paar hundert Daewas, die ihm geblieben sind.«

»Und die Menschen?«, fragte Timo.

Rukkah schüttelte den Kopf. »Die Stadt ist verlassen«, antwortete er. »Came floh vor dem weißen Ritter, doch er kam nach ein paar Tagen wieder und in seiner Begleitung war eine ganze Armee der Höllenkreaturen. Wir haben die Tore geschlossen und versucht, ihn nicht in die Stadt zu lassen, aber wir waren zu wenige. Seine Bestien haben Muuren Shant erobert, aber er herrscht über eine leere Stadt. Bevor wir zurückweichen mussten, sind alle ihre Bewohner geflohen.« Er lachte, aber es war ein hässliches Lachen. »Seine Tage sind gezählt, kleiner Helder«, sagte er. »Wir haben die Brunnen vergiftet und alle Lebensmittel verbrannt, ehe wir gingen, und das Wasser, das der Fluss ihm zuführt, verseuchen wir ebenfalls, sodass sie es nicht trinken können.«

»Dann belagert ihr also die Stadt?«, fragte Timo.

»Ja. Aus allen Teilen des Landes kommen Krieger. Es werden jede Stunde mehr, und sobald Larian den Befehl gibt, stürmen wir Muuren Shant.«

»Larian?!« Timo fuhr aufgeregt herum. »Larian, der Elbenkönig, ist bei euch?«
Rukkah nickte verwundert. »Er und die Elben, die das Gemetzel in der Hohen Feste überlebt haben«, bestätigte er. »Er befehligt das Heer. Kennst du ihn denn?«
Timo nickte und sprang auf. »Ich kenne ihn«, sagte er. »Und ich muss mit ihm sprechen. Wo ist euer Lager?«
»Gleich hinter dem Wald dort«, sagte Rukkah. »Aber es ist ein Kriegslager und ein Kind wie du ...«
»Ich muss ihn sprechen«, unterbrach ihn Timo. »Es ist wichtig. Auch für euch.«
Rukkah überlegte einen Moment, nickte dann und stemmte sich ächzend hoch. Seine Bewegungen wirkten müde und schienen ihn große Kraft zu kosten. »Wie du meinst«, sagte er, während er seinen Schild aufhob und die Schnallen wieder an seinem Arm befestigte. »Ich muss sowieso zurück – und vielleicht bist du bei uns besser aufgehoben als allein hier draußen. Komm mit, ich bringe dich hin.«

Das Heerlager war viel größer, als Timo gedacht hatte. Die Zelte erstreckten sich, von niedrigen sanften Hügeln wie von einer natürlichen Wehrmauer umgeben, in ordentlichen, dreifach gestaffelten Reihen, so weit sein Blick reichte, und dem Lärm und dem ständigen Kommen und Gehen nach zu urteilen musste sich das Lager auch hinter der Hügelkette fortsetzen. An einer Seite war aus in den Boden gerammten Speeren und dazwischen gespannten Seilen eine Art Umzäunung errichtet worden, in der unzählige Pferde untergebracht waren.
Als Timo neben Hauptmann Rukkah aus dem Wald trat, sprengte gerade ein Zug Reiter über die Hügel heran. Es mussten mehr als hundert Mann sein. Ihre Rüstungen waren blind und grau vor Staub und die Pferde schwitzten

und machten einen erschöpften Eindruck – sie mussten einen sehr weiten Weg hinter sich haben. Rukkahs Worte fielen ihm wieder ein. Es war tatsächlich so, dass Männer aus allen Teilen des Landes herbeiströmten, um zusammen mit ihnen gegen Hun Came und Muuren Shant zu ziehen.
Ein Posten vertrat ihnen den Weg, als sie aus dem Wald kamen, aber Rukkah wechselte ein paar rasche Worte mit dem Mann und der Soldat ließ sie passieren. Timo schaute sich neugierig um, während sie nebeneinander zur Mitte des Heerlagers gingen. Er sah Soldaten in den rot-blauen Mänteln der Truppen Muuren Shants oder in den Uniformen anderer Städte, hier und da auch Elben, aber auch sehr viele Männer – und ein paar Frauen –, die normale Kleidung trugen und nur mit Knüppeln, Dreschflegeln oder anderen Werkzeugen bewaffnet waren. Irgendwo erklang Musik, es wurde gerufen und gelacht und ein paar der Männer, an denen sie vorüberkamen, riefen ihnen gutmütige Scherzworte nach. Und trotzdem konnte sich Timo eines beklemmenden Gefühls nicht erwehren. Fast jeder, den er sah, wirkte heiter, aber es war eine Fröhlichkeit, die nicht echt, sondern gezwungen war, und sie konnte die Furcht, die wie eine unsichtbare Wolke über dem Heerlager hing, nicht überdecken.
Als sie den freien Platz in der Mitte des Lagers überquerten, erblickte Timo ein großes, aus hölzernen Balken erbautes Podest. Ein bunter Vorhang verwehrte den Blick auf seine hintere Hälfte und das Gras vor ihm war in einem weiten Halbkreis von unzähligen Füßen zertrampelt. Er blieb stehen, runzelte die Stirn und besah sich die Bühne genauer. Er hatte sie schon einmal gesehen, aber so wie vorhin bei Rukkah wusste er im ersten Moment nicht zu sagen, wo.
»Charriu!«, sagte er plötzlich. »Die Gaukler sind hier?« Rukkah nickte. »Vom ersten Tag an«, antwortete er. »Sie

führen ihre Kunststücke auf, um die Männer zu unterhalten und abzulenken. Auch Krieger wollen lachen, Helder. Aber sie kämpfen auch mit.«
Timo nickte. Er erinnerte sich jetzt, Charriu und Dergon in vorderster Front gegen Hun Cames Männer kämpfen gesehen zu haben. Wie hatte er das nur vergessen können? »Wartet hier«, sagte er aufgeregt. Ohne Rukkahs Antwort abzuwarten, lief er über den Platz, kletterte auf das Podest hinauf und trat auf den Vorhang zu. Durch den dünnen Stoff drangen die Stimmen mehrerer Menschen. Sie redeten in einer Sprache, die er nicht verstand, aber schon einmal gehört hatte. Er blieb stehen, zögerte etwas und streckte schließlich die Hand nach dem bunten Stoff des Vorhanges aus. Aber er kam nicht dazu, ihn zur Seite zu ziehen.
Auf der anderen Seite des Vorhanges erklang ein dumpfes, drohendes Knurren, das dann urplötzlich in ein freudiges Gekläff überging. Der Vorhang wurde beiseite geschleudert und ein schwarzer Wirbelwind brach hervor und riss den Jungen mit einem einzigen, ungestümen Satz zu Boden.
Timo fiel auf den Rücken, hob die Hände vor das Gesicht und versuchte lachend den Hund abzuwehren, aber das treue Tier war außer sich vor Freude und stieß ihn jedes Mal mit seiner feuchten Schnauze wieder zu Boden, wenn er sich aufrichten wollte. Seine raue Zunge fuhr über Timos Gesicht und sein Schwanz wedelte aufgeregt hin und her.
Schließlich erschien eine breitschultrige Gestalt hinter dem Hund, griff nach seinem Halsband und versuchte ihn wegzuzerren. Aber es musste ihm erst ein zweiter Mann zu Hilfe kommen, ehe es gelang, das Tier von Timo herunterzubekommen, und selbst dann wehrte es sich noch mit solcher Kraft, dass sie Mühe hatten, es zu halten.
Timo stemmte sich lachend hoch, wischte sich mit dem

Hemdsärmel das Gesicht trocken und sah auf. Der Hund hatte den Vorhang halb heruntergerissen und einige Männer waren auf die Bühne gestürmt und hatten einen Halbkreis um ihn herum gebildet. Der Ausdruck auf ihren Gesichtern wechselte von Schreck zu Verblüffung und Staunen, als sie sahen, wen sie vor sich hatten. Einer von ihnen war etwas kleiner als die anderen und trug eine bunte Narrenlarve vor dem Gesicht, aber Timo erkannte ihn trotzdem, noch bevor er vortrat und die Maske herunternahm.
»Timo?«, murmelte Charriu ungläubig und dann rief er laut und voll Freude: »Timo! Du bist es wirklich. Der Helder ist wieder da!« Er schleuderte die Maske fort, riss die bunte Narrenkappe vom Kopf und kniete neben Timo nieder um ihm aufzuhelfen.
»Ich kann es kaum glauben!«, sagte er aufgeregt. »Wir hielten dich für tot oder verschollen und nun bist du wieder da! Wo kommst du her und was ist geschehen? Wie bist du zurückgekommen?«
Timo stand auf, befreite sich sanft aus seinem Griff und hob abwehrend die Hände. »Ich erzähle euch alles, aber lasst mich erst einmal zu Atem kommen.« Er wandte sich an die beiden Männer, die den Hund mit aller Kraft festhielten. »Ihr könnt ihn loslassen«, sagte er.
»Aber er ist gefährlich«, widersprach einer der Männer. »Er ...«
»Tut, was er sagt«, befahl Charriu. »Der Hund wird ihm nichts zu Leide tun. Er gehört ihm.«
Der Mann runzelte verwirrt die Stirn, ließ aber das Halsband des Tieres gehorsam los. Der Hund sprang mit einem freudigen Kläffen auf Timo zu und hätte ihn um ein Haar neuerlich umgerissen.
Ein erstauntes Murmeln ging durch die Reihe der Männer. »Er gehört ihm?«, sagte einer von ihnen. »Dann ist dieser Knabe ...«

»Der Helder, von dem ich erzählt habe«, sagte Charriu mit einem stolzen Nicken. »Der Sohn von Erron Un Gent – der Prinz aller Helder und Herrscher über das Kleine Volk.«

Timo wurde ein bisschen verlegen, aber als er in Charrius Gesicht sah, erkannte er, dass der Gauklerjunge die Worte vollkommen ehrlich und ohne die geringste Spur von Spott gemeint hatte. Und schließlich war er selbst ebenfalls ein Prinz, denn sein Vater war der König der Gaukler.

»Wo sind die anderen?«, fragte Timo nach einem Blick in die Gesichter der Männer, die sie umringten. Keiner von ihnen war ihm bekannt. »Deine Eltern und Grohgen?«

»Mein Vater und sein Bruder sind hier im Lager«, antwortete Charriu. »Meine Mutter ist zurückgeblieben. Wir ziehen in den Krieg und ein Heerlager ist kein guter Ort für eine Frau – sagt mein Vater.«

»Wenigstens lebt ihr alle noch«, sagte Timo erleichtert. »Ich befürchtete schon das Schlimmste, als ich die Hohe Feste sah.«

Charrius Miene verdüsterte sich. »Du warst dort?«, fragte er. »Du hast gesehen, was geschah?«

Timo nickte. »Ja«, antwortete er. »Ich …«

Hinter ihnen erklang ein leises Räuspern, und als sich Timo umwandte, erblickte er Rukkah, der herangekommen war und ungeduldig zu ihm hinaufsah. »Verzeiht, wenn ich euch unterbreche«, begann er, »aber wenn du zu Larian willst …«

»Es ist schon gut, Hauptmann«, antwortete Charriu an Timos Stelle. »Der Helder und ich sind gute Freunde. Ich kümmere mich weiter um ihn. Ihr habt sicher Wichtigeres zu tun, Rukkah. Ich werde Timo zu Larian bringen.«

Rukkah runzelte die Stirn. Einen Moment lang schien er zu überlegen, dann zuckte er wortlos die Achseln und entfernte sich.

Charriu grinste. »Eigentlich ist er ein netter Mann«, sagte er. »Und du brauchst keine Angst vor ihm zu haben – er gehört nicht mehr zu Hun Came.«
»Ich weiß«, nickte Timo. »Ich traf ihn unten am Fluss. Er hat mir alles erzählt.«
»Am Fluss?« Charriu sah ihn fragend an. »Eine gefährliche Gegend. Hier im Lager sind wir sicher, aber es streifen noch immer Daewas herum.«
Diesmal war es Timo, der grinste. »Dasselbe hat Rukkah auch gesagt«, meinte er. »Ihr scheint euch ähnlicher zu sein, als du ahnst.«
Charriu blieb ernst. »Wir sind vorsichtig, das ist alles«, sagte er. »Hun Came hat eine Schlacht verloren, aber solange er oder einer seiner Dämonen lebt, ist die Gefahr noch nicht vorbei. Er hat dir erzählt, was geschehen ist?«
Timo nickte und von einem Augenblick auf den anderen war die fröhliche Stimmung verflogen. »Ja«, sagte er. »Aber es wäre nicht nötig gewesen. Ich habe es gesehen.« »Gesehen?«, wiederholte Charriu. Er runzelte die Stirn und blickte Timo fragend an. Aber Timo schwieg und Charriu schüttelte den Kopf und fuhr mit veränderter Stimme fort: »Dann bist du schon länger in der Gegend? Warum bist du nicht zu uns gestoßen? Es ist gefährlich, allein dort draußen zu sein.«
Timo seufzte. »Das ist eine lange Geschichte«, sagte er leise. »Und ich weiß nicht, ob ich die Zeit habe, sie zweimal zu erzählen. Rukkah hat mir gesagt, dass ihr Muuren Shant angreifen werdet?«
Charriu sah enttäuscht drein. Aber er drang nicht weiter in ihn, sondern nickte nur. »Du hast die Reiter gesehen, die vorhin gekommen sind?«, fragte er.
»Ja«, antwortete Timo.
»Es waren Krieger aus Arland, dem Reich jenseits des Flusses«, erklärte Charriu. »Sie waren die Letzten. Das Heer ist

nun komplett. Die Männer werden noch eine Nacht ruhen und dann stürmen wir die Stadt.«
»Dann muss ich zu Larian«, sagte Timo ernst. »Es ist weniger Zeit, als ich gehofft habe. Bringst du mich zu ihm?«
»Natürlich«, antwortete Charriu. Er deutete mit einer Kopfbewegung auf den Vorhang und lächelte entschuldigend. »Ist noch so viel Zeit, mich umzuziehen?«, fragte er. »Ich möchte nicht gerne in Narrenkleidern vor den König der Elben treten.«
Timo lächelte. »Sicher.«
Neben Charriu trat er hinter den halb heruntergerissenen Vorhang. Der Hund sprang aufgeregt neben ihm her und stupste ihn immer wieder mit der Nase, wenn er aufhörte, ihn zu kraulen oder seinen Kopf zu tätscheln, und die Männer machten respektvoll Platz. Timo wusste nicht, ob er sich wirklich darüber freuen sollte. Er hatte gelernt, dass das, was man für Respekt ansah, nur allzu oft nichts anderes als Furcht war.
Hinter dem Vorhang, der die Bühne teilte, befand sich ein zweiter, auf dem eine Landschaft gemalt war, so täuschend echt, dass Timo erst auf den zweiten Blick erkannte, wie winzig der Raum zwischen den beiden Vorhängen in Wirklichkeit war. Charriu trat gebückt durch eine niedrige Tür in der Seitenwand und Timo folgte ihm. Im ersten Moment glaubte er einen weiteren Raum betreten zu haben, aber dann erkannte er, dass es in Wirklichkeit einer der Wagen der Gauklertruppe war, so geschickt an die Rückseite der Bühne herangefahren, dass man ungesehen hinein und wieder heraus konnte – sicher eine praktische Einrichtung, wenn es darum ging, ungesehen zu verschwinden oder sich in aller Eile umzuziehen.
Charriu öffnete eine Kiste, kramte einen Moment lang darin herum und förderte ein einfaches, helles Gewand zu Tage.

»Erzähle«, sagte er ungeduldig, während er begann sein Gauklerkostüm abzustreifen und sich die Farbe aus dem Gesicht zu wischen. »Wie ist es dir ergangen? Wir hörten von dem Hinterhalt, den Ahriman euch gelegt hatte, und waren in großer Sorge.«
»Ihr habt davon gehört?«, entfuhr es Timo. »Von wem. Sind die Elfen ...«
Charriu ließ das Tuch sinken und sah ihn ernst und stumm an und Timo stockte mitten im Satz, als er den Ausdruck in seinem Blick gewahrte.
»Keine?«, fragte er. Seine Stimme zitterte plötzlich. »Keine von ihnen hat ...«
»Sie sind alle tot«, sagte Charriu, als er nicht weitersprach. Seine Stimme klang plötzlich ganz anders, fiel Timo auf. Hart und entschlossen, nicht mehr wie die des Gauklerjungen, den er in Muuren Shant kennen gelernt hatte, sondern wie die eines Erwachsenen. Und ein ganz kleines bisschen erinnerte sie ihn an die Hun Cames.
»Ein Reiter brachte die Nachricht einen Tag, nachdem ihr gegangen wart«, fuhr Charriu fort. »Keine von ihnen hat den Angriff überlebt. Und von dir war keine Spur.«
»Und ... und die anderen?«, fragte Timo stockend. »Die, die bei euch zurückgeblieben waren?«
Charriu holte tief Luft. »Sie brachen auf, um nach Überlebenden zu suchen«, berichtete er. »Und nach dir. Es war eine Falle.«
»Eine Falle?«, wiederholte Timo fragend.
Charriu nickte und riss so heftig an seinem Gewand, als wollte er es zerreißen. »Der Reiter war einer von Hun Cames Männern«, sagte er, »aber das erfuhren wir zu spät. Als wir es entdeckten, waren die Elfen bereits fort. Und Hun Came erschien ein zweites Mal mit seinem Heer vor den Toren der Hohen Feste.«
»Du warst dabei?«, fragte Timo ungläubig.

»Ich, Larian und viele von denen, die hier im Lager sind«, bestätigte Charriu. »Wir flohen durch einen geheimen Gang, als klar wurde, dass wir den Daewas nicht länger Widerstand leisten konnten.« Seine Hände ballten sich. »Wir mussten die Hohe Feste aufgeben und vor Hun Came und seinen Kreaturen fliehen, aber es war die letzte Demütigung, die wir erduldet haben, Helder. Nur ein kleiner Teil der Elben ist gefallen. Die meisten konnten entkommen und sind hier und von überall her stoßen weitere zu uns.«
»Nur ein kleiner Teil ...«, wiederholte Timo mit sonderbarer Betonung. »Und du meinst, das mache es weniger schlimm?«
»Nein«, antwortete Charriu böse. »Schon ein einziger Toter ist zu viel. Aber die Gefallenen zu beweinen macht sie nicht wieder lebendig und er wird dafür bezahlen, Timo, das verspreche ich. Für jeden Einzelnen wird er bezahlen. Es gibt noch viele Elben, mehr, als Larian dachte, und sie werden ihre Brüder rächen.«
»Und sterben.«
Charriu schnaubte ärgerlich. »Selbst wenn es so wäre«, antwortete er, »selbst wenn der letzte Elb fiele, sind wir noch da. Solange es noch einen einzigen freien Menschen unter der Sonne gibt, wird Hun Came nicht gesiegt haben!«
Timo setzte zu einer Antwort an, aber Charriu trat mit einem raschen Schritt an ihm vorbei, schlug die Plane des Wagens zurück und sprang auf den Boden hinunter. »Komm«, sagte er knapp. »Larian wartet.«

Larians Zelt war das größte im Lager und es erhob sich ein Stück abseits der anderen auf der Kuppe eines Hügels, von dem der Blick bis hinüber nach Muuren Shant reichte. Vor seinem Eingang standen zwei hoch gewachsene Elbenkrieger Wache, die wortlos beiseite traten, als Charriu und Timo sich näherten.

Larian kam ihm mit ausgebreiteten Armen entgegen. »Helder!«, sagte er erfreut. »Wie schön, dich gesund und unversehrt wiederzusehen!« Er drückte Timo einen Moment voller Wiedersehensfreude an sich. »Komm«, sagte er dann. »Iss und trink. Du siehst erschöpft aus und du musst hungrig sein von der weiten Reise.« Er deutete auf einen langen Tisch in der Mitte des Zeltes, auf dem Speisen und Krüge mit Getränken bereitstanden. Der Anblick ließ Timo das Wasser im Munde zusammenlaufen und zum ersten Mal seit Tagen spürte er wieder, wie lange er keine ausreichende Nahrung zu sich genommen hatte. Aber er schüttelte den Kopf. »Dazu ist jetzt keine Zeit«, sagte er. »Ich habe viel mit Euch zu bereden. Ihr rüstet zum Krieg gegen Hun Came?«

»Wir rüsten nicht zum Krieg gegen ihn«, widersprach Larian sanft. »Er ist bereits in vollem Gange, Helderprinz. Was du siehst, ist nur die Ruhe vor dem letzten Sturm.« Er lächelte. »Aber man kann auch beim Essen reden«, sagte er mit einer neuerlichen, auffordernden Geste zum Tisch hin. »Nimm Platz und greif zu und dann erzähle. Wir sind gespannt zu erfahren, wie es dir ergangen ist.«

Timo zögerte, ließ sich aber dann doch auf einen der niedrigen Stühle sinken und begann erst langsam, dann aber, als die ersten Bissen seinen Hunger richtig geweckt hatten, mit immer größerem Appetit zu essen. Larian wechselte ein paar Worte mit einem der Elbenkrieger vor dem Ausgang, verschloss die Zeltplane wieder sorgfältig und kam dann zu ihm. Neben Charriu nahm er auf der gegenüberliegenden Seite des Tisches Platz.

»Du hast uns große Sorge bereitet, Timo«, sagte er. »Wir hörten von dem Überfall auf dich und die Elfen und glaubten schon, Ahriman hätte dich in seiner Gewalt.«

Timo hielt für einen Moment im Kauen inne und sah erst Charriu, dann den Elbenkönig ernst an. »Ich war dort«,

sagte er. »Ich war im Kalten Reich und ich bin Ahriman selbst begegnet.«
Larian erschrak. »Du warst in Annwn?«, entfuhr es ihm. »Du warst dort und hast den Dunklen Herrscher gesehen?«
Timo nickte. »Ich habe ihn gesehen und ich habe mit ihm geredet«, antwortete er. »Und was ich gehört habe, war nicht gut. Ihr ... ihr dürft es nicht tun.«
»Was?«, fragte Larian scharf. »Was dürfen wir nicht tun, Prinz der Helder?«
Timo schluckte einen letzten Bissen Brot hinunter und sah Larian eindringlich an. »Ihr wollt Muuren Shant angreifen«, sagte er. »Aber ihr dürft es nicht. Wenn ihr es tut, dann hat Ahriman endgültig gewonnen.«
Jetzt war es heraus, endlich. Die ganze Zeit auf dem Weg hierher und auch vorhin, während des Gespräches mit Charriu, hatte Timo krampfhaft überlegt, wie er Larian die Wahrheit am besten beibringen konnte, und er hatte einen Einfall nach dem anderen erwogen, aber keiner war ihm geeignet erschienen. Vielleicht war es am besten so, direkt und ohne Umschweife. Irgendwie fühlte er sich erleichtert, auch wenn ihm die Blicke, die Charriu und der Elbenkönig miteinander tauschten, nicht gefielen.
»Das meinst du doch nicht ernst?«, fragte Charriu zögernd. »Der Sieg ist praktisch jetzt schon unser. Hun Came sitzt in der Falle. Du kannst nicht verlangen, dass wir ihn entkommen lassen!«
»Ich verlange es nicht«, sagte Timo leise, aber fest. »Ich kann euch nur bitten, es nicht zu tun. Alles, was bisher geschehen ist, und auch das hier« – er machte eine weit ausholende Geste – »gehört zu Ahrimans Plan. Ich habe mit ihm gesprochen und ich habe selbst gehört, wie er gesagt hat, dass er Hun Came opfern würde, um den Sieg zu erringen.«

Charriu wollte auffahren, aber Larian brachte ihn mit einem raschen Blick zum Verstummen.
»Du wirst verstehen«, begann er, wieder zu Timo gewandt, »wenn mich deine Worte verwirren, Helderprinz. Wir ...«
»Ihr habt Hilfe von mir erwartet«, fiel ihm Timo ins Wort, »und stattdessen komme ich und verlange von Euch, das Kämpfen zu beenden.« Er lächelte traurig. »Ich an Eurer Stelle wäre wahrscheinlich genauso verwirrt. Und doch ist es so. Alles geschah nach Ahrimans Willen, Larian. Ihr wart seine Werkzeuge, ohne es zu wissen.«
»Wer sagt das?«, fuhr Charriu auf. Seine Augen blitzten. »Schicken dich die Elfen mit dieser Botschaft zu uns?«, fragte er wütend. »Ist das ihre Art, uns zu helfen?«
»Ich war nicht bei den Elfen«, antwortete Timo. »Ich habe den Silberwald nie erreicht und ich glaube auch nicht, dass irgendein Sterblicher den Weg dorthin jemals finden kann. Ich war beim Einsamen Siedler und der Asrai und –«
»Humbug«, unterbrach ihn Charriu böse. Larian blickte ihn warnend an, aber der Gauklerjunge ignorierte ihn diesmal. »Ich glaube dir nicht«, fuhr er fort. »Ich weiß nicht, was dir zugestoßen ist, aber ich glaube, dass es deinen Geist verwirrt hat, Helder. Hun Came ist praktisch schon geschlagen und du verlangst von uns, dass wir ihn laufen lassen! Den Mann, der die Hohe Feste der Elben geschleift hat, den Mann, der für den Tod deiner Eltern verantwortlich ist, Timo! Verlangst du wirklich, dass wir diesen Mörder ungeschoren davonkommen lassen sollen?«
Timo sah den Gauklerjungen traurig an. Er hätte ihm viele Antworten geben können, aber er spürte, dass es sinnlos war. Hatte er nicht selbst vor Tagesfrist die gleichen Worte gebraucht? War es nicht er selbst gewesen, der der Elfe mit den gleichen Argumenten und dem gleichen Zorn im Herzen geantwortet hatte? Und, dachte er erschrocken, fühlte er nicht jetzt noch einen Rest dieses hilflosen Zorns in sich?

»Schweig, Charriu«, bat Larian leise. »Timo hat einen weiten und gefahrvollen Weg hinter sich gebracht um uns zu sagen, was er zu sagen hat, und wenn es schon nicht das ist, so gebietet uns doch wenigstens die Gastfreundschaft ihn anzuhören.« Er wandte sich wieder an Timo und sah ihn ernst an. »Du sagst, du warst bei Ahriman selbst«, sagte er. »Ich muss gestehen, dass es mir schwer fällt. deinen Worten zu glauben. Doch ich weiß, dass die Angehörigen des Kleinen Volkes so wenig der Lüge fähig sind wie wir oder die Elfen selbst.« Bei diesen Worten durchfuhr Timo ein schmerzhafter Stich, aber er schwieg und gab sich alle Mühe, sich nichts anmerken zu lassen. Larian fuhr fort: »Vielleicht ist es das Beste, du berichtest von Anfang an, was geschah, und danach werden wir beraten.«

Timo wollte antworten, doch in diesem Moment wurde die Plane am Eingang zurückgeschlagen und ein Dutzend Männer und einige Elben betraten das Zelt, unter ihnen auch Dergon und Rukkah. Larian stand auf, ging ihnen entgegen und stellte Timo denjenigen, die ihn noch nicht kannten, mit wenigen Worten vor. Timo musterte die Neuankömmlinge mit einer Mischung aus Neugier und Beunruhigung. Ohne dass es einer Erklärung bedurft hätte, spürte er, dass er hier den Führern des Heeres gegenüberstand – Männern aus Muuren Shant oder den anderen Städten und Elben, die aus allen Teilen der Welt herbeigeeilt waren, um sich Larians Armee anzuschließen. Nacheinander nahmen sie rund um den Tisch Platz und Timo begann sich immer unbehaglicher zu fühlen, als er sich plötzlich den Blicken so vieler Augen ausgesetzt fühlte.

»Ihr alle habt von Timo, dem Prinzen der Helder, gehört«, begann Larian, nachdem auch der letzte Platz genommen hatte. »Und ihr kennt auch seine Geschichte, sodass sich langwierige Erklärungen erübrigen.«

»Du kommst von den Elfen und bringst Hilfe?«, fragte einer

der Elbenfürsten, ein großer, breitschultriger Mann, der trotz der hellen Kleidung und der schlohweißen Haare auf Timo einen düsteren Eindruck machte.
Timo schüttelte den Kopf und wollte antworten, doch Charriu kam ihm zuvor.
»Er war nicht bei den Elfen«, sagte er scharf. »Und er bringt auch keine Hilfe. Er ist gekommen um uns zu sagen, dass wir die Waffen wegwerfen und Hun Came den Bruderkuss geben sollen!«
Er hatte die Worte bewusst so gewählt, dass sie höhnisch klangen und Aufregung verursachten. Larian sah auf und wollte Charriu einen scharfen Verweis erteilen, aber diesmal war es Timo, der ihn zurückhielt. »Lasst ihn, Larian«, sagte er leise. »Ich verstehe seine Verbitterung. Ihr habt auf mich gezählt und ich enttäusche euch. Ich glaube, ich würde nicht anders reagieren, wäre ich an eurer Stelle.«
»Unsinn«, sagte Larian. »Auch wenn du den Weg in den Silberwald nicht gefunden hast, kannst du uns doch wertvolle Informationen liefern, denn du warst im Kalten Reich und bist aus Ahrimans Fängen entkommen.«
Ein erstauntes Raunen ging durch die Reihe der Heerführer. Timo schluckte krampfhaft. Seine Kehle war wie zugeschnürt. Warum wurde es ihm plötzlich so schwer, weiterzureden?
»Du warst im Kalten Reich?«, vergewisserte sich der Elbenfürst, der ihn schon einmal angesprochen hatte. Das Misstrauen in seiner Stimme war nicht zu überhören. »Und du bist entkommen?«
Timo nickte, zögerte einen Moment und schüttelte dann den Kopf. »Nein«, sagte er. »Nicht entkommen. Zuerst dachte ich, es wäre so, aber mittlerweile ist mir klar geworden, dass Ahriman uns mit voller Absicht gehen ließ.«
»Uns?«, fragte Charriu. »Wen noch?«
»Gaia«, antwortete Timo.

»Gaia, die Königin der Elfen?« Charriu fuhr erregt hoch und starrte ihn an. »Sie lebt und ist in Freiheit? Dann ist noch nichts verloren! Die Elfen werden uns zu Hilfe kommen und gemeinsam mit ihnen können wir selbst Ahriman die Stirn bieten.«

»Nein, Charriu«, sagte Timo traurig. »Das werden sie nicht. Sie selbst ist es, die mich mit dieser Botschaft zu euch geschickt hat.«

Charriu starrte ihn entgeistert an. »Du redest irre, Helder«, stieß er hervor. »Es war Gaia, die uns um Hilfe gegen Ahriman bat, und es war Gaia, die dich auswählte um ...«

»Ich weiß«, unterbrach ihn Timo. »Und doch ist es, wie ich es sage. Sie hat sich getäuscht. So wie ich – du – wie wir alle. Ahrimans Heimtücke ist viel größer, als wir alle geahnt haben. Vielleicht könnt ihr Hun Came und seine Daewas vernichten, aber damit würdet ihr ihm nur schneller zu seinem Sieg verhelfen.«

»Genug«, fuhr ihn der weißhaarige Elbenfürst an. »Es ist genug, Helder. Wir glaubten Hilfe von dir zu bekommen, doch ich sehe, dass wir nur unsere Zeit verschwenden. Ich habe Besseres zu tun, als hier zu sitzen und mir dein Geschwätz anzuhören.«

»Aber ich sage die Wahrheit!«, beharrte Timo fest. Warum war es nur so schwer, die richtigen Worte zu finden? »Ich war nicht im Silberwald, das ist wahr, doch ich habe andere getroffen, Mächtigere, und auch sie konnten mir nicht helfen.«

»Andere«, grollte der Elbenfürst. »Mächtigere! Dummes Gerede eines Kindes, das sich interessant machen will. Wo warst du, wenn nicht bei den Elfen? Und wo sind sie, wenn ihre Herrin wirklich in Freiheit ist?«

Timo holte tief Luft. »Die Elfen sagten mir, dass ich zum Einsamen Siedler gehen solle«, antwortete er. »Und ich war dort. Ich habe die Asrai getroffen und sie um Hilfe gebeten.« Er spürte, dass ihm die anderen – auch Larian und das schmerzte ihn am meisten – nicht glaubten. Schweren Herzens stand er auf, griff unter sein Hemd und löste die dünne Kette von seinem Hals. »Ich war bei der Asrai«, wiederholte er. »Und sie gab mir dies. Eine Blüte der Blume Crysalis.«

Wäre in diesem Moment Ahriman selbst im Zelt erschienen, hätte die Aufregung nicht größer sein können. Timo sah, wie die Männer rings um ihn blass wurden und ihre Augen sich ungläubig weiteten, als er den winzigen Eisblock mit dem Trieb der Blume Crysalis auf den Tisch legte.

Für eine Weile war es vollkommen still. Dann beugte sich Larian langsam vor, streckte die Hand nach dem Eisblock aus, berührte ihn aber nicht. Seine Finger verharrten zitternd über ihm in der Luft.

»Die Blume Crysalis«, murmelte er. Seine Stimme bebte. »Es ... es gibt sie wirklich.« Er schwieg einen Moment, starrte Timo und dann die Blume an und schüttelte immer wieder den Kopf, als könne er nicht glauben, was er sah. »Du weißt nicht, was du da hast, Helderprinz«, sagte er leise. »Jeder von uns hat davon gehört, doch niemand hat geglaubt, dass es sie wirklich gibt, auch ich nicht.« Plötzlich lachte er auf. »Und du sagst, du bringst uns keine Hilfe?«, sagte er. »Alle Macht der Schöpfung schlummert in diesen Knospen, Helder! Mit ihrer Kraft auf unserer Seite ist der Sieg über Ahriman ein Leichtes!«

»Aber begreift ihr denn nicht?«, rief Timo verzweifelt. »Die Blume ist ein Werkzeug des Guten. Sie zur Waffe zu machen hieße sie zu missbrauchen und ihre Kräfte ins Gegenteil zu kehren! Seht sie euch an. Sie ist bereits halb zerstört und es ist meine Schuld! Ich bediente mich ihrer Kräfte, um aus Ahrimans Reich zu entfliehen, und sie begann zu welken!«

Larian sah auf. »Du warst es«, sagte er leise. »Ich habe dich erkannt, aber ich konnte es nicht glauben, bis zu diesem Augenblick. Du warst der Reiter, der die Schlacht entschied und Hun Came und seine Daewas verjagte.«

Timo nickte. »Ja«, antwortete er traurig. »Ich war es. Ich bin schwach geworden und habe mich hinreißen lassen und es war die Macht dieser Blüte, die die Daewas verbrannte. Aber mein Weg führte mich direkt ins Kalte Reich und zu Ahriman.«

»Und wieder heraus«, fiel ihm Charriu erregt ins Wort. »Begreifst du denn nicht, Helder? Niemand, kein Sterblicher und kein Bewohner des Silberwaldes hätte den Weg aus dem Kalten Reich heraus gefunden, aber du konntest es. Weil dir die Blume Crysalis die Kraft gab!«

»Aber um welchen Preis!«

Charriu wischte seinen Einwand mit einer zornigen Geste beiseite. »Das Kalte Reich«, sagte er. »Nicht einmal Gaia, die Königin der Elfen, konnte seine Grenzen überwinden, aber dir ist es gelungen. Und du zweifelst noch?« Er beugte sich vor und deutete auf den Eisblock. »Mit ihrer Hilfe können wir Hun Came schlagen«, fuhr er fort. »Ihn und alle, die zu ihm gehören. Und wir können Ahriman dorthin zurückjagen, wo er hingehört, für alle Zeiten!«

Timo suchte verzweifelt nach einer richtigen Antwort, aber hinter seiner Stirn rasten die Gedanken wild durcheinander. Warum fand er nicht die passenden Worte, so, wie er sie bei Gaia gefunden hatte? Vielleicht, weil er im Grunde seiner Seele spürte, dass Charriu Recht und die Elfe Unrecht hatte? Weil er eigentlich genauso wie der Gauklerjunge dachte und es sich nur nicht eingestehen wollte? »Wir würden werden wie Ahriman, wenn wir mit seinen Waffen kämpfen«, sagte er schwach. Aber es klang nicht überzeugt, sondern wie ein eingelernter Spruch. Charriu lachte. »Du redest Unsinn, Helder«, sagte er hart. »Ahriman bedroht unser aller Leben, nicht nur deines oder meines. Er will Macht, Macht über diese Welt und über alle, die auf ihr leben, und er wird sie sich nehmen, mit Gewalt, wenn es sein muss. Jedes Tier hat das Recht, sich zu wehren, wenn es bedroht wird. Selbst eure Hunde, auf die ihr so stolz seid, kämpfen, wenn man sie angreift. Willst du mir erzählen, dass uns die Elfen weniger Rechte zubilligen als einem Hund?«

Timo senkte den Blick. Er spürte, wie etwas von dem Zorn, den er während seiner Flucht aus dem Kalten Reich verspürt hatte, erneut in ihm erwachte und langsam, aber unerbittlich stärker wurde.

»Gewalt«, murmelte er. »Gewalt und Tod – ist das alles, was uns als Ausweg bleibt? Gibt es wirklich nur die Wahl zwischen töten oder getötet werden?«

»Ich wollte, es gäbe eine andere, Helder«, sagte Larian leise. Und als Timo aufsah und in seine Augen blickte, wusste er, dass sie keine andere Wahl mehr hatten.

Der Sturm auf Muuren Shant

Es war ein seltsames Gefühl, im hellen Licht des Tages zu Bett zu gehen und im gleichen Licht wieder zu erwachen. Charriu hatte Timo zu einem kleinen, leer stehenden Zelt gebracht, das nur wenige Schritte neben den Wagen der Gauklerfamilien aufgeschlagen worden war, und war grußlos gegangen. Timo hatte ihn nicht zurückgehalten, obwohl er es gerne getan hätte – er wollte ihm so viel sagen! Aber er hatte gespürt, dass jedes weitere Wort die Kluft zwischen ihnen nur noch vertieft hätte, und Charriu schien es ebenso zu ergehen. So hatte sich Timo wortlos in das Zelt zurückgezogen, die Plane hinter sich geschlossen und sich auf dem bequemen Lager aus Fellen und Decken ausgestreckt. Der Hund war draußen geblieben um Wache zu halten, aber Timo stand nach einer Weile noch einmal auf und rief ihn zu sich herein. Das Zelt war fast zu klein für ihn und das große Tier und sie mussten sich eng aneinander schmiegen, um es einigermaßen bequem zu haben. Aber er hätte es in diesem Moment nicht ertragen, allein zu sein. So kuschelte er sich eng an die warme Flanke und ließ es zu, dass der Hund den Kopf auf seine Brust legte, sodass die feuchte Nase fast sein Gesicht berührte.

Trotz seiner Müdigkeit konnte er nicht sofort einschlafen. Mit geschlossenen Augen lag er noch lange wach und ließ die Ereignisse der letzten Stunden an sich vorüberziehen. Er hatte kaum mehr gesprochen, sondern Larian und den anderen schweigend zugehört und auf ihre Überredungsversuche nur mit einem gelegentlichen Kopfschütteln oder einem Blick geantwortet. Aber die scheinbare Ruhe war nur eine Maske, hinter der er sich verkrochen hatte. In seinem Inneren tobten einander widerstrebende Gefühle und Gedanken. Er wusste weniger denn je, was er tun sollte, welche der beiden Seiten, die in ihm stritten, nun im Recht war und welche im Unrecht. Er erinnerte sich Gaias letzter Worte nur zu gut, aber so überzeugt er davon war, dass sie ehrlich gemeint gewesen waren, er wusste auch, dass Larian und die anderen ebenfalls von der Richtigkeit ihres Handelns überzeugt waren. Konnte es denn so sein, dass es zwei Wahrheiten gab, dass die eine wie die andere Seite Recht hatte? Er war völlig verwirrt und fühlte sich hilflos wie nie zuvor in seinem Leben.

Der Hund schien seine Unruhe zu spüren. Mit einem leisen Winseln hob er den Kopf, blickte Timo aus seinen dunklen, klugen Augen an und leckte ihm das Gesicht. Timo ließ es geschehen und seine Hände gruben sich tief in das weiche Fell des Tieres, als wolle er sich an ihm festhalten – an dem Letzten aus einer Welt, die einmal seine gewesen war und die er wahrscheinlich für immer verloren hatte. Noch vor weniger als einem Mondwechsel war sein Leben einfach und klar gewesen und das größte Problem, das er sich überhaupt hatte vorstellen können, war eine karge Mahlzeit oder eine Nacht bei Sturm und Unwetter im Freien gewesen. Und jetzt war er hier, mitten in dieser riesigen Armee, am Vorabend der gewaltigsten Schlacht, die diese Welt seit ihrem Entstehen erleben würde. Und er – ein kleiner schwacher Helder, der noch nicht einmal ganz erwachsen war – sollte über Wohl und Wehe all dieser Menschen entscheiden? Warum ausgerechnet ich?, dachte er. Aber er spürte schon im gleichen Moment, wie dumm sein Zorn war. Irgendjemand würde immer im Zentrum der Ereignisse stehen und wahrscheinlich würde jeder an seiner Stelle vor dieser Frage stehen.

Seine Hand glitt unter das Hemd und suchte den Eisblock, aber diesmal fand er keinen Trost in der Berührung und die Kraft, die er spürte, war eine dunkle, böse Kraft, vor der er unwillkürlich zurückschreckte. War es wirklich so, wie Ahriman gesagt hatte? Musste er wirklich werden wie er um ihn zu besiegen? Mit diesem Gedanken schlief er ein, aber die Unruhe verfolgte ihn bis in seine Träume und er wachte ein paar Mal keuchend und schweißgebadet auf, ehe er endlich zur Ruhe kam.

Über dem Land lag Staub in feinen, grauen Wolken, der wie Nebel alles einhüllte und die Umrisse der Dinge verschwommen erscheinen ließ. Ein unangenehmer Geruch lag in der Luft, ein Geruch nach zu vielen Menschen und Tieren, die zu lange auf zu wenig Platz zusammengedrängt waren. Es war hell und am Himmel stand nicht die kleinste Wolke. Sonne und Mond hingen nebeneinander wie zwei schimmernde, verschieden große Augen und schienen den Schauplatz unter sich zu betrachten und um sie herum blitzten Tausende und Abertausende kleine weiße Sterne wie stumme Zaungäste. Wind wehte von den Bergen herunter, böig und kalt, aber er vermochte den Staub und den üblen Geruch nicht zu vertreiben.
Timo hob die Hand über die Augen und blickte zur Sonne hinauf. Der Mond hatte seine Wanderung fast vollendet – wenn man genau hinsah, gewahrte man noch einen sehr, sehr schmalen Streifen Himmel zwischen ihm und der Sonne, doch er würde sehr bald verschwinden und der Moment, in dem sich die Herrscher über Tag und Nacht vereinigten, würde den Befehl zum Angriff auf Muuren Shant bringen.
Sein Blick löste sich von dem ungleichen Paar am Himmel und glitt zur Stadt hinüber. Der Staub verschleierte seine Sicht, sodass er kaum mehr als einen grauen Umriss sah, der

wie ein steinerner Koloss hinter dem glitzernden Band des Flusses hockte. Aber er musste die Stadt nicht sehen um zu wissen, wie es dort drüben aussah. Rukkah hatte es ihm deutlich beschrieben, und was er nicht gesagt hatte, das fügte seine eigene Fantasie hinzu, besser und ausführlicher, als er sich gewünscht hätte. Muuren Shant war zu einer Geisterstadt geworden, einer Stadt ohne Menschen, in deren leeren Straßen die harten Schritte der Daewas und das Grollen der Gorme widerhallte, einer Stadt, deren einziger menschlicher Bewohner seine Menschlichkeit vielleicht schon weit genug eingebüßt hatte um so zu werden wie die, über die er herrschte ...«

Timo schloss die Augen und versuchte die bedrückenden Bilder abzuschütteln. Seine Hand glitt nervös über den hellen Brustpanzer, den er auf Larians Drängen hin angelegt hatte. Er fühlte sich unbehaglich, denn der Harnisch war schwer und behinderte ihn. Aber der Elbenkönig hatte darauf bestanden und ebenso auf den Beinschienen, den Handschuhen und dem dünnen Kettenhemd, das seine Arme schützte, und Timo hatte seinem Drängen schließlich nachgegeben. Nur bei den Waffen war er standhaft geblieben. An seinem linken Arm zog das Gewicht eines viel zu großen Schildes, aber ein Schwert oder auch nur ein Messer an sich zu nehmen hatte er sich entschieden geweigert. Sein Pferd begann unruhig zu werden und Timo tätschelte seinen Hals. Das Tier spürte, dass es keinen geübten Reiter trug, und wahrscheinlich spürte es mit seinem feinen Instinkt auch seine Unsicherheit und seine Verwirrung. Es war ein großes, strahlend weißes Elbenpferd und es war gepanzert wie er, schien aber das Gewicht des schweren Metalls im Gegensatz zu ihm nicht einmal zu bemerken. Timo erfüllte der Anblick des Panzers mit tiefem Unbehagen. Seit sie das Lager verlassen und zum Hauptteil der Truppe vor den Toren Muuren Shants gestoßen waren, schien er sich in einer Welt von Metall zu bewegen. Selbst der Hund trug einen eigens für ihn angefertigten Harnisch aus hellen Metallstreifen, der ihn kaum mehr wie das Tier, das er kannte, aussehen ließ, sondern wie ein bizarres Ungeheuer aus Stahl, an dem nur noch die Augen hinter den schmalen Sehschlitzen zu leben schienen. Aber es war nicht nur das. Alles Lebendige um ihn herum war hinter Wällen von Stahl verborgen, sodass ihm das Heer fast wie ein großes, eisernes Tier vorkam, in dem die Menschen nur eine unwichtige Rolle spielten. Vielleicht, dachte er düster, war er nicht der Einzige, der zu einem Werkzeug geworden war. Vielleicht war das Heer längst zu eigenem Leben erwacht und brauchte die Menschen nur noch zu diesem einen Zweck – sich zu bewegen und Rüstungen und Waffen zu ihrem Bestimmungsort zu tragen. Alle diese Männer und Frauen rings um ihn herum waren aufmarschiert um zu kämpfen. Sie waren aus den entlegensten Teilen der Welt gekommen, aus Städten und Ländern, deren Namen vor Tagen noch niemand im Lager gekannt hatte. Und für viele von ihnen, wenn nicht für alle, würde es der letzte Weg in ihrem Leben gewesen sein. Sie waren gekommen, um in einem Krieg zu sterben, der ihnen aufgezwungen worden war und der niemandem einen Vorteil bringen würde.

Hufschlag drang in seine Gedanken und riss ihn abrupt in die Wirklichkeit zurück. Er fuhr hoch, drehte sich halb im Sattel herum und erkannte Charriu, der in scharfem Tempo herangaloppiert kam. Er ritt ein Elbenpferd wie er und war ebenfalls in einen hell schimmernden Panzer gehüllt und kaum mehr zu erkennen. Aber im Gegensatz zu Timo trug er Schwert und Bogen und in den Sattelschlaufen seines Pferdes hing eine Lanze. Charriu brachte sein Tier wenige Schritte neben Timo zum Stehen, rückte seinen Helm zurecht und sah ihn aus seinen dunklen Augen eindringlich an. »Nun, Helder?«, fragte er. »Wie lautet deine Entscheidung?«

Charriu nannte ihn nicht zufällig »Helder«. Seit ihrem Gespräch im Zelt des Elbenkönigs hatte er ihn nicht mehr mit seinem Namen angeredet und das schmerzte Timo.

»Wer will das wissen?«, fragte er ausweichend. »Du oder Larian?«

»Larian ist auf dem Weg zu dir um dich zu fragen, wie du dich entschieden hast«, sagte Charriu ungeduldig. »Aber ich möchte es gerne vorher wissen, Helder.« Sein Blick war voll Zorn und – Timo erschrak – Verachtung. Er senkte den Blick und schluckte ein paar Mal, ehe er antwortete. »Du weißt, dass ich es nicht kann«, sagte er leise und ohne Charriu anzusehen. »Ich habe diese Dinge nicht bekommen um zu töten, Charriu. Es sind Werkzeuge des Friedens.«

»Wessen Frieden?«, fragte Charriu scharf.

Timo sah verwirrt auf. »Wie meinst du das?«

Charriu lachte böse. »O ja, es wird bald Frieden geben«, sagte er höhnisch. »Unseren Frieden oder den Ahrimans, Helder. Wir können Hun Came schlagen und dem Land den Frieden wiedergeben. Aber vielleicht siegt er und es wird Ahrimans Fahne sein, die über den Zinnen von Muuren Shant weht. Diese Schlacht hier besagt nichts und du weißt es. Wir können Hun Came besiegen, ob mit oder ohne deine Hilfe, aber der Krieg wird trotzdem nicht vorüber sein.« Plötzlich wurde seine Stimme erregt. »Begreifst du denn nicht, Helder?«, fuhr er fort. »Vielleicht wird sich Ahriman zurückziehen, wenn wir sein Heer schlagen, aber irgendwann wird er wieder nach der Macht greifen. Vielleicht erst in tausend Jahren, vielleicht schon morgen, aber er wird es tun! Mit deiner Hilfe können wir ihn für alle Zeiten besiegen. Wir können Ahriman vernichten und Männer wie Hun Came wird es nie wieder geben. Nie wieder, Timo!«

Timo blickte nach Westen. Durch den Dunst schimmerten die Umrisse der Berge, aber der Himmel über ihnen blieb leer.
»Was suchst du?«, fragte Charriu, der seinen Blick bemerkt hatte. »Wartest du auf die Elfen?« Er lachte bitter. »Sie werden nicht kommen, Prinz aller Helder und Herr des Kleinen Volkes«, sagte er spöttisch. »In einem Punkt hast du den Einsamen Siedler richtig verstanden – es ist unser Kampf und wir müssen ihn auf unsere Weise gewinnen.«
»Das waren nicht seine Worte«, antwortete Timo leise.
Charriu schnaubte. »Vielleicht nicht«, sagte er. »Aber dann sind es meine. Und du weißt, dass ich Recht habe. Warum gibst du es nicht zu?« Er drängte sein Tier dichter an Timo heran, fasste ihn hart an der Schulter und zwang ihn sich wieder umzudrehen. Mit ausgestrecktem Arm wies er auf das Heer zu ihren Füßen hinunter. »Siehst du diese Männer und Frauen?«, fragte er. »Sieh sie dir an, Helder. Sie zählen auf dich. Ihr Leben liegt in deiner Hand.«
Timo hob in einer schwachen Abwehr die Hände, aber Charrius Griff war zu fest. Der Gauklerjunge war stark wie ein Erwachsener und der Zorn verlieh ihm zusätzliche Kraft. »Wir können Muuren Shant stürmen«, sagte er laut, »auch ohne deine Hilfe. Es macht keinen Unterschied, ob du mit uns reitest oder hier bleibst. Der einzige Unterschied ist, wie viele Tote zurückbleiben werden, Helder.«
Timo erschrak. »Ich –«
»Muuren Shant ist eine Festung«, unterbrach ihn Charriu »die stärkste Festung, die vielleicht jemals von Menschen erbaut worden ist. Vielleicht ist sie sogar stärker als die Hohe Feste, denn es sind keine Elben, die sie verteidigen, sondern Ahrimans Kreaturen. Viele von denen, die du dort unten siehst, werden sterben, vielleicht auch ich oder mein Vater oder Larian selbst. Es liegt allein in deiner Hand, wie viele es sein werden.«

Timo wollte etwas erwidern, aber Charriu ließ ihn nicht zu Wort kommen. »Du kannst nicht zurückbleiben und so tun, als ginge dich das alles nichts mehr an, Helder«, sagte er. »Du hast nur die Wahl, das Wort zu brechen, das du der Elfe gegeben hast, oder hier zu bleiben und zu sehen, wie diese Krieger sterben.«

Timo wusste, dass sich Charriu diese Worte lange und gut überlegt hatte, und jedes einzelne traf ihn wie ein Dolchstoß. Für einen Moment glaubte er Ahriman sprechen zu hören und wieder musste er daran denken, dass ein Teil des Dunklen Herrschers in jedem Menschen schlummerte.

»Ich kann es nicht«, sagte er schließlich mühsam. »Begreife doch, Charriu! Wenn ich das Geschenk der Asrai weiter missbrauche ...«

»Aber du hast es doch schon getan«, fiel ihm Charriu ins Wort. »Zweimal sogar. Du hast es getan, um deinen Rachedurst zu stillen und Hun Came zu töten, und du hast es getan, um aus Annwn zu entkommen. Wo ist da der Unterschied?«

»Es war nicht richtig«, sagte Timo verwirrt, obwohl er spürte, dass er schon selbst nicht mehr an seine eigenen Worte glaubte. Charriu hatte ihm geschickt vor Augen geführt, wie schwach seine Argumente waren.

»Oh«, sagte Charriu spöttisch. »Es war nicht richtig, soso! Es ist leicht, das jetzt zu sagen, jetzt, nachdem du es getan hast. Du hattest keine Bedenken, die Kraft, die dir gegeben wurde, anzuwenden, als es darum ging, den Mörder deiner Eltern zu bestrafen und die Elfen zu befreien, Helder. Jetzt, wo es um das Leben von Tausenden geht, hast du Hemmungen. Und du verlangst, dass ich dir glaube? Dass ich dich am Ende noch verstehe?« Er schüttelte den Kopf und deutete mit einer raschen Geste über die Schulter zurück. »Larian kommt«, sagte er. »Er wird dich dasselbe fragen wie ich, aber er wird nicht mit dir darüber reden, sondern deine Entscheidung akzeptieren, ganz gleich, wie sie ausfällt. Sagst du nein, dann stürmen wir die Stadt ohne deine Hilfe und sehr viele tapfere Männer werden sterben. Du kannst ja hinterher zu ihren Witwen und ihren Kindern gehen und ihnen deinen Vortrag über Gut und Böse halten.«

Timo starrte an Charriu vorbei. Wie der Gauklerjunge gesagt hatte, kamen Larian und ein Teil der übrigen Heerführer herangeritten. Doch die anderen blieben in zehn Schritt Entfernung zurück, während Larian weiterritt und sein Pferd knapp vor ihm zügelte. Sein Blick huschte von ihm zu Charriu und wieder zurück. »Nun?«, fragte er. Seine Stimme klang ruhig und es war nicht die geringste Spur von Vorwurf darin. Obwohl er dieselbe Frage stellen würde wie Charriu, war sie anders, ganz anders. Der Gauklerjunge hatte gefordert, worauf er ein Recht zu haben glaubte, Larian aber bat.

Und das machte alles nur viel schlimmer.

»Die Zeit verrinnt«, sagte Larian, als Timo nicht gleich antwortete. »Die Tagnacht neigt sich dem Ende entgegen und es steht geschrieben, dass die Entscheidung fallen wird, wenn sie endet.« Er deutete zum Himmel.

Auch Timo sah auf, aber sein Blick suchte nicht Sonne oder Mond, sondern glitt wieder nach Westen zu den Bergen hinüber. »Gaia«, flüsterte er. »Bitte, hilf uns.«

Aber der Himmel blieb leer. Nur Sonne und Mond hatten sich ein ganz kleines Stückchen weiter aufeinander zubewegt. Noch wenige Augenblicke und ihre Ränder würden sich berühren. »Warum lässt du uns im Stich?«, flüsterte er. »Was habe ich falsch gemacht?«

»Nichts, kleiner Helder«, sagte Larian sanft. »Sie lassen uns nicht in Stich. Aber dieser Kampf ist nicht der ihre. Es ist unser Kampf und wir müssen ihn kämpfen – auf unsere Weise.«

Timo schluckte. »Verzeih mir, Gaia«, flüsterte er so leise, dass weder Charriu noch der Elbenkönig die Worte hören konnte. Seine Hand krampfte sich so fest um den Eisblock und das Medaillon, die beide nebeneinander über seinem Harnisch hingen, dass ihm der Schmerz die Tränen in die Augen trieb.

Aber vielleicht war es gar nicht der Schmerz. Vielleicht war es etwas anderes, etwas, das er nicht verstand und auch nicht verstehen wollte. Er wandte sich dem Elbenkönig zu und sagte: »Wenn es unser Kampf ist, Larian, dann lass ihn uns gewinnen!«

Die Krieger wichen respektvoll zur Seite und bildeten eine Gasse, als Timo, Charriu, Larian und die anderen Elbenfürsten zum Flussufer hinunterritten. Hier und da wurde eine Hand zum Gruß erhoben oder etwas gerufen und Larian beantwortete jeden Blick und jedes Wort mit einem freundlichen Lächeln, einem Scherzwort oder einem Wink. Die Stimmung unter der Truppe war überraschend gut, wenn man bedachte, dass sie nur noch wenige Augenblicke von der Schlacht trennten, und obwohl Timo sich dagegen wehrte, wurde auch er bald von der gelösten Atmosphäre angesteckt. Krampfhaft versuchte er sich abzulenken, aber das Gefühl wurde immer stärker, und als sie das Flussufer erreichten, hatte er Mühe, sich auf das Geschehen ringsum zu konzentrieren.

Das Heer lag, der Krümmung des Wassergrabens folgend, in einem weit geschwungenen Halbkreis vor der Stadt; dicht genug, um jeden Ausbruch zu vereiteln, aber gerade außerhalb der Reichweite gegnerischer Pfeile und Speere. Auch am jenseitigen Ufer des Flusses lagerten Krieger und auf den Wellen schaukelten große und kleine Boote, mit Ketten und Tauen miteinander verbunden, um einen Fluchtversuch über das Wasser zu vereiteln. Auf den Zinnen von Muuren Shant war nicht die geringste Bewegung wahrzunehmen, nur ab und zu glaubte Timo Schatten hin und her huschen zu sehen. Für einen Moment überkam ihn die böse Vorahnung, einem riesigen Grab gegenüberzustehen. Und bald würde die Stadt wirklich eines sein! Timo wusste nicht, wie viele Krieger Larian hatte – aber es mussten Tausende sein. Wenn Rukkah mit seiner Schätzung Recht gehabt hatte, dann waren sie Hun Cames Höllenschar um mehr als das Zwanzigfache überlegen. Aber es waren keine Menschen, die auf der Seite des Statthalters kämpften, und sie saßen sicher hinter den dicken Mauern der Festung.

Larian zügelte sein Pferd und blickte aus zusammengekniffenen Augen zum Himmel hinauf. Timo folgte seinem Blick. Sonne und Mond hatten sich berührt und die beiden flimmernden Scheiben begannen an den Rändern miteinander zu verschmelzen. Ein winziges Stück der Sonne, nicht viel breiter als ein Haar, aber trotzdem deutlich sichtbar, war bereits dunkel.

»Es ist so weit«, sagte Larian leise. Seine Stimme schwankte etwas und die Sorge, die ihn bedrückte, war jetzt deutlich auf seinem Gesicht zu sehen. Langsam wandte er sich im Sattel um und rief einen seiner Offiziere herbei. »Gebt das Zeichen«, sagte er. »Wir greifen an!« Der Elb nickte stumm und ritt davon.

Auch Timo wollte weiterreiten, aber Larian hielt ihn zurück. »Noch nicht, Helderprinz«, sagte er.

Timo zögerte und sein Blick glitt über das Heer. Er hatte geglaubt, sein Platz müsste in der vordersten Reihe sein.

Larian schien seine Gedanken zu erraten. Er lächelte, schüttelte den Kopf und wies zur Stadtmauer hinauf. »Hun Came ist kein Narr«, sagte er ruhig. »Er weiß, dass du hier bist, und er kennt die Macht, über die du gebietest. Er wird alles tun um dich auszuschalten, Helder.«

Timo nickte. Larians Worte klangen vernünftig, aber das änderte nichts an ihrer Bedeutung. »Die Männer werden eine Bresche in die Mauer schlagen«, fuhr der Elbenkönig fort. »Wir reiten hindurch, sobald der Weg frei ist.«
»Aber ...«
»Die Macht der Blume Crysalis schützt dich nicht gegen Pfeile und Speere«, sagte Larian sanft.
»Es werden viele sterben, wenn ihr versucht, die Mauern zu stürmen«, sagte Timo.
Larian nickte ernst. »Ich weiß«, antwortete er und ein Schatten flog über sein Gesicht. »Aber es muss sein. Ist die Mauer erst einmal gefallen, können wir Hun Cames Dämonen aus der Stadt treiben.«
»Ich verstehe, dass es dir nicht gefällt, zurückzubleiben, während die anderen kämpfen«, sagte Charriu. »Mir gefällt es ebenso wenig, doch es muss sein. Ein einziger Pfeil, ein einziger Stein – und alles ist vorbei!«
Timo schwieg. Er verstand nichts vom Kriegshandwerk, aber er hatte begriffen, wie Recht Larian und der Gauklerjunge hatten. Hun Came würde alles in seiner Macht Stehende tun um ihn zu vernichten. Wenn er sich am Sturm auf die Mauer selbst beteiligte, dann würde der Statthalter sämtliche Daewas und Gorme ausschicken um ihn zu töten. Und es wäre auch viel zu spät gewesen, den Plan jetzt noch zu ändern. Larians Befehl war längst weitergegeben worden und die verschiedenen Teile des Heeres setzten sich bereits in Bewegung. Es war ein stetiges, schwerfälliges Gleiten und Fließen, in der die einzelnen Krieger kaum mehr zu unterscheiden waren. Wieder musste Timo an ein eigenständiges Gefüge denken, in dem der Einzelne nicht mehr zählte.
»Es beginnt«, sagte Charriu. Seine Stimme bebte, aber Timo war nicht sicher, ob es nur die Erregung über den bevorstehenden Kampf war. Langsam bewegte sich das Heer auf

den Wassergraben zu. Ein jubelnder Kampfschrei drang aus den Reihen der Elbenkrieger, und als wäre dies ein Signal für die Gegenseite gewesen, erwachten die Schatten hinter den Zinnen der Mauer zu plötzlichem Leben: Wo vorher nur verlassene Wehrgänge und leere Schießscharten gewesen waren, starrten nun die schwarzen Horngesichter von Daewas hervor. Die ersten Pfeile begannen hin und her zu fliegen und der Lärm wuchs ins Unbeschreibliche, aber unter das Kampfgeschrei mischten sich auch Schmerzensschreie. Staubwolken stiegen auf, aber sie waren nicht dicht genug, um das furchtbare Bild ganz zu verdecken. Das Heer stieß weiter vor, brandete wie eine glitzernde Woge gegen den Wassergraben und kam schwerfällig zum Stillstand. Mehr als nur ein Reiter zügelte sein Tier zu spät oder wurde von den Nachdrängenden weitergeschoben, sodass der Graben bald mit Männern und Tieren gefüllt war, die verzweifelt zum Ufer zurückzuschwimmen versuchten oder dem gegenüberliegenden Ufer zustrebten. Von den Zinnen der Wehrmauer regnete es jetzt Pfeile und Steine auf die Angreifer herunter, aber der Ansturm des Heeres war zu gewaltig, um dadurch aufgehalten zu werden. Vorbereitete Planken und Bohlen wurden über den Graben gelegt und Männer mit Leitern oder Seilen, an deren Enden metallene Greifklauen befestigt waren, stürmten auf die Mauer zu. Das Wasser des Grabens begann zu schäumen, als siede es, und die Strömung trug jetzt nicht nur Holz und Trümmer, sondern auch Tote und Verwundete mit sich in den Fluss hinaus. Und doch waren es wenige, verglichen mit der Zahl derer, die über den Graben nachstürmten. Unzählige Pfeile sirrten zu den Zinnen hinauf, töteten die Daewas und trieben die Überlebenden hinter die dicken Mauern zurück. Der Kampf hatte erst begonnen und schon wurden die ersten riesigen Rammböcke vor das Stadttor gerollt.

Der Boden zitterte unter den Schritten der Krieger und dem unruhigen Stampfen der Pferde und der Staub war jetzt so dicht, dass sie kaum mehr atmen konnten. Timo wandte sich schaudernd ab. Seine Hand klammerte sich in einer hilflosen Bewegung um den Block mit der Blume Crysalis und anders als das letzte Mal spürte er jetzt wieder die gefährliche Verlockung, die davon ausging. War das der Geist Ahrimans, den er spürte?
Aus dem Heer erhob sich ein triumphierender Schrei, als die metallene Spitze des Rammbocks mit einem dröhnenden Schlag gegen das Tor krachte. Obwohl Timo sich dagegen wehrte, schlug ihn dieser Anblick in seinen Bann und er konnte nicht mehr wegsehen. Schon der erste Schlag hatte das Tor in seinen Grundfesten erschüttert – ein breiter, gezackter Riss zog sich durch einen der bronzenen Flügel und von der Wehrmauer stürzten Mörtel und Trümmer herunter. Der Beschuss von den Zinnen hatte fast ganz aufgehört, denn aus den Reihen des Elbenheeres ergoss sich ein so dichter Hagel von Pfeilen und anderen Wurfgeschossen über die Mauern Muuren Shants, dass es die Daewas kaum mehr wagten, ihre Deckung zu verlassen. Ein zweiter, noch härterer Stoß traf das Tor und diesmal brach ein mächtiges Stück heraus und versank in den Fluten des Wassergrabens.
Larian blickte regungslos zur Stadt hinüber. Sein Gesicht war ruhig, aber seine Hände hielten die Zügel so fest, als wollte er sie zerreißen.
»Es gefällt mir nicht«, murmelte er.
Timo sah auf. »Was?«
»Es ist zu leicht«, antwortete Larian, ohne den Blick von der Stadt zu wenden. »Muuren Shant ist nicht irgendeine Stadt – es ist eine Festung, die gewaltigste, die Menschen jemals erbaut haben.«
»Aber eure Übermacht ...«

»Ist groß«, unterbrach ihn Larian, »doch nicht so groß. Hun Came hätte vieles tun können, um das Heer zurückzuschlagen oder wenigstens aufzuhalten.« Er schwieg einen Moment und tauschte einen langen Blick mit Rukkah. Auch der Hauptmann wirkte besorgt. Er war in der Stadt dort drüben aufgewachsen und hatte sein halbes Leben damit verbracht, Strategien zu ihrer Verteidigung zu entwerfen und auszuführen.

»Ihr habt Recht, Larian«, sagte er nach kurzem Überlegen. »Wäre ich dort drüben an Hun Cames Stelle, dann wäre die Hälfte Eures Heeres jetzt tot und die anderen geflohen.«

»Das dürfte übertrieben sein«, mischte sich Charriu ein.

Aber Rukkah schüttelte den Kopf. »Keineswegs«, sagte er. »Was sollte ihn zum Beispiel daran hindern, Öl in den Wassergraben zu leiten und es anzuzünden oder den Rammbock mit brennendem Pech zu übergießen? Nein«, fuhr er überzeugt mit fester Stimme fort, »wenn Ihr mich fragt, Larian, dann ist es eine Falle. Er will, dass wir das Tor sprengen.«

»Aber warum?«, fragte Timo verwundert.

»Warum?« Rukkah lachte hart. »Weil er genau weiß, dass er zu wenig Krieger hat, um die Mauern auf Dauer gegen uns halten zu können. Drinnen in der Stadt kann er darauf rechnen, unser Heer zu zersplittern. Die Daewas sind furchtbare Gegner«, fügte er düster hinzu. »Im Kampf Heer gegen Heer sind wir stark genug, sie zu besiegen, aber dort drinnen ...« Er biss sich auf die Unterlippe und schüttelte wieder den Kopf. »Ich kenne Muuren Shant«, sagte er leise. »Die Stadt ist ein wahres Labyrinth. Wir würden Wochen brauchen, sie zu durchsuchen und auch den letzten Daewa aufzuspüren.«

»Und was schlagt Ihr vor?«, fragte Larian.

Rukkah tat einen tiefen Atemzug. »Nichts«, sagte er nach

einer Weile. »Es ist zu spät, die Taktik zu ändern. Wenn es eine Falle ist, so müssen wir es darauf ankommen lassen.« Plötzlich lächelte er, offensichtlich darum bemüht, sich selbst und den anderen Mut zu machen und seinen Worten etwas von ihrem Schrecken zu nehmen. »Wir haben mehr als genug Krieger, uns aus jeder Falle freizukämpfen«, sagte er. »Und außerdem haben wir ja noch eine kleine Überraschung für diesen Bastard.« Bei diesen Worten sah er Timo an und sein Blick suchte den Eisblock und das Medaillon der Elfen.

Timo wich seinem Blick aus. Er spürte, dass Rukkah – und auch die anderen – eine Antwort von ihm verlangten, aber er schwieg. Die Männer um ihn, die Schlacht – das alles kam ihm mit einem Mal seltsam unwirklich vor, als wäre es nichts als ein böser Traum, aus dem er nur nicht erwachen konnte. Obwohl sie nur wenige Pfeilschussweiten von der Stadt und dem Schlachtfeld entfernt waren, kam es ihm für einen Moment so vor, als ginge ihn das alles nichts an, wäre gar nicht wahr, sondern nur Teil einer Geschichte, die er irgendwann einmal gehört hatte.

Die Schlacht war mittlerweile fast ganz zum Erliegen gekommen. Der größte Teil des Heeres hatte den Wassergraben überwunden und drängte sich am Fuße der Mauern und die wenigen Daewas, die den Pfeilhagel überlebt hatten, waren verschwunden.

Rukkah schüttelte abermals den Kopf. »Das ist Wahnsinn«, murmelte er. »Warum lässt er die Tore nicht gleich öffnen und bittet uns herein? Selbst der dümmste Rekrut könnte das halbe Heer vernichten, so, wie es ohne Deckung vor ihm liegt.«

»Es ist kein Wahnsinn«, sagte Timo plötzlich, wieder in die Wirklichkeit zurückgekehrt. Rukkah wandte den Kopf und runzelte die Stirn und auch die anderen sahen ihn fragend an.

»Er weiß genau, was er tut«, fuhr Timo fort. »Euer Heer ist ihm egal. Und die Stadt ebenfalls. Es spielt keine Rolle, ob Muuren Shant ihm oder euch gehört oder ob er diese Schlacht verliert, wenn er den Krieg gewinnt. Er will mich!«

»Dich?«, wiederholte Rukkah zweifelnd. »Verzeih, Prinz des Kleinen Volkes – aber überschätzt du dich jetzt nicht ein wenig?«

Timo schüttelte den Kopf. »Nicht mich«, erklärte er ernst. »Aber das hier.« Er senkte seinen Schild und hielt die Blume Crysalis und das Amulett in die Höhe, sodass sich das Licht der Sonne blitzend auf beiden brach. Ein plötzlicher Windstoß traf den Anhänger und kehrte die dunkle Seite mit dem Mond nach außen. Timo schloss hastig die andere Hand darum, aber trotzdem hatte dieser Augenblick genügt, ihn wieder die dunkle Verlockung seiner Macht spüren zu lassen.

»Es könnte sein, dass der Helder Recht hat«, sagte Larian. »Wenn es so ist, dann müssen wir doppelt vorsichtig sein. Hun Came ist böse, aber er ist kein Narr. Möglicherweise stellt er uns eine Falle.«

Rukkah nickte. »Die Blume Crysalis in der Hand des Dunklen Herrschers würde das Ende bedeuten«, stimmte er zu. »Und nicht nur für uns.« Er sah nachdenklich zur Stadt hinüber und wandte sich dann wieder an Larian. »Wir müssen die Stadt nicht stürmen«, schlug er vor. »Als wir Muuren Shant verließen, waren die Flusskanäle geöffnet und ich glaube nicht, dass er sie geschlossen hat. Wenn wir eine Wagenladung Öl in den Fluss gießen und anzünden, wird es von der Strömung unter jedes Haus der Stadt getragen. Wir räuchern sie aus wie Ratten!«

»Muuren Shant würde dabei bis auf die Grundfesten abbrennen«, gab Larian zu bedenken.

Rukkah machte eine wegwerfende Handbewegung. »Es ist

nur eine Stadt«, sagte er leichthin. »Wir bauen sie wieder auf.«
Larian wollte etwas erwidern, aber Timo war schneller.
»Nein«, sagte er. »Das wäre kein Ausweg, Rukkah, und Ihr wisst es. Es steht geschrieben, dass die entscheidende Schlacht zwischen Gut und Böse entbrennen wird, wenn sich Sonne und Mond vereinigen.« Er deutete zum Himmel hinauf.
»Und du bist das Gute?», fragte Rukkah mit einem missglückten Versuch zu scherzen.
»Nein«, antwortete Timo. »So wenig wie Hun Came das Böse ist. Wir sind beide nur Werkzeuge.« Er atmete tief ein und blickte noch einmal nach Westen. Aber er wusste, dass er nichts sehen würde.
Ein Reiter kam herangesprengt, rief Larian eine Botschaft zu und ritt wieder davon. Der Elbenkönig warf einen ernsten Blick auf Timo, sah dann Rukkah an und wandte sich schließlich zu den wartenden Elbenfürsten um. »Das Tor ist gesprengt«, sagte er. »Die Stadt ist offen.« Er blickte zum Himmel empor. Sonne und Mond spiegelten sich als winzige Kreise in seinen Pupillen, Tag und Nacht, Licht und Dunkelheit vereinigt in einer einzigen Person. »Bringen wir es hinter uns«, sagte er leise.

Sie setzten sich in Bewegung. Timo ritt in der Mitte der kleinen Truppe, die sich in einem weit geschwungenen Bogen der Stadt näherte. Die Tiere griffen immer schneller aus und er klammerte sich an den Zügeln fest, um nicht abgeworfen zu werden. Der dumpfe Trommelwirbel der Hufschläge übte eine erregende Wirkung auf ihn aus und gleichzeitig wich die quälende Unsicherheit und machte einem eigenartigen Gefühl des Endgültigen Platz. Das Heer tauchte vor ihnen auf und wieder bildeten die Krieger eine Gasse, durch die sie auf das Stadttor zuritten. Sie kamen jetzt langsamer voran, denn der Boden hatte sich unter den anstürmenden Massen längst in einen sumpfigen Morast verwandelt, in dem die Hufe der Elbenpferde einsanken. Von allen Seiten stießen Reiter zu ihnen. Zuerst vereinzelt, dann ganze Abteilungen, und alle waren Elben. Larian musste seine sämtlichen Krieger zusammengerufen haben, um an ihrer Spitze in die Stadt einzureiten. Als der Wassergraben und das geborstene Tor vor ihnen auftauchten, war ihre Zahl auf mehr als dreihundert angewachsen. Timo hatte eigentlich damit gerechnet, dass die Elben noch einmal anhalten würden, ehe sie durch das Tor stürmten, aber Larian galoppierte in unvermindertem Tempo weiter. Ein jubelnder Schrei aus unzähligen Kehlen folgte ihnen, als die Hufe ihrer Pferde über die Brücke donnerten. Angeführt von den Elben auf ihren strahlend weißen Pferden setzte das Heer zum endgültigen Sturm auf Muuren Shant an. Timo wurde einfach mitgerissen, aber im Gegensatz zu den anderen empfand er keinen Triumph, sondern nur Furcht vor dem Kommenden und das immer stärker werdende Gefühl, etwas Falsches zu tun. Das gesprengte Tor erschien ihm nicht mehr wie der Eingang in eine Stadt, sondern wie das gierig aufgerissene Maul eines steinernen Ungeheuers, das sie alle verschlingen würde.

Dann waren sie hindurch und ihm blieb keine Zeit mehr, nachzudenken oder gar seine Entscheidung zu überprüfen. Es war eine Falle und sie schnappte im gleichen Augenblick zu, in dem der letzte Elbenkrieger durch den Torbogen jagte. Ein dumpfer Schlag ließ die Stadtmauern und den Boden unter ihnen erzittern, und als Timo erschrocken herumfuhr, sah er, dass sich vor dem zerschmetterten Tor ein stählernes Gitter aus armdicken Stäben gesenkt hatte! Und jetzt rasselte eine meterdicke Stahlplatte aus der Mauer und traf mit einem ungeheuren Dröhnen auf dem Boden auf.

»EINE FALLE!», schrie Rukkah mit überkippender Stimme. »Zurück!«

Aber es war zu spät. Auf den Wehrgängen und in den Fenstern, in Türen und Torbögen erschienen gewaltige schwarze Gestalten, die drohend näher kamen. Ein Hagel von Pfeilen ergoss sich über die Elbenkrieger und von der Mauer regnete es Steine und kochendes Pech.

Doch Larians Elben bewiesen, dass sie den Ruf hervorragender Krieger nicht umsonst trugen. In einer einzigen, schnellen Bewegung duckten sie sich auf den Rücken der Pferde und hoben ihre Schilde. Kaum ein Geschoss traf sein Ziel und die wenigen, die ihre Deckung durchbrachen, prallten von den Harnischen ab und landeten auf dem Boden, ohne jemanden zu verletzen. Auch Timo hatte seinen Schild hochgerissen, doch nicht ein einziger Pfeil kam auch nur in seine Nähe. Er begriff plötzlich, dass es kein Zufall war, dass er inmitten von Larians Elbenkriegern ritt. Es gab keine Richtung, in der er nicht von einem Wall gepanzerter Pferde und Reiter umgeben war, und selbst wenn Hun Came seine Krieger gleichzeitig gegen ihn geschickt hätte, wäre er kaum in Gefahr gewesen.

»Schießt!«, befahl Larian laut. Trotz des ohrenbetäubenden Lärms war seine Stimme überall so deutlich zu vernehmen, als stünde er neben jedem einzelnen Krieger, und Timo sah voller Erstaunen, wie die Elben – ohne ihre Schilde zu heben – die Bogen spannten und auf die Daewas anlegten.

Waren es gerade noch die Elben gewesen, die sich unter den Pfeilen duckten, so wichen jetzt Ahrimans Kreaturen vor den tödlichen Waffen ihrer Gegner zurück. Und es war nicht gelogen, was Timo über die Elbenpfeile gehört hatte – sie verfehlten niemals ihr Ziel. Schon unter der ersten Salve fiel eine große Anzahl der höllischen Kreaturen und es wurden noch mehr, als der Rest versuchte die schützenden Mauern zu erreichen.

»Schießt!«, schrie Rukkah. »Lasst sie nicht entkommen!«
Mit einem gellenden Schrei senkte er den Schild, riss sein Schwert aus dem Gürtel und sprengte hinter einem fliehenden Daewa her. Der schwarze Dämon bemerkte die Gefahr im letzten Augenblick und schwang seine gefährliche Keule, um den Hieb abzuwehren, aber die scharfe Klinge drang bereits durch den Hornpanzer und tötete ihn auf der Stelle.
»Rukkah!«, schrie Larian. »Kommt zurück!«
Doch Rukkah hörte nicht. Er gab seinem Pferd die Sporen und setzte einem weiteren Daewa nach.
»Rukkah!«, schrie Larian noch einmal und diesmal hörte Timo deutlich die Furcht in seiner Stimme. »Kommt zurück! Ich befehle es!«
Aber Rukkah hob wieder seine Waffe und hieb nach dem Daewa, doch der Gigant wich zur Seite, sodass die Klinge seinen Schädel verfehlte und knirschend von seinem Harnisch abglitt. Rukkah wurde durch die Wucht dieses ungestümen Hiebes nach vorne gerissen, verlor das Gleichgewicht, stürzte und schlug schwer auf dem gepflasterten Boden auf. Er war sofort wieder auf den Beinen – aber der Daewa war noch schneller. Mit einem wütenden Knurren fuhr er herum und stürzte sich mit weit ausgebreiteten Armen auf ihn. Rukkah riss mit einem Schreckensschrei die Waffe hoch, doch der Daewa achtete die Gefahr nicht, vielleicht war er auch zu wütend um sie zu erkennen.
Timo hatte das Gefühl, die Erschütterung bis ins Mark hinein zu spüren, als die beiden Gegner aufeinander prallten. Rukkahs Schwert fuhr krachend durch den Harnisch des Daewa und bohrte sich fast bis zum Heft in seine Brust und im selben Moment schlossen sich die Pranken des Dämons in einer tödlichen Umarmung um ihn. Aneinander geklammert und leblos sanken die beiden ungleichen Gegner zu Boden und blieben liegen.

Timo wandte sich schaudernd ab. Der Kampf hatte so rasch geendet, wie er begonnen hatte. Die Falle war zugeschnappt, aber es waren Cames Leute, die ihr zum Opfer gefallen waren. Die Straße war schwarz von toten und sterbenden Daewas und auch oben auf den Wehrgängen war niemand mehr zu sehen.
Doch auch die Elben hatten einen hohen Preis für diesen Sieg gezahlt. Zwar hatten die Pfeile kaum Verletzungen verursacht, aber das siedende Pech und die schweren Steine. Einige waren tot und viele verwundet. Timo kämpfte mühsam gegen die Tränen. Seine Hand umfasste den Eisblock mit der Blume Crysalis, aber die Kraft, auf die er wartete, blieb noch immer aus.
»Das Tor!«, befahl Larian. »Öffnet das Tor! Schnell – sie werden wiederkommen!«
Ein Dutzend Elbenkrieger sprang aus dem Sattel und eilte zum Tor zurück, um seinem Befehl zu gehorchen, aber sie hatten noch nicht die halbe Strecke zurückgelegt, als sich plötzlich der Boden vor ihnen auftat und Feuer und Rauch aufstieg. Die Männer prallten erschrocken zurück. Die Flammen schossen immer höher und höher, bis das Tor hinter einer weiß glühenden Feuerwand verschwunden war. Und aus den Winkeln und Ecken tauchten wieder die verhassten Daewas auf.
Erneut brach der Kampf los. Pfeile sirrten hin und her, Männer und Tiere schrien auf und stürzten. Die Daewas hatten aus ihrem ersten Fehler gelernt und griffen jetzt nicht mehr offen an, sondern blieben hinter Hauswänden und Fenstern verborgen und tauchten nur kurz auf, um ihre Pfeile abzuschießen. Trotzdem fiel einer nach dem anderen unter den Geschossen der Elben. Doch so viele auch starben – Hun Cames Armee schien unerschöpflich zu sein und für einen getöteten Daewa tauchten sofort zwei neue auf.

Timo kämpfte mit aller Kraft darum, im Sattel zu bleiben. Er nahm kaum noch wahr, was um ihn herum vor sich ging. Die Straße hatte sich in ein Chaos schreiender Menschen und durchgehender Pferde verwandelt und es war fast ein Wunder, dass er nicht schon längst von einem Pfeil oder einem Armbrustbolzen getroffen worden war.
Jemand drängte sein Pferd neben ihn und riss ihn grob an der Schulter herum. Timo blickte in Charrius gerötetes, schweißbedecktes Gesicht. »Die Blume Crysalis!«, keuchte der Gauklerjunge. »Hilf uns, Helder! Rufe ihre Kräfte!«
Timo wollte antworten, aber Charriu versetzte ihm plötzlich einen Stoß, der ihn um ein Haar aus dem Sattel geworfen hätte. Sein Arm kam hoch und wurde mit einem Ruck beiseite geschleudert, als der Pfeil krachend in seinen Schild fuhr. »Die Blume!«, wiederholte Charriu. »Wende ihre Macht an, Helder, oder wir sind alle verloren!«
Aber ehe Timo antworten konnte, wurden sie voneinander getrennt. Der Kampf schien seinem Höhepunkt entgegenzugehen. Auf den Wehrgängen tauchten abermals Daewas auf. Je zwei schleppten einen riesigen hölzernen Schild mit einem schmalen Schlitz oben, durch den ein dritter zielen konnte, ohne selbst getroffen zu werden. Auch die Dächer waren voll von diesen Gruppen und am unteren Ende der Straße erschien eine gewaltige, aus Balken und Metallteilen roh zusammengefügte Schanze, hinter der weitere Daewas herandrängten.
Timo umklammerte den Eisblock. Doch es gelang ihm nicht, die Kräfte der Blume Crysalis zu wecken. Für einen Moment schien das Eis unter seinen Fingern zwar warm zu werden, und als er das Medaillon herumdrehte und die Seite mit dem Mond ins Sonnenlicht hielt, glaubte er einen riesigen, körperlosen Schatten davonhuschen zu sehen – doch der tödliche Blitz, der die Daewas verschlingen sollte, blieb aus.

Panik überkam ihn. Noch einmal machte er einen Versuch, doch auch diesmal geschah nichts – die ungeheure Macht, die er zweimal gespürt hatte, war nicht mehr vorhanden! Verzweifelt sah er auf und begegnete den Blicken Larians und Charrius und auch in ihren Augen las er das gleiche Entsetzen, das er selbst verspürte. »Es ... es geht nicht«, sagte er mit heiserer Stimme. »Ich kann es nicht mehr!«
Er wusste nicht, ob Larian seine Worte in dem Lärm überhaupt verstanden hatte, doch der Elbenkönig fuhr mit einer entschlossenen Bewegung herum, deutete in die dem Kampfgetümmel entgegengesetzte Richtung der Straße, die frei war, und rief einen lauten Befehl. Die Elben ließen von ihren Gegnern ab und der Trupp sprengte los. Ein paar Daewas versuchten ihnen den Weg zu verstellen und sie aufzuhalten, aber sie wurden einfach niedergeritten. Die Stadt schien unter dem Donner der Hufe zu erzittern, und wo sie auf die schwarzen Kreaturen trafen, flohen diese oder blieben getötet zurück.
Schließlich erreichten sie den großen Platz im Herzen der Stadt. Hier hatte alles begonnen, erinnerte sich Timo und fühlte einen dumpfen Schmerz in der Brust. Eine drückende Atmosphäre des Bösen schien über diesem Ort zu liegen. Und Timo war nicht der Einzige, der den Pestgestank Annwns wahrnahm, der hier deutlicher als sonst wo in Muuren Shant zu spüren war.
Larian ließ anhalten, als sie die Mitte des Marktplatzes erreichten. Ein Teil seiner Reiter bildete einen weiten Kreis um die Truppe, Schilde und Speere erhoben, um jeden überraschenden Angriff abzuwehren.
Timo erschrak, als er sah, wie wenige sie noch waren. Fast die Hälfte von Larians Elben war gefallen und die meisten von den Überlebenden waren verletzt. Viele Gesichter waren schmerzverzogen und so mancher konnte sich nur noch mit Mühe im Sattel halten.

»Einen zweiten Angriff wie diesen halten wir nicht durch«, sagte Larian, als hätte er seine Gedanken gelesen. Er drängte sein Pferd an Timos Seite und sah ihn fragend an. »Was ist mit der Blume Crysalis?«

Timo hielt seinem Blick stand, obwohl er am ganzen Körper zitterte. »Ich ... ich kann es nicht!«, flüsterte er.

»Was soll das heißen, du kannst nicht?«, schnappte Charriu, der neben Larian herangeritten war. Auch er war verletzt – eine lange, blutige Schramme zog sich quer über sein Gesicht und seine linke Hand war blutüberströmt. Aber das schien ihn nicht zu kümmern. Sein Blick flammte vor Zorn.

»Ich kann es nicht«, wiederholte Timo gequält. »Bitte, Larian, Ihr müsst mir glauben. Ich will es ja, aber ... es ... es geht nicht mehr. Ich ...«

Charriu wollte auffahren, aber Larian brachte ihn mit einer raschen Geste zum Schweigen. »Wenn es so ist«, sagte er, »müssen wir uns eben auf unsere eigene Kraft verlassen.«

»Ihr habt es selbst gesagt – einen weiteren Angriff wie diesen halten wir nicht durch«, sagte Charriu trotzig. »Dieser Helder ist doch nur ...«

»Kein Wort mehr«, unterbrach ihn Larian streng. »Vielleicht ist es gut so, wie es gekommen ist. Es ist unsere Welt, um die wir kämpfen, Charriu, und wir müssen sie aus eigener Kraft retten. Es wird nicht immer eine Blume Crysalis zur Stelle sein, wenn wir Hilfe brauchen.« Sein Blick suchte den Timos und trotz der Ausweglosigkeit ihrer Lage war noch immer die alte Weisheit und Güte in ihm. »Du brauchst dir keine Vorwürfe zu machen, kleiner Helder«, sagte er. »Wenn überhaupt jemand Schuld trägt, dann ich. Jedes Kind hätte die Falle erkannt« – seine Stimme wurde bitter –, »nur der große Heerführer der Elben nicht.«

»Schöne Worte«, murrte Charriu. »Aber sie helfen uns nicht, Larian. Wir müssen uns irgendwo verschanzen, bis

die Truppen eine Bresche in die Mauer geschlagen haben und uns zu Hilfe kommen.« Larian schüttelt den Kopf. »Das ist unmöglich«, sagte er leise. »Du weißt es. Es kann Stunden dauern, ehe sie die Mauern erstürmt haben, vielleicht Tage. So lange können wir uns nicht halten.«
»Und was schlagt Ihr vor?«, fragte Charriu gepresst. »Das Einzige, was uns zu tun bleibt«, gab Larian zurück. »Wir suchen Hun Came und stellen uns zum Kampf.«
Charriu wurde blass und auch Timo erschrak zutiefst. »Das ... das ist nicht Euer Ernst!«, keuchte der Gauklerjunge. »Er wird genau das von uns erwarten und vorbereitet sein.«
Larian nickte. »Sicher.«
»Aber wir werden sterben!«, warnte Charriu. »Wir alle!«
Abermals nickte Larian. Traurig sah er erst Timo und dann Charriu an. »Um dich tut es mir Leid, Gauklerprinz«, sagte er ernst. »Und auch um dich, kleiner Helder. Vielleicht könnt ihr euch verbergen, bis das Heer in der Stadt ist. Was jetzt geschieht, hat mit euch nichts mehr zu tun.«
»Ihr seid von Sinnen!«, rief Charriu. »Ihr reitet geradewegs in den Tod, Larian!«
Larian blickte ihn wieder auf diese eigentümliche, gefasste Weise an und machte dann eine Handbewegung, die den gesamten Marktplatz einschloss. »Was ihr hier seht«, sagte er leise, »ist der Rest der Elben. Alles, was von unserem Volk geblieben ist.« Er lächelte wehmütig. »Wir waren einst ein stolzes Volk und wir sind es noch. Aber wir sind Krieger, auch wenn wir für den Frieden kämpfen. Und welches Ende kann für ein Volk von Kriegern würdiger sein als eine Schlacht?«
»Eine Schlacht, die ihr verliert?«
Larian schüttelte heftig den Kopf. »Wir verlieren sie nicht, Charriu«, sagte er überzeugt. »Selbst wenn Hun Came gewinnt, wird er doch am Ende der Verlierer sein. Das Gute

wird siegen, wenn nicht heute, dann morgen oder in hundert Jahren.« Er schwieg und Timo hatte das Gefühl, als ob der Wind plötzlich kälter würde. Sein Blick wanderte nach oben. Ein Teil der Sonnenscheibe war bereits verschwunden – nach dem langen Tag trat nun die Nacht ihren Siegeszug an.

»Geht, Charriu, Prinz der Gaukler, und Timo, Herr des Kleinen Volkes«, sagte Larian nach einer Weile. »Muuren Shant ist groß. Ihr werdet einen Weg finden, euch verborgen zu halten. Dein Vater leitet den Angriff, Charriu, und er ist ein tüchtiger Mann. Es wird ihm gelingen, die Mauern zu durchbrechen!«

Charriu schüttelte den Kopf. »Ich lasse Euch nicht im Stich«, sagte er fest.

Timo hatte damit gerechnet, dass Larian widersprechen würde, aber er tat es nicht, sondern nickte nur und wandte sich dann ihm zu. »Und du, Prinz der Helder?«

»Es ist auch meine Welt«, sagte Timo. »Wenn Hun Came siegt, dann gibt es nichts mehr, um das ich noch kämpfen könnte.«

»So sei es«, sagte Larian feierlich. Langsam wendete er sein Pferd, hob seinen Schild in Brusthöhe und ritt los, nach Osten, dorthin, wo sich die grauen Mauern von Hun Cames Palast über den Dächern von Muuren Shant erhoben.

Elfentanz

Der Trupp näherte sich ungehindert Hun Cames Palast. Die Straßen, durch die sie kamen, waren ausgestorben und aus den Toren und Nischen sprangen keine Daewas mehr hervor. Aber Timo spürte, wie sich die bedrohliche Atmosphäre mit jedem Schritt verstärkte. Und plötzlich wusste er, dass sie nicht nur Hun Came, sondern auch Ahriman, den Dunklen Herrscher selbst, treffen würden. Er konnte seine Anwesenheit ganz deutlich in seinem Inneren spüren.
Dann lag der Palast vor ihnen. Die Straße erweiterte sich zu einem großen, ovalen Platz, an drei Seiten umgeben von den hässlichen, grauen Häusern Muuren Shants, an der vierten begrenzt von einer mächtigen, marmornen Treppe, über der sich der Palast des Statthalters erhob.
Der Platz war schwarz von Daewas.
Hun Cames gesamtes restliches Heer musste aufmarschiert sein um sie zu empfangen. Es mochten an die fünfhundert schuppige Krieger aus Annwn sein, die einen weiten Halbkreis vor der Treppe und den Häusern bildeten und abwartend neben und hinter Hun Came Aufstellung genommen hatten.
Larian ließ anhalten, als der letzte Elbenkrieger den Platz betreten hatte. Sein Blick wanderte über die erdrückende Übermacht des Feindes, aber es lag kein Entsetzen darin, sondern beinahe etwas wie Stolz.
»Noch ist Zeit«, sagte er, ohne sich zu Charriu oder Timo, die links und rechts von ihm hielten, zu wenden. »Geht und verbergt euch. Die Stadt ist groß und auch alle seine Krie-

ger zusammen können sie nicht zur Gänze in der kurzen Zeit, die ihnen noch bleibt, durchsuchen.«
Charriu schüttelte wortlos den Kopf und auch Timo schwieg. Er wusste, dass – ganz egal, wie dieser Kampf ausging – Hun Came ihn finden würde. Und wenn nicht er, dann Ahriman.
Larian nickte und zog langsam sein Schwert aus der Scheide. Das Licht der untergehenden Sonne ließ die Klinge aufblitzen. Mit einer bedächtigen Bewegung hob er das Schwert mit beiden Händen hoch über den Kopf, senkte es wieder, bis die Spitze genau auf die dunkle Gestalt Hun Came wies, und rief einen Befehl.
Wie ein Mann setzten die Elben zu ihrem letzten Kampf an. Muuren Shant schien in seinen Grundfesten zu erbeben, als die beiden ungleichen Heere aufeinander stießen. Die Daewas waren mit Bogen und Armbrüsten bewaffnet, aber die Elben waren viel zu schnell heran, als dass sie ihre Waffen erfolgreich einsetzen konnten. Wie eine Flutwelle brandete die Front der Elbenkrieger gegen die ihre, durchbrach sie und zerschlug ihre geordnete Formation schon im ersten Ansturm zu einem heillosen Chaos.
Der Kampf dauerte nicht lange, aber er wurde mit einer Verbissenheit geführt, wie sie Timo noch niemals zuvor erlebt hatte. Die Elben standen einer dreifachen Übermacht gegenüber, von der jeder Einzelne fünfmal stärker war als ein Mensch, doch was ihnen an Kraft fehlte, machten sie an Entschlossenheit wieder wett. Und es gab noch einen Unterschied, einen, den Timo erst in diesem Moment, als er die beiden Heere in gnadenlosem Kampf ineinander verkeilt sah, wirklich begriff: Die Elben kämpften für die Sache des Guten und sie waren überzeugt von dem, wofür sie kämpften. Und es war diese Überzeugung, die ihnen diese Kraft gab, mehr Kraft, als Ahriman mit all seiner Bosheit und seiner Macht seinen Kreaturen hatte geben kön-

nen. Schwerter und Schilde hoben sich immer wieder und langsam, aber unaufhaltsam kämpften sich die hellen Krieger einen Weg durch die schwarze Flut des Bösen.
Timo schwang seine Schleuder, aber er tat es ohne die Entschlossenheit, die die Elben vorwärts trieb. Er war hineingerissen worden in diesen Kampf, der nicht der seine war und den er nicht gewollt hatte. Er spürte, dass es falsch war, was er tat, aber er kämpfte weiter, gegen seinen Willen.
Hun Came feuerte seine Truppen mit schrillen Schreien an, aber der Vorstoß der Elben war nicht aufzuhalten. Schließlich trat der Statthalter zurück und schickte auch die Krieger, die zu seinem Schutz zurückgeblieben waren, in die Schlacht. Ein letztes, allerletztes Mal prallten Tag und Nacht in einem grausamen Kampf am Fuß der Treppe aufeinander und das Klirren der Waffen und das Kampfgeschrei schienen die Welt aus den Angeln zu heben.
Und dann war es vorbei.
Der letzte Daewa fiel unter einem mächtigen Hieb des Elbenkönigs und plötzlich war nichts mehr da, worauf Timo seine Schleuder hätte richten oder wonach Charriu mit seinem Schwert hätte schlagen können. Der Kampf war vorüber und von einer Sekunde auf die andere senkte sich eine tiefe Stille über den Platz.
Timo spürte, dass auch er verletzt war; Blut lief warm und klebrig an seinem Rücken hinunter und in seinem Nacken begann ein stechender Schmerz zu erwachen. Seine Arme waren schwer, als zerrten Bleigewichte an ihnen, und er hatte nicht einmal mehr die Kraft, seine Schleuder zu halten. Er sank nach vorne, löste mühsam den Schild von seinem Arm und ließ ihn zu Boden fallen. Sein Pferd wankte und stieß ein klägliches Schnauben aus. Auch unter seinem Harnisch sickerte Blut in dunklen Strömen hervor.
Die Daewas waren geschlagen und nicht einer der schwarzen Dämonen war entkommen. Doch um welchen Preis!

Charriu, Larian und er waren die Einzigen, die überlebt hatten. So wie ihre Gegner waren auch die Elben bis auf den letzten Mann getötet worden. Mühsam hob Timo den Kopf, sah erst zu Charriu, dann zu Larian hinüber und blickte dann zu Hun Came hinauf, der vor dem Eingang seines Palastes stand und aus brennenden Augen zu ihnen herunterstarrte.

»Kommt«, sagte Larian leise. Sein Gesicht glich einer ausdruckslosen Maske, als er sein Schwert in die Scheide zurückschob und sein Pferd antrieb. Timo und Charriu gaben ihren Pferden ebenfalls die Sporen und folgten dem Elbenkönig.

Hun Came erwartete sie aufrecht und finster am oberen Ende der Treppe. Aber sein Blick war ohne Furcht, sondern von einem unbändigen Hass erfüllt, wie Timo ihn nicht einmal bei Ahriman gespürt hatte.

Der Statthalter wich Schritt für Schritt zurück, als sie nebeneinander näher kamen. Seine rechte, unverletzte Hand lag auf dem Griff seines Schwertes, aber er zog die Waffe nicht, sondern blickte nur finster von einem zum anderen und sah schließlich den Elbenkönig an. »Drei gegen einen, Larian?«, fragte er. »Versteht Ihr das unter einem gerechten Kampf?«

Larian schwieg, hob aber die Hand und gebot Timo und Charriu, zurückzubleiben. »Aus dem Munde eines Mannes, wie du einer bist, klingt dieses Wort sonderbar«, antwortete er ruhig. »Aber wenn du darauf bestehst, Hun Came – bitte.« Er zügelte sein Pferd und wollte aus dem Sattel steigen, aber Hun Came hielt ihn mit einem raschen Kopfschütteln zurück. »Ich werde nicht mit dir kämpfen, Elbenhund«, sagte er böse.

Larian starrte ihn an. »Dann töte ich dich, Hun Came.«

Ein boshaftes Lächeln huschte über die Züge des Statthalters. »O nein«, sagte er gehässig. »Das wirst du nicht tun,

Larian. Ich kenne dich besser. Elben morden nicht. Und es wäre Mord, einen Wehrlosen zu erschlagen.«
»Ich bin kein König mehr«, antwortete Larian ernst, denn es gibt kein Volk mehr, über das ich herrschen könnte.«
Hun Came sah sich mit gespielter Überraschung auf dem Schlachtfeld um. »Mir scheint, du hast Recht«, sagte er nach einer Weile. »Dein Volk ist besiegt – endgültig.«
»So wie deines«, fügte Larian ruhig hinzu. »Jetzt gibt es nur noch dich und mich, Hun Came.«
Hun Came lachte leise und es war ein Laut, der Timo einen eisigen Schauer über den Rücken laufen ließ. »Wie edel«, sagte er spöttisch. »Und jetzt erwartest du, dass ich mein Schwert ziehe und mit dir kämpfe, damit wir die Sache zu Ende bringen, wie? Aber daraus wird nichts!«
»Beweise wenigstens einmal im Leben Mut, Hun Came«, sagte Larian. »Wenn du schon als Feigling gelebt hast, dann stirb nicht als solcher.«
»Wer spricht vom Sterben?«, gab Hun Came überheblich zurück. »Die Einzigen, die hier gestorben sind, sind deine Elben, Larian. Du hast dein Volk in den Tod geführt und versuchst mich dafür verantwortlich zu machen. Aber ich werde nicht mit dir kämpfen. Nimm mich gefangen, wenn es dich glücklich macht, und genieße die letzten Tage, die dir und deinem lächerlichen Heer bleiben.«
Larian hob drohend das Schwert, aber Hun Came wich nicht zurück. »Du beeindruckst mich nicht, Elbenhund«, sagte er. »Ich muss zugeben, dass ich euch unterschätzt habe. Ich hätte niemals gedacht, dass ihr meine Daewas besiegen könntet, aber es war ein Fehler, der nicht weiter zählt. In einem aber bin ich ganz sicher – du wirst mich nicht umbringen. Du würdest eher sterben, ehe du einen Wehrlosen tötest.«
»Wenn er es nicht tut, dann tue ich es«, mischte Charriu sich

ein. Seine Stimme bebte vor Zorn und er hatte das Schwert bereits halb aus der Scheide gezogen.
Larian wandte mit einer müden Bewegung den Kopf. »Nicht, Charriu«, bat er leise. »Er hat Recht – ein begangenes Unrecht wird nicht durch ein anderes wieder gutgemacht.«
Charriu streckte trotzig das Kinn vor. Seine Augen blitzten. »Große Worte, Larian«, antwortete er bitter. »Aber all Eure Krieger sind tot. Das Volk der Elben ist ausgelöscht und der Mann, der dafür verantwortlich ist, steht vor Euch!«
»Wird es wieder lebendig, wenn ich ihn töte?«, fragte Larian sanft.
Charriu wollte antworten, aber in diesem Moment tat Hun Came etwas vollkommen Unerwartetes. Larian war durch die Worte, die er mit dem Gauklerjungen gewechselt hatte, für eine kurze Zeitspanne abgelenkt – und Hun Came nutzte das gnadenlos aus! Sein linker, angeblich verletzter Arm befreite sich mit einer unglaublich schnellen Bewegung aus der Schlinge; ein Dolch blitzte auf und flog auf den Elbenkönig zu!
Timo und Charriu bemerkten die Gefahr im gleichen Augenblick und schrien auf und auch Larian fuhr herum und riss seinen Schild in die Höhe.
Er war nicht schnell genug. Der Dolch zischte einen Fingerbreit über den Rand des Schildes hinweg, durchschlug den Harnisch und bohrte sich dicht oberhalb des Herzens in Larians Brust. Lautlos sank der Elbenkönig aus dem Sattel und blieb bewegungslos liegen.
»Mörder!«, kreischte Charriu. Seine Stimme überschlug sich fast. Er gab seinem Pferd die Sporen, jagte die letzten Stufen hinauf und riss das Schwert vollends aus der Scheide.
Hun Came lachte schrill, griff zu seiner eigenen Waffe und stemmte die gespreizten Beine fest in den Boden. Aber

Charriu griff nicht auf die Weise an, die der Statthalter erwartet hatte. Plötzlich schwang sich der Gauklerjunge aus dem Sattel. Mit einem geschmeidigen, weiten Sprung landete er knapp vor Hun Came, der mit einem erschrockenen Schrei die Waffe hob. Zu spät! Charriu riss sein Schwert hoch und in dem Hieb, mit dem er seine Klinge heruntersausen ließ, lag die Kraft, die ihm Schmerz und Verzweiflung gaben. Hun Cames Schwert zersplitterte wie Glas, als Charrius Waffe dagegenkrachte. So gewaltig war der Schlag, dass selbst der Panzer aus glänzenden Gormschuppen, den der Statthalter trug, ihn nicht mehr schützte. Mit einem krächzenden Schrei taumelte er zurück, prallte gegen die Wand und sank kraftlos zusammen. Sein Gesicht verlor alle Farbe und in seinem Blick lag ein Ausdruck grenzenloser Verblüffung.

»Du ... du hast mich ... getötet ...«, keuchte er ungläubig. »Du hast ...« Seine Stimme versagte. Er stöhnte, schloss die Augen und hustete. Blut rann aus einem Mundwinkel. Er fiel vollends zur Seite, hob noch einmal mit einer mühsamen Bewegung den Kopf und starrte den Gauklerjungen an. Noch immer war keine Furcht in seinen Augen, sondern nur Unglauben. »Aber das ist ... unmöglich«, murmelte er. »Ich bin unsterblich. Er hat ... es mir versprochen!«

Statt einer Antwort trat Charriu auf ihn zu und schwang wieder sein Schwert. Aber er brauchte nicht mehr zuzuschlagen. Hun Came wurde von einem kurzen Krampf geschüttelt. Ein leises, beinahe erleichtertes Seufzen kam über seine Lippen und seine Augen brachen. Hun Came war tot.

Charriu ließ schwer atmend sein Schwert fallen und lehnte sich gegen die Mauer. Er zitterte am ganzen Leib und war kreidebleich. Seine Hände waren verkrampft und schienen seltsam losgelöst von den Armen zu sein – die Gelenke waren unter der Wucht seines eigenen Hiebes gebrochen.

»Es ist vorbei, Helder«, stammelte er mit geschlossenen Augen. »Wir haben gesiegt!«
Timo antwortete nicht, sondern sah den Gauklerjungen nur traurig an. Nach einer Weile öffnete auch Charriu wieder die Augen und erwiderte seinen Blick. Er versuchte zu lächeln, aber der Schmerz und die Erschöpfung ließen eine Grimasse daraus werden.
»Warum hast du das getan?«, fragte Timo leise. Die Worte kamen wie von selbst über seine Lippen, aber er spürte, dass er jetzt wirklich aus Überzeugung sprach. »Wird denn das Morden niemals aufhören?«, fuhr er fort. »Begreift ihr denn nie, dass es sinnlos ist, sich gegenseitig zu töten?«
Charriu suchte einen Moment vergeblich nach Worten. »Wie ... kannst du das sagen, Helder?«, sagte er schließlich. »Dieser Mann war der Mörder deiner Eltern! Sieh dir die Toten an – das Volk der Elben ist ausgelöscht und er trägt dafür die Verantwortung!«
Timo stieg langsam von seinem Pferd, ging die letzten Stufen hinauf und kniete neben Larian nieder. Der Elbenkönig war tot, aber auf seinem Gesicht lag ein friedlicher, beinahe glücklicher Ausdruck.
»Auch ihn hat er auf dem Gewissen!«, sagte Charriu. »Du hast es selbst gesehen – es war heimtückischer Mord, kein ehrlicher Kampf.«
»Ich glaube, er hat es gewusst«, murmelte Timo, ohne aufzusehen. »Vielleicht hat er es sogar gewollt.«
Charriu kam mit schleppenden Schritten näher und ließ sich neben ihm auf die Knie sinken. Schweigend knieten sie eine Weile nebeneinander. »Wahrscheinlich hast du Recht«, murmelte der Gauklerjunge dann. »Aber sie sind wenigstens einen Tod gestorben, der einem Volk wie dem unseren zur Ehre gereicht.«
»Der Tod ist niemals ehrenvoll, du kleiner Narr«, sagte eine Stimme hinter ihm.

Charriu fuhr herum, wollte nach seinem Schwert greifen und sank mit einem schmerzhaften Laut zurück. Auch Timo sah auf, aber er tat es ohne Hast. Er wusste, wen er sehen würde. Er hatte es bereits die ganze Zeit über gewusst. Dies alles hier hätte keinen Sinn ergeben, wenn es anders gewesen wäre.

»Es gibt keinen ehrenvollen oder gar würdigen Tod, Gauklerjunge«, wiederholte der Dunkle Herrscher.

»Wer ... wer seid Ihr?«, fragte Charriu stockend.

Der Dunkle Herrscher antwortete nicht, sondern trat mit einer bedächtigen Bewegung vollends aus dem Schatten hervor. Seine Augen glitzerten belustigt, als er knapp vor Charriu und Timo stehen blieb. Er lachte leise. »Nenn mich einen Beobachter, wenn du willst, Gauklerprinz. Es war wirklich eindrucksvoll, eurem Kampf zuzusehen. Ich wusste, dass die Elben tapfer sind, aber ich hätte nicht gedacht, dass sie meine Daewas schlagen.«

»Wer seid Ihr?«, wiederholte Charriu seine Frage, und obwohl seine Stimme noch immer vor Schmerz bebte, lag ein drohender Unterton in ihr.

Timo stemmte sich langsam hoch und half Charriu, ebenfalls auf die Beine zu kommen. »Ahriman«, sagte er leise. »Wir stehen Ahriman gegenüber, Charriu.«

»Nicht wir, Helderprinz«, verbesserte ihn Ahriman ruhig. »Du. Nur du allein bist es, den ich gesucht habe. Mit dem Gauklerjungen habe ich nichts zu schaffen. Er mag gehen, wohin er will. Auf dich habe ich gewartet.«

Timo wich etwas zurück und legte die Hände auf die Brust.

»Du warst standhafter, als ich geglaubt habe«, gab Ahriman mit überraschender Offenheit zu. Er trat an Charriu vorbei, als sähe er ihn gar nicht. »Warum hast du die Macht der Blume Crysalis nicht angewendet, Helder?«, fragte er spöttisch. »Die Elben und ihr närrischer König könnten noch

am Leben sein, wenn du es getan hättest. Du hast deine Verbündeten enttäuscht, weißt du das? Sie haben auf dich gezählt!«
Timo wollte antworten, aber Ahrimans Gegenwart lähmte ihn so, dass er nicht die Kraft hatte, zu sprechen.
»Sie haben ihr Leben in deine Hand gelegt und du hast es ihnen gedankt, indem du sie im Stich gelassen hast«, fuhr Ahriman fort und jedes Wort ließ den Schmerz in Timos Brust stärker werden. »Ist das eure Art von Freundschaft, Helder?«
»Ich ... konnte es nicht«, antwortete Timo mühsam. Er spürte, wie die Gegenwart des Dunklen Herrschers tief in ihm etwas wachrief, etwas unglaublich Dunkles und Mächtiges, das auf den Ruf Annwns zu antworten schien, aber er wehrte sich dagegen und drängte es mit aller Kraft zurück.
»Du konntest es nicht«, wiederholte Ahriman kopfschüttelnd. »Du bist ein Dummkopf, Helder. Habe ich dir nicht gesagt, dass ich siegen werde, ganz gleich, wie du dich entscheidest? Und habe ich dir nicht gesagt, dass es nur eine Art gibt, mich zu schlagen? Eine einzige Waffe?« Er wies auf Timos Brust.
»Du lügst!«, sagte Timo. »Hätte ich es getan, hättest du nur um so schneller gesiegt.«
»Ich lüge niemals, das habe ich dir schon einmal gesagt«, behauptete Ahriman, aber Timo schüttelte den Kopf. »Du hast Hun Came belogen«, sagte er fest. »Du hast ihm Unsterblichkeit versprochen, aber er ist tot.«
Ahriman machte eine wegwerfende Handbewegung. »Hun Came war ein Narr und überflüssig dazu. Anfangs war er mir ganz nützlich, aber zum Schluss hat er nur mehr Schaden angerichtet. Und ich habe ihn nicht belogen. Es gibt mehr als eine Art der Unsterblichkeit.« Er lachte leise und voller Bosheit. »Vielleicht ist es nicht gerade das, was er sich vorgestellt hat, aber mein Versprechen wird erfüllt, Hel-

der.« Er brach ab, legte den Kopf in den Nacken und blinzelte zum Himmel hinauf. Auch Timo folgte seinem Blick – Tag und Nacht waren fast miteinander verschmolzen und die Sonne war zu einer schmalen, feurigen Sichel geworden, die in wenigen Augenblicken ganz verschwunden sein würde. Der immer dunkler werdende Himmel schien von huschenden Schatten erfüllt zu sein und sich tief über die Stadt zu senken.

»Du siehst es selbst«, sagte Ahriman hart. »Uns bleibt nicht mehr viel Zeit zum Reden, Helder. Ich frage dich ein letztes Mal – kommst du zu mir oder wählst du den Tod?«

»Ich werde nicht kämpfen«, sagte Timo fest. »Ich habe die Blume Crysalis zweimal missbraucht und ich werde es kein weiteres Mal tun, ganz gleich, was mir widerfährt.«

»Du willst nicht kämpfen«, wiederholte Ahriman kopfschüttelnd. »Aber du wirst es müssen. Du hast keine Wahl – wende deine Macht an und vernichte mich oder du und alle, die mit dir gekämpft haben, werden endgültig sterben.«

Timo schloss die Augen. Seine Hände schlossen sich so fest um den Eisblock mit der Blume Crysalis, dass die scharfen Kanten die Haut aufrissen. Und plötzlich war ihm alles klar. Von einer Sekunde auf die andere begriff er alles – die Worte der Elfe, der Asrai, die wahre Macht, die ihm gegeben war, und auch den Grund, aus dem es getan worden war. Jetzt erst wusste er wirklich, was Gaia gemeint hatte, als sie sich vor den Toren Annwns das letzte Mal sahen.

»Gaia«, sagte er mit fester Stimme. »Ich bin bereit.«

Ahriman stieß ein wütendes Zischen aus und wollte sich mit einem Satz auf ihn stürzen, aber zwischen ihm und Timo bewegten sich plötzlich Schatten, körperlos und durchsichtig, aber trotzdem fest wie eine Mauer. Ahriman prallte mit einem Aufschrei aus Wut und Schmerz zurück, fuhr herum und versuchte zu fliehen, aber auch hinter ihm waren die Schatten aufgetaucht. Timo trat rasch ein paar Schritte zurück und sah, wie sich der Kreis um den Dunklen Herrscher zu schließen begann, wie die Schemen Umrisse bekamen und heller wurden und die Dunkelheit vor ihnen zurückwich.

Timo blickte zum Himmel. Es war finster geworden, eine Finsternis, wie er sie noch nie zuvor erlebt hatte. Selbst die Sterne waren erloschen und von der Sonnenscheibe war nur mehr ein hauchdünner, flackernder Streifen geblieben. Die Mauern Muuren Shants waren hinter der Schwärze verschwunden, nur um den Dunklen Herrscher flackerte ein strahlender Schein von ungeheurer Kraft. Und während über ihnen langsam das letzte Licht der Sonne erlosch, begannen sich die Umrisse hoch gewachsener Gestalten aus reinem Licht zu verdichten, die einen weiten, undurchdringlichen Kreis um Ahriman bildeten. Der Dunkle Herrscher krümmte sich unter Schmerzen und wandte sich hierhin und dorthin, aber es gab keinen Fluchtweg. Es mussten an die hundert Elfen sein, die ihn umringten, und ohne dass es ihm gesagt werden musste, wusste Timo, dass das gesamte Volk der Elfen hier zusammengekommen war, wie zuvor alle Elben, um den Kampf zwischen Gut und Böse zu entscheiden.

Eine der Elfen, ein wenig größer als die anderen und von so blendendem Licht umgeben, dass Timos Augen schmerzten, erschien außerhalb des Kreises, blickte kurz zu Ahriman hinüber und wandte sich dann Timo zu.

Es war Gaia.

»Ich wusste, dass du am Ende stark genug bleiben würdest, Prinz des Kleinen Volkes«, sagte sie. Sie lächelte, schwebte auf ihn zu und streckte die Hand aus. Timo löste mit zitternden Fingern die Kette mit der Blume Crysalis von seinem Hals und gab sie ihr.

»Unsere Wahl war gut«, sagte die Elfe. Timo bemerkte, dass sich ihre Lippen beim Sprechen nicht bewegten, und er begriff plötzlich, dass er ihre Stimme – und auch die der anderen – schon von Anfang an nur mit der Seele vernommen hatte und dass die Elfen scheinbar nur gesprochen hatten, um ihn nicht zu verwirren.

»Du warst sehr tapfer«, sagte Gaia leise. Mehr nicht. Und es war auch nicht nötig. Alles, was sie hätte sagen können, jeder Dank, jeder Trost, alles lag in diesen vier Worten. Sie sah ihn noch einen Moment an, wandte sich dann um und ging auf den Kreis der Elfen zu. Die Lichtwesen wichen vor ihr zur Seite und machten ihr Platz, doch die Mauer schloss sich sofort hinter ihr.

Charriu kam heran und blieb schweigend neben Timo stehen. Gebannt verfolgten sie beide das Geschehen vor ihnen.

Gaia hatte sich dem Dunklen Herrscher bis auf Armeslänge genähert. Ahrimans Züge blieben unbewegt, aber seine Augen sprühten vor Hass und seine Hände zuckten. »Du Närrin«, sagte er leise. »Du hast deinen eigenen Untergang besiegelt, deinen und den deines Volkes. Wärt ihr in eurem verfluchten Silberwald geblieben, hätte nicht einmal meine Macht ausgereicht, euch zu vernichten. Jetzt aber werdet ihr sterben!«

Gaia hielt dem Blick seiner brennenden Augen ruhig stand. »Versuche den Kreis zu verlassen, Ahriman«, sagte sie leise. »Du weißt, dass du es nicht kannst. Du bist es, der vergehen wird.«

Ahriman lachte böse. »Ich bin gefangen«, gestand er, »doch du weißt so gut wie ich, dass eure Macht endet, sobald der erste Sonnenstrahl den Himmel erhellt. Sieh hinauf! Dir bleiben noch wenige Augenblicke und du musst mich frei geben.«

»Es ist Zeit genug«, antwortete Gaia lächelnd. »Wenn der

neue Tag erwacht, wird es dich nicht mehr geben, Ahriman. Und auch uns nicht.«
Es dauerte einen Moment, bis Ahriman begriff, was die Worte der Elfe bedeuteten. Der Zorn in seinem Blick wandelte sich plötzlich in Furcht, dann in Panik und sein Gesicht verzerrte sich zu einer Grimasse des Entsetzens. Er hob die Hände, trat einen halben Schritt auf Gaia zu und blieb stehen, als wäre er gegen eine unsichtbare Wand geprallt. Sein Blick hing an dem schimmernden Eisblock in ihren Händen.
»Das wagt ihr nicht!«, keuchte er. »Es würde euer eigenes Ende bedeuten und ...«
»Unsere Zeit ist längst abgelaufen, Ahriman«, unterbrach ihn Gaia sanft. »Die unsere und auch die deine. Wir beide, du und ich, wissen das längst. Trotzdem haben wir gekämpft und großes Leid über die Welt der Menschen gebracht und erst ein Knabe aus dem Kleinen Volk hat uns die Augen geöffnet.«
»NEIN!«, brüllte Ahriman. Seine Stimme kippte über und wurde zu einem unverständlichen Kreischen. Er versuchte sich auf Gaia zu stürzen und ihr den Eisblock zu entreißen, aber wieder war eine unsichtbare Barriere zwischen ihnen, die ihn zurückschleuderte. Er schrie, krümmte sich und versuchte mit einem blitzartigen Sprung zu entkommen. Doch der Kreis der Elfen war undurchdringlich.
Timo spürte eine seltsame Trauer in sich aufsteigen, ein tiefes Gefühl des Verlustes, wie er es niemals zuvor erlebt hatte. Aber es war kein Schmerz in diesem Gefühl.
Langsam, mit einer feierlichen Bewegung, streckte Gaia die Arme aus und hob die Hände mit dem Eisblock zum Himmel empor. Ahriman schrie, aber seine Schreie verhallten ohne Wirkung und nach einer Weile verstummte er und stand regungslos da und starrte die Elfe an.
Und langsam, ganz langsam, begannen die Elfen zu tanzen.

Es war eine Bewegung wie ein Windhauch, der über eine Sommerwiese streicht, und doch lag eine ungeheure Kraft darin. Sie schienen den Klängen einer unhörbaren Musik zu folgen und jeder Augenblick ihres Lebens, jedes Gefühl, jedes Wort, das jemals gedacht oder gesagt worden war, lag in diesem Tanz. Ihre Körper glühten jetzt in einem Licht, das tausendmal heller als das der Sonne war und doch nicht in den Augen weh tat, und Timo spürte, wie ihr Tanz auch ihn in seinen Bann schlug, etwas Neues und unsagbar Schönes in ihm weckte. Mit einem Mal erfüllte ihn Frieden und er wusste, dass Gaia mit jedem Wort Recht gehabt hatte, dass nichts Schlimmes daran war, zu gehen, wenn die Zeit gekommen war, und dass Leben und Tod nur zwei Seiten einer einzigen, untrennbaren Gesamtheit waren.

Charriu sagte etwas, aber Timo verstand die Worte nicht mehr. Ein Teil seines Denkens hatte diese Welt bereits verlassen und er sah nur weiter dem Tanz der Elfen zu.

Über ihm lösten sich Mond und Sonne voneinander, der Tag erwachte wieder. Und im selben Augenblick, in dem der erste Strahl der Sonne die Blume Crysalis traf, begann sie ebenso zu strahlen und zu glühen wie die Elfen.

Und die Gestalten der goldenen Lichtwesen begannen zu verblassen.

Der Kreis löste sich auf, wurde heller und durchsichtiger und je mehr die Blume Crysalis aufleuchtete, desto mehr verblassten die Elfen, bis nichts mehr als ein flüchtiger Hauch von ihnen übrig war. Und mit ihnen verschwand auch Ahriman. Sein dunkler Körper löste sich auf, wurde zu Rauch und Nebel und verging.

Timo fühlte sich plötzlich unglaublich erschöpft, und als er den Kopf wandte und den entsetzten Ausdruck in Charrius Augen gewahrte, da wusste er, dass nun die Reihe an ihm war, den Schritt in eine andere Welt zu tun. Er wollte etwas sagen, Charriu zurufen, dass er keine Furcht zu haben brauche und dass nichts Schreckliches mit ihm geschah, aber seine Müdigkeit wurde übermächtig. Dann begannen die Mauern und Häuser rings um ihn zu grauen Schleiern zu werden und auseinander zu treiben und seine Gedanken lösten sich in einem Gefühl der Geborgenheit und Wärme auf.

Als er erwachte, war heller Tag und über ihm spannte sich ein wolkenloser Himmel. Er war blau, nicht mehr türkis, und die vertraute Scheibe des Mondes fehlte. Er lag rücklings ausgestreckt im weichen Gras, und als er sich aufrichtete, sah er, dass der Hang vor ihm sanft abfiel und sich zu einem weiten, von fruchtbaren Wiesen und glitzernden Flüssen und Seen erfüllten Tal öffnete. Er konnte weder von Muuren Shant noch von seinen Freunden eine Spur entdecken, aber er wusste, dass sie existierten und dass sie in Sicherheit waren. Und dass es keine Gefahr mehr gab, die sie bedrohte.

Er setzte sich auf und erblickte eine schlanke, goldhaarige Gestalt neben sich. Sie hatte die Beine an den Körper gezogen und die Arme darum geschlungen, das Kinn ruhte auf den Knien. In ihren Augen lag ein Ausdruck mütterlicher Sorge, als sie ihn betrachtete.

»Ich wusste, dass ich eine gute Wahl getroffen habe«, sagte sie. Es waren fast dieselben Worte, die Gaia benutzt hatte.

Timo schwieg einen Moment, richtete sich völlig auf und blickte lange und schweigend ins Tal hinunter.

»Ist das die neue Welt?«, fragte er leise.

Die Asrai nickte. »Für eine Weile, ja. Es kommt darauf an, was ihre Bewohner aus ihr machen.«

Der Anblick des weiten, sonnenbeschienenen Tals war wunderschön und doch erfüllte er Timo mit Traurigkeit.

»Es ist die Welt der Menschen, nicht?«, fragte er.

Wieder nickte die Asrai. »Sie war es schon lange«, sagte sie leise. »Die Zeit der Elfen und Fabelwesen ist vorbei, doch auch sie sind nicht frei von Fehlem. Sie haben nicht begriffen, dass es nicht schrecklich ist, zu gehen, wenn die Zeit gekommen ist. Ahriman hat es gespürt und es war kein Zufall, dass er gerade jetzt versucht hat, nach der Macht zu greifen. Keiner von ihnen hätte siegen können, doch erst durch dich haben wir es begriffen. Die alten Tage sind schon lange vorbei, Timo, und mit der neuen Zeit kam ein neues Volk – das der Menschen. Jetzt gehört ihnen die Welt endgültig. Es liegt in ihrer Hand, was sie daraus machen. Gefällt sie dir, diese neue Welt?«
Timo nickte, aber die Asrai spürte, dass er es nicht ehrlich meinte. »Sie kommt mir leer vor«, stellte sie fest und sah ihm wieder in die Augen.
»Es ist eine Welt ohne Elfen«, sagte Timo traurig.
»Und ohne Elbenkrieger und Trolle, ohne Zauberer und Zwerge. Und das macht dich traurig?«
»Vielleicht«, murmelte Timo ausweichend. »Wird ... wird in dieser Welt Platz für Helder sein?«
Die Asrai schüttelte sanft den Kopf. »Ich fürchte, nein«, sagte sie ruhig. »Das Kleine Volk hat seine Zeit gehabt, ebenso wie die Elfen und die Bewohner Annwns. Jetzt sind die Menschen an der Reihe. Irgendwann wird auch ihre Zeit abgelaufen sein und dann werden wir darüber entscheiden können, ob sie es richtig oder falsch gemacht haben. Doch ich glaube an sie. Sie sind ein gutes Volk, Prinz Timo.«
Timo konnte sich eine Welt ohne diese Wesen nicht vorstellen, aber wieder las die Asrai seine Gedanken und antwortete mit einem Lächeln darauf. »Sie kommt dir leer und arm vor«, sagte sie noch einmal, »aber das ist sie nicht. Sie werden weiterleben, Timo, die Elben, die Trolle, die Elfen und die Helder. Sie und viele andere.« Sie deutete mit einer Kopfbewegung ins Tal hinunter. »Sie leben in ihren Erinne-

rungen und in ihren Geschichten und solange auch nur einer von ihnen an sie denkt, werden sie weiterhin existieren.«
»Und ...« Er scheute sich fast die Frage auszusprechen, obgleich er die Antwort bereits ahnte. »Annwn?«
»Und Annwn«, bestätigte die Asrai. »Gut und Böse sind gleichermaßen in den Menschen, in jedem Einzelnen von ihnen. So wie in dir, Timo.«
»Dann ist der Kampf noch nicht vorbei?«
»Er wird niemals enden, so wie Tag und Nacht niemals enden«, antwortete die Asrai. »Ich beobachte, ich sehe und ich helfe dann und wann, doch nur sehr behutsam, denn es steht nicht in meiner Macht, in die Schöpfung einzugreifen. Doch es wird keinen Ahriman mehr geben. Nicht«, fügte sie nach einer kurzen Pause hinzu, »solange die Menschen ihn nicht selbst erschaffen.« Sie stand auf, wartete, bis er an ihre Seite getreten war, und deutete die andere Seite des Hanges hinunter. Timos Blick folgte ihrer ausgestreckten Hand und er gewahrte in einiger Entfernung den Rand eines mächtigen Waldes, der bis zum Horizont reichte und sich dort endlos entlangzog. Winzige Gestalten bewegten sich davor und er glaubte einen silbernen Schimmer im Laub der Bäume zu erkennen.
»Du wirst den Silberwald sehen«, sagte die Asrai. »Sie sind alle hier – Gaia, Larian und Dergon, auch deine Eltern. Komm, ich bringe dich zu ihnen.«
Timo griff gehorsam nach ihrer Hand, aber nach ein paar Schritten blieb er noch einmal stehen und sah auf die neu erschaffene Welt unter sich hinunter.
»Werden sie sich an uns erinnern?«, fragte er.
Die Asrai nickte. »Sicher. Aber sie werden glauben, es wäre eine Legende. Und vielleicht war es auch nicht mehr. Es gibt keinen Unterschied zwischen Schein und Wahrheit. Nicht wirklich.«

»Und was«, fragte Timo leise, »wird nach ihnen kommen?«
Diesmal dauerte es eine Weile, ehe die Asrai antwortete. »Das weiß niemand«, sagte sie schließlich. »Und es ist gut so. Doch was immer es ist – auch die Menschen werden weiterleben in dem, was sie tun. Und vielleicht ...« Sie zögerte, sah wie Timo noch einmal ins Tal zurück und plötzlich lag ein eigenartiges Lächeln um ihren Mund. »Ja«, sagte sie. »Vielleicht werden sie weiterexistieren bis ans Ende der Zeit, trotz der dunklen Seite ihrer Seele. Sie könnten es, denn sie haben die Kraft dazu und sie sind trotz allem, was du erlebt hast, kein schlechtes Volk. Ich bin fast sicher, dass sie es schaffen, wenn sie an sich glauben.«
Timo lächelte und Hand in Hand mit der Asrai schritt er den Hang hinunter auf den Waldrand zu.

WOLFGANG UND HEIKE

HOHLBEIN

Schattenjagd

Seit David das neue Spiel im Computer seines Vaters entdeckt hat, schaltet er sich ein, sooft er allein zu Hause ist. Denn dieses Spiel sprengt die bisherigen Grenzen. David kann die Computerwelt immer neu ausbauen, Figuren erschaffen und mit ihnen verfahren, wie er will. Als Davids Vater dahinter kommt, zwingt er ihn, die von ihm entworfene Welt Adragne komplett zu löschen. Trotzdem wächst Adragne weiter, über die Grenzen des Computers hinaus. Entsetzt muss David erleben, dass seine Figuren ein Eigenleben entwickeln, das er nicht mehr stoppen kann. Und noch etwas entdeckt er: Valerie, die mit ihm gemeinsam in der Schule einen Computerkurs besucht, hat ebenfalls immer wieder in das Spiel eingegriffen. Gemeinsam versuchen sie sich nochmals einzuschalten und werden dabei in das Computerspiel hineingezogen. Jetzt sind sie den in Adragne gegeneinander kämpfenden Dämonen und Monstern hilflos ausgeliefert und die Spielregeln, die David aufgestellt hat, gelten nun auch für sie beide. Aber es muss David und Valerie gelingen, die Ausbreitung von Adragne zu verhindern, bevor die virtuelle Welt die Stadt in Angst und Schrecken versetzt.

504 Seiten

UEBERREUTER